## 图书在版编目（CIP）数据

凤凰无双 / 冰蓝纱著. – 重庆：重庆出版社,2016.8

（2016.9重印）

ISBN 978-7-229-11544-9

Ⅰ.①凤… Ⅱ.①冰… Ⅲ.①长篇小说–中国–当代

Ⅳ.①I247.5

中国版本图书馆CIP数据核字(2016)第210912号

### 凤凰无双
### FENGHUANG WUSHUANG

冰蓝纱 著

丛书策划：李　子
责任编辑：李　雯
责任校对：郑小石

 重庆出版集团
　　　重 庆 出 版 社　出版

重庆市南岸区南滨路162号1幢　邮政编码：400061　http://www.cqph.com
重庆市国丰印务有限责任公司印刷
重庆出版集团图书发行有限公司发行
E-MAIL：fxchu@cqph.com　邮购电话：023-61520646

全国新华书店经销

开本：720 mm×1000 mm　1/16　印张：39　字数：803千
2016年8月第1版　2016年9月第1版第2次印刷
ISBN 978-7-229-11544-9
定价：59.80元

如有印装质量问题，请向本集团图书发行有限公司调换：023-61520678

版权所有　侵权必究

第一章　妆残：郎心绝 ………………001
第二章　心绝：抄家祸 ………………010
第三章　毒誓：天不公 ………………018
第四章　盗图：美人计 ………………024

第五章　棋局：当局迷 ………………034
第六章　立威：罚春芷 ………………040
第七章　教导：入宫路 ………………046
第八章　初探：君无心 ………………050

第九章　偶遇：天骄女 ………………058
第十章　再探：君心动 ………………067
第十一章　宫门：人心险 ……………075
第十二章　惊见：祈怜惜 ……………084

第十三章　心计：美人脸 ……………091
第十四章　擢升：赠青莲 ……………100
第十五章　风起：心字香 ……………112
第十六章　玉人：谣言起 ……………120

第十七章　避祸：东林寺..................................131
第十八章　行刺：破空箭..................................138
第十九章　心许：天骄女..................................148
第二十章　宫宴：惊云舞..................................160

第二十一章　逃婚：阴谋生................................172
第二十二章　通敌：起波澜................................180
第二十三章　罢朝：云妃有孕..............................190
第二十四章　施计：贬云妃................................203

第二十五章　险计：藏经阁................................211
第二十六章　重阳：遍插茱萸少一人（上）..................221
第二十七章　重阳：遍插茱萸少一人（下）..................226
第二十八章　玉嫔：伤旧事（上）..........................234

第二十九章　玉嫔：伤旧事（下）..........................240
第三十章　秋狩：画风波..................................248
第三十一章　求情：施无计................................259
第三十二章　秋狩：密林行刺（上）........................265

第三十三章　秋狩：密林行刺（下）........................275
第三十四章　毒发：见故人................................284
第三十五章　抉择：两为难................................294
第三十六章　借喻：解君惑................................305

# 第一章 妆残：郎心绝

昏暗的柴房充斥着一股刺鼻的霉味。一双枯瘦的手摸上柴门用力划下一道道深浅不一的痕迹。柴房里不见天日，这是她唯一一个用来记日子的办法。

十天了！

聂无双冷冷地想，一边加大手指的力度，也许是因为太用力了，长长的指甲顿时拗断。猩红的血冒了出来，她却眼也不眨地收回手，放在嘴里，顿时口中满是铁锈一般的血味。十指连心，但这点痛对她来说根本不算什么。比起十天前痛彻心扉的那一幕，真的不算什么。

她静静地坐在柴房中的茅草堆上，听着外面哪怕微小的声音。十天了，除了送饭的小厮，根本没有人来这里。不知过了多久，院子里响起窸窸窣窣的脚步声，还有门口铁链落地的声音。

聂无双连忙站起身来，整了整身上早就脏乱不堪的衣服。她不想让任何人看出她饥寒窘迫的样子。她曾是聂家尊贵的嫡女千金，也是齐国最年轻最美丽的相国夫人，就算被践踏入尘土也应该保持最高贵的神态。

也许来的人是他——顾清鸿，她的夫君。聂无双失去神采的眼中燃起希望的火苗。柴房的门突然打开，刺眼的光线从外面照射进来。聂无双不由得眯起眼睛竭力想要看清楚来的人是谁。

"相国夫人，好久不见，这些天您过得怎么样？"柴房外响起一个柔媚的声音。

聂无双眨了眨眼，等看清楚来人是谁，唇边不由得含了一丝冷笑："总有一天你也会尝到被关的滋味的！"

"大胆！"几个如狼似虎的家丁冲进柴房将她拖了出来，狠狠推倒在地上，嚣张地喝道："沈夫人在此，你居然不跪！"

粗糙的石子擦破了她的膝盖手腕，细嫩的皮肤很快冒出了血，疼痛像是一记巴掌，令早已饿得昏昏沉沉的聂无双顿时清醒过来。

她冷笑着站起身来，抹掉手腕上的血，看着面前满头金钗、容貌艳丽的女人，哈哈一笑："沈夫人？什么时候相国府中有你这样一位夫人？且不说顾清鸿还没娶你，就说我现在还没被休，你想做妾却没有向我敬茶，名不正言不顺，你算哪门子的夫人？"说最后一句话时，她目光冷冷扫过推倒她的家丁，那些人纷纷尴尬地低头。

沈如眉的俏脸一变正要发作，忽然想起什么，咯咯一笑，红唇似血："聂无双，你以为你还是那风光无限的相国夫人吗？今天我来就是奉了相国的命令，他说……"

聂无双脸上顿时煞白如雪，好半天才听到自己颤抖的声音："他说什么？"

沈如眉只是抿着嘴对着聂无双笑，像是在欣赏她的惊慌失措，过了许久，她欣赏够了，这才冷笑着开口道："相国大人说，聂氏三年无子，善妒恶言，犯了七出之条，即日起休离下堂！"

聂无双浑身一颤，怔忪过后随即哈哈大笑起来。沈如眉见她头发蓬乱，一张绝美的脸上神情疯狂，不由得惊得倒吸冷气后退一步："你笑什么？"

"谁说我没有孩子？你去告诉顾清鸿，如今我肚子里怀的就是他的骨肉，如果真的要休我，你叫他来见我！我要他亲口说休妻两字！"聂无双盯着沈如眉的眼睛冷冷地说。

她的目光似有毒的针，刺得沈如眉艳丽的脸顿时煞白。

"你……你有了？"沈如眉不敢相信地指着聂无双，"怎么会在这个时候？"

"你不信可以请大夫来诊脉，我已经怀了两个月的身孕！这可是他顾清鸿的亲生骨肉。"聂无双嘲弄地说道。谁也不知道此时此刻她的心却在滴血，三年恩爱夫妻，没想到却被一朝休下堂。孩子——这是她挽回他，挽回自己命运的最后筹码。

"你等着，我这就去问。"沈如眉城府果然深，震惊过后随即神色复杂地迅速离开。

一旁原本嚣张的家丁个个噤若寒蝉。本以为聂无双绝无翻身余地，没想到她竟然在这个时候有了身孕。一些家丁想起平日聂无双在相国府中的恩威并施始觉得后悔，他们真不该听了沈如眉的煽动，以为可以趁相国夫人不受宠的时候过来踩一脚，以巴结新的女主人。

他们惶惶不安，聂无双却看着三月不算晴朗的初春天色，怔怔出神。

她还记得当时认识顾清鸿也大约在这时候，三月初春，天禅寺外十里桃花林……林中的清俊男子，手捧诗书，听到脚步声回过头来，对她微微一笑。从此千金之女爱上贫寒出身的男子，毅然下嫁。她还记得当初父亲曾忧虑地说：双儿，顾清鸿笑意不达眼底，对你恐不是真心。当时自己还为了这一句话大大地生气，更是逼着他在父亲面前发誓：从此一世一双人，不可负心，不可分离。

原来，父亲的话在今天一语成谶。她轻轻地笑起来，只是两行清泪在笑中悄然滑落脸庞。

　　院门口又响起脚步声，聂无双回头，当看见那张艳丽脸上挂着得意笑容的时候，心猛地一沉。

　　"相国大人有令，你要走出这相国府，就必须打掉腹中的孽种！"沈如眉从身后的丫鬟手上接过一碗黑漆漆的汤药，步步逼近。

　　"不……我不信！我不信！"聂无双睁大眼睛，摇着头不敢相信这个可怕的结果，"这是他的孩子，不，我不相信！你叫顾清鸿来见我！叫他来见我！我要他亲口对我说！"

　　她尖叫起来，痛苦，愤怒，委屈……再也抑制不住。

　　沈如眉眼中掠过厌恶，冷笑一声："相国大人日理万机怎么可能过问这等小事？聂无双你还是死了这条心吧，乖乖喝下这碗药，从此滚出相国府！"

　　聂无双只觉得心仿佛被人一刀刀捅进抽出，血肉模糊。

　　从这院子到书房短短不到半个时辰，怎么可能熬好这碗热气腾腾的打胎药？如果这不是沈如眉的诡计，那就只有另一个可能——这是她的温柔夫君早就算好的一步。

　　原来他早就知道自己怀有身孕！

　　原来，他早就对她恩断情绝！

　　"来人，把她按住，灌下去！"沈如眉不耐烦起来，喝来家丁把聂无双按住，一碗药亲自灌了下去。

　　聂无双拼命挣扎，苦涩的药因她的动作不停流入她的口鼻中，呛得她连连咳嗽。可是钳制住自己的手却丝毫没有放松，一碗药终于灌了进去。家丁放开手，聂无双颓然倒在地上，药的温热一时间温暖了她空洞的胃，但是她却浑身犹如置身冰天雪地之中。

　　"我的孩子！……"她无声念着，泪流成河。

　　"看清楚，这是相国大人给你的休书，好好收着，说不定哪个男人可怜你收你做个第几房的小妾。啧啧，不然多可惜了你这花容月貌。"沈如眉从怀中掏出一张休书轻轻盖在聂无双的脸上。

　　纸落下，聂无双木然地看去，休书上的字飘逸俊秀，一如他的人，斯文儒雅。她从来不知道，有一种毒叫做——温柔。肚子微微抽痛了一下，但更痛的却是心。

　　"呵呵……忘了告诉你。如今相国大人奉了圣旨在查办一件轰动京城的大案呢，听说可是与你们聂家有关。如眉虽然不懂国事，但我要是你就赶紧回家看看。"沈如眉笑得花枝乱颤，得意非常。

　　倾国倾城的容貌又怎么样？才情无双又能怎么样？还不照样是男人利用的踏脚石。如今聂家要倒了，她聂无双就该乖乖从相国夫人这个位置上下来，说不定自己还有机会爬上这全齐国女人最羡慕的位置。沈如眉盯着聂无双虽然脏乱但是却不掩姿色的容貌，嫉恨又

得意地想。

聂无双只是呆呆听着，她仿佛痴了傻了，听不懂沈如眉刻毒的冷嘲热讽。

"好了，把她丢出去吧。我可不想看到她这个死样子。"沈如眉见她再也没有任何反应，兴味索然地冲家丁说道。家丁把聂无双架起，打开侧门推了出去。

身子再一次重重跌到地面上，身后的门重重锁上。不知过了多久，聂无双慢慢起身，三月的天还很冷，她抱着肩，慢慢地坐在相国府后门巷子的地上。寒气入体，药力发作，肚子里一阵阵剧烈疼痛。她把手中的休书又看了一遍，然后小心翼翼地折起放入怀中。

这个动作她做过许多次，那时初识，他曾写情诗送她。她每每收到也如这般看完，小心贴身收起。

当时没想到，有一天她会收到他亲笔写的休书！

要死了吗？她闭上眼，感受着身体热量的流逝，身下一点一点的血慢慢流出，死了也好，死了就不会再觉得痛，死了就不会记得他和她曾经发誓过，从此一生一世，永不负心，永不分离……

她笑，静静闭上眼睛……

一个月前。入夜，月色溶溶，庭院寂寂。

"夫人，早点休息吧，相国大人被皇上叫进宫中商议国事，恐怕又是要一整夜不回来了。"墨香嘟着嘴劝正在桌边缝缝补补的女人。

女人缝好最后一针，回过头来轻笑着道："不会，相公说今夜一定会回来。"

淡淡的烛光照在她的脸上，任凭墨香看过了多少次她的面容，也依然被她的美给震得回不了神。眉若远山，肤如凝脂，琼鼻挺直，特别是那双总是水光潋滟的美眸犹如深潭，幽幽地摄人心魄。

她就是聂无双——聂家的掌上明珠，齐国权臣聂司徒大人的唯一嫡女。

三年前她推掉了无数媒人替达官贵人的子弟的提亲，执意嫁给还是上京赶考的穷酸书生顾清鸿。当时多少人都因她的选择而说三道四，没想到一年后，顾清鸿一鸣惊人，一举夺得了金科状元，而且深得皇上器重，短短三年就做了齐国史上最年轻的相国。

"夫人，可是有孕要早点歇息……"墨香好半天才从聂无双的美中回过神来，连忙劝道。

她还没说完，聂无双竖起手指放在唇边，柔媚的脸上露出纯真调皮的神情："嘘，千万别说，万一相公听见了就不好玩了。"

墨香回过神来连忙点头："奴婢知道，夫人要给相国大人惊喜呢。"她捂着嘴笑着退下。

聂无双笑着摇了摇头，手又不由得自主地摸摸平坦的腹部，心中涌起一股甜蜜。

她有喜了！

如果说与顾清鸿三年恩爱夫妻还有什么遗憾，那就是她至今无子。她是多想给他生一个孩子。可是……她明澈的眼中掠过一丝黯然。不知是不是她多心，最近相公好像对她冷淡不少。要不是她请了几次，他一连两个月几乎夜夜都是在书房睡的。按说可能是刚做了相国事务繁多，日理万机，但是好像也不该是这样。

"嘶！"她想得出神，一不注意收拾针线的时候一枚针扎入了手指。顿时手指尖渗出豆大的血珠。

她心头一跳，看着鲜红的血有点慌乱。

见血光，大不吉！

"夫人！你怎么还没睡？"房门外忽然响起悦耳的声音。

聂无双欣喜抬头，看见顾清鸿站在门口。夜色很暗，他站在门口，窗外的月色仿佛都只倾泻在他身上，令人一眼就看清他翩翩如仙风姿。剑眉星目，鬓若刀裁，明晰的眉眼犹如墨画一般，俊美儒雅，令人一眼折服。

他就是齐国最年轻的相国也是最精彩绝艳的才子。此时他薄唇边含着一抹令人看不透的似笑非笑，静静依在门边看着房内的聂无双。

聂无双悄悄擦去手中的血珠，迎上前，含笑道："相公，你怎么现在才回来。"她的手伸向他，指尖一空，他已不动声色地避开她的手，走进房间。

"皇上让我拟一份年初让寒门子弟入太学的招贤令，所以回来晚了。"顾清鸿脱下身上厚重的官服，露出里面白色单衣。背影挺秀，匀称有致，像是上好的剪影。

聂无双连忙上前，正要解开他脖领的扣子，他已经别开身子拿了面巾开始洗脸擦手。他寒门出身，事事亲为，初成亲的时候不习惯她贴身伺候，然而天长日久，他也渐渐默许了她的亲昵，可是现在他和她仿佛又疏离了许多。

聂无双压下心中的不适，笑着打趣道："看来皇上对你很器重，改天让我爹爹向皇上进言，可不要累坏了我们初次上任的相国大人。"

顾清鸿手中动作微微一顿，冷笑一声："这等小事不敢劳烦岳父大人。"

聂无双本是一句戏言没想到惹来他的不快，不敢再说。但是心中却微微拧疼，最近一向温柔有加的夫君好像越来越容易生气。她不知道自己哪里做错了，但她和他之间本来不是这样的。她忍住心中酸涩，正要告诉他自己有孕的事，却见顾清鸿早就上了床。聂无双悄悄走过去，坐在床边轻轻推了他一把。

"相公，我有事要与你说。"她咬着下唇，心中既欢喜又忐忑。

"有什么事明天再说。我累了。"他翻了个身面朝里，不一会儿已经沉沉睡去。

聂元双枯坐在床边，泪湿衣襟，过了许久才更衣上床。他就躺在身边，气息温热，但是聂无双已经记不清到底有多久，他未曾搂着她一同入睡。

第二天清晨,她起身的时候,身边照例是空的。墨香端了水盆进来,见她眼睛红肿,不由得诧异:"夫人,您眼睛怎么了?"

"没事,昨夜没睡好。"聂无双坐在镜前,果然看见镜子中的女人容色憔悴,双目微微红肿。

"是不是相国大人听说您有喜了,所以……"墨香想要打趣说两句,但看见她脸上的黯然顿时不敢往下说。

"夫人,大人回来了!"主仆两人正说着话,忽然外面传来管家的声音。

"大人回来了?"聂无双微微诧异,"这时候怎么回来了?"说完她又失笑,早点回来不好么?

"知道了,我收拾收拾就过去。"聂无双赶紧催墨香梳头匀面,今日他这么早回来可是一个不大不小的惊喜。这就代表她有时间与他相处,然后对他说出自己有孕的消息!聂无双面上含羞,一抹嫣红浮在脸颊边,如桃花般娇艳。

"夫人,您今天可真美!"墨香为她梳了个流云髻,再配上点点珠钗,朴素又大方。

"夫人,大人今天带回来一个女子。"屋外的管家犹豫着开口。

聂无双心一颤,手中的梳子突然掉落,"啪嚓"一声摔成两半。上好的象牙梳却这么不经摔。

墨香连忙捡起来,看着脸色煞白的聂无双喃喃安慰:"夫人,也许不是……"

"没事,我去看看。"聂无双勉强一笑,提了裙摆向外走去。

在花厅中,她果然看见"日理万机"的夫君正搂着一位面容娇艳的女子在说着什么。

"相公,这位是……"她一颗心犹如坠入冰窖,勉强笑着上前,可是眼睛早就禁不住紧紧盯着他那握着美人修长的手。

顾清鸿转头,依然笑容若晨曦,声音也一如既往温柔悦耳:"夫人,这位是沈如眉,她本是我父亲从前同僚的女儿,因罪受牵连不慎流落青楼,所以……"

"请夫人收留!如眉不想在青楼中!虽然如眉坚持卖艺不卖身,但是那地方实在是龌龊不堪。如果夫人肯收留,如眉愿意为夫人做牛做马,报答夫人收留的大恩大德。"

沈如眉哭得梨花带雨向她跪下,却依然还是紧紧靠在顾清鸿身边。而顾清鸿则温言安慰,好一对郎情妾意的璧人!不知情的倒以为她是个不能成人之美的恶妻。聂无双冷冷看着,沈如眉哭了一会儿见她一声不吭,不由得尴尬万分,越发哀哀切切。

"如眉,你先起来。来人,送沈姑娘下去歇息。"顾清鸿扶起她,沈如眉就势依在他身上,紧紧抓住他的手,一双美眸楚楚可怜地看着他。

"去吧,我一会儿过去看你。"顾清鸿笑得柔情似水,沈如眉含羞带怯地看了他一眼,这才下去。

花厅又恢复安静。聂无双看着面前俊逸的男人,仿佛不认识一样。

顾清鸿不看她的眼睛，淡淡地开口："不管你愿意还是不愿意，下个月我就娶她过门，顾家香火总是要续的。"

他说完转身要走。

"等等。"聂无双叫住他，从头到尾，这场闹剧开始得快，结束得更快，快得令她连震惊的时间都没有。

"你还有什么事？"顾清鸿淡然转身，黑琉璃一般漂亮的眼眸中没有丝毫温度，但是他脸上依然彬彬有礼，优雅得令人心折。

"相公，你不是发过誓，从此你我恩爱到老，一世一双人……"她忽然说不下去。

誓言犹在耳，她记得。可是他，好像不记得了。

顾清鸿略略沉默了下，忽而淡笑，眉眼生动，俊美如昔柔声说道："这哄人的话你也信？"他说完转身走了，独留她一人呆呆立着。

这哄人的话，你也信？……他无情嘲弄的话就在耳边，聂无双想笑，终于忍不住捂着脸呜咽出声。

那一夜，他三年来第一次未在她房中歇息而是去了另一个女人的房间。她哭了一整夜，望着黑漆漆的夜幕，第一次觉得长夜漫漫，杳无边际。一夜过后，相国府上上下下所有的人都知道相国大人有了新欢，顿时风向微变，所有下人看她的眼神都怪怪的，从前的尊敬通通不见。

墨香看不过去："夫人，您怎么不跟大人说您已经怀有身孕，看那些狗眼看人低的奴才敢不敢瞧不起您！再说夫人您还是聂家的嫡女，相国大人的正妻！那个沈如眉算是什么东西，敢跟您争？"

聂无双拭去眼角的泪，摇头冷笑："你看他的样子就知道了，旧爱不如新欢，正妻不如宠妾，就算我怀了孩子又能怎么样，这时候也只是他兴头上泼的一盆水。再等等，我要选最好的时机告诉他这件事！"

她摸着平坦的腹部，怔怔地想，也许他不过是一时被迷惑。可是还没等来夫君的回心转意，倒等来了沈如眉的耀武扬威，栽赃陷害！

风平浪静地过了十几天，一日聂无双一早起身，正在梳洗，忽然听见外面的下人禀报："夫人，沈姑娘求见。"

"不见！"墨香气嘟嘟地嚷道。

"让她进来吧。"聂无双为自己的额前细细贴了花钿，这才回头淡淡道。

"夫人您……"墨香不解。

聂无双看着镜子中的女人，白腻如雪的肌肤，眉不描自黛，唇不涂自朱，略略打扮就胜过无数女子。她自然知道自己有多美。当年未出阁的聂无双可是齐国京城中的第一美人！琴棋书画样样精通，太后寿宴上的一曲"惊鸿"舞，四座惊艳。她的美更胜在一种说不清的气势中，空灵若幽兰，却又带着不可亵渎的贵气，别人根本模仿不来。而沈如眉虽美，但只是珠粉堆出来的娇艳而已，比起她来，更是连提鞋也不配。痛定思痛，即使伤心于夫君移情别恋，她也不容许自己未来的孩子因自己不受宠爱而过得艰难。

聂无双在心中冷冷一笑："她想来你也拦不住，总会有这么一天的。"

说话间，沈如眉已经婷婷袅袅地由丫鬟扶了进来，当她看到穿戴整齐的聂无双，不由得结结实实一怔。

她是知道聂无双的美名的。在青楼中，不知道有多少女人每当谈起她都羡慕得银牙暗咬。且不说聂无双出身京城第一大族聂家，光是她的父亲聂卫城就是堂堂的三公之一——司徒大人。但她多少名门子弟不要，偏偏选了当时还是穷书生的顾清鸿。记得当年顾清鸿金榜题名，骑马游街的时候，那俊逸儒雅的面容可是生生震撼了整个京城的老老少少。谁都没见过这样年轻英俊的金科状元，直到这时所有人才对聂无双的选择感到佩服。

这才真叫做郎才女貌，天作之合！

"如眉拜见夫人。"沈如眉掩下心中的嫉妒，楚楚可怜作势要跪下去。

聂无双也不扶，等她跪下才淡笑道："沈姑娘免礼，在府中可还适应？"

"很好，相国大人对如眉很好。"沈如眉抬头，眼中掠过一丝得意的笑。

聂无双脸色一白，浑身晃了晃。

很好！沈如眉说他对她很好。只两个字，就是挖心的痛。沈如眉起身，坐在她身边，殷勤地问东问西，聂无双看着面前晃动的精致的脸，克制着扑向她的冲动。她多想叫她滚，滚出她和顾清鸿的世界，要不是理智告诉她要忍耐，她早就失态了。

一场谈话结束，沈如眉得意扬扬地走了。聂无双看着她走了，木然的目光扫过桌上她喝过的茶杯，手一挥"哗啦"一声，上好的青州瓷窑茶盏顿时碎成千万片。

"夫人！"墨香吓了一跳。聂无双木无表情地看着她："我累了，谁来也不许打扰。"

过了不久，忽然院子里有人喊："沈姑娘出事了！"

"出事？"墨香疑惑地自问："能出什么事？刚才不还好好的。"

聂无双正依在美人榻上，心忽然一沉，沈如眉才刚离开能出什么事？正思忖间，忽然房门的帘子一撩。

顾清鸿大步走了进来，俊脸上铁青："刚才如眉是不是来过这里？"

"是。"聂无双盯着他的眼睛。

"她喝过什么？吃过什么？"顾清鸿又问，隐约有些气急败坏。

"沈姑娘喝了一杯茶，什么都没吃。"墨香连忙回答。

聂无双猛地站起身来，盯着他的眼睛怒道："你怀疑什么？我给她下毒？"

"如眉回去后腹痛如绞，脸色发青，肯定是中毒。"顾清鸿看着她明亮的眼睛，不自然地别开眼。

聂无双冷笑起来:"你的意思是她来我这里喝一杯茶就中了毒?"

顾清鸿漠然转头,一向带着温柔的俊脸上再无一丝柔情:"不然你让我怎么想,我承认这几日是在她房中过的,但是你也不必如此善妒。她不过是一介柔弱无依的弱女子。你怎么如此狠心!"

聂无双浑身一震。十几天了,她终于听到他亲口承认他对沈如眉的宠爱。弱女子?他是不是忘了,曾经她下嫁给他,父亲和族人都不谅解她,最后断了往来,她那个时候也是柔弱无依的弱女子!

她连连冷笑,连眼泪都笑了出来。

顾清鸿清澈的俊眸微微缩了缩,随后冷声道:"如眉喝过什么茶,茶杯在哪?让我看看。"

墨香顿时踌躇:"沈姑娘的茶杯已经被打碎了,奴婢拿出去丢了。"

"丢了?"顾清鸿挑眉,转头冷冷看着聂无双:"你是故意打碎丢了吗?"

聂无双苍白的唇边含着一丝森冷的笑,眼泪却滚滚落下:"是我摔碎的!顾清鸿,三年夫妻,你若要绝情,我也无话可说,我只问一句,你对得起你的良心吗?"

"你忘了是我不惜下嫁,与你同甘共苦,是我当掉首饰,资助你生活,助你金榜题名!我可是你的结发妻子!你好好看着我,我哪一点对不起你?你非要娶一个青楼女子!"她说得声嘶力竭。

顾清鸿却只是沉默。半天,他回过头,一双俊眸映着她的泪颜,吐出一句话:"聂氏善妒无德,即日起关入柴房,等我查明真相,再行定夺。"

"什么?!"聂无双失声反问,"你就为了一个莫须有的罪名就要把我关入柴房?!顾清鸿,你不是才智双全吗?你只要想一想就知道我怎么可能事前就知道沈如眉要过来?就算我要害她,也不可能在自己的房中下毒……"

她还想再挣扎辩驳,屋外拥进家丁一把抓起她向外拖去。

"不是我,不是我……清鸿,不是我害的她……"她看着他冷然不动的身影,绝望顿时涌入了四肢百骸。

泪光模糊中,她看见他的深眸中掠过一道极淡极淡的异样,似愧疚又似怜惜……黑暗袭来,她被丢入了冰冷又充满霉味的柴房。

第二章 心绝：抄家祸

"不是我！不是我……"聂无双猛地惊醒，四周黑漆漆一片，天已经昏暗了。而她自从下午被丢出相国府已经坐在地上好几个时辰了。

"姑娘你醒醒！"一双苍老的手拍着她的脸颊。模糊的灯笼光下，一位老妇人正低头看着她。聂无双惊叫一声抱紧了自己。可是一动下身的血更加急地流出。

"可怜啊，姑娘你怎么坐在这里？还穿得这么少。"老妇人手中的灯笼一照，又不由得叫了一声："姑娘你怎么流了那么多血？"

聂无双只觉得自己一会冷，一会热，腹中疼痛如刀搅。原来不是一场梦，自己真的是被休下堂，还被人灌了药打掉了孩子。

"老婆婆，你让我死在这里，不要管我……"泪又滚落下来，聂无双无力地推开老妇人的手，呜咽着，"你走，你走啊……"

"唉，可怜的孩子，好好一条命干吗非要说死。跟老婆子回家，我帮你看看，作孽啊！你身上什么药味？是红花啊！天啊！你这个样子分明是被人灌了药。"

老妇人不容她多说，一把拉起她。许是老妇人做惯了力气活，力气不小。聂无双挣扎不了，只能一边哭一边任由她拖回去。相国府的后巷边上就是一片普通百姓住的简陋房子。不一会儿，老妇人的家到了，短短一段距离却令聂无双耗掉了全部体力。

老妇人把她放在干燥的床上，点起蜡烛，不容分说脱掉她身上的血衣，打来热水用白酒和生姜替她擦身驱除寒气。热水温暖了她早已经冻得麻木的四肢，泪水像是无法干涸的河水默默地流着。

"姑娘啊，人生在世好死不如赖活着，看你样子也是被大户人家赶出来的，有什么冤屈得忍着。不然你死了，那坏人就得逞了。哪一天老天开眼，给了你机会报仇，你都没法子……"

老妇人念念叨叨的话像是在念经，聂无双的眼泪渐渐止住，她睁开眼睛盯着头顶上方的茅草屋顶，终于止住眼泪冷冷地想：是的，她怎么能死了呢。她还有疼爱她的父亲，他一定会帮她出头，洗清冤屈……

孩子！还有她的孩子！她要沈如眉为她的孩子陪葬！！她泪光闪闪的美眸中掠过强烈的恨意。

寒夜寂寂，相国府中书房处灯火明亮。顾清鸿立在窗前，俊逸的身影翩翩如仙。书房的门被叩响。

"进来。"他回头淡淡道。沈如眉恭谨地走了进来，福了福："相国大人，事已经办妥。后巷外聂无双已经不见了，应该是回家了。地上留着一摊血迹……"

她顿了顿，有些畏惧地看了他一眼："孩子应该是打掉了。"

顾清鸿微微一颤，许久才点头："嗯，知道了。"朗朗如月的面上依然没有一丝表情。

沈如眉悄悄靠上前，媚眼如波："相国大人，今晚到如眉处歇息吧！"

"退下吧。我累了。"顾清鸿转头，一向温和的眼眸比窗外的月色更冷，"你要记住你的身份！"

沈如眉被他的目光刺得浑身一缩，俏脸煞白如雪，连忙后退几步："是，大人。"

她心不甘情不愿地离开了。顾清鸿这才颓然坐在椅上，坚硬的椅子，背后却是她亲手绣的靠垫，每一针每一线，都细密整齐。身上的衣服，脚上的鞋袜，他亲眼看着她坐在桌边为他缝制，这种贴身的东西她从不假手于人。这时候他本不应该再想起，但是这十几天只要一安静下来，他的眼前总是晃动着她被拖走那一刹那绝望、泪水涟涟的神色。

顾清鸿叹了一口气，揉了揉眉心。不该做的都做了，该做的也做了。明日或者后天，圣旨就要颁布，聂卫城这个老匹夫就要垮台了，三部已经在一个月前秘密会审过聂卫城，可恨他在狱中坚称自己无罪，任多重的刑讯都不能逼他开口承认自己通敌。但是他提供的证据已经呈给了皇上。这一个月，他瞒着她四处走动，一切务必一击必中。

聂卫城！顾清鸿眼中掠过深深的仇恨，我也要让你尝尝抄家灭族，妻离子散家破人亡的滋味！眼中的恨意那么深，完全盖过了他所有的理智……

只是聂无双——他的妻……

他心中掠过一丝抽痛：是生是死，就让她去吧。

许多年以后，当顾清鸿想起当初的决定都痛悔万分。他明明可以留下她，只要告诉她一切只是她父亲的罪过，他和她还是可以恩爱到老。可惜时间不能倒回，他被仇恨蒙蔽了双眼，他不知道原来当初天禅寺外那一眼，不仅仅是她对他一见倾心，他亦是从此心中再也抹不去她的倩影。

第二天聂无双幽幽醒转，身上是干燥温暖的。她冷漠地勾了勾唇角，也许是自己命贱，一碗红花灌下去竟然不死。

"姑娘醒了？"房门被打开，老妇人端着一碗香喷喷的小米粥走了进来，"昨夜可真凶险，要不是老妇懂一点医术，你身子也不错，不然的话真怕你挺不过来。"

老妇人把小米粥放在桌边，扶她坐起，和蔼地问："姑娘，你可有家人？"

聂无双点了点头，她聂家可是齐国有名的世族，父亲是三公之一的司徒大人，她的大哥掌管西北兵马二十万，三哥去年刚中了探花，还有……她忽然皱眉，不对！一定有什么不对！她家世那么雄厚，为什么顾清鸿敢如此肆无忌惮地休她下堂？逼她打掉孩子？！

不对！一定是出了什么事！

她忽然紧紧一把抓住老妇人的手，急急地问："老婆婆，最近京城里有没有发生什么大事？"

话才刚出口，她就发现自己的嗓子已经沙哑不堪。她死死盯着老妇人浑浊的眼，后背惊出了一身冷汗。是从什么时候开始不对劲？对！一个月前！一个月前自从顾清鸿把沈如眉公然接进府中，她就感觉到不对头！

可恨那时候自己伤心欲绝，又觉得无颜回娘家，所以一直闷在自己的房间里。而这一个月自己几乎是与世隔绝，京城中有什么事她根本不知道。想起平日父亲在谈话中隐约流露出的忧虑，她更是心头狂跳。不会的！聂家百年望族，怎么可能一夕之间就大难临头？

"京城中没什么大事，哦，有也是皇上的七公主今年及笄了，听说一个月后皇上就要替她选驸马了。"老妇人回答道，顺手端来小米粥喂她，"唉，同是做女人的，还是生在皇家好。你看你这么美的一个姑娘竟然遭这种罪……"

聂无双听了老妇人的话这才放下心来，但还是隐隐觉得不安。聂家没事就好，但是既然自己娘家没出什么大事，顾清鸿凭什么敢如此对待自己？她越想心头越乱，小米粥吃在嘴里也食不知味。

老妇人见她神情恍惚，以为她在伤心自己的遭遇，唠唠叨叨地说了一通，无非就是让她好好养身子。

聂无双渐渐缓过神来，看着面前素不相识的老人，心中涌起感动："麻烦婆婆你去城东的聂家帮我送个信。"

"聂家？！"老妇人忽然失声问，"司徒大人，聂大人家？！"

聂无双心头一跳："是，怎么了？"

老妇人看了她一眼，犹豫地问："姑娘的家人是不是里面的什么管事？如果是我就过去送个信，如果是聂家的人就恐怕帮不了了……"

她欲言又止，聂无双心头狂跳，沙哑着声音问："聂家到底怎了？"

"没什么，只是老身我听到一些风言风语。"老妇人不想再往深处说。

聂无双犹豫了一会儿，勉强笑道："那就麻烦婆婆帮我送封信，我姑姑就在里面当差。"

于是老妇人从床边的抽屉中掏出皱巴巴的笔和墨。聂无双身子还虚弱，咬着牙写好了一封信。从怀中拿出唯一的一块小金锞递给她："一点意思不成敬意。"

老妇人却摇头："送个信而已，老身不敢要姑娘的东西。姑娘还是拿着这钱好好养身子。今天天色晚了，明天再替姑娘送信。"

聂无双感动无比，只能点头，半是忐忑半是安心地沉沉睡去。

第二天一早，老妇人揣着聂无双的书信出了门。大约一个时辰后，老妇人忽然气喘吁吁地跑回来，一进门就哎哟叫唤："不得了，姑娘，出大事了，皇上下旨说要抄家！要抄聂家满门啊！"

聂无双正在喝水，一听，手中的碗"砰"的一声掉了下来，她看着一地碎片脑中一片空白。

老妇人连忙开门进来，还没坐定就抚着胸口："哎呀姑娘，我才刚走到城东就看见一大队官兵气势汹汹跑过去，等走到聂司徒大人家不到一百丈就看见官兵把司徒家都给包围起来，一个个往外抓人……哎呀，姑娘你怎么了？"

她还没说完，就看见聂无双捂着胸口昏了过去，连忙又是掐人中又是灌水。好半天聂无双幽幽地醒过来，清澈的美眸中充满了痛苦茫然。

"怎么会是这样，怎么会是这样……"她喃喃念着，忽然疯了似的下床要向门外奔去，"我不信，我不信！……"

老妇人被她吓了一跳，连忙一把将她抓住，急道："好姑娘，你这是做什么，你才刚小产，你这是干什么去……"

"爹爹！……我不信，我不信！"聂无双泪流满面，死命挣扎，老妇人力气大，把她拖回床上，看着她癫狂的神情也明白了几分："姑娘，司徒大人是你什么人？"

聂无双心中纷乱一片，她哀嚎一声，号啕大哭："他是我的爹爹！我是聂无双！顾清鸿你怎么能如此绝情！"

老妇人吓了一跳，连忙问："姑娘你到底在说什么？"

聂无双只是痛哭，过了许久，她才抬起脸来，美眸中水光点点，深深的恨意充斥其中。

她擦干眼泪，对老妇人哀求："婆婆，我得去看看，你借我一身衣服，我一定得去看看！"

老妇人见她神情坚决，无奈点头："好吧，如果司徒大人真的是你的爹爹，你是该去看看，不过这次下的圣旨是抄家，你过去千万不要让人认出来……"

聂无双咬牙点头："我知道，认出来我就得被抓走，不是当官妓就是流放千里。"

齐国律令：罪臣之女，如果已出阁，嫁三品以上官员的可以不受牵连，可是她现在已被休离！根本不在这赦罪之内。想到这里，她心中又翻江倒海一般痛起来。这也就是为什么顾清鸿等不及把她休下堂的原因！他不愿意庇护她。甚至有可能，皇上抄聂家的圣旨都是他拟的！

聂无双想到这里生生打了个寒战，温柔夫君，三载恩爱，她总以为她与他是情投意合，没想到睡在自己身边三年的夫君竟然如此心机深沉！忘恩负义！

她不敢再往深处想，接过老妇人的衣服，急急忙忙穿戴起来。老妇人担心她小产见风，把她穿得厚厚实实，又把她一头如瀑青丝用头巾包起，虽然她身上穿得臃肿，但是一张巴掌大的绝美小脸依然十分显眼，聂无双沉吟一会，抓起泥土在脸上抹了几把，这样一个灰扑扑平凡无奇的村妇就成了。

聂无双别了老妇人出了门后，急急忙忙向城东聂家走去。她小产之后十分虚弱，只能走几步歇一会，额上后背冷汗涔涔，她心急如焚，心中又痛又悔。要不是自己的自尊心作祟，一个月前早就该派人跟父亲联系，哪怕去对着父亲哭诉一番也好，也不会是现在这个样子。

她好不容易走到城东聂家，远远看去心"扑通"一沉，只见聂家门口都是官兵，里面隐约传出哭声。她连忙挤上前，抓住一个围观的百姓，急急地问："到底怎么了？皇上为什么要抄聂家？！"

"姑娘是乡下来的吧？听说聂大人通敌祸国，啧啧，要满门抄斩！"那人连连摇头。

通敌祸国！满门抄斩？！聂无双只觉得眼前一黑，顿时又昏了过去。

"姑娘，姑娘……"旁边有好心人连忙把她扶到街边。聂无双半天才醒过来，眼前是刺目的天，她呆呆看着，泪水滚落冷笑连连："好一个通敌祸国！顾清鸿，你竟然是要我聂家死绝！好狠的心！"

路人见她神情古怪，嘟哝了一句"疯子"就走了。聂无双定了定神，刚才的"通敌祸国"四个字像一盆冷水浇醒了她。这个罪名向来是昏君诛杀臣子最锋利最恶毒的武器。看来爹爹平日的担忧是对的，聂家权力过大，她几个兄弟个个是人才，特别是大哥，镇守西北……

不对！她怵然一惊，若说皇上明目张胆地要抄聂家，大哥手中的兵权肯定首当其冲被夺！大哥！聂无双脸上煞白如雪，她的大哥估计已经遭了毒手！

正在这时，忽然聂家门前一阵喧哗，聂无双吃力地站起来，扑上前，只见官兵像是赶牲口一样把里面的男女老少纷纷赶了出来。奴仆被官兵驱逐着上了囚车，轰隆隆碾过大街。官兵又吆喝着把聂家围起来。

聂无双擦了擦眼泪，心中有一种说不出的奇怪，她连忙问旁边的人："聂大人呢？怎么不见聂大人?"

"哎呀,姑娘你不知道啊?聂大人早在一个月前就被抓了,听说已经过了三部会审,啧啧,今天这样子,我看早就有预兆了!"

聂无双脑中一片空白。她忽然想起一个多月前顾清鸿的疏离冷漠。原来一个多月前,聂家就出事了。他竟然瞒得这样好!

好!好!聂无双忽然冷笑起来,喉咙一腥,一口鲜血呕出。旁边的人纷纷惊呼躲避。

聂无双看着他们惊恐的脸,冷笑着走了。不必再看了,一切早就在一个月前都成了定局。她踉踉跄跄向老妇人家中走去,她心如油煎,一路走一路想她一介弱女子如何救她的父亲族人?不知不觉已经到了老妇人家旁,忽然看见几个家丁打扮的人正在老妇人家门口徘徊,里面传出一个尖利娇媚的声音:"说!聂无双到底去了哪里?!"

聂无双倒吸一口冷气,连忙躲在拐角:是沈如眉!

"老身不知,她一早就走了的。"这是老妇人哀求的声音。

聂无双顿时明白过来,沈如眉一定是今天听到聂家被抄了,竟然打探到她的落脚处想要抓她回去认罪!

沈如眉!你竟然要赶尽杀绝!

她的美眸中掠过深深的恨意,死死盯着那扇门,浑身发抖,总有一日你沈如眉要为今天的所作所为付出代价!

她不敢再耽搁,转身连忙向外踉踉跄跄跑去。一直跑出几条巷子她才气喘吁吁停了下来。抬眼,眼前只是京城中一条寻常的街道,两旁商铺林立,行人如织,一派热闹景象,但是她心中却犹如寒冰三尺,天大地大,哪里才有她聂无双的容身之处?!

春雨淅淅沥沥下个不停。聂无双抱紧了自己的胳膊,哆哆嗦嗦躲在京城西山一处破旧的庙宇里。齐国的京城偏北,三月倒春寒格外冷。聂无双一天没吃东西,又冷又饿。她擦了擦红肿的眼睛,跺着脚让自己的双脚不要冻僵。长夜太长,一如她的前路一般渺无尽头。眼中的泪又要滚落,聂无双狠狠掐了自己的大腿一把,不让自己哭。

"主上,就在这里躲一躲雨吧。"

庙外忽然传来杂乱的脚步声,有个悦耳的声音淡淡地"嗯"了一声,在雨夜中听起来格外清晰。

有人来了!聂无双心中一惊,连忙躲在神龛下的案桌里。

有一行商人模样的人来到庙中,一阵忙碌之后,他们生起了火。聂无双透过桌上垂下的布幔数了数,这一行人大约五六人,有丫鬟模样的,有护卫……当她的目光扫到当中那个男人的脚的时候,忽然头上一亮,有个清脆的声音咯咯笑道:"主上,这里躲着一个人!"

突如其来的光线令聂无双尖叫一声，拼命往里面躲。

"只是个疯妇而已。"那个悦耳充满磁性的声音又响起，带着一种说不出的慵懒与贵气。

"是，奴婢错了。主上您饿了么？"那个丫鬟连忙讨好问道。

"不饿。"那个声音又淡淡响起。

聂无双偷眼看去，当目光与那男子目光相接时，不由得结结实实愣了下。只见那男人一双奇异的深眸，眸色呈琥珀色不似中原人，倒似西域的人，他俊颜深目，鼻子高挺，有一种十分魅惑的俊美。他头上簪着一支翡翠凤形簪，古朴大方，玉色莹润，原本十分女气的簪子衬着他的俊颜竟有一种奇异的美感。

他身上穿着一件淡青色袍子，外面穿着同色纱罩衣，腰间饰着一条玉带，五颜六色的宝玉，彰显他身份的贵气与不凡。天气寒冷，他披着一件纯黑的水貂皮裘衣，衣领如墨，他肤色极白，越发显得一张脸俊美到诡异。

聂无双越看心中越惊疑不定，看他的打扮不是皇亲就是贵胄，但是看他的样子又分明不是京城人，甚至不是——齐国人！

她倒吸一口冷气，忽然那男人低低一笑，目光如刀地看着她："姑娘看样子可没疯呢，心如明镜。"

他一步步走向神龛，俊颜上笑容如水中浅月，蒙眬美好："姑娘不要怕，出来吧。"

那人声音柔和但是听在聂无双心中却不由得让他打了个寒战，这个男人已经看出她识破了他的身份！接下来，他会不会杀人灭口？！聂无双想了想，像他这种人还不至于为这点小事杀人。于是咬咬牙，爬了出来。

"公……公子，我……只是来避雨的。"她声音沙哑，怯懦可怜。

那男人似笑非笑地看着她的眼睛，眼前的女人灰扑扑的，穿着臃肿的衣服，脸上黑一道灰一道，看不出本来面目。只是这一双眼睛虽哭得红肿却生得极好，似春水流波，明媚清澈。

他忽地一笑："姑娘兰心慧质，落难了的确可怜。春芷，给她一点吃的。"

叫春芷的丫鬟明显十分不乐意，哼了一声，从一个精巧的食盒里面拿了一份糕点，递到聂无双面前。

"给！还不谢谢我们主上！"春芷一双葱玉似的手横在她面前，聂无双别过脸去，即使腹中饥火中烧，但巨大的羞耻感还是令她抬不起手来接下这份施舍来的食物。什么时候她堂堂司徒家的千金小姐竟沦落到这种乞吃的地步？

"不吃？！"春芷秀眉一挑，冷哼一声，"给你脸不要脸。不吃算了！"她手一翻，整盒糕点纷纷掉在地上，沾了尘土。

那男子看着眼前这一幕，如琥珀色般的眼中掠过玩味。聂无双心中一凛，知道此时所谓的清高可能会令面前这个身份不明的男人更起疑心，连忙低下头，伸出手把地上的糕点一个个默默捡起，低声说："谢谢公子赏赐。"

"怎么不吃呢？是不是心里还骂着我们主上呢！"

春芷似对她的反复起了兴趣，在一旁半冷不热地讽刺。聂无双飞快抬头冷冷看了她一眼，春芷正得意扬扬，冷不防被她一双美眸盯着，聂无双含着愤怒与威势的眼睛，冷若冰霜，摄人心魄，看得她不由得心中一颤，忍不住倒退一步。

聂无双低下眼，拿起一个脏了的糕点，说了一句"不敢"就吃了起来。美味的糕点掺着泥沙，吃在嘴里犹如爆炒蚕豆，她胡乱嚼了几口吞下，沙子咯着喉咙，她想吐，却硬生生逼着自己再继续吃。

春芷见她如此也没什么话好说，悻悻骂了一句就围着那男子张罗起来。雨下了许久最后渐渐小了。那一行人走了之后寺庙又恢复死寂，聂无双挪到了他们烤火的地方，温暖袭来，她渐渐感觉到了暖意。

火光跃起，柴火噼噼啪啪，一行清泪顺着她的脸庞静静流下……

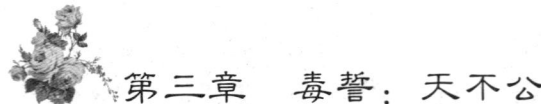

## 第三章 毒誓：天不公

  第二天一早，聂无双从寒冷中醒来，抿了抿头发就向城东奔去。聂家的大门前冷冷清清，厚重的朱漆大门在一夜之间被刀剑戳得斑驳。门上贴着黄色的封条。所有的行人都绕道而行，似怕沾染一点晦气。聂无双在街角守了半天，终于失望离开。街上经过昨夜春雨早已泥泞不堪。她小产后脚步虚浮，一不留神，重重摔在地上。街上的几个小孩嘻嘻哈哈地跑过来。

  "疯子！疯子！"

  "打她！打啊！"雨点般的石头朝她身上飞来。

  聂无双吃痛，连忙护住自己的头，几个妇人连忙过来制止，但是看见她浑身脏乱的样子也狐疑地避开。聂无双吃力地站起身来，地上一处水洼照出她现在的样子，头发蓬乱，脸庞黑灰。她苦笑，难怪刚才那些人看她的眼神犹如看见疯子，这模样简直是鬼非人。

  一辆绿呢马车从眼前疾驰而过，泥水溅起，溅了她一身一脸。聂无双怔怔看着这马车，忽地她想到了一个办法。她咬了咬牙，如今无计可施，也许只有这个办法可以去见见父亲最后一面！想着，聂无双踉跄地向一家茶楼走去。茶楼前人来人往，她往后门走去，躲在拐角处。

  不知过了多久，她终于看见一顶绿呢轿子停在了后门，不一会儿，轿门的帘子掀起，一抹清朗俊逸的身影从轿子中缓步走出。

  聂无双眼眶一红，再也顾不得多想，从藏身处扑出，扑到他的脚下："顾郎，你当行行好，救救我爹爹！救救我聂家！我求求你……"

  她盯着他，字字泣血："顾郎，你我三年夫妻，我自问不曾负你，如今我聂家大难，我知道求你救我父亲太过强人所难，那我求你，你让我进天牢见我父亲一面，就让我见见我父亲……"

顾清鸿一怔，等看清是她，挥退了身后欲阻止的小厮，俊眸里的神色复杂难辨："你……你怎么成了这个样子？"

聂无双抬头，她的狼狈映入他的眼中，顾清鸿定定看着她，过了许久才叹道："我都放你走了，你怎么还不走？"

聂无双心如刀绞，是，他放她走了，逼她打掉孩子、休她下堂、不肯庇护她。让她眼睁睁看着自己父兄通通下到天牢，这就叫他放她走？！

顾清鸿慢慢摇了摇头："你进去也是个死。"他从怀中掏出一包银子递给她，"如今皇上震怒，我也保你不得，你赶紧走吧。这点银子……"

他的话突然停住，聂无双忽然从地上站起冷冷看着他。他见过她各种各样的眼神，妩媚的，清澈的，纯真的，唯独没见过她如此怨毒地看着自己。

"你——"他忽然觉得一阵说不出的心虚。

"打胎药是你早就熬好的，是与不是？"

"我父亲是你陷害的是不是？"

她冷笑着步步逼近。

顾清鸿儒雅的面上渐渐变色，他知道她聪慧无双，但是被她看透还是这么狼狈。聂无双浑身脏乱，但是一双美眸仿佛淬了剧毒的箭，一一射向他的心里。

"你做这些我都不会再问为什么，顾清鸿，我从没求过你。他是我的父亲！我今天来是求你看在往日情分上让我见我父亲最后一面！"

她脸上的泪纷纷落下但腰肢依然挺直，犹如在她孱弱的身躯中有一根百折不屈的傲骨立着："我不是来找你要银子。你可以休我，可以逼我打掉我们的孩子……但是你不能这样侮辱我！"

气氛顿时凝固，顾清鸿眼中掠过一丝疲惫："拿去吧，夫妻一场……"

"哗啦"一声，聂无双伸手打掉了他手中的银袋，银子落了一地。

她忽然咯咯笑了起来："往日清贫如洗的顾清鸿，如今也会拿钱打发人了。夫妻一场，原来你也还记得我们夫妻一场？你可曾记得我当日下嫁与你，你说过什么话？你说你我夫妻一定会白头到老，你会永不负我……可笑我竟到了今日还对你存有一丝奢望，奢望你能帮我。"

她看着他的眼睛，冷笑如刀："顾清鸿，你狠心打掉自己的孩子，难道你就不会寝食难安？"

她抬头看着这茶楼，冷冷一笑："看来你不会。顾清鸿，聂家若被皇上问罪，上天入地他们的冤魂定会夜夜找你索命！！哈哈……"她说完，转身踉跄走了。一路走一路笑，竟像是疯了。

小厮犹豫上前："大人，要抓住她送去官府吗？"

顾清鸿闭上眼，深深吸了一口气："不必了！"他睁开眼，眼前早已没有了聂无双的身影，只是她刚才的话，依然字字诛心。长袖下，他的拳头捏得咯咯作响，心中有一个地方在分崩离析。

他的妻，他的孩子……通通都被他自己毁了。

第三天了，聂无双盯着刑部威武的石狮子，忍着身上一阵热一阵冷的难受，缩在街角。忽然刑部门口拥出一大队官兵，囚车驶来轰隆作响，她猛地站起身来，看见里面推出几个满身是血的人。只一眼，她眼前一黑，要不是扶在墙边几乎要软倒在地。只见囚徒中她的父亲满面血污，她的二哥，她的小哥铁镣加身，神情木然……

她的泪哗啦落下，依在墙边，十指几乎生生抠进石缝中。不知哪里来的百姓围拢过来，看热闹一样地对囚车中的人指指点点。她只觉得四肢仿佛被灌了铅一样，无法挪动一步。囚车轰隆隆地驶走了，聂无双张了张口，脑中一片空白，泪飞快落下，仿佛没有尽头，她被人群推搡着，跌倒再爬起，追上，再跌倒，再爬起……反反复复，终于囚车停下。

她怔怔看着那大大的监斩台，终于跌坐在地上。

"奉天承运，皇帝诏曰：……"传旨内侍尖利的声音传得很远，说了什么，她统统听不到，她只流着泪盯着父亲苍老的脸庞，二哥，小哥哥……他们仿佛认了命一样面无表情。

不，不应该是这样，不！——聂无双想要喊，但是喉咙怎么也喊不出一句话来。春日的正午阳光很暖，可是她却察觉不到一丝丝暖意。

"斩！"那只白皙修长的手举起，又重重落下。顾清鸿站在监斩台上，神色冰冷。

她睁大眼睛，眼前一片血光……

……

春雨最是缠绵，淅淅沥沥下个不停，雨水冲刷着青石地面，红的血丝丝缕缕，渗入地面，了无痕迹。她坐在雨幕中，仿佛傻了，呆了。天色已经黑透，所有的生的死的，在漆黑的天幕中都隐匿了踪迹。

许久，她吃力地站起身来，浑身已湿透，只有她一双眼明亮得吓人。她一步步走到那血腥味久久不散的青石板前，仔细看了许久。

抬头，万千雨丝落下，她忽然低低笑了起来："苍天在上，我聂无双今日在此发誓，我若不死，当卷土重来，报满门血仇！"

"顾清鸿！我若不死，当卷土重来，报满门血仇！"

"我若不死……"

"哈哈……"

空荡荡的街道回荡着她的声音,她狂笑而去,隐入了黑夜之中。

雨还是不停地下着,聂无双紧紧盯着打听来的客栈的门口,身子已经发热,热得发烫,但是神志却异常清醒。苍天可怜,竟在这末路的时候让她遇到了那个男人,看来她命不该绝!

她知道他是谁!那个有着异色深眸俊美得不像话的男人的身份!只要他肯收留她,那她就不会死在这齐国!

聂无双一边想,一边就着雨水木然地擦着自己的脸,雨水洗去了她脸上的泥土,露出了白腻如雪的肌肤。一张倾国倾城的容貌渐渐显露出来。过了半个时辰,客栈的门忽然打开,一行人走了出来,一顶油布大伞把那个男人罩得实实的,滴水不进。那人上了马车,几匹通体纯黑的骏马打着响鼻在车夫的鞭子下扬起铁蹄向前奔去。

这就是机会!

聂无双不知哪来的力气扑到马车前,喊道:"小女子有要事求见王爷!"

拉马车的骏马有一人多高,神骏异常,眼见得有人冲来,嘶鸣一声,铁蹄扬起,眼看着要重重踏上她的身子。马车上的车夫忽然呼啸一声,骏马忽然立起,犹如通了人性一般,铁蹄生生挪开几步,这才落下。

"你不想活了!"车夫见差点踩死人,怒气冲冲地冲到她面前,一把拧起她的衣领,一股冰冷的杀气从他眼中流露而出。

"王爷!"聂无双一咬牙喊道,"小女子有事要求见王爷!"

车夫的脸色一变:"哪里有王爷,你胡说什么!"

"阿四,让她过来。"车厢中响起那个悦耳慵懒的声音,"我可不是什么王爷,这位姑娘莫不是病了胡乱喊的么?"

车夫惊疑不定,只好把聂无双拖到马车跟前:"主上,就是她惊了我们的马。还胡说八道。"

"我没有!"雨水落下,聂无双使劲眨着眼睛盯着车帘,压低声音,"小女子求见应国王爷!"

"哦?"车厢的车帘一动不动,那慵懒魅惑的声音依然漫不经心,"姑娘是谁?"

聂无双的心怦怦跳了起来:"小女子聂无双。家父……聂卫城,大哥聂明鹄,二哥……"她的声音渐渐哽咽,车内一片沉寂。

"进来吧。"一道似叹息的声音划过她的耳边。

聂无双心头陡然一松,挣扎着爬上马车。

"阿四,走吧。这里不是久待的地方。"车帘掀开一条缝,一双白皙如玉的手掌向聂无双伸去。这双手极白,修洁得似女子的手,但又多了几分英气与贵气,令人心生不忍亵渎之感。

聂无双愕然，他已经握住她冰冷的手，微微一用劲。车内暖意扑来，就着微光，她终于看见了那张俊美到诡异的脸。

他斜斜卧在车中软垫上，发如墨，眸色如琥珀流光，看着她却是笑："姑娘难道就是齐国相国夫人——聂无双？"

他轻轻抚着肩头的白狐裘衣，神情散漫。聂无双已经冷得说不出话来，他忽然俯身，抬起她的下颌，俊眸微眯："如果你说你是哪家落难小姐，本公子说不定看你如此美貌还能帮你。但是你说你是聂无双，这可难办了。今天聂家才刚被满门抄斩，你可是通缉犯呢。"他抚着额头，似笑非笑，"窝藏通缉犯，可是要杀头的！"

"公子不愿帮我？"聂无双只觉得自己想好的计划在他的目光下已经溃不成军。

"帮你的话我又有什么好处？"他的声音凉薄，但依然悦耳。

"我……"聂无双绝望，心中掠过一个疯狂的念头。

她猛地扑在他的脚边簌簌发抖："若公子肯收留我，公子只要用得上无双的地方，甚至要无双追随公子天涯海角，无双一定万死莫辞！无双知道公子来齐国一定有目的，无双愿效犬马之劳！"

她望着他俊魅的面容，眼里心里满满的都是复仇！为了报仇，要她毁天灭地，背叛齐国都可以！雨幕中车轮碾过空阔的街道，带起一阵吱呀声，马车中却是死一样的寂静。半天，男人忽然笑了起来："你的意思是你要背叛齐国？"

"是！"聂无双猛地抬头看着他，昏暗中，她的眼睛映着马车外微光，竟然亮得可怕，"聂家一家被诬陷，满门抄斩，我已经没有任何眷恋！"

他沉默半天，忽然道："你刚才叫我什么？"

"王爷！小女子前些天在破庙中已经知道了王爷的身份。"聂无双斩钉截铁地道。

"哦？你从哪里看出来的？"他忽然一笑，甚至心情十分愉快地眨了眨眼，"如果我真的是王爷，你说我到底是谁？说得出我就留下你，说不出的话可别怪我无情。"

聂无双忽然语塞，她那天在破庙中只凭着男人鞋上的龙形绣样猜出他是尊贵的王爷，但是至于他是谁……她不由得抬头盯着那男人奇异的眼眸，在脑中拼命回想父亲曾跟她说过的话。

"从这里还有一刻钟可以到我朋友别院，如果你想不出来的话……"他的话还没说完，但是警告意味甚重。

聂无双沉吟一会，美眸中流出强大的自信，开口道："您是应国的五王爷！姓萧名凤青。"

"你怎么看出来的？"萧凤青微微笑，并不训斥她直呼他的名讳。

"在破庙中，虽然王爷您已经竭力隐藏身份，但是您的鞋子上的龙形绣样说明您的皇子身份，您的鞋口比齐国的鞋子更高，说明您是应国人，只有应国天气比齐国寒冷，所以鞋子一般都做成类似短靴样。"聂无双分析道,"你的眼睛是琥珀色,应国的王爷中,只有五皇子据说……"

她忽然住口,不敢往下说。

她父亲的原话是这样的:"应国的皇子人才辈出,只有五皇子据说是应国的皇帝巡狩边境时与一名番外歌女所生,被当时的皇后抚养长大,虽然应国皇帝十分喜欢他,常常赞他'机敏聪慧,果断善度',但是碍于他生母出身卑微,所以最后还是立了三皇子萧凤溟为太子……"

聂无双伏在车厢上,额上冷汗涔涔而下,双肩微微颤抖。她竟然忘了这一层。可是她侃侃而谈却又半途中断,眼前的萧凤青又怎么可能不会疑心?

"据说五皇子生母为番邦歌女,出身卑微,眸有异色……"萧凤青忽然轻笑,"好!好!好!"

他一连说了三个"好"字,面上依然笑若春风,根本看不出是喜还是怒。聂无双心中后悔无比,刚想要辩解,马车已经停下。她屏住呼吸,抬头盯着面前的男人,紧张得说不出话来。

"下车吧。"萧凤青坐起身来,撩袍就要下车。

聂无双急扑到他的脚边,连连磕头:"无双错了,请王爷恕罪!无双不敢对王爷不敬!"

"下车!"萧凤青看也不看她一眼,"如果你觉得在车上随便说两句就可以报仇的话,那我也无所谓。"

他拉开她下了马车。回眸,他的容色在马车灯下忽明忽暗,一只白皙的手向她伸去,冷冷一笑:"让我帮你也并不难,就让我看看你会为你的报仇付出多少代价。"

聂无双大喜过望,伸出手紧紧地握住了他的手。

## 第四章 盗图：美人计

又是一夜了。聂无双枯坐灯前，久久无法安然入睡。三天了，她在萧凤青的别院中已经三天。人是安顿了下来，但是夜夜噩梦缠身。萧凤青对她说不上好也不算不好，只当她是普通丫鬟。

有人靠近房门边，低低唤了一声："无双姑娘，主上有请。"

聂无双愣了愣，半晌才回答："知道了，马上过去。"

这是这三天来，他第一次单独唤她。

聂无双连忙点起油灯，对镜梳头。想了想，她挑了一件深紫色长裙，只在髻边簪了几朵今天采下的紫罗兰。她面色如玉，只是神情憔悴，但在这一身衬托下整个人在苍白中多添了几许神秘高贵。她对镜看了看，苦笑了下。不敢耽搁，连忙往萧凤青的住处"翰明轩"走去。短短一段路，聂无双走得虚汗直冒。她小产后虚弱却又不敢对人言，只能自己撑着。擦了把冷汗，她悄悄走进轩中的暖室，里面熏着淡淡清苦的杜若香。

她掀开珠帘，不由得怔了怔。榻上萧凤青已经支着下颌和衣睡着了。他头上的发簪已经拔掉，胡乱丢在地上，如墨的长发倾泻在雪白的狐裘上，俊脸酡红，似夜饮方归。

"主上？"聂无双走近，轻声唤道。

萧凤青一动不动，似已经睡得很沉。聂无双捡起他的发簪，归置好他的靴子，这才怔怔坐在他榻边的凳子上。三天了，她还犹如身在梦中，仿佛随时随地都能从噩梦中惊醒，醒来后一切还是原来的样子。她依然是人人羡慕的相国夫人，依然是尊贵的聂家千金，父亲疼爱，兄长眷顾，锦衣玉食，无忧无虑。

可是，这一切都不是梦啊……

"你来了……"一道温热的气息忽然停在她的脸上，聂无双猛地抬头，对上那一双深邃的琥珀色眸子。

"你哭了？"萧凤青忽道，指尖划过她的脸，一滴水渍停留在他手中，"我一直很好奇，三天里你从不哭，我还以为死在刑场上的其实并不是你的父兄。"

"主上有何吩咐？"聂无双生硬地打断他的话，跪在地上听候吩咐。

萧凤青看了她一眼，忽然笑道："你甚至不为你的父兄戴孝。今夜而来，精心打扮。你在勾引你的主上吗？"

他说得十分轻佻，聂无双浑身僵了僵，半晌抬头微微一笑，容色如夜间昙花，美得惊人："主上是那么容易就被无双勾引的人么？"

萧凤青看着她的笑容许久，忽然轻吁一口气："罢了，明天夜里跟我出去一趟，见个人。"

他盯着她的眼睛："我要你去偷一样东西。"

聂无双愣了愣："是什么？"

"到时候你就知道了。"萧凤青闭了狭长的眸，似倦极："为我更衣，我要睡了。"

聂无双只能起身，吃力地为他解开袍子，一股淡淡的男子气息荡入鼻间，她的脸不由得一红，一抬头，却看见他正眯着眼饶有兴致地看着她的窘状。

"没有为别的男人更衣过？"他忽然问。

聂无双脸微微一变，抿紧唇，只是手在发抖。这还是她第一次伺候一个不叫做顾清鸿的男人。下颌微热，她的脸已经被他的手指挑起，逼着她直视他的眼睛。他的眼仿佛是一泓漩涡，看久了几乎连心神都要被吸引进去。

"你在恨。"萧凤青看着她的眼睛，"你的恨意那么明显，任谁看了都知道你还恨着顾清鸿，这种恨不但没有用，还会为你带来危险。"

聂无双硬着声音问："那我要怎么做？"

"你要笑。越是恨，脸上越要笑，笑得让人不知道你在想什么，然后再慢慢地给他致命的一击。"

萧凤青慢慢低头，他靠得这么近，几乎鼻息相闻。她闻到他口中淡淡的酒香与他身上好闻的男子气息，俊魅如魔的面庞近在咫尺，她一眨不眨地看着他。

"笑？"她似了然，抬起双目与他对视，忽地，她嫣然一笑，"无双明白了。"

她的笑犹如有毒的花，美中带着淡淡的傲然，忽如一夜春风化了万千冰霜。

"这才对。"萧凤青满意地点了点头，在她脸上落下轻浅的一吻，低喃掠过她的耳边，"你要知道，美貌就是你的利器，杀人不用刀。"

第二天萧凤青果然赐下不少精致发饰，舞衣霓裳，吩咐她细细装扮。聂无双不自然地看着镜中的自己，她今天梳了个高髻，三千青丝统统挽上，露出白皙优雅的颈部，一朵朵细小珍珠做成的珠花插在上面，犹如星辰点点，素雅高贵。眼尾成凤尾妆，淡淡的嫣红扫过，一双妩媚的眼睛越发勾人心魄。顾盼中，风华无双。

凤凰无双

她身上穿着一件极薄的舞衣，高腰束胸，露出胸前隐约一点春色，引人遐想，长长的裙摆逶迤而去，衣上薄纱处亦是绣了华丽的点点桃花，人穿着，犹如站在桃花树下，被突然的桃花雨淋了一身，真的是人美如花。

连一旁脸色严厉的嬷嬷见了也连连点头："姑娘好身段，好相貌。可以起程了。"

聂无双眼中掠过不自然，心中更是紧张万分，今夜要去的地方可是兵部尚书府——周大人府邸。她能否在这一次得到他的满意，就看今夜一行了！

一辆毫不起眼的马车已经等在外头，车帘掀开，聂无双不由得一怔，只见萧凤青正歪在软垫上，闭目假寐。他听到动静，慢慢睁开眼。即使看过了他不同常人的眸色，聂无双还是被他几乎洞悉人心神的深眸刺得微微一缩。

他打量了她一眼，眼中露出赞许，点了点头："果然不错。"

聂无双抬头看着他："主上想让无双怎么做？"

萧凤青以手支颔："听说你才艺双绝，又是出身名门之后，想来弹琴跳舞的什么都会吧。"

聂无双点了点头："还算精通。"当年一曲惊鸿舞，已经让她京城第一美人的艳名远播，可是自从嫁人后，她一心做贤妻，都不曾在顾清鸿面前跳过舞，自然技艺也松懈了。

她顿了顿，美眸盯着萧凤青的眼睛："可是周宁将军认识顾清鸿。"

萧凤青只是笑："我知道。但就算他见过你又怎么样？"

聂无双一怔。他忽然靠近，聂无双只觉得眼前一花，他修长的手中已经拿出一方珍珠帕，在薄如蝉翼的纱面上缀着一颗颗细小的珍珠。

"戴上。"他命令道。

聂无双戴上，抬头看着他，大部分面容已经被面纱遮住，只剩下一双美眸露在外面，看上去妖娆无比。她看见他眼中露出满意，修长的手指轻抚过她的眼，带着他身上特有的气息，聂无双心头一跳，连忙低头。

萧凤青清冷一笑："美人之所以是美人，就是美人如隔云端；看不清，看不分明。今天晚上我就让他想见又不能见。"

他拉她起身，坐在自己的身边，俯身在她耳边轻声说："如果你想要报仇，就得按我说的去做，我要你去拿一样东西……"

他在她耳边细细说了，聂无双越听越是心惊，不由得诧异地盯着他。

萧凤青挑起漂亮的长眉："不愿意？"

"不是。"聂无双咬了咬牙，"希望王爷信守承诺，日后助无双报仇。"

萧凤青一挑眉，眼中渐渐流露玩味："只要我大权在握，你就有复仇的一天。"

大权在握？聂无双在他口气中听到了一丝不寻常的意味，两相对望中，她看到他眼底深沉隐忍的野心，心中不由得结结实实打了个寒战。萧凤青，他隐匿身份来到齐国京城果然是别有所图!

"主上，有点不对。"车外传来车夫压低的声音。

"什么不对？"萧凤青问。

"好像周将军还请了别的客人。"车夫声音中带着犹豫，"看马车好像是顾相国的车子。"

聂无双心突然凉到了底。她掀开车帘，果然看见在大门边停着一辆熟悉的马车。

"是顾清鸿？"萧凤青皱眉问。

"是。"聂无双声音颤抖。

马车中忽然陷入一片死寂，萧凤青眉宇不展，聂无双亦是低头沉默。

"来吧。下车。"萧凤青淡淡地说，他向她伸出手去。聂无双看了他一眼，却发现自己无法伸出手。

萧凤青深眸微眯，目光如剑，声音冷冽如冰雪："今日再教你一句，要懂得面对你的痛苦，如果你始终不敢面对他，你何谈报仇？"

"是。"聂无双心中一震，抬起美眸看着面前似魔非人的男人。是他收留她，也是他给了她第二次生命，如今他正一步步带着她往这条充满阴谋的不归路上越走越远……

"流芳阁"是齐国京城中最大的青楼，它妙就妙在楼后庭院中辟了各色精巧的楼阁庭院，京城中达官贵人来此，若嫌前面太过吵闹，就花银子包下一方庭院，清静幽雅又极隐秘。聂无双跟在萧凤青身后，由人引着，沿着回廊七绕八拐，终于眼前一亮来到一处花厅。

"哈哈，林公子来了，周某有失远迎。"一阵爽朗的笑声传来，聂无双抬头，只见一位身穿白袍的中年男子迎上前来。

萧凤青微微一笑，握着聂无双的手迎了上去："多日不见，周将军可安好？"

周宁笑容满面地走上前，目光掠过聂无双戴着面纱的面容时，不由得怔了怔："这位是……"

"哦，这位是在下新收房的小妾，歌舞双绝，等会儿让她在酒席上助助兴。"萧凤青漫不经心地说道。

聂无双抬眼看了周宁一眼，默默福了福。此时她风帽已经摘下，面纱下一双极媚的眼露在外面，勾人心魄。周宁一双眼已经被她深深吸引，眼中露出炽热的光。萧凤青不动声色地看着眼前的这一切，似笑非笑。

"周将军，是哪方贵客，何不引荐引荐？"这时身后传来一道熟悉得令聂无双心中发颤的声音。

花厅灯下，顾清鸿含笑走来。聂无双屏住呼吸，等他走到近前，这才恍然发现自己已

经汗湿重衣。

"这位是相国大人，年少有为，是皇上跟前一大红人。"周宁连忙互相介绍，"而这位是林公子，也是名门之后。"

顾清鸿目光掠过萧凤青停在聂无双脸上，脸一沉，忽然道："这位姑娘看起来很眼熟，像是顾某的一位故人。"

场面一时冷了下来，聂无双只觉得顾清鸿盯着自己的一双眼睛犹如可以穿透面纱直透心底。她忽然嫣然一笑，依在萧凤青身边，仰头笑道："相公，为何男人每次见了臣妾都喜欢说这句话？"

顾清鸿闻言顿时脸上一沉。萧凤青哈哈一笑，俯身在她面上轻轻一吻："那是因为你讨人喜欢。快快去见过相国大人。"

"是。"聂无双含笑上前，福了福，"臣妾见过相国大人。"

顾清鸿目光变幻不定地看着面前的聂无双，忽然冷着声音："姑娘姓甚名谁，怎么不摘下面纱让人见见你的真面目？"

聂无双抬头，美眸对上他的，笑意不改："妾无名无姓，小名双儿，至于面纱，臣妾已嫁作他人妇，怎么可以让除了我相公之外的男人看见臣妾的面容。相国大人，您失礼了！"

一番话说得顾清鸿面色越发阴沉。聂无双挑衅地看着他，毫不退缩。周宁一怔，哈哈一笑，上前解围："好了，贵客已来，都入座吧。"

萧凤青搂住聂无双的纤腰，对顾清鸿道歉："内子伶牙俐齿，林某回去一定会好——好管教。"说最后一句话时，他眼中暧昧之色十分浓郁。

顾清鸿面上已经沉沉如山雨欲来，他冷冷看了一眼聂无双，拂袖入座。聂无双看着他不悦的背影，心中隐约有一股报复的畅快。

"记住你的任务。"耳边温热的气息袭来，萧凤青轻声提醒。

聂无双忽然想起此行的目的，猛地抬头，却对上顾清鸿冷然犀利的目光，她这才发现自己已经和萧凤青靠得太近。而从来喜怒不形于色的顾清鸿竟然在生气？即使不能立刻报仇，气他也是好的。

聂无双忽地嫣然一笑，更紧地靠近萧凤青，贴着他的耳边："无双明白了。"

吐气如兰，媚态天成。萧凤青眸中一紧，不由得多看了她几眼。他们两人窃窃私语，犹如亲密的夫妻在调笑，令座上的周宁羡慕嫉妒不已，顾清鸿更是少见的冷着脸色。周宁所有的心神都被聂无双的一举一动吸引，自然没有注意到他的不悦。他笑着招呼萧凤青入座，还特意令聂无双入座。一番寒暄，丝竹奏起，觥筹交错。一旁的周宁却越发被聂无双吸引，每每敬酒时都装作不经意碰下她的手。

聂无双心中冷笑，果然是色鬼一只，竟然敢当着萧凤青的面调戏她。

酒席到了一半,歌舞姬退下,萧凤青忽然提议:"内子也精歌舞,不如让她为两位大人献艺以助兴?"

周宁将军自然说好,顾清鸿忽然冷声讽刺道:"莫非林公子喜欢让自己的妻子抛头露面,沦为下等的歌舞伎?"

萧凤青哈哈一笑,目光如电:"总好过某些恩将仇报,休了自己患难结发之妻另攀高枝的男子。鄙人如果是真小人,那这种人岂不是伪君子了?"

花厅中忽然静了下来。顾清鸿脸上红一阵白一阵十分难看。

萧凤青又慢慢说道:"不过这种人哪及得上相国大人千万分之一,听说相国大人与结发妻子患难与共,可惜却在这时候暴毙。相国大人年少丧妻,连皇上都忍不住要多多眷顾了。"

聂无双听得一头雾水,但是萧凤青的嘲讽她是听懂了,原来顾清鸿为了颜面,竟然对外宣称她暴毙了。可是至于什么皇上眷顾,这是怎么一回事?

顾清鸿再也忍不住,猛地一拍桌子,怒道:"林公子不要胡说八道!"

"在下胡说?!"萧凤青作惶恐不安状,看向一旁的周宁,"周将军,不是你说皇上要把快和笄的公主下嫁给相国大人吗?难道消息有误?"

"这……这……"周宁将军尴尬得不知说什么好。

聂无双顿时明白过来,猛地抬头看顾清鸿,而他也恰好望了过来。两人对望中,她眼神如冰雪。而他在她的眼神下竟有了溃败的痕迹。

"那就要预先恭喜相国大人了。"心已成殇,她轻轻一笑,站在场中,"这一曲踏春,祝相国大人步步高升,鹏程万里。"

她看着顾清鸿发白的脸色,笑得冰冷。

丝竹响起,她缓缓展开水袖,纤细的腰肢,窈窕的身段,一举手一投足,都充满了生机活力,她随着歌曲且舞且唱,声音犹如夜莺,悦耳娇软。随着节奏的加快,她挥舞着水袖犹如水波荡漾开来,渐渐地,她越转越快,整个身影犹如罩在汨汨春水中,欢快而明丽。随着最后一声落下,她伏在地上,肩头微颤。

这一曲踏春真的是被她舞得传神又切题。聂无双忍着因虚弱而产生的眩晕,勉强笑着告退。一出花厅,拐过回廊,聂无双就软倒在地上。身上冷汗淋漓,她喘息着扶着墙坐在廊边的椅子上。她终究是小产刚过不久,身体十分虚弱。一曲欢快的踏春竟然没有出错也算是造化了。至于厅上的人是怎么样的反应,她都不想再去想了。想起刚才听来的消息,她伏在栏杆边轻轻地笑了起来,一点一点的水渍滴了下来,不知是自己的汗水还是眼中的泪水。

他竟然要做驸马了,踩着聂家满门的鲜血,他竟然还有脸去娶公主!

好!好你个无耻的顾清鸿!

忽然身后脚步声传来，聂无双猛地回头，顾清鸿就站在身后不远处，廊下的灯光照在他的脸上，俊美无俦。

"为什么？"他问，"我已经放你走，你为什么不走？"

聂无双冷冷反问："我为什么要走？"她忍着眩晕一步步逼近他，泪水滚落，"我就活该一无所有地离开京城，离开你，让你看不到就可以不用受良心的折磨，就可以让你自己欺骗自己不是刽子手，不是杀了我聂家满门的凶手，不是杀了你亲生孩子的凶手吗？"

顾清鸿浑身微微一晃："所以你为了报复我，你自甘堕落去做了人家的小妾？还厅前献舞？"

他忽然愤怒，一把抓住她的胳膊狠狠一掼，聂无双猝不及防，被他摔在地上。眼前一黑，她的额角渐渐有鲜血流下来。

她低低笑起来，抬起脸来冷冷看着他，妩媚笑道："是，我自甘堕落，我做人家的小妾；我厅前献舞，成了不入流的舞姬。这一切都是你逼的！我做下多少丑事，犯下多少罪孽，到头来通通都是因为你！"

"你！——"顾清鸿上前一步，手掌已经高高举起，可是看着面前血流满面的聂无双，还有她那双充满刻骨仇恨的美眸，那一巴掌怎么也扇不下去。

聂无双吃力地站起身来，冷冷看着他："打啊！今日你若打不死我，终有一日，我要你后悔今天放了我！"

"这是怎么了？"两人身后传来萧凤青懒洋洋的声音。

下一刻，聂无双只觉得自己被一双温暖的手扶起："怎么这么不小心，居然摔了。让我看看。"

他抬起她的下颔，似心疼地啧啧说道："可怜的，这张脸要是破相了可怎么办？"

聂无双抬头，对上萧凤青带着警告，似笑非笑的眼眸，她心中微微一动，冲动过后是后悔不迭。她不该像刚才那样激怒顾清鸿。

萧凤青转头对顾清鸿殷勤似地笑道："相国大人，酒宴还未完，我们再去喝两杯？"

"不必了。"顾清鸿冷冷说完，拂袖而去。

"主上……"聂无双还想再说什么，萧凤青已经冷然转身离开。她连忙踉跄追上前去。

"这件事结束，我们就回应国。"萧凤青忽然开口，深邃的眸盯着她的眼，聂无双闻言，突然觉得一怔。

"所以，今夜不许失手！"

聂无双心头一震，不知如何回应。

"我说过，只要我大权在握一天，你的大仇就可得报。"他缓缓地说。

聂无双抬头凄然一笑："无双明白。"

"你明白什么？"萧凤青问，一双深眸如此犀利，几乎要洞破她的内心。

"王爷要的是——权倾天下。"她笑。

"不，我要的是——天下！"他靠近她，廊下的灯下，深邃的眼眸映着她绝美的容颜，缓缓吐出最后几个字，"所以我不许你败！"

丝竹歌舞，满目奢华。聂无双略略重新收拾一番就端坐在萧凤青身旁，无视周宁那几乎把她剥光的如狼眼神。

"林公子佳人在旁，周某十分羡慕。"借着三分酒意，周宁开始打开话题。

"呵呵，这有什么，周将军不也是妻妾成群。更何况周将军为人风雅，一定有更多佳人倾心将军。"萧凤青假意恭维，"林某只是一介贩马商人，能被周将军引为知己实在是上辈子修来的福气。"

"呵呵，说到马，林公子日前所说的可否作数？"周宁趁机提起。

聂无双顿时明白。原来萧凤青假扮的是应国的贩马巨商，而齐国这几年军中马匹没有好的骏马配种，远远不如应国的战马好。但是应国控制马匹贩卖极严，一般马商根本无法和别国交易。如今萧凤青假扮马商，周宁自然会注意，一来二去，他就能接近周宁。为了能钓上周宁这条大鱼，萧凤青实在下了不少工夫。

"这是自然，在下已经修书回去，一百匹上好的骏马已经在路上，只等周将军示下。"萧凤青说道。

周宁一听顿时心情大好，连连唤下人上菜再上酒。借着酒意，他力邀聂无双再舞一曲。

聂无双含笑摇头："方才不甚摔倒，头还晕着呢。"她美眸一转，忽然笑道，"只想有地方可以歇一歇。"

她眼中楚楚神色令周宁心中更是难忍，连忙命下人前来扶聂无双下去自己的书房中休息。一旁的萧凤青只盯着场中的歌舞姬，似已陶醉，浑然忘我。

聂无双由两个丫鬟扶着到了书房。不一会儿，书房门前有人轻咳一声："你们下去。"

聂无双心中冷笑，果然来了！书房门打开，周宁满身酒气地走了进来。

聂无双见他进来，含笑道："双儿只是崴了脚，周将军竟如此关心，实在是令双儿惭愧。"

"不，这药酒劲大，还是让周某亲自为双儿姑娘擦药才是。"周宁眼中掠过如狼的红光。

聂无双看得心惊，勉强一笑："这怎么敢当。"

"无妨……"周宁早就按捺不住，一把抓起她的脚。聂无双紧张得脸色发白，她定了神狠下心，嫣然一笑，朝他招手："周将军，你再靠近一点。"

周宁嘿嘿一笑，连忙靠近："双儿姑娘……"

他还没说完，闷哼一声已经软软倒在了地上。聂无双见他真的昏过去，把手心中一直紧捏的簪子再插回发中。看着地上昏睡不醒的周宁，她忍不住狠狠踢了他一脚，骂道："色鬼！"这才穿上鞋子，在书房中飞快翻找起来。

萧凤青的话在耳边回响："周宁手中有一张齐国边防驻军图，各个隐秘的要塞、兵力部署都在其中，我已探明这图藏在他的书房中，只是他藏得极隐秘，我派了不少暗士都找不到，你且去试一试。秘密应该在书桌或者在他书架上。"

时间一刻一刻地过去，聂无双找了半天，依然没有任何头绪。汗水已经打湿了她额前的发，到底在哪里？她沉吟一会，转身在周宁身上翻找起来。终于在他脖子处找到一方金印，金印背面刻着繁复的古篆文。

金印……聂无双目光在书房中搜索起来，忽然她看见书房椅上的靠背处有一个四方形的雕刻凹陷处。

难道是这里？

她把金印拿下，慢慢地合了上去……

车轮飞快碾在路上，嘎吱作响。车外天气晴朗，两旁麦田碧绿葱翠。但车厢却紧紧闭着，昏暗无光。聂无双在车内依在软垫上，用狐裘披风紧紧裹住自己，只露出一张巴掌大苍白绝美的小脸。

春芷跪坐在一旁，昏昏欲睡。

不知走了多久，聂无双睁开眼，声音嘶哑："水……"

春芷拿了水囊喂她喝水。

"到了哪里了？"聂无双看着马车外透进的天光问。

"已经到了青州了，再赶两天路就可以过淙江，到时候就到应国了。"春芷回答。

"原来已经走了这么远了。"聂无双说着剧烈地咳嗽起来，脸颊上浮出不正常的嫣红。

"你要好好保重，要是病糊涂了，主上可是要我的命的。"春芷冷冷地开口。

"我知道。"聂无双幽幽一笑，一双美眸因为生病而越发大，"要是病糊涂了，可怎么默出那张图呢。"

春芷听了狠狠瞪了她一眼，心中骂道：狡猾的女人！

聂无双仿佛没看见，只是笑。

难怪萧凤青找不到那张图，周宁倒也不笨，把图夹藏在了太师椅背，机关的钥匙又随身带着。任谁来掘地三尺都找不到所谓的密室密盒。她找到了那张图，但仔细看了一遍又原样放了回去，甚至连图中那根头发都没动一分。那夜之后，她便被萧凤青连夜秘密送往应国。因为现在的她可是他的活地图。

"我真不明白,你把图默出来给主上就行了,你这样藏着掖着倒令人讨厌!"春芷冷哼一声。

聂无双也不辩解,只是看着车窗处随风一拍一拍的车帘。默出地图很简单,只是她默出这张地图后,结果会怎么样?会被杀人灭口吗?

她不敢赌,也不想赌。

她要保的是自己的一条命而已。

两旁的景物飞快后退,她淡淡地笑了起来,不熟悉的北方景色渐渐在眼前展开。

她低声一叹,应国,我来了。

## 第五章　棋局：当局迷

　　到应国京城已经是半个月后，她们两人拿着萧凤青给的通关引子一路畅通无阻。可笑引子上还有周宁盖上的兵部大印。想来这个时候他还被蒙在鼓里，只以为那夜不过是做了一场荒诞的醉梦。而萧凤青为了不让周宁起疑，继续留在齐国京城与他谈所谓的"马匹生意"。

　　聂无双的病一直反反复复，一路时而清醒，时而烧得糊涂。但这事关重大，无法停下来休息。春芷虽说讨厌她，但是聂无双病起来不哭不闹，不折腾，倒是渐渐和她有了几分患难的情谊。到萧凤青的王府别苑的时候已经是半夜时分，春芷扶聂无双下了马车。经过半个月的舟车劳顿，她已经病得脱形，下颌尖瘦，脸色白得几乎透明，只一双美眸越发幽深。她依在春芷肩膀看了一眼清幽又精致的府邸，不由得松了一口气，总算到了。

　　于是聂无双就住在别苑中养病，一应吃穿都不差，而她从春芷口中打听到萧凤青王府中有一位正妃还有许多夫人，也好，她也懒得住进王府应付那些人与事。别苑清幽，住下来倒是可心。

　　有一日天气放晴，聂无双这才恍然发现已经到了四月初，春意融融，庭院一株桃花树也盛开，粉白粉红，热闹开了一树。她忽然来了兴致，命小丫头扶了自己坐在庭院中的亭子里。春芷今日出府采买东西，聂无双支使小丫头拿了一副棋盘，自己跟自己下棋解闷。

　　暖风吹拂，她独坐亭间，下着下着，不知不觉竟入了神。

　　"不对，这一步棋不对。白子步步退让，看似软弱，其实留有后招。黑子不如弃眼前一小片利益，不孤军深入才算稳妥。"背后一道低沉中充满磁性的声音响起，带了几分似曾相识。

　　聂无双心中一喜，含笑回头，却在看到来人的面容之时愣了下：来的人并不是萧凤青。那人穿着一件藏青色锦袍，锦袍用同色绣线绣了精细的龙图案，贵气内敛，外罩同色纱罩衣，玉带镶了翡翠与各色宝石，腰间垂下一块祥云羊脂玉，脚上穿着长靴，靴子也绣着精致的祥云银纹。他面容俊逸，鼻目深邃，但是容色清冷威严，与萧凤青有几分相似，但又没有萧凤青那样俊美过于妖娆的诡异，显得淡然大气。

聂无双目不转睛地打量他，他也深眸微眯淡淡看着她。

眼前的女子面色憔悴，像是大病初愈，但依然掩不住她倾国的美色，她皮肤极白腻，满头青丝懒洋洋地披在瘦而羸弱的肩上，一双美眸幽深而大，看人的时候似能洞悉人心，更特别的是她身上傲若清冷的气质，可妖可魅，又隐约带着一种说不出的威势，令人无法忘怀。

"姑娘棋艺精湛，在下佩服！"他打量完，淡淡笑道。

聂无双垂下眼帘，心中虽然猜不透他的身份，但知他也是应国的哪位王爷，不然也不会长得与萧凤青那么相似。

"公子怎么到了此处？"聂无双收起一颗颗棋子，客气问道。

那人一撩锦袍下摆，潇洒自然地坐在她的对面："今日天气好，想着就来五弟的别苑喝喝茶。没想到一路赏花到了这里，倒是惊扰了姑娘。"

聂无双听他叫萧凤青为五弟，便以为自己猜测没错，于是笑道："原来是端王。失敬。"

端王是应国二皇子，听闻他与萧凤青还算交好，看他的年纪，想来应该是他了。

那人抬头，眼中闪过一丝诧异，随即淡淡含笑："姑娘真是兰心蕙质。"

聂无双见他承认，笑道："臣妾失礼之处，还望端王见谅。"她大病初愈，身子倦怠，如今在春日下晒了半天，连骨头都要软了。她知道自己现在头发披散，索性也不拘礼，只坐在石桌边笑道。

"无妨，姑娘棋艺不错，在下可否有幸和姑娘下一盘？好久未曾遇见棋力如姑娘一般的人物了，倒有些手痒。"他拎起一枚黑子，看着她。纯黑的眸色深沉如海，看得人心头一跳。

聂无双收回眼神，这个端王不是简单人物。一时间，她忽然起了好胜之心，拎起一枚白子嫣然一笑："请！"

他也不客气，先下一手。聂无双随后跟上，两人下得极快，一人棋子刚离手，另一人就落下，以快打快。聂无双从小钻研琴棋书画，以棋最为精湛，连被誉为"鬼手"传人的母亲也下不过她。母亲曾抚着她的长发叹道："我儿，若你是男子，天下男子都不及你的智谋深。可惜生了女儿身。"

两人下到一半，那人不由得抬头看她，深眸中满是诧异。一般女子都不会下快棋，刚才他见她左右手互下，却不是这样凌厉果断的风格，没想到她棋风如此多变。聂无双久未逢对手，正下得大为过瘾，忽然胸口一股浊气涌上，心口绞痛异常，她脸色一白，手中的白棋不由得掉落在地。

"姑娘？"那人见她脸色煞白，知道下棋伤神，恐她力不能支，不由得伸出手帮她捡起棋子。

"谢谢。"聂无双勉强一笑，秀眉微皱，又举棋下去。

"要不今日就算了，改日等姑娘身子好了再下？"那人见她勉强，不由得劝道。

"王爷，若战场上我方主帅受伤了，可否也如王爷所说，今日算了，等改日主帅养好身体两国再来一决高下？"聂无双抬眸，淡淡反问。

那人剑眉一皱，似在恼火她的执拗，但微微一思量，忽然哈哈一笑："姑娘说得对，中途放弃是对对手的不尊重。"

他说完一挑眉："如此我便不客气了。"

"胜负未定，王爷未免太乐观了。"聂无双迎上他的目光，毫不示弱。

一盘棋下到日落西山。末了聂无双算了算，她输他半个子。生平第一次，她输得心服口服。

"王爷果然棋艺高超……"她还没说完，眼前一暗忽然昏了过去。

等聂无双醒来的时候已经在床上，身上盖着被子，衣衫完好。她摸了摸额头，枕边忽然咕噜滚下一个瓷瓶。瓷瓶做工精致，上面还细细画了花鸟，十分清雅，枕边有张字条，上面写着："一日一丸，益气补血。"字迹严谨，力透纸背。聂无双脑中忽然闪过那人清俊的面容，心中一暖，没想到端王竟是真君子。

"无双，王爷回来了！"春芷推开门，兴高采烈地说道。

聂无双把瓷瓶放在袖中问道："在哪？"

春芷撇了撇嘴："在王妃那。唉，我们要明日才能看见王爷……"她叹了一口气，闷闷不乐。

聂无双见她如此，抿嘴一笑："你是不是对王爷有女儿家心思？"

春芷被她说得满脸通红，扭着身子："胡说，我哪里有！"她说完，眉宇笼着轻愁，"可是王爷这样的人物，哪个女人会不想着……"

她说到一半，看着聂无双："你难道不想做王爷的女人？"

聂无双摇了摇头。

"哼！骗人！你敢说你没这心思？不然你会巴巴地来到应国？"春芷不服气地反问。

正在这时，房门被悄然推开。聂无双抬眼，只见萧凤青裹着一袭雪白的苏锦缎面披风走了进来。半个多月不见，他清减不少，只是眉眼间多了几分笑意，更显得俊魅难挡。

"你们在说什么呢？"他笑道，坐在床边，仔细看了聂无双几眼，"你倒是瘦了，听说你一路病着回来，现在身子可好些了么？"

聂无双对上他含笑的眼，心中一动，低下头："好多了，谢谢殿下关心。"

春芷见他突然过来,也不知刚才自己与聂无双说的话到底有没有被他听见,羞红了脸,寻了借口退了出去。狭小的下人房中只剩下他与她两人。

他看了她一会,轻笑:"这么客气,是不是多日不见与本王生疏了?"

"不是,只是怕殿下责怪。"聂无双咬了咬下唇,在床边跪下,"无双情非得已,请殿下恕罪。"

萧凤青看了她一会,伸手扶起她,慢慢说道:"你的心思本王明白,那张图你当时不肯默出来是怕本王过河拆桥,但是你怎么能确定,到了应国本王不会杀人灭口?"

聂无双听得心中一寒,猛地抬头,却见萧凤青一双狭长的凤眸盯着她似笑非笑,看不出喜怒。

"最起码,无双确定自己能活到王爷用这张图的时候。"她冷静地说道。

"哦——"萧凤青拉长声音,玩味地看着聂无双,"你果然够聪明,这么说来,本王要一直留着你,直到能确定这张图上所有画的都是正确的?"

"是。"聂无双硬着头皮回答。

他闻言冷冷地说:"好!不错。"聂无双不敢激怒他,连忙从怀中拿出那张自己默画下的图递给他。

"王爷恕罪。无双也是万不得已。无双还有家仇未报,等无双报了仇,一定会在王爷面前自杀谢罪!"她抬起头来,毅然说道。

萧凤青却不买账,冷笑一声:"你聂家是齐国皇帝下旨杀的,你要怎么报仇?让本王带着应国几十万大军灭了齐国?聂无双,你胆子倒是不小!"

聂无双只是低头跪着,默不做声。他说得对,聂家树大招风,齐国的皇上早就心中忌惮。诛杀权臣向来是上位者的伎俩,杀鸡儆猴,不但能防止乱臣贼子僭位,更能巩固帝位。

可是……她捏着素拳,恨意填满了胸口,这里面一定有她不知道的秘密!为什么顾清鸿也牵扯其中?有太多的疑问,她不能死,她要活着亲眼揭开这个谜底!

下颌微微一凉,却是他已挑起她的脸,逼着她看着他:"你刚才说,你不愿做本王的女人?"

聂无双一怔,回过神来,面上通红:"无双不敢妄想。"

"是不敢想,还是不想去想?"萧凤青眯着眼,冷冷反问。

他犀利的眼几乎要看穿了她的内心。

聂无双心中一窒:"是不敢想。"

"那给本王给你一个机会,从明日起,你就是本王的侧妃。"他忽然低头,轻轻在她苍白的唇上落下一吻,"好好地在本王身边伺候吧。"

他的吻冰冷,鼻息间带着他特有的气息,淡淡清苦的杜若香气扑面而来。聂无双一

惊，猛地向后挣开。

萧凤青似笑非笑地看着她惊慌失措的样子，站起身来，冷笑一声："不过叫你做本王的女人而已，你就吓成这个样子。我曾对你说过，美貌就是你的利器，杀人不用刀。自古多少红颜祸水祸乱朝纲，覆国灭城。你若做不来祸水，就不用跟我谈什么报仇雪恨。王府中最不缺的就是漂亮女人！"

聂无双浑身一震，许久，她吐出一句话："无双明白了。"

第二天，聂无双被立为睿王侧妃的消息顿时惊动了整个王府。明明是一个来历和身份都不明的女人忽然一夜之间麻雀变凤凰，竟让睿王一回府连王妃处也不歇息，夜宿她处。不过王府的是是非非都惊扰不了还在别苑的聂无双。

聂无双依在榻上，虽手中拿着书但早就魂游天外。天色渐渐暗了下来，她正要起身，忽然肩头微微一暖，一披温暖的锦面缀水貂皮披风披在她的肩上。披风还带着他身上的气息，暖意扑面而来。聂无双回头看，脸上不由得微微一红，只见萧凤青不知什么时候进来，坐在榻边正含笑看着她。

她不自然地别过脸："殿下来了。可要在这里用膳？"

"等等再说。"萧凤青按住她的肩头，让她坐回榻上，"今天身子觉得怎么样？可好一点了么？"

聂无双被他一双深眸看得浑身似被火烧一般不自在。一想起昨夜两人躺在一张床上，她就脸红，虽然没做什么，但是……

她自顾自想得出神，却不防萧凤青睁开眼，似笑非笑地看着她。他忽然手一拉，聂无双猝不及防，被他拉得跌在他的怀中。她刚想要挣扎起身，他已经扣住了她纤细的腰肢，另一只手惬意地抚着她的背。聂无双一动也不敢动，心怦怦直跳，她不明白他到底想要干什么，但是这样的动作令她浑身僵硬，无法呼吸。

"好多了呢……"他的手指抚过她妃色菱唇，眼中露出一丝满意，经过调养，她比之前脸色红润许多，只是身子依然消瘦，可是即使这样消瘦的身材却有一种无形的诱惑，白皙优雅的颈部，清冷的锁骨，向下是形状饱满美好的胸部，腰肢如柳，腿修长而笔直。也许因为练过舞，她身材比一般女子更加颀长窈窕，楚楚动人。而且她身上没有难闻的脂粉香气，而是有一种淡淡的好闻的馨香，更令人迷醉。

不可否认，自己怀中抱着的是每个男人梦寐以求的倾城之色。他好看的唇角微微一勾，难怪顾清鸿那天看到她在他身边会如此失态。想来他应该后悔，自己放走的是怎么样一个绝世之宝。打量着，他的手渐渐向下探去，聂无双早就浑身窘迫，不知如何是好。他说，美貌是她的利器，但说是一回事，真正让她做到媚惑男人，她根本不知所措。

这样想着她连忙转移话题："王爷，臣……臣妾还没拜见王妃……"

"万一王妃责怪……"随着他的动作,她口气越发结结巴巴。

"不急。"萧凤青看出她的躲避,轻笑一声,忽然把她打横抱起,天旋地转间,他已经把她压在床上。聂无双惊呼一声,在对上他暗沉的琥珀色的深眸时忽然噤声。

"你还没做好分内的事,理会那个女人做什么?"

他轻笑,一挥手,床边帷幔落下,顿时两人就困在这一方天地间。天色已是傍晚,窗外的金光散进帐子中,顿时她和他仿佛与世隔绝,就只在这方寸的金光中。

聂无双呼吸艰难,他忽然放开她,似笑非笑:"你别告诉本王,你还没准备好。"

"殿下……"聂无双坐起身来,刚想说什么,忽然对上他的眼神,心中一颤。

咬了咬牙,她慢慢脱下上身的衣服,外衣,亵衣……最后只剩下一件水红色的肚兜。她脱完,又颤抖着解开他袍子的盘扣,抖了许久才终于解开一个,他依然一动不动,只冷眼看着她的窘状。好不容易把他身上的衣服脱完,露出他白皙结实的胸膛,这还是她第一次看见另一个男人的身躯。

"吻我。"萧凤青淡淡地命令。聂无双一怔,心中一发狠,闭上眼睛慢慢吻住了他的薄唇。

帐影漫天落下,轻易地就覆盖了他和她。他带着邪肆的气息逼近,不容她抗拒。聂无双闭上眼,一颗泪从眼角滑落。心里有个世界在轰然坍塌,那是桃花漫天的天禅寺外,那眉眼俊美的少年,羞涩又大胆的千金小姐……

所谓的郎情妾意,天作之合,一世一双人,从此一去不复返了……

第二日,萧凤青起身用膳,聂无双忍着昨夜的不适与不自然为他布菜。萧凤青是皇子,从小经过严格训练,吃什么怎么吃,一举一动,优雅端方。聂无双在一旁细细看着,心神却已飞走,难道就这样成了他的侧妃不成?

"对了,前些天你有没有碰见什么人?"萧凤青忽然问道,一双深眸看定她。

聂无双回神,脑海中忽然掠过那人清俊深邃的眉眼,她小心翼翼地反问:"是什么人?"

"没什么。只是随口问问。"萧凤青见她紧张,不再追问。聂无双等他吃完了,这才恭送他出了听风阁。等萧凤青走了,她才软在了美人榻上,只怔怔出神。那天与她下棋的人到底是谁?看萧凤青的样子,那人似并不是端王。她深深地皱起了秀眉。可转念一想到自己现在的处境,心头带着几许悲凉与烦躁,她犹如走入一局看不到结果的棋局,陷在其中,不能自拔。

正在这时忽然夏兰脸色不豫地进来:"娘娘,王妃身边的许嬷嬷过来了,要见娘娘。"

## 第六章　立威：罚春芷

聂无双看了看天色还早，心中微微一动："请她进来吧。"

许嬷嬷带着几个丫鬟，神色不屑地走了进来，微微一福："请侧妃娘娘安。"

聂无双笑道："许嬷嬷来得好早，有什么事么？"

许嬷嬷见她今日穿了一件水色长裙，外套一件绣梨花滚银边同色长袄，身若扶柳，修长窈窕，妆容整齐，即使只是略微打扮就令人惊为天人。

她心中暗骂了一句，这才上前："也没什么事，就是听闻侧妃娘娘身子好了些来提点娘娘几句。"

"请说。"聂无双面色不改，笑问。

"这个王府的规矩一向是府中的夫人们每日一早就需向王妃请安，既然侧妃娘娘身子已经好了，那是不是……"许嬷嬷说道。

"这个是自然。许嬷嬷是不是容我用完膳再去？"聂无双笑着道。

许嬷嬷看了她一眼这才告退了。聂无双见她走了，唇边的笑意这才渐渐冷了下来。不过是昨天傍晚的事情，今早就传到了王妃那边，消息还真是传得快呢。聂无双冷冷一笑，慢条斯理地继续用膳。

聂无双用完了早膳，坐了马车到了王府香慧阁中，睿王妃的住所是王府东院最大最精致漂亮的园子。一进香慧阁只见王府的侍女在忙进忙出，偌大的园子静悄悄的。

许嬷嬷带着几个丫鬟迎面走来。

"娘娘正在念叨着，侧妃娘娘随奴婢来吧。"许嬷嬷笑道。聂无双点了点头，正要扶着夏兰往里走，许嬷嬷忽然拦住了她。

"王妃昨夜头疼得厉害，不喜欢生人打扰，夏兰，你就先在外面等着吧。"许嬷嬷不容分说，一把扯开了夏兰。

夏兰脸色一白，却不敢吭声。聂无双见许嬷嬷的脸色深沉，她身后的丫头已经堵住了去路，心中不由得一动，一种不祥感升上心头。曾听过大户人家正妻如虎，会虐打小妾，难道这睿王妃也要给她一个下马威吗？

她拉开夏兰的手，轻轻一捏："叫你在外面候着就在外面候着，对了，我觉得天有点冷了，你去听风阁叫春芷把那件白狐裘披风拿来。"

她说完，对许嬷嬷一笑："嬷嬷请带路。"

许嬷嬷见她浑然不觉，心中暗道原来也是个糊涂的。想罢，她假意笑道："好了，进去吧。王妃该等急了。"

说着扶了聂无双往里走去。夏兰见聂无双跟着她们走了，急得团团转，忽然想起刚才聂无双说的，顿时恍然大悟，连忙往别苑跑去。

聂无双由许嬷嬷带着七绕八拐，最后在一间阴暗的房前停下。

聂无双心中冷冷一笑，回头看着得意扬扬的许嬷嬷，顿住脚步："嬷嬷，王妃娘娘难道是住这里？"

"当然不是，这是奴婢伺候侧妃娘娘的地方！"许嬷嬷阴沉沉一笑，手一推，就狠狠地把聂无双推进了房中。

"砰"地一声，房门关上，聂无双被她推得跌在地上，阴森森的房中空无一物。几个身强力壮的丫鬟立在两旁，木无表情。聂无双慢慢站起身来，手腕，膝盖被粗糙的地面磨破，阴暗的房子，似曾相识的场景……只不过这一面对的不是美艳狠毒的沈如眉，而是更加狠毒的恶奴。

"把她拿下！"许嬷嬷一声令下，几个丫鬟就扑上前把聂无双捆得严严实实。聂无双任由她们捆了，一双美眸只冷冷看着许嬷嬷。那阴寒冷漠的眼神令许嬷嬷老脸上的得意笑容一点点褪去，她终于感到了一丝不对头：柔柔弱弱的聂无双竟然不哭不闹。

"你笑……什么？"许嬷嬷心虚地怒喝。

聂无双一笑："我在笑许嬷嬷甘为爪牙走狗，却不知自己来日如何善了。"

许嬷嬷恼羞成怒，上前狠狠扇了她一巴掌："贱人！今日要活活扒掉你一层皮！"

她说着一挥手，两旁的丫鬟把她推倒在地，用厚棉被将她牢牢裹住了，这才乱棍打在她的身上。如雨点一样密集的棍子打在她的身上，聂无双痛得蜷缩成一团，她死命挣扎，但是四肢被人牢牢固定住，动弹不得。不多时，她已经渐渐不动，许嬷嬷喝住了丫鬟，打开棉被，聂无双脸色煞白如雪，早已昏了过去。

"泼醒她！"许嬷嬷命令道。一盆冷水倾盆而下，聂无双打着寒战醒了过来，她睁开眼，幽幽地看着头顶一张张或麻木或狠毒的脸。

"今天只是给你个教训，在睿王府真正的女主人还是王妃娘娘，你这不知从哪个阴沟爬出来的脏女人最好识相一点！"许嬷嬷得意扬扬地说道，忽地她低下头："你别想去王

爷那边告状，没用的！所有的人都不会站在你那一边！"

聂无双忍着剧痛慢慢站起身来，全身上下已经湿透，她忽然低低笑了起来："许嬷嬷说得是。既然已经教训过了，是不是该放我走了？难道我这个样子还要去向王妃请安不成？"

她脸上的笑妩媚嫣然，即使浑身狼狈但依然美得惊心动魄。可若不注意看的话根本看不出她眼底一片冷酷肃杀。许嬷嬷被她脸上的笑惊得后退一步，指着她说不出话来。聂无双看了她一眼，推开房门，踉跄地走了出去，外面天气晴好，草木繁盛，真是一派春日融融的景象。她深吸一口气，冷笑着离开。

别苑中夏兰正焦急得团团转，院门打开，聂无双跌在了地上。她一见连忙跑出去扶她起来。

"娘娘，你到底怎么样了？"夏兰急忙问。

聂无双定了定神，咬牙道："没事，还没死呢。我叫你去找春芷她怎么说？"

一提到这个，夏兰几乎要哭了："春芷姐姐说她也没法子……"

"然后呢？"聂无双冷笑着追问。

"后来奴婢就去找王爷，刚好王爷下了朝，正在书房，奴婢……"夏兰支支吾吾。

"王爷怎么说？"聂无双只觉得五脏六腑痛得快要移位，但是心头的一股不甘令她生生忍住剧痛。

"王爷……王爷没说什么，只是说知道了，说奴婢大惊小怪。"夏兰战战兢兢说了。

"好！"聂无双听完冷冷笑道，一口气没提上来，"扑"的一声呕出一口血来。夏兰大惊失色，连忙把她扶到了房中，又是揉心口，又是递热水，一个人手忙脚乱，不知该干哪个。

聂无双幽幽盯着房顶的描金莲花彩画，半天才冷冷地开口："你先帮我换身衣服，然后去请个大夫。"

"要是王爷过来了呢？"夏兰期冀地问，"说不定王爷真的能为娘娘讨回公道呢。"

他？聂无双冷笑着摇头："夏兰，你还小不懂，什么都不能靠，男人更不可靠。"

夏兰见她面如土色、心如死灰的样子只能先退下忙活别的了。到了晚上，春芷这才姗姗而来，聂无双只当没看见她，沉沉入睡。春芷见她虽然脸色发白，但也看不出有什么，心头诧异但终究是心虚，没敢问。她还在探头探脑，房门的帘子一撩，萧凤青缓步走了进来。

他今日穿着一件深紫色锦袍，外披一件紫貂披风，犀利的眉眼间仿佛染上了紫气，贵气难言。他进门时带来一股冷气，令春芷不由得打了个寒战。

"你在里面做什么？"萧凤青问。春芷这时才感到后怕，心一慌"扑通"一声跪在地上。萧凤青正在解扣子，见她如此，微微一顿，狭长的凤眸眯起："到底是怎么了？"

春芷支支吾吾不敢说。夏兰正打了热水进来，一见这架势，就把今早的事一五一十说了。萧凤青俊颜上神色未动一分，只是听到夏兰说聂无双一个人回来，漂亮的长眉微微一挑。等夏兰说完以后，他挥了挥手，命她们退下这才撩帘进入里间。聂无双喝了药正在沉睡，他撩起她露在外面的袖子，一看，肤色雪白，什么都没有。

他略略一沉吟，修长的手搭上她的脉搏，这才知道其中玄机：外伤看不见，内里却是伤了。

聂无双幽幽醒转，美眸中冷冷的嘲弄一闪而过："没死已是万幸。"

"你倒是命大。"他一笑，带着漫不经心，"她居然弄不死你。看来本王可以放心了。"

聂无双目光幽幽地看了他一会，忽地冷笑连连："是，王爷放心吧，无双可不敢死。要是死了的话，那张地图可怎么办呢，明明画的是暗藏着几万人防卫的城池，一派兵过去怎么忽然一下子扑了个空呢。"

萧凤青琥珀色的眼瞳猛地一缩，忽然他一把拽起她的胳膊，冷笑道："聂无双！你竟然敢威胁本王？！"

他的铁腕几乎把她的胳膊捏碎。

聂无双脸色煞白却依然笑得欢畅："无双怎么不知道自己在说什么呢。只不过王爷您若要我效力，就把我好好藏着掖着，别让我做你什么劳什子的侧妃，也别把爱慕您的丫鬟摆在我跟前背主不救！"

"要是我死了，您那张地图我敢保证比废纸还不如！"

房中一片死寂，静得只听得见两人的呼吸声，一个粗重愤怒，一个痛得急促喘息。

"聂无双，若是你没有一点自保能力就在这王府被人整死了，本王要你又有什么用，本王说过，王府中最不缺的就是花瓶似的漂亮女人！地图？地图能保你一时能保你一世吗？笑话！"

他一把甩开她，聂无双冷不防跌在了床上，她本就内脏受损，这一动牵动了伤处，五脏六腑顿时翻江倒海地痛。她痛吟一声，蜷缩成团。烛火下，他看着她翻来覆去地挣扎，红唇早就煞白，但是她硬是咬着牙不吭一声。他异色的眸中掠过一道复杂的光，修长的手伸出，但是却在半途硬生生缩了回来。

他猛地转身，掀起帘子头也不回地走了。聂无双咬着唇，泪水在眼眶中打转。都说郎心如铁，她原来却不知，缠绵刚过，他竟连逢场作戏也不肯，眼睁睁地看着她陷在危难中……

他宠她，不过是故意把她推到风口浪尖上。若她死了，自然是白死了，若她不死，说明她的才智心机都是他需要的，以后兴许还能派上用场。顾清鸿骗了她，萧凤青利用了她。这一辈子，兴许她再也无法对任何男人再抱有一丝幻想了。

她轻轻地笑了起来，泪水却再也忍不住滑落……

第二日一早，春芷铁青着脸走了进来，一进门，她撩起珠帘，好大一声"啪啦"这才站在聂无双跟前。

聂无双似笑非笑地看着春芷："这是怎么了？春芷姑娘好大的火气。"

"聂无双，你不过是残花败柳的身子，被夫家打了胎赶了出来，王爷不过是看在你可怜才收留你而已！你还妄想飞上枝头变凤凰！我呸！"春芷破口大骂，"我就是去告了密又怎样？你还能拿我怎么着？"

原来她是被萧凤青训斥了跑来这里撒气。聂无双只静静听了，一声不吭。

春芷以为她怕了，说出的话更加恶毒："你以为王爷看重你吗？他不过是看你长得好，玩玩你而已。你迟早会被王爷丢出王府！"

聂无双冷笑一声："你可说完了吗？春芷姑娘？"

春芷没料到她如此冷静，一时也被噎住了，聂无双冷笑一声，唤来在外面候着的几个丫头："你们听到了？"

一众丫头都被春芷的话吓得呆了，只能点头。

"好吧，既然大家都听到了，我也不好不责罚你。"聂无双冷笑一声，一拍桌子，"来人！架板子！"

春芷倒吸一口冷气，等回过神来的时候，几个粗使丫头已经拿来板子，架起长凳把她压在上面。

"你敢！聂无双！你居然敢罚我？王妃都不敢动我，你居然敢动我？"春芷气极，怒骂道。

聂无双由夏兰扶着走到她跟前，俯下头仔细看了她一眼，似笑非笑："等等你就知道我敢不敢动你了。"

"给我狠狠地打！没有听到我的命令不许停下！"聂无双冷冷说完，就唤来丫鬟拿了一张椅子坐在一旁看着。

春芷一听吓得面无人色："聂无双，王爷知道了一定会杀了你的！啊……"

一板板重重打下，皮肉之声令人毛骨悚然。时间一刻刻过去，春芷已经被打得痛昏了过去，可是那板子依然一下一下落在她的身上，她已经无法喊痛，每打一下，顶多浑身抽搐一下。

"娘娘，夏兰求求你，不要打死春芷，就当是为娘娘积福积德，娘娘……"夏兰看不下去，"扑通"一声跪在地上苦苦哀求。

聂无双这才回过神来，放眼看去，院子里丫鬟的眼神中充满了对她的恐惧。她忽然笑了起来，天光下，她倾城的容色看起来竟多添了几许嗜血的意味。

"就依你，把她丢出府外，是生是死和我再无关系。"她说完，美眸中掠过厉色，扫过院中每个人的面上:"从今日起,我的院子中要是有人敢把听风阁的一丁点事泄露出去,就不止是春芷这个下场了!"

是夜,听风阁。房中的帷幔随着风微微晃动,一袭清丽的剪影映在上面,长发披肩,肩若削,腰若束,缥缈美好。萧凤青看了一会儿,这才撩帘走了进去。

"听说你今天把春芷丢出府去了,看样子是活不成了。"他走到她身边,懒洋洋地说。

聂无双翻了一页书,头也不回:"目无主上,背信无义,没当场打死已经算是我慈悲,不然留着她在府中继续恨着我?"她说完,似笑非笑地瞥了他一眼,"这不就是王爷希望我做的?"

她早该明白,从在齐国他收留她的那一刻起,他并不是贪恋她的美貌,也不是在乎她聂无双的身份,他要的是一件可以替他获取更多利益的工具,而这工具必须够利,够狠,够有用。为了报仇,她自甘成为他的工具。而王府中发生的这一切,不过是他考验她的一道难题而已。

萧凤青眼中神色变幻不定,最后执起她的手慵懒笑道:"宝剑锋从磨砺出,你若领悟了,这小小的王府怎么会困得住你?"

聂无双挣开他的手,目光转回书页上:"王爷到底想要无双做什么还请明说,不然的话,哪天无双一不小心把王府搅得阖府不宁,那罪过可就大了。"

萧凤青轻笑,手一伸,修洁的掌心托着一个瓷瓶,还有一张字条。聂无双美眸一缩,冷哼一声:"你竟然查我!"

"我没有查你,只不过不小心看到而已。"萧凤青把玩着手中的瓷瓶,神色慵懒,"我就奇怪,那天他怎么会突然问起府中的女人,一个精通棋艺的女人。"

他抬眼看她,异色眸掠过玩味:"我想府中漂亮女人不少,是谁让他如此动心留意,直到那一天我看到了你袖子中的这个只有皇家才有的御用瓷瓶,还有这一行字,我才忽然明白了,他看中的到底是谁。"

"端王是个真君子,王爷不要胡说。"聂无双一把夺过瓷瓶,有些气急,"你以为每个男人都像你一样冷血无情吗?我和端王以棋会友,根本不是你想的那样!"

萧凤青听了,忽然哈哈大笑起来。聂无双在一旁冷眼看着他笑。半天他忽然一把搂过她的纤腰,在她耳边吐气呵笑:"问题是,他不是端王。"

聂无双心中一惊,顾不上他的动作,猛地回头:"那他到底是谁?"

萧凤青似笑非笑地看着她的美眸,一字一顿:"他是皇上!"

"你不是想要报仇吗?"他在她耳边低喃,像是恶魔在引诱,"本王送你进宫,只有进宫,你才有机会得到你想要的权势。"

聂无双心头一震,不由得看了他许久……

## 第七章　教导：入宫路

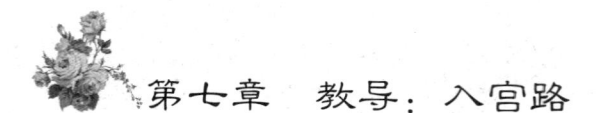

过了几日，萧凤青所说的人终于来了。是一位有些上年纪的嬷嬷，大约五十多岁，相貌端正，举止有度，看着也就是寻常富贵人家的嬷嬷而已。彼时聂无双正在用膳，那嬷嬷由别苑的管家领着来到了点翠居。

"嬷嬷是？"聂无双起身相迎，不由得打量着她。

只见这位嬷嬷花白的头发梳得一丝不苟，领子扣到了脖子处，十分严谨。她一双老眼仔细打量了聂无双全身，这才微不可察地点了点头。

"聂姑娘可以叫奴婢吴嬷嬷。"吴嬷嬷一板一眼地道，"从今日起，奴婢奉王爷的命令来教导聂姑娘一些宫中事宜。"

一旁的夏兰吃了一惊，再抬头看的时候，只见聂无双脸上忽地一阵红一阵白。

聂无双沉默了许久才问道："王爷怎么说的？"

吴嬷嬷淡淡道："奴婢只负责教导聂姑娘而已，其余的不知。"

她的目光太过犀利，甚至含着一丝傲然，即使一口一个自称"奴婢"，但那神情根本看不出她是屈居人下的。这是聂无双在所有的奴仆中都未见过的神色，转念间，她忽然有些猜测到了她的来历。

"吴嬷嬷是宫中的老人？"她看着吴嬷嬷问道。

吴嬷嬷点了点头："奴婢伺候过明顺太妃。还伺候过几位皇子公主。"

聂无双释然，原来是伺候过太妃的宫人，这样的宫人一般有品阶，地位与一般人不一样，而且因为熟知皇室秘辛不能出宫。萧凤青能请她来，一定是费了不少心思。

吴嬷嬷挥退房中的丫鬟仆从，这才盯着聂无双："聂姑娘的事，奴婢听王爷说起过。"

聂无双点头。

"但是，奴婢并不赞同王爷的说法。"吴嬷嬷忽然开口。

聂无双一怔，不禁失声问道："为什么？"

"聂姑娘并不能走所有进宫女人走过的老路。"吴嬷嬷慢慢说道，"进宫，然后让皇上知道你并进而宠爱你这条路并不适合你。聂姑娘要走的是另外一条路。"

聂无双忽然觉得自己在这位城府深沉历经沧桑的老人面前如三岁的孩童一样不由得自主地被她牵引着。

"愿闻其详。"聂无双说。

"不是奴婢多嘴，聂姑娘曾嫁作他人妇，除了貌美以外，聂姑娘以为自己能比宫中其他的女人有更多的优点吗？"

聂无双咬了咬牙，最后缓缓摇头："没有！"

"娘家显赫的家世永远排在美貌之前，在宫中，这是永远的定律。"吴嬷嬷淡淡地提醒。

她在这人生地不熟的应国又有什么家世可以依靠？！聂无双抬头，美眸中掠过幽幽的冷光："那嬷嬷的意思是，无双永无出头之日了？"

"不，这也许是聂姑娘唯一制胜的地方。"吴嬷嬷忽然微微一笑。在她一板一眼平庸的面容上，这点点笑容简直如看见铁树开花一样令人惊异。

聂无双想了许久，她才叹服，再一次深深拜下："无双从此听从嬷嬷教导！"

吴嬷嬷见她如此聪明又谦恭，满意点头："聂姑娘一定会有很好的前途。"

聂无双凄然一笑："所谓的前途只不过是为了最终的报仇。"

吴嬷嬷却不以为意："每个人心中都有一份执着的念头，进宫的所有女人有的是为了皇后的宝座，有的是为了家族的兴盛，而有的是两者皆要。而你与她们并没有什么不同。只不过你想要的是权力，可权力在唯一的皇帝手中。所以，你只要学会揣摩他的心思，给他想要的一切，你才能得到你想要的一切。这宫中很多女人都想讨好他，奉承他，却不懂他到底真正想要什么，所以她们无一例外都失败了。"

"这也是至今宫中美人千千色，却无一人专宠的原因。"

她说得太深奥，每一句都令聂无双揣摩很久。吴嬷嬷也不着急，从此以后她就在点翠居中住下。日常起居她都跟随左右，什么该吃什么不该吃，都一一在旁提点，她提醒聂无双几时起身，几时用膳，甚至每日看书的时间大概多少，以及琴棋书画都提醒她不可荒废。

她的照料无一不细，但是唯一令聂无双觉得奇怪的是她从不教导她宫中的规矩。这让她心存疑惑。但吴嬷嬷这样做自然有她的道理，聂无双也不再多问，收起先前散乱的心思，开始琢磨起自己来。

一日，她自己一人独自梳了一个漂亮的高髻，吴嬷嬷看了点头满意道："聂姑娘梳妆

的手艺越发好了，要知道皇帝什么时候见到你，都不希望自己看到的是一个蓬头垢面的女人。什么样的场合梳什么样的头发，这才能为自己多增几分亮色。"

聂无双玩心忽起，回头笑道："难道真的有妃子因为不梳头洗脸就被皇帝撞见，最后不被宠幸了么？"

吴嬷嬷正色道："这自然是有的，你可知道多少妃子病中宁死也不肯再见皇帝一面，就为了将自己美好的一面留在皇帝心中。"

在后宫连一份可怜微薄的情爱都掺杂了那么多复杂的东西。

聂无双忽然觉得心头寥落，沉默一会："那是因为以色侍人，到最后也不知道在皇帝心中他是因为自己的美色而喜欢自己，还是因为别的。"

两人正在说话，忽然夏兰走进来："姑娘，王爷过来了！"

聂无双一怔，随即淡淡道："等我梳妆后再去见殿下。"

她正要起身，却看见吴嬷嬷不赞同地摇头。

"按奴婢说，聂姑娘从此以后能不见王爷就不要见。"吴嬷嬷平板的脸上一丝表情也无。

聂无双闻言，沉默了一会儿，又坐在妆台前："是，嬷嬷说得极是。"

"情之一字最误人，聂姑娘要是想要进宫，最好从此忘了王爷。否则以后这会为你招来灾祸！"吴嬷嬷道。

聂无双猛地一惊，冷冷否认："我没有！"她怎么可能会爱上萧凤青？！家仇在前，利用羞辱在后，她怎么可能爱上他？

"没有最好！"吴嬷嬷依然不动气，"聂姑娘是要伺候皇上的人，不论在此之前你喜欢的是谁，跟过了哪些男人，在见皇帝的那一刻你所有的心神都要向着他。皇帝身边容不下不属于自己的女人。"

聂无双低下眼睑："是，无双明白了。"

吴嬷嬷每日教导聂无双宫中一些复杂的人情脉络。就当平常聊天一样说起宫中轶事，她面色沉稳，就算说起轻松的话题别人也不敢当儿戏听，更何况说的是宫中之事，聂无双更不敢掉以轻心，每每暗自记住。所幸她记忆超群，那么复杂的关系，竟记得清清楚楚，分毫不差。有几次吴嬷嬷故意说错了，她都能一一纠正。

就这样过了几日，吴嬷嬷长长叹了一声："聂姑娘的心智，奴婢这辈子除了曾见过一个女子有过，再无后来人可望及聂姑娘项背。"

虽然赞美的话不必当真，但是聂无双起了好奇的心思，追问："那个人是谁？"

吴嬷嬷看了她一眼，淡淡道："本朝的高太后！"

"高太后？"聂无双吃惊，拿她与高太后比较，是她听错了吧？

高太后是什么样的女人，即使她不是应国人也知道，这是一位和史书上的吕太后一样权倾一世的女人。她把持后宫以及朝政长达十几年，无人敢质疑她的威严。听闻她手段非常，连先帝这般开疆拓野的皇帝都无法撼动她的根基。拿她与这样强势铁腕的女人相比简直无法想象。

"高太后她十六岁入宫，二十岁成为皇后。从初进宫的婕妤坐到皇后的位置，她用了不到五年的时间。"吴嬷嬷依然口气平淡。

"可是……我不是高太后那样的人。"聂无双心头惴惴不安。

吴嬷嬷一笑："现在的皇帝也不是先帝。"

她看着窗外修修翠竹，仿佛陷入了回忆："先帝仁慈，以至于后宫被高太后一人专宠十几年，到最后虽然出了几个出色的妃子，但是那时候后宫已是高太后一人的天下，难以撼动，所以先帝留给皇上的除了那张龙椅，还有许多很头疼的问题。"

她说的话已经是大大的越矩，聂无双听得心中一震，不由得重新打量面前这其貌不扬的老嬷嬷。

她的震惊看在吴嬷嬷眼中却换来她一笑："聂姑娘是不是从未听过有人这样妄议皇帝？"

聂无双神色复杂地看着她，许久才点头："是。无双从未听过有人这样直言不讳地说这些话。"

从小的三从四德教导的不过是如何孝顺父母，服侍夫君，从来没有人跟她说起过皇帝如何，朝堂如何。但隐约的，吴嬷嬷的话触动了她内心深处一根微妙的弦。如果她能早一点关注除了夫君外的朝堂风声走向，而不是仅仅做一位风光无限的相国夫人，那聂家的悲剧是不是能让她早一点点预知？

掩下心中的惊涛骇浪，聂无双许久才叹了一口气："后宫就是一个小朝堂，今日无双受教了！"话题点到为止。吴嬷嬷也不再提起这话。但是这场大逆不道的谈话却令聂无双深深思索起吴嬷嬷给她透露的宫中所有秘辛。

## 第八章　初探：君无心

就这样过了几天，有一天傍晚，聂无双正在用膳，忽然候在门口的丫鬟匆匆进来："娘娘，王爷差人来，说请娘娘用完膳就更衣梳洗，有贵客到。"

聂无双微微一顿，问道："什么样的贵客？"

"是一位极尊贵的客人。"

聂无双心头一跳，不由得捂住心口。她挥退那人，半天才幽幽叹了一口气："竟来得这么快。"

夏兰不解，却不敢再问。聂无双令夏兰帮忙梳妆，梳到一半，她忽然拆下头上复杂的发式，命她松松挽了堕马髻，簪着一只白玉古簪，脂粉略施，身上穿一件浅紫色绣紫罗兰长裙，外罩暗紫色锦面长衫，将腰间的缀玛瑙如意腰带往上提了提，越发显得人修长而楚楚动人。

"娘娘怎么打扮都好看。"夏兰见她这样打扮，不由得称赞道。

聂无双看着铜镜中的自己，淡淡一笑。她看了看时辰，扶了夏兰慢慢地向王府中最大的琅嬛水榭中走去。

一路上她走得极慢，面色沉静如水，终于到了琅嬛水榭。在月色下，她看见了座上被众人簇拥着的皇帝。

他大约三十出头，眉眼如画，面容清俊，如忽然在人眼前拨开一幅水墨山水，回味无穷。他身着玄色绣金龙锦面长袍，外罩深紫色罩衣，鼻目英挺，贵气流露无疑。厅中的灯下，他的神情多了几分深沉，没有那日的淡然随意。

他的俊朗若只有一句可以形容，就是不多不少，恰巧好。

他正在与萧凤青说话，忽然似感觉到了什么，回头一看，聂无双在回廊灯下站着，正大胆地看着他。

他微微眯了眼，定定看了她一会。聂无双更低地伏下头。

身上那慑人的目光淡淡移开，聂无双不知不觉中松了一口气。

"皇上，今日不醉不归，臣弟可是好久没和皇上痛饮了。"萧凤青的声音传来，少了他平日的嘲弄口气，听起来竟有一些可亲。

"是好久没和五弟一起饮酒了，就怕太后又责怪朕老是来找你，明日又要被念叨一通。"他的声音沉郁悦耳，聂无双听着，心头忍不住怦怦直跳。

"无妨，明日臣弟一定会跟太后说说情……"萧凤青笑着回答。

两人边饮边说，忽然，他转头，对上她飘忽的目光，剑眉微皱："你是……"

"臣妾是聂无双。齐国司徒大人聂卫城之女——聂无双！"她一字一顿地说道。

萧凤溟忽地一笑："原来是你。"

"皇上认识臣妾？"聂无双心头一紧，不由得诧异地问道。

"不，我认识你的兄长，聂明鹄。"萧凤溟淡淡地说道。

聂无双一怔，凄然一笑。枉死的家人从来都是她心中最不能碰触的地方，一想就是挖心挖肺地痛。

"好了，不说这些扫兴的话，无双去敬皇上一杯。"萧凤青举起酒杯，递到聂无双跟前。

聂无双看到他眼中犀利的警告，连忙擦去脸上的泪水，笑着道："上次不知是皇上，臣妾罪该万死，请皇上饶了无双不知者无心之过。"

萧凤溟微微一笑："无双姑娘棋艺高超，不过下棋伤神，等病好了再下。"

聂无双的酒放到唇边，闻言脸微微一红，默默拜了拜，坐在末首相陪。席上觥筹交错，歌舞声声，旖旎非常。萧凤溟的神情亦只是淡淡，萧凤青更没有提示。聂无双心中掠过不安，一切仿佛脱离了她预想的轨迹。

歌舞罢了，酒也已过了三巡。梨花白入口极清淡，但是后劲极大，萧凤溟有些不胜酒力，转入水榭后的暖阁歇息。花厅中只剩萧凤青与几位朝中大人在对饮，他饮酒的姿势十分潇洒，一仰头，清冷精致的弧度，眉眼犀利如刀削斧刻，一颦一笑，风姿无双。

他似已遗忘了她，也忘了为什么要叫她来这里。

聂无双咬了咬牙，悄悄走入水榭后面，才刚拐过拐角就被腰配金刀的侍卫拦住。

聂无双勉强笑道："奴婢是奉王爷之命前来请懿旨的。"

侍卫疑惑地看了她几眼，这才放她进去。聂无双轻声谢了，悄悄走了进去。绕过一道鎏金松山云片石屏风，在暖阁榻上，她看到了支着下颌，饮多闭目休憩的萧凤溟。

他头上沉重的龙形玉簪已经拿下，双眼微微闭着似乎已经睡着。聂无双站在屏风边，想迈步却发现自己的脚在发颤。他是皇帝，大应国的皇帝。他代表着权力，地位，财富……所有所有女人梦想的一切。

她可以怒斥顾清鸿无耻绝情，也可以冷笑着面对萧凤青的利用。可是偏偏面对着面前的萧凤溟，她忽然觉得深深的不安。但是已经走到了这一步，踏过了千山万水，她不就是为了能最终找到可以报仇的办法吗？

萧凤青说他要的是大权在握的一天，可是他不知，作为一个被弃下堂，流落街头，甚至亲眼看着满门族人被抄斩的女人，她要的是权力！一种可以报仇的权力。

她轻轻走到他的榻前，慢慢跪下。

萧凤溟忽然睁开眼，在看到她那一刻，他的眼神由迷惘渐渐变得柔和而含义不明："原来是聂姑娘。"他的口气没有责备，也没有任何的不悦，甚至一如她和他初见时那样温和。

"皇上。"聂无双跪着靠近几步。仰着头，恰好露出她优美的下颌与那一小片玉栏肌肤。

萧凤溟坐起身来，虚扶了她一把："无双姑娘，有什么为难的事要来求朕？"

聂无双忽然失声，脑中纷杂芜乱。她想说什么？或者她想要的是什么？明明想好的措辞忽然一句话也说不出来。

"臣妾想要跟随服侍皇上。"沉默了许久她终于说出了这一句。可是说完，她立刻后悔了。她把头深深伏靠在地上，他衣袍的下摆轻轻碰着她的脸，幽幽的龙涎香荡入鼻间。有那么一刹那，聂无双觉得自己从未这样低入尘埃。他是皇帝，而她和他不仅仅是天与地的距离，就如现在，他俯视着她，不知心中是怜悯多一点还是鄙夷多一点。

可他只坐在榻上，安静得不知道他到底在想什么。

"你知道朕为什么不会收你？"萧凤溟淡然的一句话，却令聂无双心头彻底地冰冷。她慢慢地摇了摇头，又点了点头。

"因为臣妾是齐国相国顾清鸿的妻子。臣妾残花败柳，不敢玷污皇上。"一字一句，她从未这样贬低过自己。

"不。"萧凤溟摇头，"朕从未这样看待你。"

"那是因为什么？"聂无双心中忽然涌起希望。

"因为你的大哥。"萧凤溟站起身来。她的眼随着他的走动而动。

"我……我大哥？……"聂无双心头掠过不解。

"听说他逃到了秦国，现在估计正要被秦国皇帝重用。"萧凤溟不紧不慢地继续说道。

"什么？！"聂无双猛地抬头，下意识地她扯住他袍子的下角："他怎么会……"

"皇上，臣弟有罪，让闲杂人等惊扰皇上！"暖阁外匆匆赶来萧凤青。

聂无双看向一旁的萧凤青，惊怒，愤恨……种种目光疑惧重重变幻不停。他竟然瞒着她大哥出逃秦国的消息！凶悍好战的秦国正是齐国与应国两国的死敌。而哥哥竟然逃到了秦国，一旦他被秦国重用，那身在应国的自己该怎么办？怎么办？

聂无双额上冷汗涔涔而出。

萧凤溟含笑将萧凤青扶起："五弟不必惶恐，刚才朕和聂姑娘只是随便聊聊。恰好聊到了聂明鹄将军的事。"

萧凤青转过头，看着聂无双道："秦国狼子野心，根本不信任外人。聂家满门被齐国的昏君抄家斩首，聂明鹄以为逃到秦国就可以为家人报仇了，他还真是想得天真呢。"

他的语气散漫，带着一贯的冷冷嘲讽。

聂无双猛地抬头，阴森森地盯着萧凤青："当聂家突然被皇上下旨抄家的时候，我兄长还在齐国西北一带领兵，他若要逃，肯定从岭山一带，抄近路过泠江，四国之中，离他逃亡路线最近的是秦国，若王爷身处我兄长位置，王爷难道要一路步行千里逃到应国吗？我看，到时候就算齐国皇帝没有设下重重关卡来捉拿，王爷怕也走得两条腿都断了。"

她的反诘令萧凤青脸上青一阵白一阵，说不出话来。

萧凤溟哈哈一笑："无双姑娘果然兰心蕙质，居然还懂得地形，果然是将门虎女。好了，不说这个，五弟，你这上好的梨花白后劲很强，朕还想再品一品。"

他说完，不紧不忙地出了暖阁。

萧凤青冷冷看了她一眼，随后跟上。

聂无双跪在地上，许久许久才起身。候在外面的夏兰见她出来，连忙上前问："娘娘，还跟着王爷去吗？"

"不了，回去吧。"聂无双摆了摆手，"回去。"

她说完踉跄转身走了。

琅嬛水榭的丝竹歌舞声悠悠传来，缥缈如天籁，半夜不绝。聂无双坐在窗边，侧耳倾听，心中却是灰蒙蒙一片。自己的复仇大计才刚刚迈出一小步，就被生生地掐断了苗头。哪个帝王，会把一个敌国将要重用或是归降的臣子的妹妹放在身边？自以为是的筹谋，到头来竟然是一场笑话！

她输在了太过急，输在了萧凤青的隐瞒！

聂无双慢慢扯下头上的白玉簪，扯掉身上的紫锦缎外衫，铜镜中的自己依然倾国倾城，但是又有什么用？又有什么用！自己辛辛苦苦，忍辱负重换回来的一切又有什么用！到头来竹篮打水一场空！

一场空！

她忽然一挥手，"啪啦"一声，桌上的妆台、镜子……所有的一切纷纷被扫落在地。像是得了发泄口，她发了疯一样开始砸东西。夏兰听到声响连忙进来，只见聂无双双目通红，拿起剪子戳向百鸟争春屏风。"哗啦"一声，上好的绣屏被她刺出一道触目惊心的大口子。

"娘娘，您怎么了？"夏兰吓得连忙抱住她。

"放开我！放开我！……"聂无双死命挣扎，尖叫声刺耳。

"娘娘，您到底怎么了？是不是魔怔了，娘娘！来人！来人！"夏兰惊叫连连，拼命喊人。

帘子一撩，她只觉得眼前青影一闪，自己已经被萧凤青死死压在怀中。

"去叫大夫！"他怒吼。聂无双浑身发抖，不知哪来的力气，她猛地挣开他的一只手，狠狠地咬上他的胳膊。

"啊——"萧凤青痛哼一声，却不扯开她，只让她死死咬住自己。

夏兰看见聂无双泪流满面，激动得浑身打战。

"好了，没事了……"而被咬的萧凤青回过神来，却仿佛没有察觉到痛一样，一反常态柔声安慰。

过了许久聂无双失去力气，这才瘫软在他的怀中。这时大夫赶到，切脉问诊，开了几帖安神的药，看着满地狼藉，惶惶退下。

聂无双犹如一只受伤的猫缩成一团，除了流泪，她不发一言。萧凤青目光复杂地看着她。房中又恢复了死寂。夏兰打来热水要为聂无双擦身，才刚碰上她的身子，聂无双就如受了惊一样拼命往里缩。

萧凤青幽幽叹了一口气："我来吧，你先退下。"

"是，王爷。"夏兰转身刚想要退下，又犹豫上前，"王爷，您的伤。"她刚才看见萧凤青的胳膊被聂无双咬得沁出血来，想必伤势也很重，连忙问道。

萧凤青摇了摇头："没事，你先退下。本王来照料她。"

夏兰只好退下。

烛火摇曳，满屋的狼藉。他看着缩在床里的聂无双，幽幽地开口："你也不必如此心急。"

聂无双仿佛没听见一样，木然地看着自己的脚尖。

"一切还有挽回的余地……"

他还没说完，聂无双不知什么时候抬头，美眸幽幽地看着他："王爷在可怜无双么？还是王爷觉得无双还有利用价值？"

"如果王爷是在可怜臣妾，那么王爷可以走了。"她说完依然木然地盯着自己的脚尖，仿佛这个世上没有比这个更重要的事。

萧凤青深深地看了她一眼，慢慢说道："我给你讲个故事，曾经有个大家族，父亲生的儿子个个都非常优秀，直到有一天，他领回了一个长相异于别人的私生子，一起带回来的还有他庸俗卑贱的母亲，他的母亲太过卑贱，甚至不能有任何名分，可是父亲却非常喜欢他，甚至动了想要把家业传给他的念头。"

"可是，他的念头给这个儿子带来了灾祸，不到两年，他的母亲就被莫名其妙地杖责而死，这是因为其他窥视家业的人要给这个儿子警告，警告他不能有半分的奢望。"

"后来，这个儿子学乖巧了，天天不务正业，最后父亲失望了……"

"最后，这个糊涂的父亲只好立第三个儿子继承家业，而这第五个儿子就成了没有任何实权的闲散王爷。"聂无双接过他的话头，"王爷是在说自己吧。说自己多么忍辱负重吗？"

聂无双冷笑："相信这个世上没有人比无双更明白忍辱负重这四个字的含义！"

萧凤青顿了顿，看着在床上面色冷然的聂无双，冷笑道："你不明白。你只是在恨，在怨。你在想，如果本王提前告诉你大哥已经逃往秦国，如果本王提前告诉你如何可以让你一步步引起皇上的注意，你就不会失败。"

"难道不是吗？"聂无双反问。今天她的失策，他难辞其咎！

"不，什么是忍辱负重，不单单是忍，还要用你的决心。"萧凤青猛地靠近，异色的眸毫无感情地看着她的眼："不死不休的决心，哪怕已经濒临绝地，但只要有那一点点的可能就绝不放弃。"

聂无双一双美眸冷冷地看着他："不过王爷还是骗了我。"

她从床上下来，对着破碎的铜镜慢慢地梳着自己如瀑的长发："你瞒着我大哥逃到秦国的消息，不过是怕无双跑去秦国找他寻求庇护。这样会害得你的城防地图成了一张废纸，而你辛苦调教无双又通通成了一场空。"

"王爷让我当上睿王府的侧妃不过是想看看无双谋智到底有多深，因为你想让无双混入后宫，争那三千宠爱。你需要的是后宫中绝对的势力，皇帝枕边最宠爱的妃子。"

聂无双转头，泪痕未干的面上似笑非笑："睿王爷，不得不说，您的算盘打得真好。"

萧凤青神色未动："这些你早就知道了。何必多此一问。"

"不，这些无双虽然都知道了，但是无双忽然觉得，王爷想要的不仅仅是这些。"聂无双靠近他，吐气如兰，绝美的脸上带着妖冶的红晕。

萧凤青异色的眸微微一眯，随即幽冷一笑："这你不需要知道，你只要记得，本王承诺过，只要我大权在握，就有你报仇的一天。你和我，只不过是各取所需。"

各取所需么？聂无双忽然笑了。他，直到现在还在欺骗她。等他终于得到了他想要的一切，知晓这一切的她又岂能苟活于世？

"聂无双，本王的条件太过优渥，换成多少女人都会答应，你如果要报仇，只能和本王合作……"

闭上眼，还能听见萧凤青冷冷的声音，一遍一遍，不停回荡。聂无双枕着瓷枕，终于累极睡着了。

一连几日，聂无双愁眉不展。吴嬷嬷见她如此，淡淡道："殿下说得对，尚未到绝地不可轻易放弃。"

但是聂无双却已提不起任何心情。别苑中已是盛夏美景，对她而言不过是满目衰败。吴嬷嬷劝她出去走走散散心，聂无双只得听从。

一日她散心归来，一进屋便微微一惊，只见软榻上躺着萧凤青，他眼眸微眯，似已经睡着了。

"你回来了？"他听到声音微微睁开眼睛。

聂无双避开他的手。她的冷漠疏离令他不悦地皱了皱剑眉，随即又释然一笑："你难道不想知道你大哥的消息？"

"我大哥到底在哪里？！"聂无双陡然变了脸色。

他只看着她笑许久才开口："你修书一封，说服你的哥哥到应国来。这是唯一的办法。"

聂无双一怔，随即明白过来："你想要把他引荐给皇上？"

"聂明鹄少年一战成名，皇上早就心仪这样的人才，他如果能过来应国又被皇上委以重任，何愁这天下不是应国的天下，何愁你在应国没有靠山？"萧凤青异色的眸中熠熠有神。

大哥！聂无双不知不觉扣紧手中捏着的梳子，直到那尖锐的齿痕深深印入掌中。她忽然喜极而泣。

不知过了多久，一袭温暖扑来，他已经把她拥在怀中。聂无双挣了挣，最后软软依在他的怀中，失声痛哭。窗外金光遍撒，她闭上眼，却看见满眼的血红。恨太久，原来也是一种负累。那么恨，恨那么满，原来她也不过是寻常女子需要依靠需要亲人……

一声长长的叹息响起。萧凤青的吻落在她的发间，这一刻她收起利爪，蜷缩在他的怀中，泪零落若雨。莫名的，他忽然很想就这样拥她怀里的女子，什么也不做一直到老……

夜间辗转反侧，聂无双索性披衣起身。外间的夏兰听到声音，迷迷糊糊起来："姑娘是不是睡不着？"

"拿笔墨来。"聂无双看着窗外那轮明月慢慢道。

"这么晚了姑娘还要写什么东西么，明天再写吧。"夏兰劝道。

"拿笔墨来。"聂无双重复，她坐在妆台前，铜镜映着烛火，她的容色幽幽，白得如鬼魅。

夏兰看她的模样顿时噤声，连忙拿了笔墨纸砚。窗台打开，草虫叽叽，一派夏夜宁静，她心中却依然沉沦在那个风雨夜。眼前笔墨纸砚齐整，她忽然泼掉墨水，拿来裁纸刀，狠狠划破手臂。

"姑娘！"一旁的夏兰惊得不知所措。聂无双却一眨不眨，只看着满手的血流入砚中，然后蘸上毛笔，挥笔写下。一块绢布写完，她换上另一块，夏兰看着满眼的血字，只惊得不敢吭声。

许久，她丢下笔，拿出一块玉佩，放上道："明天一早送给王爷，要记得亲手！"

第二天一早，聂无双起身，却见丫鬟们面色异样。聂无双问夏兰，夏兰低声道："听说王府那边出事了，睿王妃善妒，下药打掉了秦夫人的孩子……王爷大怒，已经废去睿王妃……"

聂无双一怔。

夏兰又说："听说睿王妃不甘，一大早跑进了宫中向高太后哭诉，唉……"

聂无双奇道："高太后？"

夏兰点头道："是啊，她是高太后的堂侄女呢。睿王妃一向在王府中十分嚣张。"

聂无双面上掠过似笑非笑，嚣张了许久的睿王妃怎么会这么巧在这个时候被废呢？这也许是一个信号，看来萧凤青要开始摆脱身上的枷锁了。

到了中午用午膳之时，萧凤青到了别苑，神情慵懒，不似刚刚休了王妃的样子。聂无双问起，他轻轻嗤笑："本王已经忍了她够久了。"

"听说睿王妃是高太后的亲侄女？"聂无双又探问，"不过王爷一定不会让太后有办法帮忙回转王妃捅的娄子的，不是吗？"聂无双笑道，美眸中水光点点，明明是笑的，却似寒光一般迫人。

萧凤青眼中微微一动，修长的手指捏着她精致的下颌，笑得欢畅："知道本王最喜欢你什么吗？就是你的聪明，一点就透，而且还那么了解本王……"

聂无双扳下他作恶的手指，道："无双只要揣摩准王爷的心思，天下所有男人的心思对无双来说便不在话下了！"

"不，还有一个男人，你也许永远也不知道他的心思。"萧凤青挑了挑长而漂亮的眉，俊颜上带着一点点阴郁。

"是谁？"聂无双问。

"皇上。我的三哥。"萧凤青薄唇一勾，吐出这句来。

聂无双皱起了秀眉，能坐上皇位的男人肯定并不如表面看起来的那样温和无害。她听吴嬷嬷说过他并不贪恋美色。即使外面传闻他后宫三千，是个风流帝王，但是她从他清澈如水的眼中看不到一丝酒色过度的迹象。由此可见，他是个极自制的帝王。

聂无双皱眉沉思，这一幕落在身侧人的眼中，剑眉微微一挑，不悦之色一闪而过。纤腰又被他搂住，他从身后亲吻她白皙的颈。

"不许你去想他。"他的话飘入她的耳中，引起她浑身的战栗。聂无双想要挣开，却发现他的臂膀犹如铁臂，难以撼动。

聂无双忽然逼近他："王爷要是想让无双接近皇上，就不要再几次三番靠近无双，王爷不知道眼睛会出卖人么？要是让皇上知道你我余情未了，您说，你和我会是怎样的结果？"

萧凤青琥珀色的深眸微微一缩，随即冷冷一笑，站起身来，头也不回地离开。聂无双看着他走了，这才跌坐在软榻上，后背一身涔涔的冷汗。

## 第九章　偶遇：天骄女

夏日的别苑清凉惬意，绿荫遍撒。这日，聂无双正在点翠院中抚琴，忽然听见庭院墙外人声喧哗。这别苑很少有人踏足，她静静听了一会儿，忽然一声娇俏清脆的声音叫道："哎呀，纸鸢！飞走了！快去追，你们这群蠢材！"

聂无双循声望去，只见碧蓝的天上一只断了线的金燕纸鸢悠悠荡荡在天上飘着，最后缓缓落在了院中的一棵树上。她眯着眼提了裙摆来到树下，夏兰并不在左右，几个粗使丫头也在外面洒扫。她看了一会儿，忽然前庭一阵喧哗。

聂无双回过头去，刚好看见院门被"哐当"一声撞开。一位头梳半月环髻的少女气嘟嘟地走了进来。她大约十二三岁，身材修长，一张鹅蛋脸，眉眼秀丽，一双美眸圆圆的，十分清澈。头上扎着几支珠花，身上穿着一件鹅黄色的裙子，裙子式样很特别，下摆极短，长长的黑色马靴一直穿到了膝盖处，马靴上绣着鹅黄色的祥云图，式样别致。聂无双的目光停在她的脖颈上，那少女带着一条珍珠项链，项链不普通，每一颗珍珠都有拇指大小，是极好的东珠。

她在打量她，那少女也怔怔看着她。或许是不知这清冷的园子里有人，竟停住脚步，过了一会儿，她醒过神，皱眉："你到底是谁？怎么会在五哥的别苑里？！"她口气中竟隐约含着斥责。

聂无双微微一笑："原来是公主殿下。"

那少女冷哼一声："你怎么知道我是公主殿下？"

聂无双见她天真烂漫，除了有点刁蛮外也没什么令人讨厌的，于是笑着道："公主殿下风姿不凡，自然是一眼就看得出来了。"

少女哼了一声命人把纸鸢从树上拿下来。纸鸢呈上来，却已是破了。她气得快哭了，大骂："一群蠢货！"

聂无双看着她粉嫩的侧脸分明是个爱玩爱闹的小孩,心中微微一软:"这纸鸢坏了吗?"

"你瞧瞧,再也飞不上去了。"少女把纸鸢递给她,"真可惜,要丢了。这可是我最喜欢的纸鸢!"

聂无双仔细看了看,笑着道:"其实也不难,补一补就可以飞了,而且看不出是坏了的。"

"真的吗?你会补这纸鸢?"少女瞪大眼睛。

"我试试。"聂无双笑着道,拿来宣纸,又命人拿了糨糊,细细裁了贴了上去,又在破损处添了几笔。她丹青本来就不错,在破损处画了一朵牡丹,更添富丽。不一会儿,一只漂亮的金燕纸鸢补好了。

少女见自己心爱的纸鸢又完好无缺了,喜得眉开眼笑:"真好!这位姐姐真聪明!你跟我回宫,我母后一定会喜欢你的!"

聂无双心头一动,勉强笑道:"这个就不必了。在这里挺好的。再说无双是草民,不懂宫中的规矩。"

"好吧。"少女嘟着嘴,"不去就不去,这几日我会过来玩,到时候找你啊!"

聂无双含笑点头,但是心中却隐约有些不安。经过交谈,她这才知道这位公主生母是高太后,位列第九,是为云乐公主。高太后老来得女尤为宠爱,可以说是天之骄女中的娇女。好不容易哄走了云乐公主,聂无双这才稍微松了一口气。她可不想以这种方式进宫,只陪着云乐公主在宫中解闷玩闹。

又过了十几日,聂无双正在与吴嬷嬷说着话,忽然夏兰进来:"姑娘,王爷有请,说是有一位故人来了。"

"故人?"聂无双皱着秀眉问,"到底是谁?"

"奴婢也不知道。姑娘还是去看看吧。"夏兰劝道。

聂无双心中存着疑惑,稍微梳洗打扮就跟着夏兰走去。不一会儿,来到了花厅中,堂上,萧凤青正与座上一位身着玄色劲装的男子在说话。聂无双忽然顿住脚步,堂上两人听到声音,回过头来,那位玄色劲装的男子也蓦然回头。所有的一切仿佛都停止了,聂无双只觉得脑中"嗡"地一下,有什么袭向脑海,忽然一下子变得空白无比。

"双儿!"那男子忽然哽咽,手伸向她,却忽地痛哭失声。他哭了,铮铮的七尺男儿,战场上流血不流泪的常胜将军聂明鹄哭了!

"大……大哥!"聂无双一步步向他走去,泪眼模糊中,她竭力辨认面前这张苍白瘦削的脸庞。

真的是大哥!她踉跄一步,再也忍不住扑了过去:"大哥!……爹爹死了,还有二

哥，小哥……"

她从未这样撕心裂肺地痛哭。不知过了多久，聂无双抹去眼泪，沙哑着声音问："大哥是怎么过来的。"

聂明鹄终究是心志坚定的男人，悲恸之后也冷静下来："是睿王派人去秦国找到我，我接到了你的血书玉佩……小妹……你……"

他以目光询问，聂无双回头，这才发现堂上早就空无一人，原来在他们兄妹抱头痛哭的时候，萧凤青和下人们早就退得一干二净。空荡荡的厅堂里，只有劫难过后兄妹两人的哽咽。

"顾清鸿在我们家出事的前一个月把我囚禁柴房，让我无法得知父亲的消息……"聂无双忽然不知该怎么形容在自己身上发生了什么，顾清鸿怎么对待自己，而自己又究竟是怎么样一路到了应国，投在了睿王萧凤青的庇护下。

"顾清鸿！"聂明鹄脸色铁青得吓人，战场上淬炼出来的杀伐之气流露无疑。聂无双吓了一跳，她从未见过大哥如此暴怒。

"我们聂家就是被他这个卑鄙无耻的小人给害的！"聂明鹄一掌拍上案几，桌上顿时裂开了一条缝。

"若不是他害的，监斩的人怎么可能是他！？他竟看得下去！我们聂家一百余口……"

聂明鹄说不下去了。聂无双心头一跳，三部会审，抄家灭族，他顾清鸿在里面扮演了什么样的角色，她想一想就知道。可是唯一令她不解的是，他为什么要这么做？如果说是为了功名利禄，以他的才华和自己父亲聂卫城的提携，他很快就会有，根本不必出卖陷害聂家搞得这么麻烦？

聂无双越想心里越痛，越是痛就越是恨，恨顾清鸿，也更恨自己。她缓缓在大哥面前跪下，一字一顿地道："大哥，总之是我害了聂家，害了爹爹，害了你和二哥，小哥……我……"

她再也说不下去，聂明鹄长叹一声："事情已经成了这样，再多说也无益。罢了……"

一句"罢了"令聂无双心头一跳。她从未听过大哥这样颓废丧气的口吻。她抬头认真打量自己的大哥。除了尘色满面，她忽然看出了一点点不妥来。忽然她的目光猛地一缩，站起来一把扯开聂明鹄的上衣，失声道："大哥，你受伤了！？"

衣裳被扯开，只见聂明鹄胸前包着一块渗透出黑色血迹的绷带，血的腥味中还带着一点腥臭。

"这……"她睁大眼睛，眼中都是慌乱，若她没看错，这是中了毒！

聂明鹄苦笑一声："我们聂家出事的时候，我正在关外巡查，前来传旨的公公前脚才刚到，关外的一伙盗贼也到了，等我剿匪归来的路上，忽然手下副将偷偷跑来跟我说，他偷听到传旨公公的随从说起京中聂家出事，皇上正准备把我拿到京中一起斩首。"

"我连夜逃走,最后又被追上,血战不敌中箭,箭上竟然淬毒,我原本以为自己必死无疑,最后还是李副将带着两百余人赶来帮我杀出重围。我带伤逃到秦国,最后被秦国士兵抓住,后来秦国向我招安,睿王派人找到我,想说服我到应国,我正犹豫不决的时候,他又派人送来了你的血书玉佩,天可怜见,我以为我们聂家都已经死在了昏君刀下,没想到你竟还在世……于是我就又随着睿王的安排逃出秦国。"

聂明鹄说得平淡,但是聂无双却知道事实肯定比他所说的凶险千百倍。可以说今日他能来到这里,已经是九死一生。

"那这毒?"聂无双急忙追问,手心已经渗出冷汗,如果中毒箭是几个月前的事,那到今日还没好说明他的伤已经很重了。

"没用的,大夫说毒已经渗入了脏腑,小妹,或许我很快要追随爹爹他们……"聂明鹄目光凄然。

聂无双只觉得突然被当头浇了一大盆冷水,她睁大眼睛,怔怔摇头:"不,不……不会是这样的!大哥不……,不会是这样的。"

她猛地向外跑去:"大哥我不会让你死的!"

"小妹!双儿……"身后传来聂明鹄的喊声,聂无双充耳不闻,飞一般跑出了厅堂,向萧凤青的书房奔去。

不一会儿,她来到他书房中,气喘吁吁。萧凤青正懒洋洋靠在椅上小憩,旁边有美貌的丫鬟为他端茶送水。

聂无双直直瞪着他的脸:"我大哥的伤该怎么办?"

萧凤青慢慢道:"你大哥中的螟妖是一种慢性毒药,初时是全身无力,最后会慢慢全身溃烂,先从五脏六腑,最后溃散到皮肤。你大哥现在已经伤到了脾胃。"

聂无双只觉得一颗心被冰冷的手捏着,无法呼吸。

"解药呢?"她颤抖地问。

"解药还在配,从一开始联系到你大哥我就开始着人配制解药,还差最后一味药。"萧凤青揉了揉额头,皱眉道,"在皇宫大内中。"

"你的意思是?"聂无双眼中闪出一丝希冀。

"解百毒的玉蟾。"萧凤青慢慢地道。

"去求皇上,或者……"聂无双方寸大乱,为什么苍天如此不公,让她见到留在这世上唯一的大哥后还给她这样一个沉重的打击。她的惊惶无措落在他的眼中,萧凤青眼神微微一软,上前搂住她:"不用害怕,你大哥会有救的。"

聂无双猛地抓住他的手:"我什么时候可以见到皇上?"

她看着他的眼睛:"到时候我去求他,无论如何我一定要求到那玉蟾!"

"啪"的一声,聂无双只觉得脸上一辣,顿时被扇得跌倒在地。

她捂住火辣辣的脸,看着站在天光下,却周身罩着寒霜的萧凤青。他森森地看着她:"你为了你大哥成了什么样子?!你给我滚回点翠居好好反思!"

聂无双站起身来,扭头就走。到了点翠居,吴嬷嬷迎上前来,当看到她苍白的脸上巴掌印宛然,顿时皱眉道:"到底是怎么了?"

聂无双平了平心气,捏着夏兰递过的冷帕敷上脸的红肿处,把事情经过说了一遍:"也不怪王爷,是我关心则乱。"

吴嬷嬷点头:"当今的皇上求贤若渴,你大哥也不会有事的。"

"希望如此。"聂无双闭上双眼,痛苦道,"苍天不能再这样不公平了!"

聂明鹄被安排住在了别苑的东院,饮食起居都有专人伺候,即使如此,聂无双也每日亲自下厨,中毒忌讳生冷荤腥,她费尽思量不敢掺杂一点他不能吃的东西,三餐如此。聂明鹄见她辛苦,劝道:"小妹你不必如此,我身体我自己知道。"

"大哥!"聂无双打断他的话,牢牢看定他,"只要活着就有希望报仇!就算不为报仇,我也不希望大哥就这样死去!"

聂明鹄心中一震,过了半晌,他才道:"大哥答应你,尽量活着。"

聂无双眼中涌起水光,这几日终于听见他给了她一句像样的承诺。她知道他有多难,从齐国逃到秦国,再从秦国千里迢迢到应国,千里来回带伤奔波,要不是他心中有一口气硬撑着,怎么能活到如今?毒已经伤到了他的脾胃,每次她端上的饭菜,他总是含笑吃下,可是她一转身,就几次看见他在无人处全部呕出,饭中带着黑血。

大哥已经快撑不下去了。她比他更加明白这个事实。

炎炎夏日,别苑中燥热又涌动着一种莫名的不安。萧凤青住了几日,又回了京城去寻解药。聂无双全部的心神都扑在了聂明鹄身上。这一日,她正在熬药,忽然后院花园中有人在吵闹,一个拔高的声音吼道:"你是谁!给本公主滚开!"

娇俏的声音十分熟悉,聂无双仔细辨别后,唤来夏兰看着炉火,连忙转到后院去看看。到了后院花园中,她看见树荫下的躺椅上坐着大哥聂明鹄,而一旁是一身紫衣的云乐公主。

她气嘟嘟地踢了踢他身下的躺椅:"快给本公主起来,我的纸鸢挂在树上了!"

六月的天,聂明鹄因为体虚穿着厚衣,俊脸煞白,他冷冷看着面前的云乐公主淡淡道:"公主没看见草民气虚体弱走不了吗?"

他说完又闭上眼,竟是理也不理。聂无双知道自己大哥心高气傲,被这样一个刁蛮任性的小公主一激,犯起牛脾气来。

她刚想上前,云乐公主气得又踢了踢他的躺椅一脚:"你既然知道我是公主,你还不赶紧滚!不然本公主叫人砍了你的脑袋!"

"公主不高兴除了砍别人的脑袋还会什么？"聂明鹄冷哼一声。

"你！"云乐公主从小被人宠得犹如绝世宝贝，连皇上对她的调皮捣蛋也是和颜悦色，哪里受过半分委屈。今日见聂明鹄不把他放在眼里，气得叫道，"你这病秧子，你今天不挪也得挪！来人！"

聂无双眼见事态要陷入僵局，正要上前，聂明鹄忽然睁开眼，墨色眸子冷得似冰："你到底在说谁是病秧子？！"

"说的就是你！病秧子！病秧子！"云乐公主连珠炮似地冲他叫道，说完又孩子气地冲他吐了吐粉舌，做了个鬼脸。

聂明鹄本来心中有气，一见她如此孩子气，不由得"扑哧"笑了起来。聂家人本就生得极好，特别是聂明鹄，他的长相除了聂无双外，是三个兄弟中最酷似聂夫人的。长相偏阴柔俊美，在战场上素有"玉面修罗"的美誉。他这一笑，原本铁青的脸上似乌云散尽，天光普照，俊美非常。云乐公主本还想再骂，忽见他笑起来，竟看得呆了。

"好了，你不就是要捡那纸鸢么，我替你捡就是。"聂明鹄吃力地弯下腰，从地上捡起一个石子，手指轻弹。

"啪嚓"一声，树枝被打断，纸鸢悠悠荡荡地飞了下来。

"拿去，这是你的纸鸢。"聂明鹄捡起身旁的纸鸢递给她，眼中含着淡淡的笑意，"公主不怪草民无力行礼，草民就感激不尽了。"

云乐公主回过神来，喏喏接过纸鸢，再看看他带着笑意的眼睛，跺了跺脚，羞涩地跑了。聂无双躲在拐角处，这一幕恰好落在她的眼中顿时心中有了计较。她等云乐公主跑了，这才走到聂明鹄身边。

"刚才那人是谁？"她故意笑着问道。

"是一个小丫头片子，据说是公主。"聂明鹄脸色苍白地一笑，"是不是药熬好了？"他说着要起身，却又无力跌回躺椅。

聂无双心中一痛，勉强笑着道："还没熬好呢，小妹听见声音就过来瞧瞧，你明知道她是公主还故意气她？"

聂明鹄一笑刚要说什么，忽然重重咳嗽起来。聂无双连忙替他抚背，聂明鹄咳了很久，聂无双慌忙拿帕子给他，忽然手中一湿，一看竟是一帕子的血。

"大哥……"她看着手中的血帕，手渐渐颤抖。

聂明鹄抬起头来，看着她淡淡一笑："没事的。"

树上的知了拼命地叫"知了——知了——"，聂无双浑身犹如坠入冰窖中，不能再拖了……

到了第二天，她特地出了别苑，别苑外是一大片绿油油平整的草地，旁边是树木繁盛的小树林，微风细细，草地上粉红粉白的花儿开了一片一片，煞是好看。她等了许久，终于看见一队鲜衣怒马的侍卫簇拥着云乐公主远远而来。她远远看见聂无双，高兴地跳下马："你来了？来陪我玩吗？"

聂无双施了一礼，笑着道："是，知道公主喜欢玩纸鸢，昨儿无双特地做了个双燕纸鸢，还挂着铃铛，在天上两燕齐飞，还有悦耳的铃声，公主要不要试试？"

"好啊，好啊！"云乐公主笑着拍手，迫不及待地接过她手中的纸鸢，啧啧称赞，"你手艺真巧，这种纸鸢那群蠢材一个都做不出！"

聂无双笑着道："无双为公主试飞下。"她说完，就乘风放起了纸鸢，山谷有风，不一会儿纸鸢飞上天空，叮叮铃铃作响，云乐公主高兴得直叫，接过聂无双手中的线摆弄起来。

聂无双看着在草地上犹如穿花蝴蝶一样飞奔的云乐公主，心中稍稍安定。

"聂姐姐，过来啊，你看看我会了哦！"云乐公主笑着回头。

聂无双脸上浮出笑，慢慢地道："公主，无双会的只是皮毛，还有一个人会玩各种各样的纸鸢，他还能做出可以载人在天上飞的大纸鸢。"

"真的？他是谁啊？把他叫来，要是做出你说的大纸鸢，本公主重重有赏！"云乐公主眼睛一亮，连忙问道。

"那人是无双的哥哥，就在别苑中……不过……"她还没说完，云乐公主就拉起她的手，往别苑走去。

她边走边说："走啊，去找你的哥哥，你竟然还有个会做纸鸢的哥哥，怎么不早说……"

聂无双被她拉得前行，不一会儿来到别苑中，聂无双在前面引路，七绕八拐，终于来到聂明鹄歇息的松涛居。

云乐公主"咦"了一声："昨儿我就来过这儿，碰到个讨厌的人……"她话还没说完，忽然看见在庭院中晒太阳的聂明鹄。

她吃惊地指着聂明鹄，看向聂无双忽然猜道："他是你哥哥？"

"是，他是无双的哥哥，他叫聂明鹄，曾经是齐国的镇西将军。"聂无双走过去，为犹自昏睡的聂明鹄掖了掖被角，目光含泪，"他中了毒箭……"

"听皇帝哥哥提过，好像打仗很厉害的样子。"云乐公主撇了撇嘴，"他中毒了？难怪跟病秧子似的。"

云乐公主走到在太阳下昏睡的聂明鹄跟前，皱着秀眉打量，她扭头看着聂无双，笑嘻嘻地问："你是不是要让本公主救他？"

聂无双心中大喜，连忙跪下："求公主救救无双的大哥……"

"好啦，看在你陪我玩的分上，本公主可以救他，不过……"云乐公主拉长声调，一双黑葡萄似的大眼，骨碌碌转了转，"不过他伤好了，要做本公主的侍从，本公主叫他往东，他就不能往西，怎么样？"

聂无双为难，正在这时聂明鹄醒了过来，冷冷地道："公主可以回去了，明鹄时日不多，还想清静几天。"

云乐公主俏脸一板："你都死到临头了还嘴硬！哼，你……"

"云乐，你到这里做什么？"一个淡淡沉悦的声音响起，云乐公主与聂无双回头一看。

聂无双心中猛地一缩，只见和风细细处，站着面上含笑的皇帝，皇帝身侧是一袭青衣锦衫的萧凤青。

"皇上！"聂无双连忙跪下，深深伏地，"皇上万岁，万万岁！"云乐公主心不甘情不愿地跪下："皇帝哥哥万安。"

聂明鹄想要起身，挣了几下，却还是无力地跌回躺椅。

萧凤溟走上前来，按了按聂明鹄的肩："听说聂将军中了毒，现在如何了？"他的声音和悦，无形中给人一种如沐春风的感觉。

聂明鹄面上动容："谢皇上关心，草民已经好多了。"

"不，皇上，草民的哥哥已经毒入肺腑，再不救就来不及了！"聂无双忍不住在一旁插话。

萧凤溟看了她一眼，点头道："是得赶紧，来人，传御医。"

御医已随圣驾来，切脉问诊，诊断的结果与先前萧凤青说的并无多少出入。御医最后提到要用"玉蟾"做药引才能解毒，萧凤溟皱了剑眉，他看了一眼萧凤青："玉蟾在太后那边，恐怕……"

萧凤青一转眸，笑眯眯看向云乐公主，悄悄示意。

萧凤溟一笑，招来云乐："云乐，要是你能把玉蟾拿来，朕重重赏你怎么样？"

云乐公主见众人的眼光都在自己身上，得意扬扬地撇了撇红唇："我——不——要——赏赐！"

"那你要什么？"萧凤溟也不介怀，依然问道，"聂将军可是个大大的英雄，你不是最敬仰最喜欢英雄的吗？"

云乐公主一听，羞得"呸呸"几声："谁喜欢英雄了，我瞧着他就是个病秧子，我不喜欢！"

"也没人说你喜欢聂将军呀。"萧凤青在一旁懒洋洋地打趣。

云乐公主一听，一张俏脸顿时"轰"地红了起来，一跺脚："呸！你们坏死了！我要告诉母后去！让母后重重罚你们！"

她说着，跺着脚跑了出去。聂无双在一旁看得哑口无言，那大哥怎么办？她心凉如水地看着躺椅上脸色灰败的聂明鹄。

聂明鹄却神色淡然："命中注定，小妹，你也别太伤心。"

聂无双看看他，又看看萧凤青，眼眶一红，不由得痛哭。不知过了多久，顶上传来淡淡的叹息声，一方洁白的帕子递到她面前。

"无双姑娘不要哭了，朕一定会救你的哥哥的。"聂无双抬起头来，忽然对上萧凤溟深邃沉静的俊眸，不由得脸上一红，默默接过帕子，低头叩谢。

过了一会儿，萧凤青提议去林中打猎，萧凤溟欣然应允。聂无双本想留下来照顾自己大哥，萧凤青微微一笑："天气正好，聂姑娘照顾聂将军已经辛苦了很多日，不如一起去散散心？"

## 第十章　再探：君心动

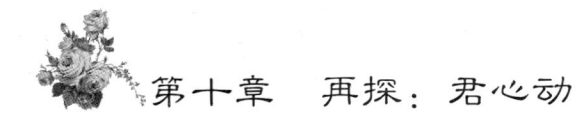

　　萧凤溟不置可否。聂无双心中一动，不由得看向萧凤青，只见他狭长的深眸中带着一丝似笑非笑。
　　聂无双知道这是给她的机会，打起精神道："若皇上不嫌，无双自然随行伺候。"
　　萧凤溟深深看了她一眼，笑着离开。
　　庭院中又恢复安静，聂明鹄看着泪痕宛然的聂无双，目光带着疑惑："小妹你？"
　　"大哥，我正想出去散散心。"聂无双强颜欢笑。
　　"双儿！"聂明鹄目光渐渐严厉。他不是傻瓜，这样微妙的情景他再猜不出什么来，简直是白活了二十几年。
　　"大哥！如今我们兄妹两人身在应国，再也没有父亲的庇护，该牺牲的自然要牺牲！"聂无双厉声说道。这几天她一直避免让聂明鹄知道自己的处境，可是如今再也瞒不下去了。这样也好，反正他迟早有一天会全部知道的。
　　"可是大哥我会保护你！"聂明鹄脸上涨得通红："不需要你去伺候皇上！"
　　聂无双闻言，美眸中掠过凄色，自嘲道："伺候皇上也是一种荣耀。皇上也不一定看得上我，所以大哥你的担心也许是多余的。"
　　"你！"聂明鹄忽然语塞。这是他那美貌与才智举世无双的小妹吗？她从小被家人犹如珍宝护在掌心，连长大之后任性地嫁给一文不名的顾清鸿，他都不曾见过她如此自惭又自怜的样子。她已经彻底变了。
　　"大哥，你好好养病，在应国一定会有你我兄妹的一片天地的！"聂无双说完，毅然回头转身就走。
　　"小妹！"聂明鹄看着她翩翩离去的身影，喉头似被一团棉花堵住，难受异常。他恨恨拍了拍身下的躺椅，仰面躺下。

聂无双回到点翠居,她挑了一件嫩绿色绣盘枝骑装,套上长靴,把长长如瀑的长发盘成高髻,簪了几只翠翘珠花,整个人清爽柔媚,却又在干净利落中带着一种属于女子的英气。打扮妥当,下人牵来了一匹白色的小母马,十分温顺。聂无双只在少女时曾女扮男装与几个哥哥出城骑马,如今几年不骑,骑术自然生疏许多,等上了马,这才心有余悸地出了别苑。

皇上与萧凤青自然都换好骑装,正在慢慢络缰而行。萧凤溟看见聂无双过来,眸中掠过激赏:"聂姑娘果然有令兄几分马上英姿。"

聂无双不知他是说笑还是真心赞美,连忙谢恩。萧凤青一旁笑道:"皇上不知道,聂姑娘性子烈得很呢,只有在皇上面前才这样恭顺。"

他说得话中有话,聂无双心中一惊,不由得担忧地看向萧凤溟。萧凤溟似没听见,只令一旁的侍从拿来弓箭饶有兴致地试弓。"崩"地一声,他拉动空的弓弦,这运力百斤的硬弓竟被他拉满。头顶刚好飞过一群小鸟,弓弦声惊得鸟儿四散逃走。

他心情大悦,不由得哈哈一笑。随从们自然纷纷赞赏,顿时身边充斥着"皇上神武"等颂词,只有聂无双并不开口。

"聂姑娘以为如何?"他笑问她,深眸中却带着一丝探究。

聂无双微微一笑:"空弦惊鸟,不过是鸟儿太容易受惊,无双还看不出皇上武功如何。"

"照你所说,不过是鸟儿太弱,不是朕的武功高?"萧凤溟问道。

聂无双摇头:"无双不是那个意思,皇上自然是武功高强,但是不该从鸟儿受惊才看出来。"她在隐喻他找了太弱的对手。

萧凤溟微微一笑,不再往下问。男人打猎,聂无双不通弓箭,自然只能在树林中牵着马儿漫步,或者兴致来了,拿了小弓小箭,命侍卫抓了几只山鸡野兔,在草地上射着玩,但是十射九不中,唯一中箭的通常是倒霉的侍卫。她本无心玩乐,但是射了几把也顿觉兴趣来了。不知不觉中,她拿了弓箭,牵着马儿顺着他们骑马离去的方向慢慢向树林深处走去。侍卫不知她身份,但是能随行圣驾的自然是重要的人,因此也不敢掉以轻心,不远不近地跟着。

聂无双走着走着,忽然看见一只小梅花鹿,圆滚滚的大眼睛,清澈如泉水,她一时欢喜,不由得悄悄靠近,手中箭射出。

"啪"地一声,果然还是没有命中目标,梅花鹿受惊跑了。她叹了一口气,懊丧地丢了手中的弓箭。身后忽然响起一阵朗朗笑声。聂无双一惊,回过头去,这才发现不知什么时候皇上已经转了回来,正笑看着她刚才射不中的窘状。

聂无双脸上一阵红一阵白,低头道:"皇上。"

萧凤溟捡起她丢掉的弓箭,比画笑道:"你这招叫做什么?是梅花鹿容易受惊,看不出你骑射的水准吗？"他在拿刚才她说他"空弦惊鸟"的那件事来打趣她。

聂无双脸一红，故作镇定："这只能说明无双骑射太烂。"

他已经站在她的身边，聂无双这时才发现他的英挺伟岸。几次见他，他的儒雅斯文令她几乎产生一种错觉，觉得他深沉如睿智的男人，可现在他站在自己身边，她才发现他不过是与萧凤青一样的年轻男子，一样英姿勃发，充满了男人的力量与英武。

他比画了几下，忽然指着前方："你看，刚才那小鹿在笑话你射不中它。"

聂无双顺着他手指的方向看去，果然看见在低矮的树丛中，刚才的小梅花鹿好奇地向这边张望。它的嘴因为嚼着嫩草而一歪一歪，乍看起来就真的好像在笑话她。聂无双窘得满脸通红，不由得恨恨跺了跺脚。

"要不要朕替你射下它？"萧凤溟笑着问道。聂无双摇了摇头："无双本来就不想伤它性命，只想把它捉回去养着玩。如今要是伤了它，它就该恨我了。"

"无妨，要是朕伤了它，却是你把它的伤养好，它一样会对你感恩戴德。"萧凤溟淡淡说道。

聂无双听了只觉得怪异，他好像不是在说这梅花鹿，仿佛在说别的。她想了想："那么说，皇上要做这个坏人，让无双来做好人了？"

"这世上总有人来做好人，也有人去做这个坏人。"他一笑，拉动她的弓箭，"刷"地一声劲风过后，百步远的小鹿顿时应声而倒。

有侍卫欢呼着去捉来，聂无双见箭射中它的前腿却没伤及它的骨头，不由得赞道："皇上的射箭功夫十分精妙。"

萧凤溟微微一笑，把弓箭交给身后的侍卫，在林中漫步。他没叫她离开，聂无双只能跟上。林中寂寂，六月底的天气山林中依然十分阴凉，他走在前面，悠然自得。聂无双却渐渐紧张起来，今日的他穿着一件玄青色绣盘龙劲装，乌黑的发用龙纹金冠固住，黑色的靴子上绣着金丝龙纹腾云。英姿挺立，行走间幽幽的龙涎香淡淡弥漫。聂无双忽然想起那一夜在睿王府宴饮时自己跪在他的面前，那样低入尘埃。而如今自己竟然又能与他一同林荫漫步，人生际遇就是如此，总以为已经是绝境，却还有柳暗花明的那一刻。

她感叹的目光被他回头捕捉住，他笑着问："你在想什么？"

聂无双心头怦怦直跳，半天才道："没想什么，在想兄长的伤势。"

"无妨，最多不过明天玉蟾就能拿到了，云乐是个心地善良的人。"他笑着道。

聂无双心头一块大石落地，想要跪下谢恩，他已经回过头牵住了她的手不让她跪下："你不用谢，朕还有用得着你大哥的地方。"

他深深看着她，聂无双心头一跳，不知怎么的，慌忙避开他的凝视，支支吾吾："谢皇上。"

她的无措落在他眼中，忽然他微微打趣："那日你夜闯圣驾前，不是很胆大吗？"

聂无双猛地抬头，这一句含了太多的含义与暧昧。

"无双怕皇上被人诟病。"许久，她才缓缓说道，"就算无双不在乎，皇上也可以不在乎吗？"

她看定了他的深眸，手心却沁出冷汗，他的手很温暖，很大，包住她纤细的手指。她感觉到他掌心有硬茧，刺刺的，痒痒的，令她心中一阵阵不知所措。

"那你在乎什么？"他答非所问。

"无双现在只在乎大哥，皇上我……"她面上含着凄苦，"无双也只剩大哥一位亲人了。"

萧凤溟微微一笑："你很诚实。"

这场狩猎结束，大家都收获颇丰。萧凤青猎得最多，山鸡野兔自然不必说，还打到了一只皮毛十分光亮的花豹。萧凤溟打到了几只麋鹿，几只鸟儿，亦是十分尽兴而归。圣驾回宫之时，侍卫为聂无双送来一只受伤的小鹿。聂无双认出是那只他答应替她猎到的小鹿。

吴嬷嬷从侍卫脸上的恭敬神色看出了什么，微微一笑："聂姑娘这次狩猎收获十分丰盛。"

聂无双摸着小鹿，果然看见它眼中渐渐对自己有了依恋，她忽然想起萧凤溟说过的话，恐怕在他心中，自己和大哥就是这只受伤的小鹿，被他收容然后感恩戴德。

正在沉思间，忽然萧凤青过来，他的目光扫上聂无双怀中的小鹿，似笑非笑地道："很漂亮的梅花鹿。"

萧凤青晃悠悠跟着她进了屋，丫鬟端来茶水，他轻抿了一口："皇上送你梅花鹿是什么意思？"

"没什么别的意思。皇上见我喜欢这只鹿，便替我猎下。"聂无双岔开话题，"皇上临走前可还说了我哥的毒到底该怎么办？"

萧凤青悠然地喝着茶，头也不抬："总之皇上是不会让你大哥死的，你放心吧。"

聂无双放下心，萧凤青忽然抬头，凤眸微眯："顾清鸿要来应国了。"

"哐当"一声，聂无双手中的茶盏掉到地上，碎成了千百片。她睁大眼睛盯着萧凤青："王爷在说什么？"

"本王说，顾清鸿要出使应国了。"萧凤青一字一顿地说道。

聂无双许久才找到自己的声音："为什么？"

萧凤青冷冷哼了一声："他要替齐国的七公主来商议和亲。"

聂无双越听越是糊涂："他不是要娶七公主吗？为什么……"

萧凤青嘲讽一笑："听说，你那位夫君在齐国皇帝面前说，他妻子新丧三年未过，不忍再娶新妇。"

聂无双听了冷笑连连："原来我倒是成全了他的爱妻美名！"她心中的怒火难以抑制，素手捏着扶手，几乎捏得咯咯作响。

萧凤青轻轻一笑，拉长声音，曼声道："你怎么知道他是为沽名钓誉，而不是真的为了你拒婚公主呢？"

聂无双气得脸色发白，浑身颤抖，盯着他冷冷地道："王爷这句话以后不要说了！"

萧凤青见她真的动了怒，撇了撇嘴："好，我不说。不过你打算怎么办？"

聂无双深吸一口气："还能怎么办？兵来将挡，水来土掩，希望那时候无双已经按照王爷的吩咐进了宫。"

第二天，宫中的内侍带着太医与"玉蟾"一路赶到了别苑，解药的配制有望，聂无双不由得喜极而泣。过了两日，聂明鹄的毒伤好转，已经能由人搀扶下地走路。聂无双看在心头，喜在眉梢，连着几日面上带笑，容光绝色，令人看得移不开眼。到了第五日，圣驾又到。这一次皇上颁下圣旨，封聂明鹄为御赐二品带刀侍卫，就等伤病好了进京城跟随皇上左右。

聂明鹄叩谢圣恩，萧凤溟亲自扶他起来："当务之急是聂将军要养好身体，建功立业来日方长。"

聂明鹄知道自己大难不死已是上天保佑，如今又深受皇帝隆恩，心中更是激动难抑。聂无双在一旁看着，心中越发佩服起萧凤溟的驭人之术。

六月的夏夜，别苑中丝竹飘飞，歌舞不绝。聂明鹄重伤刚刚好转不能饮酒，只坐在下首以茶相陪，但他常年镇守边关，见闻广博，又博览群书，席间聊起一些各国风物，引人入胜。萧凤青亦是熟知各地风情，他语气幽默，常常引得席间众人欢笑不绝。酒过三巡，还未喝多，众人已觉得面上微醺。

正在这时，忽然听得有人弹琴，轻轻袅袅的琴音清澈空灵，似从天际传来，渐渐的，声音渐急，嘈嘈切切，如大珠小珠落入玉盘。

"这是哪位琴师？"皇上问道。众人都摇头不知。

琴音由缓入急，弹的是齐国名曲《乱云飞》，琴声悠远随手拈来，似流云在无边无际的苍穹，缥缈难寻，又变化万千。众人都停了手中的酒，静静聆听。萧凤青听了一会儿，低头看着自己杯中的酒，许久一口饮尽。

一曲终了，萧凤溟微微一笑，看定厅中一角的薄纱漫舞处："若朕猜得不错，这弹琴的是聂将军的妹妹，聂姑娘。"

薄纱帘子微微一撩，聂无双缓步走了出来。众人只觉得眼前一亮，满厅堂的烛火都不及她面容风华的半分。只见她头梳流云髻，发髻中隐约有点点珠光，清雅难言。她身穿月色薄纱长裙，裙上只绣了点点梨花，似刚从梨花树下而来，长长的裙摆随着她的走动而透迤在地，更显得她腰肢纤细如柳，修长柔美。

她缓缓拜下："无双谢皇上救家兄之命大恩，所以特奏这一曲，聊表感激。"

萧凤溟微微一笑："平身，赐座。"

聂无双谢恩入座，众大臣这才回过神。都听说聂无双是齐国第一美人，如今看来果然名不虚传。众人见她坐在皇帝右下首，看向她的目光顿时复杂起来。聂无双仿佛没看见众人探寻的目光，眼观鼻鼻观心，面色沉静。

聂明鹄脸上一阵苍白，起身告辞："微臣身体不适，先行告退，请皇上恕罪！"

聂无双手中的酒杯微微一抖，但是依然慢慢饮下。聂明鹄一走，宴席就没了新鲜的话题。很快皇帝面上带了一丝倦意，挥挥手让人撤了酒席。空荡荡的厅堂，满是残羹狼藉，聂无双忍着心头的难过，慢慢地往回走。忽然一位小内侍走来："皇上请聂姑娘过去对弈一局。"

聂无双点头应了，跟着小内侍向皇上歇息的翰德居而去。

翰德居是别苑中最大最宽敞的居处，亭台楼阁，精致无比。聂无双拐进了回廊，忽然看见萧凤溟站在水榭亭下，修身玉立，灯下他的眉眼蒙眬淡然，若浅月临照，俊逸难言。

"皇上万岁，万万岁！"她跪下道。胳膊上微微一紧，萧凤溟已经扶她起身。

两人靠得那么近，他身上的龙涎香随着夜间草木的气息扑面而来，聂无双不由得后退一步，垂首："皇上……"

萧凤溟看了她一会，坐在水榭亭中："你大哥似不喜欢你这样当众献艺。"

聂无双一怔，面上一白，重新跪下："所谓长兄如父，他……也是为了无双好。"

"那你如何想的？"萧凤溟微微一笑，拈起一颗棋子，缓缓叩着棋盘。

聂无双抬起头来，直视萧凤溟，慢慢地笑道："若皇上今日棋局上再赢无双，无双就回答皇上方才的问题。"

她的眉眼如春水，明媚潋滟，但又在其中含着一丝高傲。

"是真心回答？"萧凤溟眼中掠起兴趣。

"定是真心话！"聂无双说着站起身来，不请自坐，坐在萧凤溟对面，拈起黑子，美眸熠熠："皇上请！"


别苑含香居中，厅前歌舞不歇。舞姬们个个美艳无比，萧凤青正歪在软椅上，枕着一位美貌的舞娘的腿，一杯杯饮酒。他长衫的领口已经敞开，露出一片白皙结实的胸膛，而舞娘纤纤玉手正若有若无地抚着他的胸前。聂明鹄来到这里的时候，看见的正是这样一幅香艳旖旎的画面。

萧凤青从舞娘身上踉跄起身，倒了一杯酒，笑嘻嘻地走到聂明鹄跟前："来来，这一杯恭喜聂将军毒伤痊愈，以后前途不可限量，哈哈……"

他把酒杯举到聂明鹄跟前。浓重的酒气令聂明鹄不由得皱了剑眉，他这才发现萧凤青白皙俊魅的脸上已经红晕一片，看样子他已经喝了不少酒。

聂明鹄上前一步抓住他的领子，怒道："我小妹去了哪里？"

萧凤青停了笑，兴趣萧索地挥了挥手，堂上的舞姬纷纷退下。他这才似笑非笑地挣开聂明鹄的手："她在她该去的地方！"

聂明鹄双眼通红，一把揪住萧凤青的领子怒吼："你怎么可以把她送给皇上？她是我唯一的小妹！我可以帮皇上打退秦国来犯之敌，我甚至可以挥师攻打齐国！我不要她去伺候皇上！我不要她这样委曲求全……"

他虎目含泪，最后一句已经吼得声嘶力竭。

萧凤青冷冷挣开他的手："她的路由不得你来替她选。这一切都是她自己愿意的！"

"你胡说！"聂明鹄一拳狠狠地砸向萧凤青。萧凤青长袖微微一动，毫不费力地卷住了他的拳头。他手中劲力微吐，聂明鹄被他震退了几步。

萧凤青看着跌在地上的聂明鹄，笑得讽刺："你以为你还是齐国的聂明鹄，你还是聂家的大公子，你爹还是那个权倾齐国的司徒大人？"

"你以为你以前战无不胜就是你厉害了？要知道要不是你爹，那些兵马粮草只要断了，你聂明鹄的威名都不会像今天这样威震四国！更何况你现在还在人生地不熟的应国，她不去伺候皇上，你以后怎么能大展宏图？不要说别的，只要有人参你一本居心叵测，你就得乖乖地下天牢等着三部会审！只有她在皇上面前有一席之地，你才能在朝堂站稳脚跟！"

萧凤青冰冷无情的话像六月天一盆冰雪通通盖在了聂明鹄的身上。他痛号一声，抱住了头。

萧凤青冷眼看着地上的聂明鹄，最后长叹一声："她进宫，对谁都有好处。"

聂明鹄闻言抬头，看着萧凤青冷笑："恐怕最有好处的还是王爷您吧？"

萧凤青一怔，随即哈哈一笑，长袖一震，他笑得邪肆："是，不然我当初收她何用？"他猛地低下头，看着聂明鹄，恶狠狠地说，"还有你，别以为皇上给了你'玉蟾'，你就可以忘了当初是谁救你出秦国！"

他说完，冷笑着大步离开。丝竹声已绝，聂明鹄吃力地站起身来，慢慢拖着沉重的脚步走了。

"皇上，无双要赢了！"聂无双看着眼前的棋局，不由得笑着道。她面容含笑，灯下的她绝色倾城，令萧凤溟不由得多看了两眼。

"还未见分晓。"萧凤溟不紧不慢地落下一子，整个棋局顿时形势大变。聂无双不由得皱了秀眉，苦苦思索。与他这样精于布防的人下棋无疑是很累心神的，聂无双不敢再轻敌，专心致志，可惜最后还是输了半子。

"皇上棋艺精妙，无双只能甘拜下风。"聂无双叹道。

萧凤溟一笑："棋艺如你已经算是极好了，朕要是不小心也是会输的。"聂无双只是笑。他的棋力深厚，这一句只不过是安慰她罢了。

"无双输了，皇上想听什么？"聂无双收起棋子，问道。

"你想说什么？"萧凤溟反问，"你若说真话，说不定不是朕喜欢听的话。"

"那皇上还想听么？"聂无双笑问。

"你且说来听听。"

萧凤溟看着灯下的她，都说灯下看美人，越看越美，果然不假。他的目光渐渐柔和。聂无双被他的眼神看得不由得低下头，她离了座位，跪在他面前，低声道："无双还是那句话，妾愿意终身伺候皇上。"

她说完，抬头看着他。白日未尽的暖风微微拂过，撩动她几丝乱发，萧凤溟伸出手去，轻轻为她掠在耳后。下颌微微一热，他已经抬起她的脸，深邃纯黑的眸中，她看不清他所思所想，但是却有一种沉沦的感觉。

她不由得大着胆子握住了他的手，轻轻贴在自己面上："皇上……"

## 第十一章　宫门：人心险

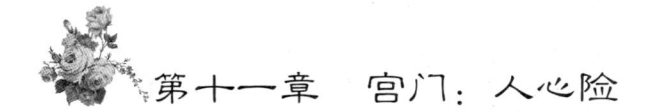

　　聂无双被分到了元秀宫一间小小的院子里，僻静幽冷，主仆两人只得一间主房一间耳房。夏兰住惯了深宅大院，猛地一进宫非常不习惯。

　　"采女，你说皇上什么时候召见你？"她充满希冀地问道。

　　聂无双看着灰扑扑的房间，自嘲一笑："见不见得到皇上还是个问题，先别想那么多了，赶紧打扫吧，不然今天晚上就不用睡了。"

　　两主仆正在弄着，忽然有人敲门。夏兰去开门，门外站着一个宫女模样的人，她眼中露出不屑，冷冷地道："我家娘娘说了，要洒扫等明日吧，她头风发作，听不得响声。"

　　夏兰脸一沉正要发作，聂无双按了她的手，笑着道："不知是哪位娘娘身子不适，明日无双去拜访下。"

　　正所谓伸手不打笑脸人，那宫女脸上的不屑之色稍稍收敛："是宛美人。"聂无双送走了她，这才关上房门。

　　夏兰气得直想摔盆子："采女，你听听！才刚进宫她们就欺负到了我们头上，什么头风发作，听不得响声，那叫我们今夜怎么办？"

　　聂无双倒是不生气，淡淡道："采女是最末一阶，连妃子都算不上，你若连这个也受不了，以后还有更多的苦头吃呢。"

　　夏兰一听只能愤愤作罢。两人无法洒扫，只能先把床擦拭一下，箱笼也无法归置，主仆两人就只能缩在一张床上将就着睡了。床板十分硬，不要说聂无双就连夏兰也睡得十分不安稳。

　　"采女，你说进宫那么苦，怎么那么多女人争破头还要进宫来？"夏兰忍不住叹了一口气。

　　聂无双沉默许久："因为她们都自认为自己会得圣宠，是踏上云端独一无二的那一人。"

"那采女是为了什么进宫？王爷不是对你很好吗？今日王爷还来送呢。奴婢从未见过王爷对哪位女人那么用心。"夏兰小心翼翼地问。

在黑暗中她看不清聂无双的神情，聂无双只是沉默着，她以为她一定不会回答她这个越矩的问题。

过了许久，聂无双淡淡地道："他对我用心是因为我还有可以利用的地方，而我进宫，则是因为我必须成为皇上心中独一无二的女人！"

第二天一早天还未亮，聂无双就起身，宫中规矩，入宫的妃子第一天必须给皇后请安。昨夜睡不安稳，她脸色稍嫌苍白，聂无双只往脸上洒了些粉，胭脂未施就扶了夏兰的手向外走去。

"采女怎么不打扮得精神一点？"夏兰疑惑问道。

聂无双微微一笑，并不接口。她如今进宫已是皇上的破例，再引人侧目就更是不妥。两人走在僻静的路上，却不知朝堂上为她的进宫，朝臣们早就吵翻了天。

金銮殿上，萧凤溟一身绣金五爪盘龙龙袍，十二东珠玉冕垂下，遮住了他的面容。龙座之下，几个谏官正义正词严地谏言聂氏入宫的诸多伤风败俗之处。玉阶下，萧凤青身穿绛紫色滚龙纹锦袍，微微低头，似在凝神静听。

堂下几位言官说完，纷纷跪下，求皇帝收回成命。

玉冕之后，萧凤溟微微一笑："此事不必再议，都退下吧。还有其他奏报么？"言下之意，圣意已不能更改，群臣无法，只能愤愤作罢。

一场朝堂就这样匆匆结束。萧凤溟回到御书房才刚坐下，却听见内侍进来禀报，高太后来了。萧凤溟龙袍未解匆匆前去迎驾，高太后由宫女扶了进来，自然有人抬来软座。

萧凤溟跪下请安："太后怎么来了？朕还想过去给太后请安。"

高太后重重一咳："听说皇上收了聂氏为采女，可有此事？"

"回太后，朕是看他们兄妹二人无依无靠，再者聂明鹄的确是一位人才。"萧凤溟道。

高太后看了他一眼，冷哼一声："聂明鹄也就算了，哀家看那聂氏分明是克父的狐媚子，皇上也不怕脏了后宫？！"

萧凤溟脸色未变，依然笑道："不过是个采女，太后不必动怒。"

高太后见他态度坚定，已是无法改变，从袖中拿出一本册子，和声说道："皇上后宫妃子虽多，但是诞下龙嗣的还是寥寥几个，这是哀家替皇上挑的才德兼备的女子，皇上且看看，喜欢哪一个便等来年春选纳入宫中来，好做个准备。"

薄薄的一本绢丝册子，萧凤溟低着头接过："谢太后体恤。"

高太后走了，萧凤溟慢慢打开册子看了起来。内侍杨直上前："皇上，昨儿聂采女已经入宫，安置在元秀宫中与宛美人、林御女等一起。"

"嗯。"萧凤溟淡淡应了一声，把手中的册子随手丢给他："好好收着，以后有用。"

杨直小心翼翼地接过册子，再抬头看，萧凤溟似已忘记了何人是聂无双，心中一叹，退了下去。

聂无双扶着夏兰来到皇后的来仪宫前，才刚到了宫门就被门口的内侍挡了下来："皇后娘娘身子不适，聂采女还是等其余娘娘请安后再进去吧。"

聂无双听了一怔，上前轻声求情："这位公公，婢妾第一日进宫，按宫规是得向皇后娘娘请安的。烦请通报。"

内侍看也不看，冷哼一声："都说了皇后娘娘身子不适，再说各位娘娘们都还没请安，你一介小小的采女能越过几位娘娘跟进去？在这里等着吧！"

聂无双无奈，只能站在宫门外耐心等候。不多时，远远地似飘来一团彩云，聂无双见了连忙跪下。脂粉香气扑鼻，那团彩云飘近，聂无双这才看清楚是一群宫妃。

"这位是谁啊？"有人笑嘻嘻地问。

"婢妾聂氏，见过各位娘娘。"聂无双回答道。

"原来是聂氏啊。"有一道轻蔑的声音冷冷地道："本宫只听说在齐国有聂氏被满门抄斩，不知是不是这个聂氏。"

聂无双浑身微微一颤，半天才回答："是。"

"咦，这可奇怪了，听说那聂氏唯一的女儿聂无双不是嫁给了齐国的相国顾清鸿么，怎么会跑到了我们这应国的宫中来呢。"那声音不依不饶，带着一种令人难堪到底的意味。其他几位宫妃听了不由得窃窃私语。

聂无双忍不住抬头看向那发难的宫妃。只见她不过十八九岁，容色娇俏艳丽，身穿一件石榴红长裙，裙上绣着各色花朵，繁复艳丽，一派得意扬扬的姿态。

那宫妃被她美眸幽幽一看，不由得怔了怔，聂无双为齐国第一美人，今日看来果然名不虚传，她想着心中更是嫉恨："看什么看？方才本宫的话你还没回答呢，你怎么会到了应国！"

聂无双低下头，淡淡地道："自然是逃到了应国。"

"啪"的一声，她还没说完就被人扇了一巴掌。聂无双猝不及防被扇得头昏眼花，跌在了地上，她捂住脸愤然抬头看向那宫妃。

那宫妃吹着自己的手，冷笑着道："怎么？教导你的嬷嬷没告诉你回答本宫的话，要说，回娘娘的话吗？"

聂无双定定看了她一会儿，重新跪好："回娘娘的话，婢妾是逃到了应国。"她捏着

手中的帕子，捏得骨节咯咯作响。

那宫妃见她服软，冷哼一声这才进了来仪宫。身旁的窃窃私语渐渐没了。聂无双松了一口气，正要站起身来，忽然远远看见有两驾肩辇飘一般过来。看肩辇的架势，她不敢轻率又重新跪下。

香风飘来，是上好的沉水香，悠远绵长，沁人心脾。沉水香一两值一两金子，贵重无比，这两位宫妃一定是品级极高，十分受宠的妃子。无双跪在坚硬的地上，悄悄抬头。左边的肩辇四周薄纱低垂，看不清里面坐的人是什么样子，隐约知道里面一定是个极美的女子。另一辆肩辇在来仪宫门前就停了下来，走下一位身着紫红色宫装的美妇，她头梳望月髻，大约二十出头，鹅蛋脸，容色秀丽，举止温婉，观之可亲。她下了肩辇由内侍扶着慢慢走来。另一个肩辇却越过她，停也不停地抬进了来仪宫中。那紫衣宫妃似见惯了，依然笑颜嫣嫣地走近。

她看见聂无双跪着，笑着道："这位是哪宫的妹妹，这大清早就跪在这里做什么，一起进去吧。"

聂无双脸上依然火辣辣的痛，她想起方才的教训，恭谨地磕头道："回娘娘的话，婢妾聂氏是元秀宫的，给娘娘请安。"

身着紫色裙子的宫妃一怔之后，微微一笑："原来是聂采女，来得这么早。"

她说话间，守在门口的内侍早就迎上前，笑着请安："奴婢给敬妃请安，皇后娘娘已起身了，敬妃娘娘请——"

他的态度恭敬诚恳，聂无双心中冷笑，奴才果然是奴才，见风使舵的本事简直是炉火纯青。

敬妃看聂无双不起身，柔声劝道："一起进去吧。在这里等着也不是个事，本宫替你通传吧。"她语气柔和，没有丝毫的架子，聂无双心头一暖，低声道谢："婢妾谢过敬妃娘娘，婢妾还是在这里等皇后娘娘传唤。不敢进去打扰各位娘娘。"

敬妃见她态度坚决还想再劝，里面走出一个宫女，迎上前："皇后娘娘正在问敬妃娘娘怎么还没来呢，敬妃娘娘，请进吧。"敬妃闻言不敢耽搁，扶了内侍的手走了进去。

夏兰见宫门外再无嫔妃，扶了聂无双起身，看着她被扇得微微红肿的脸颊，愤愤地道："刚才那位是哪宫的娘娘，居然……"

她还要再说，却在聂无双的眼色下住了嘴。聂无双吐掉口中的丝丝血味，美眸微眯看着来仪宫，淡淡道："我们今日就在这里等着。皇后什么时候见我，我就什么时候走。"

太阳渐渐冒出了头。来仪宫宫前的青石阶上聂无双与夏兰主仆两人站得双脚发软。昨夜本就没有睡好，如今从一大清早未用早膳就站到现在，更是又饿又累。天光渐盛，热气袭来，正当聂无双眼前一阵阵发黑的时候，里面终于有内侍走来传话："皇后娘娘有旨，采女聂氏进去请安。"

聂无双心中松了一口气，扶了夏兰慢慢地走进来仪宫。来仪宫是皇后的寝宫，所行处处雕梁画栋，梁上雕着各色鸟兽，栩栩如生，画得最多的是凤凰，长长的尾翼，五色斑斓美丽异常。她绕过了宫门前的影壁，顺右边的回廊向里走去。

宫娥内侍衣着光鲜，神情倨傲，行走间的气度似比她更加气派。聂无双心中微微一哂，目不斜视地跟着传话的内侍走向寝殿前。寝殿前挂着一席细细的湘妃竹帘，里面的香气随着殿内阴凉的冷风悠悠地荡出。无人为她掀帘，聂无双不敢造次，只能在大殿外面跪下。

里面笑语阵阵，聂无双等了一阵子，依然未听见皇后的传话。

忽然一道悦耳的声音清清冷冷地笑道："这是臣妾昨夜写的一首诗，皇后娘娘可要帮臣妾品鉴一番。"

皇后轻笑一声："云妃妹妹找错人了，本宫不通文墨，这什么诗啊词的都不及云妃妹妹半分呢。"

那清冷的声音接着说道："皇上说里面有一句不应景，臣妾想了许久依然困惑。所以就拿来让众位姐妹品鉴品鉴。"

忽的里面有一道嗤笑传来："品鉴什么，我们大字不识几个，品鉴也品不出所以然来。要是云妃娘娘把皇上赏赐给你的流云锦衣拿出来让众姐妹们瞧瞧，我们倒也能品出个所以然来。"

聂无双听到这里已是听明白了，这位云妃一定是皇上极宠爱的妃子，且通文墨。她想起萧凤溟的棋艺，心中微微一颤。

那妃子说完，座上其余几位宫妃笑了起来，顿时堂上众妃子笑嘻嘻一团。那云妃似气得不轻，再也不肯吭声。

皇后含笑岔开话题："淑和公主最近怎么没抱来瞧瞧，本宫倒是想得紧。宜暄常常闹着要跟妹妹玩呢。"

"淑和最近贪凉吃坏了肚子，要出来得再养一段时间才是。"是敬妃的声音。

聂无双一听这才恍然大悟，难怪敬妃姿容不算太出挑还能位列四妃之首，原来是诞下了大公主——淑和公主。而皇后则是大皇子萧宜暄的生母，既是嫡妻又是大皇子生母，地位果然不一样，想来这大皇子以后也是入主东宫的料。难怪这来仪宫中的宫人平白无故地好像高人一等似的。

聂无双跪得双腿发麻，里面才传出皇后柔柔的声音："外面跪的是谁？怎么半天都不出声？"

聂无双见皇后问起，连忙伏下身："婢妾聂无双叩皇后娘娘圣安，皇后千岁千千岁！"

皇后淡淡地"咦"了一声，随即笑道："原来是聂采女，本宫竟忘了你昨儿傍晚入宫了，平身吧，来人，赐座！"眼前帘子掀开，聂无双刚想要站起身来，却是双腿跪得发麻，一时间动弹不了。

夏兰连忙扶她起身，殿上有人嗤笑："真是个娇滴滴的美人，我见犹怜呐！"

聂无双痛得额上冷汗频出，听到这样的奚落声循声望去，果然是方才在来仪宫门外扇了自己一巴掌的宫妃。她初入宫中根本不认识任何宫妃，也未曾与人结怨，可是她三番两次为难自己，不知是什么缘故。

聂无双不由得多看了她一眼。而她也凤眸微挑，挑衅地瞪了聂无双一眼。

"宝婕妤，聂采女是聂将军的妹妹，千里来应国，我们应该多多照顾。"敬妃在一旁劝道。

原来那扇了她一巴掌的是宝婕妤。聂无双不由得感激地看向敬妃。宝婕妤冷哼一声，不以为然。她眼睛咕噜一转，忽然捂嘴一笑："呀，对了！听说聂采女在齐国是有名的歌舞文墨样样精通的才女。云妃娘娘如今你在宫中可就不寂寞了，以后有什么诗词歌舞什么的，与聂采女讨论吧，放过我们这一干不懂文墨的粗俗女子吧。"

她双手附额，口中念着"阿弥陀佛"，此话一出，原本不想笑的宫妃都纷纷捂嘴笑了起来。

皇后左手第一个位置的妃子冷冷哼了一声："谁要与她品鉴诗词，没得侮辱了本宫的才名！"

她说得极不客气，聂无双抬头看去，只见云妃面容清丽婉约，精心妆点过后有一种楚楚动人的意味，她身着素色长裙，裙上用银线勾了几朵淡淡的海棠花，一团一团，素色长裙上用银线本不容易出彩，可她身材修长，一举手一投足间，裙上流光潋滟，闪闪夺人眼目。

果然是一位才色兼修的美人。聂无双心中微微冷笑，恭谨地道："婢妾才德有限，不敢高攀云妃娘娘。"

云妃悻悻哼了一声，起身向皇后告辞："臣妾身子不适，先行告退了。"

皇后欣然应允，一时间，几位原本就想走的嫔妃也纷纷借机告辞。聂无双离座，在一旁躬身恭送她们出去。原本偌大的殿堂顿时只剩下敬妃等几位妃嫔。

皇后见聂无双恭谨有加，微微一笑："聂采女果然谦恭柔顺，难怪皇上喜欢，连言官的谏言都听不进去。"这句话表面上听起来是赞她，但是却隐含了严厉的责备。

聂无双听得她如此说，连忙跪下："婢妾无才无德，不过是得了皇上的垂怜，兄长的庇护而已，皇后娘娘圣明！"

皇后微微一笑："起来吧。朝堂的事本宫也不懂，不过左右无事，随口说说，你既然进宫了就是皇上身边伺候的人，凡事要谨言慎行。"

在宫中，规矩向来是吓唬胆小的人。聂无双听了心中暗暗冷笑，但是面上却越发恭谨。等皇后训诫完了，她才告辞。

好不容易回到了元秀宫，聂无双软倒在床上，脸上疼，膝盖更是疼得厉害。夏兰打来水，轻轻掀开她的裤腿，不由得倒吸一口冷气，她膝盖上早就磨破一大块皮，鲜血淋漓浸透了裤腿。

"采女，这很疼吧？"夏兰揪心地问。

聂无双看了一眼，摇头："没事，上点伤药就好了。"她沉吟一会儿，"你等会儿有空去打听下，那位宝婕妤是什么人。"

如果是毫不相干的人就不会频频与她作对。夏兰应了，连忙去打水拿药不提。夏兰正在忙的时候，帘子一撩，昨夜来的宫女又傲然走入房中，她漫不经心地行了个礼："聂采女，我家娘娘有事要与你商量，请移步到中殿中。"

她的口气不容拒绝，聂无双看了她一眼，问道："是宛美人么？"

"这是自然，不然在元秀宫中谁还能自称娘娘？"宫女冷哼一声，眼中皆是傲然。

聂无双不欲与她多费口舌，淡淡地道："知道了，等等就去。"那宫女见她神情冷淡不把她放在眼中，恨恨离开了。聂无双把伤处稍微包扎下，喝了点冷茶，吃了几口点心扶了夏兰往中殿而去。宛美人就住在元秀宫的中殿，在这宫中还有其他几位采女、贵人、御女，济济一堂都在宫中围着宛美人说话。

宛美人大约二十出头，容色秀丽，但似乎精神并不好的样子，只歪在榻上有一搭没一搭地跟几位宫女聊天。她见聂无双走了进来，姿容绝美，眼中掠过妒意，曼声问道："是聂采女么？"

聂无双微微一笑，躬身拜下："婢妾拜见宛美人，宛美人身子可好些了么？"

宛美人轻咳一声，叹了一口气："都怪我这身子不争气，不然的话怎么昨夜累得让聂采女都不能收拾，唉……"

她唉声叹气，一旁站着的宫女与几位贵人纷纷安慰。聂无双含了一丝含义不明的笑，站在一旁并不吭声。

宛美人见她无动于衷，愤愤岔开话题："今日叫聂采女来是有事要商量，聂采女这次是月中来的，所以这个月的份例按理是从下个月开始发的，但是我看聂采女孤身一人，所以这份例先预支给你一半，你看怎么样？"

聂无双看了她一眼，笑道："如此话婢妾谢过宛美人，到时候婢妾会叫夏兰过来娘娘这边领份例。如果无事，婢妾退下了。"

她说完躬身退下。

宛美人见她走远了，这才怒道："这聂氏仗着一张脸长得狐媚竟不把我放在眼中！"旁边的宫女贵人都纷纷出声指责。

宛美人眼中掠过怨毒，冷冷道："来日方长，以后有她苦头吃！"

聂无双回到自己的房中,秀眉深锁。夏兰以为她还在为早上的事生气,安慰道:"采女放心,今日宝婕妤打了采女,以后一定会加倍讨回来的!再说这还未见到皇上呢,等见到了皇上不愁她们不会对采女另眼相看。"

聂无双依然不展颜,沉思了许久冷冷地道:"去找个机会探探王爷那边的消息,我不能坐以待毙。这宫中的人个个都不是善类。"

夏兰从未见她如此忧心忡忡,不由得也跟着心中紧张。等领了宛美人所说的份例,她这才真正气炸了心肺。她拿了那粗布银钗,指给聂无双看:"采女,这宛美人欺人太甚了,就算是采女,一进宫就得发当月的份例,而且也不会发这么少,她们这分明是拿这些别人不要的东西来搪塞我们呢!"

聂无双看了一眼,神色未动:"她是小人,小人最难伺候,以后还有苦头吃呢。"

"那怎么办?"夏兰忧心地问道。

聂无双悻悻道:"还能怎么办?兵来将挡,水来土掩。"

夏兰正要回答,忽然门被敲响,外面传来一声尖细的声音:"聂采女在吗?"夏兰连忙去开门,门外站着一位小内侍,手捧着食盒,笑嘻嘻地说:"咱家是受聂侍卫差遣给聂采女送点小点心的。"

聂无双一听是自己的大哥派人来,一扫面上沉郁,笑着道:"公公请进。"

"聂采女叫咱家德顺就行了。"那小内侍进来,满面笑容地道:"聂采女第一日进宫,聂侍卫十分挂心,但是碍于当值,所以让咱家过来看看,顺便问聂采女可有缺什么?"

聂无双掀开食盒,里面是一笼香甜的桂花糕,她微微一笑,放下食盒:"德顺公公辛苦了,我并没有缺什么,只是想问问公公何时能见大哥?自别苑一别之后,我甚是挂念。"

德顺公公笑嘻嘻地说:"杨公公说了,能见的时候自然就能见着了。采女不必挂心,照顾好自己才是最重要的。"

"杨公公是谁?"聂无双问道。

德顺公公只是笑:"聂采女问这么多做什么,时候不早了,咱家也得走了。"他说完要走,聂无双赏了他一些小玩意,这才看着他离开。

夏兰打开食盒,闻了下:"好香,聂将军可真是心疼采女。第一天就给采女送吃的来。"

聂无双看了一眼:"你吃吧,我吃不惯这种。"夏兰听了疑惑,只能拿了食盒退下去。

房中又恢复安静,聂无双半躺在软榻上,闭上眼,心头却依然不安稳。

刚才来的德顺公公并不是受大哥之托来送点心的人,若是大哥,一定不会送她桂花糕，因为他知道她自小不喜欢吃甜腻的东西。她唯一猜到的是，他是萧凤青派来的！而德顺公公口中那个杨公公看样子也是萧凤青的人，至于是谁，德顺公公敢挑明，自然以后就知道谁是杨公公。

可是今日带来的话并不让她感到心安，相反，在宫中每多待一个时辰就令她多几分如履薄冰之感。以后的路该怎么走，心中依然看不到一丝光亮。

聂无双想着，不由得昏昏沉沉地睡着了。梦中白日的人和事恍惚闪过。

这宫中一个个都不是简单人。她最后一个念头划过脑海，终于湮灭，沉入黑甜的睡梦中。

## 第十二章　惊见：祈岭惜

一轮明月照九州。在千里之外的驿站中。一袭白衫的年轻男子站在亭下吹箫，月色朦胧，他清瘦的身影犹如剪影。箫声怆然，无形中透着一种说不出的孤单。许久他放下手中的玉箫，叹了一口气。

"相国大人，是时候得去歇息了。"一旁的小厮提醒道。

那清瘦男子转过身来，清俊的面容显露在月色下，赫然是顾清鸿。他怔怔看着手中的玉箫，忽地自言自语："我大概是疯了，竟然会接下出使应国的差事。"

十日前他接到线报，聂明鹄秘密从秦国逃出到了应国，如今被应国的皇帝封为御前二品带刀侍卫。可是这还不是令他吃惊的，他最吃惊的是聂无双居然入了应国的后宫，被应国皇帝封为宫妃。曾经的恩爱结发妻子，如今一转眼却成了他人妇。他不知自己是替她庆幸还是替自己悲哀。

可是，孽已经做下，他不能后悔。顾清鸿捏紧手中的玉箫，清澈的目光渐渐沉郁。

小厮以为他沉默不过是心中落寞，劝道："相国大人别想太多了，两国和亲是一件大好事，这样齐应两国再无战事，可以合力对付秦国。"

顾清鸿自嘲一笑："和亲就能让两国不兵戎相见？从来就不要相信和亲，该开战的还是得开战。"他寥落地收起玉箫："罢了，从此再无知音。"

也并不是没有，曾经他也有个知音。两人恩爱绵长，三年中他对她自问不是真心，但是虚情假意中他也曾与她琴箫合奏。她精通音律，琴音高洁优雅，月色好的时候，她常常在花园中摆下一些酒食，两人或奏一曲，或者什么话也不说，他静静听她弹琴。月下她含笑的美眸熠熠如天上的星子。那样寂静如水的日子，当时只道不过是镜花水月。

他终究、注定是要负了她。一切等到他血仇得报的那一日通通都会彻底消失。但是为什么过了那么久，心里却那么痛，丝毫没有复仇的畅快感？一闭上眼，满脑子都是她巧笑倩兮的脸，当时只道是寻常，可如今每一幕都如刀一般割得他体无完肤。顾清鸿猛地起身，点起灯，挥笔写下一行字。

灯火明暗了两下，一道黑影从窗口无声扑入，跪地："相国大人有何吩咐？"

"把这个交给应国的线人，让他们按照本相说的做！"顾清鸿丢下自己写的字条。字条悠悠落下，黑影接住，看了一眼，漠然点头："是！"

"那她怎么处置？"黑影问道。

顾清鸿闭上眼，眼前的烛火在跳，他沉默了许久，终于从唇边溢出一个字："杀！"

杀！一地的血，鲜红蔓延，从脚边一直漫过了眼前的路，无穷无尽……聂无双猛地惊醒，背后冷汗淋漓，喘息不已。

"采女，怎么了？"外间屋子夏兰听到声音迷迷糊糊地问。

"没什么……"聂无双擦了擦额头的冷汗。她已经很久没有做噩梦，族人满门抄斩的惨剧，已经很久没有梦见过了。她抖抖索索下床拿了冷茶喝了一口，这才稍稍平息心底的慌乱。脚还很疼，疼得打哆嗦。进宫的路对她来说第一天就太过难熬，以后的路更是看不到任何的尽头，没有人可以依靠，也没有人可以指引，梦中的血到底是指示着什么，还是一种不祥的预兆，她完全不知。

窗外一轮惨淡的月挂在西边，寂静无声。

作为一位没被皇帝宠幸过的采女在宫中是艰难的，尴尬的，她们比宫女地位高一等，但是又比各种女官地位低一级，既不是主子，也不算奴婢。每日去皇后的来仪宫请安，通常只能在外面磕个头，然后照原路回宫。就算回了宫，也要拜见宫中主事的主子。在元秀宫中，宛美人位份最高，聂无双第一次觐见她，便与她结下了怨恨的心结。在宫中无事，女人与女人之间的战争不见硝烟，却更厉害百倍。

天蒙蒙亮，聂无双拿着扫把与夏兰一起扫着元秀宫的庭院，一旁站着宛美人底下的秀菊，她正指着旁边一块刚扫过的空地，尖着嗓子："那边不干净，还得再扫一遍。"

聂无双看了她一眼，拿着扫把又默默重新扫起。秀菊见她不敢反抗，得意扬扬地哼了一声转身进了殿中。

"采女，你先歇一会儿我来帮你扫吧。"夏兰见秀菊进去，连忙走过来要帮忙。聂无双摇了摇头："没事，扫地而已，你若帮我她就有更多的借口来罚我们两个。"

果然，她一回头就看见一片衣角匆匆从门边藏起。

夏兰愤愤不平："凭什么她这样对待我们？采女你也是皇上的妃子啊！她难道断定采女以后没有翻身的一天？"

聂无双闻言溢出冷笑："以后谁说得了呢？她如今权力在握，自然想要对我做什么便做什么，在宫中拜高踩低向来是她们的拿手好戏。"

夏兰犹自愤恨，忽然宫门边传来脚步声。几个宫女簇拥着一位身着芙蓉红宫装的女子。聂无双抬头看去，原来是宝婕妤。

宝婕妤傲然地迈了进来。她走到聂无双跟前，上下打量了她一番。今日聂无双穿着一件蟹青笼裙，颜色灰扑，虽然有倾城容貌但没了好颜色的衣服陪衬不禁失色不少。

她抿嘴一笑："聂采女这么勤快啊，这天才刚亮就来扫庭院了？要是聂采女这么有空的话，明儿就去我的宫中扫扫吧。"她说完咯咯一笑，扭着纤腰走进了屋中。

宛美人殷勤的笑声传了出来："竟然是宝婕妤来了，实在是有失远迎，请！"

欢快寒暄渐渐远去，聂无双站在庭院中秀眉微皱。夏兰想起那日宝婕妤的狠辣巴掌，心有余悸："采女，你说宝婕妤会不会跟宛美人说什么……"

"干活吧！"聂无双木然地收回目光，"再不扫等日头盛了，我们会扫得更辛苦。"

一连过了几天，宛美人派下的活计越发刁钻古怪，每天聂无双与夏兰要干到半夜才能休息，天不亮又要起身。日复一日这样的刁难从来未曾松懈，在辛苦的劳作中，聂无双迅速消瘦了下去，一双美眸越发大。而皇上的召见遥遥无期，似乎从别苑中离开后他就从此忘记了有聂无双这样一个人。德顺公公也再没有出现，聂无双被宛美人束缚住了手脚也腾不开身去寻那他口中的"杨公公"。

清晨的上林苑花园中，天还未亮，聂无双与夏兰两人就拿着瓷瓶收集宛美人所谓的"花间露"，据说用这种露水烹茶会格外清香。

"采女，这样下去我们早晚会被宛美人折腾死的，你说王爷会不会忘记我们了？"夏兰揉着眼睛，困顿地问。

聂无双看着一颗晶莹的露珠滚落瓷瓶中，目光忽然被一株花旁边的灌木丛吸引。

"采女？"夏兰见她没有反应，又唤道。

聂无双拔起那株植物，唇边忽然勾起一抹诡异的笑："他不会忘记我们，只不过时候未到，但我们也不能坐以待毙。"

她把这株草种在一处偏僻的石头背后，眯了眼看着渐渐出来的太阳，淡淡道："回去吧，太阳要出来了，已经没有花露可以收了。"

她与夏兰回了元秀宫就看见秀菊已经等在庭院中，她一见她们两人来了，脸一沉："你们竟然这个时候才来，露水呢？"

聂无双把篮中的瓷瓶交给她。秀菊一看，尖利声骂道："怎么才这么一点点？居然比昨天还少！"

"昨儿没雨，所以……"夏兰刚要辩解，秀菊哼了一声，"啪"的一声扇上她的脸。

"还敢顶嘴！分明是你们偷懒！"秀菊骂完还想再打，一只手忽然冷冷地抓住她："在宫中动用私刑，你是哪个主子底下的奴才！？"

秀菊愕然回头，却看到抓住自己的是一位身着内侍服饰面容清秀阴柔的公公，他身上的衣饰与一般内侍不一样，但是她一时间也猜不到他的来历，却也不敢再打。

"这位公公是？"她勉强笑着问道。聂无双目光从夏兰身上移开，也看到这位突然出现的陌生公公。

他放下手，面色微整："咱家有事找聂采女。你们谁是聂采女？"他说这话的时候却是看着聂无双。自然这三人中只有她才最有可能是聂无双。

聂无双上前："我是聂采女，请问公公是？"

"聂采女可以叫咱家杨公公。"他一笑，微微躬身，既不会令人觉得他太过倨傲，也不会令人觉得他太过谦卑，分寸掌握得十分合适。

"原来是杨公公，我大哥有事找我？"聂无双露出笑靥，大哥的消息总是会令她真正开心起来。她的笑容似红日初升，几令人灼灼睁不开眼。

杨公公不由得多看了她几眼，点了点头："是，请跟随咱家走吧，聂侍卫换值前聂采女还能多聊一会儿。"

聂无双看了看自己，微微沉吟："容无双换身衣服。"直觉里她不愿意大哥知道自己在宫中受苦。即使终有一天他会知道她在宫中过得不如意，但是至少目前她也不想让他知道太多。

杨公公赞许地点了点头："是该如此，聂采女容色倾城，如果只是一味平淡倒是浪费了好相貌。"他仿佛话中有话，聂无双微微抬眼认真地多看了他几眼，但是他面色沉稳，说话自如，看样子已是宫中的老人。

她微微一笑："公公谬赞了。"说话间，她到了自己的屋中，请杨公公在外间喝茶等候，而自己则在里间换衣裳。杨公公才刚喝了几口茶，她已妆容整齐地走了出来。头梳高髻，暗青色鲛纱裙，朦朦胧胧，她犹如笼在云中，缥缈美好。

杨公公看了一眼，放下茶盏："这是聂采女自己的衣服？"

"是，有什么不妥？"聂无双问。

杨公公摇头："不是不妥，只是这样看来，这些日子聂采女在宫中过得并不好。"聂无双已经在宫中过了一个月，该有的首饰衣裳却没有。

聂无双自嘲一笑："聂无双只是一介无法得见圣颜的采女。"

杨公公看了她一眼，慢悠悠地说道："皇上想见谁也并不能随心所欲，前些天聂采女进宫之事已经在朝堂上引起一些言官不满，也许皇上只不过想让这争执的风波平息。"

又是一个大胆揣测圣意的宫人。聂无双忽然想起已告老还乡的吴嬷嬷。她沉默了一会儿："那公公的意思是无双还得再等？"

"也许不用。"杨公公笑了笑，从她桌上的妆盒中拿了一支青玉簪为她簪上，又为她额间点了时下宫中流行的梨花妆，她容色顿时生动如许。

"聂采女是个大胆的女子，在宫中若是不做高姿态，别人只会继续一直轻贱你，这个

道理想必聂采女在杖责春芷的时候已经明了。"他淡淡地说。

聂无双心中一怔，看他的目光多了几分深思。

"请随奴婢来吧。"杨公公一笑，向元秀宫外走去。

杨公公领着她一路到了上林苑中的一处飞泉流瀑处，这里景色碧幽，清爽怡人。杨公公领她到了之后便要离开。

"杨公公。"聂无双叫住他，"敢问公公高姓大名？"

杨公公回头，清秀却平凡的脸上掠过微微诧异，随即他微微一笑："聂采女，这很重要？"

"自然重要。也许哪一日皇上问我谁为我点上这梨花妆，无双就可以说出公公的名讳。"她笑得温和。

杨公公微微一叹："聂采女果然聪慧。奴婢姓杨，单字直。是御前伺候皇上笔墨的内官。"他说完悄悄走了。

日头渐渐盛了，聂无双早上没吃早膳，昨夜又劳作到深夜，十分疲惫，要不是心中有一股气撑着，她早就想随便寻一个地方休息一会儿。她四周走了走，忽看到一座精巧的亭子正镶嵌在流泉的上方，似无处可攀上，她寻了几处都找不到那条路，不由得沮丧。时间慢慢走过，要么就在流泉下呆呆仰望这亭子，要么就再重新寻找上亭子的路。

她振作了精神继续寻找，终于在流泉旁找到一处假山石做的台阶，她顺着台阶上去，终于来到这座精巧的亭中。打开亭前的门，只见亭子中有石桌，凳子，旁边还有一个软榻，干净整洁，似有人来整理过。她累极了，本想在软榻上靠一会儿，没想到一挨上就昏昏沉沉睡了过去。

萧凤溟带着内侍林公公来到这庭院看到的就是这一幕，软榻上蜷缩着一位身着鲛纱薄裙酣睡的女子，她白腻面上眉眼舒展，睡得十分香甜，一朵淡淡的梨花妆盛开在她光洁的额上，仿佛一朵梨花绽放在她的额间，清雅自然。林公公想要上前，他轻轻摇头。走上前，他拿起榻边的薄衾为她盖好。林公公悄悄退下，从食盒中拿了茶点和热茶。而萧凤溟则从亭中小书架上拿了一本昨儿还没看完的游记慢慢看了起来。

聂无双睡得很安稳，鼻间有一股淡淡的香气，沉静安宁，流泉叮咚作响更觉好眠。她一觉醒来日头已经上了三竿。她动了动，这才发现自己身上盖了薄衾，而一旁有一位身着白衫的男子。

"你！……"她不由得惊慌起来，连忙起身。萧凤溟转过头，看着她酣睡方起酡红的面颊，微微一笑："睡得可好？"

聂无双认出他是皇帝，连忙跪下："臣妾罪该万死！"

萧凤溟走了过去，为她掠掠乱发："你怎么会来到这里？"

聂无双心头一跳，随即道："臣妾想要见大哥。已经许久不见他了。"

萧凤溟问门外的林公公："聂侍卫现在在哪里当值？"

林公公想了想："聂侍卫早间巡过上林苑，这时候恐怕在云寿宫。"

聂无双听了心头松了一口气，却又暗自佩服指引她来的人，若不是测算无遗，今日她就是惊扰圣驾的罪人。她手上微微一紧，萧凤溟已经把她扶起，俊逸的面上眸色一如她初见的纯黑深邃，似能看破人心："你瘦了许多，是不是宫中生活还不习惯？"

他的手温热，熟悉的龙涎香悠悠传来，亭外有蝉在叫着"知了——知了——"不知怎么的，她额上冒出汗来，身上更是一阵冷一阵热："臣妾还好。"

萧凤溟微微一笑，并不戳破她的谎言。他淡淡吩咐林公公烹茶，拿来点心递给她："早上为了见哥哥一面就没吃东西了吧？"

香甜的糕点摆在面前，聂无双只觉得肚中饥火中烧，她拿了一块，小声谢过圣恩。她谨慎的神情落在他眼中，令他微微一叹："若是你不习惯宫中，朕也可以送你出宫。"

"啪"的一声，聂无双手中的糕点掉在地上，她怔怔看着他，眼泪忽然大颗大颗滚落，鲛纱裙不吸水，珍珠似的眼泪顺着裙面落在地上。她垂下眼，低低抽泣。手却捏着裙摆捏得骨节发白。下颌微微一热，他已抬起她的脸，泪眼模糊中，她看到他眼中的疼惜与淡淡的无奈，心中一动，她终于忍不住扑在他的怀中。

"皇上也认为出宫是无双最好的归宿吗？"她埋在他的怀中，泪水湿了他的衣袖。

"出宫也许对你来说是一条好的路。你放心，你哥哥朕会好好重用的。"头上传来萧凤溟淡然的声音，他总是如此，从不失态也不惊慌。

可是她的悲恸那么明显，浑身簌簌发抖，他不得不抱紧她，手下的纤腰不盈一握，她的柔弱令他心生怜惜，忍不住抱她入怀，为她拭去眼泪。

聂无双看着他，摇了摇头："这跟我哥哥并无关系，我哥哥并不想让臣妾入宫。是臣妾坚持要入宫。"泪水又滑落，她从不知道自己身体里有这么多泪水，仿佛一动，无穷无尽的泪水就会溢出。

"臣妾已经没有家了，皇上难道想逼无双默默一生，到老到死除了我哥哥都无人关心吗？"她哀哀地看着他。

也许是她的悲伤绝望打动了他，萧凤溟面上微微动容，他沉默了一会儿："可是，进宫之后对你来说又太难熬了。"

聂无双擦干眼泪，看着他的眼睛："臣妾不怕。"

他看着她的眼，在她幽深的美眸中他看到了坚定的决心。他很快笑了，把手指竖在薄唇间："那从明日起，有空你就过来这里陪朕看看书吧。不过不要告诉别人。"

聂无双闻言，展颜一笑。她面上本是梨花带雨，如今含泪一笑犹雾月初开，容色灼灼。连萧凤溟也看得心中一动，不由得抚上她的脸颊，深深地吻了下去。他的吻不紧不慢，带着她不熟悉的男子气息，轻易撩乱了她的心神。也许是想到这一切来得太过容易太过突然，她一时无措起来。

　　他却有很好的耐心，轻吻似蜻蜓点水落在她的唇间，两相对望中，她的脸色酡红，一双美眸流光潋滟，他的眸如古井渊澜，令人看不透。她渐渐迷失在他的眸中，闭上眼，贴紧他的薄唇回应这个吻。她的主动令萧凤溟微微诧异，随即更深的吻落下，夹杂着泪水的吻令她颤抖，她试着不断大胆加深这个吻。丁香一般的舌缠着他的，汲取他的气息。

　　过了许久，萧凤溟放开她，纯黑的眸颜色沉郁，里面汹涌着她熟悉的神情，她在他眼中看到自己目光迷离，倾城的容颜美得惊心动魄。她把头埋在他温热的胸膛，渐渐平静。

　　此时，门外守着的林公公偷偷回头看去，只见皇帝搂着那绝美的女子，忽然轻轻笑了起来，抬起她的脸在她耳边说了一句。那女子微微一怔，随即跟着无声地笑。

## 第十三章　心计：美人脸

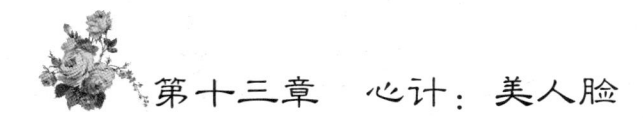

聂无双离开亭子的时候，回头时依然能看见那抹雪白的身影在亭间的窗台一闪而过。她慢慢顺着来路往元秀宫走，边走边心情甚好地采摘了一些花草。正当她拐过一处花园的拱门，忽然腰间一紧，她还来不及惊叫，整个人就被人拖进了旁边的树丛中。

"救……"她还未喊出声，抓住她的那只手已经迅捷地捂住她的嘴。

"是本王！"慵懒熟悉的语气令聂无双停止挣扎，这才感觉自己的心又开始跳动。她狠狠挣开他的钳制，怒而回头。

果然是萧凤青！

聂无双恨恨地整理自己的衣裙，冷笑道："睿王殿下好久不见，刚才的惊吓是您给无双的见面礼么？"

他在这里等着她！

萧凤青眯着眼睛打量了她上下，拉长声音："刚才与皇上的秘密见面如何？这才是我给你真正的见面礼，你难道不准备感谢我？"

聂无双一笑："原来杨直和德顺都是王爷的人。"

这个答案并不难猜。在应国皇宫中也只有萧凤青能为她收买宫人，也只有他才会真正在乎她到底有没有得宠。目前为止虽然她进宫吃了点苦头，但是也不算失败。

"以后你有什么事可以托付给他们去办。"萧凤青淡淡道。

聂无双从地上捡起自己刚刚采到的美丽花草，放在鼻间轻轻嗅着："谢谢王爷。皇上已经注意到我了。"她还没说完，他忽然微微皱了皱漂亮的眉。

聂无双只觉得脸上微微一凉，他修洁的手指掠过她的脸颊："你哭了？"

聂无双不自然地躲开他的手。

萧凤青若有所思地看着她："皇上到现在还没碰你？"

聂无双抬头冷笑："你以为皇上后宫妃子众多，他一定是个好色的皇帝么？他今日就只搂了我，什么都没做。皇上的城府比你想象的深得多！"

萧凤青哼了一声："那你以后想要怎么办？"萧凤溟做事谨慎，可是他等不及了。

"无双自然有办法。"聂无双冷冷一笑，美眸中浓重的戾气一掠而过："只不过要王爷好好帮无双一步步光明正大地走到皇上面前。"

聂无双回到元秀宫的时候已是傍晚时分，她回了自己的屋子，这才松了一口气。夏兰左等右等终于等到她回来，连忙上前帮她换下衣服。

"哎呀，采女这些花都快死了！"她拿起聂无双藏在袖子中的花草，不由得叫道。

"拿一点清水把它们养着，明天也许就活了。"聂无双漫不经心地说道。夏兰见她如此说，连忙去拿清水和瓶子。

过了一两天，德顺公公笑眯眯地来了，他带来一些胭脂水粉，笑着道："这是聂采女的哥哥聂侍卫给您的，所谓锦上添花，这些正好给娘娘多添点颜色。不然聂采女总是不施脂粉，太过素净了。"

聂无双收下胭脂水粉放在手中把玩："哥哥有心了，居然能买得到回春坊的上好胭脂，这胭脂虽然不及宫中特制的，但是也是不错了。"

她命夏兰赏赐了德顺一些碎银，就径直盯着胭脂水粉出神。夏兰看着他离去的身影，叹了一声："送来又有什么用，等会儿说不定又被宛美人给拿走了。"

聂无双似笑非笑："无妨，她要用就给她用吧，她那张脸就算用得再多也是那个样子。"

夏兰的话到了晚间就应验了，晚膳刚过，秀菊就带着几个宫女过来聂无双的屋子，一群人翻箱倒柜搜出了聂无双的东西。

"聂采女，我们家娘娘说不知什么时候丢了一只镯子，所以让奴婢们四处找找。"秀菊皮笑肉不笑地说道。

聂无双在一旁椅上坐着，看着自己狭小的房间一片狼藉，一笑："无妨，宛美人如果真的丢了镯子的话的确是得好好找一找。"她摸着自己手腕上的羊脂玉镯，叹了一口气，"可惜啊，这镯子上刻的是我的名字，不然的话，说不定还真是宛美人丢的那一只。"

她的含沙射影令秀菊脸上一红，她连忙笑着说："不会的，聂采女多心了。"

不一会儿几个宫女捧着聂无双的那件撕破一个洞的鲛纱裙与一些首饰金银，秀菊目光惋惜地盯着那件价值不菲的裙子，随后又扫向聂无双一些精致的胭脂水粉。聂无双顺着她的目光看去，索性上前把今日德顺公公送来的回春坊胭脂全部拿了来。

"秀菊姑娘你也来得正好，这是我哥哥在宫外给我买的一些小玩意，我也没用过，你拿几盒去用吧，听说这京城中达官府里的命妇用的都是这家做的胭脂呢，你瞧瞧，这成色好像比宫中的还好呢，颜色也多。"她挑了一点在手背上试着赞道。

秀菊看得满心欢喜，也不推辞拿了就走。等她们一群人走了，聂无双脸上的笑意才慢慢冷了下来。

夏兰一边收拾一边在一旁抱怨："采女为什么要把那胭脂给她？奴婢早就说过了这胭脂就该好好藏着。"

聂无双似笑非笑道："她把这些胭脂拿了是孝敬给宛美人的，过几天就有好戏看了。"夏兰听得一头雾水，想问也不知问什么索性住了口专心收拾。

第二天一早，聂无双与夏兰在上林苑花园中收集露水，在累得直不起腰的时候，她偶尔会张望下那个地方。已经三天了，从她那天在亭中遇见皇上到现在已经三天了。

"采女你在看什么？"夏兰好奇问道。

聂无双一笑："没什么，走吧。回去刚好可以吃饭，然后给皇后娘娘请安。"

两主仆一前一后地出了上林苑，远远地瞧见一队侍卫经过，当先一个人身姿英挺修长，聂无双看得心头一热，几乎不假思索上前惊喜叫道："哥哥！"

聂明鹄见是她亦是大喜，上前一步："你怎么到了这里？"他看着她手中的篮子："这是？"

聂无双连忙掩饰笑道："听说上林苑中清晨风景甚好，所以我就想和夏兰过来看看，顺便收些花露可以烹茶。"

聂明鹄不疑有他，笑着刮了她的鼻子："你啊，总是这么古灵精怪的。快些回去吧，我还要当值。"

聂无双心中还有一肚子的话要对他说，但是看着他身后一队侍卫，知道此时不是谈话的时机，只能依依惜别。不远处，有个内侍默默看了，这才悄悄转了回去。

御书房中，铜兽狻猊鼎里香烟缭绕，一股安神凝气的香气在宽敞的大殿中静静弥漫。萧凤溟正在批阅奏折，林公公在一旁静静站着伺候。过了许久，萧凤溟把手中的奏章一丢，揉着发涨的额角。

林公公适时端上热茶，上前小心翼翼地问："皇上要不要出去散一散步，毕竟久坐对龙体不好。"

萧凤溟摇了摇头："不必了。歇息一会儿就好，最近边境一带又不太平，秦国蠢蠢欲动，而这时齐国的使者已经过了江，他们要和亲。"

林公公微微一笑："听说齐国的七公主才貌兼备，是个难得的美人。"

萧凤溟摇了摇头："美人又能如何？不过这次出使的倒是相国顾清鸿。"他眼中掠过兴趣，"听说他年少有才名，高中状元后三年内竟然成了齐国皇帝重用的相国。"

林公公斟酌着字句："的确是人才，不过……"

"不过什么？"萧凤溟问，"难道他的品行不好只因为他曾是聂采女的夫君？"

林公公慌忙跪下："奴婢不敢妄议，奴婢该死！"

萧凤溟微微一笑，他看着大殿龙柱上漆了金粉的盘龙，淡淡地道："朕只是好奇他为什么要三年后一反常态，反过来要治罪聂氏满门。也许只有一个解释，他的上一辈与聂卫城有血仇。不过血仇也就罢了，牵扯到了无辜的女人，这顾清鸿心中的怨恨可真不是一般的大。"

林公公擦了冷汗："皇上圣明！"他想了想，又禀报道："皇上，奴婢派人去查看了，聂采女的确是等在上林苑中与聂侍卫见面，他们兄妹二人说了一两句就各自离开了。"

"哦？"萧凤溟微微一挑剑眉，"这么说，她那天的确是为了见她哥哥而去的上林苑？"

"回皇上的话，的确是的，只是恰巧没有见着，所以聂采女才会来到皇上常去的凉亭中。不过聂采女在宫中并不如意，她被宛美人逼得每天天不亮就要在上林苑中采集花露，回到元秀宫中又要洒扫干活……"林公公越说越小声，他已经看到萧凤溟的眉头深深皱起，他伺候他十几年从未见过这位年轻的帝王脸上有如此不悦的神情。

"这么说来，这几日她不来只是因为宛美人刁难她让她干活？"萧凤溟冷冷地问。

林公公小声地提醒："是皇上不让她说出去，所以，估计宛美人也不知道她要来见皇上。"

"你退下吧。"萧凤溟忽然吩咐，"继续替朕看着每日宛美人都叫聂采女做了什么。"

"是！"林公公连忙退了下去。

杨直站在殿外，看着林公公退了出来，连忙上前问："皇上还需要朱砂吗？"

林公公摇头："不必了，不过皇上这会儿心情不好，不要进去打扰。"

杨直点头，静静候在一旁。林公公走出几步，忽然回头看着他，皱眉："听说杨公公与聂侍卫走得很近？"

杨直微微诧异，连忙回答："是，聂侍卫曾托付奴婢去给聂采女送些吃食东西。"

在宫中是禁止宫妃与外臣互通消息，但是像这种兄妹或姐弟同在宫中的情况，情理之下都会网开一面，这早就成了大家心照不宣的事。杨直微微不安地看着林公公，低下头："林总管，奴婢错了，请总管责罚。"

林公公微微一叹："也不是说你错了，但是别太经常让人看到你来往宫妃处。对了，聂侍卫知道聂采女她在宫中被宛美人刁难么？"

杨直摇头："不曾，她那次听说聂侍卫会经过上林苑，还特地打扮一番去见聂侍卫，为的就是不让聂侍卫知道这事。所以……"

"好了，咱家明白了。"林公公打断他的话，似得到了自己想要的答案满意地走了。

杨直看着他走了，这才在脸上露出淡淡的笑容，复又重新在殿门边守着。

聂无双所说的好戏，在几日后清晨的时候出现了。那一日天不亮，聂无双正在好眠，忽然听见中殿中有人尖叫一声，随即是"哗啦"一声巨响。她想起身查看，无奈太累，于是翻个身又睡。过了不多时，忽然房门被猛烈拍响，一声尖利的、歇斯底里的叫喊把聂无双重重惊醒："聂无双，你给我起来！你给我下毒！你居然敢对我下毒！"

房门拍得山响，聂无双被惊醒，抚着心口还未喘息停当，房门就被人砸开，宛美人似疯癫了一般，披头散发地冲了进来，她一把掐住聂无双的脖子，双目刺红如血："聂无双！你居然敢对我下毒！"

聂无双闻言也定睛看去，不由得连连倒吸一口冷气："宛美人，你怎么会成这样？"

只见在宛美人的脸上布满了大大小小的红疙瘩，有的还有化脓破皮的趋势，异常恐怖。宛美人在她们眼中看到了厌憎，心中更是又恨又悔，尖叫道："还不是你！都是你的胭脂，不然我怎么会成这样！你说你到底在里面加了什么东西！"她头发披散，衣衫不整，状似疯魔，加上脸上又是这样恐怖的情形，聂无双不由得眼中掠过厌恶，后退几步避开她尖尖的指甲。

"婢妾怎么知道宛美人什么时候用了婢妾的胭脂？"聂无双冷笑反驳，"婢妾只记得胭脂送给了秀菊。"

宛美人一早起来就见自己的脸成了这个样子，早已近于癫狂。她猛地回头看着身后的秀菊，一把抓起她的头发，"啪啪"两声狠狠扇了几个巴掌："说！是不是你故意害我的！说！"

秀菊被她打得连声叫屈："不是奴婢，冤枉啊！"她指着聂无双，哭道，"娘娘明鉴，一定是聂采女记恨奴婢天天叫她洒扫，所以……所以她想要害奴婢！"

宛美人怨毒的眼神盯着一旁的聂无双，嘶嘶叫道："聂无双，你这个妖女！我就知道你过来元秀宫是灾星，是个祸水！难怪你全家死绝！今天我要你死！"

她还想扑过去抓聂无双的脸，聂无双冷冷一把抓住她的手，反手"啪"的一声扇上宛美人的脸："宛美人疯魔了吧，婢妾让你好好清醒清醒，如果说婢妾下毒，我们去找皇后评评理！"

她的巴掌极重，宛美人被她打得头晕眼花，秀菊与几个宫女连忙上前扶着她，几个宫女跃跃欲试想要打聂无双，但都被她美眸中的气势吓得不敢上前。

"反正这个时候也该向皇后请安，婢妾是否有下毒，求皇后裁决便是！"聂无双说着冷冷推开她们径直走了出去。

宛美人冷静下来，命人去把东西打包，用一块帕子包了自己的脸，急急忙忙地向皇后的来仪宫奔去。

皇后正在用膳，忽然听见外面喧哗声还夹杂着女子的哭泣声，她秀眉皱了皱："是谁在外面喧哗？"

皇后身边的宫人连忙出去打探，过了一会儿进来禀报："回皇后娘娘，是元秀宫的宛美人，她……"

"她到底怎么了？"皇后见宫人支支吾吾，不禁问道。

"皇后娘娘！您要为臣妾做主啊——"宫人还未回答，宛美人已经跌跌撞撞闯了进来，扑在地上，呜呜哭泣，"臣妾的脸……被聂无双那个妖女毁了……"

皇后放下象牙玉筷，接过宫人的湿帕不紧不慢地擦了嘴，这才道："你的脸到底怎么了？"

宛美人只是哭，皇后瞧她衣衫不整，头发散乱，一张脸也被帕子包得严严密密，不由得叹了下："去叫太医来瞧瞧，还有去宣聂采女。"

"聂采女已经在宫门外候着了。"一旁的宫人小声提醒。皇后眼中掠过诧异："那宣她进来问话。"

聂无双走了进来，跪下请安。皇后见她神情从容自如，于是淡淡问道："宛美人说是聂采女下毒害了她，聂采女可有什么话说？"

聂无双伏下身磕头道："回皇后娘娘的话，所谓捉贼拿赃，婢妾是清白的，太医的查证一定会还婢妾一个清白。"

皇后见她不慌不忙，不由得多打量了她几眼。今日她只穿着一件天青色薄裙，灰扑黯淡，但是一张绝美的脸却犹如从尘土中盛开的青莲，洁白美丽，令人无法怀疑。

不多时太医查验出来了，那"回春坊"的胭脂并没有毒，只是胭脂是用花粉制成，唯一可以解释的是宛美人的脸对花粉过敏。而宛美人脸上的红疙瘩也是过敏的症状。

皇后听了太医的话，目光微微一转，转向底下跪着的聂无双，温声说道："聂采女请起吧。"

宛美人见聂无双轻易地就脱了嫌疑，不由得叫道："皇后娘娘，一定是聂采女知道这胭脂中有花粉所以故意送给臣妾的！"

聂无双冷笑一声："宛美人，在皇后娘娘面前你可不能这样冤枉人，这胭脂分明婢妾送给秀菊的，它怎么会到了你手中，婢妾一点都不知道，况且这胭脂婢妾一点都没用过，怎么知道里面有花粉？再退一万步，就算婢妾知道这里面有花粉，又怎么能知道宛美人对花粉过敏？"

她据理力争，条条是道。皇后已明白了事情的来龙去脉，淡淡地下了决断："这事纯粹是误会，既然宛美人脸上过敏，就好好去休养，不许再生事端。"

宛美人听了哑口无言，只能恨恨退下。皇后看着一旁的聂无双，温和笑道："聂采女受委屈了。不过在宫中还是要以和为贵，以后这种事再出现，本宫一定不会轻易放过！"

皇后的话虽然语气温和，但是却含了对她严厉的斥责，仿佛她就此笃定是聂无双下的毒一般。聂无双不由得抬头看向这位后宫的女主人，说来奇怪，自从第一次觐见皇后，她留意各宫妃人品相貌，唯独不曾留意皇后的品貌如何，只觉得她是高高在上的盛装贵妇。这时打量才发现，皇后大约二十五六岁的样子，尖而小的瓜子脸，说不上楚楚动人，但是自有一股温婉的意味，五官中规中矩，身上穿着绣金凤五彩凤服，一举一动贵气大方。

聂无双心中冷笑，跪下道："婢妾自从进宫自问不敢行差踏错，这事若娘娘觉得是婢妾所为，那请娘娘治罪！"

她的口气坚决，令皇后不由得深深皱起眉头："你怎么如此不知好歹，你当本宫不知道其中缘故……"

她还要再说，忽然外面宫人禀报："林公公求见！"林公公是皇上身边的近身内侍，就连皇后也要给几分薄面。皇后见他来了，连忙笑着道："还不快请。"

林公公走了进来，看见聂无双跪在一旁，面色委屈，不由得笑道："皇后娘娘圣安，奴婢不知皇后娘娘有要事，实在是打扰了。"

皇后笑着道："无妨，不过是些许小事。不知林公公前来是不是有圣谕？"

林公公呵呵一笑："也不是，只是皇上听说宛美人闹说有人下毒，这下毒在宫中兹事体重，所以让奴婢前来探探究竟。"

皇后听了不由得一怔："皇上怎么说？"

"皇上说一定要彻查清楚，无辜之人不可冤枉，造谣生事之人也不可轻恕。"林公公看着一旁的聂无双，"聂采女若是被冤枉的话，皇后娘娘必要好好安抚才能平宫中的人心。"

皇后额角微微一跳，笑着道："这是自然，林公公放心，且回皇上，本宫自会公平处置。"

林公公走了，殿中又恢复安静。皇后看着跪在地上的聂无双，微微出神，半晌，她才温声问道："你什么时候见过皇上？"

聂无双低头："婢妾从入宫后就没见过皇上。"她顿了顿又加了一句，"婢妾是冤枉的，婢妾没有下毒毒害宛美人。请娘娘明察！"

皇后叹了一口气："好吧，你退下吧。本宫自会好好查验。"

聂无双回了元秀宫就看见宛美人在殿外廊下坐着，一见聂无双回来就拼命叫骂。她骂得极难听，聂无双脸上淡淡，倒是一旁的宫人听得眉头大皱，素闻宛美人是个楚楚可怜的美人，没想到今日却露出了粗鄙的真面目。

皇后派人搜索一番的结果是什么毒物都没找到，宛美人吃的用的，通通都查验过了，都没有异常。皇后娘娘的懿旨很快下来：宛美人造谣中伤聂采女，在宫中无德失行，指使宫女虐罚采女，贪渎宫中份例，所犯罪行难以平众，废去美人头衔，降为采女。聂采女温和谦恭，特擢升为贵人，搬入元秀宫中殿。

宛美人听了如遭雷击，她没想到这结果跟自己预想的竟然是天差地别，自己不但除不去聂无双，还把自己给栽了进去。

"我不信！"宛美人听见内侍传的懿旨后连连叫屈："臣妾要见皇后娘娘！"

内侍眼中的厌恶一闪而过："皇后娘娘有懿旨，宛采女身体不适，还是好好养病吧，等好了再伺候皇上。"

最后一句无异于把宛美人打入冷宫，宛美人听了，呆呆摸上自己的脸，这才真正意识到自己的绝境：毁了容貌在宫中就是死路一条！

聂无双在傍晚时分搬入了中殿，献殷勤的人不少，整个元秀宫中的宫女内侍纷纷灵敏地掉转方向，不一会儿，整个元秀宫的中殿顿时焕然一新。聂无双命夏兰拿了碎银去赏众宫人。宛美人入主元秀宫的时候对宫人十分苛刻，聂无双这一赏赐自然大大得了人心，一时间元秀宫中的宫人伺候越发上心。

晚膳的时候，夏兰在一旁看着满桌的珍馐美味，不由得叹了一口气："贵人，这下总算出头了。"

聂无双微微一笑："话说得还过早。"她不再往下多说，今日皇后对她的态度已经令她心中提了个醒，在后宫，上位者若是对她不满，她后宫之路走得也不会太远。

夏兰边伺候她晚膳，边说道："宛美人就是活该，把贵人的胭脂拿去用了，不然也不会这样倒霉把自己的容貌给毁了！"

聂无双微微一顿，似笑非笑地道："我就说过，这胭脂就算给她用也还是那个样子。"

有毒的不是那些胭脂，而恰恰是宛美人命她们主仆两人每日天不亮就起床采集的露水，里面被她加入了几滴被齐国人称为"葛兰"的汁液，胭脂里有花粉，还有她磨成粉的葛兰花瓣，水中亦是有毒，宛美人的脸上自然一起发了起来。

夏兰心中一跳，不由得看了她一眼。聂无双用了晚膳，就去偏殿躺在榻上休息，她手中把玩着一个小瓷瓶。夏兰认出那个瓷瓶是采集露水用的，心头不由得一跳。

聂无双把玩了一会儿，这才抬头看着一旁呆立的夏兰："吃得太饱，扶我出去散散步吧。"

夏兰连忙扶了聂无双出去，夏夜寂寂，宫门还未到落锁的时间，聂无双沿着昏暗的青石板路慢慢向前走。夏兰认出这是去来仪宫的路，不由得诧异："贵人你是要……"

聂无双淡淡道："是该向皇后娘娘谢恩。还我一个清白。"

聂无双来到来仪宫前，请求觐见。宫人认出她是聂无双，连忙进去通报。不一会儿，宫人出来，说道："皇后娘娘有宣，聂贵人觐见。"

聂无双走了进去，皇后已用过晚膳，也许是不用再见宫中妃子，她换了一件嫣红色宫装常服，衣上少了繁复的凤凰与祥云，显得整个人素雅许多。整个偏殿寂静无声，宫人面目低垂，大气都不敢出一声。

聂无双上前拜见："臣妾聂氏谢皇后娘娘大恩。"

皇后抿了一口茶，看着地上跪着的聂无双，沉默了一会儿屏退众宫人："你且起来吧。"她低眸看着自己茶盏中起起伏伏的茶，半晌才道，"你今日是来做什么的？"

聂无双复又跪下："臣妾今天不但是来谢恩的，还是来向皇后娘娘请罪的！"

"请罪？！"皇后脸上画得十分精致的眉微微一挑，"这么说，你是来向本宫承认是你下的毒了？"

"自然不是。"聂无双微笑道，"皇后难道忘记了，太医已经彻底查验过了，宛美人只不过是过敏而已。臣妾是清白的。"

皇后听了，意兴阑珊地歪在绣金软垫上，曼声道："不要跟本宫说什么清白，在这个宫中，哪个人是清白的？查不出是你做的并不代表真的不是你做的。你只不过是耍了个小聪明而已，本宫奉劝你，以后这种招数不要再用，这是下毒，下毒其罪当诛！你虽没什么族人，但是还有一个哥哥，你要是犯事了，你哥哥的前途也会毁了。难道你们兄妹两人千里迢迢到了应国想要的就是这样的结果？"

聂无双静静听了，又磕了一个头，恭敬道："皇后娘娘的教诲，臣妾铭记在心。是是非非臣妾也不必多说了。今日来，臣妾是向皇后娘娘请罪。请皇后娘娘饶恕臣妾。"

皇后一笑："饶恕你什么？"

聂无双看了皇后一眼，更低地伏在地上："臣妾知道臣妾进宫一定是冒犯了皇后娘娘的威严，臣妾今日来是请皇后娘娘抛弃对臣妾的成见，臣妾定会誓死效忠皇后娘娘！"

她的进宫虽然是皇上下旨，但是已经引起了皇后深深的不悦。皇后自然不能对皇上的决定报以怨言，但是却能对聂无双不假辞色。聂无双初进宫受的冷遇与刁难，皇后虽然未明着表示，但是也在无形中默许了，不然的话，宝婕妤与宛美人也不会如此肆无忌惮地刁难她。聂无双想通了这一点，自然要前来解开皇后的心结。

皇后沉默了一会儿，忽然一笑："聂贵人说的是什么话，平身吧。在宫中好好伺候皇上才是聂贵人的出路。"

## 第十四章　擢升：赠青莲

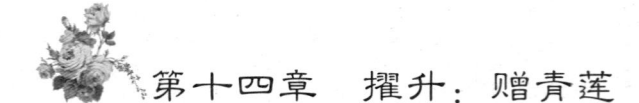

聂无双起身，含笑道："皇后娘娘说得极是。"皇后与她说了一会儿话，聊了一些家常话又赏赐了一些精致首饰才命她退下。皇后看着她离开，唇边溢出丝丝冷笑。

王嬷嬷上前："皇后娘娘要不要歇息？"皇后秀眉微微一皱，看着窗外寂寂月色叹道："皇上今夜在哪宫中歇息？"

王嬷嬷答道："皇上今夜在明芙宫。"明芙宫是云妃住处。

皇后幽幽一叹："这个月皇上已在云妃处一连歇了五天。他也不曾想想本宫与宜暄。"

王嬷嬷在一旁插话："云妃相貌美又精通文墨，奴婢恐怕天长日久万一得了子嗣，皇上会更加宠爱她。"她不再往下说，但是意思已经非常明白，如今后宫中云妃恐怕是萧凤溟心中第一人，若诞下皇子或者公主，皇后与大皇子恐怕地位岌岌可危。

皇后冷冷一笑："论美貌，她还不是这宫中第一人。论温和谦恭，她亦比不上敬妃，论气度她更不及淑妃一半。真不知道皇上怎么会单单看上她？"

王嬷嬷想了想："恐怕皇上还是喜欢她的才气。皇上与先帝并不相同，先帝喜欢美艳的女子，而皇上更看重女子的德才。在后宫中，才貌兼备的妃子的确是极少。"

云妃之父是礼部尚书，自小就教导她识文断字，故而云妃在闺中就素有才名。进宫后更是以才女之名见于圣驾前，所以能圣宠三年而不衰。她唯一的缺憾是至今无一子半女。故而虽然得宠，但是又有点底气不足。

皇后抚了额头，看着殿中幽幽跳跃着的烛火，明暗相间，一如前路一般看不分明。夫妻近十载。说他对她不好，可偌大的后宫，他放任她一人执掌凤印从不过问。说他对她好，却又频频纳美人，丝毫不厌倦。

"才貌兼备的女子并不是没有。"皇后沉吟许久才道，"本宫瞧聂贵人说话得体，进退有度，据说她是齐国第一美人，这诗词歌赋是极好的。而且今日林公公还特地过来提点本宫不能轻率处置，维护她之意十分明显。这分明就是皇上的意思。难道说皇上对她已经上了心？"

王嬷嬷犹豫地接口："可是若说这宛美人脸上是这聂贵人搞的鬼，恐怕皇后娘娘将来会把一只猫养成一只虎。"

皇后面上一紧，冷笑一声："她会成为一只虎吗？本宫看倒未必！她在应国一无根基，二无依靠，她凭什么变成一只吃人的老虎？到时候有这苗头，本宫就会让她知道谁才是这后宫的女主人！"

她眸中厉色一闪而过，王嬷嬷不敢再说，连连称是。

皇后顿了顿，眉宇间的落寞掠过，她摆了摆手："说这些也没什么用。对了，最近太后说去东林寺礼佛，不知什么时候回来？"

"听说过一个月后再回来。"王嬷嬷说道，她顿了顿又小心翼翼地说，"娘娘，今日在御书房当值的周公公说看到一本小册子，是太后给皇上选秀女的花名册。"

她还没说完，皇后狠狠一拍桌子，气得胸口起伏不定："这个老妖妇，还嫌后宫女人不够多，竟然……"

王嬷嬷见她气极，连忙拉了拉她的袖子，示意噤声："皇后娘娘，小心隔墙有耳！"

皇后愤然甩开她的手："怕什么？她如今老了还妄想插手后宫，插手朝政，要不是本宫父亲叫本宫忍，本宫能忍到现在？"

"皇后，小不忍则乱大谋，太后在宫中在朝堂中连皇上都要忌惮三分，更何况皇后。"王嬷嬷劝道，"如今只能等树倒猢狲散的那一天了。"

皇后摆了摆手："算了，走一步看一步吧。"

聂无双扶着夏兰的手慢慢向元秀宫走回去。平整的青石板路上，主仆两人无声地走着，两旁是朱红色的宫墙，一眼望去仿佛看不到尽头。她心生感慨，忽地远远的有宫人拿着宫灯过来，顿时前路忽然被照亮。她抬眼看去，却是德顺公公笑眯眯地前来："听说聂贵人出去散心，奴婢就出来看看，怕天黑路滑，贵人会跌跤。"

聂无双换了他的手，笑着道，"还未问德顺公公在哪里当差？"

"奴婢在杨公公手下当差。"德顺依然笑眯眯地回答。聂无双看着他平凡却喜气的脸，笑着道："那要好好谢谢德顺公公帮忙了。"

"贵人客气了。"德顺公公笑着道："若是贵人以后飞黄腾达了，别忘记了奴婢，奴婢就很开心了。"

聂无双微微一笑，不再言语。德顺公公一路把她送到元秀宫这才回去。临走前，他又笑眯眯地道："杨公公说，上林苑的莲花甚好，贵人可以去赏荷。"

聂无双含笑道："现在已无羁绊，自然会有心情去赏荷。"

德顺公公一笑这才悄然离去。

聂无双回到宫中，夏兰为她张罗热水，伺候她梳洗。聂无双忙了一天早就累极，梳洗罢，一挨上枕头就昏昏沉沉地睡着了。睡梦中，她睡得极不安稳，梦中似有许多人在说话，声音忽远忽近。最后是宛美人那张满是红疙瘩的脸，她头发披散，犹如厉鬼，尖尖的指甲掐着聂无双的脖子叫道："你好狠毒的心肠，你竟然下毒弄花了我的脸！你好狠毒！……"

她的手越缩越紧，聂无双被她掐得不能呼吸，她睁大眼，想要喊救命却是一句话也喊不出来……

"醒醒！……"身边有人在摇晃，却是夏兰忧心忡忡的脸。聂无双猛地惊醒，她喘息着瞪着头顶的帐子，一时间冷汗浸透全身。生平第一次害人果然是做了噩梦。

此时天光微微发白，又一天到了。早膳她略用了点，就扶了夏兰向来仪宫走去，晨光中远远一处肩辇抬着走近，看他们的样子也像是去皇后宫中请安。聂无双站起身来，敛容躬身想要静候他们经过。忽然肩辇停在她们跟前，淡淡的香风袭来，一位宫装美人走了下来。

聂无双以为一定是敬妃，没想到却是一位陌生的宫妃。她头梳望月髻，两鬓各插一支金步摇，行走间，步摇下的金穗微微晃动，更显得她娇俏温婉的小脸生动如许。

"你是聂无双？"她看着聂无双问道，杏仁状的美眸里神色温婉可人，"本宫远远瞧着一位美人又眼生得很，一定是聂贵人了。"

聂无双见她猜中自己的身份，连忙拜下："臣妾拜见娘娘。臣妾愚鲁，不知娘娘是哪宫的娘娘？"

那宫妃身旁的圆脸宫女一笑："这位是辛夷宫淑妃娘娘，前些日子跟随太后娘娘去东林寺礼佛，昨儿才刚回来。"

"原来是淑妃娘娘，臣妾有眼不识泰山！"聂无双又要拜下参见，手中一暖，淑妃已经扶她起身："聂贵人不必多礼，早就听说宫中来了个绝色美人，今日一见果然名不虚传。"

她笑语嫣嫣，态度温婉可人，年纪也比敬妃年轻许多。言语中令人如沐春风，觉得她可爱可亲。

"走吧，我们一起向皇后娘娘请安去。"淑妃挽着她的手向来仪宫走去。

两人说说笑笑，一起到了来仪宫，守门的宫人见淑妃来了，连忙笑着迎上前："淑妃娘娘可来了，前些日子皇后娘娘还在念叨着呢。"

淑妃笑着道："本宫还想在东林寺多待一段时间呢，没想到太后嫌本宫在跟前晃来晃去闹心，就把本宫给赶回来了。本宫这讨人嫌的只好回来烦皇后娘娘。"

守门的宫人笑了笑,不敢接口。做主子的可以随意调侃自己,但是做奴婢的却不能不识相地接过话头。守门的宫人深谙这一点倒是个好眼色的。

聂无双笑着跟随她进去。皇后已经用过早膳,正与早来的敬妃说话,她见淑妃来了,笑着起身:"你可来了!太后娘娘身子怎么样?"

淑妃抿嘴一笑:"回皇后娘娘的话,太后一切安好,过几日就回宫了。太后还为宫中各位娘娘都请了护身符,这次是明德大师亲自讲经,臣妾这般愚钝的人听了也觉得受益匪浅。"

淑妃言语俏皮,说话温和动听,几位娘娘都住了口听她讲路上趣闻,聂无双悄悄退后,在最末一位垂手恭立。皇后与淑妃正聊得热络,云妃也到了,今日她特地打扮一番,头梳流云髻,身上依然穿着一件雪白绸缎罩纱长裙。她一进门来,令人觉得所有的天光都聚在她的身上。

她这件裙子款式极特别,袖口宽敞,肩膀处紧致,手腕处宽大做荷边状,裙摆下亦是如此。云妃身材修长窈窕,身材凹凸有致,这件雪色长裙穿起来更显得人修长曼妙。而更令人移不开眼的是她身上的雪绸。这跟别的普通雪绸不一样,行走间,反射出五颜六色的光华,看起来犹如行走在彩云间,十分美丽。

她扫了一眼,看见淑妃回来了,笑了笑上前亲热地拉着她的手:"晴姐姐回来了,怎么不告诉我一声,我好去迎你。"

淑妃笑着道:"我又不是不认得路,还劳咱大才女亲自去迎,皇上知道了该找碴儿罚我了。哟,你把皇上赐的流云锦穿出来了?难道是为了见我吗?"

云妃上了胭脂的脸微微一红,啐了一口:"晴姐姐又来打趣我!皇上昨儿说上林苑的青莲开了,邀我一同去赏荷呢。"

她话音刚落,座上几位宫妃脸色各异。聂无双看了,心中了然。原来与皇上一起去上林苑荷花池边赏荷的荣耀只属云妃一人,难怪她们脸色都不好看了。

皇后笑道:"上林苑的荷花是开得正艳,不过那潭青莲今年倒是开得迟了。不知是什么缘故。"

几位宫妃坐下,各自聊着,这时宝婕妤走了进来,她目光扫到聂无双身上,顿了顿,冷哼一声:"妖女!"

她的声音不大,但是旁边的几位宫妃都听得清清楚楚。聂无双心中冷笑,并不搭理。大家坐了一会儿等皇后脸上显出倦色,这才各自散了。聂无双扶了夏兰的手慢慢地往回走,正拐过一处回廊,身后传来一声含着笑意的唤声:"聂贵人请留步。"

聂无双回头,却是笑语嫣嫣的淑妃。她身后的肩辇已经撤了,正扶着宫女的手朝她走来。

所谓无事不登三宝殿,聂无双唇边溢出一丝淡淡的笑意:"淑妃娘娘可有事?"

淑妃含笑走来，挽了她的手，娇嗔道："难道没事就不能找聂贵人聊天了么？"

她打量了聂无双一眼，眼中流露出衷心的赞赏："聂贵人越看越美，要是本宫是男子，一定娶聂贵人为妻！"

聂无双抿嘴一笑："淑妃娘娘谬赞了。"不得不承认，淑妃说话比云雀唱歌还动听。

两人一边走一边赏着来仪宫两旁的石榴，如今正是石榴结果的季节，一颗颗或橙黄或鲜红，隐在枝叶中，胖乎乎的，十分可爱。淑妃叹了一口气："石榴寓意多子，难怪皇后娘娘能一举得龙子。"

聂无双把目光转向她身上，据她所知，萧凤溟后宫中妃子不少，但是唯一有子嗣的只有皇后与敬妃。难道淑妃这么感叹是因为她也想要怀上龙嗣？可是这与她又有什么关系？

聂无双掩下眼中的疑惑，笑着道："是啊，要不淑妃娘娘也在自己辛夷宫中多种几棵石榴，一定会多子多福的。"

淑妃含羞地瞪了她一眼："你也来取笑本宫？不怕本宫治你的罪？"

"臣妾知罪。"聂无双恭谨地说道，"不过相信每个宫中的妃子都是如淑妃娘娘这般想的，多子多福。"

淑妃见她神色恭谨清淡，便扯开话题，只聊一些东林寺的见闻。两人不知不觉走到了元秀宫，聂无双邀她进去坐坐，淑妃婉言谢绝，径直回了辛夷宫。聂无双看着她的身影消失，这才回了殿中。

夏兰笑道："原来淑妃娘娘这般好相处，看样子心眼很好呢。"

聂无双抿了一口茶，淡淡笑道："能这样剔透的玲珑人儿，难怪太后喜欢。"

她看看天色，已经是日上三竿，这时候估摸上林苑中百花正争奇斗艳，可是唯一能入皇上眼中的，也许就只有那一株青莲而已。

"贵人，等会儿还要去上林苑么？"夏兰在一旁提醒，聂无双摇头："去做什么？昨夜没睡好，今日天气正好可以补眠。"

她说完就径直回房中歇息去了。一觉睡到正午。忽然有内侍急急前来禀报："贵人，林总管来了。"

聂无双连忙整整妆容前去迎接。林公公笑着走来："聂贵人最近如何？"

聂无双连忙叫下人端茶拿凳子："多谢林公公关心，无双最近甚好。"林公公仔细打量了她的面色，笑着道："聂贵人最近清减了不少，还是多多歇息调养才是。"

聂无双含笑谢过，林公公命身后跟着的小内侍拿来一个精致的木盒，盒子中一朵盈盈的青莲躺在其中，十分清雅美丽。

"这是？"聂无双问道。

"这是皇上送给聂贵人的花，皇上说，聂贵人若有空可以去上林苑中赏荷品茗。"林公公笑道。

聂无双听了脸上不由得一红，接下木盒，低声说："请公公转告皇上，臣妾知皇上日理万机所以怕打扰皇上。"

"皇上虽日理万机，但是散散心的时间还是有的。聂贵人莫要辜负了。"林公公笑道。

聂无双听了更是惶恐，连忙起身谢罪。林公公说了一会儿话就要走了，聂无双起身相送，正经过偏殿，忽然听见里面传来一声声尖利的骂声。

林公公静静听了一会儿："这位是？"

"是之前的宛美人，今日的宛采女。她心有不忿，这叫骂也是自然。"聂无双回答。

宛美人被贬为宛采女之后，聂无双就把她安排在偏殿，一应份例供给都是按之前的不变，只是她的好意在宛美人看来通通是对她的莫大讽刺，日日咒骂不停，言语污秽难听。

林公公扫了偏殿一眼，点了点头："聂贵人受委屈了，与心中有怨怼的人同处屋檐下的确是为难了。奴婢会寻个机会跟皇上说说，让宛美人搬到别的地方去。"

聂无双听了，面上为难，但是亦低头称谢。林公公走了，聂无双回殿中，看着盒中的青莲，叫夏兰拿来白瓷花瓶用清水养着，只怔怔瞧着这青莲出神。

第二天一清早，聂无双向皇后请安后，慢慢扶了夏兰向上林苑中走去。一路花香满径，草木葳蕤，此时她才惊觉炎炎夏日早已过了一半。两人正往上林苑中走去，忽然在荷花池边她看见两个身影正在说话，一人侍卫模样，另外一人却是身形娇小，身穿鹅黄色宫装，眉眼清丽，但是犹带稚气。

她见两人眼熟，等走上前去才发现竟是自己的大哥与云乐公主。她唤了一声："哥哥。"随后拜见云乐公主。

云乐见是她，笑眯眯地道："你居然进宫了，正好！陪我玩纸鸢！"

聂明鹄脸色尴尬，看他满头大汗的样子，恐怕刚才云乐已经纠缠了他好一会儿。聂无双含笑道："哥哥不是要当值么？怎么这时候还在这里？"

云乐上前拍了聂明鹄一下："你大哥正陪着本公主在这里抓雀儿呢，你瞧瞧，已经抓了好几只了。"

聂无双看着一旁内侍手中拿着的竹笼，果然里面已经抓了好几只鸟雀。鸟雀本在里面惊叫跳跃，时不时撞上笼子，碰得头破血流。

聂明鹄看到聂无双的目光，微恼问道："公主还要再抓几只？微臣还得去当值呢。"曾杀伐征战的英勇将军自然是不习惯她这些小玩意。

聂无双见他不耐烦，笑着牵起云乐的手："公主，今日就放过无双的哥哥吧，他还要去当值呢，万一皇上责罚的话可就不好了。"

云乐黑葡萄似的眼珠子咕噜转了转，忽然她拍着手，指着荷花池最深处的一朵荷花："你把那朵荷花替本公主摘来就行了，今日就放过你了！"

## 凤凰无双

聂无双顺着她手指的方向看去，只见在荷花池深处，一株粉红的荷花亭亭玉立，这支荷花比旁边所有的荷花都大，花面大似盆，随着清风在风中摇曳生姿，十分好看。可是这株荷花也是最难采的，荷花池的水下插了几根木桩，可供宫人采莲子的时候站立，但是那朵荷花藏在最深处，四处没有木桩可踩，一不小心恐怕会弄得满身是泥水。

聂无双知道自己大哥的功夫，但是面对这样明显的刁难，她还是有些担心："大哥，要不命人去搬木舟吧。"

聂明鹄恨恨瞪了一眼云乐，硬声道："不用！"说着，他撩起衣襟下摆，束在腰间，提了一口气跃上荷花池中的木桩。他身体已恢复，提起纵跃，行云流水，姿势十分漂亮流畅。

聂无双已经很久没有看见大哥如此意气风发的一面，不由得拍着手赞道："大哥好功夫！"

云乐哼了一声："也没什么好厉害的！"话虽如此，她一双圆溜溜的美眸却是紧紧盯着池中的聂明鹄。聂明鹄几个纵跳已经深入荷花池深处，再上前已是一汪池水，再没有办法了。

聂明鹄微微一沉吟，忽然清啸一声，提气高高纵起，抓住荷花池边垂下的一枝柳枝，然后伸手一探，很快摘到了荷花，柳枝被重物压着很快反弹，聂明鹄顺着这股劲力被带离水面，一个鹞子翻身，干净利落地落在了岸边。

他拿了荷花大步上前，冷冷递给云乐公主："给，公主要的荷花！"

他刚才露了一手，飘逸帅气，云乐看得目瞪口呆，她还未回过神，忽然身后有人笑道："聂侍卫好身手！"

聂无双回头，在盛夏的天光下，皇帝缓缓步来。他身穿着暗青常服，衣服上绣着如意祥云，行走起来衣襟下摆似水波一般缓缓而动。

聂无双连忙跪下："臣妾叩请皇上万安！"

聂明鹄也连忙跪下请安。云乐请完安上前笑道："皇帝哥哥怎么过来了？"

"朕来瞧瞧谁把朕的御前侍卫大材小用捉雀儿，摘荷花。"萧凤溟笑着看着云乐，"快去给聂侍卫赔不是，你以后要玩找别人去玩，不要打扰聂侍卫。"

云乐见萧凤溟维护聂明鹄，不甘愿地哼了一声："有什么好稀罕，我就不道歉！"

她说着拿了荷花就走了。萧凤溟摇了摇头，回过头来看着聂明鹄，温声问道："聂侍卫不用与她一般见识。"

"微臣不敢！"聂明鹄连忙道。

萧凤溟看着一旁跪着的聂无双，含笑上前，扶起她："你终于来了。"天光下，他纯黑的深眸犹如幽深的潭水，清冷又令人捉摸不透，聂无双脸微微一红："臣妾……"

"走吧，刚好这时忙中偷闲歇一歇，你且过来陪朕下几局。"萧凤溟看着她说道。

聂明鹄飞快看了一眼皇上握住聂无双的手,头更低地低下:"微臣告退!"萧凤溟又温声安慰了他几句,就携了聂无双的手慢慢地向上林苑深处走去。

两旁树木荫蔽,蝉声阵阵。聂无双忽然想起曾经在别苑的那次狩猎,他也是如这般牵了她的手。那时的她还不知自己是否能得到他的欢心,没想到才几个月不到自己却已经身在宫中。

"你在想什么?"她飘忽的神情落入他的眼中,引来他的追问。聂无双抬起头来,微微一笑:"在想刚才云乐公主捉弄大哥的事。"

"云乐生性爱闹又被太后宠坏了,难免不拘小节。"萧凤溟轻笑说道。说着,他又微微一皱剑眉:"不过,她也快及笄了,怎么感觉还是小孩子一般。你恐怕大她没几岁,怎么感觉差那么多?"

聂无双心头一黯,她与云乐相差不到四岁,可是她已经心如渊池,而云乐还如白纸一张。

"云乐公主生性活泼,自然与臣妾不同。"聂无双笑着回答道。她心中想的自然不是这样,一个是天之骄女,一个是犯臣之后,历经抄家灭门的惨祸,她自然和云乐不一样。

萧凤溟没有察觉她的黯然,笑着道:"也是。朕就喜欢你这沉静聪慧的样子。"他忽然停住脚步,回过头,目光熠熠地逡巡她脸上的神色,问道,"你前几日怎么没来?"

他的目光太过犀利,聂无双不由得渐渐红了脸:"臣妾有罪。让宛姐姐误用了臣妾的胭脂,所以那几日臣妾不敢来见皇上。"

提到这件事,萧凤溟眼中的不悦之色闪过:"听说她还在宫中日夜叫骂,可有此事?"

聂无双无奈点头:"是,不过也是情有可原,女子最珍惜自己的容貌,若是臣妾脸毁了,自然也是心中愤恨异常。"

萧凤溟看了她一眼:"你到现在还在为她辩解,她曾经为难你的事,你当真不会去追究?"

原来他早就知道。聂无双连忙跪下:"就算宛姐姐以前为难过臣妾,但是如今她已经得到了报应,臣妾再追究岂不是小人之心?皇上圣明!"

手臂上一暖,他已经扶住了她:"好了,别为这种不相干的小事伤神,如果她脸上的过敏症好了,就让她搬到别的宫中吧。"

聂无双松了一口气:"谢皇上恩典。"

他看着绿荫下她面色白皙如玉脂,心中一荡,不由得搂住了她。他的手环抱着她,忽然深深地吻住她的唇。聂无双猝不及防,不由得轻轻"呀"了一声,眼光的余光处,她看见林公公悄悄退出了视线。已经没有人可以干扰她。她心中轻轻一叹,踮起脚尖搂住他,婉转相就。

过了许久，萧凤溟放开她。他微微眯着眼看着怀中的聂无双。她的面色通红，美眸脉脉含情。他忽地一笑："从未有女人这般大胆。"他指的是她的主动。她早已褪尽青涩，一颦一笑充满了风情，她的美貌灼灼入目，高贵中带着说不出的妖冶，但是又不会令人看轻。她与他见过的所有女子都不一样，美且妖，却又令男人心甘情愿地陷入她的美色中。

"皇上不喜欢么？"她靠着他结实宽阔的胸膛幽幽地道。她抬头看着他，执起他的手贴在自己的脸颊，轻轻蹭着。

萧凤溟眼中的眸色猛地一沉，忽然笑道："当然喜欢！"

话音刚落，聂无双只觉得天旋地转间，他已经将她打横抱起。天光刺眼，可是她看见他的笑容连天日都为之失色。她把头深深埋在他的怀中，闭上了眼。鼻间是他身上淡淡的龙涎香气息，她只听见他沉稳的心跳声，无端地令人觉得安心。亭子到了，他放下她在软榻上，窗外和风细细，蝉在拼命叫着"知了——知了——"叫得人觉得口干舌燥。

他看着她晕红的双颊，微微笑着拿下她的发簪，一头乌黑如墨绸的长发倾泻下来。

"好美！"他赞道，聂无双低下头，轻轻解开他的衣襟，吻上他的薄唇，他抱着她，手抚摸上她玲珑的曲线，慢慢向下探寻着她身体的每一处肌肤。她渐渐颤抖，更紧地贴着他的身躯。胸前一凉，他的吻已经掠过她白细脖颈，转而向下，敞开的领口，已经可以看见她胸前隐约的春光，聂无双羞怯地闭上眼，细嫩的手轻轻抚着他的脸，慢慢向下，萧凤溟看着她，眸中沉郁汹涌。

他很温柔，细密的吻落在她的胸前犹如蜻蜓点水，慢慢向下，他似乎在品尝她的美好，从从容容，既不急色，也不霸道。慢慢的，她已经沉迷在他的抚摸中，紧绷的身子渐渐柔若柳枝，缠绕着他的身躯。

她渐渐情动呻吟，她觉得自己的身体已经为他盛开，而他的动作开始不再忍耐，所有的理智随着他的动作开始飞出身体。在半睁的眼处，她看着窗外的天光明媚，一枝翠绿的竹叶在窗外随风摇曳，那么鲜活嫩绿……

聂无双醒来的时候已经是正午，她翻了个身，手却碰到光滑结实的身躯。她惊醒起身，萧凤溟却依然沉睡。亭中寂静，窗户不知被谁贴心关上，亭子门外隐约有内侍的身影在外面守着。除了窗外的知了，再无一丝别的声音。

她抱着薄衾捂着胸口，刚才的一切仿佛是一场春梦，可是眼前的一切依然提醒着她这一切不是做梦。聂无双想下床榻，但是他躺在外侧，下床势必惊扰他。

"皇上……"她轻轻叫了他一声，可是他没有应，闭目沉睡的样子令她不敢再唤第二遍。既然不能下床榻也不敢唤醒他，聂无双只能抱着薄衾怔怔出神。她看着他的侧脸，他发束上的龙簪已经拿下，发鬓乌黑如鸦色，侧面的轮廓俊逸清雅，越看越觉得如上好的水墨画，即使平凡无奇的一处亦能让人深深回味。他是个英俊年轻的帝王。聂无双下了结论，心中隐约有欢喜也有落寞。

多少女子的终极目的不过就是如此，迷住一位英俊的帝王，荣华富贵，宠爱无边。可是谁又会想到，帝王从来都不是只属于一个女人的。她当初还是司徒千金的时候就不想与别的女子争一个丈夫而毅然下嫁给顾清鸿，可是仿佛是命运最无情的嘲弄，到头来自以为是的恩爱成了一场最残酷的闹剧，而她最后依然走入宫廷与别的女人争得头破血流。

"在想什么？"耳边声音传来，带着激情过后的喑哑与满足。萧凤溟醒了过来，抱着她。

"朕弄痛你了？"他轻吻着她的脸颊含笑问。

聂无双脸顿时红了起来，顺势依在他的胸前摇头："不，皇上很温柔。"她的身躯贴着他的，令他身子慢慢灼热，他的手渐渐游离在她的腰间，气息渐渐粗重，喷在她的发上。

聂无双微微吃惊，想要挣开，他却紧紧搂着她不放，她抬头看着他，以目光询问。萧凤溟无奈笑了笑，放开她，在她耳边说："你这个磨人的妖精！"聂无双"腾"地脸色通红，急忙用薄衾包着自己。

亭外的林公公听到里面的响声，轻咳一声："皇上，该用午膳了。"

萧凤溟起身，随意披了衣服："进来吧。"亭外的门吱呀打开，早有准备的宫人鱼贯而入，一对宫女手捧漆盘，上面放着华贵的宫装，另一队内侍早就上前为皇上更衣。

聂无双在宫女伺候下穿戴整齐，萧凤溟整了整领口，回头温和道："你先回宫，晚上朕再宣你。"

聂无双连忙跪下谢恩。他扶她起来，心神甚好的样子："叫林总管送你回去。"

林公公连忙领命，犹豫了下又问："皇上这要不要记档？"

萧凤溟看了他一眼，似对他的多此一问有些不悦："记吧，聂贵人品性端庄，知书达礼，封为美人。"

此话一出，聂无双微微吃惊，连忙跪下："皇上……"

林公公小心翼翼地问："皇上，会不会太快了。"鲜少有宫妃只伺候过一次就被连升两级，即使贵人与美人之间品级相差不多，但是这一封已经是例外。

"不会。"萧凤溟扶起聂无双，仔细为她正了正头上玉簪，深眸中神色清冽："不算太快。"

聂无双回到元秀宫中，林公公亲自送回的阵仗已令阖宫的宫妃侧目不已。等林公公宣了皇上的旨意之后，更是令整个元秀宫的众人吃惊。顿时恭喜声不绝于耳。聂无双进了殿中，夏兰按宫中的规矩，为她捧来一碗莲子花生甜汤，又在殿中四角挂上了红灯笼，只等晚上一起点上，为元秀宫多添几分喜气。

"娘娘，这下可好了。"夏兰欢喜不尽，一边说着吉利话，一边叹着苦尽甘来。

聂无双含笑听着她的唠叨，正在吃着甜汤，杨直公公来了。

聂无双看着他身上紫衣内侍服饰，含笑道："原来杨公公已是宫中的都监。"

杨直微微一笑："奴婢给聂美人贺喜了。"他说着递上一份名册，"这是林公公吩咐奴婢呈给聂美人随侍的宫人，娘娘看着挑几个人。"

美人在应国后宫中为正五品，有资格挑选两位内官，四位贴身宫女。聂无双随便看了一眼，挑了几个人。

杨直看她随意，不禁提醒："聂美人不再好好挑一挑？"

"只要杨公公挑的，我都放心。"聂无双微微一笑解释道。杨直面上微微动容："如此奴婢谢过聂美人。"接下来便是杨直带来萧凤溟的赏赐。末了，杨直开口："林公公问聂美人一件事，是否可以将宛采女迁出元秀宫？若可迁出的话，说一声即可。"

聂无双微微一顿："林公公打算如何安置宛采女？"

"林公公说，可以迁去月岫宫，那边僻静，有益宛采女修身养性。"杨直说道。

聂无双闻言，笑着谢道："如此我就替宛采女谢谢林公公。"月岫宫靠近冷宫永巷，除非真的是天降神迹，宛采女恐怕这一辈子都永无出头之日了。杨直得了她的同意，不多时就领着几名内侍把宛采女迁出元秀宫。

彼时正是残阳如血，西边的彩霞如血一般通红，宛采女被内侍推搡着出来，经过服药调养她面上的疙瘩已经不见，但是化脓处依然有红色的疤痕印，十分恐怖。天光还刺眼，她不得不眯了眼睛，一抬头却看见聂无双站在石阶上正惋惜地看着她。

"聂无双！"她恨得银牙咬得咯咯作响。

"宛采女此去月岫宫要多多保重。"聂无双淡淡道，她从夏兰身后拿了一部佛经递给她，"宛采女有空多多念佛，佛经的禅意可以化去采女心中的怨恨。"

宛采女接过，冷笑着一页页撕了，然后狠狠丢到她的面前恨声道："聂无双总有一天你也会如此下场！"

她狂笑着离开，聂无双站在原地，眼前佛经碎成千万片缓缓落下，像是六月凭空下了一场雪。

夏兰担忧地问："娘娘你没事吧？"

聂无双弹去裙摆上的纸屑淡淡道："当然没事。"说罢她进了殿中。

当夜萧凤溟因国事繁忙并没有来元秀宫，但是聂无双侍驾擢升为美人的圣旨已经后宫皆知。一时间，元秀宫仿佛突然进入了众人的视线，阖宫都在议论聂无双的突然得宠以及她连升两级的特殊之处。当夜，前来恭喜的宫妃络绎不绝，敬妃与淑妃都派人送来贺礼，派来送贺礼的宫女们都应对得体，看得出她二人对聂无双的重视，各宫的妃子除了云妃与宝婕好外，都或前来恭喜，或送来贺礼，不一而足。

第二日，宛采女当众撕毁佛经的消息不知怎的传到皇上耳中，帝大怒，贬宛采女入冷宫永巷反思。

聂无双听到这个消息的时候正在喝茶，她叹了一口气，对身边夏兰道："宛采女当真是个命苦的人。"

夏兰看着悠然品茶的聂无双，忽地想起昨日漫天纸屑，心中不由得冒起寒气，谁又能知道聂无双是不是算准了宛采女对她的怨恨，所以故意赠她佛经引她入套？

谁又能知道呢……夏兰心中叹了一口气。

## 第十五章　风起：心字香

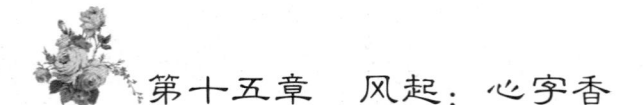

来仪宫中。皇后正在教导大皇子临帖。今日她穿着一件滚金边绣百鸟朝凤金丝凤服，端庄贵气。宜暄才三岁，长相七分酷似皇后，三分相似萧凤溟，小小的身子圆嘟嘟的，十分可爱。他吃力地拿着毛笔，一笔一画地练着，汗水沁出额头。皇后捏了帕子心疼地为他擦汗。正在这时宫女进来禀报宝婕妤求见。

皇后面上闪过不悦："本宫正在教导皇儿写字。叫她明日再来。"宫女应声退下，不一会儿，她又为难前来："宝婕妤说她可以等皇后娘娘有空再觐见。"

这分明是一定要皇后见她了。皇后皱了眉头，并不言语，直到教导完大皇子看着宫人送他到太傅处，她才宣宝婕妤觐见。

宝婕妤拜见过后，忧心忡忡说道："臣妾很是担心一件事。"

"什么事？"皇后面上不悦。

宝婕妤重新磕头道："聂氏是齐国人，兄长又是从秦国辗转逃到应国的罪臣。且不说她身份太令人侧目，就说她已是嫁过人家的有夫之妇，这种女人怎么可以进入后宫？更何况再过些日子，齐国的使者就要来应国，出使的使节听说正是她曾经的夫君顾清鸿，到时候陛下的颜面又会置于何地？"

皇后听了微微皱了眉头："那又怎么样？皇上欣赏聂侍卫的才干，喜欢聂美人的美貌。皇上要抬举她，本宫也无能为力。"

宝婕妤听了顿时急了，膝行几步："皇后，聂无双是妖女啊！切不可让皇上步入歧途！"

皇后悻悻地道："宝婕妤言重了，聂无双怎么能叫做妖女？顶多也只是个想寻求避祸之途的女子罢了。"

宝婕妤急切地开口："皇后不信吗？睿王府中谁不知她已经伺候过睿王，这种女人难道可以堂而皇之地进入宫中吗？"

皇后闻言叹了一口气："你要知道，皇上既然能不介意她嫁过人，难道还会在乎她伺候过睿王吗？况且这等事空穴来风，你能拿她如何？"

宝婕妤听了心中丧气，恨恨地道："总之要断了她的念头，不然宫中将永无宁日。"

皇后不想再继续往下说，只是淡淡处之。宝婕妤见她不想插手，知道她自持身份，自然不会出这个头去向皇上谏言废掉聂无双，于是只能悻悻告退。

御书房中。

萧凤溟看着桌边堆起的奏章越看越是剑眉紧皱，几乎一整叠奏章都是写着反对聂无双破格晋升为美人，更有官员言辞激烈，说聂无双是红颜祸水，甚至拿妲己、褒姒来形容她，连带着也把皇帝都牵扯进去。萧凤溟越看越怒，手一挥，满桌的奏章纷纷落地。

"皇上息怒，臣子们是怕皇上被美色蒙蔽，耽误朝政。"林公公温言劝道。

"堂堂应国难道容不下一介弱女子吗？难道真的要让她带发修行了此一生？"萧凤溟难得发怒，冷冷道，"朕真的如此做了，聂明鹄还会为朕效力吗？更何况朕堂堂皇帝难道不能宠爱自己喜欢的女子？"

林公公恭敬听了："皇上息怒！"他捡起奏章，在一旁恭立。

正在这时，内侍来报，睿王求见。萧凤溟整了整面色，沉声道："命他觐见。"

不一会儿，睿王萧凤青大步走了进来，他身穿绛紫色朝服，头戴金冠，含笑上前拜下："皇上万岁，万万岁！"

萧凤溟见他今日面色不错，也不禁笑道："你今日可有喜事？"

"回皇上，不但是喜事，更是大大的好事！"萧凤青从怀中掏出一张绢布，小心呈给萧凤溟："臣弟终不负皇上重望，已经拿到了皇上最想要的东西！"

萧凤溟打开一看，不由得猛地合上："这当真是？……"他顿住了口，连忙挥退左右，宽敞的大殿里只有他二人。

萧凤青见再无别人，抑制不住激动："是啊，三哥！父皇的愿望终于有机会实现了！我们真的有机会攻打齐国了！"

萧凤溟看着手中的绢布，只觉得重逾千斤。他走下龙案，背着手大步来回走动，虽然他面色依然沉着，但是从他的脚步声中可以看出他心绪极其激动。

萧凤青上前一步："三哥！"他异色的眸中热切的冀盼几乎要燃烧了一般。

"此事重大，容朕再想想。"萧凤溟静下心来道，"如今还不是时候，朝中一帮臣子还是以高相国为首，高相国是不会同意朕攻打齐国的。"

萧凤青上前，言辞激烈："高相国高氏一族已经把持朝政多年，当年要不是他们阻扰父皇宏图伟业，父皇怎么会郁郁而终？三哥！外戚当道！高氏必定要除去啊！不然三哥你终究只能像父皇一般含恨终生！"

他落地有声，萧凤溟面色未动，许久他修长的手抚过龙案上的累累奏章，苦笑："连朕擢升宫妃他们都要插手，更何况攻打齐国，容朕再想想。"

萧凤青知他向来谨慎，更何况如今应国外戚当道，朝廷上党争激烈，实在不是出兵齐国的好时机，于是也就不再劝。

萧凤溟见他神色不豫，安慰道："总有一日朕会完成父皇的心愿，你这图也不是没用，起码齐国的布防我们已经了若指掌。"

萧凤青沉默许久，忽然想起一件事，微微一笑："皇兄，齐国出使我国的使团已经要到了，臣弟请皇上让臣弟迎接他们入京！"


聂无双醒来，天色才蒙蒙亮，她起身梳洗，正准备向皇后请安。却觉得屋中有些不一样，仔细一看却是多了几张陌生面孔。原来是伺候她的宫女。夏兰在一旁见她打量，连忙带着几位新进的宫女拜见。分别是茗秋、含香与灵鸢。其中茗秋年纪最大，十六岁，举止沉稳，含香与灵鸢还未及笄，十分孩子气。聂无双明白了杨直的苦心，茗秋沉稳可以襄助她，而含香与灵鸢虽小，但是调教一番也很容易成为心腹，起码不用担心两人心思不洁。她问了她们几句，纷纷重重赏了。

至于元秀宫中的内监依然是吴公公，还给她配了几名机灵的小内侍，聂无双看了也并无出奇之处，但也都一一赏了。聂无双赏赐完，看看天色不早就扶了夏兰的手慢慢向来仪宫走去。到了来仪宫已经有宫妃在围绕皇后说话，见她进来，却都不约而同纷纷住了口。

聂无双上前拜见，皇后今日气色还不错，含笑道："平身吧，给聂美人看座。"

宫人们把她的座位放在皇后右手边倒数第三位，聂无双坐了，身边有一位相貌美丽的宫妃，朝她含笑点头。这样友好的示意在宫中并不多见，聂无双不由得也微笑回礼。

皇后见她坐了，继续刚才的话题："这七月可真的忙得紧了，七月初七是七夕节，宫中要办七夕宴，恐怕那时候齐国使节也会一起参加，国宴宫宴可真是要累得头疼！"

淑妃笑道："皇后娘娘能者多劳，臣妾就坐等着吃好了。"她笑眯眯地接口，旁边坐的宫妃也都窃窃笑了起来，眼中都是盼望。

皇后又好气又好笑地点上她的额头："就你嘴最馋。今年你不许偷懒！与敬妃一起帮本宫置办国宴宫宴！这可是本宫的懿旨！"

淑妃吐了吐粉舌，假装哭丧着脸道："谨遵皇后懿旨！"说完自己先笑了起来。

上头的皇后与几位妃子说说笑笑，底下几位插不上话的宫妃都纷纷在喝茶吃精致的茶点，聂无双慢慢品着只有皇后宫中才有的云针雾茶，抿了一口只觉得齿颊留香。

"聂美人觉得这茶怎么样？"旁边那位宫妃忽然问道，"比碧螺春少了些许香气，但是喝起来回甘沁凉，倒是难得的佳品。"

聂无双看了她一眼，微微一笑："是啊，而且这烹茶的水也是上好的山泉水，十分清冽。"

那宫妃眼中微微一亮："原来聂美人也对品茗甚有独到之处呢！我那边有几两上好的雨前龙井，不知聂美人有没有空，一起去品尝一番？"

雨前龙井在宫中并不算上好的茶，比起七七八八稀奇古怪的名茶来说太过普通。只是她言语中相邀之意太过明显。聂无双不由得多看了她一眼，想了想，笑道："那既然姐姐如此盛情，无双就去品一品好了。"

那宫妃见她应允，面上欢喜，言语更加热络。聂无双问了她的名分，才知道她也是美人，封号"雅"，比她早一年入宫。雅美人健谈见多识广，与聂无双谈起来甚是投机。

正在说话间，忽然听见宝婕妤笑道："不知道这次齐国的七公主品貌怎么样？"

敬妃温言道："自然定是品貌双全，毕竟是齐国公主，也是齐国皇帝的掌上明珠。"

聂无双手中顿了顿，过了一会儿才若无其事地拿起茶盏来轻轻吹着漂浮在茶盏上的浮叶。宝婕妤的声音又传来："帝王之娇女就是好啊，大老远的嫁给我们皇上，估计很快后宫就要多添一位妃子了。"

宝婕妤说完，偏偏不放过她，笑着问："聂美人是最知道齐国的事了，来跟姐妹们说说？"她话音刚落，所有人的目光齐刷刷看着聂无双。

聂无双只觉得浑身上下忽冷忽热，她深吸一口气，抬起头来，似笑非笑地盯着宝婕妤画了精致妆容的脸："宝婕妤想知道齐国的什么？"

她笑得诡异，犀利的目光刺得宝婕妤幸灾乐祸的目光微微一缩，勉强笑道："当然想知道。"

"不过就是狼心狗肺，忘恩负义，臣妾怕说了会污了宝婕妤的耳！"聂无双看着她的眼睛说道。

宝婕妤脸上一沉，刚想要变脸，皇后就挥手打断她的话："这时候说这些没趣的事做什么？七公主还没来呢，在背后议论别人有失妇德！"

宝婕妤悻悻地住了嘴。聂无双冷冷看了她一眼，这才看着自己面前的茶点，她从未有像此刻这样憎恨这种场合，心头一股血气在翻涌，若此时此刻多听一句"顾清鸿"她都想要尖叫。请安结束，聂无双慢慢地跟着雅美人走出来仪宫。宫门前众宫妃或是告别回宫，或是相约去花园赏花。

雅美人笑着道："聂美人要不要一起到紫薇宫中坐坐？"

聂无双心绪不佳，歉然道："无双还是改日再拜访雅美人吧。今日身子有些不爽利。"

雅美人笑吟吟地看着她："人都说'同美相妒，同贵相害，同利相忌'，宝婕妤的一些话聂美人可以不用放在心上。"

好一句同美相妒，同贵相害，同利相忌，聂无双把这句话在口中反复念了下，不由得认真打量起面前的雅美人。她容色美丽，但是在群芳争艳的后宫并不算出挑。也许有很好的家世，但是她家世又怎么能比得过皇后？

她心中有了计较，含笑挽了雅美人的手向紫薇宫走去："听雅美人一席话令无双茅塞顿开。"

到了紫薇宫中，见宫殿小而精致，大约也就王府中一个院落大小，雅美人住的是偏殿，正殿住的是一位久病的玉嫔，看起来这里比其他各宫更加清静。庭前鲜花繁多，花团锦簇的样子。

雅美人拿来自己做的蜜饯来招呼她："鄙居简陋，倒是令聂美人见笑了。"聂无双看着她做的蜜饯，一盘是干梅子，一盘是蜜汁桑葚，还有一盘不知是什么花做成的蜜，吃一口，满嘴的芬芳。

聂无双赞道："雅美人果然心灵手巧。"

雅美人叹了一口气："闲来无事也就做做小食蜜饯，绣绣花混混日子罢了。"聂无双听出她言语中的萧索意味，安慰道："雅美人还年轻貌美，怎么能轻易灰心，皇上应该也是眷顾雅美人的。"

雅美人闻言苦笑："臣妾又没有云妃的才气，没有聂美人的美貌，更不如淑妃能言善辩，总共说起来在宫中一无是处。"

聂无双笑道："自古以来，太聪明的人反而被自己聪明所误，太美的人则身世坎坷，而太会能言善辩的人，往往又会得罪人。也许中正平庸，到最后才是真正的福气。"

雅美人听了一怔，心服口服："聂美人说的极是！"

她看了聂无双绝美的侧脸，微微踌躇之后忽然开口："宝婕妤在皇后娘娘面前曾参过聂美人，听她的意思竟是要让皇后向皇上请旨，废了聂美人。聂美人可要小心宝婕妤。"

聂无双不由得抬头看了她一眼，细细思索了她话中的意思，半天才道："皇后应该不会顺着宝婕妤的意思。"

雅美人点头："这是自然。皇后身份贵重，怎么能做这种事？"

聂无双见自己猜中，微微放下心来："不过不知宝婕妤与无双到底有何仇怨，从无双一进宫，她便针锋相对，无双实在是不明白自己错在哪里。"

她抬头向雅美人求教，美眸清澈无辜。

雅美人坐了下来，耸耸肩："我们也都是女人，有时候女人不可理喻起来，是不能用常理推论的。"

两人又说了一会儿话，忽然聂无双闻到有一股极其清淡优雅的香气飘来，十分清雅扑鼻，似沉香又不似沉香，她闻了下，好奇问道："这是哪里来的香气，好香啊！"

她从未闻过如此淡雅却令人舒适难忘的香气。雅美人也闻了一会儿，辨别出来，拍手笑道："对了，还未带聂美人去拜见一位高人呢！"

"什么高人？"聂无双问道。

雅美人牵了她的手向外走去："今日既然能闻到这股香气，一定说明今日玉姐姐好些了，我们去看看她，她可有不少稀奇玩意儿呢。"

聂无双被她带着向紫薇宫的正殿走去，到了正殿香气越浓。聂无双在香气中还闻到一股淡淡的药香。

雅美人带着她步入中殿，笑着问："玉姐姐起了么？"

"是你啊。"一个极清淡的声音传来，"今日你没去御花园走走散散步，替我看看那株白玉兰开了么？"

雅美人见她应声，脚步不停撩开沉沉的帘子："早就开了，但是得不着，也不好指使宫人去摘。玉姐姐要的话，改天妹妹去上林苑替你寻来。"

帘子撩开，里面一室馨香。聂无双不由得深深吸了两口，赞道："这是什么香，竟然这般好闻。"

窗边软榻上有个素衣女子缓缓转过头来，看了看她冷声道："这位是谁？你不知道本宫不喜欢陌生人进来么？"她的话说得极不客气，隐约有赶人走的意味，聂无双定睛看去，只见她形容清瘦，脸颊发黄，但是五官还是十分娟秀，看样子真的是久病在床的人。

聂无双不与她计较，微微一笑，挽住雅美人的手："臣妾聂氏拜见玉嫔娘娘！"

玉嫔冷冷地看了她一眼，目光转回书上淡淡道："原来是聂美人，鄙处实在是寒酸，恕不接待。"

聂无双碰了一鼻子的灰，微微一怔。雅美人以为她定会发作，没想到她只不过含笑上前，打开那轻烟袅袅的小香炉，闻了下赞道："玉嫔娘娘告诉臣妾这是什么，臣妾就走。"

香炉中，一个心字慢慢燃烧。聂无双看不出这是什么香。

"这是心字香！"玉嫔冷淡地回答，像是极其勉强应酬她一般，说完又加了一句，"这香很难制的。你看了也没用。"

聂无双盖上香炉，笑着道："雅美人说玉嫔娘娘有很多稀奇古怪的玩意，如今一看果然是真的。"

玉嫔看了她一眼，见她赖着不走而且还笑语嫣嫣，只能勉强坐直身子："聂美人请坐，本宫久病在床，实在是怠懒应酬接物，还请聂美人见谅。"

一旁的雅美人见玉嫔起身，笑着道："玉姐姐就是心直口快，其实心地还是好的。"

玉嫔却不领她的情，皱眉："雅美人，麻烦你帮忙使唤那几个丫头去倒点茶来。"

雅美人应了一声，径直下去忙了。殿中只剩两人，玉嫔面上渐渐冷了下来，似笑非笑地哼了一声："她无事不会应酬无关紧要的人，你到底哪一点让她看上了？"

聂无双想了一会儿才明白，玉嫔说的"她"是指雅美人。她微微一笑："那娘娘心里是怎么看的？"

在宫中，不会无缘无故对人好，也不会无缘无故与人结怨。雅美人今日盛情款待，又力邀她过来这里聊天喝茶，并不真的只是喝茶聊天而已。

"本宫心里怎么看的？在宫中无非就是结盟或者陷害罢了。"玉嫔撇了撇嘴，眼中俱是不屑。

"也许娘娘很厌恶这种事，但是在宫中，这些都是少不了的。"聂无双好脾气地劝慰，她看到玉嫔眼中不以为然，岔开话题，"娘娘还未说这心字香怎么制？臣妾也去试试。"

玉嫔见她真的感兴趣，蜡黄却娟秀的脸上掠过淡笑："番禺人作心字香，用素馨茉莉半开者著净器中，以沉香薄劈层层相间，密封之，日一易，不待花蔫，花过香成。所谓心字香者，以香末索篆成心字也。也不算是特别的香，只不过本宫多加了几味香料而已。"

聂无双叹道："娘娘果然心灵手巧，居然还会制香。"

聂无双善于言谈，玉嫔虽孤僻，但聂无双知道她并不是真的有恶意，只不过因病了许久性情大变，所以才是现在生人勿近的样子。两人不知不觉聊了许久，连雅美人进来都没有察觉。玉嫔这才恍然发觉自己已经与初见面的聂无双谈了那么久，她刚想要说话，忽然猛咳起来。聂无双与雅美人连忙上前帮她顺气，好不容易等她咳完再用完药，聂无双这才出了紫薇宫。

"玉嫔就是这样，自从她小产之后……"雅美人欲言又止，眉宇间都是愁绪，聂无双想问，见她忌讳莫深的样子也不再多问。

聂无双回到了元秀宫手中还捏着一样东西，是玉嫔谈话间隙送她的一包心字香。她怔怔看了许久，只能感叹红颜薄命，连带着对心字香也多了几分惆怅。她吩咐茗秋收好，忽然听见宫门外有人声喧哗。

内侍拔尖的声音穿透帘子："皇上——驾到！"

聂无双连忙上前去迎，才刚跪下，一袭明黄的袍角已在眼前晃动，潋滟如旭日。手臂上微微一紧，萧凤溟已经把她扶起，头顶上传来他沉郁磁性的声音："平身吧。"

聂无双脸微微一红，起身抬头看着他含笑问道："皇上最近几日忙得累坏了吧？"

她看着萧凤溟。今日他身穿五爪金龙龙袍，脚蹬祥云靴，俊眉修目，犹如神祇。若他不是帝王，也是女人心中梦中情郎。聂无双忽然想到玉嫔的落落寡欢与古怪的性情，心中微微一酸。当玉嫔看着心字香慢慢地烧，是否对自己的处境有诸多伤怀？

萧凤溟环视一圈，见她的房间简朴，多宝槅上除了几样精巧的摆设再无别的东西，他执起她的手，皱眉道："你的房子太素净了。"

聂无双道："这样子挺好的，臣妾不喜欢太过张扬。"她这屋中最醒目的就是多宝槅旁的一橱书。萧凤溟随意抽了一本，看见她在上面都写了细细的小字，字迹工整秀丽，见解独到。他看了几页，不由得称赞。从未有人对她的见解加以赞赏，连顾清鸿也不曾，聂无双心中一痛，连忙撇开这个念头，上前夺下萧凤溟手中的书册，假装微嗔："皇上不要看了，看了该笑话臣妾了。"

她还未说完，他已经顺势拉了她的手抱在怀中，在她耳边笑着问："这几日有没有怪朕不来看你？"

他还想再说，忽然一凛，变了脸色问道："你今日去了哪里？"

前一刻他还情意绵绵，这一刻他的脸上隐隐已经有了怒色。聂无双不知道自己哪里做错，心中一沉，忐忑地说："臣妾应了雅美人的约，去了一趟紫薇宫。"

萧凤溟放开她的手，冷声问道："你去那边做什么？"

"臣妾没去做什么，只是闲聊而已。"聂无双背后已经冷汗冒出，她不知道自己到底是哪里触到了逆鳞，只能无措地看着萧凤溟，眼中水雾弥漫，盈盈欲坠。

## 第十六章　玉人：谣言起

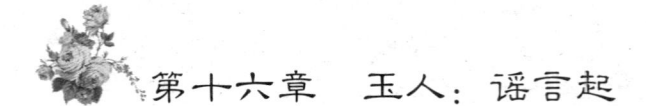

也许是她的楚楚可怜惊醒了萧凤溟，又或许是他自己回神惊觉自己太过严厉。萧凤溟缓和了语气，忽地叹了一口气："她还好么？"

聂无双不知他指的是谁，猜测了一番后才回答："不算好也不算不好。"雅美人笑语晏晏，萧凤溟指的不会是她。也许只有那紫薇宫中的玉嫔才是使萧凤溟如此神色猛变的人。

萧凤溟坐在椅上，揉了揉额角，淡淡地道："她说了什么？"

聂无双见自己的危机有惊无险地渡过，放下心来，依在他身边语气略带惋惜："臣妾瞧玉嫔娘娘精神还可以，就是气色还不算好，动不动还咳嗽，皇上……要不要请御医去给玉嫔娘娘看看？"

萧凤溟摆了摆手，一向淡然的眉宇间多了她未曾见过的无奈："不用了，就算御医去了她也不肯看病的。她……对朕怨恨很深。"

聂无双从未在他脸上看到过这样无奈又怜惜的神色，心中不禁对紫薇宫中病怏怏又脾气古怪的玉嫔产生了兴趣，有心想追问，但是又知道这时候多问不妥，于是岔开话题，只聊一些有趣味的事。萧凤溟振作精神，两人只聊一些风土人情，聂无双巧笑倩兮，很快令萧凤溟忘记方才的不愉快，只含笑看着她。

晚膳时分，萧凤溟要去甘露殿，命聂无双随行。龙辇四角的金铃叮当，面前宫人逶迤随行，庄重肃穆。聂无双心中感慨，走到这一步才刚开头，却已经那么难，但是谁也不能阻挡她复仇的脚步！她想着，唇角露出冷笑，握紧了长袖下那一只有力的手。

第二天一早，聂无双因为伺候皇帝而不用给皇后娘娘请安，到了元秀宫茗秋上前伺候她梳洗。聂无双忽然想起一件事，秀眉微微一皱："等会儿去请雅美人来宫中品茗，就当做昨日她盛情款待的回礼。"

茗秋领命而去，过了小半个时辰，茗秋回来，带来了正要回宫的雅美人。雅美人进来，就闻见一股淡雅清新的味道。

她脸上微微有些诧异，诧异过后依然笑容依旧："聂美人可安好？"

聂无双正坐着，今日她穿一件绯红色家常广袖短襦，面上脂粉未施，但是气色看起来却是十分好，容光焕发，双颊嫣红，看得令人移不开眼。雅美人知道她昨夜才侍奉过皇上，有圣宠的宫妃就是与平常妃子不同，这个认知令她心中忍不住酸涩。

"雅美人来了？快请坐。"聂无双见她来了，上前亲热地挽着她的手，"昨儿在雅美人的紫薇宫中受益匪浅，所以今日无双也大着胆子做一回东，请雅美人过来品茗，看看是元秀宫中的碧螺春好，还是雅美人宫中的雨前龙井好。"

雅美人谦虚道："自然是聂美人的碧螺春好了。这是比也不用比的。"

聂无双只是看着她笑，等茗秋送上茶，她便命她们退下。身侧的铜炉中香烟袅袅，聂无双揭开铜炉，看着那烧到一半的心字香，叹了一口气："不知怎么的，看到这心字香就想起玉嫔娘娘的悲惨，心字香烧，这可是一种悲伤的香。"

雅美人不知她到底想要说什么，笑道："是啊，玉姐姐就是性子太过直拗了，不然的话也不会病榻缠绵那么久。"

"所以也连累了雅美人的前途是么？"聂无双抬起头来，似笑非笑地看着她，手中的铜炉盖一放"哐当"一声，令雅美人激灵灵打了个冷战。

她慌忙摆手："聂美人说的是什么话，妾怎么会埋怨玉姐姐？"

聂无双拿起茶水，慢慢浇熄了心字香，淡淡地道："雅美人这一招，只是想小试皇上的心思，但是却几乎令无双触怒了皇上！"

雅美人面上一白，眼中黯然："皇上果然是忘不了玉姐姐的顶撞吗？"

聂无双看着她沮丧的面容，淡淡地道："雅美人若想重新获得圣宠，必定要另辟蹊径，你想要用本宫探明皇上的心思，可是你不明白我不得利，你也无法出头。"

雅美人见她并不责备，歉然道："聂姐姐莫怪。臣妾进宫后的一年中，皇上从不踏足紫薇宫，别的妃嫔处或多或少皇上会去坐坐，只有紫薇宫皇上一步未入。后来臣妾见玉嫔如此，一打听才知她小产之后曾当面与皇上争执，那一次，皇上气极拂袖而去，而玉嫔娘娘也一病不起。"

雅美人默默含泪："聂美人怪臣妾也是应该的，但是臣妾既无法做到弃玉嫔而去，又不能枯等皇上想起臣妾，实在是左右为难。所以……想请聂姐姐帮帮忙……"

聂无双拿了帕子递给她，叹道："既然如此，你就应该帮帮玉嫔，让她先低头服软。不然皇上的性子虽然温和，但是也不是丝毫没有脾气，宫妃讨好皇上尚来不及，还要与皇上置气，最后亏的自然是宫妃。这个道理你应该明白。"

雅美人叹了一口气："臣妾试过了，但是没用，玉嫔那个脾气直率，想要叫她认错，简直是比杀了她还难。聂姐姐，你有办法吗？"

聂无双也皱起眉头，所谓江山易改，本性难移。这事的确是棘手非常。说不清为什么想要帮玉嫔，但是直觉里，她也如雅美人一般无法眼睁睁看着玉嫔默默地病死宫中，以皇上言语中对她的关切，玉嫔在他心中颇有分量。

聂无双想定，心中已有了计较，宽言安抚雅美人。雅美人见她不计前嫌，更是感恩非常，她对聂无双道："妾在来仪宫有个同乡，上次宝婕妤面见皇后，就是她偷听到的消息。以后聂美人但有差遣，只需说一声便可。"

聂无双听了，微微一笑："如此甚好。"

离京十里处，锦旗飘飘，搭起的凉亭外顶上挂了红绸，喜气而庄重。一排迎接的官员穿着官服，热得苦不堪言，有几个性急的已经在亭外来回张望。萧凤青坐在上首，身边几个冰盆已经融化，看着亭外滚滚热浪，他依然一口接一口地抿着杯中的酒。他面色极白，多饮了几杯已是双颊晕红，更显得容貌邪魅。萧凤青悠然自得，饮酒时又与旁边美貌的宫娥调笑，那宫娥含羞带怯，一双明眸只看他，笑声咯咯，清脆悦耳。几位年纪大的臣子看得纷纷侧目不已。

"睿王！请自重！"太学院的学监周大人终于忍不住开口斥责，"等会儿齐国使节团就要来了，睿王是否收敛一点，毕竟这事关国体。"

萧凤青眯着异色的眸子懒洋洋看了他一眼，举杯笑道："周大人何必如此紧张，来的不过是使节团而已，等传令兵来报，本王再整容肃目也不迟。"

周大人见他语气散漫，气得花白的胡子一翘一翘："败坏国体！"

萧凤青看着杯中清冽的酒水，仰头一口饮尽："周大人日前上表言辞激烈，议论宫闱，这不更是败坏国体？"

"你！"周大人听他提起这事，犹如被踩到了痛脚，"臣一片忠心为皇上，哪像睿王你将祸水聂氏带入后宫！你狼子野心，别当别人不知道……"

他破口大骂，萧凤青冷冷看着他，眼中杀气一掠而过："周大人说谁是狼子野心？"

他异色的眸中寒气森森，周学监见了也忍不住微微一缩："你……"

正在这时，传令兵前来禀报，已经看见使节团的车马，正在五里外，稍后就到。

萧凤青冷眼看了看周学监，冷哼一声不再理会他。他整容肃冠，等着齐国的使节团来到。周学监心中愤愤不平，却也无可奈何。萧凤青深得皇上信任这是毋庸置疑的。

不一会儿，隐隐的有一队蜿蜒的车马慢慢而来。萧凤青薄唇边勾起一抹似笑非笑，带着一众官员迎上前去。近了，顾清鸿身穿绛紫色官服，下了马车，看见对面一位身姿英挺的贵公子迎来，知道他是应国的睿王殿下，笑着上前："有劳睿王殿下亲迎……"

他话还没说完，当看清楚萧凤青的面容之时，不由得怔了下。

萧凤青亲热地迎上前去,恍若未觉:"相国大人辛苦了,本王奉命迎接顾相国与七公主殿下,请……"

他亲热地挽着顾清鸿的手,眉眼笑处,说不出的邪魅难当。

顾清鸿回过神来,不动声色地挣开他的手,慢慢地道:"原来是睿王殿下。"

萧凤青看着他,笑得更深:"相国大人是不是想不到是本王?"

顾清鸿已经恢复常态,微微含笑:"不早不晚。刚刚好。"

萧凤青哈哈一笑,领着他们向京城而去。

齐国与应国自十几年前的那一仗之后,国力大损,时不时有边界滋扰纠纷之事,虽无大战但是也并不太平。两国相邻的秦国却在这几年间逐步壮大,秦国本是游牧出身的民族,骁勇善战,兵强马壮,这几年纷纷出兵或对齐国或对应国。两国都不堪其滋扰,但是也没办法一举将秦国灭了。

此时正当秦国新帝即位,听说秦国皇帝比之前的皇帝更加好战,齐应两国都十分忧虑,恐兵灾再起,于是和亲结盟,正好一拍即合。齐国的使节团到了京城,萧凤溟就颁下圣旨,着令睿王盛情款待,安置进早就准备好的驿馆,特辟一处行宫,让齐国七公主作为出嫁前的行宫。如此已是莫大的荣耀,顾清鸿代公主谢恩,又派人将七公主送入行宫中。

萧凤青看着驿馆中忙乱,微微一笑,上前对顾清鸿说道:"送公主入行宫之事,就由本王接了……"

顾清鸿正在犹豫,一道不悦的声音传来:"本殿不必让睿王殿下费心了。"

萧凤青转头,看见一位身着大红宫装的美人正在宫女的簇拥下逶迤而来。这一定是齐国的七公主了。

"睿王拜见七公主殿下,公主千岁千岁千千岁!"萧凤青行礼如仪,举止潇洒,七公主本是面上不悦,但见他如此,面上稍稍缓和。

她转头看向一旁的顾清鸿,微微含嗔:"你竟不送本殿过行宫去吗?"

她的语气中带着失望与落寞,听得人于心不忍。萧凤青自然听说过七公主与顾清鸿两人之间落花有意流水无情的事,在一旁笑眯眯地听着。

顾清鸿面上神色未动,拱手道:"既然公主殿下执意,臣自然遵从,臣请告退下去准备。公主恕罪。"

他说罢转身离去。萧凤青悠然看着他俊逸的身影,笑着道:"如此人物难怪公主殿下念念不忘了。"

七公主扭头看着萧凤青,冷冷地道:"你胡说八道什么?小心祸从口出!"

萧凤青也不生气,微微一笑:"是,谨遵公主教训,既然此间再无本王什么事,臣请告退!"

他语气慵懒,似一点也不把她放在眼中。七公主在齐国骄横惯了,这一路行来,顾清鸿除了面上恭敬，其实一点也不把她放在心上，这已经令她心中怨恨，如今见萧凤青也是如此，更令她心中怒火中烧。

"睿王等等！"她冷声道，"本殿想要求证一件事，不知睿王殿下可否据实以告？"

"什么事？"萧凤青好脾气地问，"本王一定知无不言言无不尽。"

他口气中的轻佻令七公主深深皱起了眉头，但是有求于人只能按捺下来："听说聂氏已经进了宫中，还深受皇上宠幸。可有此事？"

萧凤青一笑："自然是真的。"

七公主脸上一青，怒道："果然是贱人！"

萧凤青本来面上带笑，听得她如此谩骂，脸上的笑渐渐收起："七公主身份高贵，自然是不能与她相提并论。不过七公主也该庆幸。"

"庆幸什么？"七公主不忿地问，"本殿有什么好庆幸的？"

"庆幸公主有一个永远只会抄别人家，灭别人九族的好父亲。"萧凤青笑嘻嘻地说道。

"你！——"七公主气极，正要发作。萧凤青已经冷笑着离开："除了天之娇女，七公主又有什么值得炫耀的呢？七公主好自为之吧，这里再也不是齐国！"

七公主被他气得脑中一片空白，一回头，却见顾清鸿不知什么时候已经站在不远处。她心中一惊，刚才她与萧凤青的对话恐怕他已经听见。她忐忑地看着他的面容，却见他面无表情，只是默默看着萧凤青离开的方向。

"清鸿……"她想要唤他，却见顾清鸿悄悄退了一步，躬身道："行辕已经准备好了，请公主起驾！"

"清鸿……"七公主又唤了一声，楚楚可怜，"清鸿，你当真对我没有一丝怜惜么？"

怜惜？他本就是一个无心的男人。顾清鸿神色恍惚，许久他才回过神来："该对公主怜惜的并不是微臣，而是应国的皇帝。"

七公主微微咬着红唇，美眸中眼泪盈盈欲坠："可是你知道我并不是真的想要嫁给应国的皇帝。"

顾清鸿猛地抬头，目光冷冽，说出的话已经不再客气："公主要知道你在说什么！这里是应国不是齐国！就算公主千百般不愿意，也不应该在这个时候后悔！"

"我……"七公主从小深受齐国帝后的宠爱，从未听过如此严苛的责备，而眼前又是她心仪已久的情郎，这番话已经深深伤了她的心。

"国事不是儿戏，您是公主，更是齐国的公主。要知道什么才是对齐国最好的！"顾清鸿说完，躬身一旁等着。

七公主含泪看了他许久，这才踉跄离开。

"顾清鸿来了。"御花园的额凉亭中，聂无双执了一颗黑棋正要落下，对面萧凤青懒洋洋地说道。

　　"殿下一回来无双就知道了。"聂无双顿了顿，落下棋子。

　　"你不好奇？"萧凤青笑着跟着落下一子，看着棋局的走势，他已然要落败了。

　　"有什么好奇？夫妻三年都看不透他，这时候好奇不是太晚了么？"聂无双冷冷地接口，再落下一子，提醒道，"王爷快要输了！"

　　萧凤青再看了一眼，果然形势剧变，他的白子几乎已无还手余力，只剩下苟延残喘而已。他"哗啦"一声打散棋局："不下了！"

　　棋盘上的黑白双方混杂，再也看不出刚才精心布置的棋局。聂无双呆呆看着这棋局，陷入了恍惚。她刚才就快赢了，却被突然的一只手打乱了自己精心的布局。就好像现在她的处境：她的局势全部乱了。

　　"你怎么了？"萧凤青似笑非笑地在她眼前晃了晃手："还是觉得无法面对顾清鸿？"

　　聂无双冷着脸拂袖离开，茗秋连忙跟上。萧凤青大步跟上，在她身后边走边笑："还是你想要躲开他？"

　　聂无双猛地停下脚步，转过头去似笑非笑地看着跟来的萧凤青："殿下今日千方百计想要约无双下棋，就是在担心无双是不是在顾虑顾清鸿？"

　　聂无双不想和再他说废话，冷声道："殿下请走吧，虽然您是王爷，但是后宫也不是您想来就可以来的！无双恕不奉陪，请吧！"

　　她不再多说，扶了茗秋的手向元秀宫而去。萧凤青看着她窈窕的身影渐渐走远，这才目光复杂地慢慢离开。

　　聂无双回到元秀宫，心绪还未平息。夏兰上前为她奉茶，察言观色道："娘娘你怎么了？"

　　"没什么，日前叫你请的太医你请到了么？"聂无双深吸一口气问道。

　　"已经请了，太医院那边说等会儿会派人来。"夏兰回答，随后她疑惑地问，"娘娘是不是哪里不舒服？"

　　"不是。"聂无双叹了一口气，"太医来了就禀报吧，我先歇一会儿。"聂无双只觉得头痛，刚才她用尽了多少力气才没在萧凤青面前失态。

　　一个顾清鸿而已，就只是顾清鸿而已……她念着，躺在床榻上假寐。一觉醒来已是午后，聂无双睡了只觉得头还是疼得厉害，浑身软绵绵的。过堂风吹过半透明的帷幔，有个垂首恭立的人影隐约在帘外。

　　"谁！——"她猛地惊醒。

那人影连忙跪下:"是太医院的太医。微臣晏紫苏,拜见聂美人。"

原来是太医院的太医,聂无双长吁了一口气,天干气燥,她只觉得浑身虚软无力:"晏太医请起身。"

茗秋撩起帷幔,请太医进来。晏太医进来,拿出随身的药箱与腕枕正要切脉。聂无双摇了摇头:"不是让你为我请脉,请脉的人另有其人。"

晏太医微微吃惊:"难道不是娘娘去太医院请太医的吗?"他下意识地看向一旁的夏兰。

聂无双起身,整了整裙摆淡淡应道:"是我派人请太医,但是并不代表是我生病。晏太医请随我来。"

她起身向外走去。晏太医无奈只能跟在她身后。聂无双此时穿着普通,外人看来只不过是品级较高的女官。她带着晏太医在后宫中七绕八拐,终于到了一处宫殿。

"紫薇宫?"晏太医读出宫殿上的牌匾,面上现出一丝古怪:"娘娘要微臣来为玉嫔娘娘诊脉?"

聂无双秀眉一挑:"晏太医知道玉嫔娘娘?"

晏太医苦笑了下:"当然知道,微臣还被她赶出来过一次。"

聂无双微微一笑,刚睡醒的容色灼灼入目:"这一次希望玉嫔不要再赶人了!"

雅美人见聂无双不请自到,犹自诧异:"聂美人你——"

雅美人见她身后跟着太医,顿时明白了她想要做什么,叹了一口气:"没用的,玉嫔娘娘是不会同意要太医看诊的。"

聂无双秀眉微皱:"为什么?"

雅美人无奈地道:"也许心如死灰,也许还在与皇上赌气,臣妾也不知。"聂无双忽然道:"晏太医先在这里坐一会儿,我去看看玉嫔娘娘。"

她径直离开,晏太医与雅美人面面相觑,对她将要做什么却是一头雾水。

聂无双到了紫薇宫的中殿,四周寂寂,洒扫的、伺候的宫女内侍一个都没有。她本不该如此境遇凄惨。聂无双心中叹了一口气,撩开竹帘走了进去。

殿中荡漾着幽幽的香气,是燃尽的心字香的余香。

"谁?"绕过屏风,聂无双看到躺在床榻上消瘦的人影。

"是莺儿么?给本宫倒一杯水来。"沙哑的声音,玉嫔说着又咳嗽起来,她咳了很久,咳得心肺都要咳出来一般。聂无双只得站在不远处漠然地看着。

"本宫……本宫说……倒杯水来!连你都不听本宫的话了吗?"玉嫔咳得满脸通红,喘息着怒道。

"玉嫔娘娘既然想要喝水,就下床自己拿。以玉嫔娘娘的傲骨,若有力气肯定连端茶倒水都不屑假手于人。"聂无双慢慢地走进去，手中拿了杯冷茶，靠近她。

玉嫔听到声音，这才发现是她。她喘息着躺在床上，淡笑："原来是聂美人。怎么？今日又不用伺候皇上了么？"

聂无双坐在床榻边："皇上日理万机，臣妾还是过来看看玉嫔娘娘才有得凑趣。"

"看什么？看本宫死……死了没有？好让皇上安心么？"玉嫔喘息艰难，但是蜡黄的面上挂着一丝嘲弄，"你……你去告诉他，我很快就要死了，我很快就要如他所愿……哈哈哈……"

聂无双眼中露出淡淡的怜悯："玉嫔娘娘如果真的想死，早在一年前就该死了。何必等到现在？"

"你？——"玉嫔睁大眼睛，定定看了她一会儿，"你是来想要逼我死的吗？"

聂无双把手中的冷茶当着她的面慢慢倒在地上："连端杯茶的力气也没有，玉嫔娘娘可不就是传说中的废人吗？"

"你竟然敢……敢说本宫是废人！你！……"玉嫔惊怒交加。

"不然的话，玉嫔娘娘现在该叫做什么？"聂无双眼中的怜悯之色令她又羞又怒，说出的话更令她难堪，"玉嫔娘娘一年前不死，这时候又叫嚷着想死，您知道您死后，应国的史官在史书上会怎么写么？某年某月，玉嫔娘娘薨，无子，谥号某某。

"您以为皇上会伤心吗？一年还是两年？但是他是皇帝，他会继续纳妃子，生许多皇子。你死后也不能入太庙，因为品级太过低微。您只能孤零零葬在东郊陵。一个人永远那么孤独……"

"不要说了！"玉嫔尖叫起来，她吃力地从床上爬起来，指着外面，"你给本宫滚！你滚啊！"

聂无双看着她形同疯妇，惋惜地摇了摇头："臣妾知道娘娘兰心蕙质，您孤高自赏，您家世也不错，父亲曾是兵部侍郎，您的世族在应国是名门望族。但是这一切都通通不是您想要的，娘娘想要的不过是皇上的忏悔，娘娘还盼望着皇上能再见您一面，所以你一心不看太医，宁可默默死在这紫薇宫。因为娘娘您还幻想着皇上能对您的悲伤感同身受，安慰您……"

"砰"的一声，玉嫔摔破了自己的瓷枕，她浑身颤抖地看着她："你给本宫滚出去！出去！"

聂无双后退一步，冷笑："现在玉嫔您已经失宠了，在宫中，失宠的宫妃比永巷劳作的宫女都不如。娘娘何不瞧瞧您现在是什么样子？红颜未老恩先断，更何况病快快的女人如何敢求得帝王的宠爱？"

玉嫔怔怔看着她，忽然"扑"的一声吐出一口黑血。

聂无双心头一惊，刚要上前，身后一道影子扑来，是晏太医："好了，好了，吐出来就好了！"

晏太医手脚麻利地把玉嫔扶上床，银针飞快落下："聂美人高明，激玉嫔娘娘吐出胸中一口淤血，让她气息顺畅，这下省事多了……"

他还没说完，看见聂无双面色古怪，不由得疑惑问道："聂美人怎么了？"

聂无双苦笑："其实我只不过是想激她振作起来。"

晏太医听了顿时哑然失笑。

聂无双回到雅美人的偏殿，雅美人已经奉上香茶，她看着聂无双满头是汗，叹了一口气："聂美人辛苦了。希望玉姐姐醒来以后会想开一点。"

聂无双长吁了一口气："若玉嫔娘娘能想通了就好了，折磨自己以求获得帝王的怜惜，这招确实不怎么样。"

雅美人小心地看着她的面色："其实，聂美人不必如此帮她的。聂美人如今圣宠在身，兄长又是极上进的，只要好好生下一男半女，前途不可限量。"

一男半女？聂无双擦汗的手顿了顿，许久才冷冷地自嘲："子嗣也不是最保险的。"她见雅美人不明白，也不欲多说。

"如果妾是聂美人这时候一定没有空去管玉嫔的事。"雅美人语气真诚地开口，"毕竟此时聂美人还必须应付自己眼前的一个危险。"

聂无双挑眉，眼中俱是疑惑。

雅美人看着她："现在外面流言甚嚣尘上，难道聂美人一点都没听到？"

聂无双皱眉："无非就是那些话。"流言蜚语向来杀人于无形，但是说多了也就那几样。什么红颜祸水，什么妖女……

"雅美人到底听到了什么？"聂无双连忙问，"无论什么都行，你且说说。"

雅美人皱了眉头："很多，但是最近又有新的谣言，淙江今年夏天发大水，工部的人已经领了圣旨下去治水灾，但是这次水灾淙江水患太严重，死了千余人，已经有人说是天降灾祸。所以京城中有人说天降洪水，是灾星乱君侧，说是因为女色误国。"

雅美人忧虑地道："这女色不就是暗指聂美人吗？"

聂无双手心俱是冷汗，三人成虎，曾子杀人。阴谋她还能想办法破解，这种众口铄金的巨大力量，她不敢想象。她猛地看向雅美人，美眸中的冷光令雅美人一缩，她慌忙摇手："聂美人不要误会，这真的不是臣妾说的！"

谅你也不敢！聂无双冷冷地在心中想道。

她收起面上的冷色，缓和了口气："谢雅美人提点。我会注意的。"

此时晏太医已经诊治完玉嫔，他走进来擦了额上的汗："玉嫔娘娘已经睡了，只要再服几帖药就会治愈她长久的气喘咳嗽，只不过她身子还是太虚弱，需要好好调养一段时间。"

聂无双点头："如此就谢谢晏太医了。今日之事，若无人问起，晏太医就不必对人多言了，若有人问起，含糊其辞就好了。"

晏太医笑着道："聂美人仁心，微臣明白。"

聂无双带了晏太医向雅美人告辞，这才往元秀宫中而去。临别前，晏太医犹豫了下才道："微臣见聂美人双颊嫣红，但是气息时快时慢，又常常冒冷汗，恐是寒症，聂美人有空的时候还是让微臣好好诊脉一下。"

聂无双心中有事，只敷衍地点了点头。

到了第二天，聂无双正在宫中小憩，忽然茗秋进来禀报："娘娘，紫薇宫中差人来请娘娘。"

聂无双以为是雅美人有事，叫那传话的宫女进来，却是一位脸生的宫女。

"奴婢是玉嫔娘娘底下的宫女，叫做莺儿。我家娘娘说要请聂美人过去叙叙，不知聂美人是否有空？"那宫女笑道。

聂无双了然，稍微打扮下就带了茗秋与夏兰向紫薇宫走去。正走到一半，忽然看见一众服饰鲜艳的宫女扶着一位盛装美人向皇后的来仪宫走去。聂无双张望了一阵子，问道："她们是谁？"

茗秋答道："当中那个是齐国的七公主，今日来觐见皇后娘娘的。"

聂无双微微一顿，许久才转过头："走吧。"

到了紫薇宫，聂无双径直去了中殿，玉嫔披着一件外衣，靠着窗边的美人榻正在看书。她看见聂无双来了，冷淡道："你来了。"

聂无双习惯了她的古怪，吩咐夏兰与茗秋下去倒茶，笑着道："玉嫔娘娘身子可好了些？"

"没被你气死的话，还算不错。"玉嫔放下书，一双冷冽的眸子盯牢了她，"你也不怕本宫死了。"

聂无双微微一笑："娘娘要是真死了，无双也没有办法去惋惜。"

玉嫔定定看了她一会儿，终于长吁一口气："算你走运。本宫不想死了。"

她顿了顿，目光凄迷地看着屋外的繁盛草木："本宫也不会再奢望他能再看我一眼。"她眼中泪光点点，两行清泪蜿蜒在面上。聂无双忽然觉得心中一阵酸涩。这是对爱情彻底失望的女人。她明白这种感觉，曾经的信仰，通通都被无情地摧毁践踏。相比之下，玉嫔的失望不过是想奢求帝王的爱。本就是求不到的东西，失望也是自然的。

聂无双叹了一口气。玉嫔回过头来，擦干眼泪："你的情我领了，以后若你不嫌弃，可以常来紫薇宫走走。"

这已是她极大的友好。聂无双松了一口气："无双在宫中无依无靠，还是要玉嫔娘娘多多帮衬。"

玉嫔叹了一口气:"若是以前本宫还能帮你,现在本宫只不过是失宠的妃子,你不受连累就算好了,何来帮衬?"

聂无双温言劝慰了她一番,忽然她想起雅美人说的谣言,心中担忧,不由得向玉嫔提起。玉嫔默默听了,冷哼一声:"众口铄金,积毁销骨。她们无非就是这样的招数。你且少安毋躁,本宫去问问父亲看这谣言是从什么地方开始传起的。"

聂无双定下心来,与玉嫔聊了一会儿,这才告辞离开。

## 第十七章  避祸：东林寺

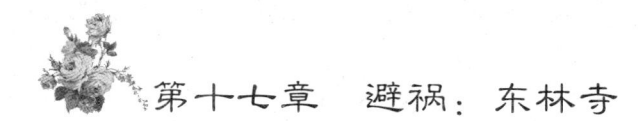

　　第二日聂无双一早就去请安。皇后兴致正好在与几位宫妃聊天，见她进来，含笑受了她的请安，温言问道："听说聂美人最近身子不好，怎么样了？"

　　"回娘娘的话，最近中了暑气，所以请了太医。谢谢娘娘挂怀！"聂无双回答道。

　　"恐怕不是吧。"一个清冷的声音从座上传来，"聂美人古道热肠，听说这太医医治的可是紫薇宫中的玉嫔。"

　　聂无双心头一跳，看向声音的来源，竟是一向不屑她的云妃。云妃摇着手中的坠羊脂玉珠团扇，美眸冷冽，看不出一向不多事的她竟会在这时发难。

　　皇后脸上的笑意渐渐冷了下来，她看向聂无双，眸中微微有了猜忌："聂美人，云妃说的可是真的？"

　　聂无双美眸清澈无波，连忙跪下："臣妾最近时有去雅美人处走动，无意中看见玉嫔娘娘久病在床，加上臣妾最近中了暑气，所以一起请晏太医医治。不知臣妾是不是做错了什么？"

　　皇后微微皱了秀眉："她当真肯让太医医治？之前不是……"她话说到一半，便住口不说。旁边的敬妃与淑妃也做沉默。

　　"好了，既然玉嫔肯看太医，这也是好事。"

　　皇后淡淡下了结语，话题一转，提到了三日后的国宴，以及十日后的七夕宴。众宫妃在宫中闲极，自然十分热衷宴席。国宴分成两部分，一部分是皇上与臣子，到时候要宴请皇亲贵戚以及各臣子，同时，皇后要主持宴请各命妇宫妃，到时候齐国的七公主自然是座上宾。而高太后参研佛法并不能准时回宫，自然宫妃们又少了些拘谨。

　　众妃嫔聊得热络，许久才告辞，聂无双正要出来仪宫，忽然身后传来一声呼唤："聂美人请留步。"

聂无双回头一看却是皇后身边的大宫女秋蒙。

"秋蒙姑娘，是不是皇后有召？"聂无双客气问道。

"是，聂美人请随奴婢来吧。"秋蒙回答。聂无双心中微微不安，随着秋蒙来到了皇后面前。

皇后正坐在妆台前卸下沉重的首饰，通过昏黄的铜镜中她看着跪在地上的聂无双，并不立刻令她起身。

聂无双隐约忐忑地问："皇后娘娘召臣妾前来到底有何吩咐？"

皇后看着镜中自己的面容，淡淡地问道："玉嫔如今身体怎么样了？"

聂无双斟酌字句回答："听晏太医说，她郁结于心，忧思过重，所以需要好好调养。"

"嗯。这就好。"皇后转过头来，虽然她卸下凤冠，但是容色还是一如既往的端庄贵气，"聂美人你不知你自身的灾祸将至，却还多管闲事，你让本宫怎么相信你是一心效忠本宫？"

聂无双心中一惊，连忙惶恐伏地："皇后娘娘圣明，臣妾只不过是好心帮玉嫔娘娘请太医，臣妾不知这犯了娘娘的忌讳！臣妾该死！"

皇后仔细看了看她，似想要看出她是不是说谎，思忖再三，她叹了一口气："别怪本宫无情，实在是在宫中闲事莫理，多听莫说。玉嫔当初得宠时嚣张跋扈，得罪了不少妃子，你帮了她，以后怎么在宫中立足？"

她顿了顿："如今京中流言渐渐兴盛，说皇上亲近女色，导致天降洪水，若是你再不加以检点，到时候言官一起谏言，皇上也保不住你！"

聂无双猛地抬头，泪水涟涟地看着皇后："皇后娘娘救救臣妾，臣妾怎么敢迷惑皇上？"

皇后见敲打得差不多了，这才放缓口气："好了，你也别担心，自己在宫中谨言慎行，一切都会过去。"

聂无双这才惶惶退下。出了来仪宫，聂无双擦去脸上残留的泪痕，长吁一口气。

"聂美人，皇后娘娘没有为难您吧？"夏兰担忧地问。

聂无双摇了摇头："没事，回宫去吧。"

只有无关紧要的人才不值得有争议。她帮了玉嫔，没想到招来了云妃的突然发难和皇后的责备，这不但证明玉嫔在宫中还有分量，更证明她的决定是对的：救了玉嫔可以给自己增加在这宫中的助力！可是这谣言是从何而起，连皇后都惊动了。她回到了元秀宫左思右想，还是觉得心里不安。

正当心烦气躁的时候，茗秋端来茶水，她见聂无双眉眼隐约有愁绪，提议道："聂美人若有难事可以找杨公公商议。"

茗秋向来在她跟前沉默寡言，如今突然说了这么一句，令聂无双不由得看了她几眼："杨公公是御前的人，你去的话，要多加小心。"

茗秋点头称是，领命而去。到了大约傍晚时分，杨直来了。他带来皇上的旨意，皇上召聂无双侍寝。到了内殿，杨直以借口屏退宫人，面色严肃："这是聂美人唯一的机会了，去求皇上让你避祸寺中，或者寻个借口去礼佛。"

聂无双心头一跳，失声道："有这么严重？"

"当然，今日早朝有几位言官已经开始向皇上发难，要皇上废了聂美人，只是皇上态度坚决，不然的话聂美人早就该被迁往哪座尼姑庵了。"杨直皱眉说道。

聂无双怔怔跌坐在椅上，一切竟来得这么快，不过短短三四天而已，谣言竟然传得这般激烈！

"杨公公，怎么办？"聂无双喃喃地问。

杨直叹了一口气："肯定是有心人在推波助澜，奴婢也不知道是谁，只不过这谣言用心歹毒，拿国事做借口，以天意当威胁。就连皇上也不得不忌讳三分。"

聂无双平了平心绪，问道："王爷怎么说的？"

杨直看了看四处，确定无人这才低声说："王爷也说聂美人暂避一下，等谣言消停了些再回宫。"

"可是我只怕出了宫之后，再无法入宫。"聂无双面色惨白。

一切犹如那日与萧凤青对弈的棋局，精心布局之后，一双突然来的手打乱了她所有的阵脚。别说她和哥哥两人在应国站稳脚跟，就是活命也难以奢望！齐国已经无法回去，秦国又是荒蛮之地，还有那偏远的漠北番邦更不是理想之地。除了应国，四国之中竟然再无她和大哥的容身之处。如果连安身立命之所都找不到，那何谈报仇雪恨？！

苍天难道看不到她的悲苦，非要连这最后一丝希望也要夺走吗？聂无双想着，心中凄苦，眼中泪滴盈盈欲坠可偏偏不落下来。

"聂美人！"杨直上前安慰道，"聂美人要保重，此时还不是绝地，就算是绝地也能逢生，更何况只是谣言，聂美人还有一线生机，千万不要放弃！"

聂无双看着他清秀平凡的脸，幽幽地道："杨公公，只能出宫吗？"

不到万不得已她是不会出宫的。可是事态发展得这样迅猛，似对她不死不休的架势，根本容不得她反应。就算皇帝不放弃她，天长日久，也架不住众言官苦苦谏言，最后的结果会比如今的抽身而退更加悲惨。

她，好恨！

聂无双银牙暗咬，咬得咯咯作响。她美眸中戾气一掠而过："杨公公替无双记下，是哪些臣子要置无双于死地！"

她眸中的杀气令看惯众生相的杨直也暗自心惊，他叹了一口气："聂美人还是想想如

何走下一步吧。这些以后再说。"

聂无双勉强振作精神。杨直沉默了一会儿，忽然开口："聂美人可以去求皇上，如今太后在东林寺中参禅，聂美人如果可以求得皇上的圣旨，去东林寺伺候太后，说不定能博得一线生机。不过……"

"不过什么？"聂无双喉咙一紧，心也提了老高，"有什么为难之处么？"

"不过就是怕太后不悦。听说太后当初也甚是反对皇上纳聂美人。"杨直叹了一口气，"太后若是不悦，到头来还是会寻个借口责罚聂美人，到时候就算是皇上也保不住聂美人。"

高太后？聂无双心中忽然想起进宫前的吴嬷嬷，之前的不解顿时豁然开朗！教导她进宫规矩的吴嬷嬷背后主子竟然是高太后！难怪她有如此把握可以说服皇上收回成命！这连皇后也办不到的事，只有高太后敢应允！

原来是高太后！

聂无双顿时心凉如水。她在高太后面前简直如蚂蚁一样弱小无力。她思来想去，心中愁苦不决。

杨直已经不能再耽搁，他临走前说道："茗秋可以信任，若有什么事叫茗秋来找奴婢即可。"

聂无双送走了杨直，这才惊觉浑身的冷汗，看看天色，已到了晚膳时分。夏兰端上晚膳，聂无双却是举箸难咽。

"聂美人，多吃一点吧。要是饿坏了可怎么办？"夏兰在一旁劝道。

聂无双看着眼前的珍馐美味，食欲全无。自己大难当前，怎么可能还有心思吃？她目光落在窗外被晚霞染红的树枝上，呆呆看了半天，忽然丢下筷子，急急地招来茗秋，如此这般与她说了。茗秋仔细听了，这才领命而去。她长吁一口气，匆匆吃了一些，便招来夏兰帮忙更衣梳洗。亥时不到，承恩车已经停在了元秀宫前。聂无双上了车，绯红色的鲛绡纱迎风飞扬，她的面容若隐若现令匆匆而过的宫人都不敢抬头逼视。承恩车顺着平直的宫道慢慢驶过，聂无双看着夜幕中巍峨的宫檐，素手在长袖中捏得咯咯作响，美眸中神色如冰。

她一定不会输！一定不会！

驿馆中，宾客济济一堂，歌舞声声，说笑声、划拳声此起彼伏。萧凤青坐在席上，他似已饮多，歪在身后的舞姬身上，正似笑非笑地看着厅中的歌舞。他身侧就是身姿挺拔，不紧不慢喝酒的顾清鸿。萧凤青狭长的凤目扫过他的侧面，果然是传言中"齐国第一相"，这两日大大小小的宴席不下十几场，他从未见他失态过，一言一行恰到好处，与人说话如沐春风，待人接物，举止有度。文采更是不用说。

他就像是永远没有缺点的神！

萧凤青看着手中的酒杯，想着冷笑着一饮而尽。

厅上舞姬在舞动，妖娆的腰肢，纤细裸露的四肢，靡靡之音令在场的几位高官臣子都有些忘形。可顾清鸿依然目光沉稳，小口地抿着酒，时不时带着得体的笑容应酬每个敬酒的官员。

萧凤青长袖一扫，似笑非笑地拍着顾清鸿的肩膀："顾相国，本王不胜酒力，先下去歇息。"

"要不要顾某送送王爷？"顾清鸿立起身来，他身上酒味虽重，但是目光依然冷清明亮。

萧凤青看了他一眼，哼了一声："也好。"说罢搂了舞姬的肩，踉踉跄跄往外走去。

顾清鸿在身后不紧不慢地跟着。到了一处回廊，萧凤青推开舞姬，挥手赶人。舞姬不明所以，只能喏喏退下。顾清鸿等舞姬的身影消失，这才转头看向一旁依着廊柱休息的萧凤青："殿下有什么见教？"他的声音清冽，没有一丝醉态。

萧凤青慢慢挺直了腰，刚才的醉意一扫而空，他眯着眼睛上下打量了顾清鸿，犀利的目光几乎能洞穿他的内心，顾清鸿只得站着，面上带着淡笑，任由他打量。

萧凤青抬头望着头顶的明月，冷笑一声："骗了自己患难的妻子三年，同床异梦，最后假皇帝的手抄了她全家，本王今日替她问一句：为什么？"

顾清鸿微微一震，许久，他冷冷回答："还能为什么，名利地位。左右不过这两样。"

"你骗人！"昏暗中，萧凤青眸光熠熠看定他，"你已是一人之下万人之上，你还需要什么名利地位？你是不是还有另一个身份！淮南谢家的长子！"

顾清鸿猛地浑身一震，倒退了两步："睿王在说什么，清鸿不知！"

萧凤青冷笑着一步步靠近："淮南谢家，在齐国圣守元年因涉嫌贩卖私盐而被满门尽屠，在谢家被灭门的半个月前，当时前去查盐税一案的正是聂卫城。谢家满门一百多口，上至谢家太公，下至谢家不足月的婴儿尽遭毒手。听说唯有谢家长子谢诚轩逃了出来。"

清冷的月光下，顾清鸿面无表情地听着。萧凤青眼中的冷色更深："当时的谢诚轩今日若活着也如你一般岁数。他改头换面成了贫寒的书生。他十年磨一剑，只求最后一击！"

顾清鸿静静听了，许久他忽然"啪啪"拍了两下巴掌："睿王殿下说的故事真的很有意思。清鸿听得都入神了。"

他说完，转身淡淡笑道："睿王殿下的说书功夫比茶楼的说书人还厉害。清鸿有耳福了！"

他转身要走，萧凤青忽然扬声："无论如何，她是无辜的！你就忍心如此赶尽杀

绝？"

顾清鸿微微一顿："在下听不懂睿王在说什么。"

"你怎么会听不懂？谣言所谓的帝近妖女，祸国殃民，这不是你捣的鬼？"

"她已经远离齐国，难道你还不想放过她？"

顾清鸿的身影渐渐隐没在黑暗中，宽带长袖，飘飘如仙。萧凤青看着他消失，狠狠一巴掌拍上廊柱，眸中戾气一闪而过："顾清鸿！本王不会让你再毁了她！"

甘露殿中，烛火明亮，聂无双看着龙案上看奏章的萧凤溟，上前悄悄添了茶水。她刚想退下，手已经被他握住。一侧头，萧凤溟沉静的眼看着她："累了么？累了你就去歇息。朕还要再看一会儿。"

聂无双微微一笑，上前拿下他的朱砂笔："皇上已经批阅了一个晚上的奏章，先歇一会儿。"

"皇上有什么难解的事么？刚才臣妾看见皇上时不时皱眉。"聂无双斟酌字句慢慢地问道。此时宫人已经端上参汤，萧凤溟盯着那袅袅上升的烟雾，淡淡地道："也没什么，只是最近朝堂有些争执。"

聂无双心中一紧，果然如此！她惶惶低下头："臣妾不该过问政事！皇上恕罪！"

"无妨。你也没有越矩。"萧凤溟抿了一口茶，淡然的眉眼中带着隐约的忧虑，"朕到这时才知道，这世上最可怕的不是刀剑啊……"

"那是什么？"聂无双问道。

萧凤溟目光复杂地看着她："最可怕的就是流言。比刀剑更可怕，伤人无形，体无完肤。无双……"他欲言又止。

聂无双心中一凉，跪下泣道："皇上，臣妾知道深受皇恩，无以为报，如今宫内外都在传臣妾是红颜祸水，臣妾……臣妾向皇上请旨，臣妾想去东林寺中带发修行！为应国百姓祈福！"

萧凤溟微微一怔。

聂无双膝行几步，抬头哀哀地看着他："皇上，臣妾当初说臣妾愿意伺候皇上一辈子，为了这臣妾不怕别人的非议，但是，如今臣妾已经让皇上为难，令兄长蒙羞，臣妾无地自容！"

萧凤溟站起身来，在殿中来回踱步。他脚步沉稳，面色沉静，看不出到底是喜还是怒。聂无双看着他，心头也跟着他的脚步怦怦直跳。带发修行他一定是不肯的，若是肯，当初他就会听从百官的劝诫，早早将她送入水云观中与睿王妃高氏为伴。如今她置之死地而后生，为的就是最后一搏，博得他心中对她的怜惜！

"东林寺？"萧凤溟回过头来，看着面上泪痕宛然的聂无双，殿中明亮的烛火下，她精心修饰过的容色倾城绝美,他并不是一个贪色的帝王,宫中的美人无数,却也没有哪个女子如此令他牵挂于心。

"朕可以拟一道圣旨,你去东林寺伺候太后礼佛,太后回宫之时,你随驾回来。"萧凤溟说道。

聂无双怔怔看着眼前神色倦怠的萧凤溟,半晌才回过神来,欣喜万分地磕头:"臣妾谢皇上隆恩!"胳膊一紧,他已含笑扶她起身:"你好好替朕伺候太后,朕还等你回来陪朕下棋。"

"皇上!"聂无双眼中的泪滚落,不由得扑在他胸前,呜咽起来。泪眼朦胧中,她的红唇勾起一丝隐秘冰冷的笑容。

元秀宫中,令聂无双伺候太后礼佛的圣旨一早就下了,突然的旨意令宫女们只能赶紧收拾。聂无双看着眼前的聂明鹄,眼中愁绪满满。

"哥哥,我与你说的一些话你可记得?"聂无双叹了一口气,幽幽地道,"他们要我死无葬身之地,如今只有哥哥才能救我。"

聂明鹄手中捏着镶着美玉的金刀柄,脸色铁青:"是哥哥无能,不能保护你!我……"

他面上羞愧。聂无双安慰他道:"如今哥哥就可以保护无双了,你只要照无双说的去做,无双一定会安然无恙的!"

"是不是姓顾的禽兽来了京城,所以才会有人针对你?"聂明鹄脸色铁青得骇人,"要不是他是使节,我早就出宫一刀劈死他替爹爹和兄弟们报仇!"

聂无双看着满面仇恨的聂明鹄,一把把他拉进屋中,低而厉声道:"此时我们自身难保如何能想报仇?!"

聂明鹄恨恨别过脸去,俊眸中已经含泪。

聂无双眼泪滚落:"哥哥若不抛开仇恨,专心仕途,以后我们如何能报仇!"

"仕途?!"聂明鹄猛地回头,眸中俱是血红,"如今我聂明鹄只是小小的侍卫,如何建功立业?怎么样才能熬到出头!"

聂无双顿时无语。她知道自己的哥哥聂明鹄痛苦,但是却不知原本展翅高飞的雄鹰被捆住双翅,比杀了他还难受。

她怔怔坐在椅上,沉默许久:"绝处尚能逢生,况且还未到绝境。哥哥,你再等等!"聂明鹄看着坐在椅上形影消瘦的聂无双,心中钝痛,一把抱住她:"小妹,是大哥没用……"

此时不是哭泣的时候,她推开聂明鹄,郑重地说:"大哥一定要按照我说的去做!切记切记!"

## 第十八章　行刺：破空箭

　　第二日，车轮滚滚，聂无双一行终于在日落时分到了出京往北十里的驿馆，驿馆因为近帝都而修建得十分宽敞大气。几乎可以算是一个小小的行宫，皇帝每年秋猎从皇宫出京到此地已是傍晚，刚好可以歇息一晚。驿馆长亲自前来迎接，连忙把她们一行人带入已经准备好的院落。

　　正在用晚膳的时候，忽的前庭有人声喧哗，聂无双以为是有出京的官员，没想到过了一会儿，驿馆长前来禀报："娘娘，有骁骑营的统领赵真赵大人前来求见。"

　　聂无双疑惑，思来想去都不知道谁是赵真。她想了想："那有请赵大人。"

　　宫妃是不可以轻易见外臣的，夏兰与茗秋在她面前放下细细的竹帘，才让赵真进来。

　　赵真进来单膝跪下："微臣拜见娘娘。"

　　聂无双打量了他，赵真虎背熊腰，阔口虎目，一副威风凛凛武将的好相貌。她在心中暗暗赞了一句，柔声问道："赵大人请起，有何事要见本宫？"

　　赵真起身说道："回娘娘的话，末将前去换防，见娘娘车驾在此，听说此去三十里有流匪作乱，所以末将斗胆，想请缨护送娘娘一路到东林寺。"

　　聂无双闻言微微一怔："流匪？没有听说这一带有流匪作乱啊？"她还想再说，忽然看见赵真腰带上绣着的虎头，不由得问："听说赵大人是骁骑营的统领，隶属谁人的麾下？"

　　赵真恭恭敬敬地回答："末将是孙淼将军的麾下。"

　　聂无双不知孙淼将军是谁，自然也不知是谁派赵真前来。正有心想拒绝，赵真忽然上前几步，轻声道："睿王殿下托末将带一句话，睿王说，佛祖庇佑，谣言自然不攻自破。请娘娘保重！"

　　聂无双浑身一震，不由得怔怔隔帘看着他。心中念头千回百转，似惊又似暖。许久，她长叹一声:"本宫知道了。谢谢赵统领。"

赵真退下,聂无双深深沉思起来,萧凤青千方百计派人来护送她到东林寺,难道说,这一路真的有人想要害她?跟这莫名其妙的流言难道有什么关系吗?想不通的事再多想也是无用。聂无双放下心中忧虑,干脆好好睡了一觉。

第二天一早,聂无双起身,赵真早就整理妥当,厉兵秣马在驿馆外等候。聂无双用过早膳,便随着赵真一起上路。骁骑营约三十多人,个个人强马壮,甲胄分明,行动迅捷,有他们在前面开路,这一路上似乎快了许多。聂无双看到身后从宫中带出的十几个禁卫军护卫,微微一叹,若真的想在宫外对她下手,这十几个禁卫军的确是不堪一击。

一行人走到落马坡,落马坡地形险要,听说前方山石滚落,聂无双只能弃了马车上马缓缓而行。两旁山壁巍峨,谷中幽静,时不时听见什么飞鸟扑哧飞过,然后振翅鸣叫。一行人在山谷间慢慢地走着,前面探路的侍卫走来禀报:前方的石头已经移除,赵真见已经可以用马车,正要对聂无双说可以下马。忽然半空传来一声极尖利的呼啸,犹如鸟的厉叫。

他还未回过神来,忽然天空中十几条黑影从天而降,在刺眼的天光下夹着寒光闪闪。赵真回过神来,大吼一声:"有刺客!保护娘娘!"

骁骑营的三十多号人在前方排除路上山石,留在队伍后面的只有禁卫军的十几号人,此时刺客下来,他们虽然惊慌但是亦纷纷拔剑,奋勇向刺客砍杀过去。要知道这次若是聂无双有了什么差池,他们亦是罪责难逃。与其坐以待毙,不如奋勇杀出一条血路。

聂无双被眼前的一幕惊得几乎要跌下马来,赵真见刺客们黑巾蒙面,默不做声,一上来就砍翻了好几个禁卫军侍卫,手法凌厉,刀刀见血,不由得心中大急,这次他明面上是去换防,实则是受人所托前来保护聂无双,一见刺客凶狠,再也顾不得什么翻身上马。

"娘娘得罪了!"赵真对聂无双吼道,双腿一夹,狠狠一抽身下马匹,马匹吃痛,前蹄立起,嘶叫一声飞快向前窜去。聂无双不由得尖叫起来。

"娘娘抓住缰绳!"赵真提醒,他狠狠策马,向前飞奔。两旁都是茂密的树枝,一不小心就会被树枝缠绕。聂无双闭紧双眼,只能牢牢抓住缰绳。赵真带着她纵马向前,才疾驰了不过十几丈,马儿忽然向前一软,聂无双只觉得自己几乎要被甩了出去,听得身后赵真大声咒骂一声,提了聂无双,足下一点,飞快离了马匹。

聂无双不知发生了什么,等回过神来才发现自己已经和赵真双双跌到一旁。而刚才的马匹已经被一条绳索绊倒在地,痛苦地嘶叫。

"狗娘养的!"赵真心痛自己的爱驹,几乎恨得欲狂,原来那些刺客早就有所准备,特地下了绊马索来阻止他们逃跑。

"娘娘,快跟末将走!"赵真去拉她,聂无双只觉得自己的脚踝处火辣辣地痛,她一掀裙摆就看见脚踝那边鲜血淋漓。原来她落地的时候磕上了山石,擦破了一块皮肉。不远

凤凰无双

处传来侍卫的惨叫，聂无双看着焦急的赵真，银牙一咬："走吧！"

赵真连忙拉着她向前跑去，一边跑一边喊前面的骁骑护卫。聂无双跑不快，赵真又不敢离她太远，两人一前一后向前跑去，身后已经有刺客追来，寒光跃起，一把如水宝剑狠狠向赵真挥去。

赵真怒吼一声，挥刀格挡，聂无双见刀光剑影，吓得腿一软，不由得跌在地上。

"娘娘快走！前面有护卫！他们一定会护得娘娘周全！"赵真一边格挡，一边喊道。

聂无双鼓起勇气，忍着脚上的剧痛向前奔去。忽地，"铿"的一声，有一支劲箭擦过她的脸颊射入她前面的树上。箭支没入树干，尾翎犹自在颤抖。聂无双心头一凉，不由得踉跄扑倒在地。一回头，只见不远处有一位黑巾蒙面的刺客正目不转睛地看着她。他见第一箭没射中，又慢慢举起了手中的弓。

聂无双已经找不到自己的声音，四周一切仿佛突然间安静下来，厮杀，叫喊，还有马匹的痛苦嘶叫，赵真与刺客搏斗的声音，通通仿佛放慢了一千倍，她整颗心似失去了跳动的力气，她所有的感官只凝聚在眼上，看着那刺客慢慢举起手中的弓箭，对准了她。她知道她一定逃不过他的箭！在极度的惊恐中，她认出了那黑巾面上唯一露出的一双眼睛。

"不——"聂无双双目如血，尖叫起来。破空凄厉的叫声犹如濒死不甘的兽，赵真蓦然回头，他想也不想，扑了上去。

"扑！"箭入肉的声音，时间仿佛停止了。聂无双许久许久才察觉到自己的心跳。上方是赵真痛苦扭曲的脸。

他吃力起身，聂无双看着他身后好像凭空长出一根箭羽，血顺着他的肩膀流下。

"娘娘，快跑！"赵真捂住肩膀的伤口，怒吼一声拔起长刀抽身扑上迎面来的刺客。

血雾在眼前漫起，聂无双捂住嘴，眼泪滚落下来。她努力爬起身来，踉跄向前。不远处，那静静立着的刺客举起箭，却又颓然放下。身影一晃，他已经消失在刀光剑影中。

跑，还是跑，耳边俱是风声，她不知自己被山石绊倒了多少次，又挣扎起身了多少次，终于远远看见正往回走的骁骑护卫。有人发现了她，她用尽力气喊道："快去救……救赵统领！有刺客！"

她说完，眼前一黑终于昏了过去。

水……她口渴得嗓子直冒烟，但是却没人给她倒水。身下摇摇晃晃，好像还乘着马车。有人抱起她。聂无双刚想睁开眼睛，忽地听那人一叹，口中有清水入喉，她不由得大喜，急忙吞咽。她半躺着，马车摇晃，那清水大半洒到了她衣襟上，冰冰凉凉说不上难受，却也不太舒服。那人拿开水囊，聂无双急了，正要出声，唇上覆上软软两片薄唇，随即一股清水渡到她的口中。

聂无双倏然大惊，猛地睁开眼睛推开这胆大妄为的人。

"你！"等她看清楚那人的样子，不由得怔住，脱口而出："你怎么会到这里？"

那人身着玄青色劲装，面色白皙，容颜俊魅，正是萧凤青。

他见她醒来，懒洋洋擦去薄唇边的水渍，眯了深眸看着她："你好些了么？"

聂无双这才回过神，跌在软垫上，美眸中犹带着劫难过后的惊恐："赵统领呢？"

"他中了一箭，差点就伤到了心肺，本王已经派人送他回京了。"萧凤青慢慢地说道。

聂无双想起他拼死救护自己，眼眶一红："他不会有事吧？"

"赵真应该不会有事。"萧凤青说道，他目光顺着车帘看着外面连绵山峦，"刺客一共十七人，死了十个，逃了七个，本王已经命人去追查了。"

聂无双在一旁缩着身子，沉默不语。

萧凤青打量着她，忽然问道："你知道是谁想要杀你吗？"

聂无双缓缓摇了摇头。

"真的不知？"萧凤青眸光紧紧迫着她。

聂无双又摇了摇头。

车厢中一片死寂，静得只能听见两人的呼吸声。萧凤青冷哼了一声："等本王查出那些人是谁，一定要他们死无葬身之地！"

"殿下，这次刺客的事该怎么处置？"聂无双问道，美眸中一片茫然。萧凤青沉吟了一会儿，皱起漂亮的眉："你此时已是风口浪尖的人，再出这种意外不啻给人以议论的把柄，本王先行回京，替你跟皇上说说，看这件事能不能压下，要查也只能暗地里查。"

聂无双低头看着自己已经包扎好的脚踝，淡淡地道："一切听王爷吩咐。"

萧凤青目光复杂地看了她一眼，撩开车帘要下车，他复又转过头来："此次你的危机若能安然度过，朝堂上必定要有一些改变！"

聂无双抬头，看着他淡淡一笑："无双明白。"

他忽地上前，聂无双心头一惊，他琥珀色的深眸中有着她看不明白的情愫。聂无双忽地想起他方才的喂水，脸上一红，往后缩了缩，低声道："无双多谢殿下相救。"

萧凤青深深看了她一眼，这才下车而去。

聂无双一行人到东林寺已是天刚擦黑，早有闻讯而来的知客僧在山寺前的亭前等候。聂无双扶了夏兰的手吃力地下车，在早晨的行刺中，夏兰与茗秋所幸并无受伤，只是惊吓过度，至今犹在簌簌颤抖。知客僧引着聂无双步行上山，聂无双脚踝受伤，却仍是一瘸一拐木然登上千百级石阶。

"娘娘，要不要请一顶肩辇？"知客僧不忍问道。

聂无双茫然回头，许久才反应过来是知客僧在问话，她淡淡一笑："不必了。"

脚上很痛，但是她要记得这种锥心刺骨的痛，要一直记得！她的唇边溢出古怪的冷

笑，依然扶着夏兰的手慢慢登山。

聂无双住的西院是寺中专门辟出给皇室中人住宿的，自然一应俱全。聂无双稍稍梳洗倒头就睡。经过惊吓受伤，她早已身心俱疲。睡到半夜，她忽然醒来，再也了无睡意。睁眼看着头顶的帐子，她忍不住一遍一遍回想那一双眼，以及那精准无比，决绝的一箭……

不能再想了！

聂无双猛地起身，披衣起床，窗外月色皎洁，寺院空气中似也带着一丝宁和的气息，她一瘸一拐地出了房门，夏兰与茗秋睡得很熟，意外地，竟然没有人阻拦她。夜色茫茫，她茫然四顾，却发现自己不知该往哪走。寺庙依山而建，山风冰凉刺骨，聂无双缩了缩，慢慢地走入黑暗中。不知走了多久，眼前隐约有光亮，像是黑暗中一点温暖，令人忍不住被它吸引。聂无双走了许久，这才走到那簇光亮前。

原来是一座佛堂。半夜不睡已是够蠢了，来到这佛堂中对她来说更是愚不可及。她冷笑着想要回头，却发现里面有人在诵经。清亮的嗓音，深沉中带着慈悲，令她忍不住听得出神。那一声声听不懂的梵文，似一双无形的手慢慢抚慰她早已鲜血淋漓的心。在自己还不清楚自己想要干什么的时候，聂无双已经慢慢踏进了这间佛堂。里面供奉的是观音，慈眉善目，仿佛看尽世间一切苦。而正中的蒲团上正盘膝坐着一位年轻僧人。她慢慢走进来，却并不跪，只是看着观音似已入神。僧人念经完毕，看见身后有人，不由得吃了一惊。

聂无双淡淡扫过他的面容，心中亦是吃惊，这僧人面貌俊逸，虽穿着缁衣麻鞋，但是自有一种出尘的意味。

"女施主是？"僧人回过神来，宣了一声佛号，躬身问道。

聂无双不回答，看着观音慈祥的面容，许久才淡淡问道："是否信了佛便能解千种苦？"

"这是自然。佛在心中，身外一切苦便不是苦。"原来是一位心结难解的施主。僧人脸上越发平和，仔细开导。

聂无双只是冷笑："那若是心中的恨如何能解？"

僧人目光带着怜悯："恨只会让人越加痛苦，所以放下仇恨，才会荣登西方极乐世界。"

聂无双忽然吃吃地笑了起来，她美眸流转，看着那年轻的僧人："若是放不下呢？"

"那死后便只能堕入地狱。"僧人脾气很好，依然耐心劝导。

聂无双忽然哈哈笑了起来，声音凄厉，空荡荡的佛堂中，仿佛回荡着她的笑声。她的神色几已接近癫狂，一阵山风从堂外吹来，她看着那尊观音，声音清冷如冰："那我便在每一层地狱里等他！"

她说完转身踉跄投入黑暗，许久许久，年轻的僧人才蓦然回神，他这才发现自始至终那神秘的女子根本没有跪拜佛祖。

原来,她心中那么多恨。年轻的僧人宣了一声佛号,重新团坐在蒲团上,诵经不止。

第二天一早,聂无双用过早膳之后想要去求见高太后。高太后传来内官,却说太后正在礼佛,请聂美人好好休养,等伤好后再觐见。高太后又赏下一条念珠,言道若聂无双有空多多诵经,可以消去身上罪孽。聂无双看着那串细细的玉制的念珠,淡笑着拿起来。高太后不喜她,自然不愿意见她。

想着,她便安心在西院中静养。到了傍晚时分,忽然见西院外僧人面色紧张,来去匆匆。茗秋去打听了下,回来笑道:"聂美人,聂侍卫跟着云乐公主的鸾驾过来东林寺了!"

聂无双放下手中的念珠,微微一笑:"是真的么?"

一颗心终于放下,她看着庭院中的繁茂草木,忽然笑道:"明日高太后恐怕就算没空也得见我了。"

第二天,聂无双刚用过早膳,高太后的随行传旨内官就到了,他先是温言问候聂无双的伤势,然后手一挥,身后一众宫女鱼贯上前,她们手捧漆盒,盒子打开,俱是满眼的珠钗玉器。

"太后娘娘十分关切聂美人的伤势,若聂美人哪里不适,太后身边还有御医,到时候让宫人前去传唤即可。"内官说道。

聂无双看看自己的脚踝,已经消肿了,而且并不再疼痛,在床上微微躬身恭敬道:"请公公代无双谢过太后娘娘的恩典,只是皮外伤,并无大碍,等无双伤势好了,一定亲自去拜见太后!"

内官拱手笑道:"聂美人好好养伤,咱家不打扰聂美人的休息了。"

聂无双等他们退下,这才细细看着太后的赏赐,无非是金银器皿,满目的珠光宝气,华丽奢侈,但仿佛传达出一种信息:高太后依然还是不喜欢她。赏的人漫不经心,而她接受的人自然也不用多多费心。

到了傍晚时分,聂明鹄得了太后的恩旨前来看望。他踏着一地的落日晚霞,大步走来。聂无双看着他,仿佛在他面上依稀看到自己父亲的容貌。

"大哥……"未语先流泪,聂无双下了床扑到他怀里,不由得哽咽。

聂明鹄紧紧抱着她,俊眸含泪:"没事就好!"

"本公主就说她没事嘛!"一个娇俏清脆的声音在两人身后响起。

聂明鹄放开聂无双,回头微微着恼:"公主不用伺候太后娘娘么?"他已千方百计想要甩开她独自与自己的妹妹说几句话,没想到她依然阴魂不散地跟了过来。

聂无双擦干眼泪,看着倚在门边玩鞭子的云乐公主,笑道:"公主怎么来了?"

云乐公主吐了吐粉舌,蹦跳着进来,看了一眼聂明鹄:"还不是他不放心说要过来,

不然这里哪里有什么好玩的，一群光头秃驴，天天念经，烦也烦死了！"

聂明鹄俊脸微红，不自然地拱手道："微臣还未谢过公主。"

云乐公主笑嘻嘻地看着他："你要怎么谢本公主？"

聂明鹄闻言一呆，半晌才道："自然是公主想要微臣捉鸟还是放纸鸢，微臣都奉陪。"

云乐公主见他说话口不对心，不满地哼了一声："谁稀罕！"说着别过脸去，恨恨地拿鞭子抽着地上。

聂无双连忙朝聂明鹄使了个眼色，聂明鹄叹了一口气，上前温言道："公主，听说这寺中有好几处好玩的，等会儿微臣带你去玩。寺后面还有不少飞禽走兽，公主不是说想要养一头老虎？微臣瞧着这山后一定有老虎的。"

"真的？！"云乐公主又惊又喜，"你真的肯打来老虎？"

聂明鹄傲然一笑："当然，早些年微臣也打过好几只老虎，自然不在话下。"

云乐公主圆圆的眼中笑意深深："我就知道你身手厉害！"

聂明鹄又劝了一会儿，她才高高兴兴地走了。

聂无双在一旁含笑看了，等云乐公主走远了，她才笑着道："恭喜大哥了。"

聂明鹄叹了一口气："喜从何来？难道你真的要让我去做驸马？"他俊脸上掠过无奈，"我们千里迢迢来到应国，难道就只能依附权贵而生活吗？"

聂无双淡淡劝道："哥哥何必计较这一时的得失，总有我们兄妹出头的一天！"

聂明鹄不欲在这个话题上多说，关切地问："到底怎么回事？为什么好好地会遇到刺客？"

聂无双把遇刺经过简略说了一下，略去了其中惊险。聂明鹄越听越是眉头紧皱："到底是谁还不肯放过你？"想起之前的谣言，他忽然一拍桌子，"是不是顾清鸿那厮！"

他的手劲奇大，拍得案上都裂开一条缝。聂明鹄心中愤怒欲狂："要查出真的是他，拼尽这一身我也要他血债血偿！"聂无双看着自己哥哥悲愤的脸庞，在长袖中紧紧地捏紧了拳头，长长的指甲几乎要嵌入掌心。

"哥哥要相信，恶人自然有恶报。"她轻声地说，拿起桌上玉念珠，淡淡地说，"哥哥，我已经没事了，你去陪云乐公主吧。"

在寺中，聂无双早晚诵读经书，伤势渐好之后，她觐见高太后。彼时高太后正在佛前念经，身旁是一位身披大红色袈裟的年老僧人，看样子是东林寺的住持。高太后头发雪白，面容平静，正在听住持讲经。她今日穿一件云灰色宫装，宫装上绣着如意祥纹，素雅中带着雍容高贵。

聂无双在佛堂外就拜下，久久不敢起身。住持讲完一段经文，高太后回头看到聂无双还伏跪着，笑道："聂美人起身吧，陪哀家一起听住持讲经。"

聂无双应了，慢慢抬头。抬头的一刹那，她对上了太后那双仿佛洞悉人心的眼睛，那双历经宫中沧桑的老眼令她心头猛地一跳。聂无双连忙垂下眼，恭敬进入。

高太后似漫不经心地回头："聂美人脚上的伤可好些了吗？"

聂无双正要回答，忽然守在殿前的内侍匆匆而来，在高太后耳边说了几句话。高太后脸色微微一变，不由得看向住持，歉然道："住持，云乐又闯祸了！"

住持微微愕然，此时有沙弥上前，也如此这般在住持耳边说了几句。住持听了微微尴尬："太后，一起去看看吧。"

高太后叹了一口气，起身："唉，哀家不知作了什么孽，生了这么个孽女。"

聂无双想要去扶她，高太后不动声色地挣开她的手，伸向一旁的宫人。伺候太后的宫人连忙小心翼翼地扶着她向外走去。聂无双冷冷一笑，随后跟上前去。

一行人走到寺前，只见一堆僧人正围在一旁，在众人前面有个大铁笼，铁笼前坐着一位年轻的僧人，他闭目盘膝，正在念经。而铁笼中囚着一只斑斓大虎，虎啸声声，它烦躁地一次次扑向铁笼。老虎旁边还有几只未睁眼的幼崽，也随着母虎嗷嗷叫着。一众侍卫则神色紧张地护在四周。

云乐手拿鞭子，对着那盘膝诵经的僧人怒道："秃驴！快快滚开！不然本公主的鞭子可是不长眼的！"

那僧人停下诵经，目光明澈："放下屠刀立地成佛。公主只要放了笼中的老虎，小僧自然会离开。"

云乐气极，脚上穿的精致马靴在地上狠狠跺了跺："这老虎又不是你猎来的，凭什么放了它！你滚不滚！不滚我就抽你！"

聂无双定睛看去，那年轻的僧人可不就是那夜她在观音佛堂中看到的僧人吗？她再转眸，只见一旁自己的大哥聂明鹄身上衣衫似被猛兽抓破几处，正在包扎身上伤口。她心中担心，但是却也不敢当众前去询问，可是看这架势，这笼中的老虎十有八九是他捉给云乐玩的。

僧人宣了一句佛号，泰然闭上眼睛："既然公主执意不放，小僧就只能继续替这只母虎求命！"

云乐公主看向一旁正在包扎伤口的聂明鹄，扭头看着那软硬不吃的僧人，气得俏脸通红："你……"她手中鞭子高高扬起，"你再不让开本公主就抽死你！然后把你大卸八块去喂老虎！"

"云乐！放肆！"高太后怒道，"佛门圣地是你撒野的地方吗？"

云乐恨恨放下鞭子，看见自己的母后来了，丢下鞭子委屈地跑上前，跪着哭道："母后，他欺负人，这老虎又不是他猎来的，凭什么要儿臣放了？！"

## 凤凰无双

高太后一向最疼自己唯一的女儿，平日见她哭都要千方百计哄着，但是今日她竟公然在寺中行猎，这岂不是让一向自诩尊佛的她难堪？顿时脸色一板："你还胡说！这老虎是寺后山上的，你竟然要杀生，你也不怕佛祖怪罪！快把老虎放了，然后去向住持赔不是！"

云乐一呆，忍不住放声大哭起来，只是不允。住持见状，温言劝导："公主，老虎也是性命，你看它也有自己的孩子。若你把老虎带走，那几只虎崽不就失去了母亲，公主一向与太后娘娘母子相依，难道也忍心别的生灵母子分离么？"

云乐公主止住哭泣，看着住持，口中依然倔强："谁说要它们母子分离，本公主就是要养着它们。"

"难道为了自己的玩乐，要它们离开赖以生活的山林么？公主太自私了！"那年轻僧人睁开眼，责备道。

高太后这才注意到他，敢于责备公主的人，恐怕在她面前只有这僧人一人而已。

"这位小师父是谁？"高太后问道。

住持轻声一叹："清远，过来拜见太后娘娘。"

清远起身上前，不慌不忙地拜见高太后，随后说道："太后仁心，一定会放了这老虎。小僧先行替老虎谢过高太后。"

高太后见他相貌清秀俊逸，身姿出尘，不由得赞道："清远师父年纪轻轻已得了佛缘，幸甚！"她转头看向云乐，缓了口气，"快去放了老虎，不然哀家要重重罚你了。"

她目光如电，看向一旁的聂明鹄："是聂侍卫去猎的老虎吗？来人！拖下去重打三十大板！"

聂无双心中一跳，正想要跪下求情。云乐已经一把抱住高太后的腿，大哭："母后打死我好了，何必迁怒别人！反正母后也不要儿臣了！呜呜……"

她哭得惊天动地，高太后又是心疼又是恼火："谁说哀家不要云乐了？是哪个奴才胡说八道！"

"母后都不陪儿臣玩，如今好不容易有人陪儿臣了，母后又要打死他，儿臣一个人孤零零的，还不如死了好，呜呜……"云乐边哭边蹭着高太后的腿。

高太后心中一酸："谁说的，云乐别哭了，好了，好了，不打聂侍卫了，不过也要责罚！就罚他在佛前跪一个晚上吧！你起来！这个样子成何体统！"

好不容易把云乐劝住了，聂明鹄上前领罚谢恩。云乐靠在高太后怀中，趁人不备，朝他眨了眨眼睛，眼中俱是得意。

聂明鹄看了俊脸一红，连忙退下。这一幕都被聂无双看到，她心中一喜，放下心来。

高太后目光沉沉地转头看着聂无双："今日的晚课，聂美人陪哀家一起听吧！"

晚课的时候，东林寺中香烟缭绕，僧人们依次席地而坐，今日讲经的是清远师父。他舍身救虎的事迹已经在僧人中大为传颂，住持坐在一旁，面带微笑听着他带领群僧朗诵经文。

聂无双看着他俊逸的眉眼在寺中香烟若隐若现，无形中带了一丝圣洁。高太后满意地听着，晚课结束后，她特地对住持说道："清远小师父满腹经纶，是寺中的栋梁。"

清远在一旁听了，合十答礼。

僧人鱼贯退下，偌大的殿堂只剩下高太后与聂无双。高太后闭目养了一会儿神，慢慢睁开眼睛。聂无双正低头默念经文，忽然感觉到她的注视，抬起头来一眨不眨地看着高太后，微笑问道："太后娘娘有何吩咐？"

高太后淡淡地道："哀家在想，你很像一个人。"

"谁？"聂无双神色不变。

高太后长吁一口气："你很像年轻时候的哀家。为达目的不择手段。"

聂无双沉默，许久她才淡笑着接口："太后谬赞了。"

高太后看了她一眼："接近云乐公主，是你的主意还是你大哥的主意？"

聂无双深深伏下身："不管太后信不信，这都不是我们兄妹两人的主意。"因缘巧合，由不得高太后不信。

高太后闭上眼，叹息道："哀家想不信，但是却不得不信。当日云乐来向哀家要玉蟾的时候，哀家就注意到云乐在纠缠你的大哥了。"

"若是太后不喜欢，臣妾会叫兄长不要再见云乐公主。"聂无双轻声道，"毕竟臣妾知道大哥配不上云乐公主。"

高太后抚了额头："不必了，云乐喜欢的话，哀家必定会为她办到。"

聂无双沉默，心中忽然微微茫然起来。本是应该高兴的消息，但却无法真心高兴起来。因为她知道，大哥的姻缘就在这轻描淡写的一句中悄悄定了结论。

"你大哥也算是个人才，只是在应国还没有机会一展抱负。不过他也好在没有家室拖累，以他当年的威名，亦是云乐的良配。"高太后看着伏地的聂无双，"而你，你则要向哀家证明你是有用的。不然的话……"

她下半句没有继续往下说，聂无双更深地伏在地上，唇角溢出冷冷的笑意："是，臣妾谢太后隆恩。"

## 第十九章　心许：天骄女

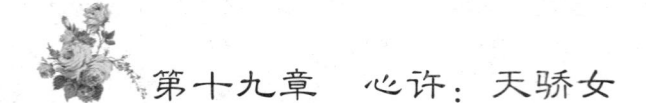

昏暗的佛堂，一道挺直的身躯跪在地上。月光悄悄在地上移动，他却始终纹丝未动。

"喂——"一道极轻的呼唤，人影一闪，有道娇小的身影闪了进来。聂明鹄一动不动地跪着，眼角的余光看到那装扮成侍卫的熟悉身影。

他叹了一口气："公主，你来做什么？"

"给你送吃的啊，呆子！"云乐白了他一眼，从宽大的衣袖中拿出东西。有馒头，清水，甚至还有一只烧鸡。聂明鹄好气又好笑，在佛堂中吃荤腥若是让高太后知道的话，他可以去死了。

"公主请走吧，微臣跪完这一晚明日就没事了。"聂明鹄虽然肚子饿，但是依然拒绝。

"呆子！现在没人你跪给谁看啊？"云乐拉了他一下，"你怎么这么呆啊！"

"公主你回去吧！不然太后娘娘发现的话，微臣就更惨了！"聂明鹄劝道。

"那你总要吃点东西啊！"云乐急道，"你一天没吃了！今天去抓老虎，还被抓伤了，我瞧瞧伤得重不重。"

她去拉他，聂明鹄避开，脸色一红："公主，男女授受不亲，更何况还在佛堂中，怎么能拉拉扯扯？"

云乐哪里听得进这些话，依然要扯他的衣服："我就看看，你那么小气干吗。又不是非要你脱衣服……"

两人拉拉扯扯，聂明鹄一天没有吃饭喝水，早就头晕眼花，经她一扯，不由得跌在地上，云乐也被带得跌在他身上。

"哎哟"一声，云乐只觉得撞上一堵温热的肉墙，陌生的男子气息扑在鼻间，她猛地抬头，却对上聂明鹄放大的俊脸。她从未这么近地看着他。

寂静的佛堂中，似也听见两人的心跳。云乐呆了，聂明鹄也被突如其来的变故给惊得发呆。两人呆呆对望。她身子的娇小柔软，似乎告诉他，她不是高高在上的调皮的公主，而是正在成熟清醇的少女身躯。

"公……公主……"聂明鹄回过神来，想要推她，却不知从哪里下手。云乐呆呆看着他，猛地回神，连忙七手八脚地爬起身来："你……你该死！"

她狠狠踢了他两脚："去死！我不理你了！你欺负人！"

她说完一溜烟跑了，聂明鹄这才回过神，他苦笑着起身，地上是云乐带给他的吃食，一抬头佛像面容沉静欢喜，似也被方才一幕看得忍俊不禁。

他看着手中的烧鸡，无奈地深深叹了一口气……

第二天，聂无双去看望聂明鹄，聂明鹄因受伤而在房中休息，聂无双看了看他的气色："哥哥还好吗？"

聂明鹄苦笑了下："还好。"顿了顿，"昨夜云乐公主偷偷给我送吃的。"他目光复杂地看着她，里面有不甘更有无奈。

聂无双了然一笑："云乐公主对大哥也算是有心了，大哥可不要辜负才是。"

聂明鹄叹了一口气："跟着我有什么好的，什么都没有。我心里想的就只是建功立业而已，恐怕最后会误了云乐公主。"

"大哥心地善良，但是……"聂无双还没说完，屋外人影一闪，一片鹅黄的衣角飞快消失。

聂无双一看，心头一跳，连忙跟了出去。

在寺中的一株百年茶花树前，聂无双看到闷闷不乐的云乐公主。她正抽出自己心爱的马鞭，狠狠抽着这棵珍稀的茶花。硕大的茶花被她的鞭子抽得七零八落。聂无双微微一笑，上前轻声唤道："公主怎么了？"

云乐回头看了她一眼，不吭声继续抽着茶花树。

聂无双知她小孩子心性，索性坐在一旁的条石上笑看着她挥鞭子。云乐抽得手累了，回头一瞪眼："你看什么？"

聂无双笑着道："在想什么时候公主会停手。"

云乐闷闷不乐地收起鞭子，坐在她身边："他不喜欢我。"生平第一次，她尝到了这种忐忑不安的心情，想要得到又怕失去，前进一步没有勇气，后退亦是万分不舍。

"公主没试过怎么知道他不喜欢你，也许他只是在犹豫，犹豫不能给公主最好的。公主应该庆幸，起码你喜欢的男人真心实意地为公主着想。"聂无双悠悠地道。

云乐眼中亮了亮，随即又黯淡无光："可是我母后也不会答应的。"

聂无双叹了一口气："从来做父母的都是真心希望儿女得到幸福的，云乐只看到太后是太后，却忘了，她是你的母亲啊。"

云乐回头认真地看着她,眼中闪烁着希冀:"你说的是真的吗?"

"自然是真的。"聂无双含笑答道,"太后娘娘不会逼迫公主做不想做的事。"

高太后虽然严厉,但是她毕竟膝下只有云乐公主一个女儿,她唯一的儿子早在三岁之时就死于一场严重的水痘。膝下无子,高太后万般无奈之下还是选择了萧凤溟作为自己的儿子才顺利地坐上太后之位。

云乐公主听了俏脸上泛起红晕,扭捏了一下,飞快地跑开,她离去的方向正是太后休憩的所在。聂无双,看着天上澄澈万里的蓝天,终于松了一口气。

夜凉如水,聂无双看着禅房外漆黑的天空,幽幽叹了一口气。已经在东林寺中住了四天了,应国皇宫中会见齐国使节的宫宴已经过了,还不知高太后会什么时候起程回宫。漫无目的地想了一会儿,聂无双只觉得胸口气闷。

夏兰见她闷闷的,提议:"这寺中有一株月桂,奴婢闻着气味香得紧,娘娘要不要去看看?这月色也正好。"

聂无双想着左右无事,点了点头。主仆三人一起拿了灯笼踏着夜色而行。七绕八拐,终于看到了那株百年的月桂。只见满树的粉白桂花,芬芳扑鼻,夏兰说要摘桂花,好蒸个桂花糕。茗秋难得童心大起,也跟着附和,聂无双看着她们两人唧唧喳喳地议论如何去爬树,不由得跟着笑起来。

"你们在做什么?"月色下,有一队人慢慢靠近,当前一人俊眉星眸,身着石青色长衫,行走间,龙章凤姿自有一股至尊贵气。朗朗月色下,他含笑走来,聂无双以为自己的眼睛出了错,直到身边的夏兰茗秋跪在地上三呼万岁,她才恍然回过神。

"皇上……"她忽然说不出话来。萧凤溟微微一笑,上前扶她起来,深眸中是她看不清的神情:"听说你遇刺客了,现在伤好了么?"

聂无双怔怔看着他,这才找到自己的声音:"臣妾只是皮外伤。"

萧凤溟挽着她的手,对身后的林公公道:"去拿朕带来的昆仑玉膏,可以消淤除疤。"

林公公连忙吩咐下去。萧凤溟看着天上一轮明月,忽然转头对她说道:"今夜的月色很好,你陪朕走走吧。"

聂无双的手被他握在掌心,向前走去。寺中寂静无声,僧人已经熟睡,只有还在修行的僧人敲着木鱼,嗒嗒的声音在寂静中传得很远。他的手很温暖,包裹着她纤细的手,聂无双只听见自己的心一声一声怦怦地跳着。她不知他要带她去哪里,但是心中却是奇妙地安定下来。

他总是这样,沉稳中带着安定人心的力量,像是他天生就如此,沉静睿智,洞悉身边的人,却又不轻易言语。对于萧凤溟,聂无双知道的并不多,最多是知道应国的朝政被高太后一人控制。外戚专权的后果一般是帝王成了傀儡，但是没有人可以轻易地把他当成傀儡。在萧凤溟开始亲政的时候，就一点点地收回自己应得的权力，虽然缓慢，但是却卓有成效。她从不敢轻易低估这样一个深藏不露的男人。

"你在想什么？"他忽然问道，朗朗月色下，他带着她向一条僻静的山路走去。

"臣妾在想，皇上为什么会来东林寺？"聂无双微微一笑，绝色的容颜在月下犹如昙花盛开，那一现的绝色容光几乎令人窒息。

"那是因为朕想你了。"他笑着回答，手一勾，勾起路边的一枝夜来香，为她簪在鬓边。花香满溢，熏得人欲醉。聂无双微微有些怅然，花香虽好，但是他的回答却并不能令她欣喜。一个帝王怎么会为一个无关紧要的嫔妃来到这僻静的寺院？

他带着她登上石阶，不一会儿已经登上了一座高高的石塔。夜山风凌厉，呼呼吹过，但是极目眺望，只觉心中猛地开阔。一轮明月高高挂在天上，万顷碧涛阵阵，一望无际。

聂无双不由得惊叹："好美！"

"是很美。"萧凤溟回过头来，月色下只看见他轮廓分明的侧脸，清晰俊逸，"站得高，就可以看得远。这是朕很早就明白的一个道理。"

"那皇上看到了什么？"聂无双问道。

"朕看到的是天下。是南北一统。"他回过头来，眼眸熠熠如星子。聂无双猛地心中一窒。

南北一统！原来这就是他想要的！

"朕需要你和你的大哥。"他执起她的手，眸中笑意温和，但是眸中的深意已经坦荡无余。

"臣妾万死莫辞！"聂无双慢慢跪下，心绪起伏，吴嬷嬷说过的话果然是对的，只有给帝王他想要的，自己才能得到自己想要的一切。

"不用死这么严重。"他扶起她，"朕不会让你轻易地落入危难中。"

聂无双顺势依在他胸前，心中久久不能平静，眼前天地尽在脚底，她却不知什么时候才能真正与他同看天下，或者当他能俯瞰这片南北统一的土地的时候，她是不是还能依在他身边。

皇帝星夜兼程来到东林寺，深深震动了朝堂。许多人传皇帝是为了去为民祈福，但是更多的人却倾向皇帝是去东林寺看望那避祸的聂氏。谣言甚嚣尘上，坐实了帝亲近女色，天降洪水的谣言。但是渐渐更有人倾向同情聂氏，让一个帝王深深眷恋的女子，也许并不是那么没有可取之处。

聂无双就是在这种微妙的情形中随着皇帝与高太后的圣驾一起往应京而去。短短五六天，于她来说却像是过了五年那么久。在摇晃的龙辇中，明黄的光线，映在正在看奏章的萧凤溟身上，金光晃晃，几欲刺人眼盲。就要回皇宫了，一切恍如隔世。她透过那起起落落的帘子，怔怔出神。

正在这时，有宫人在车驾外禀报："启禀皇上，睿王殿下求见。"

聂无双微微吃惊，这时候萧凤青怎么会来迎接圣驾？还未等她想定，明黄的龙辇外响起萧凤青清越的声音："臣弟参见皇上，吾皇万岁万万岁！"

萧凤溟温言道："平身吧，进来说话。"

帘子一撩，萧凤青闪身进来，跪坐在萧凤溟跟前："皇上，刺客追捕到两人，但是已经在押解途中服毒自尽，查无踪迹。"

萧凤溟微微皱了剑眉："既然敢来刺杀宫妃，自然不会留下任何痕迹。"他转头看向一旁发呆的聂无双，"你知道在齐国还有什么仇家与你聂氏为敌？"

聂无双摇了摇头，语气艰涩："没有，就算有仇敌，但是聂家已经没了……"

聂无双手心一暖，萧凤溟已握住了她的手。她心中一颤，抬头对上萧凤溟温柔的眉眼："别想太多了。平安就好。"他的眼中俱是浓得化不开的温柔，聂无双还未应声，却看见一旁的萧凤青目光冷然地盯着他们交握的手。

聂无双不由得挣开，往后缩了缩："谢皇上。"

圣驾一行到了明渠就分开，高太后不惯走山路，乘了龙船向京城而去。萧凤溟则改道绕远路，从景州而行，再上官道。聂明鹄是御前侍卫，自然随着萧凤溟的圣驾而行，云乐公主虽不乐意，但是也不好再为这小事争执。聂明鹄随伺圣驾，萧凤溟招他前来密谈了许久才放他离开。

萧凤溟的圣驾在日落时分歇息在景州的避暑行宫中。后天便是七夕宫宴，按照往常的习俗，皇上必定不会缺席这样一年一度的宴席，所以晚上稍作歇息，次日圣驾便走。

三日后，聂无双回到了宫中。圣旨谕下加封聂明鹄为一品带刀侍卫、御林军副统领。聂无双回到元秀宫时隔快一个月，却恍若隔世。皇后派人前来慰问，各宫妃子也都纷纷派宫人带来各色礼物，聂无双此去虽为祈福，但实则是避祸谣言，众妃以为她从此将会一蹶不振，没想到她竟能因此绝处逢生，更获得盛宠，连她的大哥也深受皇上的信任，一个个都在心中又嫉又恨，但是面上功夫还是要做的，所以纷纷前来，一时间狭小的元秀宫都显得拥挤不堪。

杨直带了皇上的赏赐，见聂无双宫中如此拥挤，试着问道："要不聂美人可以向皇上求旨，搬去含仪宫，那边宫殿华美，更加宽敞。"

聂无双笑道："臣妾刚入宫，不敢如此劳师动众。"

这话不知怎么传到了皇上耳中，皇上赞赏下旨嘉奖，令聂无双迁到离甘露殿更近的宫殿——永华殿，聂无双屡辞不受，帝意甚决，最后聂无双只能谨遵圣旨，迁入了永华殿中。

来仪宫中，群妃正在向皇后请安。

"一介美人竟然能迁入永华殿，这可真的是……哼哼！"

皇后看向出声的人，是宝婕妤。她脸上愤愤不平。

"宝婕妤是不是对皇上的安排不满？"皇后抿了一口茶，看了看天色，天色尚早，来请安的妃子只到了一半。

"臣妾不敢，只是皇上的安排实在不符规矩。"宝婕妤心有不甘，愤愤说道。

皇后只是抿着茶，不一会儿，请安的妃嫔陆陆续续地来了。宝婕妤见人多，悻悻住了口。过了一会儿，有内侍唱和道："聂美人觐见！——"话音刚落，众人只见门前一团紫色云似飘一般过来，眼前仿佛被光亮刺了下。

聂无双含笑走来，今日她穿一件绛紫色薄纱长裙，外罩同色纱衣，长长的流云似的披帛搭在肩膀上，行走间，摇曳生姿。她头梳流云髻，只简单饰几只白玉簪，簪子依次从鬓边向上插上形成扇形，说不出的风流俊俏。

"臣妾聂无双拜见皇后娘娘，皇后万福金安！"她拜下道，温婉清澈的声音，如山泉一般。

皇后含笑扶她起身："几日不见，聂美人似脱胎换骨一般，令人刮目相看。"

聂无双美眸中笑意盈盈："皇后谬赞了。"

皇后命宫人拿来椅子，放在自己下首："坐吧。"能坐在皇后下首对聂无双今日的位份来说已是莫大的荣耀。

聂无双推辞不受，正在说话间，宝婕妤哼了一声："叫你坐你便坐好了，说不定过不久，聂美人也会坐上那个位置的。"

宝婕妤的话刚说出口，皇后与一干嫔妃都变了脸色。聂无双目光冷冽地看向她："宝婕妤是什么意思？"她往日的隐忍退让并不是完全没有底线的退让。这一句话分明是指责她大有染指凤座的野心。

"放肆！宝婕妤，跪下！"皇后把手中的茶一放，脸色冷然，"你说的是什么话！"

宝婕妤见从不轻易动怒的皇后也真正生气了，不由得噤若寒蝉，慌忙跪下："臣妾失言了，臣妾该死！"

"宝婕妤言行轻佻，罚禁足一个月，有空在你的宫中好好地反思反思！"皇后说完径直怒气冲冲地走了。

众妃嫔面面相觑。宝婕妤跪在地上久久不敢起身。等她好不容易起身这才发现空荡荡的花厅中，只有聂无双似笑非笑地站在她身后。

宝婕妤抹去额角的冷汗，看着聂无双冷声："怎么？看见本宫挨罚，你很高兴？"

聂无双唇边缀着一丝丝冷意，惋惜地摇了摇头："不，臣妾替宝婕妤感到可惜。"

宝婕妤一怔："可惜什么？！"比起恶言相向，可惜两个字更刺痛她。

聂无双神色未变，只是轻轻叹息："可惜宝婕妤这样美丽的人，为什么却那么愚蠢。"

与我做对，宝婕妤能有什么好处？"

聂无双慢慢靠近她，美眸中笑意不达眼底："还是臣妾猜错了，其实宝婕妤另有隐情？"

"什么……隐情？"宝婕妤想退后，聂无双的神情令她从心底发寒："你别胡说八道，分明就是你不知廉耻，醮夫再嫁……"

聂无双忽然冷冷笑了起来："宝婕妤，你当我聂无双是傻瓜吗？我不知廉耻跟你又有什么关系？你不是恨我以再嫁之身进入后宫，你是恨我跟过一个你爱的男人！"

"宝婕妤心中真正爱的是睿王殿下吧？"聂无双贴着她的耳边，轻声地说，"你与睿王妃是闺中密友，她嫁给睿王的时候，你恐怕也心中暗恨。你当然恨了，凭什么她什么都不如你，只不过家世比你好就能轻而易举地嫁给她想嫁的人。而你明明什么都比她好，就单单家世不如平庸的她，就只能进宫为皇上的妾呢？"

这些全是玉嫔告诉她的个中隐情，她没想到玉嫔病怏怏不理事，但是消息却是最灵通的。谁会去防范失宠了的妃嫔？她与雅美人打听消息因为不受宠而越发容易。往往聂无双一句，她便能探个八九不离十，由此可见当初玉嫔受宠可不是平白得到的。她的聪慧机敏，通通可见一斑。

宝婕妤脸色煞白，踉跄几步，不由得跌在地上："你胡说！……本宫可以治你妖言惑众的罪！……"

聂无双不屑地看着地上慌乱的宝婕妤，几句话就可以打败的对手简直不配称作她的对手。

"宝婕妤三思而后行，下次想要针对臣妾的话，麻烦找个光明正大的理由。"聂无双冷冷转身离去。

宝婕妤看着她翩翩的身影消失在回廊处，终于颓然坐在了地上。

聂无双回到永华殿，一墙之隔便是外宫。再稍远一点是御书房，有甘霖殿，甚至有金銮殿。晚上登上宫殿角楼还能看见那宽阔宏伟的百官朝觐的广场。

她依在殿后花园中设的软榻上闭目养神。殿后的花园中种着一株广玉兰，风一起，满亭的芬芳。在熏人欲醉的花香中，聂无双渐渐放松下来，再一次进宫，却又一次被推到了风口浪尖，一个盲目报复的宝婕妤并不可怕，可怕的是看不见的对手还有那看不见的流言……

聂无双迷迷糊糊地想着，渐渐睡意上头，不由得睡了过去。迷蒙间，有一双温暖的手撩过她的额发，慢慢在她脸上流连。聂无双醒了过来，一睁开眼，却是萧凤溟含笑的俊眼。

聂无双连忙翻身拜下，却被他一手捞起，顺势抱在怀中。他身上清淡的龙涎香扑入鼻间，聂无双心中随之微微一窒，他和她已经很久没有如此亲近。

"今天听说你在皇后那边受委屈了？"萧凤溟问，此时他刚下朝，朝服未脱，灿烂的明黄几乎犹如太阳，聂无双这才发现龙袍上的金龙全是用金线绣成，即使是夏日的龙袍也是分量颇重。

"让皇上担忧了，皇后已经重罚了宝婕妤。"聂无双低声地说道，"臣妾没事。"

萧凤溟微微眯了眼，看着低头默默的她，握了她的手："没事就好。"

两相对望中，两人俱是沉默。聂无双靠在他胸口，听着他的心跳，一下一下，沉稳有力，一如他的人一般，不慌不忙，令人信服。

"朕过些日子就要纳齐国七公主为妃。"他沉稳的嗓音传来。聂无双听了，微微一怔，低声道："臣妾知道。"

"这是国事。"萧凤溟淡淡开口。聂无双虽没有看他的神情，却也知道他脸色一定是正经的。

"臣妾明白。"聂无双继续说道。

"你明白？"他抬起她的脸，看着她清澈的美眸，眉心微微皱起，"还是你不在乎？"

聂无双抱着他，他纯金饰的腰带上美玉硌着她的手，微微发痛，她微微一笑，靠近萧凤溟，吐气如兰："臣妾在乎的是皇上。"

她靠得那么近，近得彼此之间气息相闻。萧凤溟眸中一紧，忽地一笑，深深吻住了她的唇。一阵微风吹过，广玉兰花急急落下，像是漫天下了一场花雨。软榻上紧紧相拥的两人，明黄与浅紫交缠，若一副最美的画卷。

当夜，萧凤溟歇在了永华殿中，满殿燃起了烛火，灼灼如白昼。宫人摆下棋盘，萧凤溟兴致很好地邀聂无双一起下棋。萧凤溟下黑子，聂无双执白子。两人都是精于构思的高手，一盘棋局下得风云突变，惊心动魄，到了一半，各有攻防，杀得不分胜负。

萧凤溟仔细看了棋局，不由得抬头笑道："你去了一趟东林寺是不是受了佛祖熏陶，竟多了几分淡然。"棋品如人品，他初见聂无双之时，杀气腾腾，戾气深重，几次输给他都输在杀气太重。可是如今，她仿佛放弃了一贯杀伐深重的棋路，显得十分平和大气。

聂无双只笑不语，烛火下她容色美得飘忽，她下了一手，慢慢道："东林寺的住持佛法高深，臣妾受益匪浅。"

萧凤溟微微一沉吟："东林寺的住持的确是满腹经纶，又慈悲天下。当初朕刚即位的时候，深受他诸多教诲。"

聂无双又下了一子，叹道："若天下多几个如东林寺住持这般睿智的人，何愁天下人心不定？"

萧凤溟闻言不由得看向她，烛火下，她只微微皱眉看着棋局。萧凤溟放开手中的棋子，沉思许久。聂无双见他出神，不由得唤道："皇上？……"

萧凤溟微微一笑:"朕想到如何破解谣言的办法了。可以请东林寺住持带领僧人去太庙做一场佛事,到时候朕再颁一道减赋令,这样天下黎民就不会因为无稽的谣言而人心惶惶。"萧凤溟慢慢说道。

聂无双跪下,哽咽道:"皇上为臣妾已经做了太多……"

萧凤溟修长白皙的手拂过她的脸颊,忽地一笑:"朕说过不会置你于危险的境地中。谣言不除,连朕都成了昏君。"谣言太过已经威胁到帝王的尊严。不知这谣言是从什么地方兴起,唯一肯定的是造谣的人牵扯上皇帝已经是图谋不轨。

聂无双正想说,忽地外面内侍匆匆而来:"皇上,云妃娘娘突然说心痛心悸,已经去请御医了。"

萧凤溟微微一怔:"她许久不曾发病了,怎么会……"

殿外踉跄扑进一个宫女,她膝行几步急急道:"皇上,娘娘晚上好好的,忽然刚才就跟奴婢们说心痛难忍,奴婢们几次要去请太医,都被娘娘喝止了,没想到才一会儿工夫,娘娘就痛昏过去了……"

她声泪俱下,说得十分悲痛。聂无双在一旁冷眼看着。萧凤溟踌躇一会儿,转头对聂无双说道:"朕先去看看,你先歇息吧。"

聂无双知道他去了就不会再过来,从一旁拿来他的披风,亲手为他披上:"皇上去吧,云妃娘娘身子弱了些,皇上多多陪她一会儿,臣妾没事的。"

她的善解人意令萧凤溟面上一缓,他握了她的手:"早些歇息。"说罢,拢了拢披风,由宫人提着宫灯领路,没入了黑暗中。聂无双跪下恭送,等那明黄挺拔的身影消失,她才由夏兰扶起。

"什么人嘛!早不痛晚不痛,偏偏等聂美人回宫好不容易跟皇上相聚时候才痛!奴婢说她根本就是装的!"夏兰愤愤不平地说道。

聂无双站起身来,唇边溢出冷笑:"痛就痛吧,看她能痛几次。"

"可是总不能每个月都来这么一下,皇上本来就来得少……"夏兰还是担心。

"怕什么?宫中岁月长,我倒要看看这柔弱又满腹才气的云妃到底是怎么样一个难缠的对手。"聂无双轻声地说道,像是对夏兰又更像是对自己说道。

聂无双坐在方才下棋的位置,棋局还在,而与她下棋的人却已不在了,可惜了一盘好好的棋局。她拿起黑子,下在萧凤溟最有可能下的位置,然后再下一子。棋盘上的棋局顿时形势大变,黑子悉数落败,满盘皆输,再无一子可反抗。她的眼中露出深藏的嗜血意味。不是不恨,也不是被佛主感化,她不过是更加恨而已,更懂得隐忍而已……

第二天聂无双向皇后请安的时候,果然没看见云妃来。几位坐在上首的妃子都在议论昨夜云妃的发病。

皇后叹了一口气:"云妃初进宫的时候也发了几次病,后来慢慢调养就好转了,这次不知严不严重。"

有的嘟囔一句："她就惯常这样。"

有的亦酸溜溜地说："皇上把她捧在心尖，自然不是我等可以比的。"

淑妃不以为然："按臣妾说，把她平日的诗词书画统统都收起来，放宽心，什么病都没有。"

她说完，底下一干妃子都纷纷笑出声，把刚才的肃穆都一扫而光。皇后假装嗔怒地瞪了她一眼："你当人家都像你一般不读书？"

聂无双心中一笑，便与雅美人说说笑笑。请安过后，聂无双与雅美人一同回宫。两人正说话，身后香风袭来，一架肩辇由宫人抬着慢慢靠近。

"聂美人、雅美人请留步！"悦耳清脆的声音传来，聂无双与雅美人回头看去，只见淑妃端坐在肩辇上笑得若御花园中盛开的凌霄花。

聂无双与雅美人一起福了福身："淑妃娘娘有何吩咐？"

淑妃笑着道："今日天气晴好，倒是忽然想起一位许久不见的姐妹，想与聂美人和雅妹妹一起看看去。"

雅美人笑道："不知娘娘想去哪宫串门？"

淑妃手搭凉棚，远远眺望层层宫阁，眉眼间笑得妩媚："自然是玉嫔妹妹。"

三人来到紫薇宫，日头已经上了三竿。淑妃四下打量了紫薇宫，连连点头："这紫薇宫一年多不曾来，没想到还是老样子。"

聂无双不由得看了她一眼，听她的口气，似一年前与玉嫔很熟。雅美人含笑领路："淑妃娘娘请。"

淑妃走到中殿，看着那半旧不新的牌匾，伫立许久，眼眶却是慢慢红了。她神色悲伤，聂无双以目光询问雅美人，雅美人轻轻摇头，面上亦是疑惑。

淑妃叹了一口气，仔细拭干了眼角的泪，举步走了进去："玉妹妹，我来看你了。"

聂无双与雅美人跟在她身后，窗边放着的软榻上依着位素衣女子，玉嫔慢慢转过头来，她看着走进的淑妃，先是怔了怔，随即淡淡道："原来是晴姐姐。"

淑妃眼泪滚落下来，上前一步握住她的手："你身子可好些了么？"

玉嫔仿佛没听见淑妃的话。她置淑妃不理，淑妃却并不恼，只在一旁流泪。玉嫔看了她一眼，像是才发现她流泪，淡淡道："晴姐姐，你这是做什么？我又不是死了，你哭什么？"

淑妃被她的话气恼得又是呸又是笑："你这张利嘴胡说什么？大吉大利！我今儿大着胆子过来看你，你竟没一句好话！"

玉嫔清冷笑了笑："好话坏话不都是话么，多说几句好话也不见得有什么福气。看也看了，晴姐姐走吧。这里病气重，传了你可不好！"

淑妃只是一旁抹泪，哽咽道："我知道你心里怨我，但是这都一年了，玉妹妹难道真的还不能原谅我当日的无能为力么？"

玉嫔脸上一紧，随后淡淡笑道："怎么会还记恨晴姐姐呢。你我姐妹当初进宫时可是义结金兰的。晴姐姐就算忘了，我可没忘呢。"

聂无双在一旁听得两人之间似乎有些隐情，但是又抓不着头绪，雅美人早就机灵地下去命宫女端茶送水。淑妃坐在玉嫔身旁，听到这句话面上掠过一丝愧疚，但是很快她岔开话题，聊起最近的宫中见闻。话题最多的便是不久前的七夕宫宴。

她声音清脆悦耳，说起来栩栩如生，犹如在眼前重现七夕宫宴的热闹奢华。玉嫔脾气再古怪也听得入神。她听了一会儿，忽然似笑非笑说了一句："如今她可得意了。"聂无双不知玉嫔说的"她"指的是谁，淑妃也不接口，只是热热闹闹地继续说道。

淑妃一直坐了半炷香的工夫，见玉嫔面有倦色，这才走了。

聂无双去送，转回来，却见面现倦色的玉嫔早已经下床榻，站在窗前看着殿后盛开的紫薇花。她形影孑然，消瘦的倩影薄如纸，披着长衫。空荡荡的衣衫越发衬得她凄然可怜。

"她走了么？"玉嫔听到声音并不回头，只是淡淡问道。

"淑妃娘娘走了。"聂无双看着她的背影，无端心中微微一酸。不知为什么，她总觉得玉嫔身上有一股浓得化不开宿命的悲凉。

玉嫔叹了一口气："走了好。一年多不见，她已是四妃之一，而我却把自己弄得人不人鬼不鬼。谁能想到当初义结金兰的姐妹，如今却是这样……"她忽然说不下去。

聂无双看到她消瘦的肩在颤抖，叹了一口气："缅怀过去只能更加令人伤感。"

玉嫔忽然笑了起来，捂了眼："是，我是糊涂了。"她慢慢平静下来，回头时，脸上已无半丝泪痕，"你知道淑妃今日来是做什么？"

聂无双摇头，淑妃刚才说了许多话，她实在是不知她突然来紫薇宫的目的到底是什么。

玉嫔咯咯笑了起来："她东拉西扯那么多，不过就是想让我踏出紫薇宫，去分得云妃的宠爱而已。没想到我这个半废的人竟然能让她这般挂心。"

聂无双顿时默然，面前的女子虽然是笑的，但是她知道，她心里早已泪水磅礴。

"这便是后宫。"聂无双叹息了一声，美眸盯着玉嫔，"玉嫔娘娘已经踏进来了，早就应该知道。"

两人相顾无言。

她看向聂无双："我父亲虽不在朝堂了，但是门生甚多，之前让他打听的事也有了着落，谣言的源头并不是从淙江那边开始的，最早是从京城传起的。我已让父亲惩戒了几个传得最凶的，相信过不久，谣言自然会慢慢平息。"

聂无双皱了秀眉："悠悠众口，想要堵也是堵不了的，但是我不明白，为什么不是从淙江那边传起的？"若是天怒人怨，理应是从淙江那边开始散播谣言，却为什么是从千里之外毫不相干的京城中开始流传？

"这自然是有人故意散播谣言，想让皇上迫于压力废了你。"玉嫔眉宇深皱，"你到底是得罪了谁？居然要这样置你于死地？"

聂无双只是沉默。

## 第二十章　宫宴：惊云舞

　　聂无双扶了夏兰的手，慢慢向永华殿走去。一路烈日当头，但是她心中却如冰雪，自己的猜测终归是猜测，即使知道自己的猜测是对的，但是在心中最深处却依然有犹豫，犹豫自己是不是猜错了。可是旁人的印证却容不得她不信。

　　夏兰见她沉默，知她心情不好，只拣清静僻静的小路回宫。一行三人走到一处僻静的花园，忽然前面花树后有一袭粉色长裙一角勾在了横生的树枝边，隐约有说话声传来。

　　茗秋看了看，回头对聂无双轻声道："聂美人，还是绕道吧。"

　　聂无双知道在宫中的人一般不轻易招惹是非上身，听到不该听到的话，说了不该说的事，掉的可是自己的脑袋。

　　她点了点头，转身想要悄悄离去，忽然一声极清淡悦耳的声音传来："公主说这些话又是做什么？"

　　聂无双忽然顿住脚步，浑身的血液仿佛凝固，再也动弹不得。

　　那娇柔的女声哭泣道："你说我是做什么？我想回家不想待在这里！你去与父皇说一声，就说……"

　　悦耳的声音已经严厉与不耐："公主知道自己在说什么吗？"

　　"我当然知道，我喜欢你！当初我要嫁的就是你啊！"女声激动起来，树丛后人影隐约动了动，"扑"的一声，有人跌倒在地。

　　"公主自重！"悦耳的声音已含了冷意，一字一句直刺人心，"微臣告退！"

　　"清鸿！"树丛簌簌一动，那儿当先掠出一个俊雅的人影，而他身后跟跄跄着一位身着粉色霓裳长裙的美人。聂无双站在原地，一眨不眨地看着，而夏兰与茗秋早就窘得不知所措。

　　那粉色霓裳美人一把拉住那男子的袖子，哀求道："清鸿你真的对我一点怜惜都没有么？……"

顾清鸿俊脸一沉,正要发怒,回过头来却看见不远处一动不动站着的聂无双。天地之间所有的声息都仿佛褪去。他怔怔看着她,眼前的宫装绝美女子与记忆中的那张温柔的脸交叠。

"清鸿！——"耳边有人唤他。顾清鸿猛地回神,却是七公主齐嫣又羞又恨的泪眼,"她是谁,你干吗看她看得她入了神？！"

聂无双一动不动,只淡淡看着面前的两人。原来,传言竟是真的,七公主倾心齐国开国来最年轻有为的相国——顾清鸿。聂无双慢慢回头,扶了夏兰的手,听见自己的声音:"走吧,回宫！"

原来她也可以如此冷静,冷静得不像是自己。

"等等！"身后传来他的声音,聂无双却不想停下脚步,刚才那一幕太脏,脏了她的眼。

眼前一晃,一道人影已挡住了她的去路。聂无双看着面前的顾清鸿,一动不动。他的目光越过夏兰,看着聂无双,不由得紧了紧声:"无双,我……有话跟你说。"

聂无双笑了,美眸流转,似天光下粼粼的波光,妩媚得令人睁不开眼:"时至今日相国大人想要说什么呢？"

她回过头,看着满脸通红的七公主齐嫣,笑得越发柔和:"这位便是七公主吧,果然是国色天香。公主放心,皇上对待宫中的妃子十分温柔,并不比顾相国差,您实在是不必惶惶不安。"

七公主齐嫣听她如此一说,知道她已听到了刚才自己说的话,脚一跺,满脸羞愧地跑了。聂无双看着她踉跄的身影消失,这才慢慢收回脸上的笑。她挥了挥手,示意夏兰与茗秋退下。四周一片死寂,正午刚过,天光刺眼,她垂下眼,只觉得眼帘处一片红光,就像那天的漫天血光,地上一团一团浓得化不开的血迹,蔓延在她的脚边……

她和他又有什么好说的呢？即使相对而立,又有什么可以说的呢。

"你……"顾清鸿深吸一口气,"你一定很恨我。"

聂无双淡淡一笑,笑容飘忽,如天边的云彩,美丽却难以捉摸。顾清鸿忽然觉得自己词穷,什么时候,她收起了满身的恨,竟然可以这样淡然地笑,笑得他一地荒凉。

"顾相国如果没有别的事,本宫告辞了。"聂无双缓缓朝他施礼。一举一动,仪态万方。

"你……"他上前一步,似要捉住她的衣襟,可是她早已翩翩若彩云一般离开。

"相国大人,好好保重！"她的声音柔和且妩媚,恍然让他忆起从前,心中微微一热,正想说什么,她下一句却随风飘来,"一定要活到亲眼看着我聂无双如何报仇的那一日。"

三日后，朝中有人进谏，今年淙江发大水，沿江一带黎民百姓人心惶惶，有诸多猜忌，何不请德高望重的东林寺住持进京宣讲佛法，普惠民众。帝深以为然，颁下圣旨，请东林寺住持崇光师父带领一百僧人入京。

　　东林寺住持轻易不入京，入京之事，兹事体大，沿途都有官员随行接送，两日后，东林寺僧人入京，开坛讲佛，连讲三天。一时间民众趋之若鹜，其热闹程度蔚为壮观。萧凤溟又颁下减赋令，此举仁政更得民心。人人想到萧凤溟自亲政以来，爱民如子，勤政仁德，所谓的天降大水是由于皇帝亲女色的谣言自然销声匿迹。

　　宫中。

　　高太后听着内侍的禀报，听了许久闭上眼淡淡道："哀家知道了。"

　　一旁的高相国屏退宫人，皱眉道："如今皇上多听信清流一党，微臣几次进谏，皇上都似置之不理……太后……"

　　高太后垂下眼帘，不紧不慢地转动手中的佛珠："你也看到了，如今的皇帝可不是先帝，他不会放任任何世族坐大。你以后要谨言慎行，不能让皇上抓住把柄。"

　　高相国皱了眉头："当真是无法可想了吗？这减税赋可是会大大削弱国库收入。而且皇上还颁布了禁圈令，规定三品以上的官员不得有超过百亩地。这不是让人没活路了吗？"

　　高太后看了他一眼，冷笑："不过是让你少贪一点，少买些地，你就这样坐不住了？"

　　高相国老脸微微一红，岔开话题："皇上后宫嫔妃众多，子嗣却是不多，太后之前拿的那花名册……"

　　高太后冷哼一声："再说吧，三年一次选秀，如今还没到呢。你总是沉稳不足。这毛病要好好改一改！"

　　高相国急道："不是微臣心急，而是不能看着皇上独宠云妃，云妃的父亲可是礼部尚书，他与清流一党交往过密啊，太后！"

　　高太后闻言沉吟一会儿："清流一党向来在朝堂上并不入皇帝的眼，他们的政见经常华而不实。皇上是个务实的人，最终并不会采纳他们的意见。"

　　高相国叹了一口气："就怕皇上是拿清流一党来打击我们。这样的话……"

　　他下半截话不说，高太后自然心领神会，向来朝堂与后宫密不可分，如今萧凤溟独宠云妃，大有宠冠后宫之势，加上萧凤溟正得人心，就怕清流一党的人瞄准这个时机向皇上进谏，打压后党，后党背后是高家世族以及许家世族，这两家世族向来相依相存，密不可分，在应国掌握着极多的土地与势力，如果一旦皇上动了这个念头的话，应国简直都会震几震。

高太后目光沉沉："你放心吧，有哀家在。他们翻不出这个天去！"

齐国七公主来应国已有一个多月的时间，期间皇后多次接见，屡屡设宴款待。七夕宴过了五六天后，皇后见御花园中百花盛开，是难得的美景，又下了帖子宴请各皇室王妃们以及各臣子的内眷命妇一起赴宴。聂无双因避祸东林寺而缺席了几次，这一次是她第一次参加皇后的宫宴。萧凤溟为了补偿她，赏下不少华服，每一件都熠熠生辉，美轮美奂。

夏兰与茗秋看得大是赞叹："聂美人，皇上对你真的是很用心。"

聂无双看着一件件华美的衣服，淡淡道："都拿下去吧，挑一件素雅一点的穿就好了。"

夏兰疑惑问："为什么？聂美人难道不想在宫宴上大出风头？"

聂无双一笑："宫宴上有那么多美人，大家都打扮得无比美艳，我何必凑那个趣？"

夏兰只能悻悻地应了声，把衣服收起。

第二日，宫宴到了。聂无双用过早膳，便开始梳洗，等打扮停当，正是宫宴开始的时候。她来到御花园中，不由得惊叹皇后的布置。皇后做事十分细致，为了怕宾客炎热，在御花园中搭起凉棚，可供人休憩，或者赏花。而酒席设在了回廊中，一桌桌，延绵下去，十分别致。在回廊当中的水榭上是皇上皇后与几位品级较高的妃嫔的位置，凉亭四周垂下鲛纱帘，里面放了冰盆，这样半透明的纱帘既可以看四周的情形，又可以让宾客看到皇上与皇后。

聂无双到的时候，才发现回廊中只寥寥坐着几位品级不高的妃子。她选了个僻静的位置，一边赏着回廊池边的荷花，一边命宫人拿了鱼食逗着荷池中的锦鲤。她今日穿一件淡青色薄纱长裙，腰间配着一条白玉双扣结，头梳了流云髻，发上簪几支珠钗，便再无其他饰物。她面上脂粉略施，十分干净整洁，犹如荷塘中那一枝枝莲花一般，清雅不可方物。

日头渐高，宫妃命妇姗姗来迟。一时间御花园中笑语阵阵，聂无双正觉得昏昏欲睡，肩头被人一拍，她回头看去，却是雅美人。

"今日打扮得这般素净做什么？"雅美人今日挑了一件绯红色的薄纱长裙，精心修饰过的面上，面色如桃花，十分娇艳动人。

聂无双难得有玩笑的心思，淡淡笑道："我当绿叶，衬托你这朵娇艳的花来了。"

雅美人闻言不好意思地摸了摸自己的脸，叹道："臣妾去唤了玉姐姐几次，她还是不肯出来。"

聂无双撒下一把鱼食，说道："心结还需心药医。她想得通自然会出来。"

正在这时，有宫人唱和的声音。两人循声望去，却是帝后已经驾到。明黄挺拔的身影，头戴紫金龙冠，面容在天光下，俊逸明朗。他含笑扶着皇后的手，慢慢地向众人走来。皇后今日郑重着上明黄色的凤服，十二支沉甸甸的金钗插在两鬓，犹如凤凰的翅膀，

在天光下熠熠发光。众人连忙跪下，三呼万岁。聂无双与雅美人坐下，他扶着皇后的手，从她们身边经过。幽幽的龙涎香沁入鼻间，似连暑气也要一扫而空。

萧凤溟与皇后坐在亭中，这时又有内侍唱和："齐国瑞仪公主觐见皇上皇后——"

聂无双抬头看去，只见七公主齐嫣一袭绛紫色十二幅宫装，逶迤而来。她身上的衣服十分别致，长长的裙摆拖曳在身后，行走间缓缓展开，似凤凰的尾翼，裙摆上依次绣了清淡的同色紫罗兰，缠绕在藤蔓上，清雅高贵。她头梳半月髻，因还未成亲，未梳起的长发妥帖地披在肩头，犹如上好的墨绸。上次聂无双撞见她并未注意她的长相，这次倒是看得清楚。果然是国色天香的美人，只是她低着头，似谦卑又好似不乐意前来赴宴。

她在皇上与皇后面前拜下，萧凤溟含笑道："公主不远千里前来，朕心甚喜。"他手一示意，一旁的林公公已经掏出圣旨，开始大声念着，聂无双座位与亭子相隔甚远，只依稀听到圣旨长篇累牍地大赞两国的邦交，最后末了，萧凤溟封七公主齐嫣为德妃。

聂无双看着齐嫣领旨谢恩，心中浮起复杂的思绪。她是齐国皇帝最钟爱的女儿，是她仇人的女儿，而今竟然同侍一夫。命运果然安排得令人啼笑皆非。

过了一会儿，又有内侍唱和："云妃娘娘驾到——"

聂无双看去，只见一位极美的女子慢慢走了进来。她今日破天荒一改往日清雅装扮，穿一件云霞色流锦长裙，裙摆呈波浪状，逶迤拖在身后，裙上绣了各色花朵，栩栩如生，犹如百花仙子突然降临人间。她头簪八支金钗，额前饰以金箔剪成的花钿，明晃晃耀眼夺目。她容色本就十分柔美，如今一打扮，柔美中带着贵气，顾盼间满园的花都不及她容色的半分美艳。

聂无双看了一会儿，淡淡收回眼眸。雅美人冷冷哼了一声："她比七公主更加晚到，这下公主的风头都被她抢了。"

聂无双看去，果然见亭中七公主的面色铁青，咬着下唇。云妃姗姗来迟，在皇上皇后面前拜下请安，就自然而然坐在了皇后下首。对面便是刚封为德妃的齐国公主齐嫣。云妃与萧凤溟笑语晏晏，似根本没看见她，更是令七公主齐嫣气得脸色发白。

众妃已入座。照例是皇上大赏，接着便是歌舞助兴，一片觥筹交错，聂无双与雅美人位置偏僻，只在一旁说话。忽然聂无双眼角看到一抹素色从御花园门口走进。来人面容秀丽白皙，身形消瘦，竟是不出宫门的玉嫔。聂无双以为自己看错了，眨了眨眼，这才发现真的是玉嫔。

玉嫔环视了一圈都未发现雅美人，她也不急，只在门边站着。聂无双下意识地看向亭中的萧凤溟，只见他慢慢站起身来，似不敢相信，他向前走了几步，玉嫔感觉到他的注视，后退一步，正要转身。萧凤溟已大步走了过去。

"你来了？"眼前是熟悉的容颜，但是他却看不到半分他熟悉的神色。玉嫔苦笑了一声，后退一步，拜下："臣妾拜见皇上。"

"平身。"萧凤溟扶起了她，目光变幻莫名，最后长叹一声："来了就好。"

玉嫔只是默默。聂无双看到她眼眶微微一红，心中也跟着恻然。她悄悄推了一把雅美人，示意她上前去打破两人的僵局。雅美人看了看她，又惊又喜，低声对她说了一句"谢谢"便上前去扶玉嫔。

"玉姐姐你来了？"雅美人上前扶她。萧凤溟看了一眼雅美人，慢慢道："这一年你照顾她辛苦了。"

雅美人从未想过萧凤溟会对她说话，心中惊喜莫名，哽咽许久才道："皇上过奖了。"

整个宫宴在这个小小的插曲后继续。歌舞又起，聂无双看着玉嫔，笑道："玉嫔娘娘果然想通了。"

玉嫔抿了一口水酒长长叹息了一声："本宫来这里不是为了自己，是为了吐一口当年的怨气。我与他是决计不可能了……"最后一句她说得极低，聂无双要不是认真听，几乎是听不到。

聂无双心中一叹，忽然看见云妃含着寒气的美眸定定看了这里许久。她心中一动，云妃站了起来，捧了一杯水酒离座翩翩过来。

"玉姐姐，许久不见，你可好？"云妃站在玉嫔面前，举起水酒，红唇便溢出冷笑，"玉姐姐肯出宫来，为了什么？"

玉嫔拿起面前的酒杯，看着酒杯中清澈的酒水，笑道："那是因为我不再画地为牢。"她说罢一口饮尽杯中的酒，直视云妃。

云妃面色微微动容，她默默饮尽杯中的酒，一双明眸忽然看定一旁的聂无双，似笑非笑："听说聂美人在齐国曾是琴棋书画皆绝的才女，当初一曲'惊鸿'在齐国太后贺岁宴上大放异彩，不知今日是否有幸能一睹聂美人的舞姿？"

聂无双美眸看定云妃，知道她一定是迁怒自己帮玉嫔走出紫薇宫。想着，她微微躬身道："臣妾许久不跳舞了，恐怕会令云妃娘娘失望。"

云妃转过身，不屑道："世人多会夸大，聂美人不舞恐怕是闻名不如见面。不过，让当年齐国第一相国夫人在此地献舞，恐怕聂美人也是心中不愿吧。"

四周忽然安静下来。许多目光都看在聂无双面上。她毫不留情揭开她的伤疤，等着看她的失态。聂无双看着面前一双双含义不明的眼睛，忽然失去声音。

云妃走了几步，身后传来聂无双清冷的声音："云妃娘娘请留步！"云妃慢慢回头，笑得不屑。"聂美人又改变主意了？"

聂无双上前，直视云妃的眼睛，笑得妖娆："臣妾有个好主意不知云妃娘娘敢不敢试。"

"是什么？"云妃傲然问道。

"听闻云妃在闺中素有才名,亦是诗词歌舞精绝的女子。不知云妃可否屈尊与臣妾一同向皇上献舞一曲'惊云'。"聂无双看着她的眼睛。

云妃脸色忽白忽红:"你竟然敢叫本宫与你一起献舞?"

聂无双看着御花园中盛开的百花,悠悠地道:"'惊云'并不难,亦是从应国传入齐国,云妃是齐国人,应该懂得'惊云'才是,除非……"

"除非什么?"云妃恼问道。

"除非闻名不如见面呢。云妃娘娘,您说是不是?"聂无双看着她的脸色笑道。

"你——"云妃气得脸色煞白。

聂无双面对她的震怒,仿佛没有察觉,淡淡地道:"既然云妃娘娘不肯,那臣妾也不敢为难了。"

她说完微微躬身,准备退下准备,云妃忽然冷声道:"你等等!"

聂无双回过头来,看着云妃,秀眉一挑:"云妃娘娘有何见教?"

"本宫跳!"云妃冷哼一声,头上的金步摇晃了几下,灿灿生辉:"到时候你就知道传言是真是假了!"

聂无双微微一笑:"如此甚好。"

云妃奏报萧凤溟知晓,接下来两人要当场为皇上皇后献舞,皇后大喜,对萧凤溟道:"皇上,没想到今日竟然有如此眼福。"

萧凤溟点头笑道:"听说映蓉的歌舞也不错,只是进宫后都没跳过一次。这次是要让朕再惊喜惊喜么?"

皇后微微一笑:"其实说起歌舞来,不是臣妾偏心,臣妾看好聂美人。这齐国第一美人的称号可不是作假的。当年一曲'惊鸿'据说见者心醉。舞技应该是炉火纯青。"

萧凤溟淡笑不语。坐在下首的七公主齐嫣忽然冷声开口:"当年我也看过,倒觉得不怎么样,唯一感觉只觉眼花缭乱的,不知所以。"

萧凤溟看了她一眼,淡淡道:"当年无双跳'惊鸿'之时,公主还是天真烂漫的女童,自然不喜欢。"他意有所指,隐约说聂无双成名之时,她齐嫣还是小孩一个,自然欣赏不来。

齐嫣一怔,待回过神来不由得气得俏脸发白,正想要发作,忽然想起这并不是齐国而是应国,不由得蔫蔫低下头。正在这时,内侍匆匆过来,道:"睿王殿下与齐国使节顾相国来了。"

萧凤溟宣他们进来。在御花园的拱门边,睿王萧凤青与顾清鸿一前一后地走来。萧凤青头戴金冠,身穿绛紫色朝服,上面用金银等五彩丝线绣着五爪盘龙,张牙舞爪,贵气十足。顾清鸿则穿着同色使节服侍,翩翩而来,从容淡然。

两人相同绛紫色衣服,却穿出截然相反的意味。绛紫色穿在萧凤青身上,把他格外白皙的肤色衬得越发俊魅妖娆，似魔非人。而穿在顾清鸿身上则是有一种淡淡的"紫气东来"的仙气，翩翩如谪仙下凡。

两人面上都带着笑，相互谦让着一路行到了萧凤溟跟前。

萧凤溟笑道："两位来得真的是及时，等会儿可以饱眼福了。"

皇后亦是附和，命人多加桌椅碗筷。亭中凉爽，萧凤青松开袖子，舒服叹了一口气："刚才听住持大师讲经，累也累死了，还不如在这里看歌舞来得舒适。"

顾清鸿笑道："住持大师果然睿智，说起佛来，含义深厚，令人受益匪浅。其中一位清远师父年纪轻轻，看样子也是住持大师的得意弟子，所解的佛语也十分浅显易懂，实在是难得的佛门人才！"

萧凤溟微微一笑，随口与他们聊起讲经的见闻。过了一会儿，歌舞丝竹声忽然停歇。众人都不由得看向御花园中搭好的台子，慢慢的，一道悠远的箫声响起，荡入云中，沧桑而有古意。

众人知道这时候一定有新的歌舞上台，都屏息凝神地看着，一会儿，幽幽的箫声又吹起，依然是缓慢而苍凉。

萧凤溟听了一会儿，微微诧异："这是'惊云'，她们要跳'惊云'？"惊云是古代应国出征前的战舞，后来慢慢成了女子跳的一种舞蹈，再经过百年间的演变，成了一种比较普遍容易教习的舞蹈。应国女子即使不识字，也几乎人人会跳惊云。

这才是萧凤溟诧异的原因。云妃与聂无双不跳别的，居然挑了一曲人人都会的惊云？

顾清鸿眉宇一皱："不知陛下说的是谁？"他原以为献舞的是歌伎，可看萧凤溟的样子却像不是。

"献舞的是我们宫中的云妃与聂美人。"皇后好心提点。

顾清鸿俊眸微微一沉，不由得看向一旁坐着的萧凤青。虽然他知道参加这次宫宴会碰见聂无双，但是没想到自己竟然赶上了这么一出。萧凤青听到皇后的话，似笑非笑地看了一眼顾清鸿，举了举酒杯，兴致盎然："的确是眼福不浅呐，相国大人。"

顾清鸿俊眸微眯，端起酒杯，沉默地一口饮尽。夫妻三载，她从未在他面前跳舞，而如今，她翩翩起舞相对的人也不会是他了……

箫声渐渐转入正题。众人只见两旁飘来两朵云，长长的水袖漫卷开来，两人一样打扮，黑与红两色舞裙，聂无双身着墨黑舞裙，裙上一丝装饰也无，纯浓黑的墨色衬得她画了精致妆容的面上说不出的妖娆妩媚，眉宇间一片大战前的肃杀，摄人心魄。云妃身着大红舞裙，裙上绣着大朵牡丹，行走间舞裙荡漾铺展开来，像是一朵盛开的鲜花，浓烈鲜艳。

众人都被她们奇异的打扮给震住了，怔忪过后，不由得叫好。箫声渐渐急促，丝竹响起，一首恢弘的"惊云"舞曲渐渐呈现在众人眼前。两人刚开始跳得极慢，一举手一投

足，凝重而深沉。两人均是身材修长，身段妖娆，舞起来格外好看。云妃柔媚，聂无双冷艳，一红一黑，相辅相成，令人不知该认真看哪个。

曲声渐渐加快，聂无双一抖水袖，漫天泼墨似的水袖犹如乌云压城，直要压垮人心。云妃也抖起水袖，火红的颜色如同天边燃烧的晚霞，绚丽如火。两人相同的起手势，却是给人完全不同的感觉。

萧凤溟看得连连点头，皇后亦是含笑凝视台子上的两人。一红一黑的长长水袖，随着乐曲时而分开时而仿佛缠绕在一起，难解难分。

顾清鸿眼光随着那抹浓黑移动，他娶聂无双并不是为了她的美色，更不是她的家世，而是潜藏在心中的仇恨。三年中，虚情假意，没想到有朝一日抽身而出，看到的温柔妻子竟是换了一个模样。她妖娆得仿佛盛开如罂粟，明知有毒，却是每个男人都抵御不了的绝色倾城。他是否错了，错了。错不该识了她，让她爱上他，更不该让她恨上他？……

顾清鸿微微一叹，叹息声化入酒中，竟添了一丝说不出的愁绪。

台上的两人渐渐舞到最激烈处，聂无双手中水袖漫卷，一举一动，都深谙舞曲的神韵，游刃有余，而云妃额上已经香汗淋漓，即使跟得上，但是举手投足中已经有了凝滞的感觉。在宫中两三年的养尊处优，她已完全不适应这剧烈的舞。

聂无双却十分轻松，踢跳回转，行云流水，姿态曼妙，令人心旷神怡。柔中带着坚韧，令人看了心绪激动。一波波水袖犹如滔滔而来的乌云，又似可以摧毁一切的江水，翻卷腾挪，翻出许多花样，令人目不暇接。舞曲已快到了最后，云妃暗自松了一口气，她至今也不算输，虽然舞得吃力，但是这首曲子也较为简单。她正打算打几个旋退场的时候，舞曲忽地快了起来，是最后的一小段。

云妃眼角余光瞥到聂无双，只见她脚尖踮起，忽然飞快地旋转起来。

这也不算什么出彩处。云妃依样旋转，她转了几下，正想要结束，忽然看见聂无双的旋转却越来越快，越来越快。

天啊！云妃要不是身在台上，几乎要叫出声来。聂无双仿佛没入了一片浓黑的乌云中，快如急雨，几乎看不见她的面目。一圈两圈……不知道她转了多少圈，云妃已经力竭狼狈停下，而聂无双依然在旋转，她手中的水袖随着高速的旋转翻出各种奇妙的花样。

这样的转动几乎异于常人。云妃呆呆看着，聂无双的面目隐在水袖中，脚尖几乎只剩下一点与地面接触。这到底是什么舞？！

她还来不及回过神，底下众人已叫起好来，每个人面上都显出惊异，云妃看向那亭中的萧凤溟，只见他一双眼牢牢看定的是聂无双。她心中一窒，眼中忽地沁出泪来，掩了面悄悄退了下来，而这时，舞曲刚刚停歇，聂无双身上的舞裙犹如一片云，随着她的伏地而落下。

寂静，御花园突然寂静下来。随后，众人不由得纷纷叫好，聂无双抬起头，冲萧凤溟微微一笑，翩翩退了下来。

"果然是一支从未见过的精彩绝伦的'惊云'！"萧凤溟哈哈一笑，赞道。底下宫妃命妇已是兴奋地议论纷纷。

"啪啪……"两声巴掌，顾清鸿从恍惚中回神，看见萧凤青懒洋洋拍着巴掌，异色的眼眸中却是一团火热。

"她很美，不是吗？"萧凤青忽然侧头对他低声笑道，声音中充满了暧昧与邪魅，"而她更美的时候却不仅仅是跳舞的时候……"

顾清鸿心头一股热血涌上，几乎是不假思索地，一掌重重拍上萧凤青的心口。萧凤青冷笑一声，脚一踢，连人带椅忽地向后缩了几尺，顾清鸿想也不想，掌心一翻，改劈为切，狠狠砍向萧凤青的肩头。萧凤青举手格挡。"砰"的一声，两人掌心的劲力碰撞在一起，发出一声巨响。

亭子边的金刀侍卫还未反应过来，众人只见两条紫色人影飘出亭子，翻身飞上台上，两个人竟然就这样当着众人面前缠斗起来。众人不由得低低惊呼起来，浑然不知发生了什么事，只能怔怔看着突然的变故。

萧凤青行动飘忽，他的身法诡异得可怕，似可以一瞬间出现在不可能出现的地方。而顾清鸿姿态俊逸，一举一动犹如青鹤照影，潇洒中带着孤绝的杀气。

萧凤溟剑眉微微一皱，吩咐下去，皇后心中焦急，但不知现在情势是如何，也不敢妄自出声，只能温和地向正走上前来的聂无双道："聂美人一起过来坐吧。"

聂无双勉强笑道："谢皇后娘娘，臣妾瞧着睿王殿下与顾相国切磋武功，都看得出神了。"

萧凤溟上前，握了她的手，微微一笑："刚才五弟与顾相国说你的舞极好，竟也要给朕献献武艺为宴席上多添几分热闹。"他轻描淡写一句话把两人突然的冲突给掩盖了过去。

聂无双面上感激，但手心却冷汗涔涔。这件事转圜得妙就是两人有心献武艺，转圜不好就是在皇帝面前动手，欺君的罪名。她目光复杂地看着萧凤青与顾清鸿，一个是她现在需要的依靠，一个是她不想让他现在就死的男人。一时间饶是她满腹才智竟想不出办法分开他们。

"皇上，聂侍卫来了。"林公公上前低声道。

萧凤溟点了点头，扬声说道："今日比武，只许点到为止，不许伤人。聂侍卫，你曾身经百战，朕今天要让大家看看你的武功到底如何。"

他回头看着聂明鹄，语气沉稳："为将之道，贵在坚韧智勇，能忍人所不能忍，能吃人所不能吃的苦，光有匹夫之勇是不够的，聂将军你可明白？"

聂明鹄跪下，定定道："微臣知道了。"他解开身上配刀，向台上走去。聂无双心中

一急，连忙上前拦住他："哥哥！"

聂明鹄对她一笑："妹妹，没事的。皇上说了只是切磋武艺而已。"他安慰地按了按她的手，大踏步而去。

聂无双忧心忡忡地回头看着萧凤溟，后者回给她一个放心的眼神。

聂明鹄翻身上台，抱拳对打斗在一起的两人道："顾相国，据闻您文武双全，今日明鹄也想领教一下。"

他说完，纵身上前。顾清鸿正单手劈向萧凤青的腰眼，眼见得自己左侧飞来一脚，他不假思索，人侧身翻飞出去。底下人只觉得他的姿态如鹞子扑食，美妙异常，都不由得喝彩起来。

萧凤青见聂明鹄上台来，撒手负立一旁，凉凉道："聂将军可要好好与顾相国切磋啊。"

聂明鹄脸色如铁，一招一式杀伐之气流露无遗，众人本对他是罪臣逃将身份十分鄙夷，如今见他在台上威风凛凛，都纷纷对他改观不少。聂无双在亭中看得揪心之极，捏得手中的帕子都皱成一团。她知道顾清鸿有武功，但是一如他的为人一般，她根本不知道他武功到底有多好。如今看来，他比自己想象中更加深不可测。台上两人斗得难解难分，几乎看不出两人的身影，聂明鹄招式一开一合大气又充满了金戈铁马的杀气，顾清鸿的武功却如天空中翱翔的鸿雁，姿态优美。两人似在切磋，但是明眼人都看出两人之间不死不休的杀气。

"顾清鸿，你到底跟聂家什么仇恨？"一掠而过，聂明鹄咬着牙冷声问道。

"自然有仇！"顾清鸿轻飘飘一掌拍上他的肩头，聂明鹄闪身避过，台上一块木板受到掌力"咔嚓"一声应声而裂，可想而知，这掌要是打在人身上，不死也半条命去了。

"你这个忘恩负义的人！你对得起我父亲的栽培吗？"聂明鹄眼红如血，一拳狠狠击在他的身上。顾清鸿飘飘向后退了几步，卸去他排山倒海的劲力，他冷冷一笑："你父亲权势过大，迟早也是皇帝的牺牲品。"

"那我小妹呢？"聂明鹄哈哈一笑，盯着他的面上，眼中溢出泪光："她又何罪之有！"

顾清鸿不由得看向远远的亭子，那一抹倩影正看向这边。自己又是为什么要这样赶尽杀绝？他一时间竟迷茫起来。心中忽然颓然一松，一口气消散得无影无踪。

聂明鹄看准他心神涣散的时候，一拳猛地击中他的心口。

"扑……"顾清鸿一口血喷了出来，不由得捂着心口后退十几步。

"大哥！……"聂无双不由得站起身来。

聂明鹄捏着拳头，一把抓住顾清鸿，眸中血红，劲力已经蓄满了拳头，这一下再打下去，家仇就可得报了！只要再补一拳……

他拳头捏得咯咯作响，顾清鸿似笑非笑地看着他，一口血又涌上。现在他全身的劲力已经散乱，一时间根本来不及提气抵御。整个御花园中仿佛突然间安静下来，静得几乎能听见针落在地上的声音。

"你杀了我吧。"顾清鸿哑声说道，他安静地闭上眼，"我大仇已报，是时候你来报仇了。若你放过我，下一次……就是两国兵戎相见的时候……你可能就没那么容易杀我了……"

"不！——不！——聂将军放过他！聂将军！"亭中七公主忽然回过神来尖叫起来，"聂将军！你不能杀他！你不能杀他！——"

聂明鹄仿佛没听见，只瞪眼看着手中的顾清鸿。

"大哥，放了他。"一道柔柔的声音传来，聂无双慢慢走近，叹息一声，"皇上说只是切磋。你杀了他就是抗旨。"

聂明鹄慢慢地放开他，狂怒的他已经冷静下来："皇上说得对，为将之道，贵在坚韧智勇，能忍人所不能忍。"他说完，大步离去。

聂无双冷冷看了一眼顾清鸿，随后翩然离开。她在一处僻静的树荫下找到自己的大哥聂明鹄。聂明鹄看到她过来，勉强笑道："小妹不用去陪皇上么？"

聂无双默默坐在他身边，像是小时候一般把头靠在他的肩膀，蝉声阵阵，两人之间却越发沉默。许久，聂明鹄浑身颤抖，聂无双看着他眼中的热泪滚落，一颗一颗滚烫得几乎要灼烧了她。

"哥哥，血仇要用血来洗。总有一日，我要应国的铁骑踏平关山万里，血洗齐地来祭拜我聂家百口无辜族人！"她一字一顿地说道。

聂明鹄愕然抬头，这才发现曾经温柔的小妹早就陌生得叫他不敢再认。

宫宴过后，萧凤溟下旨，先是责备了聂明鹄失手伤人的无礼，随后又擢升聂明鹄为禁卫军统领，同时他还下旨宽言抚慰齐国使节顾清鸿，赏赐了不少东西。顾清鸿伤势不算太重，就在东林寺住持暂住的天马寺中养伤。

聂无双一舞成名，宫宴过后，萧凤溟特赐随行圣驾。众妃子不由得眼红嫉妒，但是心中又无可奈何，谁能如她一般一舞倾天？连自视其力甚高的云妃都不是她的对手。

171

## 第二十一章　逃婚：阴谋生

　　三日后，齐国七公主正式与应国皇帝成亲，秦国也遣来使者恭贺两国之喜。三国面上和乐融融，私底下却各自试探，加紧自己的边境布防。一场战争风云似已迫在眉睫。应国皇宫中却依然未觉朝堂的紧张，各宫井然有序。齐国七公主如今已是德妃，位于四妃之首，第一日向皇后请安，披散在肩的头发已梳起，容色美艳，年轻得咄咄逼人。玉嫔自那日宫宴过后也常常在宫中走动，萧凤溟似为了补偿之前对她的冷落，连着几日宿在她宫中，后宫女子向来敏感，眼尖的宫妃却发现深受皇恩的玉嫔冷漠一如往昔，形销骨立，倒是雅美人一日比一日面容红润，喜上眉梢的样子。

　　"恭喜雅美人，如今可得了皇上的宠爱了。"聂无双在永华殿笑着道喜。

　　雅美人看了一眼一旁的玉嫔，脸颊上飞起红晕："也是玉姐姐的功劳，不然的话……"

　　玉嫔在一旁冷淡地道："本宫又不稀罕，推给你正好，总之不能推到明芙宫那边去。"

　　聂无双看着茶在沸水中翻滚，淡淡笑问道："如今云妃也不知道在做什么，毫无动静。"

　　玉嫔一哂："她还能干吗，就躲宫中悲春思秋。等皇上忽然想起她来了，一瞧，人比桃花瘦，更心疼了。"

　　聂无双淡淡一笑："皇上如此心疼她，一定有什么缘故的。"

　　玉嫔看着茶杯，幽幽地道："听说当年皇上刚刚立为皇帝的时候，曾见过她几次。大概是有些感情的吧。"

　　雾里看花终隔一层，拨开云雾，终是要露出真容。云妃就算仗着自己楚楚可怜，时间长了，男人也会感到无趣。聂无双看着翻滚的沸水，唇边溢出清冷的笑意，如今萧凤溟也宠了她三年，大概也快到头了吧……

齐国的送亲使节团三日后要走了,顾清鸿的伤势据说时好时坏,德妃齐嫣面上虽看不出什么,但是几次拜见皇后,聂无双都看见她心事重重。她心中冷笑,落花有意,流水无情。齐国公主这一番痴情恐怕会痴心错付。

她想着,脑中猛地掠过一道亮光。她思忖了许久,这才命茗秋前来,如此这般,说了几句。茗秋心领神会,领命而去。聂无双看着那耀眼的夏日景色,唇角微微勾起,露出丝丝冷笑。

夜沉如墨,一辆不起眼的马车在黑夜的道上疾驰。四周寂静,只听得见马蹄得得的声音,一声声如鼓点重重敲打入心。不一会儿,马车在一处僻静的山林中停下,马儿打着响鼻,不安地踏着地。过了许久,远处燃起一盏灯,有人慢慢驱赶着马儿向光亮中而去。

"东西带来了吗?"一道急切又音调古怪的声音从光亮后传来。

"带来了。"慵懒的声音,仿佛天下再重要的事他都不会放在心上,"我要的东西你带了么?"

黑暗中,那口音古怪的蒙面人悄悄转了出来:"你竟然亲自出来,看样子这东西一定不会假。"

"自然不会假,本王难道会骗你吗?大半夜不睡觉出来喂蚊子?"车帘一掀,一张在夜色下俊魅如魔的面孔出现在灯下,他从怀中掏出一幅绢布:"给你,本王要的东西呢?"

那蒙面人从怀中掏出几封书信样,递给他,沙哑道:"你要的,我都按你的要求写了。那幅真的是……齐国的边防要塞图?"

萧凤青一封封打开,略略扫了几眼,满意地点了点头:"不错,正是本王要的东西。"他看着蒙面人,似笑非笑,"当然是真的。你若不信,可以派兵去试试。"

"你!——这军事大事怎么可当儿戏?"蒙面男人恼火起来。

萧凤青不紧不慢地收起蒙面人给他的书信,低声笑道:"你以为本王的信誉就那么差吗?"

"那你们应国为什么不去攻打齐国?反而要把这重要的东西给我们秦国?这其中太过古怪,我不得不怀疑!"蒙面人狐疑地问。

萧凤青无聊地打了个哈欠:"因为齐国与应国和亲了。我们皇帝做了齐国的女婿,自然不好意思拉下脸皮去攻打自己的娘舅家啊。这个解释阿图耶将军您满意了吧?"

蒙面人闻言,倒吸一口冷气,刷的一声拔出刀来:"你怎么知道本将军的名字?"

萧凤青好笑地看着他,似真似假地道:"那是因为秦国的阿图耶将军实在是威名远播,虽然本王不怎么理政事,但还是如雷贯耳啊。"

阿图耶将军听了他的话,嘲讽一笑:"不理政事的王爷怎么会费尽心思,要本将军去捏造一封封通敌卖国的书信呢？"

萧凤青哈哈一笑："本王实在是太闲了，所以想除掉几个不长眼的啰唆臣子，这个解释将军满意吗？"

与这只狡猾的狐狸说话，十句没有一句是真的。阿图耶将军恨恨地扬了扬手中的绢布："你最好确定这里面齐国的布防图是真的，不然的话，秦国的铁骑踏平的可是你们应国！你们应国最近刚刚遭受大灾，应该不想再应付我们秦国的十万铁骑吧？"

萧凤青清冷一笑："如果放狠话可以攻城略地，本王也不会输给阿图耶将军。既然你我已经交易完毕，也没什么话好说了，告辞！"

他说完转入车厢中，马车慢慢地顺着来路驶入了黑暗中。阿图耶看着他走远，这才郑重收起手中的地图，彻底消失。

齐国送亲的使节团走了，萧凤青作为迎接的官员，这一次也负责送行。他看着逶迤的仪仗队伍，薄唇边含着一丝含义不明的笑。

"这些日子承蒙睿王殿下招待，在下十分感激。"顾清鸿走来，温和有礼地说道。那次伤重，他明显消瘦许多，面色苍白，官服穿在身上，更显得空荡荡的，仙气中还带着一种说不出的淡淡忧郁。

萧凤青一笑："只要顾相国不嫌弃本王招待不周就行。山高路长，还望顾相国大人多多保重。"

顾清鸿看了他一眼，淡然转身。

车驾动了，萧凤青站在原地看着他们仪仗队伍慢慢远去，最后在视线中消失，冷笑道："好戏还在后头呢，顾清鸿！"

德妃不见了！

这个消息像是长了翅膀，从德妃住的弄云宫中传了出来，一时间，才不过当了不到半个月的新妃子，竟然眼睁睁，活生生地从后宫中消失。众妃子在惊诧莫名中回过神来的时候，忍不住又心中窃喜。德妃是齐国的公主，身世尊贵，以后若是生下皇子，肯定是后宫一大强劲的对手。如今她莫名其妙地失踪了，对后宫的妃子来说肯定是一个极好的消息。

皇后忧心忡忡，立刻秘密禀报皇上，皇上即派御林军严密加紧在京城中搜索，又派人去京城四周查探。此事事关两国皇室颜面，后宫妃嫔们虽然不知道内幕，但是也感觉到空气中弥漫着紧张的压迫感，几位位份高的妃嫔深谙此事的严重，都几次三番勒令底下的宫人不可造谣生事。

"德妃不见了！"一日雅美人过来做客，看着四周无人，低声说道："听说是跟着齐国的使节团一起跑的。"

聂无双抿了一口茶水，轻笑："雅妹妹管她那么多做什么？"

雅美人微哂："我看她是胆大包天，这一跑，那两国的颜面可就丢光了，到时候要是引起两国的战事，那她就是齐国的罪人了！"

聂无双看了她一眼，秀眉一挑："引起战事？这话怎么说？"

雅美人见她似一无所知，靠近，低声说道："听说她是为了那个顾清鸿所以不愿意待在我们应国。"

聂无双微微一笑："那岂不是蓝颜祸水？"

雅美人看着聂无双似笑非笑的美眸，忽然反应过来顾清鸿曾是她的夫君，不由得尴尬说道："这个……聂美人不要放在心上，我也是听人胡说的，也许她与那顾清鸿并没有什么。"

聂无双微微一笑："无妨。"

因齐国公主齐嫣不见，萧凤溟心事重重，当夜宿在永华殿中只略略缠绵便罢了。月光透过巨大的窗户打在内殿中的帷幔上竟这般明亮，亮得令人心慌意乱。聂无双睡不着，辗转反侧，却看到身旁萧凤溟沉静的睡颜。

聂无双怔怔看着他，同床共枕这么久，他的心依然不会为她而沉沦。她叹息一声，正想要翻身睡去，他忽然翻身把她搂在怀中，属于他的那男子气息扑来，她的天地仿佛就困在了他坚实的臂膀中。聂无双一时间动弹不得，也不敢动，他沉睡的鼻息轻而缓，撩过她的面颊，像是夏日里的松柏散发出的清新气息。聂无双想等他翻身但是却始终等不到，这个姿势并不舒服，但是无端令人觉得安稳。疲倦慢慢涌上，她终于在他怀中沉沉睡去。但是他能给她安稳的感觉，这就够了……聂无双迷迷糊糊想。

到了深夜，殿门忽然被人急促地拍开："皇上！"

聂无双醒了过来，守夜的内侍去开门，来的人急促地说了一些话，然后内侍匆匆赶了过来。

"到底是什么事？"聂无双披衣起身，低声喝问。

"回聂美人，德妃娘娘被抓回来了，如今就在殿外等着皇上的示下。"内侍急忙说道。聂无双看见床上的萧凤溟还在沉睡，知道兹事体大，轻声叫醒萧凤溟，把前来通报的内侍传过来。萧凤溟披衣起身，沉声道："就在殿外？与她一起被抓的还有谁？"

"启禀皇上，就德妃一个人。"内侍禀报。

"宣！"萧凤溟脸色不好看，微微拢了拢衣服就大步往外走去。聂无双放心不下披衣跟上。

在殿外一位面色煞白的女子跪在地上，门口的青石雕着吉祥百蝠的石雕硌着她的膝盖，可是她仿佛是木头人一般，只呆呆跪着。一旁的侍卫已经点燃明亮的火把，明晃晃的

175

火光把四周照得犹如白昼。

萧凤溟打量一眼齐嫣,冷声问道:"你是怎么回来的?"

齐嫣慢慢抬头,她鬓发散乱面容憔悴,看得出来这两天她过得十分不好。她呆呆看向萧凤溟轻轻自嘲一笑:"因为无处可走,所以回来了。"

萧凤溟脸色一沉,还想再问,聂无双连忙拉了他的袖子:"皇上,先进殿中说话吧,这里不是说话的地方。"这大庭广众之下的确不好问这种丢尽皇家颜面的事。

萧凤溟随即冷冷背过身:"来人,把她押进来。"

他顿了顿:"今天看见这件事的人通通都给朕把嘴巴闭紧一点,不然的话,你们应该清楚朕会怎么做!"

底下的侍卫连忙一起跪下应声。聂无双看着他怒而不发的背影,再看看呆滞的齐嫣,心中的不安亦是一层层加深。齐嫣想要起身,但是跪得太久腿麻而挣扎起不来。聂无双上前扶了她一把,顺势飞快地在她耳边说道:"你既然远远地走了,何必又要回来拖累人?齐嫣,我聂无双瞧你不起!"

齐嫣刚想要说话,聂无双已经放开她,冷冷地走了进去。

殿上萧凤溟坐在首位,沉稳的目光中流露出隐约的怒气:"你到底是怎么出的皇宫?又是怎么出的京城?有谁与你合谋帮了你?还是你一早就策划好的?你给朕老老实实地说清楚!!"

齐嫣看着光滑水鉴的地板,许久才默默磕了个头:"臣妾没有什么可说的。皇上杀了臣妾以平心头之恨吧!臣妾毫无怨言。"

"啪"的一声,萧凤溟一掌扫掉了桌上的茶盏,脸色铁青:"你想要死?难道做朕的妃子你很不甘愿?"

齐嫣眼中的泪滚落下来,她又磕了个头:"皇上英武不凡,但是……"但是她的一颗心早就丢了,在齐国宫阙重楼前,她看到顾清鸿孑然的身影,犹如离群索居的青鹤,在那一刻,她的心就丢在了风中……远离故国做和亲的公主,她天真地以为自己的牺牲能逼出他一点点怜惜,但是最后根本不是自己想象的那样。他依然无视她,对她的心意毫无回应。

聂无双叹息一声,对着萧凤溟道:"德妃娘娘也是一时糊涂,皇上饶了她吧。"

萧凤溟冷笑一声:"糊涂?!朕娶她是为了两国的邦交!为了不起战事!结果她一走了之,难道为了朕的颜面杀了她好让两国开战吗?朕今日告诉你齐嫣,作为和亲的公主,你想死也是不能的!"

"来人!把德妃送回弄云宫,即日起,朕罚她禁足不能出,谁也不许探望,也不许弄云宫中有人出来。一切要有朕的旨意才行!"

齐嫣被内侍带下,她临走前幽幽看了一眼聂无双。

萧凤溟心中怒气难平："没想到她差点要酿成一场大祸！如今秦国虎视眈眈，齐国与我国正要恢复联盟，万一出了这事情，两国交战，秦国肯定要趁机落井下石，到时候倒霉的还不是两国的百姓！"

聂无双柔声劝道："德妃娘娘年纪轻不懂事，她只想着自己，自然不会顾全大局。再说她这不是回来了么？"

萧凤溟闻言并不高兴："劝她回来的人一定也懂得其中的利害关系。所以她才会冒着受严惩的处罚回来。"

聂无双嘴角的笑渐渐冷了下去，的确，劝齐嫣回来的人一定懂得齐国与应国目前的敏感与危机。

顾清鸿……这个圈套太容易解开是么？

德妃齐嫣忽然回来，虽然被萧凤溟责罚，但是也令后宫大大小小的妃子们都松了一口气，谁都不愿意看着皇帝天天为这事绷着一张脸。而且两国的邦交危机也在无形之中消散，更是令知道内情的朝中大臣松了一口气。如今应国并不适合与他国来一场战争。

过了几日，聂明鹄巡值觐见皇帝之后特地来了一趟永华殿，挥退众宫人，他皱着眉头对聂无双说道："德妃的事你做得太危险鲁莽，你让人唆使她换了侍卫衣裳出宫，万一被皇上查出来，你我都要遭殃。"

聂无双正在拨着沙盘中的玉质棍子，她一笔一画地写着繁复的大篆，闻言抬头一笑："做大事都需要有风险。更何况两国开战，大哥就能一展抱负。这不是两全其美？"

聂明鹄闻言不得不重新审视她，在她身旁盘膝坐下，过了许久默默道："为了我们的仇，费尽心机弄得两国开战，这么大的代价值么？"

聂无双看着沙盘上平整绵细的沙子，悠悠道："应国迟早会向齐国开战，这跟我们聂家的恩怨无关。"

聂明鹄又问："那如果皇上不会兴起伐齐的念头，你又该如何？"

聂无双微微一笑，绝美的面容在窗外天光的映照下，美得不似真人："无双说过，一定会让应国的铁骑踏平齐国的关山万里。这句话可不是心血来潮才说的！"

聂明鹄叹了一口气，而聂无双慢慢转动手中的纤细的玉棍，在平整的沙面上，写出一个大大的"杀"。

她出神看着，忽然微微笑了起来。

齐国公主齐嫣之事渐渐平息，后宫又恢复了往日的平静。四妃之中，随着淑妃回宫，皇上亦是多去她宫中走动看望。聂无双不觉得什么，倒是雅美人忧心忡忡道："唉，皇上的心思太过难猜了。之前不是对聂姐姐宠爱有加，怎么现在又去了辛夷宫？"

玉嫔一旁听了，冷笑道："淑妃不过是仗着她背后有兵权的父亲，皇上既不能冷落

她,也不会太过容易令她有身孕。你当皇上会这么轻易让她生出一个可以替代大皇子的皇子么?要是能生,她早就生了,哪会等到现在?"。

聂无双闻言不由得多看了她一眼。玉嫔经过晏太医的诊治调养,身子渐渐好了,脸色亦红润许多,乍一看去,依稀能看出她当年令帝王倾心的美色,她以目光询问。玉嫔知道聂无双刚到应国,不懂后宫势力局势,沉吟一会儿,命雅美人出去弄点点心支开她,这才对聂无双正色说道:"看在你开解我的分上,我才说给你听听。雅美人心思单纯,只想着有个子嗣可以依靠,她多知道一些不该知道的事是无益的。"

聂无双知道她要说的是重要的事,笑道:"如此臣妾就先谢谢玉嫔娘娘的点拨之恩了。"

玉嫔看了她一会儿,叹道:"你的心思我虽然不懂,但是也能猜个八九不离十,你身上戾气太重,做事又果敢狠绝。你告诉我,德妃是不是你送出去的?"

聂无双轻抿一口茶水,慢慢道:"这与玉嫔娘娘即将要告诉臣妾的事又有什么干系呢?就像玉嫔娘娘所说的,不该知道的事,知道了对自己也无益。"

玉嫔哼了一声:"你想要掀起风浪,但是太过心急,你只不过是一介小小的美人而已,一个不小心就会万劫不复,我是担心你冲动的后果才提醒你。别好心当成驴肝肺!"

聂无双听了,淡淡道:"其实臣妾也是做了好事,毕竟德妃娘娘终于能看见自己想要见的人了。"

她这样说,等于当着玉嫔的面承认的确是自己怂恿送了齐嫣出宫。玉嫔长叹一声:"又是一个傻姑娘!"

她顿了顿:"淑妃的父亲曾经是兵部尚书,现在又是位列司马三公之一,比起皇后家世都不相上下,皇后的许氏一族百年间依附高氏,密不可分,但是如今高太后年事已高,皇上又有心打压高氏,所以高氏一年不如一年了,你不见如今高家的子弟出仕的越来越少了,这是皇帝的暗自授意,不想让这株百年的老树压垮了应国。"

聂无双认真听着,向来帝王身边都不容权势太大的臣子,正所谓伴君如伴虎,就是这个道理。

玉嫔顿了顿又道:"如今皇后许氏生有一子,表面上看起来这东宫太子肯定是大皇子,但是毕竟这太子不是高氏一族的子孙,以高太后极好强的性格,她一定会觉得不安。有嫌隙才有机会。当年密不可分的世族联盟,随着以后储位的争夺肯定会慢慢破解。你就等着瞧好戏吧!"

聂无双又问:"那淑妃娘娘又是处于什么地位?"

玉嫔抿了一口茶,润润嗓子:"她啊,皇上既要笼络她的父亲,自然不会对她多加冷落,但是她父亲手中的兵权也是皇上的忌讳,一旦她生下皇子,谁能保证手中握有十几万兵权的人不会有异心?毕竟这又不是没有过先例。"

聂无双听了只觉得心头发寒。与虎谋皮向来是危险之极的事,但是在这危险中又更夹杂着各个世族的争权夺利,暗战硝烟。身在硝烟外围的她,不够资格,所以只能看着,听着。

可光看着听着都觉得满眼的刀光剑影,遍体生寒。

玉嫔说完亦是沉默,她长长叹了一口气:"这是我在宫中闲极无聊,慢慢想通其中的关键,若不是看你有些慧根,我也不会跟你说这么多。你如今是雅美人重新获宠的希望,也是我的半个恩人,我不想你再鲁莽行事。"

聂无双闻言,不由得深深拜下:"无双明白了。"

## 第二十二章　通敌：起波澜

转眼七月已经是达到了最热的时候。萧凤溟往年这时候都在行宫避暑，今年因为与齐国的和亲已经拖了将近一个月，萧凤溟正式下旨起程去行宫避暑，圣旨还指明，敬妃与大公主，淑妃，云妃，还有几位美人充媛一起随行。其中也有玉嫔，雅美人与聂无双。

杨公公见聂无双接过圣旨，含笑道："皇上还是在意聂美人的。不然也不会叫聂美人伴圣驾。"

聂无双微微一笑，百媚横生。

永华殿开始忙碌起来，夏兰与茗秋彻夜收拾整理，为前去行宫做准备。雅美人第一次伴圣驾心中慌乱，连夜过来找聂无双商量："这去行宫带的东西要不要带许多？"

聂无双看着自己的一个个打包好的箱笼，笑道："把雅美人平日做的精致东西多带一点去行宫吧。皇上也许会喜欢。"

雅美人性情温雅又心灵手巧，虽然没有太出众的家世，但是凭着这些优点也可以得到皇帝的眷顾。聂无双垂下眼帘，在宫中，她的朋友太少了……

出宫那一日，皇上的龙辇后跟着庞大的马车队伍，两旁还有三千御林军护卫，浩浩荡荡出了京城。聂无双与玉嫔同在一辆马车中，玉嫔不喜出门，怏怏不乐，只是看书。

聂无双撩起车帘，看着满目的翠色。忽然车帘一撩，一张俊魅的脸探了进来。聂无双冷不防吓了一跳，脱口而出："睿王殿下你这又是做什么？"

萧凤青看了一眼一旁的玉嫔，笑道："本王来看美人来了。"他说着，竟然闪身进来。聂无双见他如此大胆竟敢闯入妃嫔的马车，脸色一沉："睿王殿下请自重！"

玉嫔有气无力地看了他一眼，："睿王殿下可是要与聂美人说话？那本宫下去好了。"

聂无双连忙按住她："玉嫔娘娘不要下马车，该下车的是睿王殿下。"她目光含了冷厉,萧凤青见她如此严厉,似笑非笑地看了她一眼,悻悻下车。

聂无双见他下车,心头才松了一口气。一回头,却见玉嫔若有所思地看着她。聂无双顿时浑身不自在:"玉嫔娘娘可不要多想。"

玉嫔懒懒一笑:"本宫想不想无所谓,关键是别人怎么想。"聂无双想要反驳,但是却发现自己根本没有那个底气,想着长叹一声。

玉嫔重新拿起书册,幽幽叹了一口气:"别人笑我太疯癫,我笑别人看不穿呐……"

萧凤溟的圣驾一路慢悠悠地从景州而过,绕过先前聂无双遇险的崎岖山路,在傍晚时分到达了行宫。一天的路程不长不短。行宫不算大,除了皇上照例是住最大的宫殿,其余的妃嫔各自安排住进了心仪的宫殿中。玉嫔与雅美人住一处。聂无双单独住一处精致院落。

萧凤溟虽身在行宫,但是每日宫中依然有人送来奏章,还有各种军国大事的秘密消息。说是避暑其实亦是无法分神。几日过后,亦是没有召妃嫔侍寝。随行圣驾的宫妃在新鲜过后,也渐渐闲极无聊。聂无双看着庭前盛开的荷花,叹了一口气。第二日,她请求面见皇上,想去东林寺还愿。帝允之。聂无双告别了玉嫔与雅美人,轻装简行出发去东林寺。从行宫出发到东林寺不过是一日路程。到了傍晚,她的车马已经停在了东林寺外的千级石阶上。

聂无双在东林寺住下,每日晨昏随着寺中的僧人听早课晚课,清静的寺院生活令人心绪平静,杨公公从行宫中带来高太后给聂无双的丰厚赏赐时,不由得赞道:"聂美人如今越发沉稳了。"

聂无双微微一笑:"跳出是非之外才能理清思路。如今在行宫中,皇上最常招谁侍寝?"

杨公公仿佛知道她会问这个问题,略略思索下说道:"无非是淑妃娘娘与云妃娘娘,皇上也曾邀玉嫔娘娘一起赏花赏月。"

"雅美人呢?"聂无双问道。

杨公公摇头。聂无双细细想了下:"杨公公回去可以为雅美人带一句话,若是可以,整一桌酒席让玉嫔娘娘出面请皇上对月小酌几杯。"

杨公公仔细看着聂无双,半晌才道:"奴婢还是第一次看见后宫中有妃子把皇上往别的妃子处推去,聂美人这样做必定有深意,只是奴婢想不明白。"

聂无双淡淡叹息:"要不是我没有可以依靠的靠山也不必在宫中寻求盟友。"

"可是聂美人怎么知道玉嫔娘娘与雅美人是您的最忠诚的盟友?"杨直皱起了眉头。

"所以只能赌一把了,把皇上推给雅美人总比推给敌人好,不是吗?"聂无双微微一笑。

杨直不能久待，放下高太后的赏赐就起程回了行宫。临行前，聂无双把一本自己抄好的佛经递给他："这是我自己亲手抄的佛经，是东林寺中的珍贵孤本，送给太后娘娘，祝太后娘娘身体康健。"

杨直接过，泰然告退。

聂无双在寺中已住了快十日，天天礼佛参禅，一日她在寺院中的荷花池边遇见了一位面目熟悉的僧人，她仔细辨认，原来是舍身救虎的清远。

清远与她说了几句佛理，忽地话题一转说道："小僧多次与顾相国交谈，虽然他口中不说，但是言谈间颇有悔意。正所谓冤家宜解不宜结，不知娘娘可否就此与顾相国化解心中的仇恨？"

原来他竟是来当说客的！

聂无双一怔之后冷笑："清远师父能舍身救虎，但是却没想过你救的虎也许有一日会伤了人的性命。到时候是虎害人，还是你害人？同样的，本宫若放下心中的恨，放过了他，而那加害聂家的人却要赶尽杀绝，到时候若本宫死了，到底是他害我，还是师父你害我？佛法无边，慈悲为怀，师父到底是结善缘，还是种恶果？"

她步步逼问，逼得清远额头上冷汗淋漓。她抬头看着天上悠悠而过的云彩，冷然笑道："所谓的人心善恶，清远师父，你永远不如本宫看得明白清楚！"

聂无双回到自己别院中心绪却依然激荡，她深吸几口气，命茗秋拿来琴，才弹了几声，琴弦竟应声而断。琴弦崩上手指，划出一道血痕。她怒而把琴摔下，"哐当"一声，琴四分五裂。

"是谁惹你生气了，竟拿好好的琴出气？"一个慵懒魅惑的声音在门前响起。聂无双猛地回头，看见来人，冷笑一声："睿王殿下怎么过来了？"

萧凤青摇着折扇走了进来，看样子他才刚到东林寺，一身月白色的薄衫，头戴凤形玉簪，腰间束着一条青玉玉带，犹如富贵公子出游一般，潇洒随意。

他一进花厅，就拿了茶水咕噜喝了几口，喝完看着聂无双脚下的琴，笑道："到底是谁惹你生气了？"

聂无双不愿意提起清远，含糊说道："琴弦崩断了，伤了我。"

萧凤青看着她纤纤如玉的手指上鲜血淋漓，漂亮的长眉一皱："怎么这么不小心？我看看。"他说着要伸手，聂无双后退一步，眉心微皱："睿王殿下前来是奉了皇上的旨意吗？"

萧凤青看了她一眼："你放心，本王来这里谁也不知道。"他说着一把拽过她的手，聂无双吃痛，不由得轻嘶一声。

"有没有伤药？要止血包扎。"萧凤青看着她说道。聂无双心中的怒气已消了，叫来夏兰拿来伤药，夏兰要替聂无双擦去手中的血迹，萧凤青一把夺过她手中湿手帕，挥了挥手:"你退下,这里有本王就可以了。"

夏兰无奈,只能退下。聂无双看着他慢慢擦去自己手中的血迹,又小心翼翼地包扎。直到他包扎完笑着抬头:"这下不流血了。"

他的笑真挚而又含情脉脉,异色的眸中点点奇异的光彩直迫人心。聂无双心中猛地一悸,连忙别过脸去不看他,冷声问道:"睿王殿下来这里是有什么事么?"

萧凤青放开她的手,拿起一旁的折扇摇了摇,神色恢复散漫:"本王说过,朝堂一定要有变化,过几天就可以见分晓了。"他顿了顿,神色间带着一丝杀气,"总算有个机会可以除去那帮爪牙了。这还多亏你的那张地图。"

聂无双听得不明所以,但是知道不该问于是沉默。萧凤青看了她一眼:"你私放德妃这一步太过心急了。"

聂无双冷笑:"那不然如何报仇?"

萧凤青看着她眉宇间的森森戾气,悠然一笑:"你急什么?总有开战的一天。"

聂无双见他神情自得,知道他不会说无的放矢的话,于是慢慢放下心来。她正出神间,忽然身边鼻息微动,她不由得转头,却见萧凤青已经凑过身来,目光复杂地看着她:"你在想什么?"

相似的容貌,相似的问话,聂无双眼前出现了萧凤溟淡然俊逸的面容,她怔了怔,按下心中的怪异,冷然道:"在想睿王殿下什么时候可以走。毕竟我现在被皇上冷落,睿王殿下还是不要雪上加霜才好。"

萧凤青握了她的手,在她脸颊上轻轻落下一吻,慵懒笑道:"你不会被他冷落太久。皇上是个心软的人。"

心软吗?聂无双心中冷笑,既然能坐上九五之尊的位置,心能软到哪去?但是这些话如何对萧凤青说?

她微微一笑:"那臣妾就放心了。"

萧凤青走了,聂无双不由得松了一口气,现在的她不能再行差踏错一步,帝王的宠爱太过缥缈,像云像风捉摸不定。她唯有步步为营,以退为进才能保住自己的一席之地。

聂无双叹了一口气,看着天色渐渐暗了下来,天边似火的晚霞已烧了半片天空,已经十天了,皇上再无旨意的话她也许该回行宫了。到了傍晚,聂无双正在用晚膳,忽然听见庭前有嘈杂的人声,正要问茗秋,忽然听见有内侍唱和:"皇上驾到——"

聂无双手中的筷子"啪嚓"掉在了碗中,她连忙起身,还来不及对镜梳妆,就看见萧凤溟悠然地走了进来。她慌忙跪下:"臣妾不知皇上驾到,皇上万岁万万岁。"

手臂上一紧,萧凤溟已经亲手扶她起身:"平身吧。"

他仔细看着聂无双,见她身上只着一件极清淡素雅的白色长裙,裙上绣着几朵栩栩如生的梨花,身上再无其他饰物,不由得叹道:"你在寺中潜心参佛怎么弄得这般憔悴?"

183

聂无双微微一笑:"一心还愿自然要虔诚一点。"

萧凤溟看着她倾城的面容,哈哈一笑,顺势搂了她:"明日朕参佛之后,便跟朕回行宫吧。"

聂无双嫣然一笑,轻声说:"好。"

她靠在萧凤溟的胸前,听着他沉稳的心跳,忽然觉得心中深藏的不安渐渐平息。她可以得不到帝王的爱,但是却不能失去他的宠。没有了帝王的圣宠,她根本没有任何资本可以站在后宫。这也是后宫所有妃子心心念念,拼尽一切想要得到的东西。

第二天一早萧凤溟起程回行宫,龙辇中寂寂无声。正在这时,前方忽然有快马奔驰而来。萧凤溟回神正要问,林公公已经喝问:"来者是谁?"

来人不吭声,似掏出什么令牌,林公公面色一整,连忙接过他手中的方筒,亲手递给萧凤溟。她转头看向萧凤溟,只见他扫了几眼,忽然脸色铁青。

"急速前进,改道,回京城!"他冷声吩咐。林公公在车辕外一听,不由得怔了怔,连忙吩咐下去。一时间只听护卫们闻声喝令马匹,传令的号子此起彼伏,聂无双只觉得身下的龙辇猛地一动,六匹神骏马匹如风一般向前直冲。

聂无双猝不及防,不由得向后翻倒。一只沉稳的手扶住她的腰肢。聂无双抬头,却见萧凤溟俊脸沉若潭水,一双纯黑的眸中没有任何表情。她不知道到底发生了什么,但是从他的面色来看,肯定是极其坏的事发生。

萧凤溟此次去东林寺只带了五百铁骑护卫,应国的骑兵骁勇善战,更擅长奔袭,护卫萧凤溟出京行宫的都是一等一优秀的骑兵,半日马上颠簸根本不算什么。可苦了聂无双,一路上颠得胸口烦闷欲吐。最后只能恹恹地抱着萧凤溟的手这才不至于昏过去。

萧凤溟端坐如仪,脸色依然阴沉,但看着无端令人觉得就算天塌下来他也能顶住。在她昏沉中,一双手把她抱起放在膝上,耳边传来他淡淡的声音:"忍一忍就好了。"

一路疾驰,终于在天刚擦黑,宫门落锁之前,萧凤溟赶到了京城。正要关城门的守卫一见前方明黄色的华盖,不由得慌忙把宫门打开,轰隆如雷霆的马蹄声震耳欲聋,龙辇疾驰而过,扬起漫天沙尘。

萧凤溟一下龙辇,把手中已经昏沉沉的聂无双交给一旁的内侍,转身大步离开。

"皇上回宫——"一声声悠远的唱和仿佛比平日带着无形的紧张,在这沉沉的夜幕下更令人揪心。

聂无双回宫后来不及梳洗就昏昏沉沉地睡了。第二天起来,这才觉得心口的烦闷好了点。她命茗秋去传太医。来的依然是老实的晏太医。

晏太医望闻问切,说道:"聂美人只是中了暑气,再加上路途颠簸,吃几帖药休息一两天就好了。"

聂无双屏退宫人问道:"皇上可有去早朝?"

晏紫苏诧异摇头："皇上没有早朝……"他面上闪过一丝犹豫，聂无双连忙追问，晏紫苏这才回答："但是皇上今天下了好几道圣旨宣了好几位重臣觐见，微臣瞧着京城的巡卫也增加不少。好像……"

"好像什么？"聂无双紧追不放。

"好像要出什么大事。"晏紫苏低声说道，目光中带着恳求，"聂美人不该再问了，再问就是妄议朝政。微臣可不敢冒这大不韪！微臣告退！"

晏太医匆匆离开。聂无双看着他仓皇的背影消失，不由得秀眉深锁。不过一两天，隐约有了可怕的流言。到了第三天，皇上突然半夜下极其严厉的圣旨，一夜间抓了十几个大小官员，其中有不足五品的钦天监的官员，也有谏诤司的几位言官，甚至还有军中的一些驻守京城的将领。牵涉之大，获罪的官员之多，简直是应国开朝以来所没有的。

无一例外，他们的罪名都只有两个字：通敌！

一连几日到处是人心惶惶……聂无双即使在深宫中依然能感觉到空气中弥漫的紧绷的气息。所有的宫人走路一律快而轻，生怕多停留一刻，就有了聚众散布谣言的罪名。远在行宫中的妃子还未回来，仿佛一群被遗忘在遥远地方的女人，再也无人提起。聂无双几次去拜见太后皇后都纷纷被拒不见。她们不见她不是因为不喜她，而是因为忙于应付以各种名目进宫打探消息的命妇宗亲。

八月的天已到了夏末，空气中呼吸都带着灼热，几乎要令人窒息。在殿中放多少冰盆都消不了酷热的暑气。聂无双在与紫霄殿一墙之隔的永华殿中都见不到萧凤溟的身影，每每登上永华殿前的高台，她看到的都是来去匆匆的官员们。他们面容严肃，木然，仿佛在面皮下带着一种几乎要破土而出的惊恐。

三部会审，三审定罪。若是平常的官员下了天牢，那都是能让街头巷尾议论好久的话题，可这一次一下子有了十几位被扣上"通敌"罪名的大小官员，那足足把应国的朝堂震了几震。

聂无双猜测不出这起惊天的"通敌"案是怎么样发生的，但是唯一可以确定的是，这一切都是萧凤青的杰作。她每每夜里辗转反侧，拼命猜测萧凤青是如何做到的。直到一天夜里，她忽然从噩梦中惊醒。

他说："这次朝堂一定要有所变化。"她以为他不过是要她设法在萧凤溟耳边进谗言，让有些官员不得被重用而已。

他说："这次还多亏你的那张地图。"

"地图！"聂无双猛地想通：真正通敌的不是那些倒霉的官员，而是萧凤青！是他用她给他绘制的齐国布防地图去换来捏造的通敌罪证！

她不敢再想，头顶沉沉的帐子仿佛变成了山一样，压得她喘不过气来。

萧凤青疯了！

他为了铲除异己竟然这样狠绝！眼前仿佛出现他总是带着似笑非笑邪魅的脸庞，以及那一双犹如兽一样冷而异色的眸子。聂无双捂住双眼，颓然地将自己隐在黑暗之中……

在应国朝堂的轩然大波还没有平息的时候，忽然边境传来秦国集结兵力的情报。顿时整个朝堂人心惶惶，纷纷都猜测是不是与这次"通敌"有关，萧凤溟连连下旨，命西北一带的藩王将军一定要厉兵秣马以防秦国突袭。正当应国朝堂与边境一带紧张万分的时候，突然又传来一个消息：秦国挥师十万骑兵进攻齐国！

御书房中，狻猊铜鼎里香烟缭绕。御座之上，萧凤溟淡然俊朗的眉眼在香烟中若隐若现，更添几分帝王的威严与神秘的气息。萧凤溟看着手中墨迹似未干的密报，不由得陷入了沉思。他看向坐在下首的萧凤青，许久才长吁一口气道："计策显效了！"

萧凤青微微一笑，俯身拜下："一切还是皇上的神机妙算，臣弟不敢居功。"

以齐国边防图交换他们需要铲除高太后在朝堂中势力的罪证，到如今秦国攻打齐国，这一步步都是萧凤溟的主意。一切只要等着齐国受不了秦国的铁骑，向应国求援，到时候齐国与应国就有堂而皇之的理由结盟去攻打秦国，等秦国这虎狼之国覆灭，然后应国再掉转枪头，对准早已经被战争拖得疲惫不堪的齐国，到时候，这天下何愁不是应国的？！

这一步步，一环扣一环正是萧凤溟的计谋！

萧凤溟看着跪在地上的萧凤青，微微一笑："平身吧。"

远处，响起宫中钟楼敲第一声悠远的钟声，提示着宫门即将在三声之后落锁。萧凤青告退，在他转身的时候，听见萧凤溟对林公公说道："摆驾永华殿。"

他不由得顿了顿，这才转身大步离开。

聂无双看着落日的余晖，出神了许久。忽地身上一沉，她回过头来，这才发现许多天不见的萧凤溟已经含笑站在身后。他把一件披风披到她身上，眼中露出怜惜："几日不见，你怎么又病了？"

聂无双连忙跪下："臣妾……"她还没说完，就被他扶起："你病还没好全，这些俗礼就不要守了。"

聂无双起身，看着面前的萧凤溟，只见他面上亦是憔悴，想来这十几日他也睡不好吃不好。聂无双看着，手慢慢摸上他的脸颊，微微一笑："皇上也瘦了。"

他顺势捉住她的手，放在手心摩挲："你的病是朕的错，要不是那天赶回京城，也不会病得这么重。"

他与她絮絮叨叨说一些无关的话题，两人都心不在焉，却又无法停下，两人似有一种奇异的默契，仿佛一停下就会想起在天牢中的那些呼告无门的人。

御膳摆上，萧凤溟与她一起用膳，正用到一半，忽然门口的内侍急忙进来："皇上，太后娘娘的凤驾到了殿前。"

聂无双一听微微诧异。高太后这时候怎么会如此匆忙过来？

她心中惴惴，萧凤溟已经站起身来，向殿外走去。聂无双连忙跟上。到了殿前，只见高太后一身十二幅的玄黑凤服，头戴沉重的九凤金冠，手拄着龙头拐杖，正由内侍扶着一步步迈上石阶。

聂无双注意到了萧凤溟眉宇间飞快地皱了皱，然后恭敬上前，亲自扶了高太后："太后这时候怎么过来了？可用过晚膳了吗？"

高太后不动声色地挣开他的搀扶，淡淡道："已用过了。"她雪白的头发梳得整整齐齐，衣饰郑重。

萧凤溟看着她径直进殿，慢慢走了进去，等高太后在殿中主位上坐定，萧凤溟与聂无双一起跪下拜见。

萧凤溟问道："太后此时郑重而来，有何要事？"

高太后犀利的老眼盯着萧凤溟沉静的眼，问道："天牢里的十几个犯事的大臣皇上想要如何处置？"

她未叫他起身，萧凤溟自然不能起身，他飞快看了一眼高太后："按应国的律法，定罪后应抄家灭九族！"

高太后冷笑起来："那皇上可是要一个个杀尽？"

萧凤溟面不改色："乱臣贼子，理当诛之！"

高太后哈哈一笑，笑意却不达眼底："皇上知道哀家为什么拖到今天才来见你？哀家就想看看你怎么做。难道几封信就能断定那些人出卖应国串通秦国吗？哀家不信！皇上你难道也信？如果他们通敌，那今日秦国攻打的就不会是齐国而是我们应国！"

萧凤溟在地上跪得笔直，淡淡接口："朕也不信。但是证据确凿，不得不信，太后您是要为他们求情吗？"

高太后一听，气得胸口起伏不定，手中的拐杖重重敲打在地上，笃笃直响："皇上如此做，一定会伤了一干臣子的心！"

萧凤溟站起身来，弹了弹龙袍下摆的灰尘，淡淡道："难道他们通敌祸国，食君之禄，不做忠君之事，就不伤朕的心吗？"

高太后被他气得双手颤抖，枯瘦的手指着萧凤溟的脸，只能颤骂道："你这个……这个……"

话说到这个地步已经无话好说，萧凤溟冷声道："来人，太后累了，请太后回宫歇息。"

内侍慑于高太后的威严不敢上前，萧凤溟连叫了几声，都未有人敢上前。

高太后冷冷一笑："皇上以为自己就能一手遮天，想杀谁就能杀谁吗？哀家还没死呢！"

萧凤溟脸色微变:"后宫不得干政,太后难道忘记这条祖训了吗?还是要让皇儿去太庙请来先帝的龙铜,太后才肯回宫呢?"

高太后苍老的面容一紧,失声道:"你竟然……敢这样说话!你要知道是谁扶了你当上皇帝,你这个贱婢生的……"

萧凤溟不欲再说,冷声吩咐道:"请太后回宫。"他说完转身拂袖进了内殿,聂无双不敢耽搁,连忙对高太后施了一礼,匆匆跟了进去。

安静的内殿中,萧凤溟袖手站在窗前,看着一株粉红的玉簪花低垂在窗边。聂无双轻手轻脚地走到他身边,只是陪着他沉默站着。

"太后走了吗?"萧凤溟淡淡问道。

"走了。"聂无双轻声回答。

"你也听到了吗?"萧凤溟忽然问道。

聂无双微微一怔,不由得问道:"听到了什么?"

萧凤溟淡笑:"太后刚才的责骂。"

聂无双忽然记起高太后那一声愤怒而鄙夷的怒骂,她说:"你这个贱婢生的……"下半句一定更加难听,不是"野种"就是"杂种"。以萧凤溟现在的实力,高太后尚可以轻易在他面前喝骂如对小儿,可想而知,萧凤溟还未亲政的时候,高太后又是如何为难他的。

聂无双忽然心中微微有些可怜面前这总是面色淡然从容的帝王。原来九五至尊的位置对于萧凤溟来说,何尝不是一种痛苦的枷锁。只不过这枷锁上套上了一件犹如天神光辉一样的龙袍而已。

"我的母亲曾是太后身边的一位婢女。"萧凤溟忽然开口,这一次他不自称朕。聂无双心中微微一震,这是他第一次向她敞开心房。

"一次被我父皇看中后,向高太后要来做了身份低微的尚寝女官。后来母亲有孕,这才正式成了父皇的妃子。"他忽地淡淡轻笑,"朕说这些很无聊吧?"他眉眼带着笑意,但是黑眸深处却有一丝深切的悲凉。

聂无双摇了摇头:"敢于把往事展示人前的,并不是无聊,而是一种积蓄力量的办法。皇上说吧,臣妾想听。"

萧凤溟看着窗外,淡淡继续往下说:"当时高太后还是先帝的皇后,生有一子,后来天不假年早夭了。那时父皇的儿子很多,出身背景比朕好的自然不乏有很多人选。但是太后唯独选中了我,我想她是选中了我身份卑贱的母亲。后来,父皇在几位极有可能当太子的皇子中犹豫不决,最后是太后用尽了各种办法说服了父皇,所以朕才有可能当上太子,坐上皇位。"

"那皇上的生母呢?"聂无双追问。

萧凤溟看着窗外，许久才淡淡道："死了，在朕即皇帝位的前一年病死了。"

平淡的口吻，平淡的解释。聂无双却听出了一种不一样的意味。在后宫，永远有一千种办法可以让人默默死去。高太后夺了别的妃嫔的儿子，自然不敢让她活到可以跟她平起平坐的那一天。而且萧凤溟生母身份卑贱，她认为能够轻易控制在掌心，可她万万没想到萧凤溟长大亲政之后竟开始反击。

这才是她今日盛怒的最大原因。

聂无双忽然想起萧凤青玩世不恭的俊脸，一样的身世，一样的隐忍。萧凤溟选择了沉默顺从，期待最后的绝地反击。而萧凤青则选择了离经叛道来遮掩自己的野心。

原来，都是可怜的人！她深深一叹，黯然埋首在他的怀中……

## 第二十三章　罢朝：云妃有孕

高太后斥责皇上之后两三天，静如死水的朝堂纷纷起了涟漪。不少朝中重臣开始纷纷上表奏请皇上以大局为重，从轻处罚以"通敌"罪名下天牢的十几位朝廷命官。萧凤溟每次上朝，都有朝中官员以死谏言。他几次想要结束朝会，都没有办法，最后只能拂袖怒而离开。朝堂纷扰，远离京城的行宫也似渐渐察觉到了不安，淑妃与云妃几次上表请求回宫。萧凤溟都按下奏表，不下圣旨。

聂无双冷眼看着，对于朝廷重臣的反应，她知道这一切都是高太后在逼皇上让步，而淑妃与云妃又因何要回来凑热闹？

她问杨直。杨直低声叹道："淑妃就不必说了，这次罪臣中有几位是她父亲的属下。而云妃父亲虽然是清流一党，但是京城之中世族早就抱成了一团，已经无法分开，更何况这次祸及九族，实在是牵扯太大了。"

杨直既然这样说，那一定是十分严重了。聂无双这才真正感觉到萧凤溟身上的压力。萧凤溟一连几日上了早朝，每次都是怒而下朝，到了第五日，他干脆下旨罢朝三日。举朝皆惊。

参天大树遮蔽下，满亭的翠色阴凉，聂无双素手轻捻回转，悠扬的琴声已经从指间倾泻而出。她看着对面躺在凉榻上闭目养神的萧凤溟，指间轻捻，琴音越发空灵悠扬。林中安静得犹如世外桃源，聂无双看着满目的翠色，不由得悠悠出神。三天了，萧凤溟在她处已经闭门不出三天，他与她不是对弈就是品茗，夜夜召宫中的舞姬前来献舞，丝竹声不绝。

第一天罢朝，龙案上的奏章堆积如山。

第二天罢朝，曾经的太子太傅前来请皇上上朝，颤巍巍的耄耋老人经过聂无双的身边，中气十足地骂道："妖女！"

第三天罢朝，三朝元老重臣纷纷在永华殿前长跪不起，大呼冤枉，请皇上从轻处罚依然在天牢中关押的罪臣。萧凤溟统视而不见。聂无双漫不经心地抚着琴，此时此刻，那十几个朝廷重臣恐怕已经在她的永华殿前，在炎炎烈日下跪得昏死过去了吧。

"错了，弹错了一个音。"闭着眼睛的萧凤溟忽然开口。聂无双停了手，笑道："原来皇上装睡呢。"

萧凤溟从玉片凉榻上起身，笑道："好久没有这样偷得浮生半日闲了。"

聂无双只是笑，他虽说得轻松，但是心中一定不轻松。手中握着几千条性命，上头有太后压着，下面有臣子反对着。他连睡都不安稳。几次夜半聂无双醒来，都看见他在内殿中徘徊。挺拔的身影在月色下竟隐隐有凄凉萧索的意味。

"皇上，行宫来的上报。"林公公在亭外接过匆匆而来的内侍手中的竹筒，递给萧凤溟。

聂无双停下手中的琴，萧凤溟接过，淡淡道："不会又是要闹着回来吧？"

他打开才刚看了几行字，不由得脸上大喜，捏着手中薄薄的一张纸，来回在亭中急急踱步。

"皇上？……"聂无双试探地问，"到底是什么事啊？"

萧凤溟哈哈一笑，纯黑的眸中带着她从未见过的光彩："是喜事！哈哈……"他说完，转身大步离开。林公公连忙跟上。

聂无双看着他行走如风的背影，还未回过神来，就看见他过于欢喜落在地上的那张纸。杨直走了进来，聂无双一使眼色，他立刻捡起，捧到她的面前。才看了几行，聂无双不由得微微变了脸色，许久，她才淡淡地道："把这张纸烧了。"

杨直见她面色难看，不由得看了一眼，上面第一行字写着："妾已有孕一个月有余……"底下的署名是"芙"。

芙是云妃的闺名。她复姓慕容，单字芙。据说皇上当初迎云妃入宫，特地将她住的延福宫更名为明芙宫，取其"容色明艳，皎皎如芙蓉仙子"之意。他对她的宠爱由此可见一斑。云妃盛宠三年无子，如今却在行宫中查知得了身孕，这对萧凤溟来说，简直是天大的喜讯，所以一向喜怒不形于色的萧凤溟也激动难耐。

聂无双忽然感觉心中某个信念在分崩离析。原来，宠爱与宠爱之间，她并不是一直那么独一无二……

杨直见她清丽绝伦的面上神色寥落，安慰道："聂美人还年轻，一定还有机会的。"

聂无双低头不语，渐渐的，一滴一滴晶莹的泪掉在琴弦上，许久，她掩了眼，轻声叹息："曾经，我也有过孩子的……"

云妃有孕的消息顿时传遍了后宫，为了不让她贸然入京动了胎气，萧凤溟连下了三道圣旨，命云妃在行宫中好好休养。流水似的赏赐源源不断地从皇宫中运向行宫。要不是萧凤溟如今国事繁忙，他肯定先一早就到行宫中看望自己的爱妃。

聂无双拜见皇后时，皇后神色亦是寥落，仿佛几天不见她一下子老了十岁。"如今聂美人可谓盛宠了，皇上为了你都罢朝三日，本宫责令你好好回去反思！知道什么才是该守的妇德！"皇后冷声道。

聂无双知道她不过是借题发挥，以发泄对云妃有孕的愤怒，遂磕了一个头，默默退下。

皇后身边的大宫女秋蒙亲自送她出来，宽言安慰："聂美人不必难过，这几日皇后娘娘心情不好。"

聂无双淡淡一笑，握了她的手："臣妾知道，谢谢秋蒙姑娘。"秋蒙只觉得手腕上一凉，一个重而沉的金镯子就扣在了她的手腕上。

秋蒙不由得又惊又喜，想要推脱，聂无双却早已按住她的手："若有空，皇后娘娘还是得秋蒙姑娘开导开导，不然郁结在心，对皇后娘娘的身子也不好。"

秋蒙叹了一口气："是呢，皇后娘娘就是忧思过重了。"她见四周无人，小声对聂无双说道，"其实，皇后娘娘真正担心的是明芙宫那位。说到底，皇上心中最爱的还是那位娘娘，其余的并不是那么上心。如今那位有了身孕……唉……奴婢也不敢胡说。"

"聂美人年纪轻轻，又得皇上宠信，早晚也会有龙子的。"秋蒙恭维道，"不过，唉……就算有龙子又怎能越过那位去？"

她说完才觉得自己失言，连忙勉强笑了笑，扯开话题，又说了一阵，这才告辞离开。聂无双看着她的身影离开，唇边含了一丝冷淡的笑意。

秋蒙回了宫中拜见皇后，皇后看了她一眼，有气无力地问："怎么样？"

"一切按皇后娘娘交代的说了。"秋蒙连忙说道，她手心拿了一个金镯子，恭敬道，"这是聂美人给奴婢的。"

皇后看了一眼，冷笑一声："居然是个玲珑剔透的人。你收着吧。"

聂无双回到了永华殿中，只是冷笑。当她是傻瓜呢，派一个宫女说那番话就可以让她傻傻入了圈套去对付云妃？

杨直进殿中来，聂无双自从住进永华殿之后，萧凤溟就依她把杨直调来做她宫中的内监总管。他挥退宫人说道："皇上刚才下旨，令淑妃娘娘在行宫中照顾云妃娘娘的饮食起居。"

聂无双一听，不由得笑道："这个圣旨一下来，那淑妃就算想要动手脚也是不行了？"

杨直也微微笑道："是的，皇上这一招分明是要保云妃娘娘腹中的龙嗣了。"

聂无双听了只是冷笑："我们就看着吧，反正自有不甘心的人出头。只要不牵扯到我身上就行。"

杨直叹道："聂美人圣明。"

云妃有孕，萧凤溟大赦天下。所有轻罪的人都释放，老弱病残在押犯人也一律放了。所有死囚押往漠北修筑工事，取其死罪可免活罪难逃的意思。只有在天牢中等待三部会审的"通敌"罪臣们，萧凤溟没有任何旨意。八月中旬的应国京城，燥热得仿佛空气都凝固了。大家都盼望着这个季节下一场痛快的暴雨。但是天气晴朗得没有一丝云朵，无端地令人心头烦躁。

过了几日，萧凤溟特准行宫的几位妃子乘着车驾回了宫，唯独缺了云妃与淑妃。淑妃自然是要照顾云妃，无法立刻回来，但是却着人带来了云妃的信。信上说道，想要萧凤溟过去亲自迎她回来。

这个消息是聂无双从已经回来的玉嫔口中知道的，雅美人神色黯淡："如今皇上肯定一颗心都在云妃身上，唉……"

玉嫔不耐舟车劳顿，已经剪了两块膏药贴在太阳穴上，恹恹地躺在床上："如今那女人又该拿腔拿调了，还不知道这一胎是龙是凤呢，就这样矫情起来！"

聂无双知道她脾气，淡淡笑道："如果是龙子的话，这后宫多少女人要羡煞了眼呢。"

玉嫔只是冷笑："还不知道能不能生出来呢！"

这一句是大逆不道的话，一旁的雅美人吓得连忙上前捂住她的嘴："阿弥陀佛，玉嫔娘娘，你可不要胡说，万一……"

玉嫔被她捂得胸闷，挣开冷笑："怕什么？有种她就过来找我的麻烦！孩子谁不会生啊，我的孩子要不是因为她……"她边说边流下泪来。

聂无双在一旁看她激动起来，不由得以目光询问。玉嫔恨恨擦干眼泪："自然是有过节，那次我正怀了一个月余的身孕，忽然半夜肚痛起来，我派人去找皇上，皇上那夜正在那贱人处过夜，我派去的人屡屡被她挡了回来，那时深夜，又无法出宫，我求告无门，又去请当时还是容嫔的淑妃，她也推托不能做主。"

"那皇后呢？"聂无双问道。

"皇后当时出宫与太后一起去寺中祈福了。"玉嫔恨得咬牙切齿，"就是因为这个贱人故意刁难，太医没办法及时救治，所以我的孩子才保不住……"

聂无双看着她满面泪痕，心中不由得一酸，可想而知性情倔强的玉嫔肯定无法原谅萧凤溟，认定当时一定是萧凤溟宠爱云妃，所以自己的孩子才保不住。

云妃的要求被皇后知道后，皇后在每日清晨的请安上当着众妃嫔的面上，亦是不悦："有孕自然是好事，但是恃宠而骄就是越矩了。"

她特地发了一道懿旨去行宫，言语中带着责备。过了两日，淑妃派人送来十万火急的消息：云妃如今孕吐激烈，吃什么吐什么，人憔悴不堪，胎儿也有危险。

萧凤溟知道后大怒,责备皇后:"你明知道她经不得人说,还特地叫人去给她立什么规矩,如今要是龙嗣有危险,你也脱不了干系!"

皇后是萧凤溟的结发妻子,从皇上是太子的时候就与他结为连理,两人一直相敬如宾,但是如今萧凤溟因为云妃而责骂她,这简直是史无前例的。皇后整日泪水涟涟,不思茶饭,只能派人又带了自己的懿旨前去安抚云妃。如此一来,整个后宫都知道了云妃在皇上心中的地位,再也无人敢当众对她议论。

八月的天闷热难耐,永华殿中帷幔重重,夜间吹过的过堂风都带着热气,放多少盆冰块都没用。聂无双不耐炎热,叫夏兰去冰库中拿,但是夏兰去了一会儿却空手而回。

"冰库那边的内侍说,得备一些冰盆给云妃回宫用。"夏兰支支吾吾。

聂无双挥了挥手,示意知道。杨直端了炖好的燕窝进来,听了道:"皇后已经下了懿旨,云妃回宫一定要弄妥当不许怠慢。所以六局中纷纷都为云妃回宫而准备。"

聂无双看着窗外沉沉的夜,淡淡道:"知道了,退下吧。"

夏兰跟着探出头去,笑道:"娘娘少安毋躁,今夜一定会下雨解了暑气的。"

聂无双微微一笑,并不在意。云妃如此嚣张跋扈,以后若是跌下来肯定更难受。她何必与一个必败的女子计较眼前的一些小事?冷眼旁观,安安静静才是她现在唯一的出路。

大雨前的闷热令人难以入睡。聂无双索性抱了琴在殿后的花园水榭中弹琴。琴声幽幽,倒是化去了心头的几许烦躁。聂无双兴致起来,索性不回殿中睡觉,只一心一意抚琴。到了夜半,天空中忽然雷声隆隆,下起了瓢泼大雨。雨势很大,横扫的雨点打入水榭中,溅了她一脸,聂无双索性站在水榭前任由雨点横扫。不一会儿,身上已经半湿。

远远的,有一个身影撑着伞走来,聂无双以为是杨直,笑道:"我这就回殿歇息。"

那人从伞下抬起脸来,在水榭昏黄的宫灯下,聂无双不由得怔了怔,惊讶得忘记了跪拜:"皇上您……"

萧凤溟疾走到了水榭廊下,收了伞,笑道:"你竟然有这么好的兴致,夜半不睡,跑出来抚琴听雨。"

聂无双回过神来,含笑接过他手中的伞,拿出丝帕为他擦去脸上的雨水,柔声问道:"皇上怎么想着过来了?"

随风摇曳的宫灯下,他眉眼淡然俊逸,纯黑的深眸中映着灯火,似水榭外的所有风雨都在他眼中沉寂。

"因为听到这里有琴声,所以朕想,什么时候宫中也有狐精在弹琴引诱书生前去一会?"萧凤溟握了她的手,顺势抱她入怀。

聂无双见他说得有趣,不由得咯咯一笑,搂住了他的脖子,媚眼如波:"要知道,狐精弹琴可是要吸书生的精气!皇上怕不怕?"

"朕是真龙天子,怎么会怕小小的狐精呢!"萧凤溟哈哈一笑,在她面颊上落下轻轻一吻。两人不由得相视而笑。水榭四周雨如瓢泼，时不时有雨点打到两人身上，但是聂无双忽然觉得心中有一处地方安静下来。

他自有他心中的倾城色，她也有心中无法逾越的沟壑。他与她都太过心思复杂，也许终其一生都无法心心相映，但是若像现在这样坐在水榭中，看一场突如其来的大雨，安安静静的也是一种难得的幸福。

聂无双坐在他身边，依着他。忽然萧凤溟淡淡地开口："朕刚才下旨了。"

聂无双微微一怔，却无法接口。国事她无法多问。

"朕下了一道圣旨，在天牢中的那些罪臣，斩首。其子弟流徙千里，三代不能入仕。"他淡然的声音和着水榭外磅礴的雨势，听起来竟有些威严。

萧凤溟自嘲一笑："自古诛杀站错位置的臣子，朕不是第一个，也不会是最后一个。"

聂无双依着他，微微一笑："皇上做得对。"

萧凤溟低头看她，素白倾城的面容犹如夜间盛开的一朵美丽诡异的花。他一笑，忽地深深吻住了她的唇。那一夜，他与她抵死缠绵。像是要忘记所有，忘乎所以地缠绵。汗水流入眼睛，聂无双还来不及擦去，他细密的吻已落下，温柔地吻去，在极致的欢愉中，她听到他轻轻叹息："无双……"

第二天，聂无双醒来的时候，萧凤溟已经去上早朝。她起了身，忽然想起昨夜的纠缠，不由得怔怔出神。夏兰捧着热水请她梳洗，等聂无双梳洗完，这才低声说："听说昨夜皇上下旨了……"

聂无双看着铜镜中面色嫣红的自己，淡淡打断："知道了。"

萧凤溟突然下旨处置天牢中"通敌"的罪臣们，激起朝野上下一致的震惊。但是这一次，萧凤溟也做出了妥协，只斩罪臣，不祸及家人。相对应国以前君王的做法，这已是极仁慈。满朝文武都知道这是皇上的最后底线。这位看似淡然从容的君王已经不能容忍满朝文武都是一个声音的状况。

沉闷炎热的八月就这样沸沸扬扬过了快一半，过几天就是八月十五中秋节。早在八月初，行宫处淑妃就上疏请求回宫，萧凤溟担心云妃初孕胎不稳，一直没有答应，如今眼看快到了团圆的节日，便下旨恩准让行宫中的云妃回来。

聂无双听到这个消息的时候，正与玉嫔对弈。玉嫔冷笑："总算回来了。不然这宫中人人的一颗心都落不到实处呢。"

聂无双微微一笑："听说云妃素来有心疾，不知这怀孕会不会对她有凶险。"

玉嫔下了一子："她早年是有心疾的，后来将养了下，貌似好了些。"

聂无双一笑，不慌不忙地下了一子："这病怎能那么容易就没的？要不就是根本没病，要不就是永远也医不好的。我瞧着云妃娘娘恐怕还是后者。"

云妃容貌甚美，但是平日聂无双看她面色青白，走几步都娇喘吁吁，冷汗淋漓，所以她每次向皇后请安，都要肩辇抬入来仪宫。这实在不能怪她恃宠而娇，而是她本来就不能多走路。像她这样的女子本来就不容易活过盛年，也就是所谓的"红颜薄命"的命格。聂无双幽幽叹了一口气，也不能怪萧凤溟怜惜她，这样的女子，恐怕比所有的女子更容易得到他的宠爱。

玉嫔一挑眉，诧异："那她还要怀孕？这不是找死吗？"

聂无双闻言，眉眼带着似笑非笑："总归是要一搏，搏得过，她一辈子就安稳了，搏不过了，那也许还能得到皇上的更多怜惜。"

玉嫔沉默。的确，在宫中没有子嗣的妃子晚年境遇十分凄惨。

"你也要加紧一点，本宫瞧着皇上对你甚是宠爱，你也得赶紧有孕，这位份也能提一提。"玉嫔叹了口气说道。

聂无双看着眼前纷扰的棋局，心中一窒，再也没有下棋的心思。不知是她那一次被一碗红花堕胎后留下的后遗症，还是她小产之后没有及时调养，所以不易受孕。

"不下了，散了。"聂无双一推棋局，怏怏地回了永华殿。

八月十二，云妃的车驾到了京城，萧凤溟没有亲自去迎，但是却派了云妃的母亲一品诰命夫人去迎接到宫中。宫妃没有旨意不能由家人随伺宫中，萧凤溟如此安排是给云妃莫大的荣耀。云妃回宫，一时间宫中的人手似都短缺了许多。夏兰前去打听，回来啧啧称奇："乖乖，好大的排场，奴婢瞧着那云妃娘娘一根手指头也不用动，就有人端茶送水呢！"

聂无双一笑："皇后怎么说？"

"太后娘娘与皇后娘娘赏赐很多，特别是皇后娘娘，赏赐都是流水似的，还叫了以前伺候皇后娘娘身孕的几个老嬷嬷前去伺候。但是都被云妃的母亲打发回去了。"夏兰笑嘻嘻地说。

聂无双听了只是抿着嘴笑。皇后其实心中还是怨恨着呢。她这些都是做给皇上看的：正妻大度，只是云妃不领情呢。

云妃回宫，到了第三天，正是宫中的中秋宴，聂无双照例向皇后请安，却见云妃也在。她面色不算红润，但是胜在有胭脂遮掩，看起来容光焕发，神采奕奕。才两个月的身孕而已，但是身上却已经换上了宽松的衣裙。皇后正在与她轻声说着话，无非是提点一些孕中注意事项。云妃听了，虽然面上恭敬，但是神色却隐隐傲然不屑。她听见有人进来，侧头看了一眼，看到聂无双不由得眸中寒光一闪。

聂无双上前拜见皇后，再拜见几位妃子。到了云妃面前，聂无双跪下请安。云妃却只当作没看见，自顾自与皇后说话。一旁的敬妃见她这样子，不由得提醒："聂美人向云妃请安呢。"

云妃这才恍然回头："原来是聂美人啊。不好意思，本宫刚才在与皇后娘娘说话，倒是冷落你了。"

聂无双一笑："无妨，臣妾祝云妃娘娘万福金安。"她说罢起身，正要退下。云妃忽然叫住她："说起来本宫也有事要找聂美人呢。"

聂无双顿住脚步问道："不知云妃娘娘有何事吩咐？"

云妃慢条斯理地抿了一口茶："也没什么，刚才本宫与皇后娘娘正说到今夜的中秋宫宴，想说，平日的歌舞都看腻了，不知聂美人有什么好点子，上次宫宴中，聂美人那舞倒是不错，不知可否今夜再献舞技？"

此话一出，一旁的众嫔妃都嗡嗡议论起来。聂无双站在当中，只觉得面上忽地一热。她叫她当众献舞？聂无双深吸一口气，似笑非笑地道："臣妾愚钝，上次只是侥幸舞得好而已，这一次恐怕来不及准备了。"

敬妃亦是皱眉："聂美人也不是舞姬，一次献舞也够了，怎么能一而再再而三地上台抛头露面呢。"

云妃闻言，不悦道："难道敬妃娘娘是说上次本宫献舞也是不成体统了吗？"

敬妃一听，尴尬说道："不是，只是……本宫的意思是匆匆叫聂美人上台，恐怕不妥。"

"有什么不妥的。"云妃冷笑，一双明眸看着聂无双，嘲讽道，"不过是一介美人而已，有什么不妥的。"

聂无双怒极反笑："臣妾只是一介美人而已，哪里像云妃娘娘出身高贵，一入宫就是四妃之一。"

云妃一听，脸色一变："你好大的胆子！来人！掌嘴！"

聂无双站着不动，冷眼看着她："云妃若要想惩戒臣妾，还请等中秋宫宴过后，不然打坏了臣妾的脸，怎么去献舞让云妃娘娘开心呢？"

"你！……"云妃气得浑身发抖，干脆倒在了淑妃的身上，哭道，"晴姐姐，我心口闷得慌……"

淑妃听得云妃如此说道，惊得连连叫道："快去请御医，云妃的心疾犯了。"

聂无双看着云妃抹着眼泪，而且时不时抽噎一下，不由得心中暗自冷笑：为了为难她，云妃倒是不惜作假。不一会儿太医匆匆赶来，望闻问切，如今云妃有孕自然不敢轻易用药，太医只是嘱咐平心静气，才能安胎，又开了几副安胎的药这才走了。

皇后的花厅上，众妃子看着眼前这一场闹剧都在一旁窃窃私语，等云妃由淑妃扶着回宫，站在堂中的聂无双顿时成了众妃子的目光焦点。

皇后看了她一眼，叹道："聂美人口出恶言，罚你回宫禁足三天，中秋宫宴你就不必出来了，好好在宫中反思吧。"

聂无双恭敬地应了一声，慢慢退下。

聂无双走在回宫的路上，雅美人赶上前来，惋惜道："聂美人何必去触怒云妃娘娘，如今她有龙嗣在身，要是对皇上哭诉，皇上说不定还会对聂美人动怒。"

聂无双看着眼前巍峨的重重宫殿，微微一笑："反正以云妃的性子，她一定会趁机为难我，还不如乘机受点小惩，避其锋芒。这也不失为一个以退为进的办法。这事就算皇上知道了，也会知道是我受了委屈不会再责罚于我。"

雅美人一听，这才放下心来。想了想又黯然叹道："如今云妃都有了身孕，唉——"

聂无双看着早晨渐渐升起的日光下，雅美人容色美艳的侧脸，忽然悠悠地问道："你真的很想得一个龙嗣？"

雅美人脸一红，贝齿不由得咬了下红唇："不怕聂美人笑话，臣妾只想要一个漂亮的公主，今生的心愿就足了，至于龙子，那是想也不敢想的。所以臣妾最羡慕的还是敬妃娘娘，有那么高的位份，而且还有公主，唉……"

她面上充满了向往，聂无双想起敬妃平日的贤惠谦恭，幽幽一叹："我哪里会笑话你，在宫中，能生一位漂亮的公主那才真正是天大的福分。"

皇子长大后说不定会卷入夺嫡的争斗，历来弑君杀父上位的皇子不计其数，而只有公主却永远是天之骄女，帝王掌中真正的明珠。如今萧凤溟虽然只有一位皇子，但是皇子得到的他的宠爱还不如敬妃膝下的大公主。由此可见一斑。

聂无双回到了永华殿中，夏兰与茗秋一听不能出席中秋宫宴，都纷纷替她惋惜。聂无双笑道："你们若要去凑热闹就去吧，让我一个人在宫中清静清静也行。都去玩儿吧。"

茗秋倒还好，一向沉稳惯了，皱眉道："哪有主子受罚，奴婢们却外出去玩的道理？"

夏兰一听茗秋如此说，也只好赞同。

聂无双正还要打趣她几句，杨直忽然轻手轻脚地走了进来，看面上似有事。聂无双屏退众宫人，问道："杨公公有什么重要的事？"

杨直仔细看了她的面色，斟酌道："王爷想趁宫宴的时候与娘娘一会。具体时间地点由聂美人敲定。"

聂无双闻言，不由得皱了眉："王爷要来做什么？他之前不是在帮刑部审那些罪臣的案子么？怎么这个时候要进宫来？"

杨直垂下眼："王爷手上的案子已经完了。"

聂无双一叹，不由得陷入了沉思中。她对所有事都有把握，唯独对萧凤青却无半分掌控。想起他的邪魅与冷酷，她心中不由得更加顾虑重重。

到了晚间，整个应国宫殿处处张灯结彩，一派喜气洋洋的样子，永华殿虽然不能参加宫宴，但是也不能阻止宫人过节的热情，宫人们早就准备好了各色茶果，就等着月上中天的时候祭拜月神。聂无双看着宫人兴奋地商讨如何祭拜，一时兴起也凑上去听听。听着听着，心中隐约升起惆怅，一点点惆怅最后竟是融化不开的悲凉。她勉强笑着重重赏了宫人，然后一人躺在内殿的美人榻上，怔怔看着窗外渐渐升起的月亮。

月圆人团圆，如今的她再无法和亲人团圆了。

杨直进内殿来，问道："聂美人打算什么时候与王爷见面？"

聂无双悄悄拭去眼角的泪，淡淡道："月过偏西的时候，我会在佛堂中等他来。"

杨直皱眉："就在太后经常礼佛的那个佛堂？"

聂无双淡淡地道："皇后罚我禁足，我去佛堂彻夜诵经祈福，皇后也不好说什么。"

杨直点了点头，悄悄退下。

中秋宫宴，盛大无比。皇上先是与朝中重臣宴罢了，再到后宫与宫妃皇亲们一起赴宴。然后会和众臣与几位宫妃皇亲一起上永安门城楼上接受百姓的朝贺祝福。最后整个京城燃放绚丽的烟花，至此中秋节才算热热闹闹地过了。

时间慢慢流逝，硕大的一轮圆月已经挂在天上。夏兰不顾聂无双的嗔怪，为她换上了一件红色绣如意吉祥纹的纱裙。为了压住这如火的颜色，聂无双不顾天气闷热在外面又披了一件藏青色薄如蝉翼的外衫。

聂明鹄今日职责重大，要带领着三万禁卫军巡视皇城。天刚擦黑，他已经派人送来了月饼与口信，无非是多劝她保重身体，不必挂心他等等。聂无双令人送去她亲手为大哥缝制的衣帽鞋子，来人问她有什么话要带给聂统领。

聂无双怔忪了许久，叹息道："就请大哥勿要挂念我就是了。"

聂无双看着宫中的人脸上喜气洋洋，心中烦闷，草草吃了一顿晚膳，一声令下，宫人们纷纷走了，只有杨直在一旁候着。

聂无双看着天色尚早，此时宫中想是已经开始宫宴了，在永华殿这里，几乎可以听见那朗朗的笑声与悠悠的丝竹声声。她幽幽一叹："杨公公是什么时候认识睿王殿下的？"

聂无双很少和杨直谈论萧凤青，如今偌大的宫殿中寂寞空荡，若是两人再相对无言，亦是尴尬，她索性挑起话头问道。

"王爷？"杨直谨慎地看了她一眼，想了想，清秀的面容浮出一丝回忆的神色，"那时奴婢还只是一个负责洒扫宫中花园的小内侍，有一次看见睿王殿下爬上了树，那时奴婢还不知道他是五皇子，就叫他下来，他只忽然对奴婢笑道：'你叫我下来的话，你得接住我，不然我可下不来。'"

聂无双一听唇边不由得露出一丝笑，萧凤青的确是这样的人。

"奴婢以为他定是说笑，那么小的孩子怎么可能敢从那么高的树上跳下来，没想到他

竟然真的敢。奴婢慌忙去接，两人摔成一团，奴婢的胳膊摔断了，睿王殿下的脚也肿了一块。事后奴婢虽未受惩罚，但是却依然心有余悸，一日奴婢去找睿王殿下，苦劝他以后万万不可如此。万一奴婢没接住，睿王殿下可不是会跳下来摔死么。"

"可是他依然无所畏惧，笑道：'你不敢的。'奴婢问为什么。他说，我早就算准了你不敢的。奴婢再问为什么，他忽然道：'你的眼睛告诉我，你和奶娘是一样的人。心中慈善，不会放任我处于危险的境地。'"

"唉……总之睿王殿下是个孤独的人，在做皇子的时候他活得小心翼翼，又不开心。所以性子一直很执拗古怪。在宫中人人都鄙夷他的出身，但是却又对他有莫名的害怕。因为他总是会不顾一切后果做出一些出人意表的事。"

聂无双默默听了，眼前忽然浮现萧凤青那双魅惑异色的眸子，长长一叹，不再说话。到了夜半，聂无双寻思着宫宴到了酣处，便由杨直领着向太后宫中后面的佛堂走去。

宫灯幽幽照着前面一段路，夜色中听着那永安门传来的巨大烟火声响，竟有隔世两重天的感觉。巨大的烟火升腾在天空，化成了无数漂亮的烟花，聂无双不禁驻足看了一会儿，这才默默转身。

寂静的佛堂中，长明灯点亮着。守佛堂的宫人们早就出去看热闹了，空寂寂的没有一人。漆金的观音像垂眼坐在莲花座上，慈眉善目，似早就看破了世间的一切。聂无双跪下，打开佛经慢慢诵读起来。杨直守在佛堂外，以防不相干的人经过。聂无双念着佛经，听着更漏声声。不知过了多久，佛堂外传来轻声的脚步声。聂无双闭上眼，身后熟悉的杜若香气扑来，一双修洁的手已经按在她的肩上。

"殿下来了。"聂无双回过头去，果然对上萧凤青带着笑意的眼睛。

他邪魅的面上晕红，身上带着浓重的酒气，想是宴饮刚罢。萧凤青坐在一旁的蒲团上，只是笑着看着她。长明灯下，他异色的眸色竟然隐约有点点的暖意："你等了很久吧？"

聂无双别开眼，淡淡道："也不是很久。王爷有什么吩咐说吧。"

萧凤青忽地轻笑起来："没什么事难道不能来看你么？"他的手指拂过她的脸颊，带着她熟悉的男子气息。聂无双心中一悸，不由得避开，冷声道："殿下有事便说吧。"

萧凤青的手中一空，他慢慢收了脸上的笑："刚才杨直告诉了本王，你故意激怒云妃。不过也许你可以借助太后的势力，太后也不喜欢云妃。借助权势比你高的人，打压你的敌人，也是一种办法。不然云妃若是真的生了皇子，你也许就永无出头之日了。"

聂无双反问："难道殿下改变了主意？想要借助太后的权势？"从一开始萧凤青就没有和高太后合谋的打算，因为高太后不喜欢他，若是她猜得没错，萧凤青现在所做的一切就是为了削弱高太后的势力，取得萧凤溟的信任。而他现在竟要她与高太后合谋除去云妃？

"在利益面前，没有永远的敌人，也没有永远的朋友。高太后如今在朝中元气大伤，她肯定不会坐视云妃生下皇子，让清流一党有了叫板的资本。所以也许此时你是她的最好人选。"萧凤青慢慢地说道。

聂无双一笑，摇头："但是皇上会怎么看？我好不容易得到了皇上的欢心，难道就要这样放弃吗？殿下又不是不知道云妃为什么会盛宠三年。因为她不够聪明不够贤惠，性情也不够温婉大度，除了容貌，她得宠于皇上不过是因为她太过单纯。别的妃子不会那么轻易地除掉她，是因为她太过容易除去，如果贸然除去她必然会换来皇上的愤怒。"

她顿了顿，冷声道："别人不愿意做的事自然有她们的道理。我不会轻易涉险的。"

萧凤青目光深邃地看着她："你当真不会担心？"如今朝野后宫对云妃有孕议论纷纷，在兴奋中又带着揣测，如果云妃生下皇子，那说不定是以后储君的有力争夺者。谁都不愿意有这样强劲的对手出现。他不过是未雨绸缪。

聂无双看着上首的观音，淡淡道："当然不担心，担心的大有人在。只有沉住气，积蓄力量最后才能得到自己想要的一切。殿下实在是不必替无双担心。"

佛堂中又恢复安静，聂无双垂目看着面前的佛经，打破沉静："夜已深了，殿下该回府了。"

萧凤青沉默一会儿，忽地他拉了她的手向外急走："我带你去一个地方！"

聂无双猝不及防，被他拉得踉跄一下："殿下想要做什么？"

"嘘——"他忽然回头对她一笑，琥珀色的眸中笑意深深，"好不容易宫中不禁严，我带你去一个地方！"

他带着她出了佛堂，七绕八拐地向佛堂后的一条小路走去，佛堂后是一处小小的山，明亮的月色照耀着脚下依稀的路径。路两旁因为人迹罕至而草木繁盛。聂无双感觉着裙摆拍着自己的脚踝，时不时牵扯了路边的草木。

聂无双忽然觉得心下恍惚，眼前的路在黑夜中蜿蜒向前，看不到来路也不知前方在哪里，手心唯有的就是他一掌心的温暖，指引着她……

"到了！"萧凤青忽然停下脚步。聂无双定睛看去，只见在林中的空地上，有一方小小的池塘。池塘上的荷花早就开败了，被月色一浸染，隐约有种颓然的气息。

"这是什么地方？"聂无双警惕地向后退去，"王爷带无双来这里是为什么？"

萧凤青没有察觉她的惶恐，笑着道："给你看一样好东西。"他从怀中掏出火折子，火光跃起，聂无双这才看见地上平放着几个大小不一竹筒样的东西。

"这是……"她迷惑了。

"这是烟花筒！"萧凤青俊魅的眉眼中带着难得一见的兴奋，"在城楼上看人放烟花，还不如自己放！本王已经好几年没放过烟花了！"

他说着蹲下身，就要点燃火信。聂无双大惊，连忙扑过去踩熄了他手中的火折子：

"殿下疯了，会被人发现的！"

萧凤青哈哈一笑，撸起长长的袖袍，又晃动火折子："不会的！平日瞧你狠心狠性的，这时却那么胆小！这里本王早就算过了，没人发现的！再说那些巡夜的宫人早就偷懒去吃酒去了，没事的！"

"你瞧好了！"萧凤青一个错步，绕开她，一一点燃了火信。

"嘭"的一声，一朵绚丽的烟花飞上天空，然后炸开。瞬间的绚丽照耀了整个夜空，聂无双一时间忘记了所有，只怔怔看着突如其来的美丽。

"嘭！——"又一声，又是一朵，五彩斑斓，犹如夜幕中最美丽的星星。一朵接一朵，令人目不暇接。

"好看么？"耳边传来他的声音。

聂无双傻傻地点了点头，等回过神来，她看见萧凤青像是期待得到奖赏的小孩，她双猛地冷下脸："不好看！殿下冒着被人发现的危险玩这种小孩子的把戏简直是愚蠢透顶！"她拽起裙摆，愤怒转身，"殿下疯了，无双可不想跟着你疯！"

聂无双才刚走了几步，忽然身后扑来一股大力，她猝不及防，被他扑倒在草丛中。

温热的气息扑来，她想要惊呼，却对上他的眸光，他的眼底皆是一片凄然与寂寥。萧凤青目光复杂地看了她许久，这才慢慢地放开她："你走吧！我其实想说，中秋夜里，并不是只有你一个人无法团圆。"

聂无双心中一震，心中千百种滋味浮上心头，眼泪忽然溢出。

天上挂着硕大的圆月，明亮得令人心慌。这时，她忽然才真正明白，自己和他，心中永远残破着相同的一角，那便是再也无可挽回的亲人。

聂无双擦干眼泪，慢慢起身："往事已经无法挽回，殿下多想无益。无双告退。"

她说罢，顺着来路踉跄隐没在黑暗中。萧凤青看着一地的狼藉，自嘲一笑，转身没入了黑暗之中。

## 第二十四章　施计：贬云妃

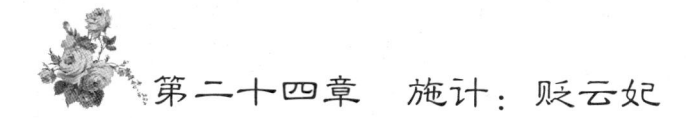

　　第二天聂无双醒来只觉得自己浑身酸疼，而且已不在佛堂之中，而是回到了永华殿。

　　"你醒了？"一道温和醇厚的声音从帷帐外传来。聂无双回头，却见萧凤溟眸中带着怜惜大步走了进来。

　　"皇……皇上？"聂无双想要下床跪拜，脚一软，忍不住跌下床去。"咚！"的一声，她脚重重磕到地上，痛得一时说不出话来。夏兰一声惊呼，萧凤溟手一捞，已经把她抱在怀中。

　　"怎么那么不小心？"他俊朗的眉眼中带着宠溺的责备，皱眉道："去叫太医来看看。"

　　聂无双连忙按住他的手，勉强笑道："只是磕伤了，药酒搓一下就好了，何必要惊动太医呢？"

　　萧凤溟看了她一眼，点了点头："好吧，林公公，去拿朕的药酒。"林公公连忙下去吩咐。不一会儿，药酒拿来。萧凤溟撩开她的裤腿，正要动手上药。聂无双脸一红，连忙把自己的脚一缩，急道："皇上，万万不可。"

　　萧凤溟好脾气地问道："是不是信不过朕的手艺？"他温和的眼中带着笑意，"朕骑马曾经摔过几次，都是自己拿药酒搓的。"

　　聂无双顿时哑口无言。萧凤溟撩开她的裤腿为她上药，然后慢慢地在红肿处力道适中地揉着。夏兰已经悄悄退了出去。偌大的内殿中，只有他和她，那么安静。

　　聂无双目光复杂地看着萧凤溟，轻声问："皇上怎么会过来了？"现在的他应该陪着有孕的云妃，而不是她这被皇后禁足的不起眼的妃嫔。

　　萧凤溟看了她一眼，只是继续手上的动作，半天，才淡淡地问道："你昨夜去佛堂中了？"

"是。"聂无双垂下眼帘,沙哑道,"月圆人团圆,臣妾……想念家人了,想要为枉死的父兄祈福。"一滴晶莹的泪滚落在他的手上。

萧凤溟停下手中的动作,纯黑的深眸中带着怜惜:"是朕的错。昨儿应该放你哥哥进宫陪你吃顿家常饭。"

他说的是,让你哥哥陪你,而不是——朕应该来陪你。

一两字之差,天差地别。

聂无双掩下心中的失望,柔声道:"皇上能来看望臣妾已经是很好了。"萧凤溟搂着她一笑:"你别怪芙儿,她的性子就是这样,小心眼又爱记恨。其实她伤不了别人。上次她跳舞输给你自然心中不平,朕会去劝劝她。"

聂无双柔顺地点头,红唇边却溢出丝丝冷笑。

当天,萧凤溟就在了永华殿中,为了补偿昨夜聂无双无法与聂明鹄相聚,萧凤溟特地恩准聂明鹄前来一起用膳。热气腾腾,色香味俱全的一盘盘佳肴被捧上桌子。

聂无双坐在萧凤溟身边,笑意盈盈,今日她穿一件紫红色薄纱裙子,裙子束在胸前,露出雪白的一小片莹莹的雪色领口,外披同色滚银边披帛。三千乌黑的青丝束成简洁的高髻,上面簪了几朵紫色宝石做的珠花,精心装饰过的她,犹如一朵倾城绝艳的牡丹伴在萧凤溟身边。

聂明鹄看了一眼,心中掠过叹息,坐在一旁恭恭敬敬地向皇上敬酒。只是一桌普通的家宴,却因为萧凤溟的来到而变得隆重。席上,聂无双笑语嫣嫣,每每说得萧凤溟含笑点头。聂明鹄聊起萧凤溟关心的禁卫军整治改革亦是头头是道。席间,萧凤溟提起了秦国与齐国的战事。

"如今秦国已攻入云凌关,齐国的一十三郡就危险了。"萧凤溟淡淡道。

聂无双与聂明鹄对视一眼,心中亦是有说不出的沉重。虽然恨着的是故国,但是当此时听到齐国面临秦国的铁骑蹂躏还是无法轻松起来。

萧凤溟看到两人的面色,忽地问道:"难道聂统领对齐国还有眷恋之情?"

聂明鹄连忙跪下,沉声道:"所谓一将功成万骨枯,为了陛下的一统南北的愿望,这牺牲还是值得的!"

萧凤溟微微一笑,夹了一块笋尖放到他的碗中:"齐国已经向朕发来国书,要一起联盟抵御秦国。是时候一展聂将军的风采了。"

聂无双在一旁含笑道:"哥哥,皇上的意思还是以后攻打秦国时,你便是急先锋了!"

聂明鹄又惊又喜:"战场杀敌是微臣的责任,多谢皇上隆恩。"

一场家宴,宾主尽欢。萧凤溟得到了想要的忠心,聂明鹄得到了自己的机会。而聂无双则得到了想要的恩宠。

用过晚膳，明芙宫的宫女匆匆而来，面色紧张："皇上！不好了！云妃娘娘说今日肚子痛，下午时见了一些血，太医已赶去了。淑妃娘娘请皇上前去明芙宫中坐镇。"

萧凤溟皱了剑眉："早上不是好好的，怎么下午就出事了？"

聂无双微微一笑，上前劝道："皇上息怒，既然云妃娘娘身体不适，皇上理应去坐镇，毕竟龙嗣重要。"

萧凤溟看了她一眼，最后无奈道："那朕去看看。你好好休息。改日朕来看你。"

他说完匆匆离开，聂无双站在殿门边看着他的龙辇慢慢地驶离永华殿，红唇边露出一抹似笑非笑，转头对一旁的茗秋道："去准备一份大礼，不要补品，金银绸缎都挑上好的，明日我要去看望下这位娇弱尊贵的云妃娘娘。"

到了第二天，聂无双去向皇后请安，皇后满面倦色，沉重的凤服披在她身上，有种瘦弱不胜衣的感觉。

聂无双上前问安："皇后娘娘昨夜没睡好么？"

皇后倦然地摆了摆手："为了中秋宫宴，本宫已经花费了不少心思，如今云妃的胎一直不稳，昨夜本宫足足到了半夜才回宫歇息。"

此时众妃嫔都到了，大家议论纷纷，说的就是昨夜云妃见血的事，不够沉稳的妃嫔面上露出鄙夷与幸灾乐祸之色，有的却议论要去看望。淑妃一一回绝："如今太医吩咐云妃娘娘需要静养。你们的心意本宫替你们带到就好了。"

众妃嫔又说了一些话，见皇后面色倦然，都识趣地告退了。聂无双等她们走了，跟在淑妃身后，笑道："淑妃娘娘，臣妾有个不情之请。想去看望下云妃娘娘，解开先前的误会。"

淑妃深深地看了她一眼，亲热地挽了她的手："这有什么的。说到底都是伺候皇上的人，有什么误会口角，说说笑笑就过了。本宫带你去。"

聂无双看着扣着自己胳膊的纤纤玉指，笑着道："多谢淑妃娘娘。"

一路上，聂无双与她说说笑笑，走到了明芙宫。明芙宫十分精巧，用江南特有的园林式构筑整个宫殿，假山曲池，荷塘小桥，犹如人间的仙境，移步换景，每一处皆像是一幅美丽的画卷。聂无双看得啧啧称赞，比起云妃的明芙宫她的永华殿就只像是一处毫无生气的宽大宫殿，除了离皇上的甘露殿近一些外，根本比不上这里半分。

淑妃指着面前的水榭回廊，口中带着说不出的羡慕："这可是皇上亲自为云妃造的，从宫殿选址到几乎每一处的草木，皇上都亲自授意施工的。云妃可谓盛宠了。"

聂无双微微一笑："古人所说的金屋藏娇，不过如此而已。"金屋藏娇，十年盛宠到头来却换得长门怨的下场。聂无双这个比喻似有些用意，淑妃不由得多看了她一眼。却见聂无双只是四处看着赞赏着。

淑妃轻声一叹："不知本宫什么时候能有这样的福分。"

聂无双美眸轻轻一转，见身后的宫人跟得远，握了淑妃的手，笑着道："淑妃娘娘怕什么呢，您与云妃娘娘走得近，她的孩子不就是您的孩子么？"

淑妃脚下忽然顿了顿，深深看了她一眼，她杏眼中神色复杂，最后渐渐流露出笑意来："是，聂美人说得极是。"

聂无双与淑妃相视一眼，各怀心思地笑了起来。

到了云妃的住处，宁国夫人听闻宫女禀报，上前来拦住去路。

聂无双问道："云妃娘娘身子好些了吗？臣妾带来一些礼物，想要送给云妃娘娘，不知宁国夫人能否让臣妾进去当面送给云妃娘娘？"

宁国夫人冷笑着看了她一眼，不悦道："云妃娘娘刚刚喝完药，聂美人还是改日再来吧。"

聂无双叹了一口气："那好吧。宁国夫人一定要转达臣妾的歉意。臣妾明日再来看望云妃娘娘。"

聂无双命身后的宫人奉上礼物，正要转身忽然远远看见一抹明黄走来。聂无双又笑着回过头，挡住宁国夫人的视线，似笑非笑道："明日恐臣妾没空，要不今日既然来了，宁国夫人就让臣妾进去吧。"

她举步要走进去，宁国夫人见状沉下脸："聂无双，你怎么这么不要脸！都说了云妃娘娘不愿见你！来人，把聂美人'请'回去！"

两旁的宫人早就准备好了，一听宁国夫人下令，纷纷上前将聂无双往后拖去。聂无双一个站立不稳，跌在地上，一旁的茗秋吓得大叫："放开我家娘娘！放开我家娘娘！"

正在闹纷纷，身后忽然传来萧凤溟充满怒气的声音："都住手！"

宁国夫人抬头一看，不由得吓得跪下："皇上……"

聂无双跌在地上，挣扎着跪下道："皇上万岁，万万岁！"

"这到底是怎么了？"萧凤溟深眸中充满了怒意问道，"在这里拉拉扯扯成何体统？"

宁国夫人连连叫道："皇上冤枉啊，都是聂美人想要闯进去，所以才……"

萧凤溟听了一半，打断她的话，转头看向聂无双，目光犀利："这到底是怎么回事？"

聂无双轻声道："启禀皇上，的确是臣妾不好。臣妾是来向云妃娘娘道歉的，所以一早特地和淑妃娘娘一起过来。后来云妃娘娘说不见臣妾，臣妾心急了，所以与宁国夫人有些误会。"

萧凤溟闻言，皱起剑眉看向宁国夫人："刚才朕听见宁国夫人骂人了，这难道是一品夫人应该有的修养吗？"

宁国夫人吓得战战兢兢，不知该如何接口。萧凤溟扶起聂无双，看着她红肿还未完全消退的脚踝，微微恼火："你怎么不去床上躺着，万一脚又伤了该怎么办？"

聂无双摇头："臣妾不碍事的。"

正在此时，淑妃与云妃听到声响匆匆出来。云妃看见自己的母亲跪在地上，脸色一下子沉了下来。再看看萧凤溟亲自扶聂无双起身，更是气得心口起伏。

"母亲，你怎么跪在地上！"云妃语气生硬地问道，连忙上前去扶。淑妃说明聂无双来意。云妃冷笑，"谁稀罕她的道歉？！"

聂无双苦笑着回头："臣妾告退了。"说完，微微一转身，由茗秋与夏兰扶着往回走。

"等等！"云妃忽然开口，声音冰冷，带着誓不罢休的意味，"聂美人还没说清楚方才是怎么回事，难道就能这样轻易地走了？"

萧凤溟剑眉一皱，带着不悦："芙儿，够了。你还想怎么样？刚才不过是一场误会。"

云妃见萧凤溟居然为聂无双辩解，不由得气得眼眶都红了："皇上怎么能偏袒她呢！"

萧凤溟深深皱起眉头："朕亲眼看见，难道你还不相信？朕既然说了只是误会就是误会，难道你还想要怎么样一个结果？"

云妃一听，更是哇地一声哭出来："皇上居然为了这么一个贱人对臣妾这么凶……"

萧凤溟脸色陡然变色，他最听不得的就是"贱人"两字，那是曾经一位权势滔天的女人对他母亲的最深重的侮辱。云妃在他面前向来温柔有加，偶尔使一点小性子亦是无伤大雅，没想到今日却亲耳听见她口出恶言。

聂无双在一旁摆弄衣袖，泫然欲泣。

萧凤溟忽地握了她的手，冷冷笑道："她不是贱人，她是朕的女人。"

萧凤溟看了看面前脸色煞白的云妃，拂袖扶了聂无双冷声道："有了龙嗣就能如此恃宠而骄吗？看来皇后先前对你的训诫也并非不对。你是该好好学学女诫，知道什么才是真正的妇德！"

他说完扶了聂无双往回走去。云妃怔怔看着萧凤溟远去的身影，不由得呆了。

回去的路上，在龙辇中，萧凤溟眉宇间的怒气依然不平。聂无双心中忽地涌起一种畅快。小小的一番计策就能引得云妃大乱阵脚，露出真面目。那她盛宠三年又是怎么来的？聂无双心中暗暗怀疑。

聂无双试探问道："皇上还在生气？"

萧凤溟揉了揉紧绷的眉心，叹道："是不是朕对她的宠爱太过了，所以让她迷失了本心？"

聂无双心中一沉，美眸中的神采一黯：只有抱有希望的人才会有失望。换句话说，萧凤溟是真心喜欢云妃，即使他知道她任性，娇气，小心眼，甚至清高得可笑。可是也许只有这样一个在整个后宫看起来并不适合当宠妃的女人，才真正能令深沉从容的他敞开心房。

聂无双怏怏地回答："臣妾不敢妄自猜测。"

萧凤溟察觉到她的不高兴，收了面上的恼火，温柔一笑："你在不高兴？"

"臣妾不敢。"聂无双勉强笑道，"臣妾自知比不上云妃娘娘，自然不会生气。"

萧凤溟自然知道她口不对心，笑了笑："朕知道你受委屈，你的位份是低了点，从今日起，升为婕妤，永华殿中一并事务，杨直都直接向你禀告由你定夺，不必再请示尚宫都监。怎么样？"

说这话的时候，他俊朗的眉眼一如往昔带着宠溺，明黄龙袍上的五爪金龙明晃晃刺着她的眼睛。聂无双忽然觉得喉间似有一根鱼骨卡着，一吞就刺得喉咙极其不自在。

那一声"臣妾谢皇上隆恩"忽地怎么也说不出口。从今往后——她就是聂婕妤。可是，他的赏赐那么漫不经心，甚至没有给她一个封号。是故意提醒她的身份，还是真的忘记了？也许这一切真的不再重要。因为她忽然发现他的心遥远得看不见一点边际。

聂无双垂下眼帘，唇角勾起一丝自嘲，终于慢慢说道："臣妾谢皇上隆恩。"

乌金西坠，聂无双用过晚膳，扶了杨直的手慢慢向上林苑旁的花园中走去散步，如今杨直已是她宫中的主事，自然随侍左右。聂无双一路走去，含笑与几位妃子寒暄。寒暄之后，又得体地歉然告辞。聂无双一路走，渐渐宫人稀少。过了一会儿，杨直提醒："娘娘，到了。"聂无双抬头看着眼前绿树掩映下宫门的牌匾，上面写着三个大字"辛夷宫"。

"是时候拜会淑妃娘娘了。"聂无双叹道，由杨直领着慢慢走向那扇敞开的大门……

云妃受皇上训斥，聂美人一天之间晋升为婕妤，两个消息顿时在宫中传来。在这极敏感的时候，忽然从明芙宫中传出一个令人震惊的消息：一位伺候云妃的宫女因为不堪云妃的责打，半夜忽然跳入荷花池中自尽！

皇后听到这个消息大惊失色，她一向以仁德管理后宫，平时常训诫宫妃不可轻易责骂宫人，这一点深得萧凤溟的赞赏。如今出了这么一件事，皇后一面自责不已，一面下令宫正司严查到底是怎么回事。

云妃见到捞起的宫女尸体，受到惊吓，一连几日都精神不振。淑妃负责照料她的饮食起居，见状上奏皇后，请求将云妃暂时迁入自己的宫中静心调养，安胎。皇后听了赞赏她的贤惠，一面责令宫正司查清事情的真相。

云妃没料到自己手下的宫女突然自尽，更没想到皇后的雷厉风行，一下子将所有明芙宫的宫女内侍通通都抓了起来。她即使再迟钝也察觉到了一丝不寻常的意味。她想要求见皇上，但是萧凤溟对她依然余怒未消，自然不会见她。云妃这才真正感觉到自己陷入了绝境中。

宫正司一向严厉，审讯察言观色的宫人们自有一套办法。几番审讯下来，明芙宫中证明宫女的确是因为一点小事被云妃下令责打，另一方面，又审出了云妃平日对皇后以及皇上诸多不满之言辞，甚至有个洒扫宫人拿出藏着已久的残破纸片，证明云妃的确是心怀怨恨。这下满后宫的妃嫔哗然。人人都对辛夷宫的云妃侧目不已。帝王的盛宠三年依然不能让她满足，那又有什么可以满足这位才情横溢的妃子？

萧凤溟大怒，下旨责令云妃禁足三个月，闲时抄女诫，佛经，修身养性，不用再回明芙宫！云妃接到旨意顿时昏了过去，醒来时，几次寻死觅活都被宫人拦下。皇后听说她的举动之后，下了口谕责备："身怀龙嗣是你的福分，若是再寻死，就是欺君之罪！"云妃彻底懵了，整日只会对着窗外流泪。淑妃几次劝导都无济于事，只能随她去了。

第二天，聂无双向皇后请安，淑妃正坐在上首与皇后说笑。皇后见到聂无双过来，含笑叫宫人搬来椅子放在自己的下首。聂无双坚持不敢坐，婉拒道："臣妾不敢越过众位姐姐。"

皇后赞许道："婕妤贤淑谦卑，本宫十分喜欢。"

淑妃也笑道："是啊，难得如此美的一个人儿，还如此得体。难怪皇上也喜欢呢。"

聂无双在一旁听了连连谦虚。请安过后，聂无双与淑妃相携到了一处幽静的花园品茗聊天。

淑妃看了宫人离得远，笑了笑："接下来该怎么做？看样子云妃似乎没有再获得圣心的机会了。"

聂无双抿了一口茶，摇头道："死灰都能复燃，云妃是一个大活人，怎么不可能东山再起？更何况云妃本来就没被皇上真正放弃，若是真正放弃的话，皇上应该让她一个人在明芙宫禁足而不是在淑妃娘娘处养着。"

淑妃笑了笑："那这么说，宫女自尽并不能让皇上动摇？"

"起码在云妃娘娘生子嗣之前，皇上并不会真正惩罚云妃娘娘。"聂无双笑道。

淑妃忽地叹息道："子嗣真的是一副好的挡箭牌。连一向英明的皇上也会为她破例。"

聂无双冷冷一笑："可是皇上不再喜欢的妃子，就算生出皇子也是一样。"

她说罢在淑妃耳边如此这般说了几句。淑妃听了，想了一会儿，也含笑道："婕妤说得极是。"

过了几天，淑妃替云妃向皇上递上"请罪表"，陈述自己入宫后的不当的言行，表中悔过之意令人动容。萧凤溟看了，下旨道，念在云妃年轻不谙世事，又身怀龙嗣，情绪不稳，特赦她回宫休养，又命宁国夫人进宫陪伴。众宫妃都对淑妃的善举感到吃惊，唯一不吃惊的就只有聂无双。

杨直听到这个消息道："如今云妃又重新获宠，不知又打碎了多少个妃子的美梦。"

聂无双慢慢临帖，笑道："慢慢来才能再战而胜。杨公公心急了。"

"娘娘也该为自己打算打算。宠爱并不能长久，子嗣才是长久之道。"杨直劝道。

聂无双看着自己临摹好的一幅字帖，美眸中流露出满意，慢慢说道："本宫自有打算。"她抬头对杨直道："去备两份薄礼，本宫明日要去紫薇宫看望玉嫔娘娘与雅美人。"

第二天一早，聂无双来到紫薇宫，玉嫔正散着头发与雅美人研究绣花样子，一见她来了，玉嫔似笑非笑地调侃："哟，什么风把我们的婕妤娘娘给吹来了？"

雅美人见聂无双过来了，不由得连忙站起身来，恭敬施礼："婕妤娘娘来了。"聂无双扶了她起身，对着玉嫔笑道："玉嫔娘娘这不是消遣臣妾么？前些日子没空，今儿得了空就过来瞧瞧娘娘，身子可好了些吗？"

玉嫔丢开手中的绣样，懒洋洋地道："好不了，也死不了。"

她看了一眼聂无双，对雅美人说道："快去把你先前腌的桃子脯拿来，本宫都馋了好些天了。"

雅美人听了不由得笑着退了下去："知道了。"

玉嫔看着雅美人的身影消失，目光如电地看着聂无双："好不容易把那人拉下来了，怎么又让她见了皇上？"

聂无双慢条斯理地说道："皇上心中还有她，肯定要慢慢让他知道那个人不值得他那么宠爱。要的就是皇上对她死心。只有皇上的心空了，才有可能再喜欢上另一个女人，不是么？"

玉嫔细细想了一会儿，目光复杂地看着聂无双，幽幽地道："也只有你才能如此置身事外，皇上是一个能让所有女人都爱上的男人。但是你却不爱。"

聂无双美眸中一丝黯淡掠过，岔开话题："雅美人如此美貌，还依然是美人，的确是委屈了。"

玉嫔诧异地看向她："你的意思是？"

"一枝独秀并不好，满园春色才是春呢。"聂无双笑得眉眼处都是蚀骨的风情，"雅美人得宠的话，对玉嫔娘娘也有好处不是吗？"

玉嫔怔怔看了她许久，最后长叹一声："你想要的到底是什么？"

聂无双低下眼帘："臣妾想要的不过是微不足道的安稳，还有玉嫔娘娘与雅美人的真心帮助。"

## 第二十五章　　险计：藏经阁

聂无双扶着夏兰的手回了宫，临走前，她约了雅美人明日到永华殿中喝茶下棋。紫薇宫比较偏僻，以聂无双的位份还没有配肩辇，她走得满头香汗淋漓，只得寻了一块干净的地方坐一会。

主仆两人已经很久没有如此轻松地说笑。夏兰见她心情甚好，就说一些好玩的见闻给她听。聂无双坐了一会儿，身上疲惫顿消，站起身来正要走，忽然看见不远处一处朱红的宫墙，问道："那里是什么地方？"

夏兰看了一会儿，失笑："娘娘忘记了，这是佛堂前的藏经阁，里面有不少太后珍藏的佛经。平时很少人去的。"

聂无双忽地起了兴致："反正回宫也没事，不如去看看走走。"

夏兰也是个玩性大的，一听连连点头，遣了德顺回去，就陪着聂无双慢慢地向藏经阁中走去。藏经阁并不大，大约是两层的阁楼，掩映在翠色深深的树林之中，为了防火，整个楼阁都是用石头砌成，只在外面装饰性地饰了精美的雕花木窗。聂无双上了藏经阁却无人阻拦，正要回头询问夏兰，忽然书架拐角迎面走来一个人影，他正低头看着手中的经书，猝不及防撞上聂无双。聂无双只闻到一股檀香扑来，不由得被撞得倒退两步。

"抱歉！施主可有受伤？……"那人连忙道歉，正说到一半，他诧异地认出聂无双来。

聂无双也从惊诧中回过神来："原来是清远师父。"

面前穿着一身朴素的缁衣麻鞋的正是东林寺中的清远。他目光复杂地看着聂无双，最后垂下眼帘，宣了一声佛号："聂施主别来无恙？"

聂无双想起之前与他的争论，心中念头千回百转，最后化成一声叹息："本宫甚好。不知清远师父怎么会突然进宫来？"

清远清澈的眼中恢复平静："是太后有旨意，请东林寺中几位高僧进宫讲经，小僧刚好在随行之列。"

聂无双顿时了然，高太后经常以讲经为名，招了不少外臣的命妇进宫借以拉拢人心，都已不是太令人难猜的目的。高太后之前在朝中势力元气大伤，她保不住那群忠心的手下，自然要再一次积蓄属于她的力量。只不过这一次已经不是那么容易。她年事已高，所谓日薄西山，比起萧凤溟尚是壮年又有雄心的帝王，谁还会寄希望于一位垂垂的深宫老妇人？

聂无双看着清远清俊的眉目，在心底替他惋惜：已经跳身红尘之外的人依然摆脱不了世俗别有用心的利用。

清远目无杂质地看着聂无双，忽然问道："聂施主已经改变了主意了吗？"

聂无双听明白了他的意思，脸色一沉："清远师父还不放弃说服本宫？"她美眸中含着嘲讽，"还是清远师父想通了虎害人还是你害人的真正辩解？"

清远面色未动，宣了一句佛号："小僧已经想通，一切归于本心。佛度有缘的人，度能度之人。一切都是因果报应而已。"

聂无双不想和他辩解高深的佛理，冷冷转身："佛并未给本宫带来想要的东西，本宫走到这一步，一切都是靠自己的努力。所谓放下仇恨并不能让本宫摆脱危险的境地，而是会掉入更深的地狱。"

"但是聂施主你会开心吗？"清远提高声音，问道。

聂无双心中烦躁，一扯裙摆："清远师父管得太多了。这尘俗的事并不是清远师父该操心的。"

"那应该管的是什么？方外人并不是只会念经而已，世间苦就是我的苦。"清远目光坦然地看着她，又一次问道，"难道聂施主现在就能真心快乐吗？为何不想着放下心中执念……"

"谁说本宫不开心！不快活？"聂无双打断他的话，美眸中俱是冰冷的嘲讽，"等到本宫坐上那万人之上的位置，就是本宫最快活的一刻！！"

她说完毅然转身步下楼阁，夏兰匆匆跟上。而身后传来一声淡淡的叹息。

聂无双扶着夏兰的手下了阁楼，心绪起伏，她出了楼阁，忽然眼角瞥见一抹鹅黄色。她不由得眸中一紧，几步上前，拿起挂在树干边的绢帕，沉吟不已。

"娘娘，怎么了？"夏兰好奇地问。

"刚才你有没有看见有人上楼阁来？"聂无双问道。手中这一方鹅黄色的绢帕只绣了一朵栩栩如生的梅花，什么落款标识都没有，看样子也不知道是宫妃的还是宫女的。

"没有啊，刚才奴婢一直在娘娘身后，并没有听见有人上楼来。"夏兰摇头。

聂无双收起这帕子，眸中疑虑重重："那一定是有人偷听到了本宫与清远师父的话。

清远师父是方外人,不会到处胡说,但是要是有心人听到了,说不定会引来不必要的麻烦。"

夏兰大惊失色:"那怎么办?"

"还能怎么办?兵来将挡,水来土掩。要陷害本宫,也不是那么容易的。"聂无双把帕子收在怀中,慢慢地回了永华殿。

第二天,雅美人依约前来,她还带来了各色可口的小食,一盘盘十分精致,令人胃口大开。聂无双尝了几筷,大加称赞。

无双吩咐宫人:"来人,把雅美人的小食给皇上送去,就说天热,雅美人特地做了一些开胃凉食献给皇上。"

杨直命了宫人拿来精致的食盒,又在一旁放了冰块,打包妥当,小心翼翼地出宫。雅美人一见,不由得大是感动:"婕妤娘娘还是这样维护臣妾。"

聂无双握了她的手,含笑道:"如今我们姐妹三人,就只有你才是唯一的希望了。"

雅美人怔了怔:"什么希望?"

聂无双美眸中含着点点水光,乍一看去,似暗夜的星光都蕴在其中,美得惊心动魄:"子嗣啊,傻妹妹,本宫以前曾受过伤,不容易再孕了。玉嫔身子又不好也不肯亲近皇上。只有你了。"

雅美人又是惊又是羞:"这……这怎么说的?娘娘不可胡说。"

正在这时,外面忽然传来内侍的唱和:"皇上驾到——"

雅美人惊喜地站起身来。

聂无双整了整衣,掠过鬓边的碎发,仪态万方地站起身来,挽了雅美人,笑道:"皇上既然来了,肯定也意味着愿意见你。"

远远地,看见那抹明黄步态潇洒地走来,俊朗的眉目,薄唇边恰到好处的温柔笑容,他犹如天边一抹潇洒的云,轻易地就能入了你的眼,入了你的心……

聂无双红唇边浮起一抹意味不明的笑意,拉了雅美人慢慢跪下:"臣妾恭迎皇上,皇上万岁,万岁,万万岁……"

萧凤溟大步走来,看见雅美人也在,微微怔了怔,随后又笑道:"原来你也在。"

聂无双点头含笑,推了雅美人上前:"皇上觉得送去的凉食是否可口?"送去的一份是水晶冰皮,一份是素心酸笋包。聂无双吃过,知道这两份吃食十分合萧凤溟的胃口。所以昨日就特地嘱咐雅美人送来。

萧凤溟笑着点了点头:"确实是不错。慧珍真的是兰心蕙质。朕还记得你当初初进宫为朕煲的一盅汤。"雅美人又惊又喜,难得的是皇上竟然记得清清楚楚。想着,她脸颊上飞起两抹嫣红犹如桃花一般,娇媚可人。

一番畅谈之后,雅美人告退。萧凤溟特地赏赐了她不少刚进贡来的绸缎。聂无双目送她离开，忽然腰间一沉，不知什么时候萧凤溟已经转到了她的身后。聂无双想要回头，他却在她白皙优雅的脖颈上落下一个缠绵的吻。酥麻的感觉顿时如电一般流窜全身，聂无双不禁轻轻嗯了一声。身后的手渐渐缩紧，两人紧密相贴。

突如其来的亲密令她心中升起诧异："皇上……"

身子被他一转，两人隐没在一旁重重的帷幕之间。萧凤溟含笑地看着她："今日若朕猜得没错，你想要把雅美人推给朕么？"

聂无双心中一惊，她不知道他是不是看出了什么，但是此时承认无异于全部的心思都白费了。想着，她嫣然一笑，眉眼处浮起的红晕比天边的彩霞更加令人心醉："不，皇上想错了，臣妾不会把皇上让给任何人！"

她说着，红唇主动吻住他的。萧凤溟眸中渐渐沉暗，她轻轻一个吻，就勾起了他心中无数的欲念。无法否认在应国的后宫中，没有哪个女人能如此大胆，也没有哪个女人有她的如此风情万种，更重要的是没有哪个女人能如她一样，美貌与智慧并存。

他微微一笑，猛地扣紧她的长发，在她耳边轻喃："不是就好。"

明芙宫中，云妃正忍受着孕吐的折磨，刚刚一碗熬了两个时辰的补汤又全数吐了出来。她接过宫女的湿帕，擦了擦嘴角，有气无力地躺在榻上，问道："皇上来了吗？"

宫女怯怯地看了她一眼，低声回道："启禀云妃娘娘，皇上下了御书房之后去了永华殿。"

云妃猛地睁开眼，她手一扫，床榻边的茶壶杯子通通扫落一地。宁国夫人听到声音连忙进来。"我的儿啊，你怎么了？"她急忙问道。中年臃肿的身躯飞快挪了过来，"是不是这些粗手笨脚的奴才又惹了你了？"

一旁的宫女吓得连连磕头："宁国夫人，娘娘，奴婢没有！奴婢没有！"

云妃忽地捂住脸，哭了起来："娘，让我死了算了，他还是喜欢那个贱人。他骗我！"

宁国夫人一听，隐约猜到了几分，连忙喝退宫人。云妃哭了一会儿，看着自己的母亲无动于衷，不禁怒道："难道母亲也任由那贱人如此嚣张吗？她不过是一介残花败柳，怎么能入宫伺候皇上？！难道母亲最后要眼睁睁看着她与我平起平坐吗？"

她顿了顿，又恨恨道："母亲，你去给父亲说说，让他与几位同朝为官的好友一同参她几本。我就不信皇上能护得了她一辈子。"

宁国夫人叹息地道："如果参她有用的话，皇上就不会如此宠幸她了。"

宠幸两字此时听起来那么刺耳，云妃脸色一白："可是母亲，我不甘心啊！"她又流下泪来，"皇上怎么可以爱了一个又一个，先前是玉嫔，后来是淑妃，再后来又是这个被休下堂，别的男人不要的贱人！"

宁国夫人看着自己女儿原本美丽的脸因为哭泣悲伤而显得微微狰狞，知道她心结难解，苦苦劝道："你何必和她一般见识，就算没有她，以后皇上也会再宠幸另外一位更年轻更漂亮的美人，三年一次选秀女，明年年初就是第三年了，你如今有子嗣在身，何必和她计较皇帝的恩宠？"

云妃越听越怒，甩开母亲的手，勃然变色："母亲为什么要说这种话？难道母亲的意思是我不再年轻也不再漂亮，斗不过那些女人吗？"

宁国夫人见她如此冥顽不灵，不禁怒道："母亲难道会害你吗？还是皇上的宠爱让你蒙蔽了双眼？在应国哪个男子不是三妻四妾，更何况一国的君主！你好好想想吧。"

她说完，转身离开。云妃见自己的母亲都不再替自己说话，不由得心头悲愤，一字一顿地恨恨道："聂无双！"

正在这时，宫女进来禀报，有人求见。

云妃听了宫人的禀报，皱起秀眉："她怎么会过来？"她刚想说不见，宫女又低头轻声道："那位娘娘说，云妃娘娘若不见她，就失去了一个极好的机会。"

"什么机会？"云妃问道。那宫女上前一步，低声在她耳边如此这般说了几句。

云妃沉吟了一会儿，终于点头："那好，让她进来吧。"

后宫又恢复平静，云妃解禁足令之后，除了在自己的宫中散步，就鲜少出宫。皇后处已恩准了她不必去请安，她更是乐得不用出门。萧凤溟似故意冷落她，除了时而看望她一会，便不在明芙宫中歇息而是去别的宫中。

雅美人自从上次弄了凉食呈给皇上之后，萧凤溟便时不时隔两三天去紫薇宫中，一则是探望玉嫔，二则是品尝雅美人精心制作的点心。一来二去，雅美人也渐渐获了宠爱。虽是不多，但是亦是足够了。聂无双自从在藏经阁中遇到了清远，便不愿意接近那一带。

眼见得到了八月底，眨眼间，又是一个月将要过去。高太后从东林寺中请来的高僧做佛事也即将完了。有一日，聂无双正在殿中与萧凤溟说话，殿外的杨直走了进来，呈上一本佛经："娘娘，这是东林寺的清远师父赠给娘娘的佛经。清远师父亲自送来的，他明日要离开了，所以前来与娘娘道别。"

聂无双当着萧凤溟的面不欲发作，只是淡淡道："哦，清远师父有心了，这本佛经本宫找了有些日子了，清远师父真是一心弘扬佛法，可敬可叹。"

萧凤溟闻言，问道："是那位年轻的法师吗？"

聂无双含笑道："是。清远师父皇上也见过，年纪轻轻却已得了佛缘，连方丈大师对他也是赞誉有加。"

关于清远的谈话到此为止，聂无双云淡风轻地扯开话题，萧凤溟也不再问。聂无双等萧凤溟走了，这才沉下脸对杨直说道："以后不相干的人不必替他们传话，特别是这位清

远师父！"

杨直知道她在生气什么，无奈道："要不是奴才苦劝，他根本不会离开。看他的样子似要真心说服娘娘。"

聂无双头痛地揉了揉眉心："他固执又不通世故，本宫对他无话可说。"

杨直叹了一声，忽然宫人又走来禀报道："娘娘，外面有位法师前来要求见娘娘。"

聂无双皱眉："又是清远师父吗？"

宫人摇头："是另外一位小师傅。奴婢也不知道他叫什么。"

聂无双一听更是不明所以，但是僧人在应国十分受尊重，聂无双即使不愿意，也应该见一下。宫人退下，领了那位僧人进来。

聂无双看着面前站的僧人，深深皱起了眉头："这位师父是？……"

那面貌普通的僧人宣了一句佛号，递给聂无双一张纸条："这是刚才有人托小僧给施主的。小僧告退。"

他说完转身离开。聂无双打开看手中的纸条，上面写着一句深奥的梵语，又在下面写着某某时辰藏经阁见，临别赠言请娘娘务必到。聂无双看那时间，刚好是僧人最后一次在宫中为高太后做佛事之后。

聂无双翻来覆去地看了一会儿，也看不出什么所以然，想要再问仔细，那僧人却已经离开，无法再问清楚。

杨直见她面上有犹豫之色，上前问到底怎么回事。聂无双秀眉不展："杨公公你说本宫该不该去？若是不去，就担心以后清远师父还是固执己见，每见本宫一次就要劝本宫向善。若是去了还是得听他啰唆。"

杨直也为难："清远师父深得住持大师的赞赏，听说最近住持大师年事已高，有培养下一代住持的打算，奴才恐怕清远师父是其中有力的人选。"

东林寺向来与皇家关系密不可分，有时候皇帝未能解决的疑难，都会去求教东林寺的高僧。所以东林寺在应国地位超然。若是清远师父有幸成了住持心中的接班人选，那这一趟见面，聂无双似乎更有必要好好准备前去见他。

聂无双叹了一口气，把字条收了起来："也罢，就见吧。"

高僧在宫中最后一天做法事，高太后特许宫中妃嫔及其他宗室宗亲前去观礼，顺便可以祈福。聂无双在那天略略打扮妥当，特地穿得素净一点，头上也只梳了高髻，簪了几朵珠花便慢慢向太庙那边走去。按道理若是不到大祭的时候是不可进入太庙的，但是此次高太后特别恩旨，可以让众人在太庙外的高台上观礼。聂无双一路慢慢走去，太庙甚远，她走走停停，终于到了太庙旁的凉棚之中。

太庙的高台处早就搭起了凉棚，众宫妃与宗亲都在里面跪着念经。聂无双随着众人的样子跪下。太庙前梵音唱和，香烟缭绕。忽然感觉到人群中有人在盯着自己，等到她想要认出那人是谁，那双眼睛已经飞快地别开。她被人暗中盯着的感觉十分不好，聂无双按捺下心中的不适感，闭目念着手中的佛经。等到佛事了了，聂无双这才离开。她慢慢往回走，忽地停下，掏出怀中藏着的帕子给杨直看："这帕子真的找不出它的主人吗？"

　　杨直摇头："奴婢去查过了，这帕子的料子在宫中比比皆是，而且上面又没署名，奴婢实在查不出。"

　　聂无双皱眉沉吟一会："总之要小心一点，刚才本宫觉得有人在看我。会不会就是那个人？"

　　杨直想了一会儿，摇头不解。聂无双心中亦是疑惑，细想那日与清远的谈话，说起来并无什么把柄。她左思右想不知不觉已经到了藏经阁前。阁子四周依然绿树掩映，没有一丝人声。

　　聂无双上楼，只见在书架丛中的蒲团上端坐着清远。他看见她来，不由得诧异问道："聂施主怎么过来了？"

　　聂无双一听，顿时心中一提。她拿出怀中的字条递给清远："这是清远师父写的吗？"

　　清远接过一看，摇头："不是小僧写的。"

　　聂无双心中暗叫糟，她猛地转身，想要下楼，忽然杨直上来："娘娘，奴婢看见太后的肩辇朝这边走来了。"

　　聂无双不由得急问："太后怎么会这时来这里？"

　　杨直摇头："奴婢不知。"

　　聂无双看着端坐的清远，心中又是急又是气愤，跺脚道："大难已要到来，清远师父此时还要念什么佛经？"

　　清远面上诧异，宣了一句佛号："什么大难？小僧不解。"

　　聂无双想起教导自己的吴嬷嬷说起一个宫中旧事，曾经有个宫妃在上香途中伤了脚，下山路过的一位僧人好心帮助，扶了她一把，结果此事经过众人口中相传，却成了宫妃与那僧人私相授受。皇帝大怒，赐死宫妃，那僧人亦是自焚以谢罪。她尝过谣言的威力，所谓众口铄金，没影的事都可以令她几乎全盘皆输，如今她未经任何人授意，私下见清远，要是被人撞见，如何能够再安然脱身？聂无双额上冷汗淋漓，此时出去肯定会被人撞见。可是要在这阁中，孤男寡女，即使有宫人作证，两人亦是撇不了干系。

　　清远见聂无双面色发白，渐渐察觉到这微妙处境。他叹息一声："聂施主放心，小僧一定会在太后面前力证聂施主的清白。"

　　"此时就算清远师父你立刻死了，也保不了本宫的清白了！"聂无双怒道，"还是想想怎么脱身吧！"

　　清远怔了怔，两人一时间静了下来。聂无双在楼阁中四处走动，查看是否能有藏身之处。她从楼阁的窗子看去，隐隐看见高太后已经快要到了跟前。聂无双急得满头大汗，杨直在楼下亦是来回踱步，焦虑满面。

清远忽地叹了一口气："聂施主放心，有个地方可以藏身。"

他说着站起身来，走到一靠墙的书架边，挪开书架，书架后刚好有一处凹进去的柜子，许是平日用来收藏书本的，如今空了出来，刚好够藏一人。

聂无双大喜过望，连连催促："如今只能委屈清远师父了。"

清远叹道："佛不入地狱，谁入地狱。"他眉眼中带着决绝。聂无双却看不明白，只是催促。清远闪身躲了进去，聂无双与夏兰合力，把书架推了回去。如此一看，再无任何痕迹。

聂无双松了一口气，此时，底下高太后已经由宫人扶着走了进来。杨直连忙跪下："奴婢拜见太后娘娘，太后娘娘千岁千千岁！"

高太后看了他一眼，疑惑问道："你不是永华殿中当差的杨公公吗？怎么会在此地？"

杨直沉吟不答，聂无双下了楼阁，笑着道："太后娘娘万福，是臣妾观完法事，想在这边找几本佛经回去看看，所以未经太后娘娘的许可，擅自过来了，实在是罪该万死！"

高太后呵呵一笑，扶了她伸过来的手，笑道："婕妤有心了，这里平日都没人来。"

高太后回头，看向几位宫女扶着的云妃笑道："云妃说想为腹中的孩子念点佛经，哀家特地带着她过来找找看看。哀家记得有一本长善法师亲手抄的佛经，一时间竟忘了是不是在这里……唉……你倒是跟她想一块了。"

聂无双看向云妃，目光中带着冷笑，淡淡问道："原来是云妃娘娘想要看佛经呢。何必劳动太后娘娘呢？吩咐臣妾一声，臣妾理当效犬马之劳。"

云妃脸色微微一变，半晌才冷笑道："不必了。"她扫视四周却看不到半分人影，不由得看向那二楼的梯子："也许佛经在上一层呢。来人，去找找看。"

聂无双似笑非笑地看了她一眼："云妃娘娘还真是心诚呢。"

高太后在一旁皱眉吩咐："小心一点，这些佛经有的可是孤本，坏了可就没了。"她说完，又奇怪道："这看守藏经阁的几个奴才呢？怎么都不见了？"

有宫人连忙道："这几日都是清远师父看着藏经阁，所以守阁的人就离开了。"

高太后点头，语气中带着赞赏："清远师父的确是细心又一心向佛。哀家十分喜欢这种人。"

聂无双在一旁沉默，手心却渐渐渗出冷汗，云妃派上去的人正来回走动，她不知道他们会不会搜得太仔细。一颗心七上八下地吊着，聂无双看向云妃，却见她亦是死死盯着那楼阁的梯子。

不知过了多久，宫人下来，手上拿着一本书道："云妃娘娘，书已经找到了。"

云妃接过，对上聂无双似笑非笑的美眸，只觉得一口恶气堵在心口，无法咽下。

高太后见找到佛经，笑了笑："走吧，这地方一股子书的味儿，哀家还得赏赐高僧呢。"她看向聂无双温和地问："婕妤要一起过去吗？"

聂无双连忙拜下："臣妾谢太后娘娘好意，臣妾还想在这里多找找经书，以后好为太后娘娘多抄几本，为太后祈福！"

高太后目光流露赞赏，又称赞了她几句，这才离开。聂无双红唇边含着一丝笑意看着云妃悻悻离开，这才冷笑吩咐："把阁门关上！"

杨直关上阁门，擦了一把冷汗："娘娘，如此就十分明了了，是云妃娘娘。"

聂无双摇了摇头："不，不是她。她怀孕之后就一直在明芙宫中，她怎么可能知道本宫来过这里还见过清远？一定是别人告诉她的。"

杨直以目光询问，聂无双连连冷笑："本宫一定会找出来的！"聂无双说完，转身上楼，盯着那书架许久。夏兰上前犹豫问道："娘娘不打算挪开书架吗？"

聂无双看着书架，笑得诡异："本宫就想看看，他能忍得了多久不呼救。"

夏兰听得一头雾水，连忙定睛去看，这才看出一些门道，原来那书架堵住柜子，严丝合缝，那么小的地方塞着一个人，这时恐怕空气都已消耗完了。时间一分一秒过去，夏兰看得额上冷汗冒了出来，聂无双面上表情纹丝未动，却只是盯着那书架。

夏兰再也受不了，连忙央求："娘娘就放了清远师父吧。他毕竟是为了娘娘才躲了进去。"

聂无双一动不动，只是冷笑连连。夏兰一再央求，聂无双这才命杨直上前推开书架。书架推开，清远面色惨白地跌在地上。杨直探了探他的脉搏，放下心来："没事，一会便好了。"

过了一会儿，清远幽幽清醒过来，看见聂无双站在他面前，松了一口气："太后娘娘走了吗？"

"走了。"聂无双蹲下身，看着他清秀俊美的面容，嘲弄地一笑："可是刚才清远师父也差点要追随佛祖而去了。"

清远听不出她口中的嘲讽，面上轻松释然："只要不连累无辜的人，小僧就算死了也是死得其所的。"

聂无双顿时无语，默默站了一会儿，冷笑离开，临走前，她笑得古怪："连佛门中都有争斗，清远师父又有什么资格来教导众生呢？是谁陷害清远师父，你恐怕也心中有数！"

清远看着聂无双窈窕的身影消失，不由得怔忪许久。

他出宫回到暂住的城中寺中，他的师兄清思走来，皱着眉问："你这时才回来，几位师叔找过你。"

清远看着他面目普通的脸,从怀中掏出一张字条,叹息道:"师兄,陷我在危境中,这是你的本意还是别有用心的人逼迫你?"

清思顿住脚步,目光中带着深深的妒色:"难道我就不能为自己的前途搏一把吗?寺中有几百个僧人,年轻一辈就你我有资格可以成为住持座下的衣钵传人,不是你就是我。要么一步登上高位,要么就永远泯灭在众人中。我当然会选择前者!"

清远痛心地看着他:"如果师兄想要的话,我可以让给你。但是为什么要这样害人?难道你不怕下十八层地狱吗?"

清思冷冷笑道:"今世都不能完美了,还能顾得了来世吗?"他说完,扬长离开。

清远忽然语塞,耳边响起聂无双的话:"……连佛门都有争斗,清远师父又有什么资格来教导众生呢?……"

聂无双回到了永华殿中,心依然怦怦直跳,刚才只不过是侥幸,若是不好,自己就又陷入了万劫不复的境地。宫中人心可怕,竟已到了如此地步。

## 第二十六章　重阳：遍插茱萸少一人（上）

　　如此过了一两日，聂无双虽然深居简出，但是并不敢松懈，暗自安排德顺四处探查消息，但是后宫中有那么多的妃子、宫女，仅凭一条极普通的帕子又能查出什么来？

　　"处处提防也不是办法。"杨直劝道，"如今只能静观其变。"

　　聂无双深以为然，每日就早早去向皇后请安，然后闲时在宫中约玉嫔、雅美人前来走动，又或是去淑妃的宫中聊天。如此走动也渐渐和淑妃交好。

　　一日向皇后请安过后，淑妃提起新近的一个话题："听说太后有意要向皇上请旨意，放睿王妃高氏归家。"

　　聂无双想起之前在王府听来的来龙去脉，低眉道："是么？那睿王妃归家一定是归高家了？"

　　淑妃摇着手中的苏绣双面鸳鸯团扇，杏眼中带着淡淡的怜悯："当然了，睿王也不可能让她回睿王府。毕竟出了那么一件杀妾灭子的事。"

　　聂无双看着茶盏中轻烟袅袅的茶，抿了一口，叹道："可怜啊。"

　　从辛夷宫中出来已是下午。聂无双见天色晴好，心中有了散散步的心思，与夏兰绕过一处宫阁，正要穿过一处竹林，忽然看见竹林处有人在低低私语。翠绿的竹林中，她只觉得那抹藏青色的身影十分熟悉。那两人拥在一起，那男子似在宽言抚慰怀中的女子。聂无双再走近几步，等认出那人时不由得脸一冷。夏兰不明所以顺着她的目光看去，不由得羞得"呀"地叫了一声。

　　那两人听到声音，男子怀中的宫装女子吓得掩面而疾走。聂无双看着那女子窈窕的身影飞快消失，红唇边缀了一丝冷笑。被惊扰的男子慢慢回头，懒洋洋依在一根竹子边笑着看聂无双走近："你来了？"

　　一旁的夏兰见是萧凤青，知道自己闯了祸慌忙跪下连连磕头："殿下饶命，奴婢该死！"

聂无双挥退了她与杨直，目光冷然地看着萧凤青："殿下好雅兴，居然在宫中也当起了怜香惜玉的多情种呢。"

萧凤青眉眼带着笑，整了整自己的衣衫，聂无双看到他的唇边犹有红艳艳的胭脂，不禁厌恶地从怀中掏出手帕丢给他："殿下赶紧擦擦吧！要是等会儿让别人看见，殿下该怎么解释？"

从上次中秋节后，聂无双很少在宫中看见萧凤青的身影，萧凤溟经常派差事给他，往昔的富贵闲散王爷，如今成了萧凤溟不可或缺的左膀右臂，而这一切又似乎是从她进宫之后开始的。聂无双不明白他是不是因为自己而得到重用，但是从萧凤青曾在齐国的目的，她知道这一切也许更是萧凤溟的原意，而她不过是萧凤青对外的障眼法，以为他不过是因为献了美人所以得以亲近皇帝。而这样一来，高太后也不会加以注意。

萧凤青漫不经心地接过聂无双的帕子，擦了擦，随后递还给聂无双，异色的眸中带着笑意："怎么？你担心本王被皇上责罚？"

聂无双看着他手中的帕子，不由得嫌恶地道："丢了吧。本宫不要了。"

萧凤青慢慢收回手帕，放在鼻下轻嗅，眸光流转，渐渐透出暧昧的笑意："好香。"

聂无双早就习惯了他言语的不羁与逗弄，但是依然被他眼中的目光刺得脸微微红了起来。多日未见，他今日穿一件藏青色便服，虽是寻常贵公子的服饰，但是因为他是王爷，在衣上用同色丝线绣了吉祥如意的图案，乍一看去那图案仿佛浮出衣上，多添了几分皇家的威严与隆重。他满头的墨发用凤形簪子簪起，一如他与她初见时那样，风流倜傥。

萧凤青捕捉到她打量的目光，俊颜上邪魅一笑，趁她分神忽地扣她入怀："刚才是不是吃醋了？"

聂无双大惊，急忙回头四看，杨直与夏兰早已远远避开，一前一后守着这条路的两边，为两人望风。

聂无双死命挣扎，怒道："殿下放手！"

萧凤青任由她拍打，修长的手紧扣着她的腰间就是不放。聂无双急了，狠狠要咬上他的肩膀。

萧凤青轻笑一声："咬吧，又不是没被你咬过。那印子本王还珍藏着呢。"

聂无双闻言顿时红了脸。萧凤青见她面色酡红，似有心逗她一般撩起了袖子，聂无双一看，果然在他白皙的手臂上一处陈黯的伤口依然触目惊心。

聂无双支吾几声，最后看着萧凤青叹道："殿下到底想要无双怎么样？"

萧凤青修长的手指轻抚过她的红唇，慢慢道："也不想怎么样。只想好好待一会。"

竹林中的风微微吹拂而过，竹叶簌簌作响。聂无双心中思绪千回百转，一时亦是不知该说什么。从齐国当街拦马的她，到现在的后宫盛宠的娘娘，简直有如两重天。她看着他。此时在翠荫掩映下，他俊魅的眉眼间，竟然隐隐有萧索之意。她看不透他的心思，而且他向来喜怒无常，更是难以猜测。聂无双不知该怎么让他放手，忽地，萧凤青轻笑一声："对了，今日进宫是有一件事与你说。"

聂无双问道："是什么事？"

萧凤青冷笑，一字一顿地道："睿王妃高氏……"他在她耳边轻声道，"本王要你想个办法不让她回王府中……"

他放开她，含笑轻抚过她的脸颊："本王走了。"他刚要转身，聂无双忽然想起刚才那女人，不由得追问："刚才那人是谁？"

萧凤青回头，哈哈一笑："一位无关紧要的宫妃。你吃醋了？"

"没有！"聂无双又羞又恼，"无双只是不想再一次撞破殿下的好事而已！"

萧凤青微微一笑，含笑离开。

聂无双等他身影消失了，这才狠狠地揪了一把竹叶在手中揉捏。满地的碎竹叶依然不能让她心头平静。他和她说好，一个在宫中，一个在宫外，互为助力，可是他的言行屡屡越过她容忍的界限，实在是太棘手，可偏偏她却是一点都离不了他的暗中帮助。

夏兰见萧凤青走了，上前怯怯地问："娘娘，走吧，此地不宜久留。"

聂无双叹了一口气，转身离开。忽然想起刚才萧凤青的话，秀眉深深皱了起来。

聂无双回了永华殿，萧凤溟照例是处理完政事就会进来坐一坐，聂无双不敢怠慢，宫人亦是不敢掉以轻心。可是今日到了夕阳偏西了，萧凤溟还是没过来。聂无双以为他一定不会来了，正要命人撤了为他准备的御膳，萧凤溟的圣驾这时姗姗来迟。聂无双上前迎接，却见萧凤溟剑眉紧皱，似有难解的事。

聂无双拜见过萧凤溟，上前笑问："皇上是不是被国事缠身？"

萧凤溟坐下抿了一口茶水，口气中带着不悦："也不是，是太后要朕下恩旨，说要赦了睿王妃。"

聂无双瞧他神色不以为然，试探地问道："睿王妃在水云观中静修好好的，为什么要突然让她归家？"

萧凤溟道："睿王妃高氏是太后亲侄女，太后自然不会放任她就此在观中一辈子。"

聂无双见萧凤溟面上带着几分烦恼，问道："那皇上是如何决定的？"

"也只能放了。"萧凤溟抿了一口清茶，淡淡道，"总不能为了一个睿王妃再与太后翻脸。"

"可是放了睿王妃高氏，恐怕会失信于朝中，臣妾听说睿王府死去的秦氏封父兄可是军中人。皇上，此时正是秦国进犯齐国的紧要关头，若是如此处置，那军中的士兵就会认为皇上偏袒皇室宗亲……"聂无双轻声地提醒。

萧凤溟看了她一眼，皱眉："这也是朕为难的地方。但是也没有两全其美的办法。"

聂无双想了想进言道："此事不是国事，臣妾也就斗胆给皇上出个主意。过几日就是九月初九重阳节了，照例是要登高，到时候皇上可以去水云观的山上登高祈福，回宫之时，就顺道看看睿王妃，赞她修行虔诚，如此一来，赦免就顺理成章了。军中将士也不好说什么。"

萧凤溟听了，回眸看着她，赞许地笑了："还是你聪慧，如此难题迎刃而解了。只是这事恐怕五弟不高兴，他先前就不喜欢娶高氏为妻，唉……哪有两全其美的办法呢？"

聂无双依在他胸前，看着他俊朗的侧面，淡淡笑了起来。

萧凤溟走了以后，杨直进来，他也听到了聂无双与皇上的对话，他问："娘娘此举意在何为？"

聂无双卸下头上的掐金丝翠翘，幽幽一笑："看皇上的意思根本不想与太后再起冲突，只能顺着皇上的意思说话。"

杨直沉吟一会："那王爷处……"

聂无双微微一笑："自然有办法。"她刚说完，内侍就上前禀报："太后宫中的吴总管来了。"

聂无双笑道："刚刚皇上前脚走，后脚永熙宫的人就来了，这样看来，刚才本宫的话倒是没有错。"

她吩咐宫人迎进吴公公。吴公公带来高太后的赏赐，是一柄通体碧绿的玉如意，雕着祥云，十分精致，价值非凡。

聂无双连忙推辞："这如意太贵重了，臣妾位份低，不敢接受太后的赏赐。"

吴公公笑道："婕妤娘娘何必推辞，虽然只有三品以上的妃嫔才能有玉如意，但是以婕妤在皇上心中的宠爱，再加上太后的喜爱，这玉如意就收下吧。"

聂无双推辞几次，这才在吴公公的坚持下收了。

"吴公公这次除了带来太后的赏赐之外，还有什么重要的事么？"聂无双问道。

吴公公笑了笑："其实也没有，只是太后说，婕妤娘娘在皇上心中地位超然，有些事还望婕妤娘娘多多进言。"

聂无双了然一笑："这是自然。"

一旁的杨直温和地说道："皇上刚走，还是我们婕妤娘娘为皇上出了个主意……"他把刚才聂无双的话跟吴公公说了下。

吴公公听完一双小眼笑得更是眯成了一条缝："婕妤娘娘仁心，果然是跟太后一样诚心向佛的，奴婢一定会跟太后娘娘提起的。"

聂无双含笑道："这是臣妾的本分。"

吴公公又说了几句，聂无双命人重重赏了他，这才放了他回永熙宫中复命。

杨直恭送吴公公出去，回来皱眉："看样子太后娘娘是铁了心要放睿王妃归家了。"

聂无双纤纤玉指抚上冰凉的翡翠玉如意，似笑非笑："太后才没那么仁心呢，一个已经被抛弃的王妃又有什么用呢。只不过最近皇上颇信任睿王，屡次派差事给殿下，太后要给睿王念念紧箍咒呢。"

"原来如此，而且太后此举还能试探出皇上自从那次朝堂清洗后的态度和娘娘的忠心。可谓一举数得。"杨直恍然大悟。

聂无双握了玉如意在手，笑得妩媚："是啊，在宫中哪里能有那么无缘无故的善意呢。"

"你去联系睿王殿下，让他按本宫说的做，一切就会如他所愿。"聂无双美眸中掠过一丝漫不经心地说道。

杨直走近几步，聂无双在他耳边如此这般说了几句。杨直眼中一亮，默默退下。

## 第二十七章　重阳：遍插茱萸少一人（下）

日子说长不长，说短不短。转眼间九月初九的重阳节就到了。应国的风俗与齐国差不多，九月初九那天要登高。朝中官员在那一日一律不用早朝，在家中与家人登高，赏菊，采摘茱萸。晚上更是饮菊花酒，宴饮到深夜。九月九对应国的皇室来说，亦是十分重要。一早，萧凤溟就在宫中尚宫的唱和声中为大皇子与公主举行简单的祈福。所谓祈福，就是以片糕贴额，口中念着吉祥祈福字句，愿儿女百事俱高。做完这一切，帝后两人用膳完，与众宫妃和皇室宗亲一起爬山登高。

聂无双是第一次伴皇上出宫过重阳节，一早，夏兰与茗秋就将她打扮停当。她今日穿一件紫红色薄纱长裙，外披同色鲛绡披帛，披帛做得精致，上面用丝线细细绣了紫罗兰藤蔓，看上去清淡但是却不失妖娆。

夏兰叹道："娘娘就应该天天如此精心打扮，平日都太素净了。"

聂无双为自己细长的眉上画上黛青，抿嘴一笑，并不接口。她知道自己很美，只是在这宫中，她的位份还不能容她太过招摇。

妆成，她看着铜镜中的自己，笑道："走吧。"

过了一个时辰，浩浩荡荡的皇室仪仗到了太明山下，皇帝下了龙辇，扶着皇后慢慢上山。聂无双在队伍之中，看着那两抹明黄一前一后慢慢登高，心中涌起一股奇怪的思绪。

玉嫔爬了一半就爬不动了，遂在山腰的亭中休息。太明山并不高，而且为了皇上登高，还特地铺了条石又重新整修了山道，但是宫中妃子宗亲依然爬得气喘吁吁。

聂无双走走停停，本来她身子便不十分强健，如今爬山更是累得香汗淋漓，沿路不时有年迈的皇室宗亲贵胄停下来休息，夏兰几次劝她放弃，聂无双依然不为所动。

"只有登高才能望远。"聂无双笑道。

过了小半个时辰，聂无双登上了太明山，帝后已经在山上的平地阴凉处坐着歇息。强劲的山风吹来，鼓起她的衣袖，举目所见，群山叠嶂，把先前的燥热都吹得一干二净。聂无双上前拜见帝后二人，皇后含笑赏了她一朵刚剪下的菊花。菊花盈盈，裙裾飘飘若仙，她站在天光下当真绝世无双。萧凤溟深深看了她一眼，淡笑道："有赏！"

宫人上前赏了聂无双一壶宫中特酿的菊酒。聂无双含笑接过。接受赏赐之后便是采茱萸。雅美人随着众人去采，聂无双不愿意凑热闹，只在绿荫处品着萧凤溟赐的水酒，菊酒入口清淡带着菊香，十分可口。聂无双不由得多饮了几杯，风一吹，竟有些上头。她不敢再饮就坐在绿荫处闭目养神。

不知过了多久，面前忽地有阴影覆下，聂无双睁开眼，忽然对上一张放大的俊脸。

"你喝酒了？"萧凤青皱了皱眉头问道。

"殿下来这里做什么？"聂无双下意识四顾，这才发现四周都已经没有了宫妃，只有夏兰与杨直一前一后四处看着。

萧凤青俊魅的面上一笑，忽然掏出袖中的一枝什么插在她的头上："这是茱萸，赠你的。"

聂无双吓了一跳，手一伸把茱萸拿下来，微微恼道："殿下这是做什么？"

"还须问吗？插茱萸。"萧凤青懒洋洋地眯了眯眼。

聂无双知道他做事向来随兴所至，不欲与他多说，勉强笑道："无双谢过殿下的好意了。"她看了他一眼，劝道："殿下还是多多收敛吧，万一皇上……"

她还没说完，就见萧凤青皱着漂亮的长眉，不悦："本王知道了。好心赠你茱萸，你还这么啰唆。"

萧凤青看了她一眼，琥珀色的眸中掠过恼火："难道你会嫌弃本王赠你的东西？"

聂无双微微一笑，慢慢道："自然不会，无双所有的一切都是殿下给的。"

她意有所指，萧凤青眼中猛地燃烧起两团火焰，深深看了她一眼，这才离开。

聂无双见他身影消失，这才长吁一口气，刚想要丢掉手中的茱萸，却又慢慢放在袖中。

所有的宫妃与宗亲内眷都去采摘茱萸，以求解凶秽。聂无双独坐无趣，也想去为哥哥摘几枝，等到由夏兰扶了去，才发现自己来晚了，一丛丛的茱萸已经被人摘走了，她寻了几处都不见。聂无双走了一会儿，顿时丧气。不由得往回走，忽地看见萧凤溟正顺着路走了过来，聂无双连忙拜下。

萧凤溟见她双手空空，笑问："是不是没有采到？"

聂无双抬头笑道："是啊，臣妾歇了一会儿，没想到竟落了众人之后。"

萧凤溟朝她招手："你且过来。"

聂无双上前，萧凤溟手一翻，修洁的手中躺着一枝盈盈紫红的茱萸，递给她："这是朕特地摘来赠你的。"他掐去长枝为她簪在发上，满意笑道："这颜色正衬你的裙子。"

聂无双扶了扶发间，心下微微恍惚，半晌才回神过来谢恩。萧凤溟握了她的手，慢慢转了回去。山上的草木没在膝盖处，聂无双拖着裙裾十分不便。萧凤溟为她提了纱裙解开草木的枝蔓，这才走得容易些。聂无双看着他为她弯腰解缠上的枝叶，不禁心生感慨。他的好意总是那么妥帖，恰到好处，可为什么自己能接受他的心意，却偏偏不能接受萧凤青的好意？

御驾返回从另一边的山路走，不一会儿就到了水云观，观主已经为皇帝一行准备好了斋菜茶水。观中清幽，又因靠近皇宫而经常得到宫中的赏赐，所以年复一年规模也甚是可观。聂无双看着这仿佛建在山中仙境的水云观心中微微冷笑，睿王妃在这里怎么算是受苦？恐怕比王府中还要自在一些。

聂无双被引到一处禅房，玉嫔已经先到了，她见聂无双来，笑道："听说睿王妃就在这里修行，要不是本宫不能出宫，真想也住在这里。"

聂无双看了她一眼："睿王妃在这里只是逼不得已，玉嫔娘娘年纪轻轻切不可有这种想法。"

两人正在说话，忽然有宫人前来请她们："淑妃娘娘说要去看望睿王妃，不知两位娘娘可否一起？"

聂无双挽了玉嫔的手笑道："理当如此，睿王妃在这里清修，就怕是吵了王妃的静修。"

传话的宫人说道："淑妃娘娘说今日是重阳节，看望睿王妃是人之常理。请随奴婢来。"

聂无双拉了玉嫔随着宫人一起前去，七绕八拐，终于到了一处单独的楼阁。楼阁有两层，朱漆画栋，十分精美。聂无双知道这是观中看在高太后的面子上特地给睿王妃住的。淑妃已经在楼阁中，聂无双还看见了敬妃与其他几位妃嫔，遂上前去打招呼。众妃都是与睿王妃一般年纪，未入宫前亦是跟她有往来，所以此时显得十分热络。聂无双见睿王妃脸上未施脂粉，身形瘦削，像是被观中的修行所苦。

淑妃叹道："睿王妃真的是清减了不少。"

敬妃也感叹："在这里是太清苦了些。再说夫妻分离，王妃也定是十分想念睿王殿下。"

众妃都知道睿王妃是求了太后才指婚嫁到睿王府中，而她犯错亦是因为太过妒忌，如今看来，她形容憔悴，倒真有几分悔过的意思，都纷纷替她的遭遇唏嘘不已。

睿王妃泣道："如今臣妾犯了错，不敢求皇上与殿下原谅，但每每想到尚在世的高堂双亲就不忍就此了结一切遁入空门。唉……"

淑妃闻言也抹泪："睿王妃也知错了，不如今日本宫就向皇上求情，让皇上准了王妃回家伺候双亲可好？"

睿王妃一听，哭了起来。她本就容色秀丽，在水云观中更是不用胭脂水粉，一哭起来梨花带雨，十分楚楚可怜。

聂无双看见几位妃子也跟着唏嘘不已，她只在一旁安静地看着，不置一词。

她安慰再三，睿王妃才止住哭泣，正要走的时候，忽然有人"咦"了一声："看样子睿王还是十分惦记睿王妃的，还给睿王妃写来书信。"

众妃嫔一头雾水，聂无双回过头去，却见是宝婕妤正在翻桌上的佛经，拿出一张纸笑着说道。

睿王妃诧异地看了她一眼，失声问道："什么信？殿下什么时候给我写过信？"

淑妃也奇怪："是啊，睿王真的原谅了睿王妃了吗？"

宝婕妤见她们不信，从佛经中再抽出一张，促狭道："高姐姐，就别骗我们了，睿王还是很挂怀你的，刚才妹妹我才看了一句就已经感动莫名了……"

睿王妃不知她在说什么，再看看她手上拿的佛经，随口道："也许是家书而已，丫鬟们不敢丢随手放进去的。"

宝婕妤走过来，把手中的信举得高高的笑嘻嘻地说："不是家书哦，第一句就是卿卿如晤，呵呵……"

她手一扬，信就掉在了地上，淑妃捡起来一看，笑着说："如果真的是睿王思念了王妃，那……"

她口中的话顿时停住，脸上一阵青一阵白。睿王妃见她面色古怪，刚想探头看看这到底是什么东西。淑妃忽然把信猛地一下拽在手中，脸色发白："你们看着睿王妃，本宫……本宫要去见皇上！"

她匆匆忙忙走了，留下一堆人面面相觑，聂无双站得久了，索性找了一张椅子坐下，静静地看着。宝婕妤捏着手中的佛经，面上虽带着笑意但是看久了，竟然有一种诡异。睿王妃坐在一旁，茫然看着她，又看看不知发生了什么的妃子，忽地，她倒吸一口冷气，颤抖地问宝婕妤："刚才……那封信写着什么？"

宝婕妤抬起头来，娇俏美艳的脸上带着诚挚的迷惑："高姐姐也不知道上面写的是什么吗？那可是一封睿王写给高姐姐的家书啊。"

聂无双心中冷冷一笑，好个唱念做俱佳的戏子。不去唱戏真的是可惜了。睿王妃脸色惨白，晃了晃身子，许久才沙哑道："殿下他没给我写过信！"

宝婕妤一听"啊——"地一声惊呼，失声问道："那到底是谁给高姐姐写的这封信啊？"

她说出口的时候，似乎才惊觉她失言了，连忙捂住嘴，惊慌满面。一旁的妃嫔们都纷纷倒抽一口冷气，所有的目光齐刷刷地看向面如土色的睿王妃。

敬妃终究是老成，回过神来沉声喝道："宝婕妤胡说什么呢！还不赶紧退出去！"

宝婕妤面上露出委屈，想要争辩，却是不敢再说的样子，她飞快跑了出去，脚下踢过一个蒲团，顿时露出一件男人的衣服。睿王妃只看了一眼，顿时气得几乎要晕了过去。众妃嫔再也忍不住议论起来，敬妃从未遇到过这种事，不知是气的还是羞怒，一张脸涨得通红。

睿王妃忽地站起身来，目光如血，直直瞪着宝婕妤，步步逼近："你……你竟然害我！"

宝婕妤步步后退又惊又怕的样子，口中连连喊冤："高姐姐，我怎么会害你呢！高姐姐，不是我……啊——"她惊叫起来，睿王妃已经狠狠一把掐住她的脖子，状如疯魔，口中叫道："就是你！你为什么要害我！为什么！难道我这么惨了，你都不放过我吗？……"

两人扭打在一起，众妃嫔都看得傻眼了。敬妃气得连连叫道："快把她们分开！来人！快来人！"

在屋外候着的内侍连忙冲了进来，拖着几乎已经疯了的睿王妃向后，但是睿王妃不知哪来的力气，掐着宝婕妤的脖子死命地要置她于死地。宝婕妤已经满面通红，好不容易内侍才把睿王妃与宝婕妤分开。

宝婕妤软倒在地不停咳嗽，睿王妃被内侍拦着，神色疯狂拼命叫骂。宝婕妤清醒过来只是一个劲地哭着，连连说自己是无辜的，只不过是随手翻了下佛经而已。事情到了这个地步，敬妃就算再蠢也看出此事的不寻常，她面色一凝，冷声道："来人，把宝婕妤送出去，请太医来看看。另外，这楼中的人不能私自出去，一切等淑妃娘娘回来再说！"

房中的妃嫔们顿时噤声，只有睿王妃一个人在那边叫骂不停。她鬓发已经在刚才与宝婕妤的扭打中散开了，双目刺红神色疯狂，跟刚才凄凄哭泣的女人判若两人。

聂无双垂下眼，在心中叹了一声。这场闹剧的主意是她和萧凤青合谋出的，她原意不过是让萧凤青想个办法，让睿王妃闹出点事，这样就算是皇上想要赦免高氏亦是不可。可是她没想到，事情是不是闹出来了，只是这事闹得太狠太绝。

可是狠和绝两字正是萧凤青的行事风格。曾几何时，她也曾这般让她丢弃在府中，几乎要死了都坐视不理。聂无双红唇边浮起诡异的笑，冷淡地看着几乎已经疯魔了的睿王妃：原来萧凤青这一次是要让她——死。

不一会儿，淑妃匆匆而来，看着房中的满地狼藉，脸色郑重："皇上有旨，众位妃嫔随本宫回去，睿王妃着人严加看守。"

这道旨意断绝了睿王妃高氏的所有希冀。她怔怔看着淑妃，忽然尖叫一声："不！我要见太后！我要见太后娘娘！她老人家一定会为我做主，我是无辜的，那封信不是给我的，不是……"

淑妃怜悯地看着睿王妃高氏，就像是在看一位已经没有任何生气的垂危病者："睿王妃，你还是多多休息吧。"

她说完带着众妃嫔走出睿王妃的房间。聂无双走在最后，迈出门的那一刹那，她回头一看，睿王妃呆呆跌坐在地上，喃喃自语："我是被陷害的……被陷害的……"

睿王妃的事很快有了结果。结果并不是众人想象的那样真相大白，而是在当天下午睿王妃用一根衣带了结了自己尚还年轻的生命。处置的圣旨还来不及下，所有人心中的疑惑与猜测都还没有个确切的结果，她就这样以决绝的方式告别一切。

睿王妃高氏死了，死在九月初九重阳节的这一天。重阳节是除秽纳吉的日子，但是睿王妃高氏的死令出来登高的皇上与众妃嫔都感到了不吉。欢喜地过来得到的却是这样一个结果。

众人都唏嘘不已。萧凤溟下旨立刻回京，责令水云观按下睿王妃高氏的死讯，等过几日再秘密发丧。水云观的观主因牵扯其中，而被立刻拿下天牢问罪。平日伺候睿王妃高氏的奴婢、女道士都统统杖责至死。顿时清静的道家圣地，一片血气弥漫。

聂无双回到了宫中，每每在独自一个人的时候，似还听得见有人在嗡嗡议论。再侧耳倾听却又什么都听不到。

杨直进殿中来，看着埋首弹琴的聂无双，上前道："娘娘，睿王殿下说，皆大欢喜，各自解脱。"

皆大欢喜，各自解脱？她红唇边溢出冷笑："转告睿王殿下，他可以解决的事以后就不必再拉本宫下水。没有本宫，这一出戏想必殿下也会唱得不错。"

设计陷害睿王妃，她不过是起了个头，他就能按着这剧本唱得风生水起，生旦净末丑，他心中早就有人选，连她出场都不必。

杨直知她心中有不满，叹了一口气："高氏非死不可。她活着，殿下这一辈子也不会再怜惜她，死了也是一种解脱。"

聂无双手中不停，琴声渐渐拔高，她淡淡一笑："这本宫知道。杨公公不必再说。"

杨直转头，想要退下，却又回头："但是娘娘心中依然有怨恨。难道还是在怨恨殿下如此无情吗？"

"铿——"地一声，聂无双停下手中的琴，冷然地看着自己的纤纤玉手："不，本宫没有怨恨殿下，只是想起了往事。"

今天的睿王妃高氏，让她想起了曾经的相国夫人聂无双。物伤其类而已。

聂无双收回思绪，笑得冰冷："死得好。死了高氏，睿王殿下恐怕又要迎接新的睿王妃了吧。只是不知这一次会是谁家的女儿。"

杨直想了想，斟酌回答："恐怕这一次，睿王殿下不会那么轻易纳新王妃了。"

"哦？"聂无双重新挑琴拨弦，反问，"为什么？"

"因为睿王殿下的侧妃已经有了身孕。"杨直回答，"就是侧妃邹氏。"

有孕？她忽地恍惚起来，原来他将会有自己的孩子。

睿王妃的死虽然秘密发丧，但还是传了出去，天地间最难堵的便是悠悠众口，聂无双走到哪里，都听见有宫人在议论纷纷，有替睿王妃惋惜的，也有幸灾乐祸的，更多的是不厌其烦地猜测睿王妃生前的秘密。高太后在宫中闻讯，据说大怒。命皇上要追查事情真相，还高氏一个清白，但是也许这事情连提起都是一种耻辱，不论是真的还是假的，对皇室的颜面都是一种难以启齿的羞辱，故而渐渐地不了了之。皇上为了安抚高太后以及高氏一族，下旨封睿王妃高氏为"硕和王妃"，尸身葬于皇陵。

"总之睿王妃死后还是得了个好的结果。"雅美人在与聂无双聊天的时候说起。

"不清不白死了，到头来还是睿王妃。"玉嫔嘲讽笑道，"居然还能进皇陵。"

聂无双拨着纤纤玉指上的银质镂空护甲，淡淡地道："人死如灯灭，生前得不到自己想要的，死后极尽哀荣又能怎么样？再说也不见得睿王妃高氏真的想葬在皇陵中。"

她能决绝自尽，想必心中充满了怨恨。怨恨而死的睿王妃真的想要这样一个哀荣的身后事吗？雅美人习惯了她口出不逊，岔开这个话题又聊起了其他。聂无双闲话一会便告辞离开，雅美人见聂无双要走，殷勤地站起身来相送："娘娘就要回去了，不多坐一会？"

聂无双的目光不经意扫过她放着绣花的桌上，顿了顿，笑道："雅美人果然好绣工，上次赠本宫的披帛，皇上都夸好看。"

雅美人一听，欢喜笑道："娘娘喜欢就好。以后臣妾再去寻一些精致花样，绣了送给娘娘。"

聂无双握了她的手，慢慢向外走，含笑摇头："不用了，你绮年玉貌，难道不想让皇上多看你两眼？本宫还有些御赐的衣裳，等会叫德顺送来。"

雅美人想要推辞，聂无双一双美眸看定她，笑得含义深远："雅美人何必谦让，你我姐妹一体，在宫中相互照顾提携是应当的。"

聂无双回到了宫中闷闷地转回了内殿，依在榻上。杨直见她面色不豫，问道："娘娘是不是心中还有难以解决的事？"

聂无双盯着头顶的雕梁画栋，许久才长叹一声："晏太医曾经说过本宫子嗣艰难，以你之见，雅美人若是有孕，她肯不肯把孩子给本宫教养？"

杨直闻言，诧异道："难道雅美人有孕了吗？"他说这话的时候警惕地看着四周见没有宫人这才放下心来。

聂无双摇头："今日本宫去紫薇宫见雅美人嗜酸，恐怕她自己有孕了还不知道。唉……"她揉了揉紧绷的额角，慢慢地道："在宫中，没有子嗣的宫妃恐怕不能得到太久的圣宠。难道最后要逼本宫去夺雅美人的孩子吗？"

杨直细细想了想，摇头："恐不成。奴婢斗胆，娘娘如今才是婕妤，雅美人若是有了身孕，可以再晋升一个阶，很容易就能与娘娘平起平坐，恐怕，到时候，雅美人若真的有了龙嗣，教养她孩子的，只会是淑妃娘娘。"

聂无双一听也有道理，淑妃本来打算要的是云妃的孩子，如今若是雅美人传出有身孕，恐怕她的注意力会转移到雅美人身上，雅美人的位份太低，比起云妃淑妃更容易得到雅美人的孩子，而且顺理成章，根本不必冒那么大的风险。如此一来，她的计划又彻底搅乱了。潜意识中，她根本不想与八面玲珑又手段非常的淑妃为敌。淑妃一句话能办到的事，恐怕她费尽心思都无法办到。而一旦淑妃手中有了皇子，她和她的暂时联盟又会有变数。

聂无双长叹一声，左想也不是右想也不是。说到底，自己除了萧凤溟表面上看似盛宠之外，再无任何可以依靠的东西。说不定连雅美人也不如，起码她还能生，而自己……

"你在叹息什么？"身后传来萧凤溟沉郁悦耳的声音，萧凤溟含笑上前握了她的手，他的手掌带着练习弓箭的粗糙茧子，令她手心一阵阵麻痒。聂无双看着他，眸色渐渐复杂。这是她的第二个丈夫，但是她却可能无法再孕育他的孩子，甚至要把他推给另外的女人。

"在想皇上是什么样的人？"聂无双眼帘微低，掩下眼底的黯然。

萧凤溟眼中掠过诧异，随即哈哈笑了起来，爽朗的笑声令殿外候着的宫人都诧异不已，很少有人听到这个温和的帝王如此开怀，都纷纷探头想要看殿内的情形。

聂无双等着他笑完，依然盯着他的眼，让他知道她并不是随口说说。

"那你觉得朕是个什么样的人？"萧凤溟停了笑，伸了个懒腰，在她经常躺的美人榻上靠着，笑意深深地看着她。

"皇上是个难以捉摸的人。"聂无双慢慢说道。

萧凤溟俊颜上含着浅笑，他淡然儒雅的眉眼，映入她的眼："那是因为看朕的人心思都太复杂了。"

聂无双面上动容，遂趴在他胸前一动不动，耳边听着他有力的心跳，忽地觉得刚才烦躁的心渐渐平静。与萧凤溟在一起，就算是相对沉默不语也不会觉得无聊。萧凤溟的手轻轻拍着她的背，聂无双渐渐觉得眼皮沉重，在迷迷糊糊中，她听到他在说话。声音很轻，忽远忽近："秦国已经攻破了齐国一十三郡，朕打算派你兄长去淙江一带看看，熟悉应国的布防……"

他的话此时听起来晦涩难懂，聂无双无知无觉地应了一两声，渐渐睡着了。萧凤溟说完，这才发现她竟已经在自己怀中睡去，不由得轻笑一声，悄悄将她抱起，"啪嗒"一声，从她袖中落下一串紫红色的事物，他定睛一看，诧异过后，却渐渐笑了起来。

那一串是紫红色的茱萸……

原来，她还珍藏着几天前他赠她的茱萸。萧凤溟看着怀中沉静绝美的睡颜，轻轻地在脸颊上落下一吻，叹息道："无双……"

凤凰无双

## 第二十八章　玉嫔：伤旧事（上）

聂无双醒来的时候却是到了第二天清晨。一摸身边空空如也。她犹记得昨夜萧凤溟来了，迷糊中似乎自己与他躺在美人榻上相拥睡着了。聂无双拥着薄衾，怔怔出神，她已经许久没有这样好眠，整夜都无梦。

夏兰听到声响走了进来，打起帐子笑道："皇上今早早朝才离开，还吩咐奴婢们不要吵醒娘娘。"

她面上都是喜色："看得出皇上十分喜欢娘娘呢，要不昨夜本来皇上是要去明芙宫的，还特地留了下来，估计云妃娘娘知道了气得鼻子都要歪了。"

聂无双微微诧异，一回头这才发现在床上另一边的被铺微微凌乱。原来他真的是与自己同床共枕了一个晚上。

聂无双苦笑了一声："昨夜本宫太累了，竟不知道皇上在这里。"

睡了好觉，聂无双只觉得神清气爽，她下了床榻，眼无意扫过，却在妆台边看到那一串已经干瘪的茱萸。她拿起茱萸，心绪复杂，这是萧凤青赠的。看到茱萸就仿佛看见他那一双总是含着慵懒笑意的异色眸子。

"叫杨公公进来。本宫有事吩咐。"聂无双把茱萸丢在一旁，淡淡吩咐。

上林苑中花似锦，虽已经是初秋，但是在应国天气依然炎热。上林苑中有一方十分大的湖水，叫做明月湖，如今已是九月底，湖面上的接天荷花早已谢了，一片残荷衰藕。

聂无双看今天天色不错，慢慢绕着湖边走到上林苑一处偏僻的亭子。德顺笑嘻嘻地帮她把亭子中石凳擦了擦，又铺上一块方巾："娘娘，时辰还早呢。"

聂无双笑了笑，悠然欣赏着眼前的景色，德顺走到一丛树边隐起身形。

过了许久，有窸窸窣窣的脚步声传来，聂无双顺着脚步声看去，只见一位身着普通宫服的女子匆匆忙忙地过来。她看到聂无双顿时惊得住了脚，刚想要回头跑，却硬生生停住脚步。

聂无双含笑看着她："既然碰上了，宝婕妤为什么不来一起坐坐，看看风景是好的。"

宝婕妤慢慢回身，走了过来，目光中带着怨毒："怎么是你？！"

德顺从树丛后转出身来，笑嘻嘻地道："本来就是我家娘娘约宝婕妤娘娘的。"

宝婕妤看了一眼德顺，脸色变得极其难看，忽然她冷笑："原来是你。今天来是来警告我的吗？"

聂无双挥退德顺，看着宝婕妤："今天约宝婕妤不过是想提醒宝婕妤，在宫中，私相授受是死罪。宝婕妤想要贪恋片刻欢愉，但是难道不想想会带来什么后果吗？"

宝婕妤冷笑一声："这不需要你来操心！聂无双，不要以为你得了睿王的喜爱又得了皇上的宠幸，你就可以在这里对我指手画脚！我告诉你！我总有一天会取代你！让你从哪里来的就滚回哪里去！"

聂无双看了她许久，忽地幽幽笑了起来，在天光下，她绝美的脸上带着一丝噬骨的冷意："是吗？宝婕妤自以为自己就能取代无双了是吗？你以为你陷害睿王妃，别人就看不出来吗？你死期临近了都不知道，到时候东窗事发，殿下是会保护你，还是放弃你？你自己好好想一想吧！"

宝婕妤面上一寒，怒道："不许你这样说凤青！像你这样的女人怎么可能明白他的好！你什么都不懂！"

聂无双听了微微一笑，站起身来，拍了拍裙摆的褶皱，曼声道："良药苦口，忠言逆耳。你的事跟本宫没有关系，只不过来提醒你一句，以后你的言行多多注意。省得连累了睿王殿下！"

她转身要走，宝婕妤忽然开口："聂无双你给我站住！"她的声音尖利，带着不甘心，"你除了比我美之外，到底有什么好能让他这样维护你！那天出面陷害睿王妃的人本来就应该是你！"

聂无双顿了顿，回过头，冷冷一笑："你自己做下的事到现在才来良心不安吗？我真可怜你，宝婕妤，你心里恨所有跟睿王殿下有关的女人，却没胆子承认你做下的恶果！"

宝婕妤俏脸上一阵白一阵青，她飞快跑过聂无双的身边，丢下一句话："聂无双我们等着瞧！"

风吹过，她的身影急急消失在树丛掩映的翠色中。德顺走上前，捡起地上的帕子。聂无双心中忽地一动："拿来给本宫瞧瞧。"

粉色的帕子带着胭脂的香气，聂无双拿在手中，仔细瞧了一眼，忽地紧紧捏在手中，美眸迸出寒气："果然真的是你！"

她把帕子塞在袖中，回到了宫中。杨直走了过来，见她面上神色还算平静，以目光询问。

聂无双把袖中的手帕递给他:"你看看这条帕子,可还眼熟吗?"

杨直看了一眼,不由得倒吸一口冷气:"这条帕子可不就是藏经阁外的那条吗?除了颜色不一样外,是同样的花样。"

聂无双冷笑:"那天本宫就觉得是她,现在果然印证了。看来这一趟也不白跑。太后让高僧进宫做法事的时候,她一定也有前去,那天本宫与清远师父的谈话就是她偷听到了!还有那一天本宫在竹林中碰见睿王殿下与一位女子亲密,那女子一定就是宝婕妤。"

杨直皱眉:"难道说宝婕妤一直在暗中想要陷害娘娘?"

聂无双拽紧那条帕子,美眸中掠过杀气:"她既要不仁,我亦可以不义。派人盯着宝婕妤,有什么事一定要给本宫知道。另外再告诉睿王,他最好不要再轻易招惹这位宝婕妤,太后正要查睿王妃之死呢!"

"是!"杨直恭声道,急忙退下。

聂无双回到了宫中,夏兰满面喜气地迎来,拜下道:"娘娘,刚才紫薇宫玉嫔娘娘派人来,说雅美人有身孕了!"

聂无双微微一顿,这才说道:"哦——是好事!太医诊出来了?"

"是啊。"夏兰笑嘻嘻地回答,"就是今早晏太医去给玉嫔娘娘看脉的时候,雅美人正好身子不合适,所以晏太医就给雅美人把脉了,这才知道雅美人已经有了月余的身孕。"

聂无双长吁一口气:"为本宫更衣,带上礼物,随本宫去恭贺雅美人!"

聂无双到紫薇宫的时候,紫薇宫门处好不热闹。平日不怎么见到的妃嫔亦是听到消息带着礼物亲自前来贺喜。聂无双走了进去,在殿中,雅美人满面笑容,与几位妃嫔说着话。玉嫔也陪在一旁,平日没有血气的面色,今日看起来多了两抹嫣红。

雅美人看见聂无双来了,亲自上前迎接:"臣妾拜见婕妤娘娘!"

聂无双含笑扶着她的手:"雅美人大喜了!"

雅美人眼中泛起泪花:"都是娘娘的提携之恩。"她还未说完,聂无双就按住了她的手,笑得妩媚动人:"本宫说了,这是雅美人的福分。"

雅美人知道此时不是说这些的时候,连忙给聂无双上座。聂无双带来两副金镯、一对羊脂玉瓶、几个如意金锞,还有各色上好绢布,丝绸布匹几匹。她平日就常送东西给雅美人,如今更是大手笔,一旁来套近乎的妃嫔看得眼中掠过妒色,都知道聂无双与雅美人交好,但是却也不知道原来聂无双这样大方。

几人正在说话间,门口传来唱和:"皇上圣旨到——"

雅美人又惊又喜,连忙上前接旨意,萧凤溟身边的林公公上前来,笑嘻嘻地道:"恭喜雅美人了,皇上知道雅美人有孕,圣心大悦,特地让老奴带来圣旨。请雅美人接旨。"

雅美人连忙跪下,林公公宣读圣旨,萧凤溟先是抚慰了雅美人几句,然后封雅美人为婕妤，封号不变是为雅婕妤。最后赞雅婕妤贤良淑德，是后宫的典范云云。

雅美人入宫已快有两年，如今有孕而升上一个位份，将来若是能诞下一位皇子，那便又是能晋升一位，心中想到自己终于苦尽甘来不由得低声哭泣。

玉嫔替她接下圣旨，上前扶了她起身："好了，别哭了，再哭以后生出的娃也爱哭。"

聂无双也上前劝道："是啊，再哭对身子不好。有身孕的人切忌大喜大悲。"雅婕妤听了这才不敢再哭。

聂无双看着玉嫔手中明晃晃的圣旨，慢慢地道："以后雅婕妤与我就是平起平坐了，我叫雅婕妤一声妹妹可好？"

雅婕妤感激地看着她："聂姐姐……"

正在说话间，宫门处又有内侍唱和："淑妃娘娘驾到！"

雅婕妤一怔，聂无双看了玉嫔一眼，玉嫔不动声色地皱了眉头，扶了雅婕妤上前去迎，才走了几步，就看淑妃迎面走了过来，她今天特地打扮了下，原本娇俏的面上更是妩媚动人。她身穿烟霞色薄纱长裙，裙上绣了各色鸟儿，栩栩如生，十分艳丽。

她亲热上前，扶住雅婕妤，一双好看的杏眼笑吟吟地看着她："雅美人果然是个有福气的人。"

"回娘娘，现在应该叫雅婕妤了。"一旁的宫人笑着说道。

淑妃杏眼一睁，又惊又喜："原来皇上圣旨下了？"她一拍手，"本宫就知道，皇上怎么可能让雅妹妹这样受委屈。"

聂无双脸上带着笑意看着，玉嫔似也有同样的心思，淡色的唇边含着一丝冷笑看着淑妃套近乎。淑妃送来贵重的礼物，各色时新式样的手镯，耳坠，玉器等等，还有上好补品，血燕一斤，人参鹿茸等等不一而足，看得人眼花缭乱。

聂无双知道此时待在这里无异于看热闹而已，她悄悄捏了玉嫔的手，走出紫薇宫。玉嫔如今身子好了些，除了面无多少血色外，不再像以前一样气喘吁吁。聂无双扶了她的手，看着天边渐渐透出的绚丽晚霞，叹了一口气："如今雅妹妹有孕了，玉姐姐便有依靠了。"

玉嫔冷笑一声："哪里轮得到本宫呢？你没瞧见淑妃巴巴地赶来了。"

聂无双看着她秀丽的面容，忽地生出一股同是天涯沦落人的感觉。两人相扶着，走过紫薇宫后面的小径寻了个清幽的地方坐下。

聂无双捏着手中的帕子，忽地问道："难道玉姐姐眼睁睁看着雅妹妹的孩子被夺么？"

玉嫔看了她一眼，慢慢地道："不然怎么办？淑妃与本宫刚进宫的时候，她就伶俐非常，她懂得察言观色，懂得审时度势。当年本宫有孕时，正是云妃盛宠的时候，她放着义

结金兰的姐妹情不要也不会去得罪云妃,这样的人,你觉得她容易对付吗?"

聂无双看着自己银光灿灿的护甲,美眸中眸光细碎。她的品级太低无法和淑妃一争。

"总有办法的。"聂无双抬起头来,笑得云淡风轻,"总不能眼睁睁看着雅妹妹的孩子被夺走。"

玉嫔长长叹了一口气:"尽力一争吧!"

聂无双回到了永华殿中,却见自己宫里站着皇后身边的大宫女秋蒙。秋蒙亲亲热热地上前施了一礼:"皇后娘娘来请婕妤娘娘前去喝茶。"

聂无双心中一惊,以为皇后派人是要责难她,毕竟雅美人与她走得近,突然有孕也一定是因为分得她的宠爱,但是看秋蒙的样子又不像。她上前扶起秋蒙笑道:"好啊,本宫这就去。秋蒙姑娘且等等。"

聂无双转回内殿,换好了衣服,跟着秋蒙前去来仪宫。到了殿中,看见萧凤溟正在与皇后聊天,帝后二人都穿着朝服,明晃晃的庄重无比。聂无双连忙上前拜见。

皇后温和地笑道:"今天让婕妤来,是因为皇上要派婕妤的兄长聂将军去淙江一带巡察,所以今日特地恩准你兄妹二人聚一聚。"

聂无双又惊又喜。皇后见聂无双呆在当场,笑道:"去吧,聂将军此次要去两三个月,你们兄妹二人情深,今天就多聊聊。"

萧凤溟点头:"这也是皇后提醒朕,你该谢谢皇后才是。"

聂无双这才回过神来,连忙跪下谢恩。早有宫人上前领着聂无双走到来仪宫的侧殿,那里聂明鹄正坐在花厅中喝茶,他看见聂无双来了,放下茶盏上前几步:"小妹!"

"大哥!"聂无双看着大哥因日常练兵而晒得黝黑的脸,不由得心疼,"大哥都瘦了。"

聂明鹄打量了她上下,知道她在宫中得了皇上的宠爱,心中放下一半,笑着道:"没事。倒是你……最近皇上对你怎么样?"

最后一句他问得很轻,只有聂无双能听见,聂无双心中一热,不由得美眸盈了泪,连连点头:"真的很好……很好。大哥放心。"

空洞的心此时才觉得被什么东西填满,原来这便是亲人,远行前依然要亲口问问她过得好不好。

"好就好了。"聂明鹄放心笑了,"我听说云妃有孕,就怕她会欺负你。还有宫中还有那么多别的女人,呵呵……"

聂无双笑了起来,美眸流转,带着狡黠:"在宫中谁还能欺负了我呢?"

聂明鹄连连点头:"是,我们小妹智计无穷,是我多虑了。这次我要出京三个月,看皇上的样子的确是要向秦国开战了。"

聂无双心头微微一凛:"那么快?"

聂明鹄点头："如今秦国已经攻破齐国十三郡，齐国国力本就不强，要不是有云凌关的天险为屏，早就是秦国铁蹄之下猎物，先前齐国还有几位大将，如今大将都老的老，病的病……"聂明鹄眼中掠过惋惜，虽然恨着但是依然是故国，每每谈及齐国，他依然不能释怀曾经誓死保卫过的家国。

"齐国朝中无人，听说顾清鸿已经亲自请缨到最前线督战。"聂明鹄说道。

聂无双微微一怔。顾清鸿的才能她最清楚，能运筹帷幄，决胜千里也不是夸大其词，他一介相国重臣不坐镇齐国京师，却请缨前去督战，那齐国的形势一定十分危险了。

两兄妹一时相对无言，似连空气中都弥漫着沉重的气息。齐国，顾清鸿……这向来是他们两人最不愿意提及的话题，如今看来，往后的日子都要时时刻刻面对着这一切。

聂无双按下心中汹涌的恨意，淡淡地道："顾清鸿能出马，那齐国起码还能苟延残喘几年，这一场战事大哥要做好长久的准备。"

聂明鹄点头："知己知彼才能百战百胜，我且去淙江那边看看，先看看战事是怎样的。"

聂无双目光复杂地看着跃跃欲试的大哥，长叹一声："大哥要保重自己。"

送走聂明鹄，聂无双再去叩谢皇后。皇上已经走了，皇后正好在考校大皇子的诗书。聂无双恭立在一旁，看着皇后露出满意的笑容，趁机上前，赞道："大皇子天生聪慧，是我应国之幸。"

皇后笑着道："先天的才能只不过是让人能离目标更近一点，成功与否，还是需要后面多多努力。"

大皇子被嬷嬷宫女带下。皇后目光掠过聂无双，笑得温和："今天也算是好日子，第一雅美人有孕，第二是你大哥得了皇上的赏识又要委派更重要的差事了。"

聂无双不知皇后今天到底要说什么，含笑道："这都是托了皇上与皇后的洪福。"

皇后站起身来，十二幅的凤裙迤迤拖在地上，犹如凤凰长长的尾翼，她悠悠地道："如今后宫百花齐放，本宫心中亦是十分高兴。婕妤的美貌才德皇上十分喜欢，本宫想再过不久，皇上一定会给婕妤应有的位份的。"

聂无双心中一惊，摸不清皇后说这话的真正意图，但是听她的意思像是要提携她晋升更高的位份。

聂无双不敢再想，连忙跪下："如此恩宠，臣妾惶恐。"

皇后亲手扶了她起身，端庄的面容上带着诚挚："婕妤何必谦虚呢，进了宫就是皇上的人，也是本宫的姐妹。更何况本宫看了这么久，就只有婕妤又尊重本宫又懂得讨皇上的欢心，皇上不晋你的位份，本宫也不依呢。"

皇后手上长长护甲上的猫眼宝石泛出幽幽的绿光，聂无双看了一眼，嫣然一笑，重新跪下："臣妾谨遵皇后教诲。"

## 第二十九章　玉嫔：伤旧事（下）

　　过了五六日，聂明鹄已经出发，此时正是第一缕带着凉意的秋风吹入宫中，那一日碧空万里如洗，大雁排成人字，慢慢地向南飞去。聂无双站在永华殿的高台上，明知看不到拜别皇上早已出了宫门的聂明鹄，但是依然还想再看一眼。风撩起她单薄的裙摆，长长的裙裾被风一吹，飘起来，犹如盛开的一朵莲花，似连人也要乘风归去。

　　"娘娘，风大小心着凉！"夏兰拿了披风上前劝道。

　　聂无双回头，却看见高台下站着一抹挺拔的绛紫色。她美眸中一闪，步下高台，笑道："睿王殿下怎么过来了？"

　　萧凤青看见她面上犹带惆怅，知道今天是聂明鹄奉旨出京的日子，笑道："也没什么，带来内子的一点礼物。"

　　聂无双点头，慢慢走入了殿中，两人坐定，她看着他身上朝服未换，知道他是请示过皇上的，于是亦放下心来："睿王侧妃有孕了，殿下回去的时候替本宫谢谢她。"

　　萧凤青看着她云淡风轻地谈笑，心中忽地涌起一股说不出的恼意，他似笑非笑看着她，并不言语。

　　聂无双被他眼中的嘲弄看得浑身不适，别开眼："殿下今日前来有何重要的事么？"

　　萧凤青从袖中掏出一张纸条，递给她："这是朝中可用的官员，本王知道你本事大，这些人本王要用，你想想办法，让他们进秋选的名册中去。"

　　聂无双拿着那张纸条犹如怀揣烫手山芋，迅速看了几眼，这才收好："本宫知道了。"

　　"记住，要不露声色。"萧凤青看着她，异色的眸中闪烁着犹如兽一般明亮的光彩："本王不管你用什么办法，需要用你的时刻就在此一举！本王有的一切就是你将来的依凭！明白了吗？"

聂无双看着他的眼睛，垂下眼帘，避开他眼中的锋芒，淡淡道："无双明白。"

"还有，宝婕好的事……"他不悦皱眉，"你与她胡说了什么？"

聂无双冷笑："她是殿下的人，但是殿下也要好好管管，不要让无双不明不白丢了性命！设计陷害我，这难道也是殿下的主意？"

萧凤青一怔，俊美的面容下隐隐有深深的戾气："当然不是！"

"不是就好。"聂无双低下眼，"殿下就应该知道，谁才是在殿下跟前胡说八道的人！"

萧凤青若有所思地看了她一眼，这才冷然离开。

萧凤青走后，聂无双把手中的纸条又看了几眼，这才放在铜鼎香炉中烧了。

殿中一时安静，聂无双心中有事，正要自己独自好好想一想，忽然茗秋神色紧张地进殿中来："娘娘，不好了，紫薇宫中有宫女来，好像是那边出事了。"

聂无双心中一惊："出什么事？"

正在说话间，一位宫女连忙扑进来："娘娘，快去看看吧，今日云妃娘娘带着人气势汹汹地去紫薇宫中，说，说……说是雅婕好要着人陷害她。正在那边兴师问罪呢！"

聂无双站起身来，失声问道："她有什么证据？"

宫女着急一时间也说不清楚，聂无双镇定下来："先去看看。你待在这边，若是不对头，你再去求淑妃！"

聂无双说罢疾步出宫，杨直拦在她跟前，皱眉："娘娘一定要去吗？要知道此事若是大事的话，无端把娘娘卷了进来得不偿失。"

聂无双的脚步猛地顿住，她咬着下唇，在殿中来回踱步。

杨直屏退众人，劝道："云妃摆明了就是要针对雅婕好，如今宫中有两位妃有孕，一就是云妃，二就是雅婕好。云妃还不知道怀的是不是龙子，她自然想要对付另一个对手，若是娘娘卷了进去，她若手中证据确凿，可诬娘娘是雅婕好的同伙。退一万步讲，若是云妃是证据不足，只不过是寻隙闹事，娘娘去了也落不到任何好处，雅婕好以后生的孩子也轮不到娘娘教养啊！"

聂无双美眸如剑看向他："难道就这样坐视不理？"

杨直叹了一口气："奴婢不是这么个意思，只是觉得娘娘若是贸然去了，实在是得不偿失。"

聂无双回想起刚才宫女焦急的神情，知道玉嫔若不是看情形真的不对，也不会这样派人前来求助，心中横下决心，冷然道："你随本宫去看看。"

"娘娘真的决定了？"杨直见自己劝了大半天依然毫无效果，不由得急了。

聂无双不再多说，快步向紫薇宫中走去。不多时，她来到紫薇宫，只见宫门紧闭。聂无双令宫人前去拍门但是却无人应门。前去报信的紫薇宫的宫女急得头上冒热汗："娘

娘,刚才奴婢出来的时候,宫门还是打开的。"

聂无双靠近宫门,隐约听见里面有人在争吵,还夹杂有人惊呼的声音。

聂无双咬了咬牙:"砸开!宫中有规矩,不到日落不得闭门!给本宫砸!"

身后的宫人都是杨直亲自挑选的人,听到命令都下意识看向杨直。杨直看着聂无双冰冷的面色,叹了一口气:"砸吧!"

宫人们连忙拿来重物,狠狠砸向紫薇宫的宫门。"砰!"地一声,结实的宫门发出一声巨响却是纹丝不动。应国的皇宫宫门规制严格,里层是一层铜铸的门,外面包着树龄二十年以上的桐木,又漆涂重重朱漆,根本不是一两下可以砸开的。

宫人们心中胆怯,不由得看向聂无双。

杨直上前:"娘娘,恐怕……"

聂无双脸若冰霜,站上宫门台阶,扬声道:"宫中有规矩,不到日落不得闭门,闭门者视同谋逆!"

她一连说了三遍,宫门这才打开,有人走出来喝道:"有谁在此大胆喧哗!"聂无双当先大步进去,一把推开他,秀眉横立:"来人!拿下此逆贼!"

她说罢疾步走了进去,穿过一道影壁,忽地顿住脚步,只见在紫薇宫的庭院中,雅婕妤与玉嫔相扶而立,脸色煞白,在庭院中已有几个紫薇宫的宫人被按住打得鲜血淋漓,正在翻来覆去哀嚎。

云妃坐在树荫下的椅子中脸色铁青。聂无双看见雅美人与玉嫔没事,心中先是松了一口气,但是又皱起秀眉,上前朝着云妃施礼,冷声道:"云妃娘娘白日紧闭宫门,臣妾不知娘娘意欲何为?"

云妃看了她一眼,眼中射出怨毒,犹如淬毒的毒箭,喝道:"来人,拿下聂无双!这一干人等都是要谋害本宫的主谋同谋!"

她话音刚落,两旁带来的宫人一声呼喝就上前要拽住聂无双。聂无双看准扑来的宫人,"啪!"地一巴掌狠狠扇了他跌个踉跄。

"大胆!本宫是你等贱婢可以碰的?!"聂无双喝道,"国有国法,宫有宫规!六品以上含六品宫妃若有罪,应交与宫正司论罪,不得私自刑囚!有违逆者视同其罪!"

她站在庭中,面罩寒霜凛然不可犯。所有的人都怔住,不敢再上前。聂无双环视了四周,把目光定在云妃脸上,似笑非笑地问:"云妃娘娘,您说本宫说得对不对?!"

云妃被她犀利如刀的目光逼得一缩,随后又想起什么,冷傲地一挺胸脯站起身来:"聂无双,你别以为拿宫规就可以压住本宫,今日本宫就是要在这里审个清楚明白!"

她口气中的嚣张令玉嫔气得发笑:"好个清楚明白!慕容芙你今天不过是想来这紫薇宫里撒野而已!你有本事就冲我来!咳咳……"

她说到一半不由得连连咳嗽,聂无双知道她宿疾未好,又性子直拗,在这里根本不是有备而来的云妃的对手。想着她连忙上前，为玉嫔抚背："玉姐姐不要说了，多说无益。"

一旁的雅婕妤早就已经吓得脸色煞白。聂无双心中一叹。杨直劝得对，她今天过来搞不好不但保不了雅婕妤与玉嫔，说不定还会被牵扯进去，实在是得不偿失。她心中苦笑，但她已经跳了进来，再抽身已经是晚了。她的目光扫向自己带来的宫人，却没有看见杨直的身影，心中忽地大定。

她抬起头来，看着云妃，目光直接坦荡："云妃娘娘既然说有人要谋害娘娘，那证据何在？"

云妃冷笑一声，声音中充满轻蔑："聂无双，你今天来这里不过是来送死的，证据给你又有什么用？等本宫审完紫薇宫的每一个人，你就知道证据在哪了！"

她说完，冲行刑的宫人喝道："刚才本宫有叫你们停吗？继续打！"

她一声令下，按着紫薇宫的宫人连忙又操起板子狠狠打下去，顿时满院的哀叫连连，声震殿宇。聂无双只觉得身边的雅婕妤一哆嗦，不由得躲在自己身后。她心中更是怒火中烧，凭借权势作恶，比豺狼更可恶！

她不知道今天云妃到底拿住紫薇宫的什么把柄，但是看她今天目空一切的样子，知道她根本没有把这里的任何人放在眼中。到底是什么样的证据，让她这样有恃无恐？

聂无双连忙回头问道："到底云妃是拿住了什么证据？"

玉嫔喘息着回答："她……她说拿住紫薇宫的人，往她的补品里放红花，要毒害龙嗣。"她说完又剧烈咳嗽起来。

雅婕妤煞白着脸，手紧紧握着聂无双的手，眼中流露惊恐："聂姐姐……我没有！"

聂无双听着宫人的惨叫，一边握着雅婕妤的手，安慰道："我知道你没有。都是她栽赃陷害。"

云妃唇边含着冷意，看着庭中的宫人被打得昏死过去，这才抬起眼来看着聂无双三人，慢悠悠地问宫人："那些该审的都审了吗？"

一旁的宫人回道："启禀娘娘，他们都审了。只是……"

"只是什么？"云妃一双美眸阴冷地看着聂无双："说！还有谁没审？"

"还有……还有主谋没审。"宫人低头回答。

云妃闻言把目光冷冷移到了雅婕妤脸上，聂无双只觉得身后雅婕妤浑身发抖，几乎站不住。玉嫔早就忍不住，上前怒斥："慕容芙！你不是想审什么同谋主谋吗？有种你来对我行刑！看皇上知道后还能再庇护你吗！"

聂无双心中暗叫一声糟糕，连忙上前拖住玉嫔，急忙叫道："玉姐姐不可！"

果然，云妃脸猛地沉下来，她一步步逼近，一字一顿地冷声开口："姚思丝，你以为你今天还能得到皇上的宠爱吗？你也不去拿镜子照照你的脸！"

她的脸因为愤怒而狰狞可怕，玉嫔怒极反笑："是，我是病了，丑了。但是你可别忘了，当初皇上是因为什么宠爱你的！三四年过去了，你当真以为我什么都不知道吗？"

云妃浑身一震，不由得后退一步，脸如死灰："你……你说什么？"

玉嫔哈哈冷笑，蜡黄的脸上泛起两抹不正常的红晕："当初在十里亭上，我留下一首咏春诗，我写完就放在桌上，没想到被皇上捡到了。当时你与我同游，你说手帕丢了又返回去捡，就是那时你碰到了皇上，皇上夸你才情好，又被你的柔弱迷惑了，咳咳……"

她边说边咳，咳得连眼泪都滚落下来："好你个慕容芙，你骗了我那么久，骗了皇上那么久……你后来与皇上互通书信，好几首情诗都是拿来叫我代笔。你我进宫后，你怕皇上知道这陈年旧事，就故意与我为难，可是你明知我不屑与你争宠，还是不愿意放过我，我的孩子……那天就是你故意把皇上叫去你的宫中，然后瞒着皇上眼睁睁看着我小产……"

她已经说不下去，"呕"地一声呕出一口鲜红的血来，血喷在地上，犹如绽开一朵血色的梅花。

雅婕妤惊叫一声，捂住自己的小腹，脸色如土，簌簌颤抖："聂姐姐……我……"

聂无双心中大惊，连忙扶住她，怒道："有什么可怕的！难道你愿意再重蹈玉姐姐的覆辙吗？不要慌！"

这一声怒喝像是醍醐灌顶一般，令雅婕妤怔了怔，她深吸两口气，颤抖地道："是，我不怕……"

玉嫔已经似陷入魔怔中，她唇边一缕血线蜿蜒而下，状似厉鬼，她哈哈笑道："我姚思丝自负清高，入宫前后只交过两个姐妹，一就是你慕容芙，还有一个就是王晴宁，你们如今一个是云妃，一个是淑妃，你们两人对得起我吗？……"

云妃被她的样子吓得连连倒退几步。聂无双心下酸楚。她就觉得玉嫔心中藏着许多事不肯说，如今被云妃一逼，原来竟是这样辛酸的往事。义结金兰的姐妹，一位利用她，陷害她；一位袖手旁观，置之不理。难怪玉嫔病后性情大变，对人犀利冷苛，原来是一颗真心已被伤得千疮百孔。

她扶住玉嫔，柔声劝道："玉姐姐不要说了。"

玉嫔茫然回头，脸色已煞白如雪，她喃喃地道："她们这样逼我于死地，为的是什么……为的是什么？……"

聂无双美眸看向面如死灰的云妃："为的不过是那荣华富贵，滔天的权势！"

云妃被聂无双嘲弄的目光刺得回过神来，她一把甩开扶着她的宫女，厉声道："来人！给本宫掌嘴！竟然敢污蔑本宫！……"

她说完，宫人犹豫上前："要……要掌嘴谁？"

"当然是这位红口白牙的玉嫔娘娘！"云妃眼中掠过阴沉的杀气，"她刚才污蔑本宫，不能轻饶！"

"是！"宫人应声上前，聂无双大惊，连忙挡在玉嫔跟前，怒道："云妃娘娘真的要动私刑吗？"

云妃森森地笑了笑："掌嘴可不是私刑，这是给目无主上的人一个教训！"

宫人上前几步，低声道："得罪了！"说着，要对玉嫔的脸扇下。

聂无双猛地捏住她的手，怒喝："玉嫔娘娘你也敢打！"

宫人在她犀利的目光中不由得低下头，唯唯诺诺不敢应声。云妃气得连连叫道："反了！聂无双，你以为皇上宠爱你，本宫就不敢动你吗？！"

聂无双冷笑着看着她："臣妾不敢。云妃娘娘如今有龙嗣在身，想必更是高人一等。"

她说破了云妃心中的依仗，令云妃气得再无所顾忌："来人，聂无双是谋害本宫的同谋！给本宫押起来打！"

宫人面面相觑，还想再犹豫，云妃上前一人扇了一个耳光，向来自诩气质翩翩的她已经毫无风度可言："给本宫狠狠地押着打！"

宫人不敢再有违背，一把拖起聂无双压在行刑的凳上。聂无双在宫人的拉扯中笑得诡异："云妃娘娘，您会后悔的！"

"打！"云妃被愤怒烧了理智，尖叫道。

"啪啪！"竹杖落在身上，聂无双痛得浑身抽搐了一下，不得不咬紧了牙才不让自己惊叫出声。夏兰与茗秋一见急得扑上前，惊叫道："娘娘！娘娘！……"

庭中乱成一团，雅婕妤扶着摇摇欲坠的玉嫔急得不知如何是好。她猛地抬头，看见云妃一双怨毒的眼神盯着自己的小腹，吓得连连后退。

云妃一步步走近，笑得狰狞："你怎么也配怀上龙种，皇上只爱我一个人……"

"你疯了！……"雅婕妤惊叫出声。

正在这时，"住手！"一声怒喝，虚掩的宫门涌来一群明晃晃的大内侍卫，宫女内侍垂首低头鱼贯而入，当那一抹明黄出现在宫门处的时候，聂无双心头一松，低声笑道："皇上你终于来了……"

一双结实的臂膀抱着她，声音是她从未听过的冰冷："是谁给你们胆子，杖责宫妃的？！"

底下哭喊声一片。"砰！"地一声巨响，聂无双彻底清醒过来，在他怀中看去，只见底下黑压压跪了一地。冷凝的气氛令她都不安稳，从她这角度看去只能看见他犹如乌云压城一般的侧脸。而在他手下，一张椅子已经被他拍得支离破碎。

传言天子盛怒，流血千里。聂无双感觉到底下死一般的寂静。

许久，皇后颤巍巍道："皇上息怒，臣妾治理后宫不善，请皇上降罪！"

聂无双叹息一声，从他怀中挣扎下来，忍痛跪下："皇上息怒。皇上身系江山社稷，百姓福祉，万万不可怒而伤身。"

萧凤溟看着她痛得浑身颤抖，伏跪在地上犹如被风雨吹打零落的蝴蝶，心中一软，扶她起身："你……身上痛么？"

聂无双抬头看着他，勉强挤出一个笑容："臣妾不痛……皇上还是看看玉嫔娘娘吧，她刚才吐了血。"

萧凤溟面上一惊，连忙看向早已面无血色的玉嫔。玉嫔看着他，恍惚一笑："皇上……"

她喃喃念了一句诗，声音那么轻，但是却令萧凤溟脸色一变，不由得失声道："这是……"

玉嫔冷笑着看着一旁已经只能由宫人扶着才不至于倒地的云妃："当初十里亭上，写诗的女子不是她慕容芙，而是我姚思丝，那张素笺上还有一朵粉色的梅花，是臣妾的乳名，梅儿……"

她看着萧凤溟，笑得令人不忍卒睹："三四年来，皇上被她蒙在鼓里那么久，居然不知道皇上爱错了人……"

"皇上，不是的！"云妃惊叫起来，鬓发散落在肩头，她惊慌的样子似极了被困绝境的兽，"皇上，你不可以相信她，她……她……"

"慕容芙，你还敢狡辩吗？还是你要我先说出你欺君的证据？"玉嫔步步紧逼。

萧凤溟摆了摆手，俊颜上露出聂无双从未见过的灰心失望："来人！押云妃回明芙宫，云妃私刑宫人，德行皆失，即日起贬为充媛，因怀龙嗣，一应份例照旧，生产之后，迁出明芙宫，移居月岫宫。没有圣旨不得召见。"

一锤定音，云妃呆呆瘫软在地上，半天无法回神。

皇后站起身来，端庄的面上露出威严："来人！还没听见皇上说的吗？把云妃押回去！"

她看向跪在地上的聂无双，提醒萧凤溟："皇上，还是先叫太医来看看玉嫔与聂婕妤吧，还有雅婕妤她也受了惊吓。"

萧凤溟看了一眼聂无双，温和地扶起她来，现在的他已经收敛了怒意："即日起，玉嫔封为玉妃，聂婕妤为修仪，赐封号为……"他看向她煞白的脸色，忽地顿了顿。

聂无双今日一身碧色长裙，将她窈窕的身材包裹得如荷塘中的一枝脱俗的青莲，忽地想起当初赠她那枝罕见的青莲，原来在他心中，错把山石当碧玉，错把凤仙当青莲。对眼前值得珍惜的玉嫔与她都不曾真心对待。

他慢慢地道："赐封号'莲'。"

聂无双看着他纯黑的深眸，拉着玉嫔拜下："臣妾谢皇上隆恩。"

云妃彻底失宠。整个后宫对这事无不议论纷纷，聂无双受的只不过是皮外伤，擦点药，外加热敷，不几天就好得差不多了。雅婕妤受了惊吓，好在尚年轻，太医开了几副安神定惊的安胎药就见好了。只有玉嫔缠绵病榻，几日来毫无起色。

聂无双身上的伤好了以后叫来晏太医问话，晏太医叹了一口气："如今玉妃娘娘气急攻心，呕血已经是大大损了心脉，再加上她心中恐怕……了无生意，这病实在是难治。"

聂无双心中揪了揪，许久叹道："晏太医尽量多多看顾吧。"

晏太医点了点头，面上带着惋惜："这个自然，玉妃娘娘还在盛年，就这样……实在是苍天无眼。"

聂无双与他说了几句，这才令他退下。

杨直上前："娘娘此次因祸得福，只是这终究是冒险，不可再有下一次了。"聂无双看着他平静清秀的脸叹了一口气："有时候明知不可为而为之，实在不是因为自己可以得利，而是因为心。"

杨直摇了摇头，正要退下，聂无双忽然问道："云妃所谓有人谋害她，到底是怎么回事？"

杨直想了想："回娘娘的话，奴婢知道的是云妃拿住了一位在送补品途中要倒入红花粉的小内侍，那小内侍供认是紫薇宫的雅婕妤指使。"

聂无双皱起秀眉："雅婕妤不敢此时犯这事，要不就是有人栽赃，要不就是云妃自编自演的一出戏。那小内侍现在在哪里？"

杨直顿了顿，淡淡回答："在供认罪行的时候已经咬舌自尽了。"

"认罪？"聂无双失声问道，"什么认罪？向宫正司认罪吗？"如果那小内侍在认罪之后自杀，雅婕妤就算浑身长了嘴都辩解不清自己的清白。

杨直道："自然不是。那小内侍是在向云妃认罪之后，趁云妃兴师动众去紫薇宫的时候自尽。依奴婢之见，恐怕这是别人给云妃设下的一个圈套。如今云妃欺君在前，责打宫妃在后，就算她有千百个理由，宫正司也不会采信她，更何况云妃的证据只是一个不会说话的死人。"

聂无双听了始觉得心中发寒，那么拙劣的一个圈套，却算准了云妃恃宠而骄的性子又连消带打算计了雅婕妤，所谓鹬蚌相争渔翁得利，谁才是这一场闹剧中最得利者？

她细细想了半天，依然想不出宫中哪个人才是真正的主谋。而那死了的小内侍，也永远注定查不出他背后的真正主人。在宫中，永远有那么多莫名其妙获罪的宫人，也永远有那么多背负着秘密死去的人，他们永远不会被人所记住，一席破席，丢入乱葬岗中，在他死去的那一刻，早就有人选可以顶上，他们的存在犹如沧海一粟，就算消失也起不了任何涟漪，这便是后宫真正的可怕之处。

聂无双皱了秀眉道："罢了。叫宫中的人谨言慎行，不要让人拿了把柄。"

"是。"杨直退下。殿中又恢复了寂静。铜兽鼎中轻烟袅袅，薄暮的光透过宽大的窗棂，打在似水光滑的地上，映出斑驳的影子，初秋的天气依然十分炎热，但是这殿中却已有了森然的冷意。

聂无双看着光影在地上跳跃，这才恍然察觉已是秋来了……

## 第三十章　秋狩：画风波

甘露殿中，烛火明亮，宫人拿来了夜明珠，犹如小孩拳头大小的珠子在殿中四角升起，更令殿中亮堂如白昼。聂无双看着在龙案边皱眉凝思的萧凤溟，笔下飞快，不一会儿已在一旁矮几上的宣纸上草草勾勒出他的身形。似察觉到她的目光，萧凤溟从奏章中抬起头来，见她凝神画画，不由得步下龙案，看了几眼，笑道："陪着朕很无趣吧？"

聂无双画好最后一笔，抬头盈盈含笑："不会。皇上看臣妾画得好不好？"

她递过自己的画作，灯下笑靥如花："皇上皱眉的样子实在是难得一见。"

萧凤溟接过一看，不由得笑了起来："怎么？难道朕很少皱眉么？"

聂无双看着他淡然从容的俊颜，笑道："是，皇上很少有难解的事。"

他是她见过最难以猜测心思的男人。他总是含着笑意，不论对谁，态度如沐春风，令人心旷神怡，但是却无从猜测他究竟在想什么。除了那一次处置云妃，她在他脸上看到了灰心失望外，这几日他又恢复了往日的淡然从容。

萧凤溟看了她一眼，悠然笑道："朕又不是神仙，自然有不少难解的事。若是天下没有朕可以烦恼的事，这天下也就真的太平了。"

聂无双试着问道："皇上在烦恼什么？"

萧凤溟轻轻抚着她手中的画，许久才道："夜深了，安歇吧。"

他唤来宫人撤去烛火，顿时偌大的宫殿暗了下来，聂无双上前为他解开龙袍上繁复的盘扣，手忽地被他握住，在重重帷幔影中，她看见他纯黑的眸子，带着沉沉的思索。

"皇上……"聂无双问道。

"玉妃的病怎么样了？"萧凤溟问道。昏暗中，她看不清他的神色，但是却知道他一定是面带惆怅。

聂无双心中一软，叹了一口气："晏太医说她恐怕熬不过今年冬天……她伤了心脉又自觉了无生趣，所以……"

萧凤溟站在黑暗中，许久才淡淡"哦"了一声。

聂无双为他解开沉重的龙袍，忽地问道："皇上不去看望玉妃娘娘吗？"

萧凤溟摆了摆手："朕去了只不过给她虚妄的希望。当年的错已经铸成，再也没有挽回的余地。"

聂无双掩下心中黯然，低声道："也许虚妄的希望恐怕也是玉妃娘娘今后唯一支撑下去活着的力气。人不就是活在这种虚妄中吗？"

"那今年过后又能怎么样？年复一年，她终究会明白朕并不是因为当初那一首诗喜欢上云妃。朕给不了她一世一双人的承诺，何必再让她伤心一次？"萧凤溟淡淡地道。

聂无双忽地哑口无言，原来他早就看得清楚明白，云妃慕容芙、玉妃姚思丝，一个有娇弱可怜的美貌，一个有傲然的才气。当初在十里亭中，他爱上的不是眼中看到的那首诗，也不是那翩翩如仙子一般的少女，他爱上的不过是那一次美丽的邂逅。

春光烂漫，王孙公子翩翩而来，这场春光到底骗了谁的心……

聂无双心中忽地一痛，如果她可以选择，她宁可自己不要遇见那阳春三月的天禅寺外，那一场突然而来的桃花雨……

"怎么了？"脸上忽地一热，他温热的手抚过她的脸颊，聂无双这才惊觉自己泪流满面。

"臣妾觉得玉妃可怜。"聂无双掩下心中的痛色说道。

"唉……罢了，不说了。安歇吧。"他的吻吻上她的脸颊。聂无双婉转回应，发簪松落，帐影凌乱，在他的抚慰下，她渐渐意乱情迷，什么是真的，什么是假的，她唯一可以握在手心的就是这片刻的忘我欢愉，以及他带给她的，将要给她的更多的一切！

更漏声声，聂无双数着帷幔上那龙帐挂下的缨络，丝丝缕缕，终于等身边的人呼吸沉稳，她才悄然披衣起身。殿中寂静，守夜的宫人早已靠着打瞌睡，聂无双光着脚悄悄走到龙案处，就着月色，她仔细辨认奏章上的字，终于，在右手边的第三册，她找到了一份名册，依次看下来，越看越是眉头大皱。

这一份与萧凤青给她的名册上出入很大，所有的职位升迁他在上面标注了许多圈圈点点的评语，在月色下模糊不可辨认。聂无双扫了几眼，记住了上面的名字，这才悄然放好。聂无双走下龙案，这才发现自己已经汗湿背后，冷飕飕的，十分难受。她悄然躺回他的身边，看着他梦中的睡颜，轻轻推了推他："皇上……"

萧凤溟翻了个身，把她搂在怀中，又沉沉睡去。聂无双放下心来，这才安然睡去。第二天清晨，萧凤溟上早朝，聂无双回到了永华殿中，她不敢怠慢，把昨夜看到的名册细细地列了起来，列出了一张薄薄的单子，她召来杨直，把手中的名册给他看："这是皇上名册上的人名和官职，你看看。"

杨直仔细看了四周，确定没人这才小心翼翼地问："娘娘打算怎么办？"他也知道萧凤青是强人所难，那一堆的官员如何安插进今年的秋选中？更何况还有各方朝堂势力的角逐，根本不是她一介妃子可以插手的。

聂无双揉了揉发痛的额头："让本宫想想。"

杨直不敢再说，看了几眼手中的名册，小心翼翼地放在怀中："奴婢想法子拿给殿下看，让殿下想办法。毕竟有了这名册，殿下也容易成事。"

聂无双心中一动，连忙招杨直过来，如此这般说了几句，杨直越听心中越是佩服，连连赞道："娘娘好计策！"

聂无双长长吐出了一口气："剔去不想要的人，剩下的空缺自然可以操控。"

应国的秋天一扫夏日的酷热，十分适宜秋行狩猎。应国先祖皇帝以马背得天下，如今在皇室中依然还保留着这马背上的传统习俗。上至皇帝，下至平民百姓亦是十分喜欢在秋天外出狩猎。萧凤溟即位以来，就下旨将原先秋狩的草场再扩大原先的一倍以上，每年秋天都要在草场中进行规模宏大的秋狩，皇室中的年轻子弟可以在秋狩中一展身手，或者下场比拼武艺骑射，借此博得皇上的赞许，或者心仪女子的青睐。

可今年的秋狩注定不那么太平，今年本就是多事之秋，先是齐国与应国联姻，后来又是秦国进犯齐国，一向以天险云凌关为依托的齐国，此时面对秦国的进犯被打得落花流水，无力抵挡，最后秦国进犯了齐国灵州十三郡，狂言两个月内攻入齐国国都。

齐国相国顾清鸿临危受命，亲上战场，用计阻秦国铁骑在桐州汉江前，至此，齐秦两国的战事陷入了僵持中。齐国这才松了一口气，急忙派遣使团赶赴应国，请求履行当日和亲之时缔结的盟约。齐国使团来到应国，还未喘几口气，就被萧凤溟一道亲切的圣旨陷入了为难：萧凤溟请齐国使团多多休息，等秋狩后再议联盟出兵之事。

甘露殿中，聂无双正与萧凤溟画画，不知什么时候起，萧凤溟似对丹青起了兴致，一连几日召她进殿中，为她画画。聂无双坐在椅上，想动又不敢乱动，笑道："皇上可是不甘愿上次臣妾画了皇上？所以特地要画一回臣妾？"

萧凤溟画了几笔，摇头："还是不成，朕下棋可以，但是这丹青就不好。"

萧凤溟把龙案上的纸揉成一团："丹青画得好的，朕觉得除了一个人，放眼应国还真没有别人可以比肩。"

聂无双被他的话勾起好奇心，问道："是谁？"

"五弟。"萧凤溟含笑说道。

聂无双脸上的笑渐渐隐没，半晌才意兴阑珊地应了一声"哦？"

萧凤溟以为她不信，笑道："他擅长工笔画，画的人栩栩如生，当初先帝还夸他……"他说了一半便不再说，俊颜上带着惋惜。

聂无双知道接下去的话也许不是很愉快的回忆，遂说说笑笑把话题岔开。正在说话间，忽地林公公上前："启禀皇上，睿王殿下求见，似有急事。"

萧凤溟剑眉一挑笑道："果然说曹操，曹操就到。"

聂无双连忙想要退到内殿，萧凤溟忽地道："你不用回避了。五弟也常进宫，不算生人。"

聂无双脸上一红，不由得心中怀疑他知道了什么，连忙偷眼打量他的脸色，却见萧凤溟脸上毫无异样，这才慢慢放下心来。

不一会儿，萧凤青走进殿中，跪下道："吾皇万岁，万万岁！"他抬眼迅速看了一眼旁边的聂无双，慢吞吞地道："莲修仪万福！"

萧凤溟哈哈一笑："平身，赐座。"

萧凤青上前，一瞥龙案上的宣纸，慵懒一笑："皇上好心情，在这里画美人，却让臣弟去应付那一群齐国来的老夫子！"

萧凤溟见他面色不耐，知道这几天他肯定被齐国那群人吵得不得安生。顾清鸿也算是厉害，知道这次出使应国一定不肯轻易借兵，所以派来齐国朝中最顽固最忠心的老臣前来当说客，这些人一到应国摆明了应国要是不借兵，不履行盟约就要死在应国皇宫前的架势，实在是令人头痛。萧凤青跟他们推诿，他们动不动要闹到皇上面前，令他烦不胜烦。今日他便是再也压不住他们，特来向萧凤溟求助。

萧凤溟微微一笑："他们今天想要干什么？"

萧凤青叹了一口气："他们想见德妃，被臣弟拦了所以又闹了起来。"

萧凤溟不置可否，朝萧凤青招手："五弟且来看看，朕画得怎么样？"

萧凤青上前一看，俊美得邪妄的狭长深眸看定一旁的聂无双，连连摇头："皇上画得不好。莲修仪怎么可能这么丑？"

聂无双见他不留给皇帝半分情面，心中不由得大惊，趁萧凤溟不注意，狠狠瞪了他一眼："睿王殿下不可胡说，皇上的丹青自然不错。"

萧凤溟叹道："朕也觉得不好，但是又说不出。"

萧凤青忽地轻笑："皇上若是喜欢画莲修仪，给臣弟三天时间，臣弟保证画好一幅可以令皇上满意的画作。"

"不可！"聂无双冲口而出。

"准！"同时，萧凤溟点头笑道。

萧凤青看了一眼聂无双，故作无奈："皇上，莲修仪不喜欢臣弟给她画画。"

萧凤溟握了聂无双的手，笑道："五弟其实没有恶意，你真的不喜欢吗？"

聂无双按下心中的不安，勉强笑道："臣妾怎么会不喜欢，只是怕耽误了睿王殿下的正事，而且还有……"

"还有什么？"萧凤溟问道，纯黑的深眸不带半分涟漪。聂无双心中一横，轻声说道："而且臣妾怕流言……"

萧凤溟见她谨小慎微的样子，握了她的手安慰道："不用怕，这一次有朕的圣旨。"

聂无双无奈，只能跪下："臣妾遵旨。"同时耳后响起萧凤青兴致大好的声音："那臣弟就不用去接待那群使节团的老古董了吧？皇上？"

退出甘露殿，聂无双心中怒气冲冲，她等了半天，终于等到萧凤青走出来，到了一处偏僻的拐角，这才上前拦住怒道："殿下出的什么馊主意！这下可好了，就等着谣言满天飞了！"

萧凤青看了她一眼，挥退跟着的内侍，手忽地一拽，就把她拖着拽入一旁空的殿室中。房门关上，聂无双警觉地连连后退，这里离甘露殿太近，一个不小心就会被人看见。她拦住他责问已是冒险的举动，没想到他更加离谱，居然把她拖入这里！

"殿下想干什么？"聂无双连连后退，沉暗狭小的房间因为没人居住而带着呛人的霉味。

萧凤青堵着门，笑得慵懒魅惑："怎么就不能让本王为娘娘画一幅画，好挂在甘露殿中让皇上天天看着。要知道这才是真的盛宠呢，别的妃子挤破头都无法见皇上一面，更何况能让皇上费尽心思想要画一幅美人图。"

聂无双听出他话中的讽刺，恼火道："殿下不必管！难道得到皇上的宠爱不是殿下让无双进宫的目的吗？本宫已经把殿下想要的名册给了，难道做得还不够？"

萧凤青看了她一会，异色的眸中忽地流露一股极复杂的情愫，聂无双还未看明白，他忽然靠前，欺身上来，牢牢把她禁锢在自己的臂弯中。熟悉的杜若香气令聂无双心中警觉，她刚想要推开他，萧凤青已经一把抓住她的手。

"殿下！"聂无双眸中的神色陡然锐利起来，像一把刀一样，"难道不怕别人看见？"

"你喊啊，喊了大家都是个死。"萧凤青轻声笑了起来，"只不过是一张画而已，你紧张什么？皇上都不介意你我共处，你还介意什么？"

他笑得漫不经心，慢慢放开她的手："聂无双，有时候你聪明得可怕，有时候又糊涂得很。"

聂无双惊疑不定地看着他，心中无数猜测涌上心头，猛地一种可怕的念头攫住她的心，她大口喘息了下才问道："难道皇上知道你和我有私情？"

萧凤青看着她青白的脸色以及手心她冰凉的手，眸中掠过不忍，忍不住道："不是。在皇上心中，从来美人让位于江山。进了宫他便不会再介意你的过去。他是个用人不疑的君王，他若信任你的清白，就不会听信谣言。"萧凤青冷淡地说道，"这一点，本王不如他。"

"所以你也不必担心。"萧凤青下了结论，但是聂无双看见他的脸色依然并不开颜。

"那殿下真正在担心什么？"聂无双问道。

萧凤青自嘲一笑："没什么，在担心怎么才能把娘娘的绝世容貌画上画纸呢。"他说得暧昧轻佻，一双手已经抚上她的脸颊。

聂无双知道他这时不会再说任何有用的话，不由得一把推开他，冷声道："既然没事，无双回宫了。"

腰间一紧，萧凤青已准确无误地箍住她的纤腰，低头在她耳边吹气："不过听说你管了雅婕好的闲事？是不是因为你以为她能给你皇子？"

聂无双见他靠得太近，不由得羞愤地朝他脚面上跺去，怒道："放开我！"

"不放！"萧凤青忽地固执起来，一把把她压在墙壁上，笑得很冷，"你想要孩子吗？我可以给你！"

他的气息喷在她的脸上，聂无双一听，再也忍不住骂道："你无耻！"

她的声音有点大，萧凤青一把捂住她的嘴，在她耳边慢慢地说："你想到哪里去了，你若要孩子本王把邹氏的孩子给你，这样偷龙转凤，不是两全其美？那个孩子就是本王的孩子，也是你的孩子……"

聂无双吃惊得瞪大眼睛，怔怔看着近在咫尺的俊颜，几乎忘记了挣扎，半天她才吐出一口气："殿下你疯了！那邹氏呢？"

十月怀胎，他竟然要夺去邹氏的孩子给她，难道说这就是他让邹氏怀孕的真正目的？

"邹氏？本王可以给她睿王妃的名分，足够弥补了！"萧凤青皱起漂亮的眉头，不耐烦地说道。聂无双被他言语中的冷漠震得呆住了。狸猫换太子？！他居然想的是这样。

"不行！"聂无双心底涌起一股怒意，猛地推开他，怒火在她美眸中燃烧，说出的话又快又急，"不用说十月怀胎不好掩盖，一个不小心就是欺君之罪。更何况王爷怎么就知道邹氏生出的一定是个儿子？"

聂无双一步步逼近他，说出的话令自己都觉得无比残忍："退一万步讲，殿下怎么知道生出的孩子不是跟殿下一样瞳中带着异色！"

房中一时间安静下来，静得聂无双可以看见窗棂的光漏进来，灰尘在光影中上下起舞。她屏住呼吸，看着面前脸色猛地一白又陡然沉暗下去的萧凤青。他眯起眼，异色的眸子像是择人而噬的兽眼，充斥着野性与愤怒。聂无双心中开始后悔起来，她不该这样激怒他。她明知道他的眼眸标志着他是皇族中的异类，一位卑贱舞姬生下的私生子。一辈子都洗不去的耻辱。

可是唯一能让他打消这疯狂念头的就是用事实提醒他。忽地，萧凤青笑了起来，他俯身在她耳边慢慢地说："那本王就祝莲修仪生出一个纯正的，皇室血统的龙子。不过，总有一天，你会因为生下他而后悔。聂无双你相信有这一天的到来吗？"

他薄唇鲜红似血，看了她最后一眼，冷笑离开。许久，聂无双才回过神，走出阴暗的殿室，她一路踉跄回到永华殿。

等坐定，她才惊觉汗湿重衣。萧凤青离去时候那一眼，令她感到了蚀骨的寒意。她伤他，他反过来逼她。若不是她在齐国家破人亡，为了报仇主动去寻萧凤青，聂无双简直怀疑她和萧凤青不过是前世的孽缘，今世的偿还。

多想无益。聂无双按下心中繁杂的思绪，慢慢平静。无论如何，她潜意识里感觉，萧凤青并不会真正伤害她，只不过他的举动已经超过了她和他协议的范围了，唉，这样的冤孽啊……

聂无双第二天向皇后请安的时候，忽地看见萧凤青等在她必经的路上。天色还早，空气中轻笼着一层薄雾，他立在笔直的宫道上，犹如一幅上好的山水画中的一点点睛之笔，俊秀的身形，只立着，便令人心旷神怡。

彼时天还早，路上没有别的宫人经过，聂无双忍住心底的不安，上前温声问道："殿下那么早进宫有什么事吗？"

萧凤青脸上早就不见昨天的阴冷残酷，笑得风流俊魅："本王奉旨要画莲修仪的，娘娘忘记了么？"

聂无双这才记起他还要画那幅该死的画。他大清早守在这里就是为了等她，他如鸦色的发束上染了淡淡的水汽，越发显得眉眼如墨画，俊魅无双。这样的人就是要起无赖来，也不会令人真正讨厌。

聂无双心中又是气恼又是觉得他固执得可笑："那睿王殿下要怎么画？"

"自然要先看娘娘再画。"萧凤青笑得恬不知耻，一双异色的眸子肆无忌惮地打量聂无双全身上下。

"那睿王殿下请便吧！本宫要去向皇后请安了！"聂无双转身冷然道。她说完由夏兰扶着向来仪宫中走去。

她走了一段路，再回头，却见萧凤青站在原地，远远看着她并不靠前。她越走越远，他始终纹丝不动。聂无双叹了一口气，只能随他去了。

向皇后请安，照例是众妃子花团锦簇拥在皇后身边说笑。皇后见她来了，笑着叫人看座。聂无双看到淑妃与敬妃身边空着的座位，心中不禁微微惆怅。玉妃还是未见起色。即使皇上赐下那么多珍贵的药，但是玉妃的傲骨已折又得不到皇上的眷顾，她如何能好起来？

皇后今日穿着一件鹅黄色的凤服，少见的亮色为她的容色多添了几分年轻的神采。但是发髻上的珠钗依然繁复，无形中提醒众妃嫔只有她才有皇后的尊贵与威严。

她顺着聂无双的目光看到那空着的位置，叹了一口气："玉妃的身子诸位还是要多多关心一下，毕竟是姐妹一场。"

敬妃点头道:"是呢。说起来没想到玉妹妹竟然心里藏着那么多事不说……"

淑妃忽地接口:"是啊,谁又能知道云妃是这样一个人!真是白白辜负了皇上!"

这个话题一被提及,底下众妃嫔就议论纷纷。云妃向来自傲如今被贬了两级成了九嫔中的充媛,境遇天差地别。幸灾乐祸的有之,鄙夷的有之,聂无双垂下眼帘,只看着自己的手。

皇后等众妃议论了一会儿,这才清了清嗓子开口:"如今齐国使团前来,皇上的意思是德妃不能再禁足,只不过德妃的心中恐有怨言,本宫在烦恼派谁去说项。毕竟两国的和气不能因为这点无关紧要的小事伤了。"

她看向敬妃,笑道:"要不敬姐姐辛苦去走一趟?敬姐姐在宫中德高望重,德妃应该会听得进敬姐姐的劝的。"

敬妃一怔,随即笑着领命:"如此臣妾就领了这差事,只不过成与不成,可不能怪臣妾。"

皇后笑道:"这自然不会怪敬姐姐的。"

敬妃出马,不知对德妃齐嫣说了什么,立刻令她服服帖帖的。聂无双轻抚手中的玉如意,笑得冷然。一介天之骄女还能怎么样?现实才是最好的教训。若是现在的情形还不能让她认清现实,那她也活该一辈子禁足在弄云宫中。

过了几天,德妃向皇后请安言谈得体,不见往日的冷傲。皇后趁机说起齐国来使要来参见她,言语之中半是安慰半是敲打。德妃知道此时自己身在别国再也无路可想,加之也十分想念齐国便恭顺地接下这个差事。

"娘娘难道不怕德妃会重新获宠?"杨直知道这事之后,问道。

聂无双一笑,美眸中光华流转,笑得冷清:"她早就失去了获宠的机会,更何况齐国现在正陷入苦战中,谁会去在乎一位家国不保的公主?"

齐国与秦国如今在桐州汉江前僵持不下,各有胜负。顾清鸿一连使了不少计策折损了秦国三员大将,这才生生将秦国铁骑牢牢阻在汉江前。顾清鸿,还是顾清鸿……聂无双眼中涌过深沉的恨意。不想听,不想想,但是随着齐秦两国的战事越发激烈,她就算堵住了耳朵,蒙住了眼睛依然能听到和看到萧凤溟口中,手中的源源不断的消息。每一件几乎都有他的名字。

如今四国之中,恐怕战神不光是那上战场的武将,还有他——顾清鸿,一介书生,拯救齐国于危亡之中,用兵如神,运筹帷幄……诸多赞誉,就算是萧凤溟这算计着天下的皇帝,对于顾清鸿依然时不时有赞许之词。但是每一个字对她来说,却犹如锥心挖骨的痛。

曾经,她的名字也和他连在一起,就如曾经一起许下的誓言,一世一双人,永不负心,永不分离。从"顾夫人"到"相国夫人",他用三年让她看到了她没有看错他的才华。可是现在她宁可自己从未认识过他,也许不相见,自己就可以不用在千里之外的宫中

步步惊心，步步如履薄冰。每当她揽镜自照都几乎认不出镜中的自己。秀眉高挑，再无一丝温婉端庄；红唇似火，再也吐不出柔情蜜语。

她，早已经面目全非。

聂无双捏紧手掌，长长的金丝护甲在妆台上划过长长的痕迹。顾清鸿再聪明绝顶，也不可能熬得过冬天。冬天一到，滔滔的桐州汉江滴水成冰，再也拦不住秦国的十万铁骑。

她就等着他焦头烂额，她，就等着他一败涂地！

"娘娘！"杨直打断了她滔滔的思绪。聂无双悄悄擦去眼角的水光，淡淡回头："什么事？"

"这是睿王殿下派人送来的画。"杨直躬身说道："睿王殿下说，这两幅画娘娘看哪一幅好，就选哪一幅呈给皇上。"

"哦？"聂无双微微诧异，"才两天不到，睿王殿下真的画好了？"

"是啊。睿王殿下下笔很快的。"杨直递上画作，"娘娘请看。"

两幅画缓缓在聂无双面前打开。聂无双看着两幅画，不由得呆了。

只见两幅几乎一模一样的画上，亭亭立着同样的一位美人，一位坐在亭中，笑着看前面的一方池塘，长裙拖地，窈窕修长的身形绝美妖娆，她的一双美眸犹如映着这池塘中的所有春光，美得令人心旷神怡。而另外一幅，却是凭栏远眺，身形依然修长绝美，但是从侧面看去，一双眼眸中含了忧、恨、愁、苦……美得令人想要抚去她眉间的忧伤和所有的恨意。

两张一样的画，两种截然不同的神情，萧凤青的丹青果然好，传神贴切，栩栩如生。只是，他竟然画得那么真，原来自己在他心中竟然是这样……

聂无双看了许久，目光复杂地道："把第一幅呈给皇上吧。"

"那第二幅呢？"杨直问道。

"烧了。"聂无双淡淡地道。回过头来，如深潭一般的眼中已经没有了任何波澜，"第二幅不好。"

杨直躬身退下。聂无双这才回过身来，继续看第一幅画，春光明媚，画中女子恬静优雅，她展现给皇上的就是要这样，永远的美丽……

秋狩的日子一天天临近，宫中的妃子都在议论今年的秋狩又有哪家王孙贵胄前去参加，又有哪家成年的世家子弟武艺超群，有望夺得皇上的赞许，又有哪家适龄的闺秀想要在秋狩上寻一门好姻缘，种种不一而足。聂无双就在一旁听着，悠然自得。她既没有可以操心的亲戚，也听不懂她们谈论的是哪家少年。

只不过秋狩近了，朝堂和后宫渐渐又有了新的传言，传言皇上在自己的寝殿——甘露殿中破天荒挂了一张美人图，敏感的朝官们多方打听，这才知道那美人画的竟然是最近最得宠的莲修仪，皇上这本是无伤大雅的举动，就算是他把甘露殿四面墙都贴了各色美人，也是皇上自己的喜好而已。但是不知怎的，这消息传入还未走的齐国使节团中，就变成了另一个味道。

驿馆中。

"一定是那妖女聂氏劝说应国皇帝不借兵的！"一位花白胡子的齐国老臣愤愤地说道。

"聂卫城一世英明怎么会生了这个丢尽聂家颜面的孽女啊！"一位白发苍苍的老臣捶胸顿足，他却忘了聂家满门可是齐国皇帝下旨抄斩的。

"一定要除去妖女聂氏！"一位武将"砰"地捶上桌子，眼中杀气一掠而过。

"不可啊！应国的皇帝那么喜欢她，万一聂氏死了，应国皇帝大怒，不但不借兵，最后还成了我们齐国的不对，要是应秦两国联合起来，我们齐国危矣！"旁边一位臣子战战兢兢地提醒。

"红颜祸水啊！难道苍天要灭我们齐国吗？"有使臣痛哭流涕。

众齐国使节纷纷摇头，怒的怒，不甘的不甘，但是却再也没有人对应国皇帝抱有出兵的希望。渐渐地，妖女聂氏迷惑应国皇帝，以报满门血仇的故事渐渐在应国京城中流传开来，传言的人说得有鼻子有眼。聂无双，成了一个传奇，人人议论纷纷。只是这一切，身在其中的人却是不知道。

永华殿中。

聂无双听着杨直汇报自己宫中的事务，罢了问道："皇上的秋狩是什么时候？"

"大概再过五六日吧。"杨直道："皇上已经吩咐内务府拟出秋狩人员单子，娘娘就在其列。"

聂无双嫣然一笑："秋狩看样子很热闹。"

一向淡然的杨直也露出笑容："皇上十分精于骑射，每每秋狩必有斩获。去年皇上还猎到了两只猛虎，一头熊，还有各种野兽不计其数。"

聂无双想起在睿王别院山林中就见识过他的精湛的箭术，这样精于骑射的皇帝，必定不甘于只是守着自己的江山。

他，可是有逐鹿天下的野心。

聂无双垂下眼帘，对还未走的齐国使节团觉得叹息又可怜。

杨直看着歪在榻上的聂无双，斟酌了一会儿，这才开口："娘娘，奴婢有一句话，不知当讲不当讲？"

聂无双抬起眸来，美眸中掠过冷光："说。"

"如今在外面都盛传娘娘魅惑君主，所以皇上才不借兵给齐国。"杨直说出这几天听来的话，小心看着聂无双，"娘娘，会不会是睿王殿下给娘娘画的画招的祸事？"

聂无双怔了怔，难怪这几日她所过之处都见宫人窃窃私语，她原以为他们不过是怕

她，畏她，原来竟是这一茬。

　　聂无双慢慢直起身来，心中冷笑，原来是这样的用意！难怪皇上心血来潮要画一幅美人图，难怪那天萧凤青看她的眼神充满了可怜。原来她不过是他们手中的棋、面前的画，一个工具，一把刀。萧凤青果然说得有道理，在萧凤溟心中，美人永远比不过江山的重要。

　　杨直见聂无双笑得古怪，不由得担心地问："娘娘没事吧？"

　　"没事。"聂无双回过神来，笑容不改："本宫怎么会有事。"

　　从被沈如眉推出相国府的那一刻起，她就活在了地狱里，她把自己淬炼成刀，与虎谋皮，行走在吃人不吐骨头的应国后宫中，这点利用又怕什么？

## 第三十一章　求情：施无计

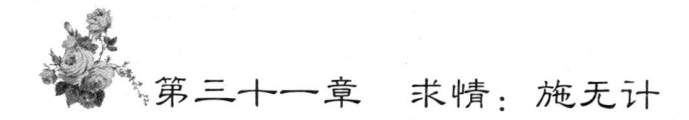

秋狩将近，一连几日萧凤溟都在御苑中试马，挑选最适合的马匹。聂无双听杨直说萧凤溟酷爱狩猎，御苑中自然有多匹好马。

一日正当她在宫中闲坐看书时，突然殿前响起叩拜声。她不由得站起身来，匆匆上前。只见萧凤溟捂着一只手，面上铁青。

她吓了一跳，连忙上前。萧凤溟身边的林公公上前低声道："莲修仪，皇上马儿突然发狂，踢伤了几个侍卫，皇上也落马了。"

聂无双心中一惊，连忙看向萧凤溟，果然看见他手臂处有红肿血迹。太医上前为他清洗伤口包扎。

萧凤溟看着她："此事不宜走漏风声，朕对外说是你陪着朕去御苑中试马，你不慎受伤。你可愿意？"

他脸色郑重无比。聂无双犹豫地看向林公公。

林公公连忙补充道："莲修仪放心，这些人都是忠于皇上的，别人问他们只会有一个说辞。"

聂无双看着面前的萧凤溟，知道此事他这样做一定有深意，而且都找上来了，如何能推脱？

她点了点头："臣妾遵旨。"

萧凤溟脸上的神色渐渐柔和，他握了她的手，深眸中掠过复杂之色："委屈你了。"

聂无双看着他手上的伤口，红唇边勾出一抹淡淡的笑意："臣妾不委屈。"

一连两日，聂无双都宿在了甘露殿中照顾萧凤溟的手伤。对外只说她伤了，皇上赐她住在甘露殿中。应国有祖制训，后妃不得久宿皇帝寝殿中，以免皇帝贪恋美色，耽误政事。聂无双住了两日，朝中朝臣议论纷纷，不少谏官纷纷上疏，规劝皇帝此举不符旧制，

齐国来的使节团更是纷纷表示不满。

萧凤溟都一笑置之。等闹得凶了，萧凤溟便问谏官："是否朕的后宫，朝臣也应该插手？你等置太后皇后于何地？"

御史谏官被问得面红耳赤，只能偃旗息鼓。

在宴会齐国使节之时，萧凤溟又问齐国使节："插手他国的宫闱，难道这便是齐国国君的真正诚意？"

齐国使节顿时哑口无言，许久，有人不甘道："陛下宠幸一位从齐国逃亡到应国的罪臣之女，难道这才是陛下不肯借兵的真正原因吗？"

萧凤溟看了一眼直言不讳的人，淡淡一笑："朕没有说过不借兵，只是借兵之事事关重大，绝非儿戏。朕要好好考虑一番。"轻描淡写一句话就打发了齐国的使节们。

萧凤溟在养伤之际与他们打太极，招待他们之时热情又不失大国风度，但是一提起借兵之事便是诸多考量。面对这样一位城府极深又滴水不漏的帝王，齐国使节团的臣子们这才感觉到棘手。先前抱着以为定能迅速借兵的念头的人也都纷纷丧了气。

接待他们的是应国的睿王，他们先是把主意打到了他的身上，打听到睿王为人风流，喜欢美人，便一次进献了十名齐国美女，又送了许多齐国的奇珍异宝。萧凤青照单全收，但是一旦提及借兵之事，他便笑道："本王只是个闲散王爷，在皇上面前说不上话。"

齐国使节们不信，再一打听果真如此。此路不通当然另想他路。他们又找上了在后宫中的德妃齐嫣。但是没想到齐嫣见到他们只是问及她的父皇母后身体如何，对这两国之事显得有点漠不关心。

齐国使节们纷纷相劝，劝她要多多在应国皇帝身上下工夫。劝得多了，齐嫣怒道："齐国大好男儿不在战场上流血牺牲，偏偏把主意打到女人身上，本宫都替你们感到羞耻！民间尚有'嫁出去的女儿泼出去的水'的话，难道本宫就得因为你们这些破事被皇上冷落吗？"

德妃齐嫣的话令劝说者满面羞愧，不得不悄然退下。似再也无路可走。齐国使节团从来应国到现在不到半个月，几乎人人愁白了头发，捻断了无数根胡须。终于有人提议："要不……劝劝聂氏看看？"

此提议一出，众使节顿时哗然，有人骂之，有人赞同……

聂无双在第三日搬出了甘露殿回到了永华殿，不是因为避免朝臣的谏言，而是因为秋狩将近，她得回宫整理。今年应国各地大丰收，户部报上此喜讯，萧凤溟大喜，一边嘉奖有功的地方官员，一边勒令官员不得从中渔利克扣百姓上缴的粮食，更不许土豪乡绅欺压百姓。一时间，应国政通人和，一片兴旺的景象。此时秋狩似已经不是单纯意义上的一年一度的狩猎节日，而是皇家彰显皇权天威的最好时机。

聂无双看着宫中的宫女奔走收拾，依在美人榻上，慢慢品茶。这是睿王送来的上好齐国云雾茶，听说这种茶只生长在齐国的万丈悬崖上，茶农要采摘需要用经过训练的猴子爬上悬崖采摘，然后再选完好的茶叶进行烘焙。这茶做工考究，工序繁琐，一向是进贡给齐国皇宫，一年也才得几斤而已。如今齐国使节们病急乱投医，连这样的珍品也送了萧凤青足足有一斤，更何况其中还有不少齐国独有的奇珍异宝。

聂无双想着，红唇边溢出冷笑。此时的她已不同以往，萧凤溟的宠爱令宫中人侧目不已。她身穿时下应国时新的明霞锦，这明霞锦比流云锦更加难得，流云锦就只有一色白色，而明霞锦则有更多的颜色，而且布质更细腻柔滑。尚衣局试制出来以后，就呈给太后两匹，皇后两匹，还剩下最后一匹萧凤溟赏赐给了她。这是宫中独一无二的恩宠，她堂而皇之地穿在身上，所过之处，令人实在羡慕嫉妒。

聂无双抿了一口茶，夏兰见她在宫中无聊，笑道："娘娘不是最喜欢到御花园中看那些锦鲤吗？何不去走走。"

聂无双见宫中忙乱，自己在这里反而碍手碍脚。于是起身命茗秋跟着，一路慢慢向御花园中走去。

金秋送爽，御花园中各色鲜花依然鲜妍，不少花树上结出了累累硕果，果香与花香夹杂更沁人心脾。聂无双一路赏玩，一路到了御花园的湖心亭中。亭子精巧，聂无双懒洋洋依着阑干，拿出鱼食喂锦鲤。湖心中的锦鲤五彩斑斓，一条条因为得到宫人的饲养而十分肥硕，聂无双看得有趣，一边喂一边逗着它们绕着亭子四处游走。

正玩得高兴，远远的有人走来。聂无双微微眯着眼，看着宫人在通向亭子的来路上拦下来人。

"是谁？"聂无双问道。

"启禀娘娘，是……齐国的韩大人。"宫人小心翼翼地回答。

"韩大人？"聂无双远远看去只觉得那人眼熟。

"他要见娘娘。奴婢们不敢放行。"宫人回答。

聂无双美眸微转，起了兴趣："那传吧。"宫人们带着韩大人上前，韩大人年约四十，面目儒雅清隽。他目光复杂地打量面前的聂无双，眸中掠过惊艳，随即拜下："齐国使节韩佢拜见莲修仪。"

聂无双意兴阑珊地指了指座位："韩大人请坐。"

韩佢谦让再三，这才坐下。

聂无双秀眉一挑，似笑非笑地道："韩大人今日来见本宫，到底有什么事么？"

韩佢闻言脸上露出为难，半响才开口："娘娘忘记了微臣吗？臣当年与令尊聂大人是好友。小时候娘娘是见过微臣的。"

聂无双一听，美眸如刀扫到他面上。韩佢只觉得自己被聂无双盯得身上冷汗淋漓，勉

强定了定神这才稳住。他心中奇怪：聂无双阅历年纪都不如他，怎么会有这样逼人的气势？

聂无双看了一会儿这才淡淡收回目光，不咸不淡地笑道："原来是韩伯伯啊。齐国皇帝一定十分喜欢韩伯伯，不然怎么会本宫父亲获罪，韩伯伯一点事都没有。"

她暗藏嘲讽的话听得韩佢背后冷汗淋漓，想好的一番说辞都没了影子。他知道今天来一定要受点难堪，但没想到来得那么快。他歉然道："是臣的错，当初就该劝皇上……唉……此时说这些已没有用了。"

聂无双看了他一眼。那段往事提一提都是忌讳，她神色冷了下来不再言语。场面顿时变得十分尴尬。

韩佢思索再三，想起今天自己的重任，重新提起："娘娘，皇上虽然对不起聂家，但是……臣希望娘娘能够以大义为重，再者齐国要是灭了，坐等秦国强大起来，对应国亦是十分不利。请娘娘以家国大义为重，请求应国皇帝借兵吧！"

好个家国大义！

聂无双冷冷一笑："后宫不得干政，韩伯伯怎么会以为本宫有这么大的能耐劝皇上借兵？"

韩佢被她的话噎了一下，说不出口。总不能说如今娘娘盛宠在身，皇上一定会听您的枕边风吧？

聂无双挥了挥手："韩伯伯您走吧。今日无双喊你一声韩伯伯不过是看在往日的情分上，皇上借兵不借兵不是无双说了算。如今无双已在应国，与齐国再无瓜葛。"

韩佢从未受过如此冷遇，他向来自诩清高孤傲，又因满腹才华而被齐国重用，如今虽被逼过来劝说聂无双，但亦是觉得聂无双不过是一介妇人而已，以旧情打动也许能说服她回转心意。他没想到聂无双如此冷漠，三言两语容不得他多说就要赶他。

韩佢心头火起，怒道："娘娘说再无瓜葛，难道真的再无瓜葛吗？如果没有皇上对聂家的隆恩，娘娘怎么可能从小到大享到富贵？如今只是联盟借兵而已，娘娘为什么要从中阻挠？"

聂无双美眸寒光一闪，随即笑得冰冷："好个食君之禄忠君之事！我父亲到底犯了什么罪，短短一个月就被满门抄斩。聂家满门的鲜血难道还不能抵偿你所谓的齐国昏君的所谓隆恩吗？"

她毫不留情地笑道："我父亲，我大哥，二哥，还有小哥，他们一个个都是齐国的栋梁之才，他们心中可有一刻叛国之念？别人不清楚，韩大人难道不清楚吗？狡兔死走狗烹。皇帝诛杀臣子，为的不过是他手中的皇权。这举措寒了多少臣子的心！如今齐国被秦国进犯，朝中再无可用之臣，按本宫说，这就是昏君的报应！"

韩佢被她反驳得满面通红，许久叹道："皇上的确是此举不当，但是聂大人生前手中权力过大，这也是招致灾祸的原因。也怪不得皇上。"

聂无双冷笑："是吗？这么说，我聂家活该卖命了一辈子，又因为得到皇上太多的隆恩所以才要死吗？这是什么狗屁道理！"

她字字句句一针见血，韩佢被堵得再无话好说，不由得恼羞成怒："既然娘娘说与齐国再无瓜葛，何必又戴着齐国的东西？难道你没有一丝眷恋故国？"

聂无双摸上自己的项间，她优雅白皙的脖颈上戴着一串硕大的南珠，这是萧凤青转送给她的。南珠生于齐国南海，据说每得这样一颗南珠需要采珠人百次潜入深海中才可得。有的采珠人气息不继而因此丧命。萧凤青做事向来随心随性，这些奇珍异宝他通通叫睿王侧妃送给了聂无双。

她摸了下，知道韩佢说的是这个，冷笑一声，狠狠一把拽下珠链。登时一串价值连城的南珠纷纷掉在地上滚落湖中。一旁的宫人连声惊呼，纷纷去捡。但是大半早就掉入湖中，再也找不着了。

聂无双纤纤玉足踩上南珠，冷笑碾着，南珠被她踩着划着粗糙的地面，沙沙作响，看得韩佢心疼不已。

聂无双冷笑道："原来韩大人是舍不得送这串珠链啊。早说就是，不过韩大人倒是提醒了本宫，这齐国的东西本宫还真有兴趣用一件毁一件。一直毁到可以发泄本宫心头之恨的时候。"

韩佢被她张狂的话气得说不出话来："你……你这个妖女！"

聂无双看着他仓皇离去的身影，这才坐回椅上，满地的珍珠被宫人捡起放在盘中，聂无双怔怔看着，许久，手一挥，一盘珠子顿时通通倒入湖中。

她整了整衣裙，淡淡道："回宫！"


风猎猎，大朵大朵的云掠过城门上方，一声叹息从城上孑然孤立的身影中传出。他身姿挺秀，迎风而立。金秋季节，本是外出郊游的好时节，田间的麦垄也一定是金波随风荡漾，但是他前面的景色却是千里沃野化成一片焦土。乌云压城城欲摧。这乌云压境，却不是天上的乌云，而是前方汉江对岸连绵望不到尽头的黑压压的秦军军帐。

修长白皙的手抚上被刀剑砍成斑驳的城墙，顾清鸿捏得骨节发白。一天天过去，深秋已到来，他以汉江为屏，阻十万秦军铁骑于桐州城前已经一个月了！每一天，他都神经紧绷，每一天睁眼醒来都似可以看见桐州城中老老少少，那如同仰望神祇一样的眼神看着他。似乎只有他才可以挽救他们于水火之中！

可是他们怎么知道，一旦到了冬天，这宽宽的汉江怎么能阻挡秦军的铁骑？那骁勇善战的秦国人向来不习水战，但是一旦让他们骑上了马背，那一个秦军骑兵瞬间可敌十人。到时候不但这桐州城不保，整个齐国也危矣！

该怎么办？为今之计就只能向应国借兵，但是借兵联盟一事困难重重。从齐秦两国开战以来，应国的态度就十分不妥，虽说两国表面上有了联盟，但是联盟之日尚浅，再加上他也曾出使过应国，应国皇帝萧凤溟给他的感觉总是如古井一般，波澜不惊，这样的帝王恐怕对这场战事有着更深的考量。

想着，他本就皱着的眉头越发紧了。

"相国大人！"传令兵上前恭谨禀报。

顾清鸿转过身来，面容一改刚才的愁绪满怀，儒雅从容，问道："什么事？"

"密信！"传令兵躬身回答，递过用竹筒封蜡盖章的信，"是使节团的周大人传来的。"传令兵回答。

顾清鸿面上喜色一闪，连忙打开。手因为惊喜而微微颤抖。他扫了几眼，信上的字句顿时让他的心坠入冰窖中。

"应皇帝宠信聂氏无双，听信谗言，不欲借兵，我等心力交瘁，无计可施……"

"吧嗒"一声，竹筒从他手中滚落。传令兵小心翼翼地看着面前犹如神人一样的顾清鸿，许久，他看见他紧紧捏起手中的信，转身看着前方的秦军大营。

"相国大人？……"传令兵想要问，却不知该问什么。

顾清鸿摆了摆手，疲倦地道："下去吧。"声音不复清润，带着沙哑。传令兵不敢再猜测他的心思，连忙退下。在步下城墙的时候，他回头，看着那风中立着的顾清鸿，竟无端觉得他的背影凄凉孤独。

顾清鸿看着眼前荒凉一片，而她的眉眼犹自在眼前，仿佛一转身，还可以看见她带笑立在桃花树下，柔声唤他："清鸿……"

转瞬间天翻地覆，他看见她流着泪笑道："……这一切都是你逼的！我做下多少丑事，犯下多少罪孽，到头来通通都是因为你！"

"大人？……"小厮竹影试探地唤道，"该下城墙了，几位将军还等着呢。"

顾清鸿将手中的纸慢慢撕碎，手一扬，纸片犹如雪花，随风纷纷扬扬，在强劲的秋风中瞬间了无痕迹。

"召几位将军速速前来商议！"顾清鸿看着河对岸黑压压的秦军，似终于狠下心肠，"我，要去应国！"

## 第三十二章　秋狩：密林行刺（上）

"啪！"聂无双下了一子，抬眸看着眼前的萧凤溟，"皇上输了。"

萧凤溟哈哈一笑，丢开手中捏得发烫的黑子："双儿果然棋艺精湛，现在已经和朕不相上下了。"

聂无双柔柔笑着，站起身来："还是皇上承让，臣妾才可以赢得漂亮。"

宫人见帝妃二人下棋尽兴，便上前收拾。聂无双握了萧凤溟的手慢慢向殿后的花园中走去。应国的四季以秋天最为怡人，虽是冷了点，但是胜在天气晴朗。萧凤溟接过宫人手中的披风，自然而然为她系上，聂无双抬起头来，冲他嫣然一笑。他总是如此，待她温柔又细心。

"听说齐国使节韩大人惹你生气了？"萧凤溟握着她的手，随意问道。

聂无双知道宫中的事总是逃不开他的眼睛，低声道："他指责臣妾。所以臣妾也不再客气。"

萧凤溟看了她一眼："他们的确是心急了。"

"那是因为他们已经无计可施。"聂无双悠悠地道，美眸中掠过一丝畅快。

萧凤溟淡淡道："总之秋狩之后，他们就该回去了。"

提起秋狩，便有无数的话题，聂无双想起后天就要举行的秋狩祭天，心中隐隐有了期待。在应国，秋狩祭天可是重大节日。萧凤溟谈起往年秋狩的盛况，更是滔滔不绝。

正在这时，宫人上前，脸色有些惊慌："启禀皇上，明芙宫的人来报说，云充媛像是要小产了……"

萧凤溟一怔，随即皱了剑眉，神色冷峻："到底是怎么回事？"

宫人被他严厉的口气吓得一哆嗦："听来通报的太医院的人说，云妃娘娘已见了红……太医们的意思是好像胎儿保不住了。"

聂无双闻言，心中亦是吃惊。虽然云妃被贬为云充媛，但是一应吃穿都是按照之前的份例给，从未怠慢，为了让云充媛想开一点，还特地恩准了她的母亲前去照顾。这样的待遇对一位犯了错的妃子来说已是不幸中的万幸，但是怎么会突然见了红呢？

聂无双百思不得其解，见萧凤溟眉头紧锁，不由得斟酌劝道："皇上要不过去看看？"

萧凤溟看了她一眼，神色是前所未有的冷然："这个时候怎么可以去？"

聂无双不明所以，她还未想明白，萧凤溟口气已经转缓："去，禀报皇后，让她前去照顾。"

他顿了顿，慢慢地道："让太医院的太医尽力！务必母子平安！"

宫人小心翼翼地抬头连忙应道："是！"

宫人退下，聂无双看着萧凤溟已经转身，继续向花园深处走去，步态并无急促，知道他已打定主意不再去看望云充媛，只得继续跟上。萧凤溟在前面独自走了一会儿，回过头来看着聂无双亦步亦趋地跟在身后，叹了一口气："朕今日开始斋戒，不能碰这种不吉利的事。秋狩大典关系重大。"

聂无双这才明白他刚才厉色是因为这个，不由得释然："斋戒之日的确是不能去，不过皇上不去，恐怕云充媛会挺不过。"

她明白这种落差，从高高在上，捧在手心，突然跌入泥土。别说是云充媛这样心高气傲的女人，就是寻常女人恐怕都拐不过弯来。

萧凤溟沉默了一会儿，才淡淡地道："那便是命了。"

聂无双顿时无语。

聂无双回到永华殿的时候，杨直已经候着，聂无双挥退身边的宫女，劈头就问道："这到底是怎么一回事？"

杨直自然知道她在问什么，连忙把自己打探来的消息说了出来："云充媛自从被贬了之后听说哭了几日，后来也渐渐好了。只是今日早晨不知哪里来的野狸猫，突然吃了云充媛殿里的鹦鹉，云充媛一时间受到了惊吓，心疾发作，这才有了小产的迹象。"

聂无双皱眉："野狸猫？这宫中哪来的野狸猫？"

杨直摇头："奴婢也不知道，许是从宫外偷偷顺着山跑进来的吧，以前也有蛇虫进入冷僻宫中的事，这也不足为奇。"

"那现在云充媛如何？"聂无双又问道。在后宫的日子越久，她越是觉得往往简单的事中越会隐藏着阴谋。野狸猫怎么会跑进并不算冷僻的明芙宫？云充媛又有心疾，根本受不得突然惊吓，这可不是巧得令人生疑吗？

前几天御苑惊马的案子还没查出什么头绪，这一面又是谋害龙嗣。仿佛背后有一双看不见的黑手在操控着这一切。

到了夜间，云充媛处有了分晓：母子终于平安！整个宫中听到这个消息都松了一口气，谁也不想在这个时候因为这种事令皇上生气。

聂无双听到这个消息的时候，正拔去头上的金雀衔枝步摇，闻言微微一哂："倒是个命大的。"不得不承认云充媛命好，心疾也不曾让她的宠爱少去一分，如今就算被贬了，依然还是一动牵动整个后宫的神经。

此时内殿已经无人，杨直见聂无双散开长发，躬身拿来玉梳，一边慢慢替她梳理如瀑长发，一边温声道："娘娘不必担心，其实皇上不去看望，证明云充媛已经不足为惧。"

聂无双看着镜中的自己容色冷冽，肤白得欺霜赛雪，冷笑一声："她自然是不足为惧的，皇上一旦对她失望，她就落得如此地步，险些连命都保不住了。"

她顿了顿，皱眉道："只是本宫觉得怪。"

杨直闻言，想了想："娘娘怀疑是什么？"

聂无双摇了摇头："只是觉得怪，哪里怪本宫也说不上。"

她顿了顿："皇上御苑中的御马被人下了发狂的草药，还有这一次云充媛几乎小产，本宫总觉得有人在背后谋划着什么。"

杨直眉头紧皱，他眸中猛地一沉，紧了紧嗓子："有人其实要针对皇上？"

聂无双闻言，先是呆了呆，随后猛地站起身来。满头的长发未及梳理，逶迤披散在身后。她在殿中急急踱步，猛地停下脚步。

"杨公公是怎么看的？"她拧眉问杨直。

杨直垂下眼帘，掩下眼眸中的惊骇："御苑的御马被下药，这毋庸质疑是要谋逆，如今云充媛又几乎小产，这是谋害龙嗣，而且秋狩大典前要是有这种不吉之事发生，恐怕民间又有议论……两件事看起来毫无相关，其实步步设计，奴婢只能说，这背后的人恐怕手段非常。"

聂无双静静听了，心中亦是掀起惊涛骇浪。谋逆？！所有她认识的人，有谋逆之心的恐怕就只有萧凤青，但是现在的他根本没有这个能力掌控整个应国，以他的性格也不会在没有把握之下贸然轻举妄动。

是谁？到底是谁有杨直说的那种能力，手段高明又深藏不露？

"难道说……"聂无双心中掠过一张面孔，美眸猛地睁大，"难道是永熙宫那位？"

杨直亦是惊得倒吸一口冷气："娘娘！"

深秋的天气，宫殿中已有了寒意，但是聂无双只觉得背后冷汗冒出，汗水涔涔而下。她与杨直面面相对。许久，聂无双揉了揉光洁的额角，苦笑道："也许是本宫猜错了。她就算有这心思，恐怕也得先找一个可以任意摆布的傀儡。"

先帝所有的皇子除了萧凤青还在京城中，其余都去了藩地就藩，高太后要是不满萧凤溟的一步步夺权，肯定也看不上萧凤青这舞姬所生的"杂种"人选，在她心中所谓的血统高贵一时半会儿是无法撼动的。她既然手中没有可以任意摆布的傀儡，那就不会轻举妄动，毕竟至今还未有一个人可以完全取代萧凤溟。因为萧凤溟可是正统的皇子，被先帝亲自选中，从太子即皇帝位，名正言顺。

那究竟是谁呢？……聂无双陷入了苦思中。

夜渐渐深了，内殿中的烛火已经燃烧大半，未烧尽的蜡泪已经拖出长长一条。杨直叹了一口气，上前为聂无双整理长发："娘娘还是早些歇息吧。这种事不是想就能想得出的，在宫中的日子越久才会越明白，不到最后一刻，背后之人是不会图穷匕现的。"

聂无双看着杨直波澜不惊的神色，亦是无言。

千里之外的崎岖山路上，一辆马车在路上疾驰，马车普通，马匹却是好的，一路驰骋竟步调一致十分迅捷。马匹疾驰了一个多时辰，赶马的车夫在一处山涧前停下，卸下马匹让马儿喝水吃草。

马夫做完这一切，小心掀开车帘恭声问："公子可要下车？"

车厢中静默了半晌，许久，有一道声音传出："好。"

马夫听得他的声音带着沙哑，不由得探头看了一眼，立刻惊道："大人你到底怎么了？"

只见车厢中，一袭单薄的披风下盖着一道瘦而修长的身躯。在软垫上，顾清鸿眼眸半闭，脸颊上却浮着两团异样的嫣红。

"大人你是不是病了！"马夫见车中的人样子难受，再也顾不得，连忙伸手探上他的额间。

"您烧得厉害！这……这怎么办啊？"马夫急得团团转，搓着手不知所措，"大人您怎么不把贴身小厮竹影带在身边，这喝水吃药可得有个人伺候才是啊。"

顾清鸿睁开眼睛，许久才哑声说道："他要在那假扮我的戏子身边，咳……咳……不然的话秦军怎么会相信……相信我还在桐州城？"

马夫甚是自责："都怪属下没有注意到公子生病，不然的话也不会赶路赶得这样匆忙。"

顾清鸿吃力坐起，俊雅的面目如今已是病色沉沉。一出桐州城，他就开始浑身不适。好几次都是他运功支持，等一连疾驰了两天两夜之后，他终于支撑不住病倒了。

"咳咳……"顾清鸿清了清沙哑的嗓子，吃力地安慰，"无妨。扶我下车。"

马夫扶着他的胳膊，心中猛地一酸：才短短一个多月，从京城中来的齐国第一相国，那样丰神俊朗的翩翩俊美男子，如今手扶着他的胳膊，竟只觉得骨头硌人。

"相国大人，休息一下吧。"马夫哽咽说道，"您要是真的病倒了齐国怎么办？"

顾清鸿踉跄下了马车，伸手挡住刺眼的天光，眼前一片血红，双眼灼热。高热连续一天一夜不退，他已经是支持到身体的极限。

"没……没事……去找点水来。"他喘息着吩咐,"继续赶路!务必……务必在五日内赶到应国……务必……"

他还没说完,眼前一黑,顿时跌在地上。耳边传来马夫的叫唤声,忽远忽近:"相国大人!……"

他张了张口,在黑暗彻底袭来之前,他仿佛看见漫天的天光下,有一片鹅黄色的倩影朝他微笑走来。

"无双……"他叹息一声,终于昏了过去。

三天后,马车重新上路,摇晃的马车中,除了一袭披风笼身的顾清鸿,又多了一个动作伶俐、素衣荆钗的姑娘。顾清鸿垂下眼帘,他风寒已经初愈,但是也许是自己的病吓坏了扮作马夫的手下,他不顾泄密的风险,告诉了旁边村落一户山野村医他的身份,求得他同意把女儿阿梨借过来当他的随侍丫鬟。

顾清鸿叹了一口气,俊朗的眉宇间俱是忧色,如今他病体缠身,不知到了应国又能如何劝说应国皇帝萧凤溟借兵。

一双温热的手摸上他的额间,他睁开眼以目光询问。阿梨吐了吐粉舌:"公子又叹气了,难怪公子年纪不大,都有了些微白发了。阿爹说天塌了也有高个子顶着,所以那么苦恼是没有必要的。"

顾清鸿听她清脆的声音,心中苦笑,他肩上的重任哪里是她想的那么简单。

忽地,阿梨又问道:"公子,谁是无双啊?我听公子在发烧的时候一直喊着无双来着……"

她的眼眸俱是天真无邪。"砰"地一声,顾清鸿已经把手中的杯子捏碎。阿梨吓得一怔。

顾清鸿冷冷抬眸:"阿梨姑娘,你问得太多了。"森冷的怒意从他单薄的身躯里散发出来,阿梨从未见过有人生气起来那么彬彬有礼又令人心底发寒。

顾清鸿松开紧捏着的手掌,破碎的残片带着一点点血迹掉落。他怔怔看着窗外,许久才轻声道:"快要到应国了。"

秋狩大典在三天后正式举行,在雄伟的太庙前,帝后二人偕同百官,逶迤仪仗一列排开。笙鼓齐鸣,聂无双在宫妃皇眷中遥遥看着那两抹明黄。萧凤溟身着明黄色五爪金龙袍,头戴十二疏玉冠冕,长长的明珠挡住了他的面目,隐约的珠光中,只能在他侧头时隐约看到他如刀裁一般的侧面轮廓。

皇后今日穿着正式的凤服,长长的十二幅凤尾长裙拖曳在地上,上面绣满了精致的凤凰翔天,帝后二人在长长的祭文结束之后,面对着太庙一拜,再拜,三拜而起,此时四面金刀卫士吹响金号角,长长的号角声沉重雄浑,昭示着这一年的秋狩开始。

聂无双随着众人跪下，红毯上帝后二人相携走过，随后是百官，最后才是宫娥内侍。她低着头看着自己面前的一小方可供站立的地方，淡淡地笑了。他才是皇后的夫君，而他对她而言，只是一位帝王。

臣妾，先是臣，最后才是妾啊……

秋狩大典之后，聂无双由宫人扶着上了车辇，车驾启程，皇家的禁卫军护着御驾遥遥向皇家草场而去。一路上华盖重重，甲胄明亮。萧凤溟换上黄金打造的甲胄，在天光下，令人不可逼视。聂无双靠在车厢中，听着外面沿途百姓的议论赞美，不由得红唇边勾起薄笑来。看来萧凤溟还是十分得百姓爱戴。这也难怪，帝王年华正盛，勤政勤勉，再加上国内并无战事，又轻徭薄赋，自然深得人心。

聂无双正在出神，忽地车厢边被人轻弹了两下，聂无双微微掀车帘，却见在鲛纱车帘外隐约是武士骑装的萧凤青的俊脸。

"原来是睿王殿下。"聂无双不冷不热地问候，"睿王殿下不随圣驾吗？"

"微臣奉旨护卫娘娘的车驾。"萧凤青笑着道，一身雪白的武士劲装把他越发衬得犹如神人。

他说的话向来半真半假，聂无双知道不值得采信，一笑置之。放下车帘闭目养神。

萧凤青一直骑马跟在她车驾侧，聂无双只听见他在车帘外轻声说了一句："顾清鸿来应国了。"

聂无双正捏着一条帕子，闻言长长的金质护甲把帕子撕破一个口子，许久，她冷笑一声："他来做什么？"

"你说他来做什么？秋季过后就是冬季，现在的秦军已经有了资本和耐心打持久战了。顾清鸿肯定要来。不来的话，齐国就差不多要完了。"萧凤青声音很低，隔着一道车帘声音轻而清晰。

聂无双心中暗潮涌动，许久才冷声反问："他又有什么资本来和皇上谈？"

"有。"萧凤青说得笃定。

"是什么？"聂无双不是没有见过齐国使节团的无计可施。金钱、美女、盟约，甚至以情动人都不能打动萧凤溟的心，她太明白萧凤溟想要的是什么，而这根本不是顾清鸿能给得起的借兵代价。

"土地。我猜顾清鸿恐怕会说服齐国皇帝割让土地给我国，以换得兵力抵挡秦军。"萧凤青的声音传入，聂无双不由得揪紧了手中的帕子，许久她吐出一句话："不可让他进京！"

萧凤青隔着帘子在外轻笑："难道你的意思是？……"

"让他知难而退，不能入京！"聂无双脸色雪白，画了胭脂的红唇一开一合，带着冷冷的杀气，"他一旦入京，你能担保皇上面对这样丰厚的条件不会动心？"

顾清鸿要是真的说服萧凤溟接受割地，那她的复仇大计又该怎么办？她满门血仇又该怎么办？聂无双的呼吸慢慢急促起来，美眸中戾气渐盛。她不能允许这种事发生！

萧凤青在车厢外笑得畅快："放心，皇上不是贪图蝇头小利的人。"

他说完哈哈一笑，扬鞭追上前方。聂无双细细思索他留下的话，这才慢慢放心。是的，萧凤溟不是贪图小利的人，他是放眼天下的帝王，一位真正的帝王。

皇家的行猎草场在硐山南侧，靠近京城，一个白天的工夫就可以到达。硐山呈环抱状，在山谷当中有一方清澈的湖水，向西面是一片草原。此时正值深秋，草原中鹿肥兔走，十分容易猎到丰富的猎物。向东是一片密林，那里据说有凶狠的虎狼黑熊，还有野猪，更是皇家贵族子弟一展身手的好地方。

聂无双在自己帐中还未坐稳，林公公就前来请她。聂无双换上简洁的衣裙，随着林公公到达金顶御帐。此时已是傍晚，狩猎定在了明天一早。萧凤溟已经除下甲胄，身穿大红色劲装，正在与几位年轻的世家子弟谈天，聂无双知道应国民风随意，对女眷的言行并不那么严谨，遂上前与他们温声问候。

那几位世家年轻子弟都未曾见过聂无双，一照面都不由得呆了呆，都听闻聂氏如何魅惑圣上，妖颜倾城，如今一见，美是美得惊心动魄，但是她语气温和，笑语嫣嫣，实在是无法对她有什么恶感。几位年轻子弟见聂无双已到，知道此时已不宜在御帐中久留，遂纷纷告退。

萧凤溟见聂无双今日简衣短裙，格外清新可人，不由得握了她的手，令她坐在自己身侧："累了么？"

聂无双摇头："臣妾不累。皇上骑了一天，要不先歇歇？"

萧凤溟哈哈一笑："朕曾经跟随先帝出征过，千里奔袭也不曾累过。"

聂无双知道他说的是与先帝最后一次与齐国战争的时候，自此以后，应国先帝就不再对外用兵，专心处理应国政事。但是那时候高太后已经一手把持朝政，一手把持后宫，势力坚不可摧。这也就是为什么应国先帝晚年于政事上毫无建树的缘由。除了他为应国精心挑选了一位继承人之外，终是含恨而终。

御膳端上，聂无双与萧凤溟一起用膳完毕，萧凤溟看着帐外泼洒了半边天的红霞，不由得心情大好，携了她的手慢慢走了出去。四周已有侍卫建炉生火，把自己带来的干粮腊肉放在火上烤制。

处处欢声笑语，侍卫见到萧凤溟纷纷跪地参见。萧凤溟便服出行，自然不会醒目，有时候走到高声谈笑的侍卫中间，他们都无法发觉。聂无双看着眼前有趣的情形不由得微笑起来。渐渐走远，走出营帐，来到湖边，聂无双看着漫天的晚霞仿佛都通通倒入这一汪明澈的湖中，不由得赞叹不已。

她孩子心性起，一边走一边采摘湖边美丽的花朵。一回头，猛地对上萧凤溟含笑的深眸。聂无双知道自己忘形，不由得脸微微一红："皇上……"

萧凤溟摘下一朵花来，为她戴在鬓边："你很高兴，朕还从未见你如此快活。"

聂无双心头一震，不由得低下眼眸。在宫中她的笑从未出自真心。难道他也看出来了？

他把她的手掌放在自己的掌心，微微叹了一口气："在宫中，来来去去就是那样，久了你就习惯了。"

聂无双心中微微苦笑，也许等她习惯了宫中的生活，就不会觉得宫外的世界值得她流连。

萧凤溟带着她走向草原深处，长风习习，吹起两人的衣袖，天边渐渐暗了，聂无双看着烧得通红通红的天边，第一次觉得心渐渐澄澈，所有的痛的，悲的，恨的往事仿佛通通在此刻远去。天地浩渺，人在其中犹如沧海一粟，似乎爱恨情仇都抵不过沧海桑田。聂无双在心中重重地叹息一声。她这辈子是再也奢望不了这种田园牧歌的生活了。

萧凤溟站在她身后，笑道："要是在夜晚，一抬头还能看见所有的星辰，低得几乎一伸手就可以揽入怀中。"

聂无双不由得神往："皇上说得很美，臣妾都忍不住想要在这里久住了。"

萧凤溟深深地看了她一眼："久住是办不到，不过朕倒是可以带着你夜间出来看看，到时候你就知道朕并没有虚夸。"

聂无双眼中一亮，随即心中黯然。他的宠爱总是这样，点点滴滴，不知不觉渗透人心，当你想要拒绝的时候却发现已经沉沦其中，若不是她心意坚定，早就成了第二个云妃。

"谢皇上。"想着，聂无双福了福身恭敬谢道。

回到了御帐，走了一天的侍卫早就吃饱睡下，只剩下守夜的侍卫在四周警惕巡逻。聂无双想要回自己的营帐，萧凤溟却没有放她离开的意思，只坐在御座上批各地呈上的加急奏报。

聂无双见萧凤溟还要批阅奏章，便跪坐在他身侧为他磨墨，御帐中烛火昏黄，她看着他时而凝神时而皱眉的侧脸，不由得看得出了神。言念君子，温润如玉。脑海中不由得闪出这一句诗来。聂无双被自己的念头吓了一跳，什么时候她竟生出这样的心思。

他是皇帝，是她不该喜欢上，更不该爱上的人！聂无双背后冷汗涔涔。她今生唯一一次爱过，也爱错了就付出了满门聂家性命的代价。如果这一次又被萧凤溟的温柔体贴迷惑陷入，那又该是什么样的代价？她不敢再想，也不能再想……

萧凤溟似察觉到她的气息不稳，侧头问道："你是不是累了？"

聂无双低下眼眸，此时她不愿面对他，匆匆说道："臣妾是累了，请容许臣妾下去歇息。"

她说完不等萧凤溟应声，仓皇退下。

出了御帐，迎面吹来山间的冷风，她浑身的冷汗被风一吹，不由得浑身打了个寒战。夏兰守在帐外，见她出来连忙上前去扶。聂无双紧抿着唇疾步回到了自己的帐中这才松了一口气。

夏兰与茗秋见她脸色不好，连忙上前问道："娘娘是不是哪里不舒服？"

聂无双摇了摇头，疲倦地闭上眼："你们都下去吧。让本宫一人歇着。"

夏兰与茗秋面面相觑，只能悄然退下。

帐中点着一盏小宫灯昏黄黯淡，聂无双只觉得浑身都不舒服，便解开外衣在帐中的软垫上倚着。不知过了多久，细碎的脚步声传来，她以为是夏兰进来查看，便不予理会，忽地帐中的烛火熄灭，一道黑影靠近。

聂无双双眼极酸涩，微微睁开一条缝，却顿时惊得不由得坐起："你……"她还没喊出声，嘴巴便被人捂住。熟悉的杜若香气，令聂无双紧绷的神经顿时松懈。

她瞪着黑暗中的萧凤青，不再挣扎。萧凤青知道她认出了他便慢慢放开手。

聂无双恼火道："殿下神出鬼没，难道有什么话不能白天说吗？"

萧凤青坐在她榻边，笑着道："白天有什么意思，偷偷摸摸才有意思。"

聂无双脸猛地一红，一把推开他："本宫难道是殿下可以随意侮辱的吗？"

萧凤青仔细听了听外面，这才凑近轻声道："本王待一会就走，你越赶本王越不走。"

聂无双知道他行事不拘常理，遂愤愤地面朝里："殿下有什么话就说吧。本宫洗耳恭听呢。上次殿下叫无双做的事，无双已经做完了，殿下这次又有什么任务？"

上次她费尽心思偷来萧凤溟的选拔官员名册，默写出来给萧凤青，但是十九日过去了，都未见萧凤青有什么举动，安静得像是她的一场错觉。这一次萧凤青又有什么事要她完成？聂无双在心中猜测着，忽地，身侧香气袭来，聂无双警惕地向他扭头，却见萧凤青除了鞋袜靠了进来。

"你……你干什么？"聂无双浑身毛骨悚然。

这一次难道他想……聂无双打了个寒战，不由得抓着被子往后缩去。黑暗中，萧凤青眉眼模糊，但是她却知道他一定是在笑着的，带着得逞的得意，邪魅地勾起薄唇……

"本王……"萧凤青正要开口，忽地，帐外的夏兰似听到声响，隔着帐子问："娘娘？您是不是要喝水？"

萧凤青顿住身形，聂无双心提了提，半晌，她淡淡地道："没事，你下去吧，这里不用伺候了。本宫要休息，任何人不得靠近帐子，不然本宫会睡不安稳！"

"是。"夏兰不疑有他，连忙退下，吩咐旁边侍卫一定不可靠帐子太近。

聂无双听着些微的声音渐渐退去，这才看向一旁的萧凤青："殿下回去吧。这里不同皇宫，人多眼杂……"

　　她还想再劝，萧凤青松了一口气，坐在她身边，递给她一个瓶子："给，喝点酒去去寒气与湿气，这里寒湿得很，你身子不好，睡一晚第二天肯定要生病。"

　　聂无双看了他几眼，这才沉默接过。酒瓶还带有他身体的热气，聂无双拔开木塞喝了一口。酒气涌入鼻间，呛得她想咳又不敢咳。

　　萧凤青忽地一笑："你真傻，要是这是毒酒怎么办呢？"

　　聂无双冷笑一声，又喝了一大口："殿下就这么舍得杀了无双吗？"适应了初时的呛辣，聂无双也品出了这酒的醇厚甘美。

　　"这是什么？"萧凤青忽地从她发间拔下一个东西，就着帐外的微光，聂无双认出那是萧凤溟为她亲手戴在鬓边的花朵。想起萧凤溟，她心头烦乱，一把扯下已枯萎的花，狠狠丢在地上。

　　"不是什么。一朵花而已。"聂无双冷冷地道。她今夜心中有事，不知不觉，竟喝了一口又一口。帐中寂静，萧凤青看着她，忽地笑道："原来你有心事。"

　　聂无双喝了一大半才觉得酒意上头，她长吁一口气："有什么事？来来去去不就是那些事么？"她把酒瓶塞回萧凤青的怀中，恹恹地道："酒也喝了，殿下可以走了吧。"

　　她歪在帐中的软垫上，神色倦然。萧凤青不吭声，靠近她，在她耳边问："你当真要此时阻杀顾清鸿？要知道他死了，齐国就彻底没戏了。"

　　聂无双只觉得脑中轻飘飘的，像是腾云驾雾中。酒力发作，浑身热烘烘的。她费力地想了想，轻笑："殿下想听实话吗？"

　　所谓酒后吐真言。萧凤青眼中亮了亮，凑得更近："当然想。"

　　聂无双斜着美眸，看着他放大的俊脸，贴近他的耳边，一字一顿地说："其实，我不想他死，一点也不想。"

　　萧凤青狭长邪魅的眸子眯了眯，拉长声音："哦——"

　　聂无双勾着他的脖子，笑得冰冷："我不想让他死，我要他生不如死，让他看着他造下的孽，聂家满门的血，要用血来洗……"

　　她已是醉了。萧凤青听着她在他怀中喃喃自语，许久才把她拥紧在怀中。聂无双说了很多，迷迷糊糊地在他怀中睡去。

　　萧凤青把她放在榻上，就着帐外的微光，他看见她双颊嫣红，鬓发散乱，忍不住重重地吻下去。他撬开她的唇，逼着她唇舌纠缠。她的口中因为喝了酒而带有酒气的芬芳，令他越发沉迷。聂无双在梦中呢喃回应，两人气息交缠，他的吻细密而下，聂无双只觉得自己在火炉中烘烤，身上汗水冒出，她不适地侧身："皇上……"

　　萧凤青忽地停下，许久他僵硬起身，看着睡梦中的聂无双，捏了捏拳头，冷冷地转身从侧面帐底下钻出，消失在黑暗中。

## 第三十三章　秋狩：密林行刺（下）

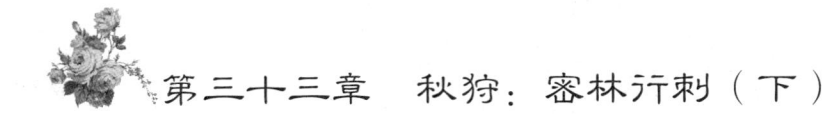

第二天天气晴朗，草场上各路世家子弟早就穿戴整齐，跃跃欲试，一时间整个营帐草地前锦旗遍布，人声鼎沸，马儿亦是刨着蹄子等不及想要驰骋。

聂无双一夜好眠，昨日的疲倦困顿一扫而空。她想起昨夜的情形，要不是唇边的酒渍，几乎以为不过是自己的一场梦而已。萧凤青是怎么离开的，她一点也想不起来。

今日是秋狩正式开始的第一天，她穿着白色骑装，骑着一匹温顺的金黄毛色的额母马。反正她今日也不打算能猎到什么收获。她对狩猎没有应国人那般热衷，自然心情放松，四顾打量。看了平日熟悉的人都换上了不一样的装束，不由得感到新鲜。这时，淑妃纵马过来，她眼前不由得一亮。淑妃骑术娴熟，她身穿绛紫色滚银边骑装，俏丽的面容中带着往常不见的英气，左边配剑，右边配着箭筒，身上还背着弯弓。聂无双不由得眼露赞赏。听说淑妃也是将门之后，难怪有如此英姿。

淑妃在她面前勒马而立笑问："莲修仪要不要与本宫一起搭队狩猎？"

聂无双含笑道："臣妾学艺不精恐会拖累淑妃娘娘。"

淑妃咯咯一笑："无妨。搭队行猎才有意思。你瞧好些人都在搭队比赛看哪队猎得多呢！"

聂无双顺着她手指的方向看去，果然看见那边已经有一堆宫妃正在叽叽喳喳讨论着。当中有一人身穿火红的骑装，显然是那堆人之中的焦点。

聂无双仔细一看，认出那人竟是宝婕妤。

宝婕妤似感觉到她的视线，狠狠瞪了她一眼，径自与其他人说话。淑妃在一旁悠悠笑道："宝婕妤也是行猎的一把好手，几乎年年都得到了皇上的嘉奖。"

聂无双微微一笑："是吗？看她这架势恐怕今年也是势在必得了。"

淑妃摆弄着座下马匹的鬃毛，笑着道："行猎的嘉奖虽然不贵重，但是意义不小哦，

恐怕皇上也会对行猎好手另眼相看。莲修仪难道一点也不心动吗？"

聂无双知道她在撺掇自己跟宝婕妤比一比，但是自己的确是骑射很糟糕，心中苦笑，嘴上却说道："臣妾技艺微末，甘愿为娘娘马前卒。"

淑妃看了她一眼，微微一笑。这边宫妃分成两组，一组以淑妃为首，另一组以宝婕妤为首。许久未出宫的德妃齐嫣也出宫随行，但是她神色闷闷不乐，只在自己的帐中歇息。另一边世家子弟的分派就十分复杂了，闹闹哄哄许久，这才分配清楚，萧凤溟看着眼前热闹景象，不由得笑了起来。

时辰到了，侍卫鸣金敲鼓，当先是皇帝的卫队，聂无双只见萧凤溟穿着一身深青色绣盘龙锦面骑装，人若龙马若蛟，飞一般蹿了出去。身后的子弟将士纷纷连声哄叫。

刹那间，整个营地沸腾起来。

聂无双跟着淑妃策马奔驰在草原中，她不敢骑太快，但是淑妃马术娴熟，又不得不加鞭跟上。有侍卫早就先行一步，把兔子小鹿围到她们跟前，淑妃箭无虚发，一连射了好几只。聂无双也勉力射了几只兔子，一头小鹿。一队人行猎到了正午，下马休息的时候，淑妃喝了口水，笑道："莲修仪身手还算不错，一会就有斩获了。"

聂无双知道她是在安慰自己，笑道："还是娘娘箭术精湛，臣妾万分不及。"

淑妃看了看日头，皱眉道："在草原中恐怕猎不到大的猎物，日头又晒，不如我们去密林中看看有什么收获？"

聂无双看她的样子竟是要去密林中狩猎，密林中多是虎豹豺狼，还有凶狠的野猪，危险性可比在草原中更加高。她想了想道："既然娘娘不惧，臣妾就奉陪吧，不过先遣一人回去通报一下，省得皇上担心。"

淑妃见她肯应允，自是十分高兴，连忙催促身后的女官侍卫跟上。一行人进入密林中，只觉得天顿时像是暗了下来一般，这里的密林比聂无双见过的更阴森，树木茂盛，明明是大中午却觉得林中寒气森森，时不时有大鸟飞过，扑哧拉拉地令人毛骨悚然。

聂无双心中暗自叫苦，淑妃亦是有了惧意，但是既然来了也不好空手而归，两人一前一后，向密林深处走去。淑妃终究是艺高人胆大，适应了之后，很快就有收获。她猎到了一只麋鹿，硕大的鹿身要几个人合抬才可以抬起。淑妃大喜过望，催促侍卫两人把麋鹿抬回营地，这才继续往深处走去。

越往深处越是阴森，但是也隐约听到虎豹的叫声。淑妃下马潜行，聂无双不得不跟着她向前走去。倏然，前面的灌木丛中有什么一动，聂无双还没反应过来，淑妃一把推开她："是野猪！"果然，那头被惊扰的野猪哼叫着冲向两人。

淑妃强自镇定，连连发箭，可是野猪皮厚，射中的几箭根本伤不了它的要害，反而激起它的野性，更加横冲直撞。身后的侍卫围拢过来，合力绞杀，没想到这头野猪甚是彪悍，一连冲翻了几个侍卫，更加凶猛地冲向始作俑者——淑妃！

淑妃摸向身后，没想到箭囊已空，她手中已是无箭，此时危急万分，聂无双咬了咬牙，猛地一拉弓，对准那头野猪的眼睛射了过去。只听得见野猪一声哀嚎，翻滚在地，淑妃与聂无双面面相觑，这才感觉到刚才千钧一发的危险。聂无双那支箭误打误撞射中了野猪的眼睛，救了淑妃。

剩下的侍卫们连忙上前把野猪捆住，淑妃脸色雪白，看着聂无双，感激地笑道："还是多亏了莲修仪。"

聂无双拍了拍心口，劝道："既然已有斩获，何不回转大营？"

淑妃也点头称是，正在这时，忽然一支劲箭朝她面门射来。聂无双大惊，腿一软，连忙趴下。"笃"地一声，劲箭射入她一旁的树干。这变故出现得太过快，等看清楚这支箭的时候，才有人大喊："有刺客！"

聂无双闻言只觉得心头发凉，果然四面有黑影频动，向他们这一队人冲了过来。随行的女官都吓得尖声叫了起来。侍卫们连忙拔剑相迎。一时间，刀光剑影，在密林中飞舞。

淑妃紧紧握着聂无双的手，紧张得无法出声。黑影黑布蒙面，一个个犹如鬼魅。聂无双看着侍卫一个个倒下，不由得心头大惊。他们有备而来，这一次竟是不达目的誓不罢休的样子。

"娘娘！跑吧！"聂无双咬牙颤声道，"他们武艺太强，我们带来的人不是他们的对手！"

两人策马疾驰，聂无双紧跟淑妃身后，林中都是横长的树枝，偶尔有树枝拍打到身上，十分疼痛。聂无双不懂躲避，只能紧紧伏在马背上。淑妃在前面奔驰，忽地劲风忽起，数支箭向她们两人飞来。

聂无双微微侧头，果然见刺客已经甩开侍卫，策马紧追而上。

完了！聂无双手中冷汗涔涔，她咬紧牙关，狠狠催马。淑妃亦是如此，两人几乎已经慌不择路，跑了许久，淑妃的马匹忽然哀鸣一声，轰然倒地。幸好淑妃骑术精湛，情急之下，翻滚落马，这才不至于被马压在身下。

聂无双大惊，顾不得身后有追兵，连忙勒马返回："娘娘，你怎么样了？"

淑妃又惊又气："马踩到了坑中，折了脚！"

聂无双来不及多想，向她伸出手道："上马！"

淑妃闻言吃惊。此时若她是聂无双也许就会独自一人走了，毕竟马儿驮了两人根本跑不快。与其两人同死不如一人逃出可以活命。聂无双心念电转，知她在想什么，但是让淑妃一人独自在此地，她一定活不了。

"快点！"聂无双秀眉一挑，隐隐有怒意，"难道娘娘想要留在这里不明不白地死了吗？"

淑妃眼中掠过强烈的求生意愿，不再废话，连忙翻身上马。她骑术精湛，聂无双便由她控马，两人一骑匆忙向前跑去。不知跑了多久，两人还在密林中打转，聂无双擦了把汗，喘息着道："不好了，我们迷路了！"目力所及，都是参天大树，连草原的边都没看到。

淑妃亦是娇喘吁吁，她咬了咬下唇："难道今日真的要困死在这林中？"

"不会的。"聂无双看着四面阴森森的，口上虽安慰自己，但是心中却是渐渐绝望：现在不但是去路不知，连她们的来路她也辨认不出了。

密林中寂静无声，两人休息了一会儿，聂无双感觉到自己的力气慢慢在恢复，正要站起身来，淑妃忽地一把按住她："有人！"

聂无双听得寒毛直竖，这时候还有什么人来？除了那紧追不舍的刺客外，还有什么人？她凝神静听，果然听到有细微的窸窸窣窣的声音。此时再跑已是晚了，聂无双眼中涌起绝望，淑妃亦是好不到哪里去。

聂无双心中千百个念头转过，忽地她脱下身上的弓箭，递给淑妃，又急又轻地说："此时只能再搏一把了，臣妾去引刺客现身，娘娘躲在暗处，给他一箭，务必一箭中的，不然我们两人都得死在这里！"

淑妃一怔，聂无双已经向另一个方向跑了过去。聂无双不知跑了多久，身后传来迅疾的脚步声，犹如一道催命符，聂无双不敢稍有停留，跟跄不停地跑着。

"铿！"地一声，刀出刀鞘的声音，聂无双只觉得身后劲风扑来，心中的惊恐已经到达极点，她尖叫一声扑在地上。鬓边寒气掠过，刷的一声，她的一缕长发被削了下来，满头青丝顿时披散开来。

"妖女！你跑不了了！"蒙面刺客桀桀怪笑，手中的刀又向她砍来，聂无双拔出身边配着的短剑，毫无章法地向他砍去。刺客轻而易举地就砍掉了她手中的剑，聂无双捂着被震得虎口裂开的手，惨白着脸连连退后。

"你到底是受谁的指派？"聂无双咬着牙问。这已不是第一次了。是谁要这样锲而不舍地置她于死地？

"是谁有那么重要吗？"刺客眼露凶光，步步逼近。

"是不是顾清鸿？！"聂无双退无可退，靠在树干上怒问，"是不是他？"

"是又怎么样？不是又怎么样？反正你的命有人买了！"刺客怪笑着说道。

聂无双额头冒出豆大的汗珠，她死死盯着刺客手中的刀，他靠得更近了。

"受死吧！"他挥起刀，正要狠狠砍下，"笃"地一声，他眼露诧异，软软地倒了下来。在他心口，一支羽箭正中插在背后。

聂无双重重吐出一口气，软倒在地。淑妃从树后转了出来，看到那人死时面目狰狞，不由得扶着树剧烈呕吐起来。她还从未杀过人。

聂无双看着头顶蔽日的树林，轻声笑了起来，原来她的命还这么值钱，令人锲而不舍地一次次想要杀她！

"走吧。"淑妃与她扶着上马,辨认方向,慢慢向草原走去。终于在密林边缘看到几位身穿骑装的宫妃。淑妃松了一大口气,几位宫妃见她们两人面容惨淡,身上还带着血痕,不由得连声惊问到底发生了什么事。淑妃不愿多说,只说遇袭。

这时宫妃中有人站出来:"还不赶紧把娘娘送回大营!"口气带着命令意味。聂无双这才看清她是宝婕妤。

宝婕妤转身看向聂无双,问道:"请问娘娘林中还有谁遇袭?"

聂无双皱了皱秀眉:"还有几位女官与侍卫。本宫不知他们到底怎么样了。"

宝婕妤低头思索了一会儿:"几位先把淑妃娘娘送回去,臣妾与莲修仪前去看看是不是还有人在林中未得救助。"

淑妃虽觉得不妥,但是归营心切草草点头,便随几位宫妃回去,聂无双皱着秀眉看着面前的宝婕妤,只觉得心中有一种说不出的古怪。她刚想张口反对,宝婕妤已经催促着向密林中走去。聂无双浑身无力,但是看她态度坚决,只能骑上马跟在她身后。两人并着两位侍卫一起顺着刚才的路走去。

再次入密林,聂无双想起刚才的凶险心有余悸。宝婕妤在前面骑着,骑了一会儿,她看到地上一柄宝剑捡起来,皱眉吩咐侍卫:"你们去那边看看,是不是还有刺客的余党!"

侍卫领命而去。此时四周已经无人。聂无双坐在马背上,冷冷看着她向她走来。

"宝婕妤到底想要做什么?"她问道。

宝婕妤冷笑一声,上前一把揪住她的胳膊,狠狠拽下马来。聂无双吃痛不由得跌倒在地。

"我想要干什么?"宝婕妤笑得冷冽,"莲修仪才智无双,何不猜一猜?"她一步步逼近,"才出虎穴又入狼窝的感觉如何?"

聂无双向后退去,退到树干旁边冷笑:"宝婕妤胆大包天,难道你真的想在这地方解决了本宫?"

她一入密林就想到了不妥。宝婕妤恨她,说不定真的发起疯来杀了她,嫁祸给刺客!

"哈哈……"宝婕妤得意地笑了起来,"娘娘真的是聪明!"

聂无双的手悄悄伸在背后腰间,喘息着冷笑:"宝婕妤敢这样做,一定是恨本宫了。不过宝婕妤怎么会如此恨呢?人说人要死个明白,不然做鬼也做得糊涂。还望宝婕妤不吝赐教。"

宝婕妤抽出腰间的短剑,冷笑着逼近:"你想知道?我就让你死个明白。你这个贱人!皇上宠爱你也就罢了,你竟然还去勾引睿王。昨夜我都瞧见了,他进的是你的帐子!"

聂无双一怔,随后咯咯一笑,美眸流转笑得嘲讽:"他自然是进我的帐子,难不成还进你的帐子?他都与我说了,他一点都不喜欢你……他还说……"

宝婕妤气得浑身发抖，手中的宝剑挥起，狠狠刺向聂无双的肩膀。聂无双只觉得肩上一阵剧痛，冷汗涔涔而出。她一把握住她的剑刃不让她再进一寸，倾城苍白的面上笑意不改，继续说道："你不信？他说……他说……"

她动了动嘴唇，却是什么都听不见，像是疼痛难忍，气息不继。宝婕妤怒道："他到底说了什么？"

聂无双喘息着笑："你过来，我说与你听。他说你……"

宝婕妤不耐烦凑上前。聂无双美眸中杀气掠过，手掌一翻，狠狠把手中的匕首插入她的胸前。

宝婕妤怔怔看着她，这才发现自己的心口多出了一把匕首来。

"他说，他只是利用你！"聂无双冷冷地说道，一把推开她。强忍着剧痛把肩上的剑拔出。她浑身颤抖地站起身来，看着地上抽搐的宝婕妤："你要杀我，我自然不能让你得手……要怪，就怪你自己……"

宝婕妤捂着心口，说不出话来。正在这时，远远有侍卫的呼喝，聂无双大惊，连忙上前，狠狠拔出宝婕妤心口上的匕首，胡乱擦干净，收入自己的刀鞘中。

她做完这一切，这才扑倒在地上，喊："来人！救命啊！"

宝婕妤死死盯着她，嘴唇一开一合，聂无双侧了头，此时她头发散乱，绝美的脸上犹有血痕，看起来美得诡异，她冲宝婕妤一笑："你有什么遗言？"

宝婕妤犹如回光返照，一把揪住她的胳膊，一字一顿地吐出一口气："你好狠毒！"

聂无双甩开她死死扳住的手，冷笑："狠毒的是你！"她不再理会她，抓着她的袖子佯装哭喊："宝婕妤，你怎了？你怎么了……"

远远地一队人跑来，她泣道："救命……"

天暗了下来。聂无双缩在被中犹自觉得寒冷，隔着半透明的帐子，她看见一道清隽的身影踱来踱去。她还是了无睡意，尽管御医已经开了安神定惊的药方，依然对她毫无作用。宝婕妤死了。在抬回大营的路上就因血流尽而死了。而聂无双的剑伤在萧凤溟关切的目光下包扎妥当，万幸的是这一剑并没有伤到筋骨。

行猎出了这么一件大事，皇帝大怒，下令围剿还藏身密林中的刺客，等到日落时分，所有的刺客就地尽戮。一查下去，刺客所用的剑皆是齐地所制，这令随着皇帝行猎的齐国使节团大惊失色，连夜前去辩白自己的清白。但是物证俱在，人又死无对证，根本不知这事的真假。萧凤溟斥责齐国背信弃义，命人送他们回应京，择日送客！这根本就是赶他们回去，齐国使节团再无任何颜面留下，遂连夜打道回齐国。

"还不睡吗？"萧凤溟转入御帐，看见聂无双还是睁着大眼盯着帐顶，不由得问道。

聂无双摇了摇头，顺势依在他的怀中："臣妾害怕，臣妾睡不着。"

她瘦而颀长的身躯像猫一样蜷缩成一团。萧凤溟想起下午那一幕，心中痛惜不已。她长发散乱，坐在一摊血泊中，六神无主，唯有看见他来时，眼中才点燃亮光。

"不用害怕。"萧凤溟把她搂入怀中，一下一下摸着她柔顺的长发，"刺客已经全部就戮。再也没有人可以伤害你了。"

聂无双埋首在他怀中，红唇边溢出冷笑，是的，没有人可以再伤害她了，所有想要她性命的人通通都要去死！

萧凤溟轻拍着她的背，剑眉依然紧皱，这时，帐外内侍进来："皇上，睿王殿下求见。"

萧凤溟放下聂无双走了出去。聂无双拥着被子，看着萧凤青快步走了进来，先是若有若无地看了一眼帐内，这才沉声说道："启禀皇上，这次，死了三个侍卫，一位女官。太医查验，宝婕妤是被刺客的剑刺中心口，入肉七寸。"

萧凤溟听了点头："厚葬。"

一旁林公公连忙退下传旨。帐外只剩下萧凤溟与萧凤青两人。聂无双竖起耳朵听。

萧凤溟声音沉郁："这次到底是谁指使的？"

萧凤青道："也许真的是齐国指使，据淑妃娘娘说，这次刺客紧追莲修仪不放。也许是他们借兵不成心怀愤恨。"

萧凤溟看了一眼身后的帐子，淡淡道："小声一点，别吓了她。"

萧凤青顺着他的目光看着帐后那道倩影，欲言又止，半天才闷闷地哼了一声。萧凤溟又与他商讨了怎么布防换防，这才令他退下。

聂无双见萧凤溟进来，凄然一笑："臣妾都听到了，的确是齐国做的吗？"她泫然欲泣，"臣妾是个不祥的人，皇上还是放弃臣妾吧。"

她挣着伏跪在地上，哀哀地哭。萧凤溟看着她羸弱的肩头随着哭泣颤抖，心中叹了一口气，把她抱起："傻子，若是朕都放弃你了，这天下你还有何处可以容身？"

聂无双顿时怔住，她美眸中神色复杂地看着眼前这一双温柔的深眸，一股悲恸从心底涌出，不由得怔怔流下泪来。刚才不过是逢场作戏，现在却是真正哭了。萧凤溟抱着她，看着她涕泪交加都抹在他身上，不由得唇边溢出自己都不曾察觉的深深宠溺。

一夜终于过去，第二天聂无双起身的时候，宫娥内侍跪了一地，纷纷恭贺："恭喜娘娘！"

聂无双不由得怔忪："喜从何来？"

一旁的夏兰笑着上前："娘娘英勇救了淑妃，皇上特下旨封娘娘为莲嫔。"

聂无双呆了呆，心中又是惊又是喜，正在发呆，淑妃抹着眼泪走了进来："天可怜见的，都是本宫不好，让你们进什么林子。"

她一把握住聂无双的手，哭得梨花带雨："聂妹妹，你现在感觉怎么样？"

聂无双听着她亲热地一口一个"聂妹妹"，不由得伸手捂住伤口，嫣然一笑："臣妾已经没事了。"

宝婕妤死后被萧凤溟晋封为充容，赐谥号"顺"，特葬于皇陵西侧。第二日棺木就启程运往皇陵中。此事不宜大肆宣扬，所以葬礼一切从简。秋狩照样举行，刺客的阴影在世家子弟的争锋中渐渐散去。聂无双安心在御帐中养伤，每日清晨，萧凤溟穿戴整齐出去到了傍晚才归来，每次他收获都很丰富。

帝王的年富力强明显就是一种预示，预示着应国的国运昌盛。

聂无双肩头有伤不宜骑马，等伤势稍好便由夏兰扶着在御帐周围走动，草场风大，夏兰怕她受凉，把她包得严严实实。聂无双看着满目的草原景色不禁越走越远。

一日傍晚，她站在平常走的草甸上，极目眺望。忽地身后脚步声响起，她一回头，看见萧凤青似笑非笑地朝她走来。聂无双知道他有话要问，淡淡吩咐夏兰退下守在一旁。

萧凤青今日穿着玄色骑装，身姿如剑挺拔，宽肩细腰，像是上好的一杆标枪。

聂无双美眸微微眯了眯："睿王殿下。"

萧凤青异色的眸中目光复杂："宝婕妤是不是你杀的？"他从怀中掏出一把匕首，丢在她的脚下，"这是本王从你换下的衣服上找到的。"

聂无双捡起匕首，素白的手指轻抚匕首上未擦干净的血迹，冷冷道："是又怎么样？"

"你为什么要杀她？"萧凤青问道。

聂无双冷哼一声："是她要杀我！她的死，咎由自取，怨不得我！"

萧凤青看了她一眼，最后冷冷一笑："再教你一招，杀人要杀干净！不然的话，她要是在皇上到来的时候还能开口，你也就完了！"

聂无双只是沉默。

萧凤青看着她瘦削的身影孑然立于风中，眼中渐渐露出复杂之极的神色："那伤口要是仔细看根本不是剑伤，是匕首伤，本王已经替你再补了一剑。以后你要好自为之。"

聂无双闻言顿时冷冷反诘："该好自为之的是殿下！既然选了无双入宫，何必又要招惹宝婕妤？我瞧着她本就不对劲，那一天要不是我手中有匕首，这时候睿王殿下这番教训恐怕是要对她说了。"

她美眸中掠过厌恶："殿下应该知道，无双最恨的是：利用女子的感情成事！不但无耻，还可杀！"

她说完转身要走，胳膊上猛地传来一股大力。一回头萧凤青的脸色已沉沉如铁："你说本王利用她的感情？"

"不是吗？"聂无双的唇色尽褪，因为激动而微微颤抖，"殿下这样做，与顾清鸿又有什么区别？"

"那你呢？"萧凤青忽地冷笑起来，薄唇微勾，笑得邪妄，"你现在做的又是什么？你难道不是在利用本王，利用皇上吗？你恨着顾清鸿，现在你所做的一切难道不是和他一样？"

他猛地靠近，异色的眸子带着令她深恶痛绝的讽刺："既然我们都是同样的人，你又有什么资格来教训本王？"

聂无双浑身颤抖，好，很好！他总是能揭开她心底最脆弱的伤疤。他明明知道她无能无力，无依无靠，他明明知道是他引着她走上这一条入宫的路。

他明明知道，他说的这些都对……

聂无双定定看了他许久，这才挣开他的手，恍惚一笑："是，我没有资格。以后无双不会再说。"

她心灰意懒地回头："以后殿下喜欢怎么做就怎么做吧。"

萧凤青闻言深深皱起漂亮的眉头，直觉里，他一点也不喜欢这样的聂无双，失了与他对峙的冷厉与激烈。仿佛在她心中已经把他摒除在外，这个感觉很不好。

他还要再说，一旁望风的夏兰忽地走来，神情紧张："娘娘，皇上来了。"

聂无双极目望去，只见萧凤溟带着一队侍从缓步朝这里走来。此时叫萧凤青回去已是来不及，草原中一目了然，无处藏身。

聂无双心中微微不安，迎上前："皇上今日这么早就回来了？"

萧凤青也上前参见："参见皇上。"

萧凤溟看了他一眼，温和地问："原来五弟也在。"

聂无双心头一跳，不由得握紧了袖中藏着的匕首，刚才她还来不及处理这棘手的证据。

萧凤青笑道："启禀皇上，微臣刚才问了娘娘几句关于刺客的事。"

萧凤溟点了点头："问到了什么没有？"

萧凤青摇头："娘娘惊吓过度，并未有什么有价值的消息。"

萧凤溟又随口问了几句，这才命他退下。草甸上只剩下他与她二人，聂无双看着萧凤溟淡然从容的俊脸，不知他刚才到底有没有看到什么，只能上前探问："皇上是来散步的么？"

萧凤溟看着她略显单薄的身子，把身上的玄色绣金龙披风解下，披在她身上："朕是来找你的，宫人说你在这，朕就过来了。"

聂无双闻言微微一笑，缓缓依在他胸前："皇上……"

萧凤溟握了她的手，悠然道："再过几天就要回宫，朕真舍不得这里。"

聂无双顺着他的目光投向那一望无垠的草原，和风细细，空气中夹杂着草木的芬芳，她心中忽地惆怅，淡淡叹了一口气："是啊，臣妾也舍不得。"

## 第三十四章　毒发：见故人

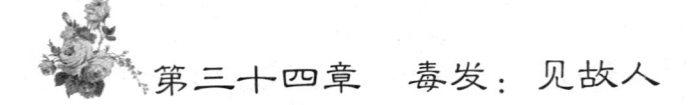

两人缓缓回营，聂无双一路走，一路看着热闹景象，心中的不安渐渐消失，忽地她在众人之外看到一抹熟悉的身影飞快闪过，可当她再看的时候却是没有了踪迹。

回到了自己的帐中，聂无双依然秀眉紧皱，她问身边的夏兰道："刚才本宫看见一位穿着便服的人，那人看起来十分眼熟，可惜没看到面目。……"

她还在凝思苦想，忽然一道亮光掠过她的脑海，聂无双猛地失声道："竟然是他！"

夏兰吓了一跳："娘娘说的是谁？"

聂无双按下心中的震动，垂了眼帘："没什么。刚才眼花认错了人。"她顿了顿，"去瞧瞧睿王，什么时候他得了空，本宫有事要见他。"

夏兰连忙退下去按她的吩咐行事。

聂无双梳洗妥当，倚在帐中歇息。这次秋狩，杨直并未跟来，跟来的是德顺。聂无双召他进帐子，看了他一眼带着喜气的胖脸，淡淡道："方才本宫在迎驾的宫人后看见一个人。你去替本宫查查，这御帐大营是不是又多了几个贵客？"

德顺笑嘻嘻地问："娘娘好歹还是给个准的，不然这大营中几百几千个帐篷，奴婢可怎么找啊？"

聂无双命他伸出手来，划了几笔："去吧，找到了直接让本宫知晓，不许跟别人透露一丝半点！"

德顺领命，聂无双看着他消失在帐篷口，这才疲倦地闭上眼睛。

夜半，御帐中。

萧凤溟正在看各地的加急奏报，手中朱笔写得飞快，不一会儿一大堆公文已经处理了大半。帐外脚步声传来，林公公上前轻声道："皇上，已经准备好了。贵客也已到了。"

萧凤溟朱笔不停，半晌才道："不急。"

林公公于是安静守在一旁伺候笔墨茶水。等萧凤溟看完奏报，已经是小半时辰过去。

萧凤溟停下笔，轻吁一口气："把五弟也叫上。他在齐地也待了不少日子，一些事比朕更熟悉。"

林公公笑道："睿王殿下已经在那边了，就等皇上过去了。"

萧凤溟微微诧异："这一次他倒是循规蹈矩，他与那位不会再打架了？"

林公公知道皇上说的是那茬事，想笑又不敢，只能瓮声瓮气地说："睿王殿下是个识大体的人，自然不会怠慢贵客。"

萧凤溟一笑，披上披风，便走出御帐。

草原上到了夜间十分寒冷。如今是深秋天气，在这里却能体会到冬的肃杀。萧凤青坐在篝火旁，看着对面那包裹着像是一团粽子的单薄身影。他一声声咳嗽着，弓着腰背像是十分难受。萧凤青往篝火中丢入一块木头，薄唇边溢出淡淡的冷笑。

人常道：一日不见如隔三秋。才几个月不见，顾清鸿却已这般消瘦病弱。往日的如神仙一般俊逸的风姿已是不见，在他两鬓边甚至看到了一丝灰白。看来这"齐国第一相"的盛名之下，他几乎被重压压垮了身子。

"顾相是不是要传太医看看？"萧凤青笑着道。

"不必……"顾清鸿抬起脸来，雪白的双颊上透着两抹不正常的嫣红，一双俊眸却一如往昔明亮，言语亦是彬彬有礼："谢谢睿王殿下的关切。"

萧凤青嗤笑一声："你该知道的，你这次来也没有多少胜算。"

顾清鸿咳嗽一声，声音沙哑："在下已有了准备。但是毕竟是唇齿相依的两国，合则利，分则大不利。你们皇上英明，一定会权衡利弊做出真正正确的决定。"

萧凤青嘲讽地冷笑一声，不再接口。草原上的寒风呼呼而过，两人许久都不再吭声，月亮渐渐偏西，风也一阵紧似一阵，顾清鸿眸中渐渐露出失望：再等下去，恐怕萧凤溟不再来了。

此时萧凤青却忽然开口："秋狩密林中的行刺是不是你？"

顾清鸿一怔，随后淡淡地道："不是。"

"真的不是你？"萧凤青不相信地冷笑，"如果不是你的话，为什么那群人要杀聂无双？"

顾清鸿闻言抬头，眸中隐约惊诧："刺客要杀的是她？"他目光变幻不定，许久才慢慢地说，"总之不是我。"

他要杀她的话早就该下手了，这次更不可能在这借兵的节骨眼上动手。萧凤青见他的神色，也猜出他也许并不是那幕后主使之人，但是口中依然不客气："传言那么盛，都说皇上宠幸聂氏，保不齐就是你们齐国的人终于觉得她是个祸患，想要除之而后快。算在你身上也不冤枉。"

萧凤青一番话说的皆是歪理，顾清鸿听了苦笑一声，轻声说："是，算在我身上也不冤枉。"他抬起眼来直视萧凤青，目光坦然，"睿王殿下若是这样斥责在下可以消去心头之恨，那清鸿尽可都受了，绝无半点怨言。只要殿下不阻挠借兵之事。"

萧凤青看着他一身朗朗磊落，心中越发厌恨，冷笑一声："本王可真没什么闲工夫来消遣你，只是提醒你一句，今日聂无双已经今非昔比，你越是要害她，皇上越是疼惜她。她现在已是贵为莲嫔，顾清鸿，你可后悔当初放了她？"

顾清鸿垂下眼帘，再也掩不了眸中的黯然。这一句他也曾千百遍问着自己。你可后悔做了这一切？可是，那么多件哪一件才是他真正后悔的？他忽地幽幽地笑了起来。他自诩智谋百出，可是他千算万算，策算无遗，唯一后悔的便是，自己偏偏忘了算了她。

他以为他放她走，顶多她流落乡下再也回不了京城。就算他心有愧疚，暗中资助她亦是可以给她一方安身之处。可是，她就如此决然地离开齐国，千里迢迢，踏上了他做梦也想不到的那条路去……这一切只能说世事无常，就算想要后悔也是来不及。

"顾相久等了。"一道清朗的声音传来，顾清鸿闻声抬头，只见萧凤溟披着一袭玄青色披风，踏着月色缓步走来。

两旁的侍卫纷纷跪下迎接，随后又沉默退下。

顾清鸿站起身来，拜下："拜见皇帝陛下。"

萧凤溟坐在火堆边，轻轻一摆手："平身。几月不见，顾相已是威震三国的第一相国了。"

顾清鸿坐在火堆对面，看着面前火光掩映下萧凤溟淡然从容的面容，第一次觉得自己面对的是比秦军围攻更难以攻克的难关。

"皇帝陛下，臣今日带来一样东西。"顾清鸿斟酌许久，缓缓郑重开口。

"什么东西？"萧凤溟一笑，"能让顾相千里迢迢带来的东西一定是好东西。"

顾清鸿从怀里掏出一卷明黄的绢布，缓缓在萧凤溟面前展开："臣今日为陛下带来吾皇的一张圣旨。"

萧凤溟等看清楚他展示在面前的圣旨的时候，不由得惊异地眯了眯眼："空白的？"

"是的，臣以命做抵，求得吾皇一张空白圣旨，只要皇帝陛下肯借兵，皇帝陛下可要求臣在上面写任何想要的东西，不论是金银珠宝，还是边关贸易，还是土地矿脉……"他慢慢地说，一字一句，珍而重之，"只要不危及吾皇的皇位，齐国所有任陛下选取。只要陛下肯借兵！"

这个条件太过优渥，可以说齐国皇帝已经把齐国的所有都做了这场借兵交易的筹码。场面一时间沉静下来，静得只听见篝火的哔剥声。顾清鸿盯着萧凤溟的双眸，手心渐渐渗出汗来。他实在没把握说服面前的萧凤溟。他比他见过的任何人都更加心机深沉，更加捉摸不透。

萧凤溟忽地淡淡一笑:"朕好像无法拒绝顾相的要求。"

顾清鸿的话已经挑明了,剩下的就只有他肯不肯借兵的问题。萧凤溟站起身来,拢了拢披风,温和地说:"夜凉风大,若是顾相不急再待几日。"

顾清鸿知道萧凤溟向来谨慎,这借兵的事事关重大不得不再三考虑。此时对齐国而言,再微小的希望亦是希望,他决不能轻易放过。想着他站起身来,沉声道:"三日,臣只能再待三日,三日之后,臣便只能回齐国。请陛下三思!"

萧凤溟看着低头的顾清鸿,心中微微一叹:"顾相为国鞠躬尽瘁,朕十分佩服。不过,朕还是要劝顾相行事不要太拘泥,若是齐国不成,应国还是会待顾相有如座上宾客。"

这一句已是招安。顾清鸿浑身一震,不由得抬头看了萧凤溟一眼,心中掠过沉重,许久他低声道:"承蒙陛下不弃,但是臣只是齐国的臣子,不敢再有二心。"

"迂腐!"一旁许久不曾出声的萧凤青冷冷嘲讽。

"求仁得仁,也不算是迂腐。"顾清鸿苍白的面色已是坦然,"人各有志。吾皇待清鸿如天如父,清鸿不敢背弃。"

萧凤溟惋惜地看着他:"如此就不强求了。"他爱惜顾清鸿的才干,但是若是真的求不来,那也就不再强求。

萧凤溟转身淡淡道:"三日后,朕会给顾相一个答复。"说罢,他一如来时,缓步没入黑暗中。

聂无双听着草原上呼呼风声,躺在帐中依然睡不安稳。她想了想,点燃榻边矮几上的灯火,披衣起身。

夏兰见到亮光,连忙进来:"娘娘有什么吩咐吗?"

聂无双想起白天所见,不由得心头烦躁:"德顺呢?回来了没有?"

夏兰道:"启禀娘娘,还未回来。"

聂无双透过帐子的缝隙,看着天上玉兔西坠,冷声道:"让他一回来就来见本宫!"

夏兰刚想说此时天色已晚,恐怕不妥,但是看见聂无双神色郑重,不敢再说只能默默退下。聂无双就着矮几边的豆大灯火慢慢看自己带来的书册,秀眉不展。

过了一会儿,帐外脚步凌乱,夏兰低声道:"娘娘,德顺回来了。"

聂无双连忙直起身来:"快,让他进来!"

德顺打着哆嗦进来,一进来,便跪下道:"奴婢看……看到了娘娘所说的那个人。"

聂无双虽知道自己所料不错,但是亲耳听到又是另外一回事,她声音紧了紧:"他见了谁?"

德顺压低声音："他见了皇上，还有睿王……"

果然如此！聂无双心中涌起一股暗流，不由得捏紧了手掌，许久："你下去吧。本宫重重有赏！"

德顺悄然退下。帐中温暖，但是她心中却是百味杂陈。顾清鸿来了！来得这么快！看样子齐国已经到了十万火急的分上了。接下来她该怎么做？她想了想，唤来夏兰装扮起来。不一会儿，她已换上夏兰的衣服，一头长发盘成宫女常梳的双鬟髻，疾步向帐外走去。

夜很黑，脚踏上绵软的草地犹如踩在云端。她心中忐忑，不由得低着头走路。路过巡夜的侍卫见是宫女，也不以为意，只上前盘问了几句便放她离开。聂无双深一脚浅一脚，终于走到了一处宽阔的帐篷跟前。帐中犹有烛火，明显帐中的主人并未休息。聂无双深吸一口气，走上前去。

"来者是谁？"帐前的侍卫喝道。

聂无双掏出怀中的令牌，示意了下。侍卫便沉默让开。聂无双定了定神，收好令牌，迈步进去。

掀开帐子，一股暗香夹杂着暖气扑面而来，聂无双抬眼看向帐内情形，眼皮不由得一跳。只见在白虎皮的软垫上，萧凤青雪白的面颊微红衣襟半开，露出一小片结实白皙的肌肤，他正斜斜依着一口一口地喝酒，长长的束发已散开，泼墨似的披散在肩头，地上随意丢着靴子、发簪，一如她曾在王府中见过的那样，慵懒中带着俊美到极致的诡异。

聂无双见他眉头深锁神色闷闷不乐，默默上前捡起他的发簪。萧凤青许是以为她是婢女不予理会，只是一口一口地喝酒。酒水顺着他的唇边流到胸前，沾湿了胸前的一大片衣衫。

聂无双上前，目光复杂："殿下为何一个人在喝酒？"

萧凤青侧头看了她一眼，先是怔了怔，随后一笑："娘娘什么时候也有兴趣关心本王做什么了？"

他目光轻佻地打量了她身上的穿着，顿时明白了她如何到了这里，不由得咯咯一笑："娘娘是不是想念本王的美酒了？"

聂无双想起初到草原的那一夜他夜闯她的营帐，脸不由得一红："本宫来这里是有事要问殿下的。"

萧凤青看她神色郑重，无趣地哼了一声，依然歪歪斜斜地依在软垫上："说吧，什么事？"

聂无双想了许久，这才咬牙问道："顾清鸿来借兵，皇上怎么说？"

"皇上？"萧凤青舔了舔唇边的酒渍，笑得漫不经心，"皇上怎么想的怎么说的，你应该去问皇上啊，娘娘何必多此一举来问本王这个局外人？"

他说的话口气中带着浓浓的嘲弄，聂无双不由得皱了皱秀眉："殿下明知道本宫不能去问。"

　　萧凤青闻言冷冷回头，似笑非笑："实话告诉你本王也不知道。不过本王知道这次顾清鸿带来一件好东西，要是我是皇上，说不心动是骗人的。"

　　"是殿下所说的割地？"聂无双提了心，失声问道，"真的吗？"

　　"比割地还好的条件。"萧凤青喝了一大口酒，冷色的眸中掠过复杂至极的神色，"一张空白的圣旨，上面只要皇上想要什么都可以写下来。土地，矿藏，边界关贸……"

　　聂无双一颗心"扑通"跳了一声，随即沉了下去。顾清鸿果然下了狠心。这样丧权辱国的条件都可以拿来作为协议的筹码，恐怕这次萧凤溟也要动心。

　　聂无双出神地想着。萧凤青喝完最后一口酒水，呼出一口气。恨恨地道："果然是个不让人省心的家伙！"他眸中掠过深深的戾气，"没想到齐国皇帝竟然这样信任他！"

　　"怎么办？"聂无双脸色苍白，如果齐应两国达成协议，那就意味着应国就先向秦国开战，而她的大哥就得帮助萧凤溟去往齐国攻打秦国！为了那齐国的狗皇帝！？

　　这样的结果根本不是她和她大哥想要的！

　　萧凤青眸中蕴着嘲讽："这下就要看莲嫔娘娘的魅力了，吹吹枕边风。"

　　聂无双闻言狠狠瞪了他一眼，冷笑道："殿下是这么看待皇上的吗？若皇上只是贪图美色的皇帝，无双尽可一试，但是皇上是什么样的人殿下还不清楚吗？该怪就只能怪殿下没早一步把顾清鸿在来应国的路上赶回去！"

　　她在指责他？萧凤青漂亮的眉头一挑，额上青筋隐动："你当本王是笨蛋吗？早就派人去阻杀他，但是顾清鸿这次身边都是死士，你以为他就靠着一辆破马车，一个马夫，一个乳臭未干的丫头就敢单身入应国吗？"

　　"他从桐州出发的时候就全部安排妥当了！走哪一条路，歇哪个路口他都算过。要不是他半路生病耽搁了三天，本王根本追踪不了他的行踪！"萧凤青恼火异常。说来说去，他还是低估了顾清鸿！

　　聂无双顿时无语，她见识过萧凤青的手段，可是连萧凤青都算不赢顾清鸿，她又该怎么样阻止他必做的这件事？想着她心头涌起深深的无力感：为什么她身边的人心思一个比一个更加深沉……


　　聂无双第二日在帐中歇息，借口夜间着凉，只依在软垫上看书打发时间。萧凤溟特地命太医前来问诊，也被聂无双三言两语打发走了。有宫女见聂无双神色闷闷，上前笑道："娘娘在帐子中憋了一天了，何不到处走走？"

　　聂无双想了想，遂点头应允。宫女在前面带路，她便在营地四周走走转转，碰到熟悉的皇室贵胄就停下来聊一会儿。这时不远处走来一位粗布荆钗的少女，明眸皓齿，清秀可人，只是脸庞因为晒了，而显得微微的黝黑。

"这位便是顾相带来的丫鬟，顾相的帐子应该就在附近了。"德顺低声说道。

聂无双心中暗流翻滚，她猛地站起身来："回去吧！"正要走，却见那少女走远了还回头张望她。

聂无双心中说不清到底自己在想什么，想了想，扶了德顺的手，忽地笑道："不过既然已经走到了这里，不去探望下贵客，于理不符。"

她说着向那少女走去。那少女只见聂无双悠然走来，身姿曼妙，容色倾城，已是看得呆了。等聂无双走到跟前，这才吐出一口气："这位姐姐可真美啊！"

聂无双见她天真烂漫，不由得微微一笑："小妹妹，你是从哪里来的？叫什么名字？本宫见你实在可爱，有心想要结交一番。"

那少女又惊又喜："我？我叫阿梨，这位姐姐真的要与阿梨交朋友吗？"

聂无双在口中翻来覆去念了她的名字，面上的笑意越发温柔："是啊，本宫的朋友很少，阿梨姑娘天真美丽，本宫十分喜欢。"

她有意奉承，阿梨不通世故，一番交谈下来已是把聂无双当成了知心好友，聂无双看着天色，皱眉："已是走了这么远了，要不去妹妹的住所歇歇？"

阿梨不疑有他，带着聂无双向帐子走去。

每走一步，聂无双都忍不住收紧手掌，她也不明白自己为什么要去见顾清鸿，是恨？还是别的什么……

不一会儿，一行人到了一处帐子，聂无双顿住脚步，只盯着那青色的帐篷，再不肯向前走一步。德顺连忙吩咐宫人站在远处守着，自己则上前道："娘娘……"

一旁的阿梨浑然不觉，走进帐子叫道："公子，有贵客。"

半晌，帐中有人的咳嗽声响起，撕心裂肺，阿梨的声音惊慌响起："公子，你怎么了？"

聂无双还不明白自己在想什么，却已是向前跨了一步。她回过神来，不由得脸色冷凝地缩回自己的脚步。

"姐姐，我家公子吐血了！"阿梨哭着跑了出来，一手的血，血腥刺鼻，"怎么办？"

聂无双盯着她手上的血迹，古怪一笑："他可不能死。"

阿梨不知她说的是什么意思，胡乱点头："是啊，我家公子可不能死，姐姐帮忙叫个大夫吧……"

"阿梨……外面是谁？"清雅的声音响起，带着丝丝沙哑。

聂无双缓缓上前，站在帐外，清冷的声音响起："故人远道而来，本宫过来看看顾相。"

帐中响起一声叹息，随即，他叹道："原来是莲嫔娘娘。"他掀开帐子，慢慢走了出来，拱手为礼，"在下拜见娘娘。"

聂无双看着面前的顾清鸿，瘦削的身子已失去往日的俊挺，微微躬着，清俊儒雅的面容像是一夜之间被抽走了精气，两鬓更是添染了几许灰白。才几个月不见，昔日的"春风频频顾周郎"的顾清鸿却变成了这个样子。

她在打量他，他亦是在打量她。三千青丝梳成高髻，鬓上金钗珠花的精美都不及她倾城的容貌来得令人惊叹，她身穿流云锦，外披同色薄纱罩裙，行走间摇曳生姿，美得令人心醉。

他知她在应国后宫十分得萧凤溟的喜爱，从她身上这身贵重衣裙就可见一斑。这样轻薄舒适的料子，在草原中行走，美则美矣，但是一旦被草木勾起线脚就再也不能穿在身上。可她就这样随随便便地穿在身上，浑然不在意。长长的裙摆拖地，她立在他面前，美得风姿无双。

聂无双打量完，默默转身。德顺连忙上前扶着她的胳膊，轻声提醒："娘娘回营吧，不然的话……"

聂无双点了点头，顿了顿，又道："去叫个太医来，顾相身染重病，若是招待不周，怕外人非议皇上的仁德。"

"不用了！"顾清鸿儒雅俊秀的面上一黯，"谢谢娘娘的好意。"

"公子，怎么可以呢？"一旁的阿梨急得又要哭，"公子你都吐血了！"

聂无双回头看着她手背上被喷到的血迹，忽地，她神色一凛，美眸猛地盯紧顾清鸿："你服毒了？！"

阿梨闻言吓了一跳，这才看着自己手背，只见那血迹已变得十分黝黑，黑血？！这分明是中毒了！

顾清鸿咳嗽几声，轻声一笑："是……这是毒，不是病……"

聂无双心头涌起难以抑制的怒火，她上前几步，盯着面前依然笑得云淡风轻的顾清鸿，怒吼："你想要死？！本宫不准你死！"

顾清鸿一边笑，一边咳嗽中带着血沫："我也不想……不想死……"他气虚不继，明明笑得那么痛苦却依然还在笑："可是，君要臣死，臣不得不死……"

聂无双只觉得周遭所有的声音通通退去，只剩下他的话在耳边一遍遍回响。失望？还是伤心？还是愤怒？她已经分辨不清，瞪大的美眸只眼睁睁看着他缓缓倒下。她上前一步只来得及拉住他的胳膊。可才碰上便像触了滚水甩开了。他的胳膊分明就是一把硌人的骨头。她怔怔看着他倒在自己面前，等到他口中涌出更多的黑血的时候她才猛地回神。

"来人！去叫太医！"她的声音因为愤怒和恐惧而拔高，她再也顾不得其他，狠狠一把拽住他的胳膊，转头对德顺道，"刀子！拿刀子来！"

一旁的阿梨已经吓得呆了,听见聂无双在叫喊,这才拔腿往帐篷中跑去,她拿来一把小小的银刀。聂无双接过,在顾清鸿的手腕上一划,顿时他手腕上的伤口中黑血缓缓流出。

"姐姐,这是干什么?"阿梨看顾清鸿浑身是血,其状吓人,不由得颤抖地问。

聂无双红唇紧抿,一眨不眨地盯着顾清鸿的胳膊,她划开的是他的静脉:"在给他放血,减缓毒血攻心的威力。"

顾清鸿坐在地上,只是盯着她,身体明明是痛的,可唇角却忍不住溢出一丝笑意。他,已经好久好久没有如此接近她。血渐渐流出他细瘦的手腕,滴在她的手上。因为放血,他不再那么疼痛难忍。

"有用啊,姐姐!"阿梨在一旁看得连连惊呼。

过了一会儿太医赶来,聂无双放开他的手,慢慢退后。顾清鸿那双眼绕过太医们,只是定定看着她,那双眸中带着她说不出的情愫。

夫妻三年,他待她温和有礼,从未这样爱恨不明地盯着她看。

聂无双与他对视,美眸中的怒意渐渐平息。他死不了,这里便没她的事。聂无双冷然转身,决然而去。

帐篷中,聂无双依在软垫上闭目养神。夏兰蹑手蹑脚地进来:"启禀娘娘,顾相已经转危为安了。"

聂无双睁开眼睛,怔忪道:"知道了。"正在这时,门口有宫人通报:"娘娘,林公公请娘娘过去御帐。"

聂无双心头一跳,她就知道在大营中很多事都瞒不过萧凤溟的眼睛。她深吸一口气,整了整衣裙,带着宫人向御帐而去。萧凤溟正在与几位太医说话,聂无双默默施了一礼便跪坐在一旁。

萧凤溟看了她一眼,屏退了太医,问道:"今日顾相的病十分凶险,还好你在那边。"

聂无双磕了个头:"臣妾有罪,望皇上赐罪。"

"你有什么罪过?"萧凤溟并不生气,淡淡地问。

"臣妾不该见顾清鸿。"聂无双伏跪不起。

萧凤溟看着她,扶了她起身:"可是你救了他一命。太医说,他中毒太深,当时正好毒发,要不是你放血,恐怕真的不好救了。"

"他跟朕说,他以命相抵求得齐国皇帝的这份圣旨,看来这毒药是齐国皇帝给他的。"

聂无双怔怔地看着他,半晌才恍惚一笑:"这么说来,是臣妾救了他一命了?"

"是。"萧凤溟看着她,目光沉稳平静,"他,于你来说是该杀,但是这个时候你救了他倒是令朕十分意外。"

聂无双低低一笑:"臣妾只不过是觉得顾清鸿不该死在这里而已。"她的声音充满了怨毒与戾气,但是转瞬间,她又抬起头来,面色平静。她转得这样快,萧凤溟几乎以为刚才听到的只是自己的错觉。

他看了她一眼道:"反正再过两日他便要回齐国。再也与你无关了。"他握住她冰凉的手,纯黑如黑曜石一般的眼睛直视她的双眸。最后一句像是要她保证什么。

聂无双垂下眼帘,静静依在他的胸前:"是。臣妾明白了。臣妾谢皇上不追究之恩。"

三日过后,萧凤溟终是没有借兵。不过他对顾清鸿许下承诺,若是齐国真的能挨过冬天,他便可以借兵助齐国,而那道空白的圣旨,萧凤溟当着顾清鸿的面烧了以示诚意。这是极其私密的谈话,除了萧凤溟与顾清鸿外,只有萧凤青在场。而他,自然是告诉了她。聂无双不知顾清鸿是怀着什么样的心情回到了桐州,还有他身上未尽的毒素是不是会途中发作,这一切仿佛随着秋狩的结束再也不用她费心猜测。

"在想什么?"身侧一道悦耳的嗓音响起,聂无双收回思绪,把他的手贴在脸上,长吁道:"臣妾在想回宫又是怎么样一番情景。"

萧凤溟笑了起来:"还能怎么样?宫里的生活你难道过不腻吗?"

"不会。"聂无双枕着他的手掌,慢慢地说,"臣妾忽然发现还是宫中自在。"

她说完,自己都在轻轻地嘲笑自己。宫中怎么会自在呢?处处如履薄冰,处处费尽心思争宠。可是只有在宫中,她才不会空闲到想自己的过去。

萧凤溟也轻笑一声:"你真是个奇怪的小傻瓜。"他的手轻抚她的脸颊两下,又就着车帘边的光线看着手中的奏章。

聂无双掀开御驾车帘,远远地,巍峨的皇城已经闯入视线,而那朱红色宫门缓缓次第打开……

## 第三十五章　抉择：两为难

皇帝御驾入京，皇后亲率各宫迎接。聂无双在御驾中看着皇后身着大红凤服远远跪着，心中亦是感叹。在深秋冰冷的青石面上跪着迎驾，这份心意可谓是十足。

回到了永华殿，一切摆设照旧，聂无双却生出恍若隔世的荒谬感。殿后庭中的梧桐叶随风飘落，她心中隐隐有说不出的惆怅。

秋天过去了，肃杀的冬天亦要来了。

第二日，聂无双一早起来照例向皇后请安。皇后许是因为皇上回宫而略做打扮，长长的乌发梳得十分光亮，整洁地盘成明月髻，两边插着两支金凤点翠步摇，在髻边簪着一朵御花园花匠从西域引进新培育出来的大丽花。花色暗红妖娆，衬着皇后精心施了胭脂的脸颊，在端庄中多添了几分妩媚。

聂无双上前拜见，皇后执起她的手："本宫知道你们两人在秋狩中遇险，但是这事因宝婕妤薨而不吉，所以以后有人问起，通通几句带过就好。其中内情更是不要再透露。"

聂无双正巴不得这事就这样淡了，自然是应允。淑妃看了聂无双一眼："皇后娘娘说得极是。不过太后娘娘恐怕……"

皇后揉了揉额角叹道："是呢，太后娘娘那边听到宝婕妤被刺身死的消息大怒，本宫安慰了几天都无法让太后娘娘消气。你们请安之后前去向太后娘娘问安时顺便替本宫哄哄太后娘娘高兴。"

聂无双与淑妃面面相觑，这才告辞离开。

回到了永华殿，聂无双想起皇后说的话，越想越不对头。想着她唤来杨直，屏退宫人问道："睿王殿下可知道宝婕妤与太后亲近？"

杨直点了点头："这事睿王殿下知道，但是后妃讨好太后娘娘不是应该的么？这有什么不妥么？"

聂无双心中"咯噔"一声,杨直向来是萧凤青的心腹,他知道的事与萧凤青知道的事都差不多,如今连他也不知道宝婕妤甘愿做了高太后的爪牙,难道这宝婕妤生前还有什么秘密不成?一个谜团未解,又有新的谜团出现。聂无双揉了揉光洁的额角,觉得头疼:"你空了去亲自跑一趟,就与殿下说……"

她越说,杨直面上越是神色凝重,等聂无双说完今日所见所闻,杨直已是面色冷凝:"如此看来宝婕妤一定是瞒着睿王殿下做了什么事,太后娘娘手段高明,不知怎么的哄得宝婕妤服服帖帖,竟然连睿王也不知。"

聂无双思前想后,越来越觉得高太后不简单,难道说那御苑中的疯马,还有云妃的几乎小产都是宝婕妤在暗中与高太后合谋的?这看似荒谬的结论,她越想却越是觉得可能!

宝婕妤心许萧凤青,而高太后是什么样的人?要是她许了宝婕妤什么条件,难保宝婕妤不会为了萧凤青而铤而走险!聂无双越想心中越是发寒,这高太后看着只不过是深宫中的一介老妇人,平日深居简出,笃信佛理,但是一举一动却令人不敢轻视。面对这样沉稳且历经宫廷风雨的老妇人,她哪里有一搏之力?

杨直退下,殿中又只剩下她一个。聂无双看着铜鼎中袅袅升起的轻烟,顿时深深皱起了秀眉。

玉妃的病起起伏伏,一会说见好了,一会又说转沉重了。秋狩回宫,聂无双终于寻了个空,带了上好的补品去看望她。

紫薇宫中一如往昔。雅婕妤挺着四个月大的肚子,笑着上前迎接:"臣妾参见莲嫔娘娘。"

聂无双盯着她微微隆起的小腹,半天才转到雅婕妤略显发福的脸上。看样子雅婕妤这几个月在宫中过得甚好。

聂无双点了点头,正要去探望玉妃,雅婕妤却握了她的手,面上带着些微忐忑:"娘娘……"

"有什么事?"聂无双问道,一看她脸色就知道她有为难的事情要说。

雅婕妤屏退左右,拉着她的手,面上闪过为难:"臣妾这几日在想,臣妾是无法亲自教养自己的孩子,但是谁才是最适合教养臣妾孩子的人呢?"

她苦笑了下:"这个孩子,皇上根本不在意。"

聂无双闻言眼前浮现萧凤溟那淡然从容的面目,心中轻叹一声:恐怕在萧凤溟心中,孩子对他来说只不过是孩子而已。如果说萧凤溟有什么缺点,那就是他对自己的孩子太过冷漠,就像是有什么看不见的屏障把他和自己的孩子隔开,轻易打动不了他的心。

"雅妹妹想得太多了。"聂无双敷衍安慰道。

雅婕妤摇了摇头:"臣妾如今有自己的孩子已是十分满意了,只是臣妾有时候想,也许皇上对臣妾冷漠，不过是因为皇上并不是真心喜欢臣妾。"

她抬头看着聂无双，眸中神色复杂："也许换了聂姐姐就不一样了……"

聂无双闻言怵然而惊，下意识甩开她的手，勉强笑道："雅妹妹不要胡说了。"

雅婕妤诚挚地看着聂无双："臣妾看得很清楚，皇上是真心喜欢聂姐姐的，所以臣妾想把自己的孩子给娘娘教养！"雅婕妤眼中泛红，拉着聂无双，眼中满是恳切，"娘娘一定会好好把臣妾的孩子教养得很好不是吗？"

聂无双顿时无语，半晌才叹道："傻妹妹，你腹中的孩子都还不知是男是女，你何必如此心急？再说也不是本宫才有资格教养你的孩子，还有一位淑妃。"

雅婕妤面上愁容不展："可是淑妃娘娘看着和善，臣妾总是担心她以后不会让我与孩子亲近。历史上夺子杀母的后妃不计其数，臣妾不单单是为自己的孩子担忧，更是为自己的性命担忧。"

雅婕妤并不是危言耸听，在杀机四伏的后宫中，为了子嗣的后妃往往会想尽办法诛杀皇嗣的亲生母亲。萧凤青的生母是如此，萧凤溟的生母亦是如此。这已经是宫中人尽皆知的秘密。雅婕妤的担心并不是凭空，淑妃最有可能夺她的孩子。至于雅婕妤的命运，若是没有萧凤溟的宠爱，下场一定是凄凉。

聂无双长长吐出一口气，她想起宝婕妤临死前不敢置信的狰狞面目，疲惫地扶了额头，转身道："可是……本宫也不是好人呢。"

"娘娘！"雅婕妤眼中流露失望，"难道娘娘要放弃臣妾了吗？"

聂无双脚下微顿，侧头淡淡道："不！你永远是本宫的姐妹，只不过与淑妃作对，现在本宫还没有那个实力。你好好保重自己吧。"

她说完出了侧殿，向玉妃的殿中走去。来到玉妃的殿中，只有一位宫女打着盹坐在玉妃的床前。聂无双轻手轻脚地走了进去，轻轻拍了拍她。

宫女惊醒，一见是聂无双，连忙跪下："奴婢该死！"

"退下吧。"聂无双止住她继续往下说，看着帐子中隐隐的侧脸，挥了挥手，"不要令人进来，本宫与玉妃说几句话。"

宫女连忙退下，临走前勾起帐子。聂无双坐在玉妃的床前，沉默地看着那沉沉睡着的玉妃。她如今已是更瘦了。除了那微微起伏的胸膛，她几乎看不出她有什么活着的迹象。

玉妃已经几近油尽灯枯了。

聂无双心中掠过这样的伤感，在这个偌大的宫中，只有她算是自己唯一结交的一位真正的姐妹了。想着握着她枯瘦冰凉的手："玉姐姐？……"

许久玉妃清醒，睁开眼辨认了她一会，这才虚弱一笑："原来是你啊。"她想挣扎坐起，却是虚软地瘫在床上。聂无双想要去扶她，她却推开她的手，咳嗽几声："别碰我，碰了你晚上会做噩梦。"

聂无双这才发现她的骨头瘦得可怕，一节一节，分外突兀，心中微微一酸："玉姐姐……"

玉妃咳嗽几声，勉强笑道："听说你升为了嫔，恭喜你了。"

聂无双知道她想岔开话题，抹去眼角的水渍，笑道："是啊，皇上对臣妾很好。"说完，又觉得不妥，果然玉妃眼中的神色黯了黯。

她叹了一口气："好就好……"

聂无双顿时不知该怎么继续，玉妃看了她一眼，咳嗽一声："好了，不说这个，你不会无缘无故地来，是什么事……难解？"

聂无双见她病体支离，顿时觉得自己于心不忍，刚想敷衍而过，玉妃却喘息着轻笑："快说吧，不然的话，本宫还不知道什么时候就闭上眼睛……咳咳……"

聂无双心中一凛，再也顾不得多想把自己的猜测与她说了。玉妃默默听了，终是叹了一口气："太后忍不住要出手了。"

"为什么？"聂无双只觉得这一句隐隐有深奥的玄机。

玉妃挣扎坐起，依在床边，喘息着笑道："你深在局中远不如我这病秧子看得明白。太后……太后是怎么样一个人。这几年我在宫中，虽然见她不多，但是从些微小事就可以看出，太后根本不甘心就这样退居深宫养老安年。"

她说着又咳嗽起来，聂无双连忙为她顺背，过了好久，她才停息继续说道："皇上是什么出身，你应该知道。当年太后选中皇上只不过因为皇上的生母是卑贱的宫女，性子懦弱容易掌控。后来皇上登基即位，太后就不知用了什么法子让皇上的生母郁病而死。这件事亦不是秘密，只是皇上当时年纪尚轻，手中未有一丝权力，等到后来皇上有能力查证，已经是查不到任何证据了。"

她顿了顿："你以为太后这些手段只是寻常宫妃都会使的手段是吧？可是，不是……"她瘦削苍白的脸颊渐渐通红，声音越发低沉，"她要的决计不是你所想象得到的。"

"她要的是完完全全掌控整个应国。随着她年纪一年年老去，皇上一日日亲政，把握朝堂，她就开始按捺不住了。所以虽然我不知道她到底想要做什么，但是你说她勾结宝婕好……这是勾结宫妃作为自己的爪牙，她已经迈出了第一步，那一次御苑皇上试马，马儿突然发疯，我就觉得蹊跷。还有秋狩之时云充媛几乎小产，都很可疑……"

"所以说，太后已经按捺不住了。"玉妃因瘦而显得十分大的眼中露出一丝古怪，"你要小心。"

玉妃慢慢闭上眼睛："你是皇上的女人，最终有一天会与太后敌对……"

她说着终于累极沉沉睡去。

聂无双坐了一会儿，这才沉默地离开。与高太后敌对？她只觉得头疼万分，这个念头她从未想过。现在她在宫中被众妃虎视眈眈，更何况她上头还有淑妃，还有皇后……

先前她让云乐与自己的大哥暗生情愫，亦是为了她能在后宫有一席之地，但是如今随着高太后的步步紧逼，她的如意算盘还能打得精妙吗？

甘露殿中，铜漏滴答，聂无双手中拿着一卷册子，着一件素色衣衫依在美人榻上，忽地殿外脚步声响起，一双修洁温柔的手轻抚在她肩头。聂无双回过头去，果然看见萧凤溟踏着殿外的寒霜月色进来，他身上披着玄色绣祥云披风，面上犹带有淡淡的倦意，面色因为殿外的寒冷而越发眉眼清晰。

"皇上。"聂无双微笑着要躬身拜下，手却被他扶住。

萧凤溟看着她放在榻上的书册，微微一笑："在等朕？"

聂无双为他解开披风，柔顺地点了点头，为他解开披风脱去外衣，早有宫人鱼贯进来，奉上干净的面巾热水。

聂无双一一伺候，萧凤溟换上长衫，这才长舒一口气："刚才朕出宫一趟。见过几个营的将军，所以晚回来了。"

聂无双知道他并不需要向他禀报行踪，但是这番说辞却令她心中升起莫名的暖意，她柔柔应了一声，看着取下沉重龙簪玉冠的萧凤溟，一时间美眸中神色变幻不定。

萧凤溟似察觉出她心里有事，不由得屏退宫人，握着她的手："有什么事要与朕说？"

聂无双张了张口，心里想说的话到了嘴边却成了："臣妾今日去看望了玉妃娘娘。"

萧凤溟脸上的笑意渐渐沉寂，他沉默一会，才问："她究竟怎么样了？"

聂无双摇头叹息："不好。"

萧凤溟看了她一眼："有空替朕好好照看她，让她……尽量舒服一点。"

聂无双听到他的话，心中无端黯然："是。"他这样说分明是不想再去看玉妃。可怜的玉妃是不是因为知道自己在他心中再无法掀起涟漪，所以才这般决绝地泯灭了自己的生机。

萧凤溟把她搂在怀中，两人俱是无言。只听得更漏的滴滴答答声，似更冷清了……

过两天，高太后身边的吴公公忽地带着高太后的丰厚赏赐来永华殿。

聂无双笑问："太后老人家可有什么吩咐？"

吴公公呵呵一笑："其实也没什么事，就是太后娘娘在叨念聂将军，不知娘娘可知聂将军什么时候能回京。"

话题事关聂明鹄，聂无双不禁郑重回答："这是皇上派遣的差事，本宫也知道得不多。"

吴公公知道自己问的问题事关国事，遂打了哈哈敷衍而过，聂无双知道他是高太后的贴身内侍，恐怕今日来并不只是单纯打听聂明鹄的事而已。于是聂无双挥退宫人，含笑着问道："吴公公若有什么事就请明言了。"

吴公公苍老的面上掠过赞赏："难怪太后娘娘总是夸娘娘年纪轻轻就能获得圣心，这分明是娘娘的过人聪颖之处呢。"

聂无双捏着茶盏，低头边听，红唇边溢出冷笑：这个时候说出这番话恐是在找第二个宝婕妤吧。

吴公公见她毫无动静，不敢再卖关子，笑着道："其实太后娘娘也没什么特别的事，就是在想聂将军如今也到了应国快一年了，怎么不建个府邸，若是有什么困难之处，太后娘娘完全可以帮忙。"

聂无双闻言怔了怔："府邸？"

建府邸可不是一件简单轻易的事，先不必说他兄妹二人在应国孤零零的，人生地不熟，就是现在秦国齐国两国交战正酣，她大哥也不会考虑这事。

聂无双沉吟不决，吴公公以为她意动，连忙上前："太后娘娘的意思是如今聂将军已经是三品大员，深受皇上器重，若是还未有府邸，恐怕不好吧……"

聂无双抬起头来，茶香袅绕间，吴公公脸上的谄媚笑容越发真切："太后娘娘说了，只要娘娘首肯，太后自会为聂将军造一座府邸，从今以后，聂将军与娘娘总算是在应国有个家了。"

聂无双心中一震，家？！这个久违的字眼时至今日依然能让她怦然心动。

"哐当"一声，聂无双合上茶盏的盖子，面上浮出犹豫，说的话也是十分隐晦："皇上如今派了家兄出京公干，这建府邸的事是不是要先奏报皇上？毕竟本宫与家兄深受皇恩……"

吴公公愣了下，这才打着哈哈："娘娘说得有理，只是太后娘娘心疼云乐公主，如今聂将军已经正当盛年，正是成家立业的好时机，若是没有自己的府邸面子上也不好看……"

聂无双已经掩下眼中的思虑，一笑："多谢公公提点。"

吴公公见聂无双如此沉得住气，心中不免诧异，以这优渥的恩宠竟然看不出她半点心动，究竟是聂无双城府太深，还是她本就不把太后的恩放在眼中。吴公公在心中揣测不定，聂无双已经岔开话题，聊起其他，直到最后送走吴公公。聂无双这才软软依在了榻上。

杨直进来收拾茶具，见聂无双眉头深锁，不由得探问道："娘娘是不是有什么难解之事？"

聂无双皱着眉头："太后娘娘要为我大哥建造府邸。这个事……"

她忽然想起玉妃说的话"你要跟着的人是皇上，总有一天会与太后敌对……"

她心中一凛,滋味复杂,世间安有双全法?这个时候容不得她再左右逢源,太后这一招分明是要她做出选择,不让她再模糊不清。

"杨公公觉得本宫该怎么办?"聂无双这下真正觉得棘手,皇上她不能放弃,太后那边又没有强大的力量可以抵挡,这骑虎难下,分明已是危险的境地。

"唯今之计就只有一个字:拖!"杨直说道。

聂无双看着他沉静的眼,想了想,最后点了点头:"就只能这样了,等哥哥回来再商量。"

看似意料之外的麻烦却突然到来,那一日,聂无双正在永华殿中休憩,忽地听见殿外有人声喧哗。不一会儿,宫人小步进来,神色为难:"启禀娘娘,是云乐公主驾到。"

聂无双心头微微一动,正想要说什么,忽地听见外面有宫人哀叫一声,紧接着传来云乐的怒斥:"滚开!通通滚开!本公主要见她,关你们什么事?"

聂无双连忙命宫人请云乐进殿中。还未吩咐完毕,云乐便闯了进来,她今日穿着一件大红色的骑装,俏脸冷板,腰间还别着她心爱的鞭子。

聂无双拢了拢长发,索性依在榻边笑道:"云乐公主前来到底有什么事,连等一等都等不及了?"

云乐见她衣衫不整,知道是自己鲁莽冲撞了聂无双的休息,但是嘴上却依然不认错,哼了一声:"我以为你不见我呢。"

聂无双奇道:"怎么会?"

云乐赶走一旁神情紧张的宫人,坐在聂无双身边,看着聂无双的眼睛:"你说说看,为什么不答应母后给他建府邸?"

她一出口就是这事,聂无双慢慢收起了脸上的笑意,淡淡地"哦"了一声:"这事实在是事关重大,我大哥还未回来……"

云乐打断她的话:"他不回来难道你不能替他做主吗?"

聂无双见她面上犹自有愤愤不平的神色,心中猜到了也许是有人在她耳边说了什么,斟酌字句:"当然不能,建府邸应该有皇上的圣旨,到时候再由户部批下,岂是想要建就能建成的?"

云乐嘟着小嘴:"怎么不急,过了年我就及笄了。"

这句话说得很轻,但是还是被聂无双听到了,聂无双看着她俊俏的侧脸,还有那一双清澈的、圆溜溜的眼睛,心中涌起一丝深深的愧疚与惋惜:云乐尚还在憧憬爱情,可是却不知道她自己的婚姻已经被卷入了朝堂势力的纷争中。

聂无双深深叹了一口气:"公主先回宫吧。这建府邸的事不该你来操心。"

云乐见她如此,不由得急了:"怎么不该我来操心,如果他没有府邸,我怎么嫁给他呢?"

聂无双狠心闭上眼睛，冷冷地道："我哥哥说了，大仇不报，何以为家。恐怕这事还需要多多考虑一下。"

"不！他怎么是这样说的？"云乐脸色煞白，"我母后都同意了啊，他怎么会说这样的话！我不信！"

聂无双睁开眼睛的时候，美眸中已是波澜不惊："公主不信的话可以等我大哥来的时候再问，他的确是这样说的。"

"那他的意思到底是什么？"云乐眼中含着泪水，"难道他还要我再等吗？"

她眼中的凄苦令聂无双心中一痛，但是她依然硬着声音："公主千金之躯，垂青本宫的大哥已是他几辈子修来的福分，公主既然已经快要及笄，还是千万不要耽误了公主选佳婿的时机……"

她还未说完，云乐气得抽出鞭子，狠狠挥上她床边的案几。"哗啦"一声，案几上一个骨瓷花瓶顿时应声砸得粉碎。

"你以为我等不了吗？你告诉他，我死也要等他回来！不建府邸就不建！难道本公主还没地方住？你现在所说的我通通都不信！我要等他回来亲口跟我说！"云乐气得浑身发抖，说完扭头冲了出去。

外面的宫人听见巨响都赶紧进来查看，见一地狼藉连忙收拾干净，这才退下。杨直走进来查看，一见聂无双的脸色便猜中了八九分："云乐公主脾气急躁任性，恐怕不好敷衍。"

聂无双叹了一口气，许久声音转为冷冽："本宫没有敷衍她，这终究是要做出选择，与其给云乐公主虚幻的期望，还不如一刀两断来得痛快。即使她恨本宫，本宫也要如此做。"

杨直摇头："娘娘错了。情字一字最是害人，云乐公主情窦初开，一心喜欢聂将军，恐怕不会轻易放弃。更何况她今日来分明就是被人唆使，这样一来，唆使的人恐怕也知道了娘娘的心意了。"

聂无双秀眉不展，她知道杨直说的是对的，云乐不会无缘无故地来这永华殿问建府邸的事。如果要她拿话哄云乐亦是哄得过，但是这样一来，云乐心中的希冀就会更大，到时候一旦与太后决裂，那对她的伤害会更大。当她看着云乐那双希冀的眼睛，满腹的话顿时说不出口。

"走一步看一步吧。"聂无双心中郁郁，随口说道。

杨直叹息一声，慢慢退下。

云乐公主大闹永华殿的事不知怎的立刻传遍了整个后宫。这事都惊动了太后，太后心疼云乐，责令吴公公带人去永华殿问责聂无双。聂无双跪在地上听吴公公滔滔不绝讲了半个时辰，这才谢罪起身。

"娘娘，咱家一向觉得娘娘聪慧明理，怎么会在这事上犯了糊涂。"吴公公似笑非笑地看着聂无双吃力地由宫人扶着，说道。

聂无双看了他一眼，淡淡道："云乐公主已经不是小孩，本宫也不敢拿一些话来蒙蔽公主。真话虽然伤人，但是亦是良药苦口。"

"这么说娘娘是决意不接受太后娘娘的好处了？"吴公公陡然变了脸色。

聂无双咬了咬牙："臣妾不敢忤逆太后，但是如今臣妾大哥公务在外，终身大事实在不能由本宫决定。且本宫的大哥是征战沙场之人，以后祸福难料，不敢耽误了云乐公主的终身。"

"好！既然莲嫔娘娘已经决定了，咱家只能回去如实禀告太后娘娘了。"吴公公冷笑一声，怒气冲冲地离开了永华殿。

聂无双看着他肥胖的身影飞快消失，这才软软依在夏兰的身上。膝盖上的疼痛还是其次，重要的是心备受折磨。是她一手教唆自己的大哥与云乐相处，借以稳固自己的后宫之位。如今又为了自己，又要硬生生拆了他们一对。

她在作孽啊！聂无双坐在软榻上，怔怔出神。

夜半，聂无双正在床上沉睡，忽地听见殿外有轻微的脚步声传来，她本就睡不安稳，如今一点点动静在深夜中听起来格外响，不由得坐起身来，宫人依次点燃殿中的烛火，她看见萧凤溟掀开帷幔悄悄走了进来。

萧凤溟看了她灯下的面色，见她并无委屈为难，面上一松，微微笑道："朕来看看你。"

他掀开她的裤脚，果然看见她两边膝上跪得乌青，原来太后竟为了这等小事借故来为难她。他叹了一口气："你何必这样？若太后想要给你大哥建府邸，你把一切推给朕就行了。朕自然有办法解决。"

聂无双看着他拿出一旁的药酒慢慢替她搓揉膝盖，心中滋味复杂，沉默许久才慢慢地开口："臣妾愚笨，但是太后毕竟是皇上的母后，若是引得太后与皇上不和，那就是臣妾的罪过了。"

她说完看着他的神色，灯下，萧凤溟神色犹如深渊古井，一动不动，即使她提到了"母后"两字，他依然神色不动。

"你想太多了。"萧凤溟淡淡地开口，"太后与朕向来如此，不会更好，也不容易更坏，倒是你夹杂在中间，恐怕会受了委屈。"

聂无双想起太后的所谋，心中一动，握了他的手问道："那太后要招我大哥为婿，皇上怎么看？"

萧凤溟纯黑的深眸定定看了她一会，沉默半晌，这才长长吐出一口气："你大哥和云乐，终归是有缘无分，不要强求。"

聂无双一颗心顿时落在了实处，深沉如他在这个时候也察觉到了危机，高太后已经不甘心退居深宫，一双手已经渐渐伸向了朝堂中的势力。而他，亦是准备应战了！

宫中又渐渐恢复平静，眼看着已经是初冬，聂无双也适应应国的气候，不再觉得那么难受。闲时就在宫中看看书，或去看看玉妃与雅婕妤。又过了几日，眼看着要到了年尾，忽地传来一个消息：高太后下了懿旨，要在适龄的世家子弟间选一位才貌家世俱佳的乘龙快婿，命未婚的世家公子们择日递上生辰八字！

高太后的懿旨一下，所有在应国京城中的皇亲贵胄都纷纷震动。之前素闻云乐公主刁蛮任性，毫无大家闺秀的仪态，但是她再刁蛮，生母是应国权倾一时的高太后，这样一个优点足以抵消她所有的缺点。人人都在猜测高太后如何选云乐的驸马，后来又隐隐听说宫中传来传闻，云乐公主中意的是齐国逃将聂明鹄，而聂明鹄的亲妹妹可是如今皇上盛宠的莲嫔聂无双，任谁有娶公主的心思也都纷纷断绝了，可正当这种时候这一道懿旨不啻一个意外的惊喜。

京城中的世家们议论纷纷。在宫中更是如此，过了两日，皇帝再下恩旨，要为云乐公主举行一场盛大的选婿比武，分文比与武比两项，以期待在众适龄世家子弟中选择一位有才有貌又有家世能匹配的人与云乐及笄后成婚。皇帝这一举动，更是大大鼓舞了世家子弟的热情，宫中亦是很少有这样的盛事，都纷纷议论哪家公子有希望，哪家公子可得云乐垂青。

对这件事唯一表示淡淡的就只有聂无双。聂无双心中黯然，几日都闷在自己的宫中，足不出户。而恰好这几日萧凤溟也经常出宫，整顿直属皇帝麾下的三大军营：骁骑营、步军营和护军营，此三军每营两万精锐，三军六万，他自从亲政一来，就特别重视这三营的扩充，时至今日，这三营已经是一等一的护皇精锐。如今秦国与齐国交战正酣，这军机一事亦是他重视的一块。

正当聂无双以为这事就这样结果的时候，忽一日，她刚用完晚膳听到殿外有人喧哗，似有人要闯进来。聂无双直起身子，问道："是谁？"

内殿外的内侍脸色为难："娘娘，是云乐公主。"

"云乐公主？！"聂无双亦是吃惊，"她来做什么？"

聂无双还未想明白，云乐就走了进来。几日不见，她明显消瘦许多，原本圆圆娇俏的脸有了清丽锋利的轮廓。

"云乐公主。"聂无双上前一步，微微福了福身，"不知这个时候来，有什么重要的事吗？"

云乐不说话，只是拿眼狠狠地瞪着她。

聂无双看着她这个样子，心中轻叹一声，挥退宫人，淡淡看着云乐的眼睛："云乐公主若是来骂本宫的话就骂吧。若是有事就说吧。"

云乐恨恨跺了跺脚："我恨死你了,但是在这宫里,我又不知道该相信谁。母后是决意要为我挑选驸马了,皇帝哥哥也不帮我。满宫的人如今都躲着我。你再不帮我,我就死给你看!"

聂无双听着她孩子气的话,想笑又觉得心中萧索,淡淡道:"究竟是什么事呢?"

云乐从怀中掏出一张信纸,想了想,咬牙递给她:"这信你替我送给明鹊。我知道你现在不喜欢我和他在一起了,但是起码你能让他赶回来。我想再看他几面。"

她说着,眼中隐隐有了泪意:"你不会连这个要求也不替我做到吧?"

聂无双看着她递过来的信,沉默许久,这才接过。她抬起头,幽深的美眸中掠过复杂的光:"年少时的爱情虽然甘美,但是经年之后,公主回想起来当初付出的一切,还会觉得这是一件幸福的事吗?"

云乐猛地盯着她,分明是还带着稚气的面庞,但是说出的话却笃定得令人吃惊:"我不会像你,所爱非人。"

她说完,转身就走。聂无双捂住心口,怔忪许久,这才自嘲笑了起来。是,她又有什么资格去评价云乐的爱情?自己曾经爱过的男人,早已经成了自己这一生最大的败笔。

宫人听着内殿中聂无双的笑声,只觉得笑声凄凉无比,听得人心头发寒,纷纷面面相觑。守在外面的杨直眉头皱了皱,走了进去,却看见聂无双笑着擦拭眼角的泪水。他不知云乐到底说了什么,只好问:"娘娘到底是怎么了?"

聂无双收起了笑,淡淡地道:"没什么,只是听到了一句可笑的话。"

她凑近宫灯,就着火光一点点点燃手中的信纸。微微的火光在她面前跳跃,舔舐这薄薄的信纸,火光耀出她倾城的面容,越发美得惊心动魄。

"这是……"杨直问道。

"这是云乐公主写给大哥的信,她要他赶回来。"聂无双木然地开口。

杨直一惊:"那娘娘要把这烧了?"

她看着火光渐渐燃尽了手中的信纸,这才丢掉,红唇边溢出冷笑:"与其让云乐公主怀着虚妄的幻想,还不如让她认清楚现实。"

杨直看着地上的一团灰烬,终是重重叹息了一声。

## 第三十六章　借喻：解君惑

应国京城的第一场雪，在阴历十月的一天深夜纷纷扬扬下了起来。顿时一夜之间，满眼入目都是雪白的世界。朱红的宫墙上顶着白雪，红的越发红如火，白的越发皎洁白腻。巍峨的宫殿上积雪纷纷，更是为整个应国皇宫披上了一层圣洁的装束。

一袭子然的倩影立在永华殿的高台上，孤孤单单。寒风吹过，撩起长长的裙裾，似要随时乘风而去。聂无双呼出一口气，热气在面前成缥缈的寒气，轻轻袅袅升上天消失不见。昨夜下了一场雪，窸窸窣窣作响，她也几乎一整夜都没睡。

千里冰封，万里雪飘的冬季，那桐州的汉江恐怕再也经不起这样几场大雪了。她冷冷地想，搓着手心，却发现骨头已冻得微微僵硬。她拢了拢身上的狐裘，把手捂在铜制的暖手香球中，却发现温热的香球早就冰凉。

是时候该回去了。她转身却看见一队内侍小碎步跟在一抹明黄身后，逶迤而来。如画的红唇边溢出淡淡的笑意，聂无双步下高台，等他走到了近前，这才拜下："臣妾拜见皇上。"

她还未跪下，便被萧凤溟上前一步扶起。对上他深邃如古井的深眸，她看见自己被寒气冻得瘦而尖的脸。

"皇上怎么过来了？"她笑着问道。

萧凤溟仔细打量了她身上的衣服，微微皱了皱剑眉："你怎么穿那么少？"他说着握了她冰冷的手，亦是不满，"手怎么那么凉？你身边的宫女是怎么伺候的？"

不轻不重的一句话，却让聂无双身边的宫人吓得纷纷跪下。聂无双对着他嫣然一笑："皇上不要怪他们，是臣妾在这里赏雪站得久了。"

萧凤溟对她的解释依然并不领情，把她的手握在自己温热修长的掌中，慢慢焐热，不悦道："那也是她们的错，不懂提醒你早些回去。"

聂无双微微一笑，不再辩解。

萧凤溟见她今日气色不错，总算停了对宫人不满的唠叨带着她步上高台。

"第一次看见雪么？听说齐国京城并不下雪。"萧凤溟岔开话题，笑问。

聂无双看着高台四周巍峨高大的宫殿飞檐，美眸中掠过复杂的神色："不，齐国下过雪，但是没有这边这漫天飘洒的景象。"

"在靠近漠北的地方据说一年有半年都在下雪，积雪甚至可以将人埋住。这齐国京城的这点雪并不算什么。"萧凤溟没有察觉到她的神色，兴致颇好地说道。

"是么？"聂无双闻言，激起兴趣，"漠北苦寒之地，恐怕人烟稀少。"

"是，但是物藏丰富。"萧凤溟回过头，"应国大半土地都是未开垦的荒地，远不如齐国富庶。这就是先帝为什么要一统南北的真正原因。这也是秦国屡次进攻齐国的缘由。这世间，只有利益才是征战的真正意义。包括土地和人。"

话题提到了齐国，聂无双陡然沉默下来。她知道，面前这位深藏不露的帝王心中已经警觉地意识到了这个统一南北的绝佳时机。

"不知顾清鸿是不是真的会抵御住秦国的大军。若是真的能抵御住，恐怕朕就要履行诺言了。"萧凤溟淡淡地说了一句。

聂无双看着面前的重重宫阙，低下眼，清清冷冷地笑了起来。不管萧凤溟是不是真的肯借兵，这一场秦国与齐国的战争，恐怕以顾清鸿一人之力根本无法力挽狂澜。

帝妃二人立在高台，各怀所思，而高台上空，乌黑的铅云随着寒风大片大片地掠过，昭示着：又一场大雪要来了。

一场又一场的大雪纷纷扬扬下了两三日，应国人啧啧称奇，今年的雪比往年来得更多更冷，连日的大雪压垮了京城西坊区中几户人家的草房，这在以往是根本没有的事。路上亦是冻伤冻死的无家可归的乞丐。京城是天子脚下，而萧凤溟一向爱民，偶尔听闻了这等事，下旨京兆尹开放驿馆接纳无家可归的乞丐，而且日管三餐。京兆尹不敢不办，一时间京城四周的乡镇一听京城中能收容乞儿，纷纷向京城中涌去，驿馆人满为患，京兆尹苦不堪言。

吏部侍郎柳宇城见乞丐人满为患，上疏建议把年富力强的乞儿查明家底，若是真的无家可归，遂令收编为军中所用。萧凤溟如今正有意再扩充军力，一听这计策深得自己的心意，遂又下了圣旨。

乞丐本就是饱一顿饿一顿，或是遭遇天灾，或是人祸，流落在外。一般的乞丐都是贱民，如今有一碗饭可以吃，又可以进入军中效力，有了军功就能脱了贱籍，自然是十分乐意。世族们自有世袭荫庇的爵位，且有大批良田，许多子弟不愿意参军，对萧凤溟的这道圣旨亦是觉得甚好。因为一旦开战，这些用国库军饷养着的贱民自然会冲杀在前，自然不会把军役的主意打在他们身上。

萧凤溟的这道圣旨便是后世称做的"流军令"，后来每当应国有了吃紧战事，就会召集流民，乞丐或者轻犯从军，这制度也渐渐沿袭下来。萧凤溟的"流军令"实施之后，正当京城百姓以为就这样平平安安过年的时候，朝堂中再掀风浪。御史台一夜之间上奏参了十几位朝廷命官。所有的罪名通通一律是"贪渎"。

据说龙颜大怒，当天下令御史台的十几名御史谏官入宫。当先参奏高太师的是新进御史郎林云，此人以进士之身入朝，当初萧凤溟只觉得他为人木讷，没想到才半年不到，他竟然掀起轩然大波。他在御书房中据理力争，又拿出自己暗查来的账册，——严参朝中大臣。

首当其冲就是高太后的亲哥哥——高太师。林云细数他名下良田土地，又挖出他私自屯粮，低买高卖，导致京城米贵如油。还参高太师在先帝在世期间，结党营私，收受贿赂等等不一而足，罪状简直是磬竹难书。据说，萧凤溟在御书房中，足足听他侃侃而谈了两个时辰，不发一语。

山雨欲来风满楼。整个朝堂，甚至整个后宫都纷纷揣测皇帝将如何决断，一位是人言轻微的御史郎，另一位是高太后的亲哥哥，权倾一时的高太师。这场风波随着应国最冷的冬季而越发令人寒不自禁。

听澜暖阁中，暖意如春。聂无双执起黑子，略略思索便落下。

"娘娘输了。"聂无双笑着抬头。淑妃正凝神苦思，闻言一看，不由得扼腕叹息："还是少算了几步。唉，本宫棋艺不及莲嫔妹妹，自当认输。"

聂无双停了手，笑着在宫人端上的一盆温水中净了手，这才笑道："娘娘过谦了，娘娘的思路缜密，臣妾赢得侥幸。"

淑妃抿了嘴，横了她一眼："你就会奉承本宫。在宫中，谁不知只有你与皇上的棋艺不相伯仲。说起皇上的棋艺，那是没话可说。"

聂无双一边抿着茶一边听她赞叹萧凤溟如何如何。自从秋狩过后，淑妃待她便十分热情，这种热情近似一种信任，而不是之前的充满猜忌的合作。在后宫中多一个有力的盟友自然是好事，聂无双便与她多多走近，反正两人现在无利益冲突，自然相安无事。

"莲嫔妹妹，你说这次皇上会怎么处置那事？"淑妃说着，忽然转移话题，说起了最近宫中十分忌讳的谏官参案。

聂无双看着她杏眼中隐约的兴奋之色，心中微微一哂，淡淡道："臣妾也不知道。这事皇上根本不可能与臣妾说。"

淑妃想了想，屏退宫女，坐在她身边，小声地问："皇上当真没提过？"

聂无双摇了摇头："娘娘也知道皇上什么性子，他哪里会跟臣妾提起这事。"她掩下眼中的好笑，抬起纯净的美眸："皇上对娘娘提过么？"

淑妃失望地"哦"了一声，摇头。她的失望显而易见，聂无双嗅出了一丝幸灾乐祸的意味。高太后把持朝政多年，高太师就是她的爪牙，如今出了这事，还不知道是皇帝的授意还是别有用心之人的试探。高太后之下是皇后，太后与皇后向来唇齿相依，如今若是太后倒台，皇后亦是首当其冲，皇后之下，除了老实本分的敬妃，四妃之一就只有淑妃能撑得台面，能主持后宫，这环环相扣，难怪淑妃对这事这么热心探问。

聂无双稍稍转念一想就想明白其中关键，她暗自冷笑一声，面上却越发温和，握住淑妃的手，恳切地道："娘娘不必担心，皇上自然会有决断。"

淑妃也觉得自己操之过急，掩饰笑道："本宫也是担心皇上被那帮臣子逼得紧，我们做妃子的，都是要看着皇上的脸色行事，皇上开心了，我们日子自然就会好过了。"

她看着聂无双吹弹可破的面容，笑得热情："莲嫔是皇上钟爱的人，以后本宫还要多多依仗莲嫔妹妹呢。"

聂无双听着她奉承的话，淡淡笑着受了，又聊了一会儿这才回了永华殿。萧凤溟这几日都未在她宫中留宿，也未召任何妃嫔伺候。聂无双看了看天色，想了想，吩咐夏兰拿了炖好的人参鸡汤慢慢地向御书房中走去。

御书房前林公公与几位内侍守着，他见聂无双来，眼中一亮，连忙上前，如得救星一般："娘娘，奴婢正想着娘娘呢。"

聂无双看着他满是皱纹的老脸，笑道："林公公言重了，本宫可担当不起呢。"

林公公苦着脸："娘娘再不来，奴婢就要去请娘娘来了，这一日，皇上已经摔了第四副茶盏了。"

聂无双若有所思地看向那紧闭的殿门，微微皱了皱秀眉："那本宫进去可还合适？"

林公公比了比手势："娘娘请吧，皇上这时应该已经生气完了。为了国事，皇上中午都没吃好。唉……"

聂无双提了食盒慢慢走了进去。龙案边，萧凤溟剑眉深锁，只看着手中的奏章。他见聂无双进来，抬起头来揉了揉额角："你来了？"

萧凤溟知道她今日前来不单单是送人参鸡汤，不过是为了让他不再为朝政的事生气，遂笑着道："那随朕到御书房后走走散散。"

聂无双嫣然一笑，欣然应允。御书房后花园的小径上被宫人扫得干干净净，道旁的一捧捧雪晶莹洁白，萧凤溟喜欢松树，在花园中种了不少品种形状各异的矮松，有的如垂垂老人，有的又如剑一般挺拔修立，各有各的风姿，在雪地中更是观之令人心旷神怡。

聂无双一边走，一边扳着松枝，抖掉松树叶上的积雪，萧凤溟含笑看着她这孩子气的举动，带着宠溺："过来。手又着凉了。"

他把她的手焐在自己的掌心，眉眼含笑。他身着常穿的藏青色常服，衣服上绣了各种字体的玄色蝙纹。雪地上他身姿英挺，眉眼如墨画，含着一丝浅笑，如松一般风雅俊美，聂无双不由得看得有些出神。等回过神来，不由得在心中淡淡地叹息一声。

"你在想什么？"萧凤溟把她的手握在手心，慢慢向园中的亭子走去。

"臣妾在想，皇上也有为难的事。"聂无双慢慢说道，"林公公都说今日皇上已经摔了四副茶盏了。"

萧凤溟看了她一眼，悠悠地道："朕又不是神，自然有为难的事。"

聂无双看着他淡然的眉目，一时间也猜不透他心中到底有了什么样的决断，这贪渎是历朝根绝不断的毒瘤，只不过这一次牵扯到了高太后，不知他是要趁此机会将高太后势力连根拔除，还是会就此不了了之，以待将来。

他一边走一边欣赏园中美景，刚才在御书房中皱眉凝思的帝王仿佛不见了，现在的他只不过是一位赏花弄月的寻常富家公子。他忽然在一株老松树跟前停下脚步，语气带着惋惜："可惜了，这棵老松旁枝太多，夺去了整个主干的营养，恐怕活不过这一冬了。"

聂无双仔细一看，果然是如此，那老松旁枝已经被积雪压弯，垂在地上，再下一场雪就能把它的枝干埋入雪中，到时候这旁枝被融化的雪水腐烂，这棵松树也就死了。

"那为什么负责园中的内侍不去掉旁枝，任由它这般？"聂无双问道。

萧凤溟指了指那最大的旁枝："初时不觉得，等到时间越来越久，这旁枝已经比主干还粗，恐怕剪去会伤了松树的根本，所以宫人迟迟不敢动手，只能任由它歪着生长。"

聂无双闻言恍然大悟，但是看着萧凤溟眼中的神色，仿佛他说的并不单单只是这株松树。

她心中有了计议，上前一步，脚踩在那旁枝上，笑道："皇上若是觉得这松树还有可惜之处，现在就该替它寻一处生路。"说着，她狠狠踩断了旁枝的末节。

"今日砍去一点，明日再修剪一点，也许待到来年冬天，皇上会发现这棵松树比原先长得更好。"聂无双说道。

萧凤溟眼中微微露出惊讶，随即慢慢化成笑意，他上前拍去她肩头落雪，笑得意味深长："无双竟是个变通之人。竟想得跟朕差不多，只不过……"

"只不过皇上是心疼松树的根本会不会因此动摇，所以难以决断。是不是？"聂无双笑着道，美眸中掠过她自己都未察觉的神采。

萧凤溟看着她，哈哈一笑搂她入怀："知我者，无双也。"

第三日，皇帝下了圣旨，革除了御史台所弹劾的犯有贪渎的三品以下朝官官阶，押入天牢，等待三部会审。高太师罚俸三年，念其三朝元老，责其闭门思过。如此轰轰烈烈的御史弹劾案便就这样不轻不重地处置，对此决断高太后亦不能说什么。反正三品以下不过是分量不重的官阶，对朝局并无影响。

朝堂中对这事议论纷纷，萧凤溟在秋狩后选定的官员中有一批纷纷落马，一时间，只能再选一些人推荐上去。高太后在这风口浪尖中依然沉稳不发，让人在惊异中又不得不佩服她沉得住气。

聂无双冷眼旁观。一日等到杨直进殿中来，她才道："殿下果然做到了。"

杨直点头："是，这也是娘娘的功劳，要不是娘娘的计策，殿下也不可能那么快成事。"

聂无双心中十分复杂：她不过是给他偷来萧凤溟的秋选名册，再给了个主意，不到两个月的时间，他竟不动声色安排得妥当。这份心计布局，简直令她惊异非常。

聂无双默默想了一会儿，这才淡淡道："明日睿王殿下会在哪里？"

杨直微微吃惊，聂无双很少主动去找萧凤青，一般都是暗通消息。

"娘娘，这……"杨直为难。

聂无双似笑非笑地抬起头来："怎么？本宫去恭喜睿王殿下得偿所愿也过分了吗？"

杨直不敢再说，连忙退下。

第二日，天气晴好，阳光万丈，天气暖和起来，聂无双看着翠瓦上的积雪还未消融，跺了跺脚，命夏兰多加了一件衣裳，这才穿上宫中特制的木屐走出永华殿。

"娘娘，你这是要去哪里散散？"夏兰问道。

聂无双抬头看了看天色，微微一笑："上林苑。"

到了上林苑，果然入目都是皑皑白雪，夏日的荷花池上也结了一层厚厚的冰。树林中更是挂着累累白雪，银装素裹，分外好看。

聂无双深吸一口上林苑的冷空气，慢慢赏着景色。走了一段路，忽地看见远远有一队侍卫骑着马儿边走边说笑。聂无双微微眯了眯美眸，等侍卫们走到跟前，这才看清楚当先一人是萧凤青。萧凤青见是她，先是怔了怔，随即一笑，飞身下马，快步朝她走来。他走得很快，四周一片雪白，可他的肤色却似比白雪还要白皙细腻。越发衬得他发如鸦，眉若画，一身风流无可抵挡。

"臣向莲嫔娘娘请安。"他走到她跟前三尺左右，生生顿下脚步，这才嬉笑着请安。

聂无双看向他身后的侍卫手中绑着几只野雉，笑道："睿王殿下好雅兴，竟然在上林苑中狩猎，也不怕皇上责罚。"

萧凤青异色的眸子紧盯着她清丽绝伦的脸，笑了笑："在府中憋得慌，刚好带一群好手来试试手气，果然猎到了不少。"

聂无双似笑非笑地道："殿下府中什么会没有？竟还惦念着上林苑的这几只小东西。"

她说完，慢慢由夏兰扶着向不远处的亭子走去。萧凤青看着她纤美有致的背影，挥了挥手："你们先回去，好好收拾收拾，晚上一起去本王府中饮酒！"

侍卫们都是今日不当值的郎卫军，一个个年少力强，最喜呼朋唤友的年纪，一听萧凤青如此说道纷纷叫好，一哄而散。

萧凤青看着他们离开，转身轻笑一声走到亭中。

"说吧，你今日找本王有什么事？"萧凤青斜斜依在内侍拿来的椅子上，抿一口热茶，笑着道。

聂无双看了他一眼，屏退宫人，慢慢道："今日无双不过是来恭喜殿下，得偿所愿。"

萧凤青闻言想了想，忽地轻笑："这也是你的功劳。本王不过是依计而行。"

聂无双听了冷淡地笑了笑："计谋再好，也要布局才能依计行事。殿下令无双惊讶的是，不到两个月，殿下竟然一步步都安插了自己的人。"

"那是当然，参倒了正主，接替者选择的范围就可以有插手的余地，这好比皇上刚开始的一选一，现在变成了二选一。"萧凤青眼中掠过阴阴的笑，"而且这个可选的两人中都换成是本王的人，那就万无一失了。"

聂无双忽地冷笑："殿下果然高明。无双原先的计策可不是这样的，不过殿下目的既然已经达到，可否容无双一声劝？"

"什么忠告？"萧凤青笑得漫不经心。

聂无双摇了摇头："时至今日，无双劝殿下一句话，适时收手。殿下已经得到了许多，何必再冒险？"

萧凤青渐渐收起脸上玩世不恭的笑，犀利的眉眼渐渐冷厉，充满了阴鸷。这样凌厉的眼神任何人看了都会觉得心中发寒，但聂无双迎上前去，一眨不眨地盯着他继续说道："收手吧。殿下如今深得皇上信任，早已不是当初毫无实权的闲散王爷。皇上也早不是被太后所控制的傀儡，如今皇上屡施仁政，政治清明，殿下想要谋夺江山的机会所剩无几，殿下——"

她猛地住口，对面的萧凤青沉默得令她害怕。

"你说完了？"萧凤青忽地问道，"长长的说教，字字句句都是为本王好，可是本王怎么听来听去，只觉得你不过是想让本王不要夺了你现在安稳富贵的生活，不是吗？"

他的笑极俊魅，薄唇微勾，一刹那间，满眼的雪色都不及他那一笑的姿容："聂无双，你太天真。还是你故作天真？"

他渐渐逼近她："你对他动了心是不是？"

聂无双额上渐渐冒出细密的冷汗，她硬着声音怒道："无双一心劝殿下，不过是不想殿下走上不归路，你没有胜算的，萧凤青！"

最后一句，她抛开所有，美眸中水光点点，重复道："皇上是什么样的人，你难道还看不分明吗？你可以为他去齐国偷来边防图，你可以替皇上铲除异己博取他的信任，你甚至可以安插你自己的人，但是以后呢？他难道不会察觉？不会猜忌权势过大的好弟弟？"

萧凤青猛地一把抓住她的手，额上青筋隐约暴起，异色的眸中已现森森的怒意："你告诉了他？！"

"不！我没有！"聂无双甩开他的手，狠狠地说道，"我没有！你明知道我大仇未报，我怎么可能告诉他从而断了自己的生路！"

聂无双说完，又一字一顿地问道："殿下知道殿下与皇上最大的不同在哪？"

"在哪？"萧凤青冷着脸问道。

"心！"聂无双眼中掠过自己也察觉不到的悲凉，"皇上的心宽容博大，他是天生的帝王！"

萧凤青定定看了她一会，忽然哈哈大笑起来，站在远处的宫人都纷纷吃惊回头，但却看不清楚他面上的神情。

"心？"萧凤青笑得眼中滚出眼泪，他一边笑一边道，"心？你意思是本王的心自私自利，不是天生的皇帝？"

他忽地停了笑，靠近聂无双，似笑非笑地道："你也和他们一样，认为本王天生就做不了皇帝，我萧凤青这一辈子最恨的就是这个！聂无双，总有一天当本王踏上九五之尊的皇位的时候，本王就要你见证这一切！"

他说完，冷冷转身，长袖漫卷，很快便消失在上林苑的长长小径上。